U0519530

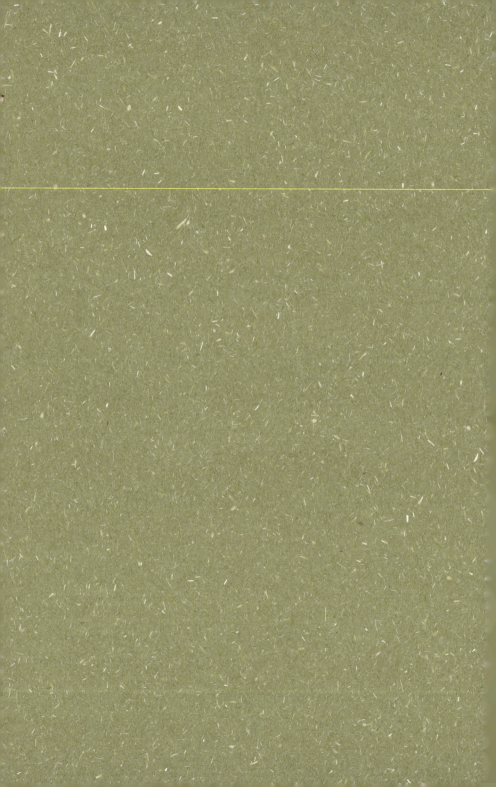

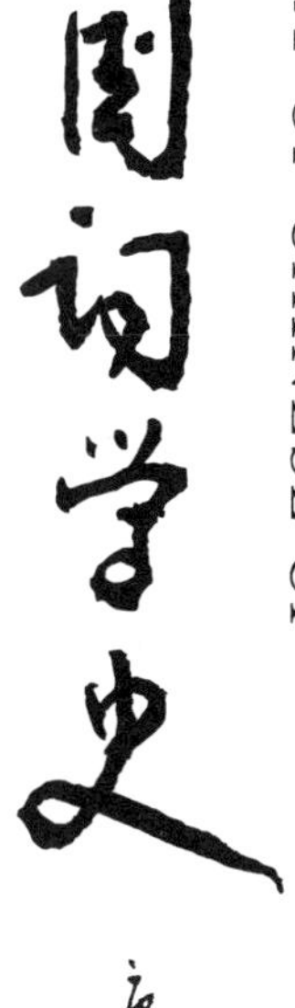

THE HISTORY OF CHINESE CI

补订版

谢桃坊 著

四川人民出版社

图书在版编目（CIP）数据

中国词学史／谢桃坊著．—补订版．—成都：四川人民出版社，2022.1
ISBN 978－7－220－12262－0

Ⅰ.①中…　Ⅱ.①谢…　Ⅲ.①词（文学）－诗歌史－中国　Ⅳ.①I207.23

中国版本图书馆 CIP 数据核字（2021）第 079797 号

ZHONGGUO CIXUESHI
中国词学史（补订版）
谢桃坊　著

责任编辑	谢　雪　邓泽玲
封面设计	张迪茗
技术设计	戴雨虹
责任校对	何秀兰
责任印制	李　剑
出版发行	四川人民出版社（成都槐树街 2 号）
网　　址	http：//www.scpph.com
E-mail	scrmcbs@sina.com
新浪微博	@四川人民出版社官博
发行部业务电话	（028）86259457　86259453
防盗版举报电话	（028）86259457
照　　排	四川胜翔数码印务设计有限公司
印　　刷	成都东江印务有限公司
成品尺寸	146mm×208mm
印　　张	18.75
字　　数	420 千字
版　　次	2022 年 1 月第 1 版
印　　次	2022 年 1 月第 1 次印刷
书　　号	ISBN 978－7－220－12262－0
定　　价	89.00 元（精）

谢桃坊，1935年生，成都人。1960年毕业于西南师范学院中国语文系。现为四川省社会科学院文学研究所研究员，四川省人民政府文史研究馆馆员。著有《宋词概论》《宋词辨》《词学辨》《唐宋词谱校正》《苏轼诗研究》《中国市民文学史》《敦煌文化寻绎》《诗词格律教程》《四川国学小史》《国学论集》《国学史研究》等。发表论文二百余篇。

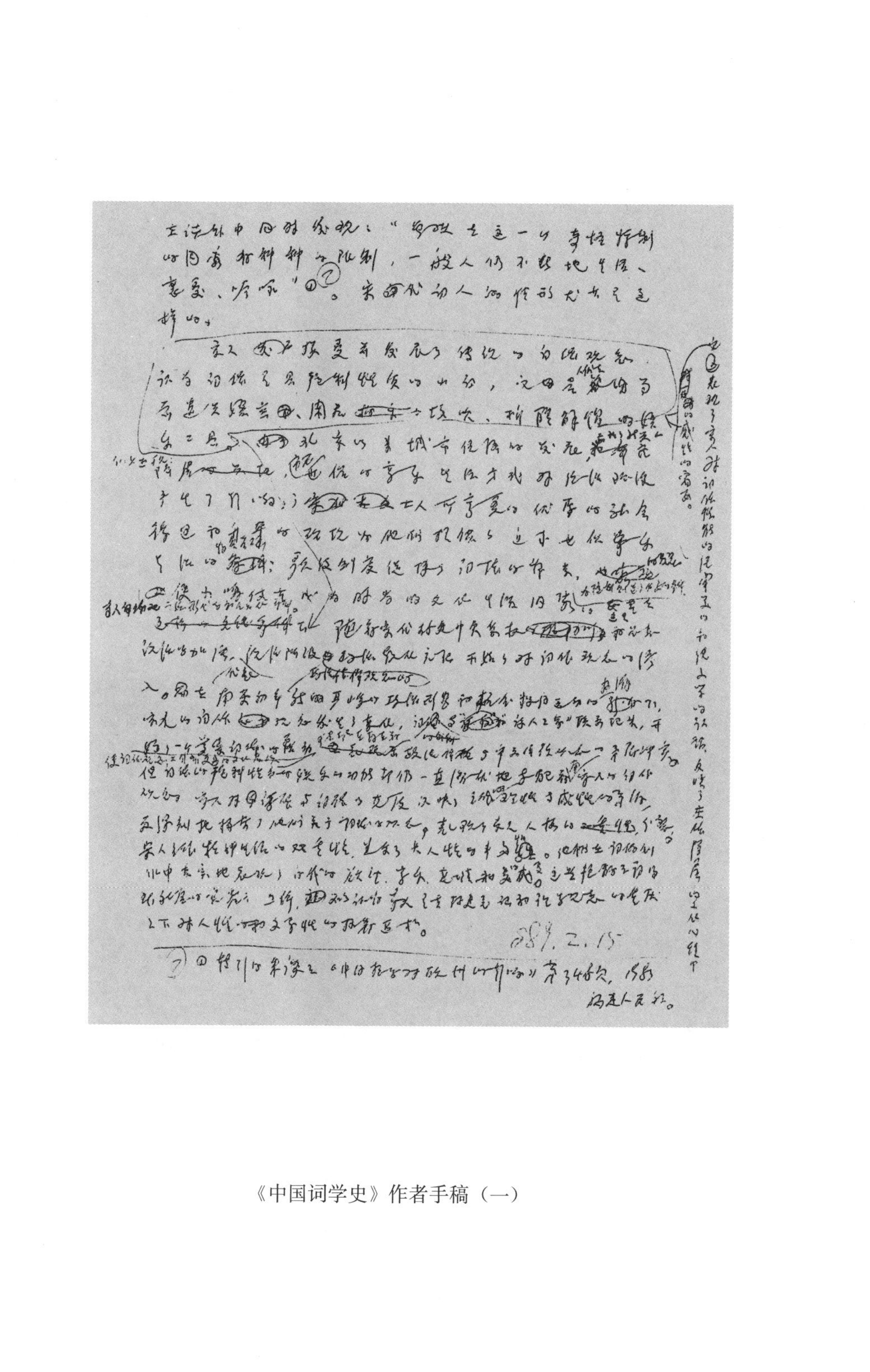

《中国词学史》作者手稿（一）

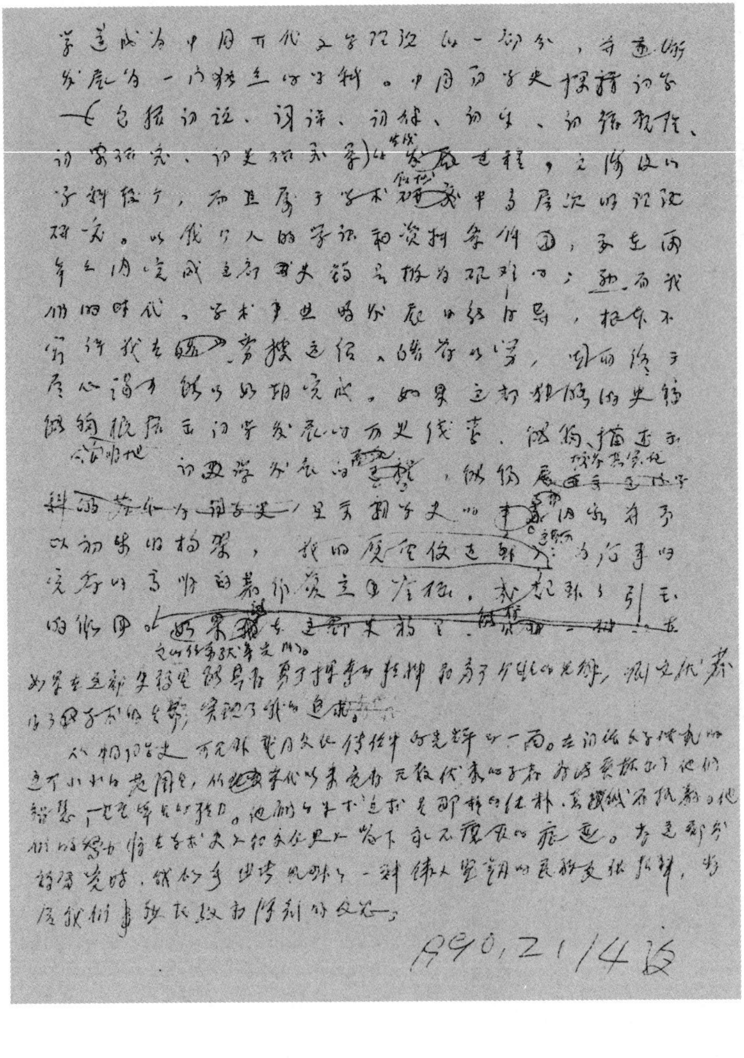

《中国词学史》作者手稿（二）

目　录

中国词学史

引　论 …………………………………………………………… (001)

第一章　词学的创始 ……………………………………………… (011)

第一节　唐代新体音乐文学
——曲子词及最早的词学文献 …………… (011)
第二节　宋人词体观念形成的文化条件 ………… (025)
第三节　宋人词体起源说 ………………………… (041)
第四节　宋人的词话 ……………………………… (059)
第五节　李清照的词“别是一家”说 …………… (071)
第六节　王灼的词学思想 ………………………… (077)
第七节　朱敦儒试拟的词韵 ……………………… (096)

第二章　词学的建立 …………………………………（112）

第一节　宋元之际词体的衰微与词的理论总结 ……（113）
第二节　沈义父论词的创作 ……………………………（119）
第三节　张炎的词学理论 ………………………………（124）
第四节　陆辅之论词的创作 ……………………………（142）

第三章　词学的中衰 …………………………………（145）

第一节　明人的词体观念与词体的继续衰微 ………（146）
第二节　明代的词话与词籍的整理 …………………（153）
第三节　杨慎的词学 ……………………………………（161）
第四节　张綖的《诗余图谱》与词的婉约、豪放之分 …………………………………………………（175）
第五节　顾从敬关于词调分类 …………………………（183）
第六节　沈际飞与词的评点 ……………………………（189）
第七节　沈谦的《词韵略》 ……………………………（195）

第四章　词学的复兴 …………………………………（200）

第一节　清代词学复兴的文化背景 …………………（201）
第二节　词学资料的编辑 ………………………………（220）
第三节　刘体仁、王士祯和邹祗谟的词话 …………（225）
第四节　金人瑞、先著与许昂霄的词评 ……………（232）
第五节　朱彝尊与浙西词派的词学理论 ……………（243）
第六节　万树与词体格律的总结 ……………………（259）
第七节　凌廷堪的燕乐研究 ……………………………（270）
第八节　戈载与词韵的总结 ……………………………（277）

第五章　词学的极盛 …………………………………… (285)

第一节　近代词学与中国近代学术思潮 …………… (286)
第二节　张惠言的比兴寄托说 ……………………… (296)
第三节　周济与常州词派的词学理论 ……………… (307)
第四节　谢元淮关于词乐的探寻 …………………… (319)
第五节　刘熙载的词品说 ………………………… (330)
第六节　谭献与冯煦的词评 ……………………… (339)
第七节　陈廷焯的沉郁说 ………………………… (350)
第八节　郑文焯的词学研究 ……………………… (366)
第九节　朱祖谋校辑词籍的成就 ………………… (376)
第十节　况周颐论词的创作 ……………………… (387)
第十一节　王国维建立词学理论体系的尝试及其意义
……………………………………………… (401)
第十二节　梁启超与近代词学研究的进展 ………… (431)

第六章　现代的词学研究 ………………………………… (449)

第一节　中国新文化运动六十年以来的词学研究
概况 …………………………………………… (450)
第二节　胡适与新文学建设时代的词学研究 ……… (471)
第三节　胡云翼对现代词学理论的贡献 …………… (488)
第四节　龙榆生的词学成就 ……………………… (507)
第五节　夏承焘的词学成就 ……………………… (522)
第六节　唐圭璋的词学成就 ……………………… (536)

余　论　新时期词学研究述评 …………………………………… (550)

附　录　词学研究著作索引 (1978～2000) …………… (582)

后　记 ………………………………………………………… (589)

补　记 ………………………………………………………… (591)

引 论

词这种文学样式属于我国古典格律诗体之一，而且又是配合燕乐的音乐文学。它“调有定格，字有定数，韵有定声”，体制复杂，格律严密，长于细致抒情，富于音乐性。自公元8世纪，我国盛唐时期，这种新的文学样式在近体诗律成熟的基础上，随着燕乐的发展而兴起，至两宋而臻繁荣兴盛，成为“时代之文学”。公元13世纪末，南宋灭亡后，词体渐趋衰微，但在清代又出现复兴之势。词的发展兴盛，从一个方面标志着我国古代文化达到相当高的程度；其中许多优秀的作品在我国盛传不衰，至今仍为人们所欣赏和喜爱。文学史上每一种文学的产生必然相应地出现关于它的理论批评；但是以文学创作为对象的文学理论批评，其产生和发展与文学创作并非同步，往往迟于文学创作。

近世词学家梁启勋说：“词学二字颇生硬，过去虽有此名辞，未见通显。计词之传于世者，今尚得八百三十余调，一千六百七十余体，然而音谱失传，徒供读品。今但视作文学中之一种以研究之，则词学二字，亦尚可通。”[1] 以“词学”来概括研究词体文学的专门学科是很恰当的。南宋初年王灼谈到《霓裳羽衣曲》的源流时说：

> 宣和初，普宁守山东人王平，词学华赡，自言得夷则商《霓裳羽衣谱》，取陈鸿、白乐天《长恨歌传》，并乐天寄元微之《霓裳羽衣曲歌》，又杂取唐人小诗长句，及明皇、太真事，终以微之《连昌宫词》，补缀成曲，刻板流传。
>
> ——《碧鸡漫志》卷三

这里“词学华赡”是指文辞藻饰、富丽华美，并非作为一门学科的“词学”。关于词论与词家的批评，始于词体繁荣的北宋中期，而且最初是以词话的方式出现的。此后虽然有许多的词话、词论和词评，而且有了探讨词体渊源与写作方法的专著，但“词学”之名却迟至清代初年才开始使用。邹祗谟在清康熙之初年（约1666年）所著的《远志斋词衷》里说：“张光州南湖（𬘭）《诗余图谱》，于词学失传之日，创为谱系，有筚路蓝缕之功。”康熙十八年（1679），查培继编时人毛先舒的《填词名解》、赖以邠的《填词图谱》、仲恒的《词韵》、王又华的《古今词论》，集为《词学全书》，刊印以行。康熙二十六年（1687），万树的《词律自序》云：“至今日而词风愈盛，词学愈衰矣。”康熙五十四年（1715）《御制词谱序》云：“唐之中

[1] 梁启勋：《词学》上编总论第1页，京城印书局1932年排印，中国书店1985年重印本。

叶，始为填词，制调倚声，历五代北宋而极盛。崇宁间大晟乐府所集有十二律，六十家，八十四调，后遂增至二百余；移羽换商，品目详具。逮南渡后，宫调失传，而词学亦渐紊矣。”清初正值词体复兴之际，词学研究亦颇为学术界重视，甚至得到统治者的提倡，因此将词的创作方法研究称为“词学”。词学的概念自此之后虽广为词界使用，而对其具体含义的理解则不尽相同。第一种是将“词学”与词体或词作等同，如胡凤丹说：“词学萌芽于唐，根柢于宋。”（《莲子居词话序》）丁绍仪说：“宋词学盛行，然夫妇均有词传，仅曾布、方乔、陆游、易祓、戴复古五家。”（《听秋声馆词话》卷八）杜文澜说：“我朝振兴词学，国初诸老辈，能矫明词委靡之失，铸为伟词。”（《憩园词话》卷一）第二种是将词学理解为词的作法，如田同之说：“近日词家，谓词以琢句练调为工，并不深求于平仄句读之间，惟斤斤守《啸余》一编，《图谱》数卷，便自以为铁板金科，于是词风日盛，词学日衰矣。”（《西圃词说》）陆蓥说：“且同一调作者之字数多寡，句注参差，各有不同，词学之芜甚矣。”（《问花楼词话》）第三种对词学的理解较为全面，如江顺诒于《词学集成凡例》云：“此书积之数十年，有见必录，迄未成书，亦不过词话之流耳，未敢出以示人……即为条分缕析，撮其纲曰源、曰体、曰音、曰韵，衍其流曰派、曰法、曰境、曰品：分为八卷。”这些都可见到清代学者对词学的研究对象和范围的探讨的大致情形。

20 世纪初年新文化运动以后，词学研究进入一个新的发展阶段。1926 年，徐珂著的《清代词学概论》出版，他分析了清代两大词派——浙西词派和常州词派的渊源与发展情况，以及它们的经验教训，对重要词人进行了评论，介绍了词学研究的成就。[1] 这与以往的著述相较，既趋于严密与科学，并已体现了新方法的运用。1930年，胡云翼著的《词学ABC》[2] 是一部以现代白话方式和新文化观念，全面介绍词学常识的普及读物。他分别介绍了词体的特点及其渊源，词的各个发展时期，词体的缺陷，以及初学的读物。1933年龙榆生主编的《词学季刊》创刊[3]，专门刊载词学研究的新成果，团结了许多词学专家，大大推动了现代词学的发展。同年，词界前辈吴梅的《词学通论》[4] 也问世了。它是吴梅在高等学校开设词学课程时用的讲稿，全书基本上可分体制、写作方法和历史三个部分，为全面研究词学的专著；关于词的音律和词人评论均有精深的创见，而且在社会上流传最广，影响最大。1934年，龙榆生发表了《研究词学之商榷》，在文中对“词学”之义予以界定，叙述了词学发展概况，探讨了其研究范围并作了宏观的研究设想。他将“填词”与“词学”两个概念予以区分说：“取唐宋以来之燕乐杂曲，依其节拍而实之以文字，谓之‘填词’。推求各曲调表情之缓急、悲欢，与体制渊源之流变，乃至各作者利病得失之所由，谓之‘词学’。”[5] 这认为词学是关于词的体制、历史和作家作品的理论性研究，尤其强调了词作为音乐文学的特性。关于词学的研究范围，龙榆生提出了声调之学、批评之学和目录之学。声调之学包括关于词调、声律、词谱等的研究；批评之学包括作家作品的评论和词史的研究；目录之学

---

① 徐珂：《清代词学概论》，上海大东书局1926年版。

② 胡云翼：《词学ABC》，上海世界书局1930年版。

③ 《词学季刊》创刊号，上海民智书局1933年。

④ 吴梅：《词学通论》，上海商务印书馆1933年版。

⑤ 龙榆生：《研究词学之商榷》，《词学季刊》第1卷第4号，1934年4月。

是关于词学文献的研究，特别重视词人事迹的考订、词集版本的辨证和作品的鉴赏考释。后来词学界陆续出版的几种词学著述，虽然仍有学者将词学的内容仅限于词的体制、声韵和作词方法等知识，但毕竟为数不多。1981年出版的《词学》集刊第一辑里，当代词学大师唐圭璋的《历代词学研究述略》从词的起源、词乐、词律、词韵、词人传记、词集版本、词集校勘、词集笺注、词学辑佚、词学评论等十个方面，总结了历代词学研究情况[①]，非常确切地指明了词学研究的范围。

词学的研究经历了近千年的历史，在所涉及的范围里都取得了卓著的成就，尤其是现代的词学研究成就反映了我国古典文学研究达到了新的高度。但是迄今为止，尚未有一部研究词学自身建设过程的专著，这不能不是当代词学研究者亟须完成的任务。早在1935年，词学前辈夏承焘便拟完成“词学史、词学志、词学典、词学谱表”四部专著；又于1937年的日记里写道：“思以十年力成词学史、词学志、词学考三书。”[②] 可惜这个宏伟的计划终因夏先生后来从事其他方面的研究而未能实现。当今学术昌盛的时代，前辈学者的设想应由后学来继续努力以求实现了。

在新的历史文化背景下诞生的中国文学批评史，曾给了词学批评以一席之地。我国新文化运动以来的学者们不再将词学视为“小道”，已将它纳入古代文学批评的范围加以审视。我国于1927年出版的第一部《中国文学批评史》，著者陈钟凡便

① 唐圭璋：《词学论丛》第811～834页，上海古籍出版社1986年版。

② 夏承焘：《天风阁学词日记》第417、488页，浙江古籍出版社1984年版。

将历代词话作为研究资料之一①，并在著述里介绍了王灼、张炎、沈义父、徐釚、毛奇龄、朱彝尊、张惠言、周济、戈载、冯煦等词学家。继而朱东润在其《中国文学批评史大纲》里对于重要词论家亦有专节评介。② 中国文学批评史的内容极为丰富，涉及的范围较为广阔，但主要是从宏观的总的方面来描述文学批评的发展过程，有自己独特的对象、范围和任务，对于某些专题的、流派的、各文学体裁的理论批评都受到限制而不可能充分展开论述，更不可能一一探讨它们的具体的历史。前辈中国文学批评史家郭绍虞在晚年时曾说：

> 今天在新的形势下应该怎样看待古代文学理论的研究对象呢？我认为，首先，过去的理论的研究范围应该扩大和深入，不能停留在过去视为正统文学的诗论、文论上，而应把眼光扩大到小说、戏剧、民歌理论的领域。其次，不能把对理论作品的研究作为唯一的对象，还应开展对古代、近代的文艺流派、文艺思潮和文艺思想斗争的研究。第三，还应开展对文学形式，诸如文学体裁以及诗词格律的源流和发展等问题的研究。③

继而郭绍虞再次提出："中国古典文学的理论批评现在大家都注意到总的历史方面的研究，实则这问题不限于纵的总的

① 陈钟凡：《中国文学批评史》第 9 页，中华书局 1927 年版。

② 朱东润：《中国文学批评史大纲》，开明书店 1944 年版。

③ 郭绍虞：《关于古代文学研究中的几个问题》，《学术月刊》1979 年第 4 期。

方面，还有横的分的方面更值得研究。”① 很可能扩大范围和从横的分的方面去研究是中国文学批评史这门学科今后的发展趋势。我们可以预期，将来必定会有多种多样的中国文学批评的断代史、专题史和分体史的编著。每门学科都有自己特定的对象和适应范围。中国文学批评史即使有断代的、专题的、分体的，仍应保持其学科的特性，否则便可能自我分解或与其他学科同化。比如，词论是中国文学批评史的范围之一，后者从词学里汲取材料，但却不可能代替词学史；正如历史哲学需要从历史学中汲取材料而不能代替史学史一样。我国古代的诗学、词学和戏曲学都有各自完整的系统，因而有相对独立的性质和各自发展的历史过程。在其历史发展过程中，理论批评仅是其中一个组成部分而已。

词体作为我国古典格律诗体之一，它特具体制、声律、韵律、格调等方面的规定；它作为我国音乐文学之一，以词调为独立单位，而有关于乐律与音乐方面的规定。词学有自己生成的过程。词学史即是以词学生成过程为研究对象的，通过对于历代词学家及词学著作的探讨，真实地描述词学发展的全部历史过程，寻求词学生成的外部条件与内部规律，总结其美学的、方法论和学术的价值。词学史属于词学中较高层次的理论研究。根据词学学科特定的内容和词学史的特点，词学史的研究范围大致有以下几个方面：

（一）历代的词论。词论是词学家进行批评和指导创作所提出的美学原则，是社会审美理想和审美趣味在词学中的体

① 郭绍虞：《关于中国古典文学理论批评研究的问题》，《社会科学战线》1980 年第 4 期。

现。词学家所提出的论词主张，如李清照的“别是一家”说，张炎以雅正清空论词，张惠言的比兴寄托说，刘熙载的词品说，陈廷焯以沉郁论词，况周颐的重大拙说，王国维的境界说，它们都体现了各时代的社会审美理想和审美趣味。从这里我们可以见到社会美学思潮发展变化的轨迹。词论虽专为词而设，但在古代文论中却具有待发掘的美学价值。例如比兴寄托说、沉郁说、境界说，都大大超越了词论的范围而在文学批评中有较为广泛的影响。

（二）历代关于词史的探讨。刘毓盘于1922年写成的《词史》[①] 是我国第一部词史专著。在此之前的词学著述里已有许多关于词的发展规律的认识，虽然尚未以系统的史的结构方式表述，但许多论点仍是值得重视的。例如王灼关于词体起源的认识，张埏的婉约与豪放之分，汪森关于唐宋词发展趋势的描述，蒋景祁所介绍的清初词坛概况。有学者甚至认为李清照的《词论》竟是一篇唐五代至北宋的微型词史。

（三）历代关于词家和词作的批评。这是词学研究中介于理论层次和基础层次之间的一个层面。词学中关于这方面的资料特别丰富，体现了我国文学批评的鲜明特点。唐圭璋编的《词话丛编》收词话八十五种，它们大都是关于词家词作批评的资料。在我国古代各体的文学作品中，相对于诗、文、曲而言，对词的理解要困难些。虽然词体是雅俗共赏的文学样式，却因其着重表达作者隐秘的思想情感，而表达的方式又特别精巧含蓄，所以对具体作品的理解和鉴赏都是较困难的。关于具体作品的分析、作家整体作品的认识、作家风格的评论和作家

① 刘毓盘：《词史自序》，《词史》，上海群众图书公司1931年版。

在词史上的作用等问题，古人的词话里均有不少深刻而确切的见解。在这些批评里，由于批评者的美学原则不同而有很大的歧义，这都应给予它们以历史的评价。

（四）词体形式的总结过程。词的体式比其他我国古代各种文体形式都要复杂和精巧得多。两宋时即有各种各样的音谱，而且在创作实践中对于声韵的辨识已逐渐达到精微的程度。宋末元初的词学家已很讲究词法并对词乐有深刻的研究。明代和清代的词学家们考订制作了关于图谱、词调、词律、词韵等书。现代的词学家们对词的体式作了较为科学的归纳和总结。如梁启勋的《词学》① 是专就词的体制介绍的，任二北的《词学研究法》② 是专门论述作词方法的，夏敬观的《词调溯源》③ 则是探讨各个词调起源的。词的体式包括了体制、词调、词乐、词律、词韵、图谱和作法。它们都是关于词这种特殊文学样式的基本知识，与我国汉字型的文学有紧密而深刻的关系，体现了中国古典格律诗体艺术技巧的高度成熟和极端化。古代和现代的学者为之进行了相当专门和深入的研究。词学史应描述前人对词的体式所作的归纳与总结的过程并发现其学术价值。

（五）词学文献的整理与研究过程。词学文献的整理与词的体式研究都属词学中的基础研究层次。词学文献的整理研究包括历代词的总集、选集、专集、丛书的编辑、校勘、辑佚，词籍目录提要，词集版本考辨，作品真伪考辨和注释，词人年

① 梁启勋：《词学》，京城印书局 1932 年排印，中国书店 1985 年重印版。

② 任二北：《词学研究法》，商务印书馆 1943 年版。

③ 夏敬观：《词调溯源》，商务印书馆 1931 年版。

谱考订，词人事迹考辨，词语考释等。这些工作是很重要的，有了新的材料和事实的依据，才可能作出新的判断以推动词学研究的深入。词学史不应忽视对这些基础研究历史情况的描述。

由上述可见，词学史有独特的内容，涉及了词学的各个层次，若要对它作系统的历史的叙述，辨清其源流与规律，这都不是中国文学批评史所能包容和胜任的，必须由专门的学科来完成。按照词学生成过程所呈现的发展阶段，中国词学史基本上可分为：词学的创始，词学的建立，词学的中衰，词学的复兴，词学的兴盛，现代的词学等六个时期。本稿将分期探讨和描述中国词学发展的各个层面。

当我们叙述某一学术史时，总是要求客观而真实地反映其生成发展的全过程；然而无论从历史分期到历史现象的解释，或是从历史人物的评价到历史规律的探寻，都已包含了主体的认识并表现其价值观念，而且无不带着浓厚的时代和个人的色彩。我们可以相信："每一代人都有自己的困难和问题，从而有他自己的利益和自己的观点，那么每一代人就有权按照自己的方式来观察历史和重新解释历史去补足前人的不足。"① 因此一部词学史不仅应真实地描述我国词学的生成过程，而且应该体现我们时代的价值观念和所达到的理论水平。"只有一种对现实生活的兴趣才能够推动人去考查过去的事实"②，我们对中国词学史的考查也应是以此为出发点的。

---

① ［英-奥地利］卡尔·包勃尔：《历史有意义吗?》，引自《现代西方史学流派文选》第154页，上海人民出版社1982年版。

② ［意］本纳德多·克罗齐：《历史和编年史》，引自《现代西方史学流派文选》第343页，上海人民出版社1982年版。

第一章 词学的创始

词作为一种民族文学样式兴起于盛唐时期，在晚唐五代已有了关于词体的一些认识。从北宋中期到南宋后期，即约公元11世纪60年代至13世纪70年代的两百年间，正是词体文学繁荣兴盛的时代。在这一历史阶段，以研究词体文学为对象的词学亦开始萌芽。这时期出现了词话、词评和词论，为词学的建立奠定了基础。虽然宋人有许多词话、词评、词论和词集序跋，但严格地说来，它们都还停留在具体事实的罗列和经验的叙述上，资考证和助闲谈的资料极丰富，未能自觉地达到较高的理论形态；所以这仅仅是词学的创始阶段。

第一节 唐代新体音乐文学

——曲子词及最早的词学文献

在中国文学发展过程中，韵文是特别繁盛而形式多样的，它们大都和古代每一时代的音乐保持着亲密的关系。“凡是与音乐相结合关系而产生的文学，便是音乐的文学”。[①] “音乐的文学”亦称“音乐文学”。从《诗经》《九歌》、汉魏乐府歌辞、南北朝民歌和唐人声诗，它们都是先有了歌辞再配以音乐的，此为以乐从辞。自唐代新兴的音乐文学——曲子词，始以音乐为准度，即先有了乐曲再谱以歌辞，此为以辞从乐。20 世纪初年梁启超说：

> 凡诗歌之文学，以能入乐为贵，在吾国古代有然，在泰西诸国亦靡不然。以入乐论，则长短句为便，故吾国韵文，由四言而五言，由五七言而长短句，实进化之轨辙使然也。[②]

他意在说明长短句的词体是中国诗歌配合音乐的最高级的形式，具有中国诗歌进化的必然性。

唐代兴起的新体音乐文学，最初称为曲子，或称为曲子词，表明它是依乐曲而制的歌辞。从它与音乐的关系而言是配合隋唐以来新音乐——燕乐的歌辞。燕乐即宴乐，乃施于宴飨的音乐。中国古代有燕乐，但隋唐燕乐却是一种受西域音乐——胡乐影响而新兴的流行音乐。自公元 4 世纪末，中国北方的匈奴、鲜卑、氐族、羯族和羌族相继建立政权。这些民族通过古代丝绸之路而与西域和中亚有频繁的经济与文化交流。北魏是鲜卑族拓跋氏于公元 386～534 年在中国北方建立的王朝。

① 胡云翼：《宋词研究》第 5 页，巴蜀书社 1989 年重印本。

② 梁令娴：《艺蘅馆词选序》。《艺蘅馆词选》，清光绪三十四年（1908）刊行。

北魏后期中亚曹国（乌兹别克的撒马尔罕）乐师曹婆罗门已在中原传播琵琶伎艺，引入了印度系音乐。北周为鲜卑族宇文氏于公元557～581年在中国北方建立的王朝。周武帝（宇文邕）的皇后阿史那是突厥可汗之女。这位突厥公主到中原时带来了西域歌舞。中亚撒马尔罕的安国和康国音乐因此传入中国。西域龟兹（新疆库车）乐师苏祇婆即是随突厥公主到中原来的。隋代开皇二年（582）朝廷议乐时，郑译将其从苏祇婆演奏琵琶曲所用的七音以附会中国古代五音六律而成的燕乐八十四调理论提出讨论。虽然朝廷未采纳郑译的理论，但龟兹音乐在中国隋唐时期诸种音乐——清乐、西凉、天竺、高丽、安国、疏勒、高昌、康国音乐间的地位愈益显著，而影响亦逐渐扩大，终于形成了以龟兹乐为基础的新音乐——燕乐。唐代贞观十六年（642）朝廷确立十部乐，首为燕乐，于是十部乐统称为燕乐。这样，中国残存的清商乐被改造，而中亚及西域的康国、安国、疏勒、高昌、龟兹等印度系音乐成为燕乐的主体。新燕乐在音阶、调式、旋律、节奏、乐器、风格等方面皆异于中国低缓单调的传统音乐，因而受到朝廷和世俗的欣赏，广为流行，风靡一时，宣告了中国音乐古典时代的来临。

新燕乐在初期基本上是以舞曲形式流行的。中亚与西域的舞伎——胡姬在琵琶、觱篥、筝、箜篌、笛、方响、拍板等乐器的伴奏下，随着节奏明快热烈的乐曲表演优美的舞蹈；这在当时是能满足人们的社会审美需要的。由于燕乐的流行，唐代初年即于禁中置教坊教习音乐，如意元年（692）改为云韶府，开元二年（714）在宫中置内教坊，京都置左右教坊以教俗乐。崔令钦的《教坊记》里记载了开元以来盛唐时期京都教坊习用的乐曲：

献天花　和风柳　美唐风　透碧空　巫山女　度春江　众仙乐　大定乐　龙飞乐　庆云乐　绕殿乐　泛舟乐　抛球乐　清平乐　放鹰乐　夜半乐　破阵乐　还京乐　天下乐　同心乐　贺圣朝　奉圣乐　千秋乐　泛龙舟　泛玉池　春光好　迎春花　凤楼春　负阳春　帝台春　绕池春　满园春　长命女　武媚娘　杜韦娘　柳青娘　杨柳枝　柳含烟　暂杨柳　倒垂柳　浣溪沙　浪淘沙　撒金沙　纱窗恨　金蓑岭　隔帘听　恨无媒　望梅花　望江南　好郎君　想夫怜　别赵十　忆赵十　念家山　红罗袄　乌夜啼　墙头花　摘得新　北门西　煮羊头　河渎神　二郎神　醉乡游　醉花间　灯下见　醉思乡　太边邮　太白星　剪春罗　会佳宾　当庭月　思帝乡　归国遥　感皇恩　恋皇恩　皇帝感　恋情深　忆汉月　忆先皇　圣无忧　定风波　木兰花　更漏长　菩萨蛮　破南蛮　八拍蛮　芳草洞　守陵宫　临江仙　虞美人　映山红　献忠心　卧沙堆　怨黄沙　遐方怨　怨胡天　送征衣　送行人　望梅愁　阮郎迷　牧羊怨　扫市舞　凤归云　罗裙带　同心结　一捻盐　阿也黄　劫家鸡　绿头鸭　下水船　留客住　离别难　喜长新　羌心怨　女王国　缭踏歌　天外闻　贺皇化　五云仙　满堂花　南天竺　定西番　荷叶杯　感庭秋　月遮楼　感恩多　长相思　西江月　拜新月　上行杯　团乱旋　喜春莺　大献寿　鹊踏枝　万年欢　曲玉管　倾杯乐　谒金门　巫山一段云　望月婆罗门　后庭花　西河狮子　西河剑气　怨陵三台　儒士谒金门　武士朝金阙　掺工不下　麦秀两岐　金雀儿　浐水吟　玉搔头　鹦鹉杯　路逢

花　初漏满　相见欢　苏幕遮　游春苑　黄钟乐　诉衷情　折红莲　征步郎　洞仙歌　太平乐　长庆乐　喜回銮　渔父引　喜秋天　大郎神　胡渭州　梦江南　濮阳女　静戎烟　三台　上韵　中韵　下韵　普恩光　恋情欢　杨下采桑　大酺乐　合罗缝　苏合香　山鹧鸪　七星管　醉公子　朝天乐　木笪　看月宫　宫人怨　叹疆场　拂霓裳　驻征游　泛涛溪　胡相问　广陵散　帝归京　喜还京　游春梦　柘枝引　留诸错　如意娘　黄羊儿　兰陵王　小秦王　花黄发　大明乐　望远行　思友人　唐四姐　放鹘乐　镇西乐　金殿乐　南歌子　八拍子　鱼歌子　七夕子　十拍子　措大子　风流子　吴吟子　生查子　胡醉子　山花子　水仙子　绿钿子　金钱子　竹枝子　天仙子　赤枣子　千秋子　心事子　胡蝶子　沙碛子　酒泉子　迷神子　得蓬子　剉碓子　麻婆子　红娘子　甘州子　历刺子　镇西子　北庭子　采莲子　破阵子　剑器子　狮子　女冠子　仙鹤子　穆护子　赞普子　番将子　回戈子　带竿子　摸鱼子　南乡子　大吕子　南浦子　拨棹子　何满子　曹大子　引角子　队踏子　水沽子　化生子　金娥子　拾麦子　多利子　毗砂子　上元子　西溪子　剑阁子　嵇琴子　莫壁子　胡攒子　唧唧子　玩花子　西国朝天

［大曲名］踏金莲　绿腰　凉州　薄媚　贺圣乐　伊州　甘州　泛龙舟　采桑　千秋乐　霓裳　玉树后庭花　伴侣　雨霖铃　柘枝　胡僧破　平翻　相驰逼　吕太后　突厥三台　大宝　一斗盐　羊头神　大姊　舞大姊　急月记　断弓弦　碧霄吟　穿心蛮　罗步底　回波乐　千春乐　龟兹乐　醉浑脱　映山鸡　昊破　四会子　安公子　舞春风　迎春风

看江波　寒雁子　又中春　玩中秋　迎仙客　同心结

以上共三百二十四曲。自《献天花》以下二百七十八曲为杂曲子；自《踏金莲》以下四十六曲为大曲，乃大型歌舞乐曲。这些乐曲的歌辞出现齐言的声诗和长短句的曲子词两种样式。凡乐曲被词人选以谱填长短句的律化的歌辞者称为词调。教坊曲中用为唐宋词调者有六十九曲，唐五代独用为词调者五十四曲。今存唐五代词约三千首，它是中国早期词体文学作品。

北宋中期音乐理论家陈旸向神宗皇帝论述自古代以来音乐文学发生的巨大变化，他说：

> 臣窃尝推后世音曲之变，其异有三。古者乐章或以讽谏，或导情性，情写于声，要非虚发。晋宋而下，诸儒炫采，并拟乐府，作为华辞，本非协律，由是诗乐分为二途。其间失传谬述，去本逾远；此一异也。古音乐曲辞句有常，或三言四言以制宜，或五言九言以投节，故含章缔思，彬彬可述。辞少声则虚，声以足曲，如相和歌中有伊夷吾邪之类为不少矣。唐末俗乐，盛传民间，然篇无定句，句无定字，又间以优杂荒艳之文，闾巷谐隐之事，非如《莫愁》《子夜》尚得论次者也。故自唐而后，止于五代，百民所记，但志其名，无复记辞，以其意褒言慢，无取苟耳；此二异也。古者大曲，咸有辞解，前艳后趋，多至百云。今之大曲，以谱字记其声，折慢叠既，尾遍又促，不可以辞配焉；此三异也。
>
> ——《乐书》卷一五七

陈旸的音乐思想是倾向于守旧的，志于恢复古代儒家的诗乐教化，所以对唐以来的音乐文学现状给予严厉的批评。他认为古代辞与乐是结合的；东晋以后辞与乐分离；古代歌辞无论齐言或杂言皆有固定的字句，以虚声去适应乐曲旋律，唐以来则歌辞为自由的长短句而破坏了古法；古代大曲皆以辞为主，唐以来大曲为器乐曲，节奏与旋律复杂，不可配辞。这些现象反映了古代音乐文学是以乐从辞的；唐代声诗虽然是燕乐歌辞，却是由乐师歌妓选辞（绝句诗）配乐的；新体燕乐歌辞是以辞从乐的，所以产生了依曲定位的长短句形式。

隋唐燕乐——包括中亚和西域传入的胡乐，它们在相当长的时期内是以有声无辞的舞曲或器乐曲的形式在中原流行。这些乐曲作者是专门的音乐家，他们创作一支乐曲必须获得音乐的灵感，以音符、节奏、旋律构成音乐形象，寄寓某种思想情感。这形象和情感又具抽象性与模糊性，因此可以唤起人们种种美的联想，从而产生纯粹的美感。在此过程中要求作曲家具有精深音乐知识与修养，还须有美的感受、优雅或高尚的情感和艺术创作的天赋。如果某支乐曲是民间艺人创作的，它在流行过程中可能不断被修改和丰富，最后成为民族的传统乐曲。如果作曲家是依据歌辞或选用诗篇为之谱曲，则有文学内容、情感、音节等为准度，这比作舞曲与器乐曲较为容易，虽然亦有优秀与平庸之分。盛唐时代某些精通音乐的文人选择流行的动听的燕乐曲为之谱辞，这在中国音乐文学史上是一个革新，开始了以辞从乐，创造了新型的音乐文学样式——曲子词。公元 1900 年中国西北边陲敦煌文献被发现，因其中保存了近两百首盛唐至五代的曲子词，证实了词体的创始者并非中唐白居

敦煌文献 S. 1441 曲子词

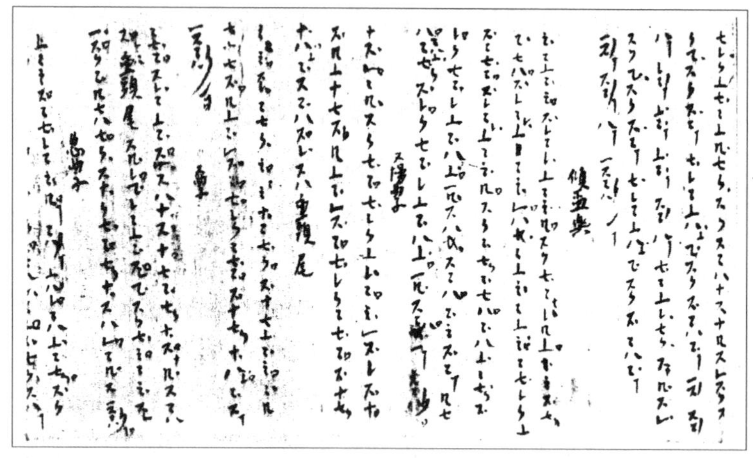

敦煌文献 P. 3808 唐代琵琶谱

易、刘禹锡等文人，而是盛唐时代未留下姓名的文人。敦煌地处丝绸之路的重要位置，是中西文化交通的孔道。“从敦煌保存的壁画乐舞伎、舞谱、乐谱、谱字和歌词的音乐性质来看，可以断定它们是属于唐代新兴燕乐系统的。在敦煌文献中还留下了敦煌地区燕乐歌舞繁盛的历史线索，并可考知当地存在着较为完备的燕乐歌舞制度”。[1] 中亚与西域的胡乐是经敦煌传入中原的，当燕乐在中原形成后又再传到敦煌。敦煌曲子词中的许多作品是出自中原的，例如《云谣集杂曲子三十首》是可确定为全是中原文人的作品。在敦煌曲子词里，我们见到这些长短句形式的作品是以唐代燕乐曲标为曲子（歌辞）名的，例如《凤归云》《菩萨蛮》《苏幕遮》《献忠心》《酒泉子》《定风波》等。它们每调之各词在字数、句数、句式、分片、字声平仄、用韵等方面相同或大致相同，已形成格律。这些歌辞是以音乐为准度的，每曲自有规范，已是典型的“律词”。[2] 律词的创作受音乐和声韵的束缚，它是中国音乐文学新样式，亦是中国古典格律诗体的新样式，乃音乐与文学发展到古典时代的产物，在一切韵文体式中属于艺术形式最精美者。

中国文学发展过程中每一种新文学样式的出现，可能在很长的时期内人们对它的体性的认识是不确切的；这正体现了文学理论总是滞后于文学创作的。词体文学在初期的情形亦是如此。现在我们见到敦煌文献中的长短句的律化的新体音乐文学样式，它们是称为“曲子”的，例如 S. 5643“曲子《送征衣》”、P. 3128“曲子《浣溪沙》”、P. 4017“曲子《长相思》”、P. 2641“曲子一首寄在《定西番》”、S. 4578“咏月《婆罗门》曲子四首”、P. 3360“大唐五台曲子五首寄在《苏幕遮》”、P. 3821“曲子名《谒金门》”、P. 3718“曲子名目《捣练子》”。

① 汤君：《敦煌燕乐歌舞考略》，《文艺研究》2002 年第 3 期

② “律词”概念是近年洛地提出的，见其《词乐曲唱》第 232 页，人民音乐出版社 1995 年版。

"曲子"本义为乐曲，当其被谱上歌词而成为词调时，人们仍称歌辞为"曲子"。从敦煌文献看来，它有时又是指词调，有时指歌辞配合的某乐曲，其概念是不稳定的。晚唐时新体音乐文学——长短句的律化的燕乐歌辞已经在社会化的过程中产生了较大的影响，而且一些著名的诗人亦尝试采用此新文学样式进行创作。这时人们称新体音乐文学样式为"曲子词"，表明它是依据乐曲而谱的歌辞。晚唐文人孙棨的《北里志》记述刘虵虵为歌妓颜令宾唱"曲子词"之事：

> （令宾）及卒，将瘗之日，得书数篇。其母拆视之，皆哀挽词也。母怒，掷之于街中曰："此岂救我朝夕？"其邻有喜羌竹刘虵虵，聪爽能为曲子词，或尝私于令宾，因取哀词数篇，教挽柩前同唱之，声甚悲怆。

刘虵虵喜欢吹笛，曾与颜令宾相好，当其死后遂选取了几篇悲哀的"曲子词"与唱挽歌者在灵柩前同唱，以慰令宾之灵。刘虵虵应是普通市民，所谓"能为曲子词"，从下文之意推测，他并非能作"曲子词"，而是能歌唱，而且很熟悉，所以选取悲哀的歌辞作为挽歌。这是唐代文献中最早关于"曲子词"的记载。五代时词人孙光宪记述词人和凝作"曲子词"之事：

> 晋相和凝，少年时好为曲子词，布于汴、洛，洎入相，专托人收拾焚毁不暇。然相国厚重有德，终为艳词玷之。契丹入夷门，号为"曲子相公"。
>
> ——《北梦琐言》卷六

和凝是五代著名的词人，今存词二十八首，以艳词称著。孙光宪称其“少年时好为曲子词”，则后梁贞明二年（916）和凝十九岁登进士第时已喜作艳词了。在五代时，文坛已接受了“曲子词”这一新文学样式的概念。

中国第一篇词学文献应是公元 940 年西蜀词人欧阳炯的《花间集序》：

> 镂玉雕琼，拟化工而迥巧；裁花剪叶，夺春艳以争鲜。是以唱云谣则金母词清，挹霞醴则穆王心醉。名高《白雪》，声声而自合鸾歌；响遏行云，字字而偏谐凤律。《杨柳》《大堤》之句，乐府相传；《芙蓉》《曲渚》之篇，豪家自制。莫不争高门下，三千玳瑁之簪；竞富尊前，数十珊瑚之树。则有绮筵公子，绣幌佳人，递叶叶之花笺，文抽丽锦，举纤纤之玉指，拍按香檀。不无清绝之词，用助娇娆之态。
>
> 自南朝之宫体，扇北里之倡风；何止言之不文，所谓秀而不实。有唐已降，率土之滨，家家之香径春风，宁寻越艳；处处之红楼夜月，自锁嫦娥。在明皇朝则有李太白之应制《清平乐》词四首，近代温飞卿复有《金荃集》，迩来作者无愧前人。今卫尉少卿字弘基，以拾翠洲边，自得羽毛之异；织绡泉底，独殊机杼之功。广会众宾，时延佳论。因集近来诗客曲子词五百首，分为十卷。以炯初预知音，辱请命题，仍为叙引。昔郢人有歌《阳春》者号为绝唱，乃命之为《花间集》。庶使西园英哲，用资羽盖之欢；南国婵娟，休唱莲舟之引。时大蜀广政三年夏四月叙。

花間集序

武德軍節度判官歐陽　炯撰

鏤玉雕瓊擬化工而迥巧裁花剪葉奪春艷以
爭鮮是以唱雲謡則金母詞清挹霞醴則穆王
心醉名高白雪聲聲而自合鸞歌響遏青雲字
字而偏諧鳳律楊柳大堤之句樂府相傳芙蓉
曲渚之篇豪家自製莫不爭高門下三千玳瑁
之簪競富樽前數十珊瑚之樹則有綺筵公子
繡幌佳人遞葉葉之花牋文抽麗錦舉纖纖之
玉指拍按香檀不無清絶之辭用助嬌饒之態

明正德仿宋本《花间集》书影

自唐末以来古文运动的影响已经消退，骈俪浮艳之文风再度炽盛。《花间集序》正是此种文风的典型。欧阳炯以华美骈俪之笔追溯了古代艳丽的歌辞在花间尊前的遣兴娱宾的作用，但以为齐梁以来宫体诗影响下的歌辞是不够文雅的，所以唐代李白和温庭筠的歌辞开创了一个新的局面，而晚唐以来——特别是西蜀的词人群体在艺术上是无愧于前人的。因欧阳炯并未对词体及其渊源作认真的探讨，仅是依照一般序文制作的习径简述编集之缘起，故表现对词体的音乐文学特质及产生的历史的认识是很模糊的。这今存第一部词总集里所搜集的作品皆有作者姓名，其中有一些尚是很知名的文人。欧阳炯确定这些作品为“诗客曲子词”，使词体概念与具体作品相印证，仅此一点即在词学史上很有价值了。它还表明作者们是“诗客”，这可提高“曲子词”的文化品位，而且作者是在作诗之余偶尔为之的。《花间集序》在词学史上发生了重大而深远的影响，自此词为艳科及其遣兴娱宾的作用构成了传统的词体观念，无论后世的词体革新或尊体运动都难将它改变。

《花间集》所收词作自晚唐温庭筠迄于后蜀广政之初，时间跨度约一百二十余年。① 编者赵崇祚可能认为词体是自温庭筠始成熟的，所以集中除了混入《杨柳枝》《浪淘沙》《八拍蛮》和《采莲子》等三十一首声诗而外，其他四百六十九首词俱为律词，即律词已占百分之九十四。西蜀文人能具有较为成熟的词体观念，而且词人众多，并产生了第一篇词学文献，绝非偶然。

西蜀在唐代已是地方经济与文化特别发达的地区。“安史之乱”后皇室及衣冠士族纷纷入蜀避难，更促进了西蜀经济与文化的发展，其经济地位逐渐上升。在此过程中西蜀的燕乐歌舞随着中原文化的大量传入而兴盛。晚唐五代时期，中原战乱，而蜀中社会相对安定，从公元 907 年王建在成都建立前蜀国，至后蜀主孟昶广政年间，西蜀的经济与文化的发展达到了历史上的最高水平。西蜀在唐代本有乐营以集中官妓，供地方官员歌舞娱乐。王建武成元年（907）十月下诏成都府署堂宇厅馆改为宫殿，其中“乐营为教坊”（《蜀梼杌》卷一），仿唐代京都教坊之制。王建的宫妃花蕊夫人在《宫词》里描述蜀宫的燕乐歌舞有云：“御制新翻曲子成，六宫才唱未知名，尽将

① 闵定庆：《花间集论稿》第 103 页，南方出版社 1999 年版。

觱篥来抄谱，先按君王玉笛声”，“宣索教坊诸伎乐，傍池催唤入船来”，“梨园子弟簇池头，小乐携来候宴游”，“舞头皆著画罗衣，唱得新翻御制词。”（《全五代诗》卷六十）花蕊夫人说的“御制词”是指前蜀后主王衍，他是喜爱歌舞而会作曲子词的。乾德五年（922）“三月上巳，宴怡神亭，妇女杂坐，夜分而罢。衍自执板唱《霓裳羽衣》及《后庭花》《思越人》曲”（《蜀梼杌》卷二）。孙光宪还记述了前蜀国时一则重要的音乐资料：

> 王蜀黔南（四川彭水）节度使王保义，有子适荆南高从诲之子保节。未行前暂寄羽服。性聪敏，善弹琵琶，因梦异人，频授乐曲。所授之人，其形或道或俗，其衣或紫或黄。有一夕而传数曲，有一听而便记者，其声清越，与常异，类于仙家紫云之亚也。乃曰：“此曲谱请元昆制序，刊石于甲寅之方。”其兄即荆南推官王少监贞范也，为制序刊石。所传曲有道调宫、玉宸宫、夷则宫、神林宫、蕤宾宫、无射宫、玄宗宫、黄钟宫、散水宫、仲吕宫；商调，独指泛清商、好仙商、侧商、红绡商、凤抹商、玉仙商；角调，双调角、醉吟角、大吕角、南吕角、中吕角、高大殖角、蕤宾角；羽调，凤吟羽、背风香、背南羽、背平羽、应圣、玉宫羽、玉宸羽、风香调、大吕调。其曲名一同人世，有《凉州》《伊州》《胡渭州》《绿腰》《莫靼》《倾盆乐》《安公子》《水牯子》《阿滥泛》之属，凡二百以上曲。所异者徵调中有《湘妃怨》《哭颜回》——常时胡琴不弹徵调也。
>
> ——《太平广记》卷二〇五

此所记宫调系统极为特殊，所记曲名基本上见于教坊曲名。其故事虽然具神秘色彩，但间接反映了唐代燕乐和教坊曲在蜀中的传播。公元 1940 年在成都西郊出土的王建墓——永陵，棺座四周有石刻二十四位乐舞伎，为首两位为舞伎，华袂广袖，相向而舞，余二十二位乐伎所演奏的乐器有琵琶、竖箜篌、筝、觱篥、笛、篪、笙、箫、拍板、正鼓、和鼓、齐鼓、毛员鼓、答腊鼓、羯鼓、鞉牢鸡娄鼓、铜钹、吹叶。这些乐舞是属于唐代燕乐系统的，是唐代中原文化在西蜀的遗存。因为蜀国保存了唐代燕乐，建立了教坊制度，盛行燕乐歌舞，所以新体的燕乐歌辞——曲子词的创作出现繁荣兴盛的情形。这里遂成为词学之滥觞，然而无论就音乐或文学而言它都是唐代文化精神的体现者。

第二节　宋人词体观念形成的文化条件

在我国文学史上，赋、骈文、诗、词、曲等都曾在某一历史时期繁荣兴盛、登峰造极而成为一个时代的文学代表。它们又总是随着那个时代文化的隐退遂趋于衰微而成为一种陈旧的形式。某种文学样式的产生发展与其特定的社会文化条件有着密切的关系，某个时代人们对一种文学样式的性能和文体风格的认识则总是反映了那个时代的文化精神。词作为有宋一代之文学，这固然有其较为复杂的原因，而宋人关于词体的观念对宋词发展所产生的影响却不容忽视。任何观念都植根于一定的历史文化的土壤之中，即以宋人词体观念而论，它并非是一个绝对的理念，其形成与变化都是由宋代整个文化系统决定的。它表现了宋代特定文化条件下人们的社会审美理想和审美趣味的一个重要方面。正因为如此，我们便可从宋人的词体观念见到时代的社会文化精神的某些特质。

宋人的词体观念基本上是继承了传统的词体观念。五代后蜀广政三年（940）西蜀词人欧阳炯作的《花间集序》标志了传统词体观念的形成。自此，长短句的形式、男欢女爱的内容、软媚艳丽的风格、歌筵舞席以佐娱乐，遂构成对这种新兴音乐文学样式的体性观念，并且被普遍地公认为传统了。从公元960年北宋建国以来的百年间，传统的词体观念仍牢固地支配着词坛，而且对它加以更具理性的认定，使原来的朦胧的观念愈益明晰了。

关于词体的称谓，宋人基本上是称为“歌词”，如苏轼说：“张子野诗笔老妙，歌词乃其余技耳……而世俗但称其歌词。”（《题张子野诗集后》）这表明词是入乐配歌的。通常也简称“词”，如陈师道说：“子瞻以诗为词”，“张子野老于杭州，多为官妓作词。”（《后山诗话》）此外词的别称甚多，如“乐章”、“倚声”、“歌曲”、“曲子”、“长短句”、“乐府”、“诗余”等等。其中最值得注意的是被称为“小歌词”或“小词”的这个名称。如李清照《词论》云：“晏元献、欧阳永叔、苏子瞻，学际天人，作为小歌词，直如酌蠡水于大海，然皆句读不葺之诗尔”，“王介甫、曾子固文章似西汉，若作一小歌词，则人必绝倒。”《雪浪斋日记》所引晏几道、王安石、黄庭坚、秦湛等人词皆称之为“小词”（《苕溪渔隐丛话》前集卷五九）。这里的“小”，非谓其体制短小，而是含轻贱之意。因为按照传统的文学理论观念讲，“词”之与“经国之大业，不朽之盛事”的文章相较，当属微不足道的小技。“小词”一语最能体现宋人对词体的一种态度。然而，词在整个宋代封建文化系统中虽被目为卑贱的文学品种，但实际上却又为宋代统治者和士大夫所私下喜爱；至于庶人百姓，则往往公开表示他们对“词”的爱尚之情。小词之所以受到喜爱，则是由于宋人很满意它的娱乐功能。北宋嘉祐三年（1058），陈世修作的《阳春集序》较明确地表述了词为娱乐遣兴工具的主张。他说：“公（冯延巳）以金陵盛时，内外无事，朋僚亲旧，或当燕集，多运藻思，为乐府新词，俾歌者依丝竹而歌之，所以娱宾而遣兴也。”这是将《花间集序》“则有绮筵公子，绣幌佳人，递叶叶之花笺，文抽丽锦；举纤纤之玉指，拍按香檀。不无清绝之词，用助娇娆之态”作了概括性的理性化的表述，是宋人对传统词体观念的发展，指出了词体所具的娱乐作用。稍后，苏轼以为歌词可以作“闲居之鼓吹”（《与杨元素书》）；晏几道谈其作词的目的是“病世之歌词不足以析醒解愠，试续南部诸贤绪余，作五七字语，期以自娱”（《小山词后记》）。可见他们都是将词作为消闲娱乐工具的。南宋初年鲖阳居士在《复雅歌词序》里谈到晚唐五代浮艳词风对北宋人的影响时说：“温（庭筠）李（煜）之徒，率然抒一时情致，流为淫艳猥亵不可闻之语。我宋之兴，宗工巨儒，文力妙于天下者，犹祖其遗风，荡而不知所止。脱于芒端而四方传唱，敏若风雨，人人歆艳，咀味于朋游尊俎之间，以是为相乐也。”（《古今合璧事类备要》外集卷一一）可见，在花间尊前写作或欣赏新词艳曲，以佐清欢，遣兴娱宾，这种娱乐方式已成为宋人文化生活中一个颇为重要的组成部分，较能满足统治阶级对于世俗享乐的需要。

在宋代民间，词体也为广大民众欢迎。它本是小唱伎艺使用的。小唱艺人在都市的瓦市、歌楼、酒馆、茶肆及街头巷尾等处为市民群众演唱通俗的新词，繁声淫奏，表现市民的生活情趣。这使市民得到快乐、兴奋和慰藉，满足他们审美的文化需要，其中包含着感官的刺激。因而小唱是当时民众所喜闻乐见的形式，以至曾出现“凡有井水饮处，即能歌柳词”的盛况。北宋时无论在上层社会还是在市井民间所演唱的歌词内容大都与男女恋情有关，甚至宫廷里也盛传淫艳之词。小唱艺人本来不限男女，而到宋代逐渐都是浓妆艳质、语娇声颤、饶有风情的女艺人了。词学家王灼叹息说：“古人善歌得名，不择男女……今人独重女音，不复问能否；而士大夫所作歌词，亦尚婉媚，古意尽矣！”（《碧鸡漫志》卷一）因此，人们将词归入艳科不是没有根据的。

陆游《跋花间集》云：“《花间集》皆唐末五代时人作。方斯时，天下岌岌，生民救死不暇，士大夫乃流宕如此，可叹也哉！或者亦出于无聊故邪?”（《渭南文集》卷三〇）这较为确切地道出了花间词人的创作心理。北宋建立后，这种文化背景消失了，出现了一个社会安定、经济繁荣、文化高涨的新的文化形势。为什么这时旧的花间词风与词体观念能够延续和发展呢？这除了文学传统作为文学发展的内部因素而起的作用之外，还应有更深层的文化心理的原因。词体的艳科性质和娱乐功能，使晚唐五代到宋代的人们都能从它得到感官的娱乐和审美的享受，能满足人的感性需要。封建社会的政治、宗族、集团、家庭，构成了一个封建的伦理系统，它排斥和否定个人的价值和个人的感性。然而如马克思所说：“人作为对象性的、感性的存在物，是一个受动的存在物；而由于这个存在物感受到自己的苦恼，所以它是有情欲的存在物。情欲是人强烈追求自己的对象的本质力量。”① 个人的情欲基本上体现在由人的自然性所驱使的对享乐的追求。当然，以为人生的目的主要还是由享乐原则所决定，恋爱是人类追求幸福的一种较合理的方法，文艺创作与欣赏是逃避苦难的重要方式，这种观点有极大的片面性，因为它无视人的社会本质，仅停留在较低的文化层次上来理解人的本质。人不仅是自然的人，他还是在特定的历史时期内作为国家、宗族、集团、家庭的成员之一。但在人性异化了的社会中，人的自然性受到严重的压抑和摧损，人性被扭曲了。我国从中唐以后，社会的发展进入封建社会后期，长期受压抑与摧损的人性有所萌发与觉醒。欧阳炯所代表的传统词体观念和北宋人的词体观念正表现了人们的情欲和对审美的感性的追求，同时表现了对词作为音乐文学的特性的把握，尤其偏重于它的审美价值。如果从深层的文化心理结构来理解，我们是不能将这视为“走上了狭而艳的邪路上去了”，或许可以认为这是黑暗的封建社会里的一线光明。

晚唐五代的文人沉迷于花间尊前的享乐，确是在战乱与忧患的社会中所采取的逃避现实的方法。北宋文人在歌筵舞席的遣兴娱宾、闲居相乐，却是在升平环境里的正常的人性追求，社会为他们提供了更为充分的享乐条件。北宋开国以来，社会经济发展速度较快，社会财富和生产水平在绝对意义上讲，是大大超过了历史上的汉唐。北宋社会经济出现了许多新的变化，封建的商业都市经济发展起来，在交通发达、农产品丰富、商业和手工业兴盛的地方，形成了一大批新兴的都市和以生产为主的镇市。北宋都城东京的总人口已达百万之众：“人

① 马克思：《1844年经济学哲学手稿》第122页，人民出版社1983年版。

烟浩穰，添十数万不加多，减之不觉少；所谓花阵酒池，香山药海，另有幽坊小巷，燕馆歌楼，举之数万。”（《东京梦华录》卷五）都市中新兴市民阶层的世俗享乐生活方式对统治阶级也产生了巨大的影响，所以小唱伎艺作为都市文化生活方式也为上层社会乐于接受。宋王朝对士人给予了特别的优待，他们有较为广阔的政治出路，科举录取的名额空前增大，一被录取即踏上仕途。宋王朝实行厚俸以养廉的政策，主张“俸给宜优”，“于俸钱、职钱外，复增供食料等钱”（《宋史》卷一七一）。因此士大夫们可以过着非常优裕的生活，以至名园华第遍布京洛；而且时值“天下无事，（朝廷）许臣僚择胜宴饮。当时侍从文馆士大夫为燕集，以至市楼酒肆，皆供帐为游息之地”（《梦溪笔谈》卷七）。这就为士大夫们的享乐生活提供了物质的保证。宋代的歌妓制度则有利于小唱伎艺的发展，为人们的艳科娱乐创造了必要的条件。在宋代社会中有民间歌妓活动于社会下层，以卖艺为主也兼卖淫；中央和各级地方官署有许多加入乐籍的官妓，在各种宴会上为官员们歌舞献艺并相互调情；达官贵人之家则蓄有几名或数十名家妓，供主人闲居时的歌舞和娱乐。[①] 歌妓制度的存在和小唱成为时尚的文化娱乐方式，虽然促使词体繁荣，也使词体难以脱离艳科的范围。可见，宋人是在新的文化条件下继承和发展了传统的词体观念。他们对词体艳科性质和娱乐作用的认识，既有其深层的文化心理原因，也有客观的社会文化条件。

宋人关于词体的纯审美的和纯娱乐的观念，在北宋中期开始受到儒家政治教化说的干预和渗入而渐渐有所变化。北宋封

① 参见谢桃坊：《宋代歌妓考略》，《中华文史论丛》1983 年第 4 辑。

建中央集权的高度完善，曾使我国封建制度得到稳定和发展。这一过程中封建统治阶级逐渐加强了思想的统治，新形成的理学思想成为此后数百年中国社会的统治思想，顽强地主宰着中国的文化精神。宋初，太宗即主张“文德致治”，注意强化思想统治，真宗“尤重儒术”，仁宗则“务本理道”，已经特别重视提倡儒家政治思想。北宋中期，随着“积贫积弱”带来的社会危机的日益深化，最高统治集团开始采用思想专制政策。神宗时终于决定罢诗赋而以经义论策取士，颁布王安石《三经新义》于学官，严重地禁锢士人的思想。这个时期，儒家政治教化说向词体观念的渗入已具必然之势。历史总是这样：“人类不是遵守着内心的规律而是屈服于一个外来的必然性的。”①

政治改革家王安石首先将古代“诗言志”的观念以附会词体。他说：“古之歌者，皆先有词，后有声，故曰‘诗言志，歌永言，声依永，律和声’。如今先撰腔子，后填词，却是永依声也。”（《侯鲭录》卷七）王安石对于词体的历史并未深究，以为颇失古法。但值得注意的是，填词虽“永依声”，却似乎未违“诗言志”。“诗言志”是儒家政治教化说内容之一，强调个人的心志服从于封建的伦理规范。北宋中期兴起的理学，坚决否定文学的特性和社会功能，以为文学“乃无用之赘言”，“离真失正，反害于道”（《河南程氏文集》卷九）。理学家们主张“灭私欲则天理明”，而小词却是满足人们私欲的东西，所以他们对它表示深恶痛绝。例如有儒者周行己因不能克制私欲，在酒席间对某歌妓有所属意而辩解说：“此不害义理。”伊川先生程颐闻知此事愤然斥责说：“此禽兽不若也，岂得不害

① ［德］黑格尔：《精神现象学》上卷第244页，商务印书馆1981年版。

义理!”又有一次,程颐“偶见秦少游,问‘天若知也和天也瘦,是公词否?’少游意伊川称赏之,拱手逊谢。伊川云:‘上穹尊严,安得易而侮之!’”(《河南程氏外书》卷一二),理学家对词体的这种态度虽然迂腐可笑,但却代表了一种强大的封建意识。它在南宋渐渐上升为统治的势力,以至刘克庄感叹说:

> 坡(苏轼)谷(黄庭坚)亟称少游(秦观),而伊川(程颐)以为亵渎,莘(刘挚)以为放泼。半山(王安石)惜耆卿(柳永)谬其用心,而范蜀公(范镇)晚喜柳词,客至则歌之。余谓坡、谷怜才者也,半山、伊川、莘老卫道者也;蜀公感熙宁、元丰多事,思至和、嘉祐太平者也。今诸公贵人,怜才者少,卫道者多。
>
> ——《后村先生大全集》卷一一一

理学家对词体的态度产生了很消极的影响,故有人认为小唱乃“极舞裙之逸乐,非惟违道,适以伐性”(《张氏拙轩集》卷五),作词则被视为“笔墨劝淫”。政治家们和理学家们的意见代表了统治阶级利益,以政治价值对词体横加干涉;但这些意见的明显的荒谬无理便遭到词人们的讥笑和抵制,如有词人指出这些封建卫道者乃“假正大之说而掩其不能”(《浩然斋雅谈》卷下)。

当北宋灭亡后,由于民族的危机而唤醒了人们的爱国意识,文坛上的抗金救国的爱国主义运动开展起来。词人和词学家们自觉地改变词体观念,词的创作与“诗人之旨”发生了联系,掀起了一个为时甚久的尊体运动。南宋之初,胡寅高度评价了苏轼词的社会意义，以为它“一洗绮罗香泽之态，摆脱绸缪宛转之度，使人登高望远，举首浩歌”（《向芗林〈酒边集〉序》）。这是从艺术感受的角度来理解词的社会功利目的，因而得到许多爱国词人的热烈响应。王灼论词有很明确的音乐文学观念，他以儒家传统的诗乐论来说明音乐文学的产生。儒家关于艺术起源的自然论强调了诗、乐、舞的自然结合。王灼从古代诗乐自然论出发，认为“故有心即有诗，有诗则有歌，有歌则有声律，有声律则有乐歌”（《碧鸡漫志》卷一）。这说明了主体心志为诗之本源，而且它与歌、声律和表演存在着天然和谐的关系。王灼虽然也继承了儒家诗教说，却扬弃了由统治阶级来施行政治教化的主张，特别指出诗的社会功能的实现是依靠艺术感染力量，而且只有音乐文学才能担负此任。虽然他是认为“言志”与“缘情”并重的，尤其注重“真情”，因而反对“浅近卑俗”的词，热烈称赞苏轼“偶尔作歌，指出向上一路，新天下耳目”（《碧鸡漫志》卷二）。这些意见都有助于克服五代以来词体观念的片面性，表明宋人的词体观念更趋于成熟，为尊体运动奠定了理论基础。

在南宋尊崇词体的过程中，出现了两种明显的倾向：即曲解诗歌传统的“诗人之旨”以为情词辩护和将词引向典雅的发展方向。罗泌认为欧阳修所作的许多恋情词深得“诗人之旨”。他引述了《诗经·国风》中一些描写男女之情的诗篇后说：“公性至刚而与物有情，盖尝致意于《诗》，为之本义，宽柔温厚，所得深矣。吟咏之余，溢为歌词。”（《欧阳文忠公近体乐府跋》）曾丰认为苏轼词合乎社会道德规范，体现了儒家的诗教。他说：“文忠苏公，文章妙天下，长短句特绪余耳，尤有与道德合者。‘缺月疏桐’一章，触兴于惊鸿，发乎情性也；

收思于冷洲，归乎礼义也。”（《知稼翁词序》）这些解释有明显的牵强附会之处，歪曲了“诗教”的原意。宋人似乎为了尊体，有意这样来为小词辩护，使人们不便于随意轻视。“诗人之旨”引入词体观念的同时也产生了“复雅”的意识。南宋初年曾慥编选的词集名为《乐府雅词》，声明不收“艳曲”和“谐谑”之词。鲖阳居士编的《复雅歌词》旨在发扬古代文学的典雅传统，反对“焦杀急促”、“鄙俚俗下”，以为词应“韫骚雅之趣”（《复雅歌词序略》）。这种复雅之风一直延续到宋末，如张炎说：“词欲雅而正之，志之所之，一为情所役，则失其雅正之音。”（《词源》卷下）雅正是与率俗、浮艳、软媚等对立的，它要求词意含蕴、意趣高雅、情志合乎社会伦理规范。在尊体意识的影响下，南宋词的发展一方面扩大了题材，重视了社会功能；另一方面则走上典雅的道路，艺术表现趋于精巧工致了。当然，南宋人的词体观念与其创作尚有不一致的现象，因为实际上词体的艳科性质和娱乐功能并未完全改变，而且也不可能完全改变。如南宋后期黄升《中兴以来绝妙词选序》云：

> 中兴以来，作者继出，及乎近世，人各有词，词各有体……然其盛丽如游金张之堂，妖冶如揽嫱、施之袪，悲壮如三闾，豪俊如五陵，花前月底，举杯清唱，合以紫箫，节以红牙，飘飘然作骑鹤扬州之想，信可乐也。

所以张炎在宋末仍在竭力矫正词坛偏离雅正轨道的“浇风”。

在宋人词体观念中显然存在着政治价值和审美价值的矛盾冲突。南渡以来，在新的历史文化条件下，人们发觉将词体仅仅作为消闲娱乐的工具是非常片面的了。一些民族情感强烈的词人自觉地要求词体反映社会现实生活，关注国家政治形势和民族的命运，而以为词体同其他文学样式皆同具有更高的社会功能。因此，现实的功利目的在儒家政治教化说的引导下向词体观念渗透。这在词的理论和实践方面既有积极的意义，也有消极的作用。就其积极的意义而言，标志宋人词体观念上升到了一个高级的层次；就其消极的作用而言，使某些作品出现政治概念化和叫嚣粗率的作风，丧失了词体的某些特性。只有那些在创作实践中善于将政治价值观念溶解或转化于审美观念中的词人，尊重艺术创作的特殊规律，才真正体现了词体的最高社会功能而创作出光辉不朽的作品。但是在宋人的词体观念中始终未能完满地解决政治价值与审美价值的矛盾。

如果我们将宋人对待诗体和词体的态度加以比较，则能更深刻地认识宋人的词体观念。宋代继唐代将诗作为科举考试的科目之一，诗体因而较为尊贵，以为它能充分体现儒家的诗教，有利于统治阶级的政治利益。词体本起自唐代市井，在两宋仍基本上以俚俗的形态与民间保持着一定的联系。小唱是市民文化生活内容之一，因其艳科性质与娱乐功能而显得地位十分卑贱。南宋时虽有不少人将词与“诗人之旨”相联系，但毕竟不敢名正言顺地与诗体并重，终因自惭形秽而只能别称“诗余”，表明仅是诗之绪余而已。所以词体在两宋都未能跻于正统文学之列，与诗体自有尊卑之别。因为宋代文学中诗体与词体存在并行发展的情形，宋人遂将二者的职能予以较为严格的区分，至于诗专主言理，词则专主言情。这样区别的结果出乎宋人主观的预期，如明代陈子龙说：“宋人不知诗而强作诗，其为诗也，言理而不言情，终宋之世无诗。然宋人亦不免于有情也，故凡其欢愉愁怨之致，动于中而不能抑者，类发于诗余，故其所造独工，非后世所及。”（《王介人诗稿序》，《安雅堂稿》卷三）当然不能绝对理解为宋诗从不言情而且毫无成就，这只能与词相比较而言。清人毛先舒也曾怀疑宋人有词才而无诗才，他说：“宋人词才，若天纵之，诗才若天绌之。宋人作词多绵婉，作诗便硬；作词多蕴藉，作诗便露；作词颇能用虚，作诗便实；作词颇能尽变，作诗便板。”（《古今词论》）的确，词终于成为有宋一代之文学，而宋诗并未达到唐人的高度。这之间的原因是极为复杂的。我们考察宋人对诗词的矛盾态度便可发现，宋人作词时实际上遵循了心的规律，虽然他们对此并未自觉地意识到。在人类的精神现象中，当普遍的理性与个体的感性冲突时，“如果普遍的必然性的内容与心不相一致，则普遍的必然性就它的内容来说，自身就什么也不是，而必须让路给心的规律”。[①] 文学创作是形象地表现人的感性的，当其本能地服从心的规律时也就服从了艺术的规律。这应是宋词取得成功的主要原因。

宋人大致以为人生应努力于建功立业，在政事之余可以作文章，文章之余可以作诗，作诗之余始可作词。如强焕说：“文章政事，初非两途。学之优者发而为政，必有可观；政有暇余，则游艺于咏歌者，必其才有余辨者也。”（《题周美成词》）王灼以为苏轼便是“以文章余事作诗，溢而作词曲”（《碧鸡漫志》卷二）。关注也认为叶梦得“以经术文章，为世宗儒，翰墨之余，作为歌词”（《题石林词》）。显然词的位置是最卑末了，所以往往叫它“小词”。因为这个原因，许多文人

① 黑格尔：《精神现象学》上卷第 246 页，商务印书馆 1981 年版。

作了词在后来又感到后悔，而且亟于灭迹；即使保存一部分下来也觉不安。有的文人在显达后颇兴壮夫之悔，如胡寅说："文章豪杰之士，鲜不寄意于此者，随亦自扫其迹曰：谑浪游戏而已也。"（《向芗林〈酒边集〉后序》）有的文人在晚年为自己词集作序时视为过错的记录以引咎自责，如陆游说："予少时汩于世俗，颇有所为，晚而悔之，然渔歌菱唱，犹不能止。今绝笔已数年，念旧作终不可掩，因书其首以识吾过。"（《长短句序》）赵以夫也说："奚子偶于故纸中得断稿，又于黄玉泉处传录数十阕，共为一编。余笑曰：文章小技耳，况长短句哉！今老矣，不能为也。因书其后，以识吾过。"（《虚斋乐府自序》）我们不难发现还有许多文人拒绝将小词收入自己的文集里。宋人对于作词，其态度也极为矛盾：如果真的轻贱词体，极力自扫其迹或引咎自责，那么当初又何必去作词呢？然而事实上宋人又是私自最喜爱作词和欣赏小唱的。晏殊真切地表示其享乐的人生态度："一向年光有限身，等闲离别易销魂，酒筵歌席莫辞频。"（《浣溪沙》）他只有在歌筵舞席间才感到人生是真实的："萧娘劝我金卮，殷勤更唱新词；暮去朝来即老，人生不饮何为。"（《清平乐》）欧阳修说："青春才子有新词，红粉佳人重劝酒。"（《玉楼春》）他经常在这种场合下陶醉和满足："樱唇玉齿，天上仙音心下事；留住行云，满座迷魂酒半醺。"（《减字木兰花》）苏轼也欣赏"皓齿发清歌，春愁入翠娥"（《菩萨蛮》），而以"江南好，千钟美酒，一曲《满庭芳》"（《满庭芳》）为乐事。这三位北宋名臣在政事和文章之余总不能忘情于花间尊前。他们个人对于娱乐和情感的需要只有在花间尊前才得以暂时的满足。不仅士大夫们如此，甚至"深斥浮艳"的仁宗皇帝也曾喜欢柳永俚俗的新词，"每对酒，必使侍从歌之再三”（《后山诗话》）。尤其是徽宗时期，大晟府的歌词中竟有不少民间流行的淫艳的俗词。这些词不仅在朝廷演唱，徽宗皇帝还下诏将它同其他燕乐歌词一并转赐邻邦高丽国，因此它们至今得以见存于《高丽史·乐志》内。如其中竟有这样一些句子：“到这里，思量是我，忒瞅无情”（《忆吹箫》）；“蓦地被他，回眸一顾，便是令人断肠处”（《感皇恩》）；“想风流态，种种般般媚”（《千秋岁》）；“奶儿甘甜，腰儿细，脚儿去紧，那些儿更休要问”（《解佩》）。像这样淫艳之词便曾为最高统治集团所欣赏。可是徽宗又一再下诏要禁止民间“淫哇之声”的。这些矛盾的文化现象，反映了宋人在理性与感性之间的深刻矛盾。

宋王朝处在中国封建社会后期，在加强中央集权和思想统治的过程中加速了人性的异化。社会对人欲的否定与压抑，使人的内在的自我与外在的表现分裂，出现较严重的表里不一致的现象。宋人不像唐人在唐诗中表现的那样理性与感性的和谐。宋人为了应付更复杂的社会生活却往往隐藏了真实的自我而戴上几种人格的面具，扮演种种的性格。这样能够有利于人在社会中的生存与竞争，有利于实现个人的目的和取得个人的成就。所以宋人在朝廷、政事、社交、家庭等不同的环境里便以各样的人格面具出现，只有在私人生活中如与姬妾、歌妓、好友相处时才表现出自己的本来面目。例如北宋诗文革新运动的领袖欧阳修和政治改革家王安石都以刚正立朝、谠直不回、道德文章为世所矜式，具有执拗的性格；可是他们在反映自己私人生活场景的歌词里却有柔婉纤丽的词语。欧阳修真正相信：“人生自是有情痴，此恨不干风与月。”（《玉楼春》）王安石也有点儿女情感：“细写相思多少，醉后几行书字小，泪痕都揾了。”（《谒金门》）宋人大都这样过着双重的生活：一方面在社会中备受人格面具的支配，服从于理性与道义；一方面在私人生活场景中表现真实的个性，尽情地享乐，满足感性的需要。他们对词体与诗体的矛盾态度正非常生动地反映了其双重的精神生活。宋人在词里表现了个人的欲望、享乐、恋情和美的感受。如尹觉说：“词，古诗流也，吟咏情性，莫工于词。临淄（晏殊）六一（欧阳修），当代文伯，其乐府（词）犹有怜景泥情之偏；岂情之所钟，不能自已于言耶!”（《题坦庵词》）当然，双重的人格是人性异化的表现。如果人的自身缺乏综合能力和调节能力则可能向畸形的病态的方向发展，破坏主体精神的统一性。宋人好思尚理，重视道义和气节，但实际上又并不否定感性的需要，善于安排自己的私人生活，争取充分满足精神和物质的享受，然而又有节制。所以，宋人既有多种人格面具，又努力保持真实的自我，并未破坏其统一的人格，表现出人性的丰富性。例如北宋的大文学家苏轼，是最能体现宋代文化精神的人物，而其他两宋名臣和大文学家也大都如此。我们将宋词放在宋代整个文学系统中，或从一位作家的全部的诗、文、词等著作中，便可见到宋人主体精神的统一性和人性的丰富，而又总是以理性为指导的。宋人有这样的意识：

> 文章纯古，不害其为邪；文章艳丽，亦不害其为正。然世或见人文章铺陈仁义道德，便谓之正人；若言及花草月露，便谓之邪人，兹亦不尽也……然余观近世，所谓正人端士者，亦皆有艳丽之辞。
>
> ——《宋朝事实类苑》卷三八

这是以为，作者在文章里既可以讲述仁义道德，也可在歌筵舞席抒写艳丽之词，且认为艳丽之词并不有损于“正人端士”的光辉形象。艳丽之词是文人私人生活场景中男女私情的表露，宋代社会对它采取了宽容和默许的态度，因而认为正人端士的私情并不影响其政事和文章等经国之大业的。这样的观念，在我国历史上是有进步意义的。它表现了在封建意识和理学思想的重压下，人们对人性和文学性的执着追求。西方大诗人歌德在谈到中国文化时发现：“虽然在这一个奇怪特别的国家有种种限制，一般人仍不断生活、恋爱、吟咏。”[①] 宋代词人的情形尤其是这样的。

北宋以来城市经济的发展，出现了新兴的市民阶层，市民的世俗的享乐生活方式对统治阶级发生了影响；士人在升平的环境里所享受的优厚待遇，为他们追求世俗享乐生活提供了物质的保证；歌妓制度促使了宋词的繁荣，使小唱成为时尚的文化生活内容，为艳科的发展创造了必要的条件：这便是宋人词体观念形成的社会文化条件。宋人接受并发展了传统的词体观念，认为词是具艳科性质的小词，它是人们在花间尊前遣兴娱宾、闲居鼓吹、析酲解愠的娱乐工具。这表现了宋人对词体性能的纯审美的和纯文学的认识，反映了人们深层的文化心理中对感性的需要。随着宋代封建中央集权和思想统治的加强，代表统治阶级政治价值观念的政治教化意识开始向词体观念渗入。在南宋初年新的严峻的政治形势和抗金救国热潮的推动

① 转引自朱谦之：《中国哲学对欧洲的影响》第318页，福建人民出版社1983年版。

下，宋人的词体观念发生了变化，词与“诗人之旨”联系起来开展了一个尊崇词体的运动，可是却一直存在着政治价值与审美价值的矛盾冲突。但词体的艳科性质和娱乐功能仍一直潜在地支配着南宋人的词体观念。宋人对诗体与词体的不同态度，反映了主体的理性和感性的矛盾，深刻地揭示了他们关于词体的观念，表现了宋人人格的分裂。宋人主体精神生活的双重性，显示了其人性的丰富性。他们在词的创作中真实地表现了自我的欲望。这些艳丽之词得到社会的宽容与默许，正说明宋人是在封建意识和理学思想的重压之下对人性和文学性的执着追求。

第三节　宋人词体起源说

在唐代随着新的流行音乐而产生的一种音乐文学样式，唐人称它为“曲子”、“词”或“歌词”，对其性质与形式，尚缺乏清楚的认识。五代后蜀广政三年（940）欧阳炯为词总集《花间集》作序时，他对词体的认识亦停留在具象的阶段，而且仅注意文学风格的渊源关系。词体经过晚唐五代的发展，至宋代臻于成熟，其性质与形式特点已趋显著，因而宋人关于词体已有了确切的理性认识。在宋人看来，新兴的词体与古乐府辞、近体诗、声诗、杂言诗等是有严格区别的，而有其自身特殊的规定性。

宋人将词体的形式特点概括为“长短句”，并以之作为词体的代称。不少词人径将自己的词集题名为“长短句”，如秦观的《淮海居士长短句》、米芾的《宝晋长短句》、张纲的《华阳长短句》、胡铨的《澹庵长短句》、张孝祥的《于湖先生长短句》、辛弃疾的《稼轩长短句》、魏了翁的《鹤山先生长短句》等。当然，宋人也称词体为“歌曲”、“乐府”、“乐章”等，但当他们论及词体与其他诸种诗体之区别时，特赋予“长短句”的概念。例如：

> 古无长短句，但歌诗耳，今《毛诗》是也。唐此风犹存，明皇时李太白进木芍药《清平调》亦是七言四句诗；临幸蜀，登楼听歌李峤词“山川满目泪沾衣”，亦止是一绝句诗。今不复有歌诗者，淫声日盛，闾巷猥亵之谈，肆言于内，集公燕之上；士大夫不以为非，可怪也。
>
> ——朱翌《猗觉寮杂记》卷上

> 韩退之云“余事作诗人”，未可以为笃论也。东坡谓词曲为诗之苗裔，其言良是。然今之长短句，比之古乐府歌词，虽云同出于诗，而祖风已扫地矣。
>
> ——朱弁《风月堂诗话》卷上

朱翌和朱弁俱是北宋后期思想保守的文人，他们对词体并无好感，以为它乖离了儒家政治教化的文学主张，因而持以否定的态度。这里应该注意他们的两个观念：一是“古无长短句”；二是“今之长短句”。按通常的概念，“长短句”与“杂言”是等同的，它是在一首诗里出现了长短不齐的三、五、七，或四、六、九的句式，并非单纯的四言、五言或七言。中国古代的《诗经》、汉魏乐府歌辞皆有杂言体。词体在形式上与杂言体相似，宋人特称为“长短句”，其意在于使它与杂言区别开来。“今之长短句”与古代杂言歌辞，它们同属音乐文学，但却存在实质的区别，并非同一文学样式。宋人为强调这种区别，还认为词体是中国诗歌发展过程中出现的一种“变体”。南宋词人张镃说：

> 《关雎》而下三百篇，当时之歌词也。圣师删以为《经》，后世播诗章于乐府，被之金石管弦。屈、宋、班、马由是乎出。而自变体以来，司花傍辇之嘲，沉香亭北之咏，至与人主相友善，则世之文人才士，游戏笔墨于长短句，间有能瑰奇警迈，清新闲婉，不流于诡荡污淫者，未易以小技言也。
>
> ——《题梅溪词》，《宋六十名家词》

宋人以为此“长短句”同以往的音乐文学或格律诗体比较而言，它是新的“变体”。其所谓“自变体以来”，即指自词体产生以来，它是中国文学史上特定历史阶段出现的文学现象。因此，关于词体文学渊源的问题，后世词学家的源于《诗经》说，源于汉魏六朝乐府说，源于古代杂言说，等等，皆是对词体之独立意义和文学性质缺乏历史考察而得出的片面的与肤浅的结论。

唐代“安史之乱”后，崔令钦于宝应元年（762）著的《教坊记》记述了唐代开元、天宝时期朝廷教坊之建置及歌妓轶事。其中保存了教坊所用之“曲名”三百二十四曲，这是非常重要的早期词学文献。唐代两京（长安与洛阳）教坊的建置是为了满足宫廷对于流行俗乐的需要，而聚集了歌舞艺人以教习。教坊曲里有绝大多数曲名皆成为后来常用的词调，例如《清平乐》《破阵曲》《浣溪沙》《浪淘沙》《望江南》《凤归云》《离别难》《拜新月》《大酺乐》《伊州》《甘州》《采桑》《雨霖铃》等。令人感到惋惜的是，崔令钦当时未记下一首教坊曲辞，致使学者们对教坊曲的文学形式难以判断，亦使词体起源的线索迷乱了。唐代声诗至今存一千五百余首，都是齐言体的歌词；存百五十余调，其中与词调相同者近四十调。在唐代，词体与声诗的关系呈现交错的复杂情况。宋季词学家张炎曾在《〈词源〉序》里说："粤自隋唐以来，声诗间为长短句，至唐人有《尊前》《花间集》。"实际上声诗与词体的关系，北宋后期词人李清照已有明确的认识。她在其《词论》里首先说："乐府、声诗并著，最盛于唐。"此"乐府"是宋人习惯以特指词体的，如欧阳修确切地称为"近体乐府"。李清照认为在唐代长短句的词与齐言的声诗是同属一种音乐渊源的两种体式，二者同时流行于社会。因此二者是并行的，不存在渊源关系。南宋初年词学家王灼在《碧鸡漫志》卷五考察《清平乐》的历史渊源后认为：

> 明皇宣（李）白进《清平乐》词，乃是令白于《清平调》中制词。盖古乐取声律高下分为三，曰清调、平调、侧调；此谓之三调。明皇只令就择上两调，偶不乐侧调故也。况白词七字绝句，与今曲不类，而《尊前集》亦载此三绝句，止目曰《清平词》；然唐人不深考，妄指此三绝句耳。此曲在越调，唐至今盛行。今世又有黄钟宫、黄钟商两音者。

《清平调》与《清平乐》在唐代当是同调，而同时存在齐言的声诗与长短句的词体。王灼以见到之"今曲"（词调），辨明了此调是存在声诗和词体两式的。其所见之曲已与声诗是绝不相类的了。这证实了李清照的意见是正确的。

宋人积累了词体创作的丰富经验，关于词体已总结出其音乐文学形式的规定性，使它在诸种音乐文学与诸种诗体间乃“别是一家”，这就是词体之“律”。李清照在《词论》里关于词律总结了协音律、分平侧、辨清浊轻重和词调用韵的规则。我们从她所举《声声慢》《雨中花》《喜迁莺》《玉楼春》等词调的用韵规则来看，已表明词体是以单个词调为单位而定律的，因此其律严于其他诸种诗体。南宋后期词人杨缵《作词五要》中“择腔”、“择律”、“填词按谱”、“推律押韵”四项，皆是关于律方面的要求。张炎在《词源》里关于“音谱”提出“按律制谱，以词定声”的要求，以为“不详一定不易之谱，则曰失律”。他又论及“拍眼”时说：“盖一曲有一曲之谱，一均（韵）有一均之拍。”宋人填词必须根据歌谱的音乐节奏，“倚声”、“按谱”。此外也有词人，因不谙音律，便只得参照名篇佳作之句数、用韵和字声平仄来填词。他们都得严守格律。这是词体自身的规定性，亦是词之为词的根本所在。

宋词是唐五代词的继续发展，其所用的词调（乐曲）亦是对唐五代词调的继承与发展，它们所配合的音乐是一个系统的。中国音乐在唐代呈现纷繁兴盛的局面：古老的雅乐、南北朝的清商乐、中原的民间音乐和外来的胡乐，同时并存，互相竞争，接受文化选择。词体所依据的新声，它是哪一种音乐呢？

自隋代以来由于外来音乐，主要是西域音乐的影响，我国音乐发生了一次重大变革：以西域龟兹乐为主的音乐经过汉化，与我国旧有的民间音乐相结合而产生了新的隋唐燕乐。燕，同讌，即“宴”。燕乐乃施于燕飨之乐。我国古代宫廷与贵族之家宴飨时所用之乐称燕乐。隋唐燕乐却是当时流行的新的俗乐，它与古代燕乐在音阶、调式、旋律、乐器、演奏方式等方面都有很大区别。西域龟兹乐在北朝时已经传入内地。隋代初年音乐理论家郑译发现了它的价值，并在理论上使之符合汉民族的音乐传统观念。他将古代的宫、商、角、徵、羽五音，加上变宫、变徵而为七音；又与古代十二律吕理论附会，于是七音与十二律吕旋转相交构成八十四调。这种以西域印度系音乐为主体而形成的新燕乐流行起来，风靡一时，造成了一次音乐的变革。从唐代到宋代，燕乐的发展经历了三个阶段：唐五代时期燕乐的胡乐成分较重，北宋时燕乐已进一步与我国民间音乐相结合，南宋的燕乐趋于古典化而走向衰微。宋人对于这次音乐的巨大变革尚能明显地感受到，而且认定词体是随着这种新燕乐而流行起来的。北宋中期文学家苏轼说：

> 譬之于乐，变乱之极而至于今，凡世俗之所用，皆夷声夷器也，求所谓郑卫者且不可得，而况于雅音乎？学者方学陈六代之物，弦匏三百五篇，黎然如戛釜灶、撞瓮盎，未有不坐睡窃笑者也。
>
> ——《书鲜于子骏楚词后》，《东坡集》卷二三

苏轼不谙音律，他对流行音乐是持否定态度的。我们从其否定意义可见到古代雅乐在北宋几乎不存，流行的音乐“皆夷声夷器”（胡乐和琵琶）。他又嘲讽那些抱残守缺的文人仍用似古非古的音乐弦歌古诗，声音怪戾沉闷，令人昏睡或发笑。学者沈括是知音的，他论及新燕乐时说：

隋柱国郑译始条具之，均展转相生为八十四调，清浊混淆，纷乱无统，竟为新声……外国之声前世自别为四夷乐，自唐天宝十三载，始诏法曲与胡部合奏。自此乐奏全失古法，以先王之乐为雅乐，前世新声为清乐，合胡部者为宴乐……今声词相从，唯里巷间歌谣及《阳关》《捣练》之类稍类旧俗，然唐人填词多咏其曲名，所以哀乐与声尚相谐会，今人则不复知有声矣。

——《梦溪笔谈》卷五

沈括将唐代天宝以来音乐概括得甚为准确，而新燕乐是以“胡部”为主的。他又认为配合燕乐的歌词，在唐代时其内容与音乐表情是一致的，而宋人的歌词则与音乐表情分离了。这本是正常的发展规律，宋人填词已不再顾及词调本事了。同时的音乐理论家陈旸论及唐代新声云：

古者乐曲辞句有常，或三言四言以制宜，或五言九言以投节，故含章缔思，彬彬可述，辞少声则虚，声以足曲，如相和歌中有“伊夷吾邪”之类为不少。唐末俗乐盛传民间，然篇无定句，句无定字，又间以优杂荒艳之文，闾巷谐隐之事，非如《莫愁》《子夜》当得论次者也……

圣朝乐府之盛，歌工乐吏，多出市廛畎亩，规避大役，素不知乐者为之。至于曲调抑又沿袭胡俗之旧，未纯乎中正之雅，其欲声调而四时和，奏发而万类应，亦已难矣。

——《乐书》卷一五七

陈旸是从儒家乐论出发来看待新燕乐的，具有保守的倾向，但反映了唐以来燕乐社会化的过程：唐末"俗乐"即新燕乐，已在民间盛传。他谈到其歌词形式特点是"篇无定句，句无定字"，这正是新的长短句体式。它依个体词调而定句数，不像近体诗或声诗有固定的句数；它是定格的长短句，各句中之字数依个体词调而定，不像声诗那样每句有固定的字数。陈旸明言新的长短句体式所配合的音乐是唐末盛行的俗乐，而且构成传统，以致宋代音乐皆"沿袭胡俗之旧"。南宋初年词家鲖阳居士为其编的词选集《复雅歌词》作的序里，追述词乐渊源云：

> 五胡之乱，北方分裂，元魏、高齐、宇文氏之周，咸以戎狄强种，雄据中夏。故其讴谣，淆糅华夷，焦杀急促，鄙俚俗下，无复节奏，而古乐府之声律不传。周武帝时龟兹琵琶乐工苏祇婆者，始言七均；牛洪、郑译因而演之，八十四调始见萌芽。唐张文收、祖孝孙讨论郊庙之乐，其数于是乎大备。迄于开元、天宝间，君臣相为淫乐，而明皇尤溺于夷音，天下熏然成俗。于是才士始依乐工拍旦之声，被之以辞句。句之长短，各随曲度，而愈失古之声依永之理也。
>
> ——《古今合璧事类备要》外集卷一一

这将长短句的词体与隋唐以来新燕乐的关系表述得至为清晰。从宋人的论述中，可见新燕乐是外来的"胡乐"或"夷声"。它始于隋代，唐代开元后盛行于世，成为世俗喜好的音乐，于是相应地产生了长短句的新体歌词。新燕乐与新体歌词之间的关系是不同于古代音乐与诗歌关系的。北宋王安石发现：

古之歌者皆先有词后有声，故曰："诗言志，歌永言，声依永，律和声。"如今先撰腔子后填词，却是永依声也。

——赵令畤《侯鲭录》卷七引

王灼对此进行了深入细致的论述，他说：

永言，即诗也，非于诗外求歌也。今先定音节，乃制词从之，倒置甚矣。而士大夫又分诗与乐为两科。古诗或名曰乐府，谓诗之可歌也。乐府中有歌、有谣、有吟、有引、有行、有曲。今人于古乐府，特指为诗之流；而以词就音，始名乐府，非古也。

——《碧鸡漫志》卷一

古代乐府歌辞是先有歌词再配以乐曲，即"以乐从词"。新体音乐文学长短句词，则是先有乐曲，然后配以歌词，即"以词就音"、"制词从之"。词体的出现确立了以音乐为准度，因而可以按谱填词，倚声制词；这在中国音乐文学史上是一个新发展阶段。近世词学家刘尧民说："因为要'以诗从乐'，诗歌才会有音乐的准度，才会变成长短句，成为词。"[①] 因此，词体起源必定是在隋唐新燕乐流行之后，词体必须是"以词从乐"的长短句。

当我们考察了宋人关于词体与音乐的关系之论述后，可见词的音乐性质问题，宋人是早已正确地解决了的。唐代实行文化开放政策，吸收了外来文化而促进传统文化的变革，从而创

① 刘尧民：《词与音乐》导言，云南人民出版社 1982 年版。

造了一个伟大的新文化。新燕乐的流行而带来的词体文学兴盛繁荣即是一例。这对后世提倡传统文化者是难于在观念上接受的，但却是历史事实。宋人早已被迫地承认了它。

南宋中期文人张侃曾论述词体起源，他仅从纯文学的杂言形式来探讨：

> 陆务观自制近体乐府，叙云："倚声起于唐之季世。"后见周文忠《题谭该乐府》云："世谓乐府起于汉魏，盖由惠帝有乐府令，武帝立乐府采诗夜诵也。"唐元稹则以仲尼《文王操》、伯牙《水仙操》、齐牧犊《雉朝飞》、卫女《思归引》为乐府之始。以予考之，乃赓载歌"薰兮解愠"，在虞舜时，此体固已萌芽，岂止三代遗韵而已。二公之言尽矣。然乐府之坏，始于《玉台》杂体，而《后庭花》等曲流入淫侈，极而变为倚声，则李太白、温飞卿、白乐天所作《清平乐》《菩萨蛮》《长相思》。
>
> ——《张氏拙轩集》卷五

此论述中概念与推理是紊乱的，表现出对文学史缺乏认识。这在宋人中是很特殊的，但后世明清词学家时有附和者。现在我们将考察宋人关于词体起源的颇富学术意义的论断。关于词体起源的具体时间，李清照和鲖阳居士以为在"开元、天宝间"。胡仔以为是在"唐中叶"以后，陈旸、李之仪和陆游以为是在"唐末"。文学史上每一种文学体裁的兴起是有一个过程的。宋人认为长短句的新体歌词与唐代声诗并著，它有自己独特的格律，它是"以词从乐"的，这音乐是唐以来流行的新燕乐。因此，无论是从历史或逻辑来推论，词体起源都只应在唐代。他们将起源的时间上限定在盛唐的开元、天宝间，下限定在唐末，即公元713年至889年的百余年之间，这都是合理的，但以开元、天宝间似更为合理一些。王灼的《碧鸡漫志》五卷，实际上是旨在考察词体起源及其流变的专著，在后三卷里具体考察了二十九个词调。兹根据王灼所述概括如下：起源于开元、天宝的词调有《霓裳羽衣曲》《凉州曲》《伊州》《甘州》《胡渭州》《水调歌》《夜半乐》《万岁乐》《何满子》《清波神》《荔枝香》《阿滥堆》《念奴娇》《雨霖铃》《清平乐》《春光好》十六调；中唐的有《六幺》《菩萨蛮》《文溆子》《望江南》《西河长命女》《麦秀两岐》六调；南北朝及隋的有《兰陵王》《安公子》《后庭花》《杨柳枝》四调；宋初的有《虞美人》《盐角儿》《喝驮子》三调。南北朝及隋的四调，在宋代，殊非旧制；它们在唐代是属“前朝新声”的清商乐，入词调后已经发生变化。起于开元、天宝的词调占王灼所列词调半数以上，它们大都为宋人沿用，而且属于新的燕乐系统。所以，李清照和鲖阳居士以为词起于“开元、天宝间”的判断是有依据的。王灼说：“盖隋以来，今之所谓曲子者渐兴，至唐稍盛，今则繁声淫奏，殆不可数。”（《碧鸡漫志》卷一）这是就新燕乐之渊源立论的，此与词体起源于“开元、天宝间”并无矛盾，王灼考察词调的结果是符合李清照与鲖阳居士之论的。现代词学家胡云翼认为：“词的起源，只能这样说：唐玄宗的时代，外国乐（胡乐）传到中国来，与中国的残乐结合，成为一种新的音乐。这种歌词是长短句的、是协律有韵律的——是词的起源。”[①] 这当是根据宋人的意见而作出的结论。

① 胡云翼：《宋词研究》第12页，巴蜀书社1989年重印本。

词体是怎样产生的？关于这个问题，宋人有两种假说：一是和声说；一是倚声制词说。他们双方各有理由。和声（泛声）说是由北宋中期著名学者沈括提出的，他在论述隋唐燕乐兴起之后说：

诗之外又有和声，则所谓曲也。古乐府皆有声词，连属书之，如曰："贺贺贺"、"何何何"之类，皆和声也。今管弦之中缠声亦其遗法也。唐人乃以词填入曲中，不复用和声。

——《梦溪笔谈》卷五

稍后的文人蔡居厚说：

大抵唐人歌曲，本不随声为长短句，多是五言或七言诗，歌声取其辞与和声相叠成音耳。予家有《古凉州》《伊州》辞，与今遍数悉同，而皆绝句诗也，岂非当时人之辞为一时所称者，皆为歌人窃取而播之曲调乎？

——《苕溪渔隐丛话》前集卷二一引《蔡宽夫诗话》

南宋理学大师朱熹将此说表述得最清楚，他说："古乐府只是诗，中间却添许多泛声。后来人怕失了那泛声，逐一声添个实字，遂成长短句，今曲子便是。"（《朱子语类》卷一四〇）所谓"和声"或"泛声"是乐府歌辞中保存的无义的虚声词字；"缠声"本管弦中的虚声，亦借指乐府歌辞中拟声无义的词字；例如"贺贺贺"、"何何何"、"妃呼稀"等等。沈括等认为齐言声诗如果将其虚声改填为实字，这样便成长短句了，例如《花间集》所收：

采莲子

皇甫松

菡萏香连十顷陂举棹，小姑贪戏采莲迟年少。晚来弄水船头湿举棹，更脱红裙裹鸭儿年少。

竹　枝

孙光宪

门前春水（竹枝）白苹花（女儿），岸上无人（竹枝）小艇斜（女儿）。商女经过（竹枝）江欲暮（女儿），散抛残食（竹枝）饲神鸦（女儿）。

这是将原曲的虚声改填为有意义的实字，是为词体起源于和声的有力证据。显然《采莲子》和《竹枝》是绝句入乐的声诗，即使将和声改为有意义的实字，重复出现，也与词体的长短句仍有性质的不同，它们未构成有独立意义的词律，未体现词调的真正意义。关于此问题，王灼曾以《杨柳枝》词调为例进行考察，他说：

予考乐天晚年与刘梦得唱和此曲调，白云“古歌旧曲君休听，听取新翻《杨柳枝》”。盖后来始变新声，而所谓乐天作《杨柳枝》者，称其别创词也。今黄钟商有《杨柳枝》曲，仍是七字四句诗，与刘、白及五代诸子所制并同，但每句下各增三字一句，此乃唐时和声，如《竹枝》《渔父》今皆有和声也。旧词多侧字起头，平字起头者十之一二；今词皆侧字起头，第三句亦复侧字起，声度差稳耳。

——《碧鸡漫志》卷五

《杨柳枝》在唐代属前朝遗存的清商乐曲，本是七言绝句的声诗；《花间集》所收温庭筠词八首、皇甫松二首、牛峤五首、和凝三首、孙光宪四首，它们都是七言绝句，未记录有和声。《花间集》又收张泌和顾敻各一首，则是新体长短句，如顾敻《杨柳枝》词（●仄○平，下同）：

> 秋夜香闺思寂寥，漏迢迢。鸳帷罗幌麝烟消，烛光摇。　正忆玉郎游荡去，无寻处。更闻帘外雨潇潇，滴芭蕉。

此词为双调，其中四个七字句已不能构成绝句，声律与绝句相异；上下片首句皆是仄起句；每句下各增一个三字句，其中竟有三个是仄平平的句子：这完全是长短句的词了。从声律来考察是不会发现它是由声诗的和声演变而来的，特别是它在声律和音谱方面与齐言声诗已毫无关系。《杨柳枝》的两体同时存在《花间集》内，这可说明唐末五代此两体是并行的。王灼怀疑此调长短句之体为“唐时和声”，当是无根据的，但他发现宋代“今词尽皆侧（仄）字起头，第三句亦复侧字起，声度差稳”，则实际上已与旧的绝句体无关联了，可惜他未作出明确而肯定的判断。《杨柳枝》《竹枝》《渔父》等源于中国旧的清商乐，它们配合声诗时有和声，此固可理解，然而以为词体起源于和声则是极片面的。我们以《杨柳枝》为例已可证实此点。词体所配合的音乐主要是新燕乐（胡乐），如果我们考察新燕乐的词调如《雨霖铃》《甘州》《水调歌》《六幺》《夜半乐》等长短句，则它们在字数、句式、声律、结构等方面都不可能见到任何一点“和声”的痕迹。宋人中持和声说者都是一般的文人学者，并非当行的词人或音乐理论家。他们由于不谙音律，不会倚声制词，仅从单纯的文学观点来谈词体起源，所以其结论是经不住理论和事实检验的。然而宋人和声说甚为清代词学家们所承袭，现代某些学者亦加以发挥，为探讨词体起源造成严重的淆乱。

宋代词学家和词人关于词体起源是主张“倚声制词”说的。由倚声填词而产生“俗变”，创造出一种新体长短句的歌词。李清照在《词论》里谈到词体起源，叙述了唐代开元、天宝间李八郎（衮）善歌新声，“自后郑卫之声日炽，流靡之变日烦，已有《菩萨蛮》《春光好》《莎鸡子》《更漏子》《浣溪沙》《梦江南》《渔父》等词，不可遍举”。她所说的“郑卫之声”是借指当时的“胡部新声”。关于词体起源，她认为是“流靡之变”的结果，即流行音乐发生变化的必然。王灼考察了中国音乐文学的历史，以为“古歌变为古乐府，古乐府变为今曲子，其本一也”。“今曲子”指词体。他详述了“歌词之变”的情况，引述唐人元稹《乐府古题序》后批评说：“微之（元稹）分诗与乐府作两科，固不知事始，又不知后世俗变。”（《碧鸡漫志》卷一）“俗变”即“习俗之变”。“古乐府变为今曲子”即由习俗之变所使然。这与李清照的见解是一致的。新燕乐兴起之后，歌词怎样由齐言变为长短句的呢？李之仪说：“唐人但以诗句而用和声抑扬以就之，若今之歌《阳关》词是也。至唐末遂因其声之长短句而以意填之，始一变而成音律。”（《姑溪居士文集》卷四十）他以为词人依据新燕乐曲之旋律节奏，用长短句的歌词去配合，以己意填写，这样构成词体的独特音律。鲖阳居士说："才士始依乐工拍但之声，被之以辞句；句之长短，各随曲度。"（《复雅歌词序》）他认为词体在最初是由于作者依照乐工所制乐曲之节拍与宫调（"但"），填写辞句，句子的长短是随曲调的变化而定，于是创作出新体长短句了。陆游说："雅正之乐微，乃有郑卫之音；郑卫虽变，然琴瑟声磬犹在也……千余年后，乃有倚声制辞，起于唐之季世。"（《长短句序》，《渭南文集》卷十四）他简述了音乐文学的演变后，确认长短句词体是新创的，它由"倚声制辞"而产生。关于词体的产生，若用渐进的观点是难以解释的，其间应有一个飞跃的突变：为适应热烈活泼、繁声促节的新乐曲，必须产生异于传统习惯的新样式。从李清照至陆游，他们关于词体起源仅作出简略的结论。自然这个结论是由经验的推衍而得，尚缺乏历史的事实、理论的分析和个体的例证。任何一种文体的兴起都有一个潜隐的阶段，后世学者对此阶段的认识，一般都比较模糊；如果能找到一个显著的事例或作品为标志，固然会更有说服力的。我们感到惋惜的是，宋人关于词体起源的"倚声制词"说却未找到作为标志的事例。造成这种遗憾的一个重要原因是宋人未见到早期流行于世俗社会的词作——敦煌曲子词。

20世纪之初我国甘肃敦煌莫高窟藏经洞的发现，文书总数约四万余件，其中敦煌曲子词约存五百余首。敦煌卷子所题的年号之最后者是北宋太平兴国（976～983）和至道（995～997）年间的。藏经洞的封闭约在西夏占据敦煌（1036）之前。这时宋王朝建国已七十余年。宋人之所以没有发现敦煌文书，是因藏经洞地处西北边陲，该地自唐末以来战乱频仍，而且藏经洞本身即具有神秘特点，故为外人所难知。敦煌文书的幸存和偶然发现，为中国传统文化的研究提供了非常宝贵的资料，亦为词体起源提供了新的文献依据。

敦煌曲子词里保存了不少早期的长短句形式的歌词，例如唐明皇的御制曲子《献忠心》见于教坊曲，它在盛唐时期已经传播西北。今敦煌曲子词里存“御制”两首，另存西北民族将领表示归向大唐意愿的两词：

> 臣远涉山水，来慕当今。到丹阙，向龙楼。弃毡帐与弓剑，不归边土。学唐化，礼仪同，沐恩深。　见中华好，与舜日同钦。垂衣理，教化隆。尽遐方无珍宝，愿公千秋住。感皇泽，垂珠泪，献忠心。

> 蓦却多少云水，直至如今。涉历山阻，意难任。早晚得到唐国里，朝圣明主。望丹阙，步步泪，满衣襟。　死生大唐好，喜难任。齐拍手，奏仙音。各将向本国里，呈歌舞。愿皇寿，千万岁，献忠心。

这两首词产生于公元8世纪之初，它与我国以往的诗歌形式相比较，已具有新的特点：第一，句式为复杂的长短句，每首内三、四、五、六、七字句并用；第二，每首词分为对称的上阕和下阕；第三、每阕内共用四韵；第四，词中字声平仄已有规律可寻，如○表示的平声，●表示的仄声，两词基本上相同；第五，两词系按词调《献忠心》的格律规定而有序地将字、句、韵、片组成一个有机的整体，个别句子虽有一二字增减，但可见到其格律仍颇严整。这是中国标准的律词的产生。就词体的声韵格律而言，它的产生必须在近体诗声律已经成熟的时代；就词体所依赖的音乐准度而言，它的产生必须在新燕乐已经流行之时。中国词学史上关于词体起源问题之所以长期不能清楚地认识，是因缺乏“律词”概念和缺乏早期标准的作品所致。敦煌曲子词的发现，表明公元8世纪之初，中国已存在标准的律词，它标志词体的兴起。

宋人认为：音乐文学和古典格律诗体中出现了一种“变体”；它的形式特点是新的“长短句”，在音律和声韵方面有自己独特的规定，因此不同于古代诗歌、古乐府歌辞和唐代声诗，乃“别是一家”——这就是词。宋人认为外来音乐——“俗乐”、“夷声”或“胡乐”，始于隋代，在唐代开元之后盛行于世，它是新燕乐，于是相应地产生了“以词从乐”的长短句歌词。宋人将词体起源时间上限定在盛唐的开元、天宝间，下限定在唐末；其兴起的内部原因是文人的“倚声制词”、“句之长短各随曲度”，依据乐曲的节奏旋律而填写长短句式的歌词。宋人虽由于历史的断裂而未见到流行于世俗社会的早期歌词，但敦煌曲子词的发现却又证实了他们关于词体起源的意见是符合历史真实的，因而他们的意见是很合理的。当然宋人对词体起源的认识并不完全一致，但词人、音乐家和词学家们的认识则基本上是相同的，它代表着一种经得住历史和事实验证的学术意见。可惜后世词学家大都未能认真检讨宋人的意见，以致某些问题是宋人已经解决了的，在现代词学家中仍争论不休，陷入新的误区，难以作出科学的结论。

第四节　宋人的词话

诗话和词话都是宋人创造的特殊的文学批评形式。我国第一部诗话是北宋中期欧阳修的《六一诗话》，这是向无争议的；但谁是第一部词话却有争议。清人李调元以为词话始于北宋陈师道。他说："宋人诗话甚多，未有著词话者。惟后山集中载吴越王来朝、青幕子妇妓、黄词、柳三变、苏公居颍、王平甫之子七条，是词话当自公始。"（《雨村词话》卷二）这里是指陈师道《后山诗话》中的几则词话，它并非词话专书，而宋人谈词之语在此之前也有，如欧阳修《六一诗话》便有：

> 王建《霓裳词》云："弟子部中留一色，听风听水作霓裳。"《霓裳曲》今教坊尚能作其声，其舞则废而不传矣。人间又有《望瀛洲》《献仙音》二曲，云此其遗声也。《霓裳曲》前世传记论说颇详，不知"听风听水"为何事也。白乐天有《霓裳歌》甚详，亦无"风水"之说，第记之，或有遗亡者尔。

这则所谈关于词调的问题属于词话。稍后王灼考证词调渊源时，对此则内容有所驳正。他说："欧阳永叔云'人间有《瀛府》《献仙音》二曲，此其遗声'。《瀛府》原属黄钟宫，《献仙音》属于小石调，了不相干。永叔知《霓裳羽衣》为法曲，而《瀛府》《献仙音》为法曲中遗声，今合两个宫调，作《霓裳羽衣》一曲遗声，亦太疏矣。"（《碧鸡漫志》卷三）可见词话不始自陈师道，而且宋代并非没有词话专书，只是因散佚致使历史的线索隐没了。

“苏门四学士”之一的晁补之有《骩骳说》二卷，亦称《晁无咎词话》，“其大概为论乐府歌词，皆近世人所为也”（朱弁《续骩骳说序》）。其书早佚，今存宋人诗话总集里有晁补之的《评本朝乐章》，可能是其词话内容撮要之一。晁补之作词话时当在宋徽宗初年解职归田之后，所以朱弁说：“晁无咎晚年，因评小晏并黄鲁直、秦少游词曲。”（《风月堂诗话》卷上）因此清人沈曾植认为：“词话始晁无咎，而朱弁《骩骳说》继之。今二书皆不存，独朱书名见《直斋书录解题》耳。”（《海日楼丛抄》）但《晁无咎词话》也并非最早的词话，在此之前尚有北宋中期杨绘编的《时贤本事曲子集》。

苏轼于北宋元丰三年（1080）贬谪黄州后与杨绘的书简中说：

> 近一相识，录得明公所编《本事曲子》，足广奇闻，以为闲居之鼓吹也。然窃谓宜更广之，但嘱知识间令各记所闻，即所载日益广矣。辄献三事，更乞拣择。传到百四十许曲，不知传得足否？
>
> ——《东坡续集》卷五

据此，则杨绘编的这个集子在元丰中已有传抄本，已搜集了一百四十余曲，而且苏轼建议更加广泛征集。此后继有《京本时贤本事曲子后集》流传。宋人诗话及笔记杂书每见引用。南宋初年尤袤《遂初堂书目》著录有“杨元素《本事曲》”，但后来散佚了。近人赵万里校辑《时贤本事曲子集》一卷，共九则，尚有数则可以补入。[①] 梁启超考证云：

> 《本事曲子》既有前后集，想卷帙非少。据所存佚文，知其每条于本事之下具采原曲全文，是实最古之宋词总集，远在端伯（曾慥）、花庵（黄升）、草窗（周密）诸选本以前，且觇述掌故，亦可称为前古之词话，尤可宝贵。[②]

杨绘，字元素，绵竹（今四川绵竹）人。熙宁初曾知制诰知谏院；熙宁七年（1074）六月杨绘代陈襄守杭州，时苏轼为杭州通判，遂结为词友。苏轼赠和之词便有九首之多。九月，苏轼、杨绘、张先等在湖州六客之会。张先作《劝金船》词，自注："流杯堂唱和翰林主人元素自撰腔。"可见杨绘是能作词而且精通音律的。他编集《时贤本事曲子集》大约在熙宁末和元丰初的数年间。它将词系于本事之下，以词的本事为主干，其性质实为词话，当是我国最早的一部词话了。如云：

> 钱塘西湖有诗僧清顺居其上，自名藏春坞。门前有二古松，各有凌霄花络其上，顺常昼卧其下。时子瞻为郡，一日屏骑从过之，松风骚然，顺指落花觅句，为赋此词（《减字木兰花》）："双龙对起，白甲苍髯烟雨里。疏影微香，下有幽人昼梦长。　湖风清软，双鹊飞来争噪晚，翠飐红轻，时下凌霄百尺英。

① 吴熊和：《唐宋词通论》第 375 页，浙江古籍出版社 1985 年版；又见刘尚荣：《杨绘〈时贤本事曲子集〉拾遗》，《书品》1988 年第 1 期，中华书局。

② 梁启超：《记时贤本事曲子集》，《饮冰室合集・文集》第 16 册，中华书局 1936 年版。

此后，南宋初年便有了名实相符的《古今词话》。杨湜的《古今词话》多被宋人引用，其书明代以来已佚，赵万里辑得六十七则。但宋人词话不以“词话”为名者居多，其内容与形式的具体情形颇为复杂。词话专书如《时贤本事曲子集》《古今词话》和《复雅歌词》，这三种都是记述作品本事而附以歌词的。其中《古今词话》多属附会作品故事，如记：

> 苏子瞻守钱塘，有官妓秀兰天性黠慧，善于应对。湖中有宴会，群妓毕至，惟秀兰不来。遣人督之，须臾方至。子瞻问其故，具以发结沐浴，不觉困睡，忽有人叩门声，急起而问之，乃乐营将催督之。非敢怠忽，谨以实告。子瞻亦恕之。坐中倅车属意于兰，见其晚来，恚恨不已。责之曰：必有他事，以此晚至。秀兰力辩，不能止倅之怒。是时榴花盛开，秀兰以一枝藉手告倅，其怒愈甚。秀兰收泪无言，子瞻作《贺新凉》以解之，其怒始息。

这则本事，宋人胡仔最早进行了辨析，以为“可入《笑林》”。胡仔说：“《古今词话》以古人好词，世所共知者，易甲为乙，称其所作，仍随其词牵合为说，殊无根蒂，皆不足信也。”（《苕溪渔隐丛话》后集卷三九）鲖阳居士的《复雅歌词》则在词意的理解方面寻求比兴寄托的痕迹，如对苏轼《卜算子》词解释说：

> “缺月”，刺明微也。“漏断”，暗时也。“幽人”，不得志也。“独往来”，无助也。“惊鸿”，贤人不安也。“回头”，爱君不忘也。“无人省”，君不察也。“拣尽寒枝不肯

栖”，不偷安于高位也。“寂寞吴江冷”，非所安也。

这种论词方式在宋人中是很特殊的，开启了后来以比兴寄托论词之风。王士禛批评说：“村夫子强作解事，令人欲呕。”（《花草蒙拾》）在词话专书里，最有学术价值的当推王灼的《碧鸡漫志》了。

大量的宋人词话主要是以附录的方式见存于宋人诗话总集里。阮阅《诗话总龟》前集卷四二，后集卷三一、三二、三三；吴曾《能改斋漫录》卷一六、一七；胡仔《苕溪渔隐丛话》前集卷五九、后集卷三九；魏庆之《诗人玉屑》卷二一：这些皆为词话，辑录自宋人笔记杂书，或属传闻。此外，词话还见于宋人笔记杂书和文集里，如王辟之《渑水燕谈录》、赵令畤《侯鲭录》、蔡絛《铁围山丛谈》、叶梦得《避暑录话》、洪迈《夷坚志》、陆游《老学庵笔记》、曾敏行《独醒杂志》、张端义《贵耳集》、张侃《张氏拙轩集》、岳珂《桯史》、龚希仲《中吴纪闻》、陈鹄《耆旧续闻》、罗大经《鹤林玉露》、周密《浩然斋雅谈》和《齐东野语》等。

如果我们将宋人词话与诗话试作一比较，则可发现诗话的名称比较稳定，词话则较为杂乱而缺乏独立性和自觉性；诗话有百余种，词话仅有诗话的百分之十；诗话在评论、鉴赏和诗学理论方面都已达到很高的水平，词话则显得理论探讨方面较为贫乏和薄弱。这两种文学批评样式产生的时代都较为接近，发展的情形却为何有如此大的差异呢？很可能是因为词体的历史较诗体为短，创作经验的积累尚不充足，理论探讨的条件尚不成熟；也由于词体的入乐性和娱乐性，词体未受到社会应有尊重，而掌握这种音乐文学样式又较为困难，以致在理论上不被重视，在具体批评与鉴赏方面又要求有相当专门的素养，所以真正的研究者是稀少的。

欧阳修于北宋熙宁四年（1071）致仕后整理笔记，写成我国第一部诗话——《六一诗话》。他自述写作缘起云："居士退居汝阴，而集以资闲谈也。"稍后司马光谈其《续诗话》的写作是因"《诗话》尚有遗者，欧阳公文章名声虽不可及，然记事一也，故敢续书之"。这早期的两部诗话确有"资闲谈"与"记事"的性质，其所谈的与所记的都与诗歌有关，因而区别于一般的笔记小说杂书。从这两部诗话的具体情形而言，却已经大大超出"闲谈"与"记事"的范围，是宋人创造的一种新的文学批评样式。这种批评样式具有文学性随笔的特点："在轻松的笔调中间，不妨蕴藏着重要的理论；在严正的批评之下，却多少又带些诙谐的成分。"[①] 诗话产生后对我国文学批评有着非常重要的影响，成为宋以来的主要批评样式。清代学者章学诚认为诗话的产生是因为宋人的"好名之习"和不能"自成著述"。他说：

> 宋儒讲学，躬行实践，不易为也。风气所趋，撰语录以主奴朱（熹）陆（九渊），则尽人可能也。论文考艺，渊源流别，不易知也。好名之习，作诗话以党伐同异，则尽人可能也。以不能名家之学（如能名家即自成著述矣——原注），入趋风好名之习，挟人尽可能之笔，著惟意所欲之言，可忧也，可危也！
>
> ——《文史通义》卷五

① 郭绍虞：《宋诗话辑佚序》，《宋诗话辑佚》，中华书局1980年版。

当然诗话中也有浅薄之作，不可避免，但就宋人诗话的主流而言尚非如此。早期三部诗话的作者欧阳修、司马光、刘攽都是北宋的大学者，不存在章学诚所说的情形。他们体现了宋人渊博的知识、高度的文化修养和敏锐的文学批评眼光，因而能以生动活泼的文笔，随意地发表关于诗歌的见解，分析诗歌的艺术，并饶有风趣地闲谈诗人的遗事。这说明了宋人非常重视总结诗歌理论和创作经验，并且同当前诗歌创作实际紧密联系起来，在客观上促进了宋诗的发展。他们采取这种批评方式显然和宋人爱尚思理和禅悟有关，也受小说、笔记、语录等文体的影响；所以不仅对诗歌而且对词的批评也采取了这种方式。最早的词话《时贤本事曲子集》的出现，只比《六一诗话》迟了几年，它在体式和内容格局方面都受诗话的影响，以后的词话大都具有诗话的特点。

诗话不等于诗学，其中虽然有丰富的诗学材料。词话也是如此，它的产生并不意味着词学的建立，它虽然也有丰富的词学资料。词话的随笔形式和“闲谈”“记事”的性质，决定了它不能集中和系统地探讨专门的理论问题，不能成为专门的词学著述；但这并不否定它所具的词学资料价值。宋人词话中有丰富的词学思想和词学资料，例如：

（一）记述词人事迹。许多词人事迹不见于史传，词话有关的记述提供了重要的线索，如吴曾《能改斋漫录》卷一六记柳永事：

> 仁宗留意儒雅，务本理道，深斥浮艳虚薄之文。初，进士柳三变，好为淫冶讴歌之曲，传播四方。尝有《鹤冲

天》词云："忍把浮名，换了浅斟低唱。"及临轩放榜，特落之曰："且去浅斟低唱，何要浮名。"景祐元年方及第。后改名永，方得磨勘转官。

（二）介绍作品本事。有的词作是有本事的，弄清本事则有助于对作品的理解。除《时贤本事曲子集》搜集大量作品本事外，其余词话里也很多。如《张氏拙轩集》卷五记徐伸《二郎神》本事：

徐幹臣侍儿既去，作转调《二郎神》，悉用平日侍儿所道底言语。史志道与幹臣善，一见此词，踪迹其所在而归之。

（三）关于作品的评论。宋人关于作品的简要评语，概括而深刻，有助于对作品思想和艺术的理解。如杨湜《古今词话》评无名氏《鹧鸪天》（"枝上流莺和泪闻"）云："此词形容愁怨之意最工，如后叠'甫能炙得灯儿了，雨打梨花深闭门'，颇有言外之意。"

（四）关于词人评论。晁补之《评本朝乐章》、李清照与王灼历论北宋词人，都是关于词人评论的佳作。其余散见的词话，有些评论也是很精辟的，如胡仔《苕溪渔隐丛话》后集卷二六关于苏轼以诗为词的评论：

《后山诗话》谓："退之以文为诗，子瞻以诗为词，如教坊雷大使之舞，虽极天下之工，要非本色。"余谓后山之言过矣。子瞻佳词最多，其间杰出者如……凡此十余词，皆绝去笔墨畦径间，直造古人不到处，真可使人一唱而三叹。若谓以诗为词，是大不然。子瞻自言，平生不善唱曲，故间有不入腔处。非尽如此。后山乃比之教坊司雷大使舞，是何每况愈下，盖其谬耳。

（五）关于词作鉴赏。宋人对于词的艺术鉴赏有许多精当而高明的见解，如周密《浩然斋雅谈》卷下谈词人巧用比喻：

汪彦章舟行汴河，见傍岸画舫，有映帘而窥者，止见其额。赋词云："小舟帘隙，佳人半露梅妆额。绿云低映花如刻。恰似秋宵，一半银蟾月。"盖以月喻额也。辛幼安尝有句云："闻道绮陌东头，行人曾见，帘底纤纤月。"则以月喻脚，无乃太媟乎！

（六）作词方法。宋人很注意探讨作词方法，到了南宋后期还有词人专门深研词法。据曾慥《高斋诗话》记述北宋中期苏轼与秦观讨论作词方法技巧：

秦少游在蔡州，与营妓娄婉字东玉者甚密，赠之小词云"小楼连苑横空"；又云"玉佩丁东别后"者是也。……少游自会稽入都，见东坡。东坡曰："不忆别后，公却学柳七作词！"少游曰："某虽无学，亦不如是。"东坡曰："销魂，当此际，非柳七语乎？"东坡更问别作何词，少游举"小楼连苑横空，下窥绣毂雕鞍骤"。东坡曰："十三个字，只谈得一个人骑马楼前过。"少游问公近作，乃举"燕子楼空，佳人何在，空锁楼中燕"。晁无咎曰："只三句便说尽张建封事。”

（七）关于词体的理论探讨。这在词话中与记事和品藻比较起来是最薄弱的。李清照、胡仔、王灼等曾简略地谈到过，并未充分展开。南宋后期张侃在《张氏拙轩集》卷五里较认真地谈到，但张氏受理学影响甚深，其论迂腐，只可备一说。他说：

> 陆务观自制近体乐府，叙云：“倚声起于唐之季世。”后见周文忠题谭该乐府云：“世谓乐府起于汉魏，盖由惠帝有乐府令，武帝立乐府，采诗夜诵也。”唐元稹则以仲尼《文王操》、伯牙《水仙操》、齐牧犊《雉朝飞》、卫女《思归引》为乐府之始。以予考之，乃赓载歌“薰兮解愠”，在虞舜时，此体固已萌芽，岂止三代遗韵而已。二公之言尽矣。然乐府之坏始于《玉台》杂体，而《后庭花》等曲流入淫侈，极而变为倚声，则李太白、温飞卿、白乐天所作《清平调》《菩萨蛮》《长相思》。我朝之士，晁补之取《渔家傲》《御街行》《豆叶黄》作五七字句，东莱吕伯恭编入《文鉴》，为后人矜式。又见学舍老儒云：《诗》三百五篇，可谐律吕，李唐送举人歌《鹿鸣》，则近体可除也。

（八）作品考证。宋人博学，作诗话的学者甚多，如刘攽《中山诗话》已常涉及考证。这在词话里也颇盛行，如胡仔不仅考辨了《古今词话》的谬误，还在《苕溪渔隐丛话》前集卷五九里考辨了曾慥所编《乐府雅词》之误。他说：

曾端伯慥，编《乐府雅词》，以秋月词《念奴娇》为徐师川作，梅词《点绛唇》为洪觉范作，皆误也。秋月词乃李汉老，梅词乃孙和仲——和仲即正言谔之子也。又世传《江城子》《青玉案》二词，皆东坡所作。然《西清诗话》谓《江城子》乃叶少蕴作，《桐江诗话》谓《青玉案》乃姚进遂作……又端伯所编《乐府雅词》中，有《汉宫春》梅词，云是李汉老作，非也；乃晁冲之叔用作，政和间作此词献蔡攸。是时朝廷方兴大晟府，蔡攸携此词呈其父云："今日于乐府中得一人。"京览其词，喜之，即除大晟府丞。

（九）记述词坛遗事。这类记述甚多，真可起到文人们"资闲谈"的作用。如吴曾《能改斋漫录》卷一六记苏轼与杭妓琴操之事云：

杭州之西湖，有一倅闲唱少游《满庭芳》，偶然误举一韵云："画角声断斜阳。"妓琴操在侧云："画角声断谯门，非斜阳也。"倅因戏之曰："尔能改韵否？"琴即改作阳字韵云……东坡闻而称赏之。后因东坡在西湖，戏琴曰："我作长老，尔试来问。"琴云："何谓湖中景？"东坡答曰："秋水共长天一色，落霞与孤鹜齐飞。"琴又云："何谓景中人？"东坡云："裙拖六幅潇湘水，鬓亸巫山一段云。"琴又云："何谓人中意？"东坡云："惜他杨学士，憋杀鲍参军。"琴又云："如此究竟如何？"东坡云："门前冷落车马稀，老大嫁作商人妇。"琴大悟，即削发为尼。

（十）收存佚词。词话里不仅常录词人名作，而且有许多不甚知名的文人作品和民间作品也被收入，因而借此保存了许多佚作。《古今词话》便保存了这样一些作品，如表现民间习俗的《送穷鬼词》：

正月月尽夕，芭蕉船一只。灯盏两只明辉辉，内里更有筵席。奉劝郎君小娘子，饱吃莫形迹。　　每年只有今日日，愿我做来称意。奉劝郎君小娘子，空去送穷鬼。空去送穷鬼。

又如描述民间妇女血泪痛苦而震人心弦的《檐前铁》：

悄无人宿雨厌厌，空庭乍歇。听檐前铁马戛叮当，敲破梦魂残结。丁年事，天涯恨，又早在心头咽。　　谁怜我绮帘前，镇日鞣儿双跌。今番也，石人应下千行血，拟展青天，写作断肠文，难尽说。

上述词话内容虽然涉及的方面广泛，但仍以记述词人事迹、词坛遗事、作品本事、作品鉴赏等资料最多，而理论的探讨最少。显然，宋人词话为研究宋词和词学提供了丰富的资料，而且我们可以从每家词话里见到一些词学思想，例如他们的词体观念、评价作家作品的美学原则，以及所体现的个人的时代的审美理想和审美趣味。但宋人词话的闲谈性使其记事具有传闻的特点，因而某些记事是不可靠的，或者完全是荒唐的；又由于其随笔的表现方式而缺乏严密的理论系统，其理论是以片段的、散乱的、具象性的出现，因而难以确切地把握。当我们使用这些词话时必须谨慎地进行考证辨析和归纳整理，只有经过这番工作后，它的真正的学术价值才能显现。宋人词话是第一手宋人的词学资料，具有历史的真实意义，因而最为珍贵。

南宋以来词话的发展，其主流仍然沿着“闲谈”和“记事”的固有方向，这类词话的学术价值呈现愈来愈低下的状况，尤其是较多地复述前人的闲谈资料。随着词学思想的发展与创作经验的积累，词话的发展也同诗话一样，有部分作者逐渐在词话中增强考证性和理论性，产生了学术价值较高的论著，例如王灼的《碧鸡漫志》。在此基础上，词话进一步向理论性的词学专著发展。但某些词学专著受词话表述方式的影响很深，或者仍称词话。所以唐圭璋编集的《词话丛编》所收录的八十五种词话，其情形是很复杂的，它们的学术价值各有不同，尤其是有一些成就很高的词学专著体现了我国古代文学理论所达到的高度水平。

第五节　李清照的词“别是一家”说

在词学史上，李清照的《词论》是最早较为系统地表明对词体艺术特点的认识，并历评五代至北宋诸家之词，提出了词“别是一家”说。它在词史上和词学史上都是很有影响的。

李清照，自号易安居士，北宋元丰七年（1084）生于济南（今山东济南）。父亲李格非是元祐时期继黄庭坚、秦观、晁补之、张耒“苏门四学士”之后的“后四学士”之一。母亲乃王准之孙女，系出自贵族名门。李清照少时即有诗名，于宋徽宗建中靖国元年（1101）十八岁时，与吏部侍郎赵挺之之子赵明诚结婚。靖康之难后，她逃难至江南。南宋建炎三年（1129）赵明诚病逝。李清照经过丧乱流离，于绍兴二年（1132）定居于杭州。这年夏季，她在病中，被诱骗改嫁张汝舟。改嫁后因不堪虐待，不过百日便检举张汝舟妄增举数入官的违法事实，夫妻离异。晚年她避地金华，整理赵明诚遗著《金石录》，约卒于绍兴二十五年（1155）。李清照多才多艺，不仅古文、诗、赋、词为时人所称誉，还兼擅书法、绘画，对金石、图书之学也深有研究。《李易安集》十二卷，内有《漱玉词》三卷在宋时流行，元代便散佚了。今其词存四十余首，还残存一些重要诗文和一篇极珍贵的《词论》。

李清照小像

《词论》见存于《苕溪渔隐丛话》后集卷三三，又见于《诗人玉屑》卷二一。李清照云：

乐府声诗并著，最盛于唐。开元天宝间，有李八郎者，能歌擅天下。时新及第进士开宴曲江，榜中一名士先召李，使易服隐姓名，衣冠故敝，精神惨沮，与同之宴所，曰："表弟愿与坐末。"众皆不顾。既酒行，乐作，歌者进，时曹元谦、念奴为冠。歌罢，众皆咨嗟称赏。名士忽指李曰："请表弟歌。"众皆哂，或有怒者。及转喉发声，歌一曲，众皆泣下，罗拜曰："此李八郎也。"自后郑、卫之声日炽，流靡之变日烦，已有《菩萨蛮》《春光好》《莎鸡子》《更漏子》《浣溪沙》《梦江南》《渔父》等词，不可遍举。五代干戈，四海瓜分豆剖，斯文道熄。独江南李氏君臣尚文雅，故有"小楼吹彻玉笙寒"、"吹皱一池春水"之词。语虽奇甚，所谓亡国之音哀以思者也。逮至本朝，礼乐文武大备。又涵养百余年，始有柳屯田永者，变旧声作新声，出《乐章集》，大得声称于世。虽协音律，而词语尘下。又有张子野、宋子京兄弟、沈唐、元绛、晁次膺辈继出，虽时时有妙语，而破碎何足名家。至晏元献、欧阳永叔、苏子瞻，学际天人，作为小歌词，直如酌蠡水于大海，然皆句读不葺之诗尔，又往往不协音律者何耶？盖诗文分平侧，而歌词分五音，又分五声，又分六律，又分清浊轻重。且如近世所谓《声声慢》《雨中花》《喜迁莺》，既押平声韵，又押入声韵。《玉楼春》本押平声韵，又押上去声，又押入声。本押仄声韵，如押上声则协，如押入声，则不可歌矣。王介甫、曾子固文章似西汉，若作一小歌词，则人必绝倒，不可读也。乃知别是一家，知之者少。后晏叔原、贺方回、秦少游、黄鲁直出，始能知之。又晏苦无铺叙；贺少典重；秦即专主情致，而少故实，譬如贫家美女，虽极妍丽丰逸，而终乏富贵态；黄即尚故实，而多疵病，譬如良玉有瑕，价自减半矣。

这篇《词论》是李清照作于南渡之前的，而且应是作于其思想和艺术修养较为成熟的时期，即宣和年间她 40 岁的前后。词的发展到北宋后期已经出现多种艺术风格和多种艺术方法竞争的局面，词人之间已有过一些争论。争论主要集中在对柳词和苏词的评价方面。苏轼曾欣赏柳永某些雅词“不减唐人高处”，又基本上否定其俚俗纤艳之词，规诫秦观不要“学柳七作词”（《高斋诗话》）。关于苏轼改革词体，“苏门四学士”中的张耒曾讽刺说“先生小词似诗”（《苕溪渔隐丛话》前集卷四二）；晁补之则以为“东坡词，人多谓不谐音律，然居士词横放杰出，自是曲子中缚不住者”（《复斋漫录》，《苕溪渔隐丛话》后集卷三三引）。陈师道又指摘苏轼“以诗为词”（《后山诗话》）。到了李清照的时代，晏殊与欧阳修以小令为主的凝练的表现方法在长调大量流行之后已经较为陈旧了。在士大夫文人看来，柳词过于俚俗粗率，苏轼以诗为词的作法更为坚持传统作法的词人所不能接受。李清照从词坛的现实情况和自己关于词体的观念而提出了对词体艺术的规范。

她论词仍主传统的“温柔敦厚”的诗教，在论唐五代词时，既反对郑卫之声，也不称赏亡国之音。关于本朝之词，她对创作中的两种倾向都不赞成：一是柳词虽协音律而过于俚俗尘下，一是苏轼以诗为词而又不协音律。从其否定面推断，所谓词“别是一家”，主要是指词具婉雅协律的特点而区别于诗文等体。在宋代，词具有入乐和娱乐的性质，其艺术表现也有自己的特点。如果词体的特性丧失了，便意味着它的衰亡。词“别是一家”说在苏轼改革词体之后抵制词的非音乐化与诗文化的过程中，无疑是有其合理的意义。

关于词的音律问题，李清照提出了一系列音韵学和乐学方面的概念，以说明词与诗文的区别。她对这些概念及其运用并无稍为具体的解释，以致争论不休，给后世词学家造成理论的迷乱。我们如果辨析这些概念的内涵及其相互关系，以及它们与词律的关系，可以有以下两点认识：

（一）“五音”、“六律”是古代乐律中的一对概念，用以强调词的入乐性质，要求作词者必须懂得音乐，识音律音谱。词如果不协音律就成为“句读不葺之诗”。南宋词人杨缵总结的《作词五要》，其中第一要择腔，第二要择律，第三要按谱填词，都是属于词在音律方面的基本要求。作词要懂“五音六律”，才能对各调的声情有所了解，才可能按照音谱的要求倚声制词。

（二）“五声”是指字声的发音部位——喉、齿、舌、鼻、唇。“清浊”是指字的声母的发音方法，清为阴，浊为阳；“轻重”是指字的韵母的发音方法，即开口呼为轻，合口呼为重。宋代士子在幼小习举业时必须学习声律，仅止于辨识声调、熟悉韵部，至于“清浊”、“轻重”两组等韵学方面的概念，便非一般文人所能理解。如果作词得字字考究声母与韵母的发音方法，则几乎是不可能的。从中国音韵学史来看，北宋时期等韵学正在兴起，而且概念较为混乱，若非专门的等韵学家是难以辨识的。词的用韵宽于诗韵，即说明词人作词已经不按照《广韵》的韵部。李清照使用了新兴的等韵学概念，故意夸大作词的难度。如果我们考察宋代名家词，即使词的起句和结句等声韵要求最严之处，它们不仅清浊轻重不一致，而且四声也不尽同。尤其值得我们注意的是：李清照虽然提出了许多等韵学概念，然而其举例说明却只限于每词调用韵的平仄和四声的要求。这样的要求，凡是能辨识字声平仄和熟悉韵部的人都能掌握的，并不很难。从宋人作词的情形来看，这样的要求是接近创作实际的。

关于词的艺术表现特点，李清照主要是就长调而言的。她鉴于宋人之失，主张既要铺叙，又须典重；既主情致，又尚故实。这样的要求是极高的艺术境界，很不易达到的。李清照在艺术成熟时期的创作实践中基本上是依照自己的理论主张去创作的。她的词与其诗文不仅在题材内容上以严格区别，而且在文体风格上也迥然相异。她的词音律非常和谐，至今读起来犹富于音乐性。她在词作里努力追求艺术高境，但与自己的主观愿望是存在一定距离的。虽然她对宋代词人无一特别肯定的，但并不说明她在各方面都已超越了前辈词人。文学史上最后的评价总是较公正的。

《词论》出现在北宋后期并非偶然的。它同周邦彦词一样是北宋文化低潮时期的产物，不可避免地受到纯艺术论的影响，因而论述词体的特点与历评诸家之词均无视其社会功能和思想意义。李清照的时代，词体艺术以周邦彦的创作标志着达到新的水平。《词论》提出的艺术规范，如讲究音律、铺叙而又典重，情致而兼故实，这些都曾在周邦彦词中体现出来。因此，李清照论词基本上是立足于新的婉约词的立场，表述了这一群词人的艺术见解。这样它必然带有极大的片面性。《词论》是宋词发展过程中一定阶段出现的较为极端的现象，当然其中包含了某些合理的成分。从李清照关于词的理论和创作实践来看，她未能解决词的艺术形式与现实生活内容的矛盾。由于词体产生的特殊文化条件和其娱乐性质，使它长期以来与现实生活脱节而成为抒写个人私情的工具，缺乏时代感和现实性。苏轼改革词体的主要目的，在于增强词体社会功能，但其作品“完璧”甚少；李清照等词人对此颇为不满。从苏轼到李清照之间的许多词人都没有在新的历史条件下很好地解决词体的固有特性与社会现实生活的矛盾问题。《词论》便是这种矛盾现象的产物：既否定词体的改革，又未找到新的出路，于是仍回到固守传统“艳科”、“小道”的旧轨道去。靖康之难以后，许多具有爱国思想情感的词人们，在新的历史条件下激发了民族情绪，关注国家命运。他们在创作实践中使词体的形式与内容的矛盾在一定程度上得以统一。由于李清照对词“别是一家”的见解及其具体生活的限制，使她在靖康之难后也并未完全解决词体怎样去反映社会重大现实的问题。南渡以后，词的发展呈现新的特点，以往的词论家已注意到周邦彦对南宋婉约词的影响，却忽略了李清照《词论》的作用。南宋的婉约词基本上发展了周邦彦词的艺术特点和李清照“别是一家”说的见解，而走上重音律、求典雅的道路。

《词论》所包含的词学思想是丰富的，但由于后世词学家对它的误解，特别看重其音律的意义，以致在近代词学中形成关于词律的“五音阴阳”说。这种消极的作用是李清照所未料及的。

第六节　王灼的词学思想

从词话产生以来，直至南宋后期，王灼在词学史上的成就都是无与伦比的。在《碧鸡漫志》里，他表述了极为丰富和深刻的词学思想，体现了南宋初年宋人词体观念和社会审美观念的重大变化。

王灼，字晦叔，号颐堂，遂宁（今四川遂宁）人。生于北宋神宗元丰三年（1081），卒于南宋高宗绍兴三十年（1160），卒时约八十岁。王灼出身贫寒，青少年时期曾离开家乡到成都求学，因科举考试失败而长期在军幕或官署做幕士。北宋政和三年（1113）他曾流寓苏州等地；南宋初年在镇江等处军幕；绍兴六年（1136）回到四川；绍兴九年以后的数年间在四川制置使属下做胥吏，居住于成都；绍兴十九年至二十五年（1149—1155）在家乡遂宁闲居；绍兴二十六年（1156）因事再到成都，数年后去世。其著述散佚较多，今存《颐堂先生文集》五卷，《颐堂词》一卷，《碧鸡漫志》五卷，《糖霜谱》一卷，佚文十二篇。[①] 它们在我国文学、音乐、戏曲和科技史上都是颇有意义的。

《碧鸡漫志》初稿于绍兴十五年（1145）的冬天。当时王灼寓居成都碧鸡坊妙胜院内，距友人王和先与张齐望家很近。

碧雞漫志序

小溪 王灼 晦叔

乙丑冬予客寄成都之碧雞坊妙勝院自夏涉秋與王和先張齊望所居甚近皆有聲妓日置酒相樂予亦往來兩家不厭也嘗作詩云王家二瓊芙蕖妖張家阿倩海棠魄露香亭前占秋光紅雲島邊弄春色滿城錢癡買娉婷風捲畫樓絲竹聲誰似兩家喜看客新翻歌舞勸飛觥君不見東州鈍漢髮半縞日日醉踏碧雞三井

碧雞漫志序

出所聞見仍考歷世習俗追思平時論說信筆以記積百十紙混群書中不自收拾今秋開篋偶得之殘脫逸散僅存十七因次比增廣成五卷目曰碧雞漫志顧將老矣方悔少年之非游心淡泊成此亦安用但一時醉墨未忍焚棄耳己巳三月既望頤齋序

《知不足斋丛书》本《碧鸡漫志》书影

① 详见谢桃坊：《王灼事迹考》，《文献》1992 年第 1 期。

他从夏季至秋季，经常在这两家做客，主人出声妓，置酒相乐，谈论音乐，欣赏歌词。于是“旁缘是日歌曲，出所闻见，仍考历世习俗，追思平时论说，信笔所记”（《碧鸡漫志序》）。绍兴十九年（1149），王灼六十八岁，在家乡遂宁闲居，完成了《碧鸡漫志》的修改与整理工作。这部重要著作的第一卷探讨宋以前我国音乐文学的历史，具有严谨的理论性的叙述；第二卷评论北宋以来各家词，记述词坛往事和佳话，间有“助闲谈”的情形；第三卷至第五卷，考证了唐以来主要词调的历史渊源，其中也插入一些词坛逸闻趣事，但主要是具有“资考证”的特点。从全书的内容与表述方式来看，它仍属词话性质，仍有随笔漫记的特点，虽然它在理论的深度和学术价值方面大大超越了其他的宋人词话。

我国古代诗论中关于诗歌的基本特性存在“诗言志”与“诗缘情”之说，并由此形成了诗歌发展的两个传统。这里“志”与“情”虽然都属主体意识，但在性质上却有重大的区别：“志”是经过规范的情感，表现为具有社会性的群体意识；“情”是未经规范的原始意欲，表现为具有自然性的个体意识。词体由于产生在盛唐以来的特殊文化条件下，它长期以来沿着单向的“缘情”的轨道发展，故宋人有“情发于言，流为歌词”（张耒《东山词序》）之说，而其功能也被理解为仅仅是“娱宾遣兴”而已。北宋人论词并未超越这个范围。王灼写作《碧鸡漫志》的时代正是南宋初年，社会审美理想发生了很大变化，词坛上出现了爱国主义运动，苏轼所开创的豪放词风得到了发扬光大。王灼的词学思想是建立在这样的现实基础上的。当时的一些词论家适应社会现实的需要，将传统的儒家诗论引入词论中，形成新的词学思想，而王灼是其中最杰出的。

词属于音乐文学之一。王灼为探究词体的本源而追溯了音乐文学的起源。他以儒家传统的诗乐论来说明音乐文学的产生，这是其词学思想的理论基础。《尚书·尧典》云："诗言志，歌永言，声依永，律和声。"《礼记·乐记》云："诗言其志，歌咏其声，舞动其容，三者本于心，然后乐器从之。"这是关于艺术起源的自然论，强调了诗、乐、舞的自然结合。这里"志"是主体意识，尚具自然本质的特点。自汉儒继承和发展了孔子的诗教说，强调了诗歌的政治教化，以为它可以达到"经夫妇，成孝敬，厚人伦，美教化，移风俗"的社会作用。汉儒还从统治阶级的立场提出"上以风化下，下以风刺上"来实现其政治教化。王灼吸收了古代诗乐自然论，认为："故有心即有诗，有诗则有歌，有歌则有声律，有声律则有乐歌。"这说明了主体心志为诗的本源，而且它与歌、声律、表演，存在着一种自然的和谐的关系。王灼虽然也继承了汉儒的诗教说，也看重诗的动天地、感鬼神、移风俗的社会功能，却扬弃了由统治阶级来实施诗歌的政治教化，特别指出诗的社会功能的实现是依靠艺术感染力量，而且只有音乐文学才能担负此任。所以他说："诗至于动天地、感鬼神、移风俗，何也？正谓播诸乐歌，有此效耳。"我们可以说，王灼的词学思想是受了古代儒家诗论的影响，而又有其个人的理论特点。因此他的基本文学思想是本于自然论，又强调文学的社会作用并重视其艺术感染力的。这样，王灼在理论上站得比北宋及其同时代词论家都更高，理论的基础也更坚实。显然他是主张"言志"与"缘情"并重的，克服了五代以来论词的片面的倾向，对词体的发展起到了积极的推进作用。

王灼的历史观念很强，他将词体放在音乐文学的发展过程中加以审视，并从若干词调的渊源的考证来具体说明词体的起源与发展。这里涉及两个问题，即词体与音乐的关系和音乐文学的古与今的关系。音乐文学的发展至宋代已经历了古歌、古乐府、唐声诗、词的四个阶段。王灼分别论述了这几个阶段，而将词与以前的音乐文学相区别。他说：

> 古人初不定声律，因所感发为歌，而声律从之，唐、虞禅代以来是也。余波至西汉末始绝。西汉时，今之所谓古乐府者渐兴，晋魏为盛。隋氏取汉以来乐器歌章古调，并入清乐，余波至李唐始绝。唐中叶虽有古乐府，而播在声律则尠矣。士大夫作者，不过以诗一体自名耳。盖隋以来，今之所谓曲子者渐兴，至唐稍盛。今则繁声淫奏，殆不可数。古歌变为古乐府，古乐府变为今曲子，其本一也。后世风俗益不及古，故相悬耳。而世之士大夫，亦多不知歌曲之变。
>
> ——《碧鸡漫志》卷一

这个论断在宋人中是很具卓识的。王灼从古代诗乐结合的理论出发，以为音乐文学的基本特点是“感发为歌而声律从之”。“今曲子”的“繁声淫奏”使它与古歌、古乐府有所区别，它产生的时间也最晚。作为新的音乐文学样式的词与古代音乐文学的区别，王灼非常深刻地发现了两点：第一，古代音乐文学“有诗则有歌，有歌则有声律，有声律则有乐歌”，即先有词后有音律乐调，以乐从诗，是音乐以诗歌为准度；“今曲子”则“先定音节，乃制词从之”即由乐定词，是诗歌以音乐为准度。后者是从古代音乐文学演变到词的关键，因为倚声制词才可能产生长短句的形式。第二，因为词是以音乐为准度，便形成了严密的格律。“古人因事作歌，抒写一时之意，意尽则止，故歌无定句。因少喜怒哀乐，声则不同，故句无定声。”古时的音乐文学具有一定的自然之度数，因此即使古代有长短句的样式出现，它也不是“今曲子”。作为长短句样式的词，其“音节皆有辖束，而一字一拍，不敢辄增损。”王灼从发展过程的观点而认为古代音乐文学本于自然律度与“今曲子”之严密格律都是合理的，也是发展的必然现象，所以他说：“今所行曲拍，使古人复生，恐未能易。”以上两点不仅解决了词与以前音乐文学的区别，也解决了词与诗的区别。关于古与今的关系，虽然王灼常有“今不及古”之叹息，但仔细辨析之后可以发现他主要是不满词坛的庸俗现象而感到今不及古的，而同时见到了由古到今的合理的必然的规律。这在其佚文《近古堂记》中表述得非常明白，他说：

> 古今一时，世或是古非今，不以为娇；舍今行古，不以为泥，何也？曰，古之道难施于今者，既灭绝无闻矣。今所当用者，间有传焉。欲违之以从吾私，势不可也。上古穴居野处，后世圣人易之以宫室。古之葬者厚衣以薪，葬之中野，后世圣人易之以棺椁。上古结绳而治，后世圣人易之以书契。变通尽利，何事于古人！
>
> ——《成都文类》卷四二

从这段文字，可见王灼是主张“变通尽利”的，而不是复古主义者。他论音乐文学的今古关系也是持变通观点的。所以他说：“虽然，古今所尚，治体风俗，各因其所重，不独乐歌也。”王灼从音乐文学发展过程中吸取了他所认为的优良传统，如艺术起源的自然论、“自然之妙”的审美原则，“中正则雅”的审美价值观念。因此他反对现实艺术的庸俗化倾向，如认为“古者歌工、乐工皆非庸人”，古代诗歌“能发挥自然之妙”，“古人善歌得名不择男女”；但“今人苦心造成一新声，便作几许大知音矣”，“今人独重女音，不复问能否，而士大夫所作歌词，亦尚婉媚，古意尽矣”。王灼基于对音乐文学的历史有较为深刻的认识，因而其词学批评往往具有历史的深度。

志趣的雅正、情感的自然真实和艺术形式的法度是王灼审美价值观念，也是他论词的标准。关于雅郑之分，他说：

> 或问雅郑所分。曰，中正则雅，多哇则郑。至论也。何谓中正？凡阴阳之气，有中有正，故音乐有正声，有中声。二十四气岁一周天，而统以十二律。中正之声，正声得正气，中声得中气，则可用。中正用，则平气应，故曰中正以平之。若乃得正气而用中律，得中气而用正律，律有短长，气有盛衰，太过不及之弊起矣。自扬子云之后，惟魏汉津晓此。
>
> ——《碧鸡漫志》卷一

这里是就音乐而言的。他论词也力主雅正，以为这样的作品则是有“气”，有“力”，或有“筋骨”，才显得“意深思远”，也才可能“指出向上一路”而产生社会作用。王灼持此以评论词人，他说：“苏在庭、石耆翁，入东坡之门矣，短气跼步，不能进也”；“谢无逸字字求工，不敢辄下一语，如刻削通草人，都无筋骨，要是力不足”；“吾友黄载万歌词号《乐府广变风》，学富才赡，意深思远，直与唐名辈相角逐，又辅以高明之韵，未易求也。”在宋代词人中，他对苏轼的评价最高，认为：“东坡先生以文章余事作诗，溢而作词曲，高处出神入天，平处尚临镜笑春，不顾侪辈。”又说：“东坡先生非醉心于音律者，偶尔作歌，指出向上一路，新天下耳目，弄笔者始知自振。”这是对苏轼改革词体的有力支持和充分肯定，而所依据的正是来源于儒家的诗论的“雅正”标准。王灼在继承传统“诗言志”时，也修正了汉魏六朝以来的“诗缘情”说。从艺术起源的自然论和自然之妙的审美趣味出发，王灼很强调情的自然和真实，反对情感表现的虚伪、矫饰和庸俗，这是其第二论词标准。持此标准，他批评宋代词人说：“叔原（晏几道）如金陵王谢子弟，秀气胜韵，得之天然，将不可学”；“王辅道、履道善作一种俊语，其失在轻浮”；“（曹）组潦倒无成，作《红窗迥》及杂曲数百解，闻者绝倒，滑稽无赖之魁也”；柳永“惟是浅近卑俗……虽脱村野，而声态可憎”；李清照“闾巷荒淫之语，肆意落笔，自古搢绅之家能文妇女，未见如此无顾忌也”。显然，王灼不仅要求词里情感的表达必须真实自然，而且还须符合社会伦理规范。他论词还很注意词体这种文学样式自身的特点和要求，从词体的特性出发，以谐律入乐为论词的第三标准。以此标准，他认为“王荆公长短句不多，合绳墨处，自雍容奇特”。所谓“合绳墨”即谐律入乐，也即宋人说的“本色”、“当行”。他肯定王安石某些“合绳墨”之处，自然也认为尚有不合之处。自北宋中期苏轼改革词体以来，这一问题曾引起许多争论。王灼为苏轼辩护是基于古代艺术起源的自然论，驳斥了当时否定苏词者的说法。他说：“或曰（东坡词）长短句中诗也。为此论者，乃是遭柳永野狐涎之毒。诗与乐府同出，岂有分异。”从王灼对苏词的肯定态度可以看出，他对词之谐律入乐的见解与李清照等人的态度是不同的。他的要求不很严，对音律并不泥拘，所以赞同苏轼以诗为词而促进词体的改革。李清照论词曾极力反对以诗为词，她批评晏殊、欧阳修、苏轼的词是“句读不葺之诗”。王灼针对李清照的意见，重评晏殊、欧阳修、王安石、苏轼等词，肯定它们以诗为词的意义。从整个宋词的发展来看，王灼的意见更能反映宋词的真实，偏见的成分较少。当然，他对柳永和李清照词的评论是欠公允的，因为这两家词所表达的情感偏离了社会伦理规范。这表现了批评者所受儒家诗论的局限。但王灼同时又肯定这两家词的艺术成就。如评柳词说：“柳耆卿《乐章集》，世多爱赏该洽，序事闲暇，有首有尾，亦间出佳语，又能择声律谐美者用之。惟是浅近卑俗，自成一体，不知书者尤好之。”他评李清照说：“自少年便有诗名，才力华赡，逼近前辈，在士大夫中已不多得。若本朝妇人，当推词采第一……作长短句，能曲折尽人意，轻巧尖新，姿态百出。”（《碧鸡漫志》卷二）这在我们至今看来都是对柳永和李清照两家词的非常确切的艺术评价，对它们的艺术成就的高度赞赏。可见王灼的批评基本上还是公允和中肯的。这是因为他所持的批评标准兼顾了词体的思想和艺术，较为全面地理解作家的作品。

在王灼之前已有李清照、晁补之和李之仪对宋代词人的评论。他们的评论不同于一般词话那种琐碎的品藻与鉴赏，而是将词人的全部作品视为一个完整的艺术体系给予艺术风格的评价。如李清照说：“秦（观）即专主情致，而少故实，譬如贫家美女，虽极妍丽丰逸，而终乏富贵态。”（《苕溪渔隐丛话》后集卷三三）晁补之说：“黄鲁直间作小词，固高妙，然不是当行家语，自是著腔子唱好诗。”（《能改斋漫录》卷一六）李之仪说：“至柳耆卿，始铺叙展衍，备足无余，形容盛明，千载如逢当日。较之《花间集》韵终不胜。”（《姑溪居士文集》卷四十）且不论他们的批评是否正确，这种宏观的批评毕竟优于一般寻章摘句的鉴赏。王灼继承了这种宏观的批评，而且比以上三家对词人的艺术风格的认识更为确切。其“论各家词长短”一段，在宋人词评中达到了较高的艺术认识的概括。王灼还在批评中开始对宋词群体进行探讨，辨析了重要词人的艺术渊源及其影响，提供了对词史认识的线索。他认为苏轼词产生了巨大的影响，学之者甚众，而各人的成就却不相同：

> 晁无咎、黄鲁直皆学东坡，韵制得七八，黄晚年闲放于狭斜，故有少疏荡处。后来学东坡者，叶少蕴、蒲大受亦得六七，其才力比晁、黄差劣。苏在庭、石耆翁入东坡之门矣，短气跼步，不能进也。赵德麟、李方叔皆东坡客，其气味殊不近，赵婉而李俊，各有所长。

北宋时对词坛影响很大的，除苏轼之外当推柳永。王灼说：

> 沈公述、李景元、孔方平、处度叔侄、晁次膺、万俟雅言，皆有佳句，就中雅言又绝出。然六人者，源流从柳氏来，病于无韵……今少年妄谓东坡移诗律作长短句，十有八九不学柳耆卿，则学曹元宠，虽可笑，亦勿用笑也。
>
> ——《碧鸡漫志》卷二

通过对宋词风格渊源的分析，王灼已认识到了宋词发展过程中某些内部的联系。这些联系在后来因一些词人词集的散佚而变得模糊了，而只有在他的批评中才保存了历史的真实面貌。如万俟咏在北宋后期词坛有很大影响，周邦彦曾为其词集作序，但其《大声集》后来散佚了，以致现在我们甚为忽略这位词人。由于王灼宏观地、历史地来评论词人，因而对各家创作的得失均有自己独特的见解。其批评方法对后来的词论产生了良好的影响。

宋人往往给唐以来长短句的通俗歌词以雅称，沿袭“乐府”之名。女词人李清照在《词论》里说：“乐府与声诗并著，最盛于唐。”她对长短句歌词与声诗在唐代并行的局面很清楚，而且深知两者性质的不同。长期以来学术界对隋唐燕乐与词体起源的关系最感困惑的是：难以认识齐言声诗与长短句歌词并存的复杂现象。它们都属于燕乐歌辞。唐代崔令钦在《教坊记》里记录了盛唐时期朝廷习用的乐曲三百二十四个曲名，可惜未记下一首歌辞。教坊曲中二十一首曲——《南歌子》《生查子》《望月婆罗门》《渔父引》《何满子》《浣溪沙》《杨柳枝》《抛球乐》《后庭花》《鹊踏枝》《柘枝引》《采桑子》《甘州曲》《乌夜啼》《浪淘沙》《离别难》《拜新月》《凤归云》《苏幕遮》《三台》《竹枝子》，它们的歌辞既有声诗，也有曲子词。声诗是怎样配合燕乐曲的？王灼对此有精湛的论述，他说：

> 唐时古意未全丧，《竹枝》《浪淘沙》《抛球乐》《杨柳枝》，乃诗中绝句，而定为歌曲。故李太白《清平调》词三章皆绝句。元（稹）白（居易）诸诗，亦为知音者协律作歌。

他继而列举了一些声诗，尤其以王昌龄、高适和王之涣于旗亭听歌声诗为例说："以此知李唐伶伎取当时名士诗句入歌曲，盖常俗也。"这可谓选诗配乐。声诗选以配乐，所配者多为大曲，如《水调》《凉州》《伊州》《破阵乐》《乐世》《大酺乐》等。它们乃单人舞曲，始终为一曲，由诸部乐合奏；"即其所用者，亦以声与舞为主，而不以词为主，故多有声无词者"。[①]所以唐代歌者可以取用五言或七言绝句，跟随某些舞曲音乐歌唱，歌唱时是较自由的，不必严受乐曲节拍的辖束。这样音乐与文学的结合乃是松散的，声诗实际上并不以音乐为准度。关于声诗与曲子词的区别，王灼作了具体的考察，兹举三例：

《甘州》为大曲。唐人符载《甘州歌》一首为七绝声诗，长短句体则有五代顾夐《甘州子》和毛文锡《甘州遍》，宋初柳永有《甘州令》和《八声甘州》为仙吕调。王灼说："《甘州》世不见，今仙吕调有曲破，有八声慢，有令，而中吕调有象八声甘州，它宫调不见也。"大曲是由若干片段组成的，声诗可用数首或数十首绝句与之相配；曲子词则选取大曲的一段依节拍谱词，故有单调三十三字的《甘州子》，双调六十三字的《甘州遍》和九十七字的《八声甘州》，它们皆依乐曲节律而定格。

《何满子》属杂曲。唐人白居易一首七绝和薛逢一首五绝皆为声诗。王灼说："今词属双调，两段各六句，内五句各六字，一句七字。五代时尹鹗、李珣亦同此。其他诸公所作，往往只一段，而六句各六字，皆无复有五字者。字句亦异，即知

① 王国维：《宋元戏曲史》第37页，商务印书馆1944年版。

非旧曲。”和凝词单调，六言六句，反复用仄仄平平仄仄，平平仄仄平平两个律化句。这与声诗和六言律诗相异，是曲子词。

《杨柳枝》中唐时据清商曲改制的。郭茂倩《乐府诗集》卷八一收白居易、卢贞、刘禹锡、李商隐、韩琮、施肩吾、温庭筠、皇甫松、齐己、张祜、孙鲂、薛能、牛峤、和凝、孙光宪的众多作品，皆为七言绝句。五代词人张泌和顾敻各一首为四十字体，双调，上下片皆是仄起句式，四个三字句为仄平平句式。此即王灼所说：“今黄钟商有《杨柳枝》曲，仍是七字四句诗，与刘、白及五代诸子所制并同，但每句下各增三字句……今词尽皆侧（仄）字起头，第三句亦是侧字起，声度差稳耳。”

以上三例可见声诗与曲子词，它们与燕乐曲配合的情形是不相同的。唐代诗人作诗时并不为了歌唱，当歌者或乐工选取诗人五绝或七绝名篇配乐歌唱时，它们便成为声诗。声诗的创作并不以音乐为准度，虽然曾在燕乐流行时期，偶然配乐以歌，终是龃龉不协，因而渐为律化的长短句曲子词所代替。在宋代的燕乐歌辞仅是长短句的词体了。王灼关于声诗的论述，至今尚值得我们重视。

《碧鸡漫志》第三至五卷分别对唐宋燕乐二十九首曲（实为三十二首）作了溯源析流的考证。此为全书的重要部分，作者旨在证实其关于曲子词产生变化的论点。王灼在考证之后未能利用材料作出概括的结论，然而毕竟为我们提供了宝贵的资料与历史的线索，使我们可以循此而进。

唐代燕乐歌辞是新兴的音乐文学，探索它的起源，必须考察它所依附的音乐的产生，这必然涉及许多具体的乐曲。“盖隋以来，今之所谓曲子者渐兴，至唐稍盛”，王灼这一论断是准确的。自北朝以来，印度音乐随着佛教的东渐，经中亚而传入中原。隋代初年七部乐——国伎、清商伎、高丽伎、天竺伎、安国伎、龟兹伎、文康伎的确立，标志着以胡乐为主要成分的新俗乐的兴起。王灼考证的三十二支曲是属于隋以来新燕乐系统的流行乐曲，其中创始于盛唐的有《霓裳羽衣曲》《婆罗门》《凉州曲》《伊州》《甘州》《胡渭州》《万岁乐》《夜半乐》《何满子》《凌波神》《荔枝香》《阿滥堆》《雨霖铃》《清平乐》《春光好》《长命女》《西河》十七曲，占百分之五十五；创始于中晚唐者有《六幺》《虞美人》《念奴娇》《菩萨蛮》《望江南》《文溆子》《喝驮子》《后庭花》《杨柳枝》《麦秀两岐》十曲，占百分之三十二；创始于唐代以前者有《兰陵王》《安公子》《水调》《河传》四调，占百分之三十二。如果仅从现象来判断，唐代以前既有四曲，似乎可以得出曲子词产生于唐代以前的结论，然而幸好王灼考知真实：

《兰陵王》为北齐文襄帝高澄第四子长恭与周师作战时勇冠三军，齐人作《兰陵王入阵曲》以壮之。北齐高氏出于鲜卑族，此曲为胡曲，虽创始于北齐，但与作为词调者已有变化。王灼说：“今越调《兰陵王》凡三段二十四拍，或曰遗声也……又有大石调《兰陵王慢》殊非旧曲。周齐之际，未有前后十六拍慢曲子耳。”现存最早之词是北宋周邦彦的作品，即三段十六韵者。它是旧曲遗声，而且有所变化。此曲在很长一段时间是有声无词的。

《安公子》，崔令钦《教坊记》云：“隋大业末，炀帝将幸扬州，乐人王令言以年老不去，其子从焉。其子在家弹琵琶，令言惊问：‘此曲何名?’其子曰：‘内里新翻曲子《安公子》。'" 王灼认为："唐时《安公子》在太簇角，今已不传。其见于世者，中吕调有近，般涉调有令，然尾声皆无所归宿，亦异矣。"现在最早的词为北宋初柳永作，一为中吕宫两段八十字，又两首为般涉调两段一百六十字，正如王灼所论者。此曲为中亚安国乐曲，长期有声无词，宋人据以填词者已非隋代旧曲。

《水调》《河传》，此两曲相传为隋炀帝开凿运河时所制，或称《水调河传》，名义自来含混。王灼引述了大量文献而以为："今世所唱中吕调《水调歌》，乃是以俗呼音调异名者名曲，虽首尾各有五言两句，决非乐天（白居易）所闻之曲。《河传》唐词有二首，其一属南吕宫，凡前段平韵，后仄韵；其一乃今《怨王孙》曲，属无射宫。以此知炀帝所制《河传》不传已久。"他所说的《水调歌》即《水调歌头》，最早为苏轼词；唐词《河传》乃晚唐温庭筠与韦庄之作。

以上四调，其乐曲渊源实出唐前，它们最初是单纯的乐曲，有声无辞，流传至唐代或北宋时乐曲发生变化。音乐家在遗声的基础上有所改制，形成新燕乐曲，词人据以谱为长短句歌词。我们从新体音乐文学观念来看，这四曲作为词调皆是在唐以来兴起的。词体依附的音乐——燕乐产生于隋代，而在盛唐时才出现曲子词：这二者不能混为一谈。王灼对燕乐曲考证所提供的历史线索的意义即在于此。

唐王朝的创业始祖李渊是否出于西北少数民族，至今尚无定论，但其创业所凭借军旅多是蕃胡。唐代实行文化开放政策，其政治家、将帅、诗人、乐师、舞伎及宫人中有不少为西北民族者。《新唐书》卷二二《礼乐志》记载朝廷所用之乐有高丽、百济、天竺、南诏、骠国、高昌、龟兹、疏勒、康国、安国等乐。其中西域的高昌（新疆吐鲁番）、龟兹（新疆库车）、疏勒（新疆喀什噶尔）、康国（中亚撒马尔罕）和安国（中亚布哈拉）的音乐最受欢迎。它们都是印度系音乐经过胡化的，隋唐燕乐即是以之形成的。王灼关于唐宋燕乐曲的考证，其中源自西域的为十三曲，占百分之四十二，它们是《婆罗门》《凉州曲》《伊州》《甘州》《胡渭州》《六幺》《兰陵王》《安公子》《水调》《河传》《何满子》《菩萨蛮》《文溆子》。关于《霓裳羽衣曲》，王灼考证：

> 杜佑《理道要诀》云："天宝十三载七月改诸乐名，中使辅璆琳宣进止，令于太常寺刊石，内黄钟商《婆罗门曲》改为《霓裳羽衣曲》。"《津阳门诗》注："叶法善引明皇入月宫，闻乐归，笛写其半，会西凉都督杨敬述进《婆罗门》，声调吻合，遂以月中所闻为散序，敬述所进为其腔，制《霓裳羽衣》。"月宫事荒诞，惟西凉进《婆罗门曲》，明皇润色，又为易美名，最明白无疑。

西凉即凉州（甘肃武威）。唐代凉州节度使所进《婆罗门曲》乃印度乐曲。婆罗门为古代印度高贵的种姓，因以为国名，东汉后称印度。此曲是经西域传入的。此外如《六幺》为中唐时康国乐师康昆仑所传，《安公子》为胡琵琶曲，《何满子》为中亚何国（撒马尔罕）歌者何满子所传，《菩萨蛮》为中唐时中亚女王国所进，《文溆子》乃俗讲师文溆法师从佛教音乐翻出的乐曲。凡此都留下了印度、中亚、西域与中国唐代燕乐的关系的线索。虽然唐代燕乐是在胡乐影响下形成的，但它毕竟是中国的新音乐而有自己的特色了。

从隋代开皇九年（589）至唐代开元元年（713）的百余年间新燕乐基本上是以乐曲形式流行的，曾有歌者采用齐言声诗配作歌辞。自开元至北宋元丰五年（1082）的三百余年间是曲子词——律词产生、发展和定体的过程。王灼探索“歌词之变”，主要致力于考察曲子词自盛唐迄北宋所发生的变化。他说：

> 唐歌曲比前世益多，声行于今，辞见于今者，皆十之三四，世代差近尔。大抵先世乐府，有其名者尚多，其义存者十之三，其始辞存者十不得一，若其音则无传，势使然也。

大致唐代以前的乐府古辞，其题名保存下来的较多，本事可考的有十分之三，创调之作存者不到十分之一，而音谱已佚。唐代燕乐曲及其歌辞保存至南宋初年的约十分之三，因为时代较近，当然还因燕乐的承传。中国古代有的乐曲未制成音谱，或音谱失传，又由于记音符号系统杂乱和节拍谱写粗疏等原因，造成大量乐曲迭相流失。当一种新音乐取代传统音乐之后，学者们难以认识其历史真实，故中国学者自来将乐学称为绝学之一。王灼考察唐以来流行的三十二首燕乐曲的结果是：《霓裳羽衣曲》《胡渭州》《万岁乐》《凌波神》《阿滥堆》《文溆子》《喝驮子》《长命女》《麦秀两岐》九曲至宋代音辞俱佚；《虞美人》《河传》《何满子》《清平乐》《春光好》《菩萨蛮》《望江南》《盐角儿》《后庭花》九曲的音谱词律仍为宋人所沿用；《婆罗门》《凉州曲》《伊州》《甘州》《六幺》《兰陵王》《安公子》《水调》《夜半乐》《荔枝香》《念奴娇》《雨霖铃》《西河》

《杨柳枝》十四曲的音谱与词律已发生很大变化，殊非旧貌。据此，由唐至宋的燕乐曲佚者与沿用者各占百分之二十八，发生变化者占百分之四十四。这基本上可以体现唐宋时期音乐文学的变化规律，而且可以见到唐代与宋代音乐文学的差异。例如：

《婆罗门》，此曲在唐时为黄钟商，虽然天宝时宣布改名为《霓裳羽衣曲》，但实际上是两曲分别流行。唐人李益七绝《夜上受降城闻笛》曾被配以《婆罗门》曲歌唱，收入《乐府诗集》“近代曲辞”内。敦煌曲子词 S. 4578 存词四首，单调三十四字体。柳永词在双调，两段，八十二字体。

《凉州》为唐代大曲，《乐府诗集》“近代曲辞”录大曲一组和耿沣、张籍、薛逢五首，皆为七绝声诗。唐五代无长短句体。王灼云：“今凉州见于世者凡七宫曲，曰黄钟宫、道调宫、无射宫、中吕宫、南吕宫、仙吕宫、高宫，不知西凉所献何宫也。然七曲中，知其三是唐曲，黄钟、道调、高宫者是也。”今存柳词为中吕宫、两段，五十五字；另有欧阳修一百零四字体、晏几道五十字体、晁补之五十二字体，其宫调则不详。

《六幺》唐代大曲，《乐府诗集》“近代曲辞”录白居易七绝诗二首。唐五代无长短句体。宋人蔡居厚关于此曲云：“近时乐家多为新声，其音谱转移，类以新奇相胜，故古曲多不存。顷见一教坊乐工言，惟大曲不敢增损，往往犹是唐本。”[①]可见唐代大曲至宋时犹存，但仅是音谱，而宋人翻为新声词调者甚多。王灼云：“今《六幺》行于世者四：曰黄钟羽，即俗呼般涉调；曰夹钟羽，即俗呼中吕调；曰林钟羽，即俗呼高平

① 胡仔：《苕溪渔隐丛话》前集卷一六。

调；曰夷则羽，即俗呼仙吕调；皆羽也。（康）昆仑所谓新翻，今四曲中一类乎？或他羽调乎？是未可知也。”柳永词两段，九十四字，为仙吕宫，已非羽调曲。

《雨霖铃》唐人张祜七绝声诗一首存《乐府诗集》“近代曲辞”。唐五代无长短句体。王灼云：“今双调《雨霖铃慢》颇极哀怨，真本曲遗声。”柳永词两段，一百零三字体，在双调，即王灼所指的《雨霖铃慢》。柳永是依据唐代旧曲而创制的，保持了乐曲声情。

王灼的《碧鸡漫志》是我国一部重要的音乐文学的历史文献，作者旨在探索唐宋燕乐歌辞的演变过程。从“漫志”式的记述里，我们可见到王灼以“今曲子”的概念将隋唐燕乐歌辞与古代音乐文学在性质上加以区别；指出以词就音和定句定声为新体音乐文学曲子词的特征。他对声诗和曲子词的关系，以及它们与燕乐的关系给予了严格的划分，说明声诗“乃诗中绝句，而定为歌曲”，指出其配乐的随意性与缺陷。从王灼关于唐以来流行的三十二支燕乐曲的考证所提供的依据，我们可以得出这样的结论：新体音乐文学曲子词兴起于盛唐时期，其依附的音乐是受印度——中亚胡乐而形成的新燕乐；从盛唐至北宋，曲子词经历了兴起、发展和定体的过程。虽然王灼在主观上具有复古意识和儒家雅正美学观念，但他更注重音乐文学发展变化的现实，具有历史的观照态度，而且预见到音乐文学发展的客观趋势，因此所作出的论断具有很强的学术意义。王灼在论著里保存了许多珍贵的资料，留下了一些历史线索，其某些意见尤含蕴着学术光辉。现在我们研究中国音乐文学史时，《碧鸡漫志》仍具有深刻的启发意义。

我们在充分肯定王灼词学思想的进步性及其所达到的理论

认识的高度的同时，也要看到他的局限性。由于他受儒家诗教说的影响甚深，比较注重文艺的政治教化作用，因而在矫正时人词体观念时忽视了词体所具的通俗性和娱乐性；对作家的批评也带有浓重的封建礼教意识，过分地贬低了柳永和李清照词的意义。他的批评虽然克服了琐碎的寻章摘句的缺陷，但却过于抽象，许多判断都无例证，也未作较为具体的分析，因而具有很强的主观性而缺乏说服力。他的整个表述方式徘徊于严谨的论证、历史的考辨和闲谈随笔之间。因其著作叙述方式的总体设计是“信笔以记”，使它未能摆脱词话的性质，没有成为纯粹的理论专著。这些都令人感到非常的遗憾，也说明王灼难以克服其时代和个人的局限。

第七节　朱敦儒试拟的词韵

唐宋人作词，用韵大致参照诗韵，并无通行的专门的词韵书为准。当词体衰微之后，始有学者根据唐宋词作品的用韵情况进行归纳整理，编订词韵。明代后期胡文焕编有《会文堂词韵》，但将曲韵与诗韵混杂，不为学界推重。明清之际沈谦编的《词韵略》在清初甚有影响。此后相继出现了几种词韵书，如仲恒的《词韵》，吴烺与程世明的《学宋斋词韵》，郑春波的《绿绮亭词韵》，李渔的《笠翁词韵》，许昂霄的《词韵考略》等，最后集大成者是戈载的《词林正韵》。自道光元年（1821）《词林正韵》问世之后，为论词者和填词者确立了标准，词韵的建构工作似完成了。20 世纪以来关于词韵的专题论文发表了三十余篇，尽管对宋代词人用韵情况进行了一些考察，所得的结论与《词林正韵》颇有差异，但宋词用韵是否存在一个通行的标准却仍不能确定。南宋词人朱敦儒曾试拟词韵，应是对当时实际用韵的概括，留下了宋词用韵规律的重要线索。戈载说：“词始於唐，唐时别无词韵之书。宋朱希真尝拟应制词韵十六条，而外列入声四部。其后张辑释之，冯取洽增之。至元陶宗仪曾讥其淆混，欲为改定，而其书久佚，目亦无自考矣。”（《词林正韵·发凡》）

朱敦儒（1081～1183），字希真，洛阳人。他青少年时即以词章知名，经历靖康之难后到了江南。南宋高宗绍兴二年（1132），因通达政治，有经世之才，被荐于朝廷。赐进士出身，为秘书省正字，迁两浙东路提点刑狱，后为汪勃弹劾而罢官。绍兴十九年（1149），上疏乞求归田，晚年居嘉禾（浙江嘉兴）。著有《岩壑诗人集》一卷，已佚；今流传《樵歌》三卷，存词二百四十六首。他所拟制的词韵十六条，很可能是在

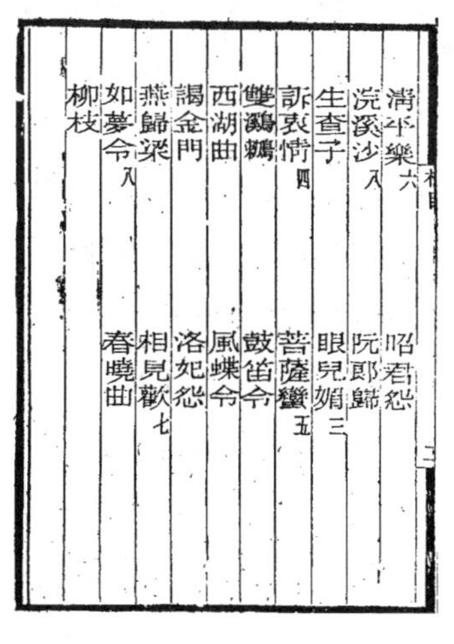
清平樂 六 昭君怨
浣溪沙 入 阮郎歸
生查子 眼兒媚 三
訴衷情 四 菩薩蠻 五
雙鸂鶒 鼓笛令
西湖曲 風蝶令
謁金門 洛妃怨
燕歸梁 相見歡 七
如夢令 入 春曉曲
柳枝

樵歌卷上
洛陽 朱敦儒 希眞
聒龍謠
肩拍洪崖手攜子晉夢裏暫辭塵宇高步層霄俯人閒如許算蝸戰多少功名問蟻聚幾回今古度銀潢展盡參旗桂花澹月飛去天風緊玉樓斜舞萬女霓袖光搖金縷明廷宴闕倚青冥回顧過瑤池重借雙成就楚岫更邀巫女轉雲車指點虛無引蓬萊路
又
憑月攜簫遡空乘羽夢躡絳霄仙去花冷街榆悄中天風露立眞官蕊佩芬芳望帝所紫雲容與享鈞天九奏

《彊村丛书》本《樵歌》书影

绍兴间为秘书省正字时奉宋高宗之命而作的，因高宗很喜欢歌词，而且常命文学侍从们作词，故希望有一部适合宋词创作实际的韵书。词韵十六条在元代末年学者陶宗仪曾见到过，为此还写了一篇《韵记》。陶氏文集无传，此篇《韵记》见存于清初沈雄编的《古今词话·词品》（又见张德瀛《词徵》卷三）。记云：

> 本朝应制颁韵，仅十之二三，而人争习之。户录一编以粘壁，故无定本。后见东都朱希真复为拟韵，亦仅十有六条。其闭口侵寻、盐咸、廉纤三韵，不便混入，未遑校雠也。鄱阳张辑始为衍义以释之。洎冯取洽重为缮录增补，而韵学稍为明备通行矣。值流离日，载于掌大薄蹄，藏于树根盎中，湿朽虫蚀，字无全行，笔无明画，又以杂叶细书如半菽许。愿一有心斯道者详而补之。然见所书十六条，与周德清所辑，小异大同，要以《中原》之音，而列入声四韵为准。南村老人记。

宋人文献中没有关于朱敦儒拟制词韵的记载。我们从陶宗仪所记，可知此韵为冯取洽抄本并作了增补，在宋时不甚流行。陶氏所见这个抄本已缺损严重，字迹模糊，其中又有杂页，此后很快便散佚了。关于韵学，陶氏承认非“有心于斯道”，故记述中对朱敦儒词韵性质缺乏认识，将它与官方的诗韵和为元曲而设的《中原音韵》混为一谈。他将朱氏词韵与《中原音韵》比较之后，发现后者没有入声韵部，而朱氏则“列入声四韵为准”。这样，词韵十六条内有四条为入声韵，对后世学者推测朱氏韵部很有启发意义。近世词学家很重视朱敦儒词韵。夏承焘在学词日记里写道：

> 朱希真应制词韵不传，从《樵歌》用韵可测其书之仿佛。《樵歌》十三部侵沁与十一部庚清青登静径、六部真谆文魂混隐问皆合用，七部元桓寒山先仙霰愿与十四部盐衔凡沾忝赚俑敢合用，三部支脂微齐灰与第五部皆咍合用，十七部陌与十八部月曷薛帖合用，故陶宗仪讥其淆混，欲为改定。其列入声韵四部殆屋沃烛为一部，觉药铎为一部，质陌德等十七部并月曷帖等十八部合盍狎乏等为一部，惜其平上去分条无可考矣。朱韵张辑为之作释，而张词用韵，皆不依朱氏之滥。冯取洽曾增朱韵，今《花庵》所载冯之《沁园春》唇分盟同叶，其子艾子之《云仙引》亦馨成身云心同叶，正合朱作也。希真平仄多不拘，《柳梢青》且以也叶月说，开元曲之先声矣。①

这里涉及几个需要探讨的问题，即朱敦儒所拟词韵分部的具体情况是怎样的，如何看待其实际用韵中的韵部（《广韵》系统的诗韵）混淆和关於入声韵的问题。夏承焘指示解决这些问题的唯一途径，是“从《樵歌》用韵，可测其书之仿佛”。夏先生仅举出《樵歌》用韵的一些实例作了初步探测，尚未能对上述问题的解决提供可靠而充分的依据。因此兹试将《樵歌》用韵情况进行全面考察是很有必要的，或可由此重新审视戈载的《词林正韵》。

《樵歌》存词二百四十五首，唐圭璋补辑一首，共为二百

① 夏承焘：《天风阁学词日记》第304页，浙江古籍出版社1984年版。

四十六首。兹据《全宋词》本将朱敦儒用韵情况加以归纳分部，按宋代通行《广韵》系统的《礼部韵略》标明韵部。每部仅以平声韵字标目，分平声韵和仄声韵（包括上声和去声），入声韵单列。所录韵字以词调为单位，每组韵字之前注明调名。调中如《西江月》《相见欢》《定风波》平仄互押者分别归属，又如《减字木兰花》《清平乐》《昭君怨》《菩萨蛮》《洛妃怨》换韵者，亦分别归属韵字。凡本部混用其他韵部者以〔〕注明。凡属闭口韵字，於字旁以标明。

一　东冬

平声　《木兰花慢》风钟空同东龙容中融，《醉思仙》空虹蓬东从容红枫鸿，《西江月》翁风空虫，《西江月》风容空东，《眼儿媚》浓栊风逢丛，《眼儿媚》浓栊风逢丛，《眼儿媚》浓栊风逢丛，《减字木兰花》风红，《减字木兰花》栊中风红，《减字木兰花》踪红，《风蝶令》空中红风东翁。

仄声　《醉春风》洞弄送拱宠重空梦动，《鹊桥仙》风动弄梦，《如梦令》风动用用用洞，《西江月》用梦，《西江月》梦董。

二　江阳

平声　《满庭芳》光妆长珰郎床芳觞黄，《临江仙》量忙藏羊详光，《鹧鸪天》郎狂章觞王阳，《捉拍丑奴儿》香凉潢厢裳，《望江南》床凉乡长阳量，《长相思》黄霜羊长量量忙乡，《采桑子》阳湘霜光长央，《阮郎归》珰妆香凉觞肠忙长，《相见欢》凉阳黄香妨，《浪淘沙》江窗凉艎香床量乡，《减字木兰花》香床窗长，《清平乐》珰妆肠，《菩萨蛮》阳芳窗香，《菩萨蛮》康篁香长，《菩萨蛮》香长郎藏，《洛妃怨》岗珰忘王。

仄声　《鹊桥仙》帐上傍丈。

三　支微齐

平声　《临江仙》菲泥西携词时，《临江仙》飞稀西归啼〔回〕，《鹧鸪天》归词卮非衣飞，《鹧鸪天》卮辞奇机池瓻，《朝中措》医炊齑丝痴，《朝中措》痴梯机疑齑，《浣溪沙》飞低肥披归，《诉衷情》池飞衣迟低时，《柳枝》时离杯垂违归，《朝中措》奇辉衣肥知，《浪淘沙》迟迷时移伊医培篱，《减字木兰花》为痴，《减字木兰花》诗几知〔杯〕，《减字木兰花》知眉时西，《清平乐》〔梅〕肌微。

仄声　《念奴娇》外碎地戏事子此底，《洞仙歌》岁会似计醉世，《木兰花》缀至意异使醉，《蓦山溪》蕊里李底醉悴外，《蓦山溪》妹是洗寄佩泪二睡，《蓦山溪》世事水蕊醉里李，《蓦山溪》泪喜洗细外似气履意，《感皇恩》地缀味醉事戏意岁外，《青玉案》瑞施蕙李里致意醉，《苏幕遮》计契睡事几蔽醉地，《减字木兰花》李外醉泪，《减字木兰花》李外醉泪，《减字木兰花》李外醉泪，《减字木兰花》醉泪，《减字木兰花》子里止尾，《减字木兰花》袂外，《减字木兰花》醉睡，《减字木兰花》水退醉泪，《清平乐》翠外水起，《洛妃怨》会事，《相见欢》事泪，《相见欢》事水，《相见欢》事是，《千秋岁》瑞子体字事滞地岁醉蕊，《如梦令》睡味戏戏戏事，《如梦令》纪四会会会岁，《定风波》字㵶泪指。

四　鱼虞

平声　《清平乐》疏舆书。

仄声　《聒龙谣》宇许古去缕顾女路，《聒龙谣》去露与舞素住醑路，《水龙吟》去顾注暮许处羽苦雨，《念奴娇》处翥举伫聚付舞去，《木兰花》去住宇缕聚路，《蓦山溪》住雨暮语处路数，《苏幕遮》去处暮雨处苦路主，《踏莎行》步去雨觑侣路，《一落索》住语去暮处数，《桃源忆故人》住苦虑去路悟古处，《卜算子》雨注缕去，《卜算子》路树雨鼓，《如梦令》雨数处住住去，《减字木兰花》住去，《减字木兰花》去雨缕住，《清平乐》住去路处，《清平乐》雨误处缕，《菩萨蛮》苦悟去语，《洛妃怨》伫素。

五　佳灰

平声　《乌夜啼》催梅杯开，《沙塞子》梅催〔池〕〔归〕，《西江月》开怀才排，《浣溪沙》杯〔宜〕〔枝〕〔词〕摧，《燕归梁》开〔吹〕雷台催来徊，《相见欢》梅开苔催回，《减字木兰花》来杯，《减字木兰花》催开。

仄声　《减字木兰花》碍在，《西江月》碍在。

六　真文元侵

平声　《风流子》春〔明〕津云神尘魂昏，《临江仙》云亲春沈人身，《鹧鸪天尊》神春瞋因人，《南歌子》春新裙茵尘人，《定风波》春尘身〔情〕人，《南乡子》身新频门〔盈〕茵恩痕，《南乡子》昏门颦裙薰痕魂春，《西江月》〔青〕神新春，《浣溪沙》人昏春匀裙，《鹧鸪天》〔声〕人新砧〔零〕巾，《菩萨蛮》门昏人门，《鹧鸪天》真茵人新尘寻，《鹧鸪天》云春人尘〔声〕〔平〕，《朝中措》门寻人春昏，《胜胜慢》云纷尊巾人〔兴〕深〔平〕，《诉衷情》春云恩新尊，《朝中措》门寻人春昏，《采桑子》云尘巾根〔平〕人，《行香子》沈侵针颦新昏魂尘寻，《长相思》〔晴〕阴云痕人人〔情〕〔平〕，《西江月》云心新亲，《水调歌头》阴心金音斟今寻魂，《菩萨蛮》沈深心寻。

仄声　《卜算子》慢紧尽晕问〔病〕枕信正阵，《减字木兰花》听恨，《西江月》〔静〕稳，《西江月》听〔静〕，《卜算子》信近〔胜〕饮，《桃源忆故人》阵恨甚问晕沁尽近，《相见欢》韵品。

七　寒删先覃盐咸

平声　《满庭芳》寰欢寒山竿澜轩官间，《鹧鸪天》残寒山顽闲间，《鹧鸪天》丹宽闲潺间还，《朝中措》间看鞍颜衫，《相见欢》间珊山闲颜，《水调歌头》旋传娟言蟾边躔圆，《西江月》缘年钿前，《浣溪沙》残寒乾酸看，《望海潮》川川〔坤〕天闲千然烟前间年，《临江仙》年眠川然天仙，《鹧鸪天》川烟眠前肩年，《鹧鸪天》天毡贤跹娟弦，《鹧鸪天》颠年牵毡眠天，《朝中措》弹残欢鸾寒，《朝中措》弹残欢鸾寒，《朝中措》看寰官寒间，《浣溪沙》闲间鸾颜欢，《浣溪沙》难阑欢环看，《诉衷情》欢弹残寰言寒，《临江仙》拈阑山还言笺，《采桑子》安帘山鬟残寒，《浣溪沙》官山闲环鸾，《减字木兰花》乾寒残山，《减字木兰花》山帆言船，《减字木兰花》山帆言船，《减字木兰花》山帆言船，《减字木兰花》残烟，《减字木兰花》监惭闲年，《减字木兰花》寒酸，《减字木兰花》天年仙船，《清平乐》乾寒厌，《昭君怨》寒残。

仄声　《水龙吟》乱散劝剪满粲宴转，《洞仙歌》绽晚暖羡殿燕，《鹊桥仙》遍点怨殿，《鹊桥仙》绽晚眼畔泛见，《蓦山溪》遍燕乱苑限怨晚，《桃源忆故人》转暖院软展浅远，《卜算子》岸晚点遍，《鼓笛令》暖转盏点念短绊断，《谒金门》恋殿卷暖殿怨燕远，《感皇恩》遍泫畹见艳远间看晚，《杏花天》燕遍怨晚卷碾扇面，《踏莎行》线宴乱愿健浅，《渔家傲》染健漫扇劝散减转伴燕，《桃源异故人》雁怨浅看院转遍见，《减字木兰花》扇晚见燕，《减字木兰花》晚燕，《减字木兰花》满算，《清平乐》见晚遍怨，《昭君怨》断怨，《定风波》线见，

《西江月》浅见，《相见欢》见掩，《相见欢》晚散，《相见欢》乱散。

八　萧肴豪

平声　《西江月》朝梢销迢。

仄声　《苏武慢》照好恼抱少笑了岛，《一落索》晓照老了少草，《渔家傲》调抱悄照早了少老少草，《忆帝京》教妙巧恼老晓好俏，《桃源忆故人》到晓扫道耗照少草，《洞仙歌》表教笑到妙少，《感皇恩》好笑帽倒晓少到草老，《杏花天》晓峭了草杳少耗到，《点绛唇》草巧老少好笑倒，《点绛唇》早沼讨到好帽笑，《柳梢青》照草少渺啸，《卜算子》好早草老，《西湖曲》好帽道了倒笑，《西江月》晓草，《减字木兰花》老笑，《减字木兰花》老笑妙到，《清平乐》少老道笑。

九　歌

平声　《朝中措》河罗娥波歌，《浣溪沙》蛾歌多梭何。

仄声　《蓦山溪》过个坐可破卧，《卜算子》锁躲可我，《减字木兰花》我堕，《减字木兰花》我个大坐，《减字木兰花》我坐，《减字木兰花》可我过破，《清平乐》妥破作那。

十　麻

平声　《芰荷香》花沙车斜华霞涯挝槎琶家，《朝中措》涯花霞茶家，《诉衷情》鸦华茶瓜涯家，《减字木兰花》琶家。

仄声　《好事近》洒怕假耍，《减字木兰花》酢醡假谢，《昭君怨》榭架。

十一　庚青蒸

平声　《水调歌头》冥明〔尊〕情更倾盈生，《相见欢》声沈城更灯，《相见欢》瀛庭笙轻醒，《临江仙》阴〔云〕城明声横，《沁园春》心〔人〕〔真〕情扃〔存〕成庭兄清，《水调歌头》今清情鞶橙斟盈明，《鹧鸪天》灯层明觥横〔人〕，《鹧鸪天》清青〔君〕汀〔魂〕明，《恋绣衾》平今〔云〕惊生，《西江月》林声心轻，《减字木兰花》惺行情明，《减字木兰花》行迎生坑，《减字木兰花》更明亭屏，《清平乐》轻行莺，《清平乐》宁晴明。

仄声　《渔家傲》径〔阵〕整影静艇映醒定凭，《桂枝香》定横井〔紧〕〔鬓〕整〔稳〕艇影〔听〕省〔问〕，《西江月》定命。

十二　尤

平声　《雨中花》楸州留游刘侯流周，《水调歌头》游头留楼流忧愁州，《水调歌头》楼秋舟游浮洲酬不，《木兰花慢》秋愁畴悠幽头收留州流，《浪淘沙》秋头收愁忧州楼流，《沙塞子》愁秋浮流，《相见欢》秋愁头休留，《相见欢》楼秋流收州，《昭君怨》休流。

仄声　《桃源忆故人》后袖就皱透候昼瘦，《点绛唇》奏候有瘦酒寿久，《减字木兰花》酒瘦。

十三　屋沃

入声　《杏花天》曲局缩玉竹宿足续。

十四　觉药

入声　《好事近》却萼乐落，《好事近》药缚觉乐，《点绛唇》索薄落角著雀掠。

十五　质陌锡职缉

入声　《满江红》石碧色白客宅适策北，《鹊桥仙》客碧息迹，《鹊桥仙》日湿客得，《梦玉人》客藉碧摘翼适敌得，《好事近》湿碧瑟息，《好事近》力湿碧迹，《好事近》宅笛碛息，《好事近》的亿迹北，《好事近》碧色敌得，《忆秦娥》碧客客夕急息息得，《忆秦娥》急白白雪摘忆忆色，《忆秦娥》窄客客迹隔识识北，《卜算子》失立逼急，《好事近》客侧夕识，《柳梢青》迹客碧北得，《柳梢青》集客得碧夕，《双鸂鶒》碧鶒力碛笛息得觅，《春晓曲》急沥瑟，《念奴娇》戚食客迹益识息惜，《菩萨蛮》碧湿夕忆，《菩萨蛮》色陌客侧，《菩萨蛮》客色壁碧，《菩萨蛮》急湿笠碧。

十六　物月曷黠屑叶合洽

入声　《念奴娇》〔白〕〔客〕〔隔〕雪蝶月歇折，《念奴娇》月阙掣接雪绝发说，《念奴娇》叶切彻月结设灭咽，《念奴娇》〔色〕叶〔客〕〔白〕接阕歇月，《踏歌》阕发彻切结诀月越蝶说别节，《醉落魄》叠雪叶说越歇月，《柳梢青》别发月〔也〕说，《柳梢青》热歇绝月阙，《柳梢青》洁发别悦月，《生查子》节雪切说，《如梦令》节月〔客〕〔客〕〔客〕说，《如梦令》月辣雪雪雪叶，《如梦令》月蜡叶叶叶雪，《如梦令》拆折说说说热，《好事近》绝叠别雪，《好事近》节雪月灭，《忆秦娥》列节节发雪热热悦，《十二时》叶咽绝折节，《好事近》蝶月别叶，《好事近》叶蝶结叠，《点绛唇》叶发别〔客〕彻绝月。

从《樵歌》用韵情况，可见其分部恰为十六条，正与《韵记》所述朱敦儒所拟词韵相合，可视为其词韵书之复原。兹列表如下：

韵部	平声	仄声	入声
一	东冬	董肿送宋	
二	江阳	沟养绛漾	
三	支微齐	纸尾荠置未霁	
四	鱼虞	语麌御遇	

续表

韵部	平声	仄声	入声
五	佳灰	蟹贿泰卦队	
六	真文元侵	轸吻阮寝震问愿沁	
七	寒删先覃盐咸	旱潸铣感俭豏翰谏霰勘艳陷	
八	萧肴豪	筱巧皓啸效号	
九	歌	哿个	
十	麻	马祃	
十一	庚青蒸	梗迥敬径	
十二	尤	有宥	
十三			屋沃
十四			觉药
十五			物月曷黠屑叶合洽
十六			质陌锡职缉

从上表我们可见词韵的特点：词韵参照诗韵，将宋以来通行的《广韵》系统的《礼部韵略》韵部进行合并，即将平声三十部合为十二部，将上声与去声各三十部合为十二部，将入声十七部合为四部；诗韵只分平仄，入声包括在仄声内，词韵则分平声、仄声和入声三类；仄声韵包括上声和去声，入声韵单独使用。词韵韵部的简化与上去声合用，这是其宽于诗韵之处；词韵入声单列一类，不得与仄声相混，而且每一词调有用韵的特殊规定，这是其严于诗韵之处：所以不宜简单地说词韵宽于诗韵。我们将朱氏的十六条与戈载《词林正韵》十九部进行比较，可发现它们有很大的差异，这表现在：灰韵在朱氏是单独为一部的，并未与支微韵合并；闭口韵侵和覃盐咸部在朱氏韵里已经分化而不存在；入声韵的叶合洽部在朱氏韵里已与

物月曷黠屑合并；戈载于第三、四、五、八、九、十、十二部后所附入声入派三声，这皆在朱氏韵中不存在。现代词学家宛敏灏说：

> 我想，唐宋词的用韵情况，已是一个无可改变的事实，现在研究它，无论是吸取前人用韵的优良经验，或是为着了解当日韵部分合的情况以至方音差别，都应该把这些资料看得同等重要，不能以意取舍，是甲而非乙。我们首先要从思想上认识唐宋人依照口语协韵的做法是正确的，才不至怀着复古成见而讥弹前人用韵失检。①

《樵歌》用韵正体现了宋代词人依照口语协韵的习惯，表现了词韵与诗韵的区别。这与我们所了解的宋人用韵实例相符，当然排除某些使用方音协韵和入派三声的个别例子。因此它可视为朱氏所拟词韵十六条之复原，重现了宋词用韵的真实。

近世学者很重视朱敦儒的词韵，语言学家们还研究了《樵歌》的特殊用韵现象，认为朱敦儒已打破三系阳声韵的界限。我国中古音里以 ng、n、m 三个声母收音的附加鼻声韵母被称为三系阳声韵。《礼部韵略》里属于第一系 ng 的韵目有东冬江阳庚青蒸，属于第二系 n 的韵目有真文元寒删先，属于第三系 m 的韵目有侵覃盐咸。在诗韵中此三系阳声韵目是不能混淆的，须各自单独使用，但在宋词中却往往打破了三系的界限，这突出地表现在朱敦儒的词作里。语言学家黎锦熙研究了《樵歌》之后得出结论：

---

① 宛敏灏：《词学概论》第 133 页，上海古籍出版社 1987 年版。

统计《樵歌》三卷中用附声韵的词凡八十六首，除属于元寒韵不计外，就有四十二首……除这十二首（小令）外，其余二十九首中或庚青与真文不分，或真文与侵不分，或寥寥数韵中竟将庚青、真文、侵三系通押起来。[①]

例如朱敦儒的《行香子》即是三系韵通押的：

宝篆香沉。锦瑟尘侵。日长时、懒把金针。裙腰暗减，眉黛长颦。看梅花过，梨华谢，柳花新。　春寒院落，灯火黄昏。悄无言、独自销魂。空弹粉泪，难托清尘。但楼前望，心中想，梦中寻。

全词共九个韵字，属庚青的有颦，属真文的有新、昏、魂、尘，属侵的有沈、侵、针、寻。类似的例子还有一些，如黎锦熙所统计，但能否据此而断定：宋词中“那时的普通语音连这三个界限也打破了”呢？从考察朱敦儒用韵后，我们会发现具体情形是较复杂的。m系阳声韵又称闭口韵，发此音颇为困难，而且韵较窄，所以在宋代语音中已发生变化，遂分化入其他两系了。例如朱氏将闭口韵侵部的寻、深、沈、侵、针、阴、心、金、音、斟、今合入真文部，亦偶尔将少数侵部韵字与庚青蒸同押；又将闭口韵覃盐咸与寒删先合并，因而闭口韵实已消失。关于真文与庚青蒸，朱氏词中如真文中混入明、青、盈、情、声、零、平、颦、晴等韵字，庚青蒸中混入尊、

① 黎锦熙：《论宋词三系附声韵母》，《樵歌》附录，商务印书馆1933年版。

人、真、存、君、魂、云；这仅是偶尔的通押，就其整个用韵情形来看，这两部仍是独立的。所以关于宋词中三系阳声韵的实际情形应是m系韵分别并入其他两系，ng与n两系阳声仍不相混，仍是独立的。

关于宋词入声韵，陶宗仪记："然见所书十六条，与周德清所辑，小异大同，要以《中原》之音，而列入声四韵为准。"戈载对这段文字的理解有误，将"而列入声四韵为准"误为"外列入声四部"，则入声四部在十六条之外，以致其《词林正韵》列十四部，外列入声五部，共十九部。近世词学家吴梅将入声韵增加三部，为八部，词韵遂有二十二部。[①] 朱氏关于入声韵的分部乃根据现实语音情形，即与m系阳声韵相应的入声缉并入质陌锡职，叶合洽并入物月曷黠屑。这样入声四部实为ng系和n系相应之入声各列两部，反映了入声在宋代语音中的变化。语言学家唐钺认为：

> 我的浅见以为入声失却收声是因为"词"（指入乐的）盛行的原故……词既是备歌唱的，那末入声在词中就不能保有他的原有性质。因为歌唱时，字音要延长，才可以协乐，可以悦耳。入声的收声是暂声，不能延长。所以要除去收声，只留他收声前的音，使他可以延长。入声无论在词中哪一部分都要有延长的可能，但是押韵的入声，唱时延长尤其利害。所以入声失却收声大概从做韵脚用的时候

① 吴梅：《词学通论》第16～21页，商务印书馆1933年版。

起头。[1]

入声韵在朱氏词韵中独立存在，而且不与其他韵部混押，也不存在入派三声的现象。这非常有力地证实了唐钺的推测是不能成立的。

朱敦儒在南宋之初概括宋词用韵的实际情况，拟订词韵十六条，它虽未能流行，而在元末散佚无考，但是他在词作中是按其所拟词韵规则用韵的。兹据陶宗仪《韵记》提供的线索，对《樵歌》用韵进行考察，使朱氏词韵十六条复原。它在很大程度上反映了宋人词韵真实，体现了一些规律，为我们解决词韵分部、三系阳声韵和入声韵等词学的疑难问题，提供了新的事实依据。由此应引起我们对《词林正韵》确定的标准作出重新的评价了。

① 唐钺：《入声演化和词曲发达的关系》，《东方杂志》第23卷第1号，商务印书馆1926年。

第二章
词学的建立

从南宋末年到元代前期，即约公元 13 世纪 70 年代到 14 世纪初年的五十年间，词体随着南宋的灭亡和社会审美兴趣的转变而逐渐趋于衰微，但词学建立了。以沈义父的《乐府指迷》、张炎的《词源》和陆辅之的《词旨》三部词学专著的出现标志了词学的真正建立。它们对宋词的发展过程和创作经验作了理论的总结，是南宋后期以来词学家们探究词法的成果，使词学成了可以独立的学科。在中国文学批评史上，“文学批评的产生，虽在文学之后，但也可以说是同时的。不过，正式成为一种独立学科的文学批评，则比较后起”。[①] 词学的情形也正是如此。

① 郭绍虞：《中国文学批评史的分期问题》，《照隅室古典文学论集》下编第 413 页，上海古籍出版社 1983 年版。

第一节　宋元之际词体的衰微与词的理论总结

宋元之际的词坛在表面上出现了一度的繁荣，作家作品很多，而且产生了一群较有影响的词人，例如王沂孙、周密、陈允平、刘辰翁、蒋捷、张炎、仇远等。公元 1279 年南宋灭亡。宋遗民在元初虽然仍在作词，但词体衰微的命运已不可挽回；他们确如残蝉的哀鸣，悲叹着一个时代的文化和一个时代的文学被历史无情地取代了。

词体衰微的征兆在南宋中期实际上已经显露出来。南宋时封建商品经济进一步发展，市民阶层愈益壮大，与之相适应的都市民间伎艺也空前地繁荣了。例如民间游艺场所瓦市，北宋都城东京仅有六座，南宋都城临安则有二十二座。南宋瓦市中如讲话、说唱、戏曲等伎艺受到了广大民众的喜爱，能够满足民众的新的审美趣味，因为它们有较为复杂的故事情节和生动的表演形式。相比之下，小唱伎艺在竞争中失去了自己的优势，终致难以在瓦市中生存下去。南宋宁宗时耐得翁在《都城纪胜·瓦舍众伎》里说："唱叫小唱，谓执板唱慢曲、曲破，大率重起轻杀，故曰浅斟低唱，与四十大曲舞旋为一体，今瓦市中绝无。"可见小唱在当时已退出了瓦市伎艺。此后小唱艺人一方面改变唱法向嘌唱发展，一方面在酒肆或富人宅院等处活动，其社会地位就更低下了。造成这种情况的原因是多方面的，其中词体发展内部原因的词的典雅化和脱离音乐无疑是重要的。南宋词的发展自始至终都存在典雅化的过程，无论婉约词或豪放词都是如此。如辛弃疾、姜夔、刘克庄、吴文英、王沂孙、张炎诸家，至今为他们的词集作注释都仍感困难，一般的普通民众是无法理解其词意的。这些典雅的作品只能在士大夫们家里或政府公署里演唱，极少数人才能欣赏，很可能连歌者也并不完全了解所唱歌词的意义。还有的作品，只具纯文学的性质，因音谱失传而根本不能演唱。刘克庄谈到陆游的词时说："其激昂感慨者，稼轩不能过；飘逸高妙者，与陈简斋、朱希真相颉颃；流丽绵密者，欲出晏叔原、贺方回之上，而世歌之者绝少。"（《后村诗话》续集卷四）世人不歌其词的原因是太典雅了。刘克庄自己作的词，其遭遇也相同，而且宋代竟无人评论它，情形更为可悲。吴文英的自度曲《西子妆慢》，不到四十年便"旧谱零落，不能倚声而歌"。张炎在宋亡后仿照此调声律作词，只是纯文学的作品，无法被诸管弦。张炎谈到宋末的音谱说："述词之人，若只依旧谱之不可歌者，一字填一字，而不知以讹传讹，徒费思索。当以可歌者为工，虽有小疵，亦庶几耳。"（《词源》卷下）可见许多词调已不可歌了。因此，不少词人是不晓音律的，如沈义父说："前辈好词甚多，往往不协律腔，所以无人唱。"（《乐府指迷》）这样，词与音乐的关系逐渐疏远了，以致最后脱离音乐，丧失了词体作为音乐文学的条件。

词的典雅化和非音乐化虽然是词体发展中的自我否定，必将使词体趋于衰微，但是如果南宋的历史能再延长一段时间，词体也会延续下去，不至于像在元蒙统治建立后那样迅速地衰微而被北曲所代替。因此，我们探讨词体在宋元之际的衰微不能忽略其重要的外在的社会性的原因。宋室南渡之后，我国淮河以北的地区为少数民族金人所占领。南宋后期北方的蒙古族兴起并代替了金人在北方的统治。南宋的灭亡标志着一个民族国家的灭亡，汉民族在元蒙的统治下经受了空前的民族压迫的灾难。元蒙统治阶级所具北方游牧民族的文化特点无疑地影响着社会的审美理想和审美兴趣；这个变化在宋元之际是非常鲜明的，并由词体为北曲所代替而体现出来。由词到曲的转变，实际上是社会审美理想与审美趣味的转变。元人虞集在《中原音韵序》里说："我朝混一以来，朔南暨声教，士大夫歌咏，必求正声，凡所制作，皆足以鸣国家气化之盛。自是北乐府出，一洗东南习俗之陋。"这是从元蒙统治者的立场说明了北曲取代词体的文化背景。由于元蒙统治阶级大力提倡其民族的新的音乐文学，以之为"正声"，有意贬抑汉民族传统的音乐文学，遂使北曲兴盛发展起来。词与曲虽然都属我国音乐文学，但它们的文化艺术渊源、音律、乐器、美感形式、艺术风格都大大相异，竟致出现"南不曲，北不歌"的文化意识对立的现象。南方人禁忌唱曲，北方人禁忌歌词，而由于南方汉族所处的严重的民族压迫的情形下，词体丧失了自己发展的有利条件。社会上"有人酷信北曲，至以伎女南歌为犯禁"；这无疑是一种民族压迫在文化上的表现。明代徐渭在《南词叙录》里非常深刻地揭示了这一文化现象的原因，他说："今之北曲，盖辽、金北鄙杀伐之音，壮伟狠戾，武夫马上之歌，流入中原，遂为民间之日用。宋词既不可被弦管，南人亦遂尚此（北曲）。上下风靡，浅俗可嗤。"这样，词体在元蒙统治下的没落命运是必然的了。

词体兴于唐代，经五代的发展，至两宋而繁荣兴盛。词这一音乐文学样式，从诞生到衰微的时期约五百余年。南宋的灭亡，北曲随着元蒙统治在中国的确立而兴起，标志词体发展过程终结了。这时对词体发展过程所积累的经验进行理论总结的条件已经成熟。对一种文学的理论总结，总是在这种文学发展到一定的阶段，一般是在其繁荣之后，有了丰富的创作经验，有了理性认识的必要准备，理论的总结才有可靠的基础。宋元之际，当词体衰微之时，出现了人们对词体理性认识的兴趣，掀起了宋词理论总结的热潮，在积极的意义上建立了词学。

词发展到南宋后期，正如唐代以后的诗坛一样，后人的创作很难超越前代，为了创新于是将注意力集中于创作的艺术技巧方面，因而探讨词的作法蔚然成风。杨缵与吴文英在这时期讲论作词方法对宋季词家发生了重大影响。

杨缵，字继翁，号守斋，又称紫霞翁，居钱塘。约生于南宋宁宗嘉定三年（1210），约卒于度宗咸淳五年（1269），享年约五十八岁。杨缵精通音律，博雅好古，能自制曲，著有《圈法美成词》和《紫霞洞箫谱》，均佚。[①] 他讲论词法的《作词五要》存录于张炎《词源》卷下。杨缵说：

> 作词之要有五：第一要择腔。腔不韵则勿作，如《塞翁吟》之衰飒，《帝台春》之不顺，《隔浦莲》之寄煞，《斗百花》之无味是也。第二要择律。律不应月则不美，如十一月调须用正宫，元宵词必用仙吕宫为宜也。第三要填词按谱。自古作词，能依句者已少，依谱用字者，百无一二。词若歌韵不协，奚取焉。或谓善歌者，融化其字则无疵。殊不知详制转折，用或不当，即失律；正旁偏侧，凌犯他宫，非复本调矣。第四要随律押韵。如越调《水龙

---

① 参见黄贤俊：《杨守斋事迹考略》，《重庆社会科学》1984 年第 3 期。

吟》、商调《二郎神》，皆合用平入声韵；古词俱押去声，所以转折怪异，成不祥之音。昧律者反称赏之，是真可解颐而启齿也。第五要立新意。若用前人诗词意为之，则蹈袭无足奇者，须自作不经人道语，或翻前人意，便觉出奇；或只能炼字，诵才数过，便无精神，不可不知也。更须忌三重四同，始为具美。

这“五要”之中，前四条都是关于词的音律问题的。当时文人作词，不协音律的现象已经很严重，以致多数词不能歌唱。杨缵正是针对这一情况而特别强调词与音乐的密切关系。他的论词主张为张炎所继承和发展了。

吴文英，字君特，号梦窗，鄞县（今浙江鄞县）人。约生于宋宁宗开禧三年（1027），卒于度宗咸淳五年（1269），年约六十二岁。[①] 吴文英是南宋后期著名的词人。淳祐三年（1243），他在杭州为沈义父讲论作词方法：

盖音律欲其协，不协则成长短句之诗；下字欲其雅，不雅则近乎缠令之体；用字不可太露，露则直突无深长之味；发意不可太高，高则狂怪而失柔婉之意。

这就是所传的“论词四标准”，被保存于沈义父的《乐府指迷序》里。沈氏继承了吴文英关于创作原则的主张，并在《乐府指迷》里大大加以发挥。

---

① 参见谢桃坊：《词人吴文英事迹考辨》，《词学》第5辑，华东师范大学出版社1986年版。

杨缵的词法传授与张炎，张炎再传与陆辅之；吴文英的词法传与沈义父。这两家的词法均属于重音律、尚典雅的，相互之间并无多大的分歧。沈义父和张炎承传词法之时已在宋末，他们的词学论著的完成是在宋亡的元代初年，陆辅之的论著则又稍后。由此可见：词法的传授是有渊源的，因这种私自传授方式，有的因缺乏文献的记载而失传，如徐理也曾为张炎讲过音律和词法，但具体情形已不得而知了。沈义父、张炎、陆辅之三家词学理论，具体于宋季而完成于元初，有一个理论的形成与发展的过程。杨缵和吴文英对词的创作经验的高度概括，已表明宋人对词学的认识的一个飞跃，即初具理论的形态；继而张炎等三家词学专著的出现，则标志了词学的真正建立。从宋季到元初，词学家们因师友关系传授词法而形成了一个词学研究的群体。他们的词学论著不仅表述了个人的见解，应是这个重音律、尚典雅的群体的共同的理论结晶，代表了宋人对这一时代文学的理论总结。张炎晚年自述其著《词源》的目的是："今老矣，嗟古音之寥寥，虑雅词之落落，僭述管见，类列于后，与同志者商略之。"（《词源序》）他感到宋亡后，词体的没落已成定势，为之深深惋惜。显然，纵使讲论词法也不能改变词体的命运。关于这点，宋遗民应是非常清醒地认识到的。因而他们对宋词的理论总结，其心情正如周密在宋亡以纂辑故国野史为己任，都意在保存一代之文献，以寄托故国之思。可是，张炎等词学家在客观上却建立了词学，他们所努力达到的理论高度竟是后来许多词话所不可及的。

第二节　沈义父论词的创作

沈义父，字伯时，江苏吴江人。南宋理宗嘉熙元年（1237）以赋领乡荐。淳祐二年（1242）在南宋都城临安认识词家翁元龙，经翁氏介绍，于次年认识词家吴文英，相互酬唱，学习填词方法。约在宋末元初曾为南康军（今江西星子）白鹿洞书院山长，讲授程氏理学，学者称为时斋先生。晚年回到家乡，仍从事讲学活动。著有《时斋集》《遗世颂》及诗词等作，均佚；仅有《乐府指迷》传世，最早收入明刊《花草粹编》附刻，晚清词学家王鹏运又收入《四印斋所刻词》。

《乐府指迷》是我国词学史上第一部讲论作词方法的专著。“乐府”在宋代为词之别称，“指迷”即经指点而不致迷途之意。这部专著是供初学作词者之用，较系统地论述了作词方法。著者在序言里谈到“词之作难于诗”，因“子侄辈往往求其法于余，姑以得之所闻，条列下方”。当然，这是自谦之辞。著者是有意系统地总结作词方法的，虽然他曾向吴文英学习词法，但在著作中并非全述旧闻，而实表现了自己的见解。此书的写作时间是著者晚年闲居乡里为后辈讲学时，据讲稿整理而成的。这时上距吴文英向他讲授词法大约已四十余年了。

南宋后期著名词人吴文英是有丰富创作经验和强烈创新意识的词人。他为沈义父讲授作词方法的具体情形已不得而知，仅在《乐府指迷序》里保存了其“论词四标准”。这四个原则概括起来是：协律、典雅、含蓄、柔婉。向来研究宋人词论者颇注意宋季各家之家法，因此认为这“四标准”便是“梦窗家法”。如果我们以这四个原则来衡量南宋词便不难见到，其否定面正是豪放词，因为以诗为词、粗率、直露、狂怪都是南宋豪放词的主要特点。吴文英论词已超越了个人的狭隘经验，应是对南宋婉约词创作经验的总结，其适应面是较广的，而且无论在当时还是后世都具有指导的意义。沈义父在具体论述作词方法时贯彻了吴文英论词原则而又有所发展。

关于作词的具体学习对象，沈义父提出“凡作词当以清真为主”。这可能是吴文英的主张。南宋婉约词发展过程中姜夔和吴文英两家的影响最大，如清代词学家陈锐说：“白石拟稼轩之爽快，而结体于虚；梦窗变美成之面貌，而炼响于实。南渡以来，双峰并峙。”（《袌碧斋词话》）这两家都源自北宋后期周邦彦的清真词。周邦彦是宋词发展过程中由北宋到南宋词风转变的重要人物，影响了整个南宋婉约词的发展。所以以清真词为词法的标准，不仅反映了吴文英、沈义父等人的意见，也反映了南宋词坛的主要艺术风尚。所以沈义父说：

> 凡作词，当以清真为主。盖清真最为知音，且无一点市井气。下字运意，皆有法度，往往自唐宋诸贤诗句中来，而不用经史中生硬字面，此所以为冠绝也。学者看词，当以《周词集解》为冠。

这对清真词作了形式主义的理解，以为它最能体现吴文英论词原则，无视其缺陷，而对其真正的艺术高境则认识不够。

根据作词原则，沈义父对宋代词人进行了批评。他所论列的柳永、康与之、姜夔、吴文英、施岳、孙惟信等词人都是精于音律的，肯定了他们各自创作上的成就，也指出他们的缺点。他认为柳永、康与之、施岳、孙惟信的作品都存在“鄙俗语”或“市井气”，背离了典雅的原则；认为姜夔和吴文英词虽典雅，但一失之“生硬”，一失之“太晦”，缺乏“柔婉之意”或弄得“人不可晓”，都不尽符合作词原则的。从沈义父对诸家的批评，可见他对词的创作有较为确切的艺术理解，即使对所崇奉的吴文英也颇有指摘。从他对吴文英的批评，也可说明《乐府指迷》虽然继承了吴文英的论词原则，而确又表述了自己的见解，并非仅仅记述“得之旧闻”的。

这部专著的重点是指示具体的作词方法，主要讲论了词的写作技巧、题材的处理和协律的问题。其中讲得最多的是写作技巧。沈义父是从词的章法、修辞和声韵三方面来讲述的。词与诗比较是更讲求意脉的贯串和词意的集中，因而在章法组织方面要求精心的布局安排。就写作一首词而言，大致要求“起句便见所咏之意”，“过处多是自叙，若才多者方能发起别意”，“结句须要移开，含有余不尽之意”。就小令与长调的写作而言，又有区别：“作大词，先须立间架，将事与意分定了”，“作小词只要有些新意。”关于修辞，沈义父很重视，要求体现典雅和含蓄，主张大量使用事典，融化前人诗句，注意虚字在章法中的作用，提倡使用代字，这反映出南宋词一般的特点和弊病，与北宋词的艺术表现迥然异趣。关于词的声韵，沈义父没有故弄玄虚，没有提到“五声”、“清浊”、“轻重”等音韵学的概念，而是较为真实地反映了实际情形。例如他认为：“押韵不必尽有出处，但不可杜撰”，这透露了当时并无词韵书，词的用韵是较为自由的。李清照在《词论》中谈到词调用韵有四声之别，如有的词调“本押仄声韵，如押上声则叶，如押入声则不可歌矣”。南宋以来一些作词者缺乏必要的音乐素养，加上乐谱的散佚，作词时有的不是按谱填词，而是以前人作品为标准，模仿其平仄和句式，因此作词辨四声已成一时趋势。沈义父说：“腔律岂必人人皆能按箫填谱，但看句中用去声字最为紧要。然后更将古知音人曲，一腔两三只参订，如都用去声，亦必用去声。其次如平声，却用得入声字替。上声字最不可用去声字替。不可以上去入，尽道是侧声便用得，更须调停参订用之。”这里，他仅提醒填词者注意侧声的区别，“调停参订用之”，但无严格的规定。清代词学家万树编订《词律》即据此说而细分上声与去声制成严密的格律，这是不尽符宋词实际的。宋人作词，大致如沈义父所说：“初赋词，且先将熟腔易唱者填了，却逐一点勘，替去生硬及平侧不顺之字。久久自熟，便觉拗者少，全在推敲吟嚼之功也。”

关于作词时对题材的处理，沈义父讲述了南宋时婉约词所涉及的主要题材范围，如咏物、花卉、赋情和寿词。其中关于花卉和赋情的意见，他说：“作词与诗不同，纵是花卉之类，亦须略用情意，或要入闺房之意，然多流淫艳之语，当自斟酌，如只直咏花卉，而不着些艳语，又不是词家体例，所以为难。又有直为情赋曲者，尤宜宛转回互可也。”沈义父是一位理学家，但在谈赋情时却并不迂腐，反映了南宋人仍将词体理解为艳科性质，而且以为用些艳语乃是“词家体例”。令人遗憾的是，沈义父在谈题材处理时仅从一般方法着眼，忽略了创作主体的个性和真实的感受，因而对题材范围的理解也是很狭窄的。

关于协律，自北宋中期以来即有争论，大多数词人都坚持词是音乐文学，因而有“别是一家”之说。所以吴文英也说：“盖音律欲其协，不协则成长短句之诗。”沈义父对这个问题没有进行较详的论述，他主要批评了当时词多不协律的现象。由于宋以来记谱法系统的混乱和不确切，音谱和唱法易于失传，以致南宋后期许多词已不可歌，而民间新的词调和民间才人的作品较为流行，但曲调及歌词都较为俚俗。“如秦楼楚馆所歌之词，多是教坊乐工及市中做赚人所作，只缘音律不差，故多唱之。求其下语用字，全不可读。甚至咏月却说雨，咏春却说秋，如《花心动》一词，人目之为一年景。又一词之中，颠倒重复，如《曲游春》之‘脸薄难藏泪’，过云‘哭得浑无气力’，结又云‘满袖啼红’，如此甚多，乃大病也。”另一方面由于豪放词人以诗为词，以文为词的消极影响，以致“近世作词者，不晓音律，乃故为豪放不羁之语，遂借东坡、稼轩诸贤自诿”，严重地破坏了词的音律。根据这两种不良倾向，沈义父主张在选择腔调时“只当古雅为主，如有嘌唱之腔不必作，且必以清真及诸家目前好腔为先可也。”即提倡选择诸名家在现时仍流传的腔调填词，这样必然古雅入律了。他发现苏轼与辛弃疾的婉约一类的词，即“不豪放处，未尝不协律也”，因此反对以豪放为理由而不协律的现象。从沈义父的论述，可见他并不精通音律，没有具体意见，仅以一种谨慎的态度，以前人名作为标准去机械地适应词的音律。这对初学作词者确又是较为实用而可行的方法。

《乐府指迷》这种讲论词法的体式是受诗法著作影响的。自中唐僧人皎然的《诗式》即开始较系统地讲述作诗的方法，继而出现了齐己的《风骚旨格》。宋人讲论诗法的专著仅有南宋姜夔的《白石道人诗说》。这些著作在讲述诗法时都有宏观把握的特点，对于初学者并不适用。沈义父著作的体式显然渊源于这类诗法专著，但讲得很实际，确能对初学作词者起到指示途径的作用。李清照论词主要强调词与诗相比较而有另一些特点，说明词之作难于诗。因为《词论》其中许多概念含混不清，只在词调的用韵方面谈得具体一点。其他的宋人词话受诗话“助闲谈”、“资考证”的影响，而难以谈到词法。因此，从我国文学批评史和词学史来看，沈义父的《乐府指迷》都是具有重要意义的。这部讲论词法的第一部专著虽然有很强的实用性与普及意义，但比较《白石道人诗说》，它又显得较为浅薄和缺乏理论价值了。姜夔已很重视诗人的修养、艺术构思和诗的意境的关系。沈义父却只纯从具体的写作技巧来讲词法，而且由于夸大了向前人作品学习的意义，过多地和错误地追求字面的效果，以及取径狭窄，这样使其词法存在严重的形式主义倾向，可能使初学者接受一些消极的东西。

沈义父的著作，在宋元之际的词坛产生了一定的影响，为张炎总结宋词的理论奠定了基础并给予了启发。

第三节　张炎的词学理论

在宋元之际的词学家中，张炎的理论建树是最特出的。他的词学理论著作《词源》达到了这一时期词学的最高学术水平。清代学者认为：《词源》“穷声律之窅妙，启来学之准范，为填词家不可少之书”，而且“足以见宋代乐府之制”。[①] 因它对宋词从理论上作了总结，受到历来词学家的高度评价。

张炎，字叔夏，号玉田，晚年号乐笑翁。祖籍西秦（今陕

① 阮元：《四库未收古书提要》，《研经室外集》。

西凤翔），南宋理宗淳祐八年（1248）生于杭州；为南宋中兴名将循王张俊六世孙。他以先世恩荫在宋曾入官。宋亡时年三十二岁，被抄家后飘零无依，于元至元十七年庚辰（1280）北游大都，参加了书写《金字藏经》之役；至元二十八年（1291）北归后在江南过着愁苦的遗民生活。约卒于元至治元年（1321）前后，年约七十岁。[①] 其词集《山中白云词》存词三百首，为晚年之手辑；又于元延祐初年完成了词学专著《词源》上下卷。

我们要确切地认识张炎词学的理论系统，必须对《词源》的体制结构特点有所了解，否则便可能由于困惑而作出错误的判断。《词源》在元代以抄本流传；明代陈继儒始收入《宝颜堂秘笈》，只取下卷，易名为《乐府指迷》；清代词家秦恩复从元人旧抄足本收入《词学丛书》，得以流行于世。张炎的友人陆文圭《玉田〈词源〉稿序》云："西秦玉田张君著《词源》上下卷，推五音之数，演六律之谱，按月纪节，赋情咏物。自称得声律之学于守斋杨公、南溪徐公。"（《墙东类稿》卷五）这里介绍的情况与今传本《词源》相符。张炎的自序云：

> 古之乐章、乐府、乐歌、乐曲，皆出于雅正。粤自隋唐以来，声诗间为长短句。至唐人则有《尊前》《花间集》。迄于崇宁，立大晟府，命周美成等人讨论古音，审定古调，沦落之后，少得存者。由此八十四调之声稍传。而美成诸人又复增演慢曲、引、近，或移宫换羽，为三

---

① 参见谢桃坊：《张炎词论略》，《文学遗产》1983 年第 4 期；《张炎词集辨证》，《文献》1988 年第 3 期。

犯、四犯之曲，按月律为之，其曲遂繁。美成负一代词名，所作之词，浑厚和雅，善于融化诗句，而于音谱，且间有未谐，可见其难矣。作词者多效其体制，失之软媚，而无所取。此惟美成为然，不能学也。所可仿效之词，岂一美成而已。旧有刊本《六十家词》，可歌可诵者，指不多屈。中间如秦少游、高竹屋、姜白石、史邦卿、吴梦窗，此数家格调不侔，句法挺异，俱能特立清新之意，删削靡曼之词，自成一家，各名于世。作词者能取诸人之所长，去诸人之所短，精加玩味，象而为之，岂不能与美成辈争雄长哉。余疏漏谫才，昔在先人侍侧，闻杨守斋、毛敏仲、徐南溪诸公商榷音律，尝知绪余，故平生好为词章，用功逾四十年，未见其进。今老矣，嗟古音之寥寥，虑雅词之落落，僭述管见，类列于后，与同志者商略之。

这篇自序不是置于全书之前，却是在下卷之首；而且既然其上卷是纯论述词之音律的，为何又在下卷序言之后有论词乐的“音谱”与“拍眼”两篇。这种体例在我国古籍中是非常罕见的。近世词学家郑文焯的《词源斠律》和蔡桢的《词源疏证》都查核了《词源》上卷的资料线索，却未能进一步探究其上下卷叙述方式相异的原因。

关于《词源》体制的特点，从著者自序的位置可作如下的推测：上卷介绍词乐源流的“五音相生”、“律生八十四调”、“阳律阴吕合声图”、“古今谱字”、“宫调应指谱”、“讴曲旨要”等，全系抄撮或辑录古代与宋代的音乐文献，并非张炎自己的论述，其纂辑的目的在于保存词乐的历史资料，便于学词者考镜源流；下卷为著者关于词学的论述，故首列自序，从词与音古之樂章樂府樂歌樂曲。皆出於雅正。粵自隋唐以來。聲詩間爲長短句。至唐人。則有尊前花間集。迄於崇寧。立大晟府。命周美成諸人。討論古音。審定古調。淪落之後。少得存者。由此八十四調之聲稍傳。而美成諸人又復增演慢曲引近。或移宮換羽爲三犯四犯之曲。按月律爲之。其曲遂繁。美成負一代詞名。所作之詞。渾厚和雅。善於融化詩句。而於音譜且間有未諧。可見其難矣。作詞者多效其體製。失之軟媚而無所取。此惟美成爲然。不能學也。所可倣效之詞。豈一美成而已。舊有刊本六十家詞。可歌可誦者。指不多屈。中間如秦少游觀 高竹屋觀國 姜白石夔 史邦卿達祖 吳夢窗文英 此數家格調不侔。句法挺異。具能特立清新之意。删削靡曼之詞。自成一家。各名於世。作詞者能取諸人之所長。去諸人之所短。精加玩味。象而爲之。豈不能與美成輩爭雄長哉。余疏陋謭才。昔在先人侍側。聞楊守齋 毛敏仲 徐南溪 諸公商榷音律。嘗知緒餘。故生平好爲詞章。用功逾四十年。未見其進。今老矣。嘆古音之寥寥。慮雅詞之落落。僭述管見。類列於后。與同志者商略之。

《词源疏证》书影

律的关系、词法和词评等方面全面地表述了自己的见解。为了说明上卷系资料辑录性质，兹在郑文焯与蔡桢笺证的基础上再作补充与说明：

（一）“五音相生”将宫、商、角、徵、羽五音与五行、伦理等概念配合，系杂采《史记·乐书》《白虎通德论》卷一、刘歆《钟律书》而成。原每音下有小字注，如“宫”下注云：“宫，中也，居中央，畅四方，唱始施生，为四声之纲。”此即全录自《汉书》卷二一《律历志》。这种儒家乐论对宋代雅乐仍有影响，如《宋史》卷一三七载：康定元定（1040）六月，“内出御撰明堂乐八曲，以君、臣、民、事、物配属五音”。

（二）“阳律阴吕合声图”乃据唐代的《乐书要录》卷六“乾坤唱和义”之“唱和图”改制。其关于以阴阳之理去解说十二律，则是依据梁时崔灵恩的《三礼宗义》。[①]

（三）“律吕隔八相生图”乃据唐《乐书要录》卷七“十二律吕相生图”、北宋《景祐乐髓新经》之“图律吕相生”、南宋蔡元定《律吕新书》卷一“黄钟生十二律图”等绘制。“阴阳上下相生图”乃据《吕氏春秋·季夏纪》和《律吕新书》卷一“律吕相生图”改制。

（四）“律吕隔八相生”乃据《律吕新书》卷一律吕隔八相生表而有所简化改作，如“黄钟九寸零三分，损一，下生未林，子”，简化改作为“黄钟为父，阳律，三分损一，下生林钟”。

（五）“律生八十四调”乃据《乐书要录》卷七“旋宫法”，而与北宋政和七年（1117）诏乐律随月右转所列八十四调相同（见《宋史》卷一二九）。

（六）“古今谱字”乃录自南宋词人姜夔《白石道人歌曲集》之《越九歌》所附的“古今谱法”，而另加宋时的俗乐谱字。

（七）“五音宫调配属图”乃据《乐书要录》卷六“乾坤唱和义”之“唱和图”改制。

（八）“四宫清声”、“管色应指字谱”、“结声正讹”，均与南宋陈元靓所编《群书类要事林广记》所记相同或大致相同。

（九）“讴曲旨要”歌诀八首是宋时燕乐歌法的总结，这也绝非张炎所制，当出自民间歌社艺人们的传授。《群书类要事林广记》后集卷一二关于歌法有“总叙诀”和“寄煞诀”，戊

① 《三礼宗义》之阴阳律吕说一段文字，见存于《乐书要录》卷六，今《玉函山房辑佚书》本《三礼宗义》未辑出。

集卷二有唱赚法的“遏云要诀”。这说明当时民间有各种歌法口诀。由此可间接说明“讴曲旨要”乃属民间歌法口诀。

宋人已有杂采各种文献成书而不注说资料来源的习惯，如《类说》《皇宋事实类苑》《诗人玉屑》等。张炎辑录了词乐资料一卷，有时他在资料后略加说明，如“律吕隔八相生图”辑录了一段文字之后特说明：“此律吕损益相生之说也。”又“律吕四犯”引姜夔《凄凉犯词序》和唐人《乐书》的文字之后说明：“此说非也，十二宫住字各不同，不容相犯，十二宫特可以犯商角羽耳。”这两处张炎都表明是引录的资料，而非他自己的见解。由于在《词源》中著者未作关于体例的说明，以致使这一线索隐伏，造成一些学者误认为张炎的词乐思想“是深受儒家思想影响的”，“其成就也只是复古的粉饰”；他为了“以训学歌者”而作了“讴曲旨要”。但是，《词源》上卷虽非张炎的理论著作，其资料的选录编排及所附的一些简要说明却又显示出一种学术倾向。

我国传统的雅乐在隋唐燕乐兴起之后趋于没落了。词体是配合新兴燕乐的音乐文学，它的兴衰与燕乐的发展基本上是同步的。燕乐是唐以来新的俗乐，它和新兴的长短句歌词都曾遭到某些正统文人的抵制和斥责，如北宋学者陈旸说：

> 唐末俗乐，盛传民间，然篇无定句，句无定字，又间以优杂荒艳之文，闾巷谐隐之事……至于曲调，抑又沿袭胡乐之旧，未纯乎中正之雅。其欲声调而四时和，奏发而万类应，亦已难矣。
>
> ——《乐书》卷一五七

雅乐与俗乐之争在唐宋两代都甚为热烈。张炎是从维护俗乐的立场来探讨词与音乐关系的。唐宋燕乐的发展经历了三个阶段：唐五代的燕乐其胡乐成分较重，北宋时燕乐已进一步与我国民间音乐相结合，南宋时燕乐渐渐趋于古典化而走向衰微。张炎在南宋灭亡后三十余年著《词源》时，北宋后期大晟府所制新乐对他来说已是“古音”了。他在《词源序》里盛称大晟府在音乐上的贡献。其“嗟古音之寥寥”，它绝不是指古代先王的雅乐，也不是唐代燕乐，而是北宋后期的燕乐。因此，他在《词源》上卷辑录的词乐资料中虽然有“五音”、“八十四调”、“十二律吕”、“律吕隔八相生”等雅乐的文献，但它们仅是作为理解唐宋燕乐的理论渊源而录存的。他的主要目的仍是保存宋代“今乐”的珍贵资料。我们从以下三个问题可以见到张炎的词乐观点不是复古主义的，而是倾向于宋代“今乐”的：

第一，燕乐的调式系统，唐代和北宋初年是用的“为调式”系统，北宋大晟府以后是用的“之调式”系统。不同的系统对宫调名有不同的解释，如“黄钟角”，解释作“黄钟为角”则属“为调式”系统，解释作“黄钟之角”则属“之调式”系统。这两种不同的解释表现出音律绝对高度的差异，“黄钟之角”律在姑洗，比“黄钟为角”律在黄钟恰恰高出五律。① 按旋宫法取调式“为调式”取向左旋，“之调式”取向右旋。北宋政和七年（1117）在宋徽宗主持下议论了关于“左旋”与“右旋”问题。他批准了中书省的建议，“如十月以应钟为宫”，

① 参见杨荫浏：《中国古代音乐史》上册第 429～431 页，人民音乐出版社 1980 年版。

“以本月律为宫右旋，取七均之法”，诏令执行（《宋史》卷一二九）。张炎所列的八十四调即是按照乐律随月右旋而排列的，采用了宋代的“之调式”。

第二，燕乐八十四调是隋代郑译由龟兹乐七调“推演其声，更立七均；合成十二，以应十二律。律有七音，音立一调，故成七调十二律，合八十四调，旋转相交，尽皆和合”（《隋书》卷一四）。七音与十二律吕旋转相交而成八十四调，这是隋唐燕乐理论推演出来的，在唐代和北宋所通用的只有二十八调。张炎在《五音宫调配属图》后说：“十二律吕，各有五音，演而为宫为调。律吕之名总八十四，分月律而属之。今雅俗只行七宫十二调，而角不预焉。”大晟府新乐推行后，雅乐名存实亡，也用了燕乐新律。南宋时燕乐实际只通用十九宫调。张炎在“宫调应指谱”里具体列出七宫十二调的调名并注明其谱字符号。这是唯一的保存了南宋实际通用宫调的资料。

第三，十二律的七音阶按三分损益律计算出的半音程为清宫，组成七个不同的音阶形式。[①] 张炎于“四宫清声”下注云：“今雅俗乐管色，并用寄四宫清声煞，与古不同。”他所标注的谱字，不仅与古乐相异，而与北宋沈括所标的“黄钟清”和“大吕清”（《梦溪笔谈》卷六）也不同。陈旸是坚决主张在俗乐里去掉四清声的，以为“杂用四清之事，适足以使民之心淫矣。郑卫之音也。欲民之移风易俗难矣。如欲用之，去四清以协律可也”。（《乐书》卷一三三）张炎是很重视南宋实际所用四宫清声的。

① 参见杨荫浏：《中国古代音乐史稿》上册第441～442页，人民音乐出版社1980年版。

从以上张炎对待燕乐调式系统、宫调和四宫清声等问题的态度，可以说明：他作为精通音律的词人是完全从宋代燕乐的实际情形来探究词乐的关系及其历史渊源的，具有较为进步的音乐思想。他在《词源》上卷辑录了系统的音乐文献资料并在下卷详论了“音谱”与“拍眼”，其目的在于强调词与音律的密切的关系。

词是在各种艺术部门高度分工之后，由音乐与文学在新的文化条件下结合而产生的音乐文学。它的每一词调是一个独立单位，有特殊的音律和声律的要求。如果词体与音乐脱离了关系成为一种纯文学的东西，则意味着丧失了自己固有的特性。张炎作为宋词理论的总结者，虽然见到词与音乐的分裂在宋季以来已成为必然之势，“今词人才说音律，便以为难”；但他仍坚持了音乐文学的观点。在《词源》下卷的“音谱”、“拍眼”和“杂论”里，他都论述了词乐问题。他认为“词之作必须合律”。“律”在宋代词人观念中是特指音律：“不详一定不易之谱，则曰失律。”词若失律则是长短句之诗，而非真正的词。要求协律是由词体音乐文学特性所规定的，只有词章优美，音律和谐，才可能达到词体最高的艺术境界。张炎是主张词章与音律并重的。他说：“音律所当参究，词章先宜精思，俟语句妥溜，然后正之音谱，二者得兼，则可造极玄之域。”能达到这样艺术高境的词人是不多的。在张炎看来，北宋大晟府词人周邦彦虽“负一代词名”，“而于音谱间有未谐，可见其难矣”。这种要求与女词人李清照论词一样近于苛求，然而从词体特性来理解，又是合理而正确的。词是否合于音律，标准是什么呢？张炎以为是要看它与音谱是否和谐：“词以协音为先，音者何，谱是也。”因此，他首先论述了辨识音谱的意义。

音谱即每一词调的曲谱。北宋人谓作词为“倚声”，即指按谱填词之意。歌词与音谱的关系，在古代是依词制谱；隋唐燕乐兴起后，则是依乐谱而实词。张炎持“今乐”的观点说：“古人按律制谱，以词定声，此正‘声依永，律和声’之遗意。”他所说的“古人”是唐宋词人，而且以“今乐”的观点有意曲解了古代的乐论，而为倚声填词作了辩护。倚声填词是我国音乐文学发展史上的一个重要阶段，确定了词的构成以音乐为准度的方向。这是作词必须正之音谱的理论依据。但是唐宋的音谱，到宋季，有的已经无法歌唱，有的音谱则散佚了。南宋人填词已出现不依音谱而依作词，谨守其平仄四声的情形，如方千里、杨泽民、陈允平等和清真词，这些词有的也是不能歌唱的了。张炎反对作词模拟前人作品声律的方法，以为应当以现时可以歌唱的音谱为协律的标准。他说：“述词之人，若只依旧本之不可歌者，一字填一字，而不知以讹传讹，徒费思索；当以可歌者为工。”这在词的创作实践中是很有指导意义的。依可歌的音谱作词，怎样使词与音谱和谐呢？张炎以他的父亲张枢作词为例，介绍了一种简便而实用的方法，即“每作一词，必使歌者按之，稍有不协，随即改正”。这样将词付诸歌者，按音谱歌唱，不谐之处经过修改使之相协，则这首词必定是协律的了。他特别举了父亲张枢改词的两个具体例子：

> 曾赋《瑞鹤仙》一词云：“卷帘人睡起。放燕子归来，商量春事。芳菲又无几。减风光都在，卖花声里。吟边眼底。被嫩绿、移红换紫。甚等闲、半委东风，半委小桥流水。　还是苔痕湔雨，竹影留云，做晴犹未。繁华迤逦。西湖上、多少歌吹。粉蝶儿、扑定花心不去，闲了寻

香两翅。那知人一点新愁，寸心万里。”此词按之歌谱，声字皆协，惟“扑”字稍不协，遂改为“守”字，乃协。始知雅词协音，虽一字亦不放过，信乎协音之不易也。又作《惜花春起早》云“锁窗深”，“深”字音不协；改为“幽”字，又不协；改为“明”字，歌之始协。此三字皆平声，胡为如是？盖五音有唇齿喉舌鼻，所以有轻清重浊之分，故平声字可为上入者此也。听者不知宛转迁就之声，以为合律。不详一定不易之谱，则曰失律。矧歌者岂特忘其律，抑且忘其声字矣。

这所述的应是真实的情形，但张炎解释修改的原因时却故弄玄虚，使用了系列的等韵学概念。后世词学家们提倡词律的四声五音阴阳之说即以此为根据之一，造成词律的一团迷雾。“深”、“幽”、“明”都是平声字，前二者为“阴声”字，后者为“阳声”字，可能按谱确实需要一个阳声字，改为“明”字便协律，这应是一种偶然的吻合。如果张枢知道这个地方必须用阳声字，为何他第一次修改时不用阳声“明”字，而又用了一个阴声字？五音、清浊、轻重，这些概念，若非精通等韵学的学者是不能准确把握的。宋人精通等韵学的并不多，以此要求词人是根本不可能的。确如杨缵所说：“自古作词，能依句者已少，依谱用字者，百无一二。”我们从北宋词人创作实践来考察，所谓倚声填词，词字四声的关系并不是绝对严格的，如柳永同调名的词，其词字四声便有很大的灵活性。关于这方面的规律，张炎在论著中并未总结出什么，他正是反对“一字填一字”的。

张炎曾在青年时从词学家兼音乐家杨缵学习音律，因而最称许杨缵“深知音律”，“持律甚严”，特将其《作词五要》附录于《词源》之后。张炎是承传杨缵词法的，无疑奉之为词法标准。《作词五要》前四条的择腔、择律、按谱、随律押韵都是关于音律的。张炎以之作附录，显然意在借此指示学词者具体解决协律的疑难。如果要确切地总结出倚声协律的具体经验是很不容易的，张炎只得承认：“词欲协音，未易言也。”他希望词家精通音律，协律的问题就易解决，所以专门叙述了“拍眼”在歌唱中的意义：“曲之大小，皆合均声，岂得无拍。”词人若能识音律而又有敏锐的节奏感，按谱作的词必然是可以歌唱的了。

在《词源》的下卷里主要是关于词法的探讨。张炎很系统地总结了“制曲”、“句法”、“字面”、“虚字”、“用事”、“令曲”、“和韵”等词的写作技巧的经验；较详地论述了关于“咏物”、“节序”、“赋情”、“离情”、“寿词”等题材的处理问题。张炎论述词法比沈义父更为系统、详明而深刻了，是全面地对词法的总结。在论述词法时，他列举了典型的词例，于此表现了其艺术鉴赏趣味。他关于宋代词家的评论，集中见于《词源》下卷的“杂论”之中。这些批评表现了批评者对词家创作整体有非常精湛的认识。在张炎的词法、艺术鉴赏和词家评论中都明显地表现了其审美理想和审美趣味，代表了宋元之际一种美学思潮。

自南宋以来，词坛一直存在着复雅的趋势，儒家的“诗教”说被引入词体观念里来，词人们重视词与现实社会生活的联系，词的创作逐渐典雅化了。与此同时，词坛上也一直存在着浮艳、浅薄和庸俗化的倾向，淫词、游词、鄙词甚多。张炎“雅正”的审美理想是继承和发展了南宋以来的复雅倾向。为了要给“雅正”找到音乐文学的历史根据，张炎认为“古之乐章、乐府、乐歌、乐曲，皆出于雅正。”实际上古代音乐文学大都是发乎情则同，止乎礼义则异的，并非全是雅正之音。他提倡的雅正是沿袭了古代“诗人之旨”以反对浮艳和鄙俗的创作倾向的，但并未过分强调文学的政治教化作用。他知道词体与诗体是有区别的：“簸风弄月，陶写性情，词婉于诗。盖声出莺吭燕舌间，稍近乎情可也。”以为词体是更适宜表达情感的，因由歌妓演唱，有娱乐的性质，所以可以适当表现儿女之情。他主张词所表达的情感应是有一定社会伦理规范的，要求符合儒家“温柔敦厚”，“乐而不淫，哀而不伤”的原则；以为“若能屏去浮艳，乐而不淫，是亦汉魏乐府之遗意”。张炎说：“词欲雅而正，志之所之，一为情所役，则失其雅正之音。”这是以为“情”服从于“志”，即归于正途；如果“情”背离了“志”而盲目驱使，则必然趋于浮艳。他举出词人柳永和康与之便“为情所役”，应当吸取他们的教训：“康、柳词亦自批风抹月中来，风月二字，在我发挥，二公为风月所使耳。”张炎对周邦彦词的批评，非常明确地表述了其审美理想。周邦彦是向来被誉为词的集大成者，其词风对南宋词产生了很大的影响。张炎肯定了周邦彦在宋词发展中的贡献，却严肃地批评其词有失雅正。周词如“拼今生对花对酒，为伊泪落”（《解连环》）；“最苦梦魂，今宵不到伊行”，“天便教人霎时得见何妨”（《风流子》）；“又恐伊寻消问息，瘦损容光”（《意难忘》）；“许多烦恼，只为当时，一饷留情”（《庆宫春》）等，张炎以为它们表现了作者“为情所役”，“意趣却不高远”，“所谓淳厚日变成浇风也”。其影响所及，“作词者多效其体制，失之软媚而无所取”。南宋人自来对周词评价甚高，张炎敢于指出它在审美理想方面的根本缺陷，表现出深刻的词学思想和批评的锐气。这对我们现在研究周词仍有参考的意义。我们从张炎所反对的浮艳、意趣不高远、浇风、软媚等倾向，可见他所追求的审美理想是淳厚、浑成、意趣高远、情志统一的境界，这就是雅正。

以雅正的标准来衡量俗词和豪气词必然要作出否定的评价。柳永的俗词表现了新兴市民阶层的思想情趣，在两宋民间，广为流传。张炎认为俗词写的艳情是“为风月所使”，“邻乎郑卫”。如柳永咏节序的《木兰花慢》和《二郎神》都是深受民间喜爱的，而张炎指摘它们“类是率俗，不过为应时纳祜之声耳”，不能理解它们在民间有着旺盛的艺术生命的原因。辛弃疾等词人的豪气词适应了南宋社会现实的要求，表现了汉民族的爱国主义精神，产生了重大的社会影响。张炎却将它们排斥于雅词之外，认为“辛稼轩、刘改之作豪气词，非雅词也；于文章余暇，戏弄笔墨，为长短句之诗耳”。这无疑由于狭隘的审美偏见所致，使其未能从宋词发展过程的意义来评价豪气词。张炎对俗词和豪气词的否定评价，说明了其雅正的审美理想是有很大局限性的，使他的批评陷于主观和片面。

雅正是元代初年一群清高的宋遗民的审美理想。它在保存我国汉民族文学传统和抵制词坛的“浇风”方面仍是有一定积极意义的，但却不能根本改变词体衰微的命运。

南宋后期吴文英的出现使词的发展有了重大的转变：“由南宋之清泚，返北宋之秾挚。”尹焕说：“求词于吾宋，前有清真，后有梦窗。”（《中兴以来绝妙词选》卷一〇引）吴文英讲论词法，主盟词坛，其秾挚绵密的词风在词坛上有着广泛的影响，如楼采、尹焕、黄孝迈、翁元龙、万俟绍之、施枢、李彭老、王沂孙、周密等人，都在不同程度上接受了其影响。吴文英的词虽有很高的艺术成就，但也存在较为“质实”的缺陷。张炎以“清空”为中心的审美趣味是作为吴文英“质实”的否定面而出现的。张炎解释说：

> 词要清空，不要质实；清空则古雅峭拔，质实则凝涩晦昧。姜白石词如野云孤飞，去留无迹。吴梦窗词如七宝楼台，眩人眼目，碎拆下来，不成片段。此清空、质实之说。梦窗《声声慢》云：“檀栾金碧，婀娜蓬莱，游云不蘸芳洲。”前八字恐亦太涩。如《唐多令》云：“何处合成愁，离人心上秋；纵芭蕉不雨也飕飕。都道晚凉天气好，有明月，怕登楼。　　前事梦中休，花空烟水流，燕辞归客尚淹留。垂柳不萦裙带住，谩长是，系行舟。”此词疏快却不质实。如是者集中尚有，惜不多耳。白石词如《疏影》《暗香》《扬州慢》《一萼红》《琵琶仙》《探春》《八归》《淡黄柳》等曲，不惟清空，又且骚雅，读之使人神观飞越。

于此可见，“清空”已成为词的艺术表现的基本要求，即要求词意被表现得清新空灵，峭拔疏快，自由舒卷，不留迹象。“质实”则因词意密致，事典堆砌，雕饰太甚，而有凝涩晦昧之失。在创作中怎样才能做到清空而避免质实呢？张炎以为“要融化字面”，“盖词中一个生硬字用不得”；善用虚字，“用虚字呼唤”，“若堆叠实字，读且不通，况付之雪儿（歌女）乎”；用事典时“要体认着题，融化不涩”，“不为事所使”；咏物时“要须收纵联密，用事合题”，“不留滞于物”；处理情与景的关系“全在情景交炼，得言外之意”。若做到这些，就可能有清空之致了。清空是张炎个人的审美趣味，以此论词必然导致艺术的偏见，因而他对姜夔和吴文英的批评都是有欠公允的。他欣赏吴文英的《唐多令》是因其词“疏快却不质实”，但这首词是梦窗词里的浅薄低劣之作，而对许多秾挚绵密的佳作全然排斥。姜夔的词被张炎推崇备至，以为它“不惟清空，又且骚雅”，将它视为最高的艺术典范。以姜夔名作《扬州慢》《暗香》《疏影》和《齐天乐》等词来看，它们都是凝涩晦昧的，并不清空，至今尚难确切地理解其词意。清代词学家周济曾发现张炎“过尊白石，但主清空。后人不能细研词中曲折深浅之故，群聚而和之，并为一谈”（《介存斋论词杂著》）。张炎自己的词作确是表现了其清空的审美趣味，如友人评其词“流丽清畅”，“高情旷度”，即是谓其清空了。南宋灭亡后，新的元蒙王朝施行了民族压迫政策，对于张炎等一群宋遗民尤其予以严厉的政治监视。他们要在词作里寄寓黍离之感与桑梓之悲的故国之思，以便“余情哀思，听者落泪”，必然需要采取空灵曲折的表现方式；因而“野云孤飞，去留无迹”的清空，最适宜于元初历史文化条件下宋遗民的审美追求。

从上述可见，张炎坚持今乐的观点、雅正的审美理想和清空的审美趣味，它们都具有理论的丰富性，并以之形成了一个初具规模的词学理论构架。

张炎的词学理论与吴文英、杨缵的词法和沈义父、陆辅之的创作论都有理论上的渊源师承关系。他们代表了南宋精通音律的婉约词人的美学观念，总结了他们词的理论，很具时代特色，也有其不可避免的局限性。

这个词学家群体都非常重视词法的研究，旨在示初学者以正确的学习方法，因而在他们的著作中有很强的法度观念。可以认为，他们是在建立作词的法度。这种法度成为必须遵守的规则，不得违反：如谓，“音律欲其协，不协则成长短句之诗”，“要择腔，腔不韵则勿作”，“凡作词当以清真为主”，“词要清空，不要质实”，“句法中有字面，盖词中一个生硬字用不得”，等等。他们以为词法是有严格规定的，因此排除了艺术表现的多样性，非常不利于艺术的创新。自北宋后期以来，江西诗派领袖黄庭坚作诗和大晟府重要词人周邦彦作词，都有自觉的法度意识，他们对南宋诗词的发展产生了很大的影响。文学艺术是需要讲求法度的，词如果没有音律、声律以及表现形式的法度便不能成为古典格律诗体之一。但是任何真正的艺术以及对它的审美判断却又不是直接从法度概念产生的。没有法度的意识，其作品不能被称为艺术，然而平庸的作者跼促于法度之下是不能产生杰出作品的。清代词学家周济论词说：“南宋有门径，有门径故似深而转浅；北宋无门径，无门径故似易而实难。”（《宋四家词选目录序论》）他所谓“门径”即是指作词的法度。创作的法度在文学的普及中有其意义，若作为更高的创作要求，则暴露了其不合理的性质，因为凡是有艺术创新的作家都在艺术表现上有所突破的。所以张炎等人对作词方法的总结并予以法度化是具有严重形式主义缺陷的，是文学理论尚不成熟的表现。

南宋后期的大多数词人都是崇尚雅正清空的美学观念的，张炎以之论词正体现了这种艺术倾向。自北宋中期词话出现以来，关于词体文学的最高范本、艺术鉴赏的原型、作品的价值标准，评论家们都未提出一个较为明确的美学范畴。在词学史上，张炎是第一个以雅正清空作为艺术鉴赏的原型和评价作品的根据，以雅正清空的作品作为词的最高范本，而在讲词法和评论作家作品时将其观念具体化了，使其观念具有一定的深度。这是在词学理论上的重大建树。但是，雅正清空作为词体文学的审美价值标准，其片面性和局限性都是十分明显的。由它来确定一个时代文学的价值必然要导致对绝大多数优秀作品的否定，如柳永、苏轼、周邦彦、李清照、辛弃疾、刘克庄、吴文英等的词都是不完全符合其要求的。严格说来，张炎的“雅正”观念是与儒家的政治教化说有内在的某些联系，它是一种非文学的观念，离开了文学艺术的本位，不能成为文学艺术的价值标准。张炎的“清空”是一个内涵较狭小的审美观念，体现了一种片面的审美趣味，以之作为评价作品的艺术尺度，则必然导致艺术的偏见。张炎的论词标准，也反映了宋遗民对汉族儒家文学观念的坚持和在民族压迫条件下进行创作的苦衷。坚持雅正即意味着坚持汉民族的传统文学观念，提倡清空则意味着为创作取得一种合法的存在。所以“雅正清空”又是元代初年特定历史文化环境中汉族美学观念的产物。由此可以理解，为什么在清代初年词学复兴之时，浙西词派又提倡雅正清空了，而且还特别以姜夔和张炎的词作为最高的艺术范本。显然，清初的文化条件与元初是有许多相似之点的。如果我们理解了张炎美学观念产生的历史必然，也就认识了它有其合理性。

在宋元之际的词学理论建设过程中，张炎的词学理论是达到了当时最高理论形态的。他关于词乐的探讨有非常切实的见解，是迄今所见最为具体的论述，保存了极为珍贵的词乐历史资料。他与吴文英、杨缵、沈义父、陆辅之的词法相比较，则是由经验的、知性的认识而进入了一个较高的理论概括的认识层次。我们从《词源》的结构和表述方式来看，张炎是有一定理论系统意识的，表现出了理论的层次，而将散乱的词学意见归入“杂论”以附，意在保持理论表述的严整性。张炎的著述是严格意义上的词学专著，旨在探讨词体文学的本源或本质，书名《词源》是有其深刻含义的。它的出现在词学史上应是标志了词话的终结，表明人们对词体文学的认识开始初具理论的形态，开启了将词体文学作为一种学术来研究的风气。可是当我们追寻词学发展的轨迹时，非常令人惋惜地见到，此后直到近代词学以前，像《词源》这样的专著却甚为罕见，而且在理论上也难以超越。这就使我们尤应重视张炎词学理论在词学史上的意义了。

第四节　陆辅之论词的创作

陆辅之，名行直，字季道，号壶天，又号湖天居士，江苏人。生于南宋德祐元年（1275），四年后南宋灭亡。他幼承家学，工于诗文书画。元大德（1297～1307）间为湖北十学士，迁翰林典籍；皇庆（1312～1313）时致仕，归乡家居。至正九年（1349）犹在世，已七十五岁。主要著作是《词旨》一卷，另有少数诗作见存于《元诗选》癸集。

《词旨》是传述张炎词法之作。陆辅之在《词旨序》里说：

夫词亦难言矣，正取近雅，而又不远俗。予从乐笑翁（张炎）游，深得奥旨制度之法，因从其言，命韶作《词旨》。语近而明，法简而要，俾初学易于入室云。

可见这是他根据张炎的授意而为初学作词者讲述词法的著作。陆辅之从张炎学词法是在青年时代，大约是元代至元末至大德初年。张炎曾为陆氏家妓卿卿作《清平乐》，词有“可怜瘦损兰成，多情应为卿卿”。二十一年之后，陆辅之致仕归乡，张炎与卿卿都去世了，他不胜感叹（事见汪珂玉：《珊瑚网》）。

《词旨》所讲述的词法与《词源》有许多共通之处，其中还保存了张炎的词论：

命意贵远，用字贵便，造语贵新，炼字贵响。

古人诗有番案法，词亦然。词不用雕刻，刻则伤气，务在自然。

周清真之典丽，姜白石之骚雅，史梅溪之句法，吴梦窗之字面。取四家之所长，去四家之所短。

以上三则，是张炎传授的词法要诀，为作词经验的高度概括，体现了汲取前人优长的转益多师的精神。但对这些重要的作词原则，陆辅之并未从理论上去发挥，而是转向琐细的句法与修辞的举例。他试图以此语言方面的技巧为学词者指示途径，因而采列了宋人词中工炼的对偶句三十八例，又特录了张炎对偶句二十三例；选择与罗列了宋词精练警策的句子九十二例，又特录张炎警句十三例；摘引了宋人精彩的词语为词眼二十六例；最后汇集了近雅的虚字，一字的、两字的、三字的，以供作词者选用。陆氏对于属对、警句、词眼、虚字等分类及各例均无说明与分析。因此，从《词旨》的整体来看是非常缺乏理论意义的，在宋元之际的词学三书中是最为浅薄的一种。如果我们将它与《乐府指迷》《词源》合观，则它又在具体的语言技巧方面补充了前面书的不足，而且保存了张炎的作词要诀和许多珍贵的词例，因而具有一定的词学文献价值。张炎的《词源》标志了宋元之际词学所达到最高水平，《词旨》仅是其绪余而已。

第三章
词学的中衰

从元代中期到明代末年，即约公元 14 世纪 20 年代至 17 世纪 40 年代，词的创作继宋亡以后而更加趋于衰敝，既未出现著名的词人，也未出现优秀的作品，如词学家吴梅所说："论词至明代，可谓中衰时期。"①造成这种情况主要是由于词体与音乐的关系已经断裂，词仅是一种古典的文学样式，而当时文人的创作兴趣已集中于小说和戏曲了。与此同时，词学研究的情况，比起宋代和元初却无重大的进展，词话的数量大大地减少，因而这时期的词学也是处于中衰时期。明代的词学论著同明代空疏驳杂的学风有着密切的关系，在理论方面显得较为浅薄，在考证方面则有许多疏漏舛误。明代的词学虽处于中衰，但其中却又有一些创新的思想，如关于宋词婉约与豪放之分，词调的分类、词谱和词韵的制订、词的评点等，它们都为后来的词学复兴作了准备，这是应引起我们给予足够重视的。

① 吴梅：《词学通论》第 142 页，商务印书馆 1933 年版。

第一节　明人的词体观念与词体的继续衰微

在元代初年虽然词体已趋于衰微，但因有一群宋遗民尚活跃于词坛，而且他们的词作的艺术水平很高，所以从词的发展过程来看可算是宋词的余波。元代中期以后，词与音乐的关系完全分裂，北曲以绝对的优势代替了词体而成为一时代之文学。这时词作甚少，词话仅见于吴则礼的《吴礼部诗话》末附的七条，其中又绝大部分是谈宋人词的。明代文学家王世贞说："元有曲而无词，如虞（集）、赵（孟頫）诸公辈，不免以才情属曲，而以气概属词，词所以亡也。"（《艺苑卮言》附录，《弇州山人四部稿》卷一五二）从元代文学的总趋势来看"词亡"是基本现实的，但其衰亡绝不单纯是才性投放的对象问题，自有其更为复杂的历史文化的原因。

中国封建社会后期的历史进程是迟缓、曲折而特殊的。公元1368年明政权建立之后致力于恢复发展社会经济；到了明代中叶（16世纪），我国城市经济再次得到新的发展，商品经济活跃，出现了规模很大的手工作坊，纺织业特别发达，市民阶层空前扩大，在生产方式与生产关系中都明显地出现了资本主义萌芽。与此同时，封建统治阶级不断调整了统治思想和统治方法，加强了封建势力和封建意识。由于十分复杂的社会的、经济的、历史的原因，中国的资本主义萌芽缺乏良好的生长发育环境而陷入停滞不前状态，不仅没有发展为近代资本主义，而且很快便萎缩了。在文学艺术方面，我们可以看到封建的宿命观念与迷信观念的增强，市民的庸俗趣味与统治阶级腐化享乐意识交融，这一切的汇合而结成一种文化的怪胎。明代文化的特质在明人的词体观念里也部分地表现出来。

明人词体观念的基本定势是出于对南宋和元初词坛的雅正与清泚的审美理想和审美趣味的反动，趋向于浅俗与香弱。五代时秾艳的《花间集》与南宋流行的浅近香艳的《草堂诗余》，成了明人作词时学习和仿效的范本。这是明人根据社会审美观念而作的选择。明代统治者大力提倡理学，宣扬禁欲主义，但统治者实际上又私下变态地纵欲。不少文人在通俗文艺中公开声言反对理学思想对于人性的桎梏，为人的情欲需要作大胆的辩护。明人也沿袭五代和北宋人将词体作为表现私人生活场景的工具，所以他们在论词时公然反对南宋人“雅正”的论词主张。如王世贞便鲜明地表示对艳词的赞赏态度，不愿披着儒者的伪装，而“宁为大雅罪人”。他说：

> 盖六朝诸君臣，务裁艳语，默启词端，实为滥觞之始。故词须宛转绵丽，浅至儇俏，挟春月秋花于闺幨内奏之，一语之艳，令人魂绝，一字之工，令人色飞，乃为贵耳。至于慷慨磊落，纵横豪爽，抑亦其次，不可作耳。作则宁为大雅罪人，勿儒冠而胡服也。
>
> ——《艺苑卮言》附录

我国从汉儒论诗开始，文学上便有正变之争，而后来以“言志”的符合“诗人之旨”的文学视为正体，将浮艳的文学视为变体而排斥。王世贞重申了宋代传统的词体观念而走向极端，发挥了欧阳炯《花间集序》里词体创作主张。他将词体的基本特征概括为“香弱”，如说：“温飞卿作词曰《金荃集》，唐人词有集曰《兰畹》，盖取其香而弱也。然则雄壮者固次之矣。”（《艺苑卮言》附录）清人沈曾植指出：“此弇州（王世贞）妙语。自明季国初诸公，瓣香《花间》者，人人意中拟似一境而莫能名之者矣。”（《菌阁琐谈》）“香弱”确实是明人关于词体特征的认识，也是明词的基本艺术风格。

早在北宋时流传着一则关于黄庭坚作艳词的词话：“黄鲁直初作艳歌小词。法秀道人谓其以笔墨诲淫，于我法中当堕泥犁地狱。鲁直自是不复作。”（《扪虱新话》上集卷三）宋人对这桩词坛公案的态度很不一致。明人从他们对词体性质的理解而为黄庭坚辩护，批评以法秀为代表的禁欲主义。如俞彦说：

> 佛有十戒，口业居四，绮语、诳语与焉。诗词皆绮语，词较甚。山谷（黄庭坚）喜作小词，后为泥犁地狱所慑，罢作，可笑也。绮语小过，此下尚有无数等级罪恶，不知泥犁下那得无数等地狱。髡（指法秀）何据作此诳语，不自思当堕何等狱耶？文人多不达，见忌真宰，理或有之。不达已足蔽辜，何至深文重比，令千古文人短气！
>
> ——《爰园词话》

这里痛快淋漓地从逻辑上揭露了法秀的荒谬，以为他们是出自对人才的嫉妒而有意深文罗织，横加罪名。俞彦为艳词的辩护，其态度的激烈是大大超过宋人的。明代学者杨慎关于词体艺术风格的渊源的认识，也同王世贞一样，以为是源自六朝艳丽的诗风。他说：

> 大率六朝人诗，风华情致，若作长短句，即是词也。

宋人长短句虽盛，而其下者有曲诗、曲论之弊，终非词之本色。予论填词，必泝六朝，亦昔人穷探黄河源之意也。

——《词品》卷一

我们从明代词学文献中所见到的关于词体性质的认识都趋于艳丽香弱，意见较为一致。明末词人陈子龙关于词体的认识是较为深刻的，在《三子诗余》里所表述的见解是颇具总结性的。他说：

诗与乐府同源，而其既也，每迭为盛衰。艳辞丽曲，莫盛于梁陈之季，而古诗遂亡。诗余始于唐末，而婉畅秾逸，极于北宋；然斯时也，并律诗亦亡。是则诗余者，匪独庄士之所疾抑，亦风人之所宜戒也。然亦有不可废者。夫风雅之旨，皆本之情，情之作必托于闺幨之际。代有新声，而穷想拟议，于是以温厚之篇，含蓄之旨，未足以写哀而宣志也。思极于追琢而纤刻之辞来，情深于柔靡而婉娈之趣合，志溺于燕惰而妍绮之境出，态趋于荡逸而流畅之调生；是以缕裁至巧而若出自然，警露已深而意会未尽。虽曰小道，工之实难，不然何以世之才人，每濡首而不辞也。

——《安雅堂稿》卷三

显然，陈子龙试图为明人的词体观念寻求文学传统的根据，于是曲解了儒家的“风雅之旨”。他以为“温柔敦厚”的诗教不可能充分地“言情”，必然由于艺术的想象、情感的热烈或意志的沉溺而在词里表达出超越诗教的东西。按照他的理解，这又是符合"风雅之旨"的；因为"风雅之旨"，皆本言情，既然"言情"，为什么又不充分地宣泄与表达呢！这种意见是在新的文化条件下对中国文学传统所作的修正。

梁启超谈到明代学风时曾说：

> 浮伪之辈，摭拾虚碎以相夸煽，乃甚易易；故晚明"狂禅"派，至于"满街皆是圣人"，"酒色财气不碍菩萨路"，道德且堕落极矣。①

明代中期以后市民庸俗趣味的泛滥和文人出于对理学思潮的反动而产生病态的享乐意识。从某种角度来看，它们虽然具有一定的反封建意义，但却仅停留在非常肤浅的表层，缺乏积极的意义和理想的追求。在这种文化背景下所形成的明人的艳丽香弱的审美趣味，并未推动词体文学创作的发展。当然，明代词的创作没有出现繁盛的局面不仅是由于社会的浅薄病态的艺术风尚，而且还有其内部的原因。

元代以来词的音谱失传，使倚声填词失去了依凭的标准。明人对于词体由音乐文学转化为纯文学的情形尚不能适应，缺乏写作经验，因而普遍出现词律粗疏的现象。宋人的词集在元代大量散佚，明人对宋代名家词集未能进行认真的整理学习。他们仅将《花间集》和《草堂诗余》作为学习的范本，徒事模拟，不去进行新的艺术探索；因而作品没有获得真正的艺术生命。文人的主要注意力已转移到传奇、小说和通俗小曲的创作上去了。他们普遍地将词体视为"诗余"，仅仅作为一种陈旧

① 梁启超：《清代学术概论》第 6 页，商务印书馆 1944 年版。

的小技而已。在中国词史上，明代是一个中衰的时代。关于这点，明人也是很坦率地承认的。陈霆说：

> 予尝妄谓我朝文人才士，鲜工南词。间有作者，病其赋情遣思，殊乏圆妙，甚则音律失谐，又甚则语句尘俗，求所谓清楚流丽，绮靡蕴藉，不多见也。
>
> ——《渚山堂词话》卷三

王世贞说：

> 我朝以词名家者，刘诚意伯温（基）秾纤有致，去宋尚隔一尘；杨状元用修（慎）好入六朝丽事，似近而远；夏文愍公谨（言）最号雄爽，比之辛稼轩觉少精思。
>
> ——《艺苑卮言》附录

陈子龙说：

> 本朝以词名者如刘伯温、杨用修、王元美（世贞），各有短长，大都不能及宋人。
>
> ——《安雅堂稿》卷三

他们将本朝名家词与宋人比较，皆自愧不如。清代词学家对明词也无好评。清代中期王昶继朱彝尊《词综》体例而编选了《明词综》，他说：

> 盖明初词人犹沿虞伯生（集）、张仲举（翥）之旧，

不乖于风雅；及永乐以后，南宋诸名家词皆不显于世，惟《花间》《草堂》诸集盛行；至杨用修、王元美诸公，小令、中调颇有可取，而长调则均杂于俚俗矣。然一代之词，亦有不可尽废者。

——《明词综序》

这应是对明词所作的最公允的评价了。陈廷焯将明词与清词相比较，认为：

词至于明，而词亡矣。伯温（刘基）、季迪（高启）已失古意。降至升庵（杨慎）辈，句琢字炼，枝枝叶叶为之，益难语于大雅。自马浩澜（洪）、施阆仙（绍莘）辈出，淫词秽语，无足置喙。明末陈人中（子龙）能以秾艳之笔，传凄婉之神，在明代便算高手。然视国初诸老，已难同日而语，更何况唐宋哉！

——《白雨斋词话》卷三

“诗余”说在明代最为流行，蒋兆兰很深刻地分析了这一错误观念给明词带来的不良影响，也对明词作了否定的评价。他说：

《说文》云：“词者意内而言外也。”当叔重（许慎）著书之时，词学未兴，原不专指令、慢而言。然令、慢之词，要以意内言外为正轨，安知词名之肇始，不取义于叔重之文乎？至如乐府之名本诸管弦，长短句之名因其句法，并无关得失。独至“诗余”一名，以《草堂诗余》为最著，而误人为最深。所以然者，诗家既已成名，而于是残鳞剩爪余之于词，浮烟涨墨余之于词，诙嘲亵诨余之于词，忿戾慢骂余之于词，即无聊应酬、排闷解酲莫不余之于词。亦既以词为秽墟，寄其余兴，宜其去风雅日远，愈久而弥左也。此有明一代词学之蔽，成此者升庵（杨慎）、凤洲（王世贞）诸公，而致此者实“诗余”二字，有以误之也。

——《词说》

以上可见，无论明人或是清人都清楚地认识到了明词的严重缺陷和不景气的现象。明词的中衰确是历史的事实。

第二节　明代的词话与词籍的整理

明代学术界普遍存在空疏的学风。自明代中期以来，王阳明的心学逐渐在学术界占据统治的地位，其末流则相率不学，游谈无根，遏抑创造，奖励虚伪，给整个学术研究带来极为有害的影响。当时的学者们如顾炎武所描述的那样：“聚宾客门人之学者数十百人，‘譬诸草木，区以别矣’，而一皆与之言心言性，舍多学而识，以求一贯之方，置四海之困穷不言，而终日讲危微精一之说，是必其道之高于夫子，而其门弟子之贤于子贡，祧东鲁而接二帝之心传者也。”这样造成“士不先言耻，则为无本之人；非好古而多闻，则为空虚之学。以无本之人而讲空虚之学”（《与友人论学书》，《亭林文集》卷三）。在空疏学风炽盛之下，顾炎武指摘说：“有明一代之人，其所著书，无非窃盗而已。”（《日知录》卷一八）显然，顾炎武由于对空疏学风的深恶痛绝，其指摘颇有夸大之处，若以此来否定整个明代学术则是不尽符历史事实的。虽然这个时代具有普遍的不良学风，但并不排除个别学者在学术上的成就。明代词学家也受到了时代空疏学风的影响，在词话、词籍整理以及词学理论方面都感染了空疏的弊病，如剿袭前人的著述、缺乏严密的考证、没有深厚的理论基础、以依附古人为重，等等。但明代词学家的某些个别的见解、观念和方法却又有其创新的意义，值得我们加以重视和探索。

明人的词话，数量很少，今仅存五种，即陈霆的《渚山堂词话》，王世贞的《艺苑卮言》附录词话，杨慎的《词品》，俞彦的《爰园词话》和沈谦的《填词杂说》。关于杨慎和沈谦的词学，将有专节评述，兹仅对三种词话作简要评介。

陈霆，字声伯，又字水南，浙江德清人。明弘治十五年（1502）进士，授刑部给事中，以抗直敢言著称；历迁山西提学佥事，致政归乡，隐居渚山四十年。著有《水南稿》一九卷，《渚山堂诗话》和《渚山堂词话》；编有词选集《草堂遗音》，不传。陈霆是明代较为知名的词人和词学家。他在《渚山堂词话序》里自述云：“是道也，某少而习授，老而未置。其倚腔成调者既登集矣，至于咀英吸华，品宫量徵，阅习久而话言频，而是编之继来，花庵之有嗣也。”可见他于词学是很有造诣的，而且以继宋人黄升（花庵）对词的评论为己任。《渚山堂词话》三卷，完成于明嘉靖九年（1530）。近世学者刘承干认为：“水南工于词，论词较诗为确。宋元明逸事佚句，采取甚博……殊足以资考证。”（《吴兴丛书·渚山堂词话跋语》）陈霆的词话完全承继了传统的表述方式，其中许多关于宋词评论或鉴赏都杂取于宋人词话和笔记杂书内，并无多大价值。他关于词体观念、论词标准和对明人词的批评，还是表现出个人的见解。陈霆保持了宋人传统的词体观念，但又感到它与儒家的“道”相矛盾，力图使二者调和起来。他说：

> 嗟乎，词曲于道末矣。纤言丽语，大雅是病。虽以东坡、六一之贤，累篇有作；晦庵朱子，世大儒也，江水浸云、晚朝飞画等调，曾不讳言。用是而观，大贤君子类亦不浅矣。

关于司马光的感旧之作《锦堂春》，他评论说：“公端劲有守，所赋妩媚凄婉，殆不能忘情，岂其少年所作耶？古贤者未能免俗，正谓此耳。”他并未从理论上正面探讨这种矛盾现象，以为词表现了儿女私情便是“俗”，而因为宋代名公大儒写了这类作品，似乎此中别有深意了。其态度是暧昧而矛盾的，反映了明代理学思潮在文学批评上的影响。《草堂遗音》是陈霆旨在继宋人《草堂诗余》而编选的元明人的词选集。在其词话中多处引述了明人词并加以评论。他以宋人的词作为最高的典范，对明人的佳作并不轻易称许，总以为：“词令虽小道，至论高处，正未易易耳”；“乃知作者之难，此道之未易耳。”他自己深知作词要达到宋人的高处是非常不易的，绝不能以“小道”来轻视它；但他对宋人的高处并未作具体的解释。明人作词多抄袭古人，缺乏新意。陈霆对此深为不满，他指出瞿祐的《摸鱼儿》的结尾“怕绿叶成阴，红花结子，留作异时恨”，是“全用后村（刘克庄）句格”，“连盗数言”；陈铎的《蝶恋花》

"千里青山劳望眼，行人更比青山远"，是抄袭欧阳修词句，"虽面目稍更，而句意仍昔，然则偷句之钝，何可避也"。陈铎还遍和《草堂诗余》刊布于江湖之间，其中虽不乏婉约清丽之词句，但陈霆认为："使其用己调，当必树声一时，而以之追步古人，遂蹈村妇斗美毛、施之失；盖不善用其长者也。"可见他对明词的批评，其态度是较为严厉的。

王世贞（1526～1590），字元美，号凤洲，自称弇州山人，江苏太仓人。嘉靖二十六年（1547）进士，除刑部主事，历郎中，出为青州兵备副使，官至刑部尚书。其青年时代"与济南李于鳞（攀龙）修复西京大历以上之诗文，以号令一时……操文章之柄，登坛设墠"（《列朝诗集小传》丁集上）。王世贞为明"后七子"之一，才学渊博，好为古诗文，是明代著名的文学家，著有《弇州山人四部稿》一七四卷，续稿二百零七卷。其《艺苑卮言》八卷为评论诗文的专著，初稿成于四十岁以前，至嘉靖四十四年（1565）将论词曲部分作为附录。王氏论词共三十则，见存于《弇州山人四部稿》卷一五二《艺苑卮言·附录》内，或称《弇州山人词评》。王世贞的词甚为明人推许：汪伯玉说他于"词则沾沾自喜，亦出人一头地"；李攀龙自愧于"小词弗逮也"（《尧山堂外纪》）。我们从其词评中可见到，他确实具有较高的艺术鉴赏能力。儒家的诗论很强调"正"与"变"，王世贞从格调说出发，首先取"正"而兼承认"变"，因此将"正宗"与"变体"的观念最初引入词论。他说：

《花间》以小语致巧，《世说》靡也；《草堂》以丽字取妍，六朝隃也。即词号称诗余，然而诗人不为也。何

> 者？其婉娈而近情也，足以移情而夺嗜；其柔靡而近俗也，诗啴缓而就之，而不知其下也。之诗而词，非词也；之词而诗，非诗也。言其业，李氏（李璟、李煜）、晏氏父子（晏殊、晏几道），耆卿（柳永）、子野（张先）、美成（周邦彦）、少游（秦观）、易安（李清照）至矣，词之正宗也。温（庭筠）韦（庄）艳而促，黄九（庭坚）精而险，长公（苏轼）丽而壮，幼安（辛弃疾）辨而奇，又其次也，词之变体也。词兴而乐府亡矣，曲兴而词亡矣，非乐府与词之亡，其调亡也。

以正变观念论词，反映了儒家诗论给王世贞带来的局限。它不是文学风格的区分，而是服从于政治教化原则的狭隘的宗派偏见或正统观念，将“变体”统统认为低一格调的东西。“正宗”与“变体”的观念常为后来论词者所沿用，在词论中产生了极不良的影响。王世贞曾说：“篇法之妙，有不见句法者；句法之妙，有不见字法者。此有法极无迹，人能之至，境与天会，未易求也。”（《艺苑卮言》卷一）他的文学批评具有形式主义倾向，常常仅见句法之妙或字法之妙，而忽略了对作品整体的认识。其词评的这一倾向尤为明显，如评宋词时便列举了若干的快语、壮语、爽语、致语、情语、淡语、恒语、浅语，而且以为“淡语、恒语、浅语，极不易工，因为拈出”。这种只欣赏作品俊语的摘句式论词方式，虽然有时表现了鉴赏者的细致精巧的艺术感受能力，但结果肢解了作家作品而只得到极为片面的破碎的认识。从语言技巧着眼的摘句的鉴赏方式在宋人词话中已经出现，而王世贞却更富于主观的审美分析。如他说：“‘隙月窥小人’，又‘天涯一点青山小’，又‘一夜青山老’，俱妙在押字。'乍雨乍晴花易老'却不在押，而在'乍'字。史邦卿题燕曰'差池欲住，试入旧巢相并。还向雕梁藻井，又软语商量不定。'可谓形容之妙"；"吾爱司马才仲'燕子衔将春色去，纱窗几阵黄梅雨'，有天然之美，令斗字者退舍"。这远远胜于陆辅之将词眼与警句的简单罗列，较能引起读者的兴趣。王世贞评词的方式影响深远，直到近代和现代某些词学家论词时还保持着这种摘句式的批评。

俞彦，字仲茅，上元（今江苏江宁）人。生卒年不详。明万历二十九年（1601）进士，历官光禄寺少卿。词集已佚，有《爰园词话》一卷。其词论共十五则。俞彦认为："词于不朽之业，最为小乘"，"诗亡而后词作，故曰余也。"这些意见都无学术价值。关于词的创作他很强调严遵声律，以为：

> 词全以调为主，调全以字之音为主。音有平仄，多必不可移者，间有可移者。仄有上去入，多可移者，间有必不可移者。倘必不可移者，任意出入，则歌时有棘喉涩舌之病。故宋时一调，作者多至数十人，如出一吻。

这反映了明代词学家开始重视词的声律、讲求词字平仄的趋向。俞彦是深知创作甘苦的，如说：

> 遇事命意，意忌庸、忌陋、忌袭。立意命句，句忌腐、忌涩、忌晦。意卓矣，而束之以音。屈意以就音，而意有自达者鲜矣。句奇矣，而摄之以调，屈句以就调，而能自振者鲜矣。此词之所以难也。

俞彦论词已脱离了“助闲谈”的模式，具有一定理论意义，但并未充分展开论述，也缺乏新意。

中国的图书典籍在宋元战乱之际又经历了一次浩劫，词籍也蒙其难。南宋朝廷修内司所刊的巨帙百余的古今歌词之谱《乐府混成集》[①]、南宋嘉定间长沙刘氏书坊刊行的《百家词》一百二十八卷[②]，钱塘陈氏书棚刊行的《典雅词》三十册[③]、南宋末年的词集丛刊《六十家词》[④] 等大型词书丛刊，经过兵燹之后都散佚了。明代学者和藏书家对词籍的搜集、传抄、整理和刊行等工作都做出了很大贡献，使这许多不为统治阶级所重视的歌词至今得以保存下来。明抄本宋词别集现在能见到的即有七十余种[⑤]，此外重要的词书有以下几种：

《诗渊》明初抄本，现存二十五册，其中收了近一千首词。这些词大部分辑入《全宋词》和《全金元词》。不见于《全宋词》的共四百三十余首，分属宋代各个时期一百四十多人所作，其中约一百人不见于《全宋词》。[⑥]

《百家词》明初吴讷辑，收总集《花间集》《尊前集》《乐府补题》三种，南唐词三种，宋词七十种，金词三种，元词八种，明词一种，共计作者一百零七人，词八千六百余首，约汇辑于正统初年。这个抄本较真实地保存了各词集的原有风貌，

---

① 周密：《齐东野语》卷一〇。

② 陈振孙：《直斋书录解题》卷二一。

③ 朱彝尊：《跋典雅词》，《曝书亭集》卷四三。

④ 张炎：《词源序》。

⑤ 据《宋词版本考》统计，唐圭璋《词学论丛》，上海古籍出版社 1986 年版。

⑥ 孔凡礼：《诗渊》影印本前言，书目文献出版社 1984 年版。

明抄本《诗渊》书影

在词集补佚校勘方面有非常重要的意义。①

《花草粹编》二十二卷，附录一卷，明陈耀文编。此编主要集唐宋人词，也收入少数元人词。书名取《花间集》之“花”以代唐，取《草堂诗余》之“草”以代宋，意为唐宋词萃选。此编采摭繁富，附以考证，保存了许多佚词，是明人选本中很好的一种。

《词苑英华》明末毛晋辑，收有《花庵绝妙词选》《中兴以

① 《百家词》为天津图书馆珍藏，有林大椿校本，上海商务印书馆 1940 年版。最近天津古籍出版社以原件套色影印出版。参见秦惠民：《〈唐宋名贤百家词集〉版本考辨》，《词学》第 3 辑，华东师范大学出版社 1985 年版。

来绝妙词选》《草堂诗余》《花间集》《尊前集》《词林万选》《诗余图谱》《秦张两先生诗余合璧》等重要词籍。

《宋六十名家词》毛晋辑，实收六十一家，是最通行的宋词别集丛刻。毛氏欲复南宋丛刻六十家词之旧，广搜宋词别集，随收随刻。于每家词后附有跋语，有的还略加校勘。但去取标准较宽，张先、贺铸、王沂孙、张炎、李清照等名家词又未收入。毛晋所辑这两种丛书，大多为《四库全书》采入，其搜集与校勘工作，在词学史上是有意义的。

第三节　杨慎的词学

明代中期学术界精英开始攻击以宋代程朱理学和新起心学为代表的统治思想，使学术从传统儒学——圣学的桎梏下解脱而走上实学道路。杨慎即是此种学术思潮转变中的先驱者。

杨慎，字用修，号升庵，四川新都人。弘治元年（1488）出生于京都。正德六年（1511）殿试第一，授翰林院修撰。嘉靖三年（1524）以上疏议大礼，两被廷杖，死而复苏，谪戍云南永昌卫。嘉靖三十八年（1559）卒于戍所。杨慎的著述极为博赡，涉及了经学、小学、哲学、史学、考古学、文献学、艺术、文学等学科，传世之作一百二十种，无愧为一代文宗。然而杨慎的成就主要是在文学方面，无论历史上的毁誉如何，他应是有明一代的大文学家。在他的文学成就中，词学的成就是不可忽视的，它对词学史曾产生过较大的影响。他的《词品》六卷以新创和渊博著称，编选的《百琲明珠》《词林万选》《填词选格》《草堂诗余补遗》，校定的《花间集》和批点的《草堂诗余》皆促进了明代词学的发展。杨慎是明代知名词人之一，其《升庵长短句》三卷、续集三卷、补遗一卷，形成独特风格，影响着明代词风。明代嘉靖二十二年（1543）任良幹《词林万选序》云：“升庵太史公家藏有唐宋五百家词，颇为全备。暇日取尤绮练者四卷名曰《词林万选》，皆《草堂诗余》之所未收者也。”可见杨慎对词籍的收藏和对词学的兴趣。在其编选与校点词集的过程中进行词学研究的积累。嘉靖三十年（1551）杨慎六十四岁时完成了《词品》。它如杨慎其他许多著述一样，是在谪戍云南时期完成的，著作条件甚为艰难，缺乏学术的氛围与图书资料，因而精思与博证中偶有疏失或偏见，致引起纷纷争议。杨慎是转变一代学术的风云人物，其词学也如此。

杨慎自正德六年（1511）进士及第至嘉靖三十八年（1559）卒于云南谪所，这近五十年间，正值明代文坛前后七子复古运动及其反对者王慎中、唐顺之、茅坤和归有光等唐宋派活跃时期。杨慎的文学思想是受茶陵派李东阳的影响。他少年时在京都以《黄州》诗为李东阳赏识，后登进士第亦出其门下，传承其诗学。李东阳是在前后七子之前反对明初以来“台阁体”诗风的重要人物。他提倡唐音，重视法度，以情思为主，强调比兴。复古主义者却力主“文必秦汉，诗

新都杨升庵祠藏杨慎画像

必盛唐”，徒事模拟；而茅坤、归有光等古文家则以唐宋古文为模拟的范本。杨慎发展了李东阳的诗学，于诗歌艺术渊源则上溯六朝而博取，主张诗歌表达主体的性情，而且认为每个时代都有自己的诗。这在理论上超越了复古主义者。杨慎于《选诗外编序》云：

> 黄初、正始之后，谢客（灵运）以俳章偶句倡于永嘉，隐侯（沈约）以切响浮声传于永明，操觚轮才，靡然从之。虽萧统（《文选》）所收，齐梁之间，固已有不纯于古法者。世代相沿，风流日下，填括音节，渐成律体。盖缘情绮靡之说胜，而温柔敦厚之意荒矣。大雅君子，宜无所取。然以艺论之，六代之作，其旨趣虽不足以影响大雅，而其体裁，实景云、垂拱（初唐）之先驱，天宝、开元（盛唐）之滥觞。

这认为唐代诗体，特别是近体诗是源于六朝的。杨慎的词学正是其诗学观的体现。在《词品序》里，他提出了诗词共源同工之说：

> 诗词同工而异曲，共源而分派。在六朝若陶弘景之《寒夜怨》、梁武帝之《江南弄》、陆琼之《饮酒乐》、隋炀帝之《望江南》，填词之体已具矣。若唐人之七言律，即填词之《瑞鹧鸪》也；七言律之仄韵，即填词之《玉楼春》也。若韦应物之《三台曲》《调笑令》，刘禹锡之《竹枝词》《浪淘沙》，新声迭出：孟蜀之《花间》，南唐之《兰畹》，则其体大备矣。岂非共源同工乎？

此为杨慎词学的理论基础。后来坊间刻印其批点《草堂诗余》时又以之为序言。在《词品》卷一里，杨慎列举了许多六朝诗人作品从体制与艺术风格方面进行比较，最后他自信地作出结论："大率六朝人诗，风华情致，若作长短句即是词也。宋人长短句虽盛，而其下者有曲诗、曲论之弊，终非词之本色。予论填词必泝六朝，亦昔人穷探黄河源之意也。"这是沿袭传统的诗余说，但以为唐代的近体诗和曲子词同源于六朝诗歌，实即否定了宋人沈括与朱熹等关于词起源于唐人绝句诗加和声之说，故在词学上是比较新颖的，能够自成一说。

明代词学在理论、词籍整理和词谱编订方面是有一定成就的。然而由于宋以后词乐的失传，使词体从音乐文学变为纯粹的古典文学形式，故明代词学家已无音乐文学概念；由于唐宋词的格律在明代中期虽有学者着手整理，但属于草创阶段，故明代词学家缺乏律词的概念。这两种缺陷都明显地表现在杨慎的词学论著里。词体是配合隋唐新兴燕乐的歌辞，它是在燕乐风行的盛唐时期才产生的一种新体音乐文学样式。在相当长的一段时期，燕乐是有谱无辞的器乐曲；稍后由乐工歌妓选取流行的绝句诗配乐歌唱，这便是声诗。关于声诗，杨慎有正确的认识，以为："唐世乐府，多取当时名人之诗唱之，而音调名题各异。"（《绝句衍义》卷一）声诗和曲子词在唐代都属燕乐歌辞。盛唐时期曲子词出现以后曾与声诗同时并行，例如《凉州》《破阵乐》《婆罗门》《醉公子》《甘州》《离别难》《六幺》《何满子》《雨霖铃》《竹枝》《杨柳枝》《浪淘沙》《凤归云》《拜新月》等燕乐曲既有齐言的声诗，又有长短句的曲子词。此种现象曾长期使词学家困惑。杨慎亦每每将声诗与曲子词混淆，例如说：“仄韵绝句，唐人以入乐府，唐人谓之《阿那曲》，宋人谓之《鸡叫子》。”（《词品》卷一）他举了唐代女子姚月华的《阿那曲》、宋人杜衍和张耒的《鸡叫子》，张元幹的《西楼月》，它们都是七绝仄韵诗。杨慎却以姚月华的为声诗，误以宋人之作为词，而且从文体形式将《阿那曲》《鸡叫子》和《西楼月》混为一谈。此外他还引述了长孙无忌、崔液、李白和无名氏的声诗，并未指明它们是声诗还是词。由于无音乐文学概念，杨慎忽视词体产生的特定的历史文化条件，从纯文体形式将词体与六朝小诗比较。这样便认为梁武帝的《江南弄》是词的滥觞，隋炀帝的《朝眠曲》是词，而以陶弘景《寒夜怨》与词之《梅花引》格韵相似，陆琼六言六句的《饮酒乐》为唐词《破阵乐》《何满子》之祖，王筠杂言体《楚妃吟》已是长短句词体。这都是无律词概念所致。

杨慎在《词品序》里言及诗余说，又在其《草堂诗余序》里作了发挥。他说：

> 唐人长短句，宋人谓之填词，实诗之余也，今所存《草堂诗余》是也。或问：诗余何以系于草堂也？曰梁简文帝《草堂传》云：汝南周彦伦（颙）昔经在蜀，以蜀草堂寺林壑可怀，乃于钟山雷次宗学馆立寺，因名草堂，亦号山茨。谓草为茨，亦述蜀语；地名蚕茨，是其旁证也。李太白客游于外，有怀故乡，故以草堂名其诗集。诗余之系于草堂，指太白也。太白作二词，为百代词曲之祖，则今之填词，非草堂之诗余而何？
>
> ——《全蜀艺文志》卷二五

关于传说的李白《菩萨蛮》与《忆秦娥》词，明代学者胡应麟于《少室山房笔丛》卷二五已辨其伪。李白下世后李阳冰最初编其诗集为《草堂集》十卷，但仅以“草堂”表示隐逸之意，实与成都西郊之草堂寺无关。《文选》卷四三《北山移文》李善注引萧纲《草堂传》亦与南宋坊间词选本《草堂诗余》无关，编者当是失意文人以所居草堂而名其选本。这些诸多偶然因素被杨慎牵合以发挥诗余之意，是缺乏确证的；但其影响却不小，如稍后何良俊的《草堂诗余序》即祖述杨慎之说。

杨慎关于词体的认识也有一些真知灼见，例如他说：“填词平仄及断句皆定数，而词人语意所到，时有参差。如秦少游《水龙吟》前段歇拍句云‘红成阵，飞鸳甃’，换头落句云‘念多情但有，当时皓月，照人依旧。’以词意言‘当时皓月’一句，‘照人依旧’作一句。以词调拍眼‘但有当时’作一拍，‘皓月照’作一拍，‘人依旧’作一拍，为是也……然句法虽不同，而字数不少。妙在歌者上下纵横取协尔。”在具体词调中，词人为准确流畅地达意，有时可以灵活地处理句法句式，这在宋词中的实例很多，绝不可拘泥于句法而使词意不明。关于词韵，杨慎说：“沈约之韵，未必悉合声律，而今诗人宗之如金科玉条。此无他，今之诗学李杜，李杜学六朝，往往用沈韵，故相袭不能革也。若填词自可变通。如朋字与蒸同押，打字与等同押，卦字、画字与怪、坏同押，乃是鴂舌之病，岂可以为法耶？元人周德清著《中原音韵》一以中原之音为正，伟矣。然予观宋人填词，亦已有开先者。”（《词品》卷一）“沈约之韵”实指《切韵》到《广韵》的音韵系统；“鴂舌”乃语言难懂之病。杨慎发现词韵宽于诗韵，可以用邻韵及方音协韵，韵部大大合并。这些对后来词学家编订词谱和词韵具有理论指导意义。

词学批评是杨慎词学的核心部分，亦是最具学术价值的。自六朝钟嵘《诗品》将诗人分品第评论以来，在文学批评史上产生了深远影响。杨慎摆脱了宋以来词话式论词的局限，缘《诗品》之义特著专门论词之书，其体制之宏大，内容之丰富，皆是空前独树的。关于此著之旨，杨慎在《词品》里未作说明，而是嘉靖三十三年（1554）由其妹丈周逊在成都刊行时所作的《刻词品序》里予以表述的。这或许是杨慎的授意。周逊的序有助于我们解读《词品》。序中阐述了以品论词之理论原则：

> 大较词人之体，多属揣摩不置，思致神遇。然率于人情之所必不免者以敷言，又必有妙才巧思以将之，然后足以尽属辞之蕴。故夫词成而读之，使人恍若身遇其事，怵然兴感者，神品也。意思流通无所乖逆者，妙品也。能品不与焉。宛丽成章非辞也。是故山林之词清以激，感遇之词凄以哀，闺阁之词悦以解，登览之词悲以壮，讽喻之词宛以切。之数者，人之情也。属辞者皆当以体之。夫然后足以得人之性情，而起人之咏叹。

这里将古今词作分为三等：神品、妙品和能品。神品是以妙才巧思表达了个人的真实性情，而使人兴感，产生共鸣的作品，臻于最高艺术境界。所以无论山林、闺阁、登览、讽喻等题材皆要表达独特环境下个人的真性情。杨慎显然在具体批评时贯彻了其性情说，特别强调作品的感染作用，以为“不感人非词也”。这是从词的创作方面贯彻了他反对当时文坛的复古主义和形式主义的倾向，是使创作向文学本位复归的进步的主张，体现了明代中期新的文学思潮。若给词人具体划分等次，以品论词，则会重蹈钟嵘之失，所以杨慎对此特别慎重，仅对词人进行艺术评论，而让读者去判断词人的品第。他的审美理想与审美兴趣皆极其有个性，能从南宋以来雅正的词学观念中解脱，去发现一些优美的作品。他说："宋之填词为一代独艺，亦犹晋之字，唐之诗，不必名家而皆奇也。然奇而不传者何限，而传者未必皆奇。"（《词品》卷二）从杨慎特别赞赏的作品来看，"奇"是指作品构思的精妙与表现主体的真实性情。北宋名臣范仲淹的《御街行》和韩琦的《点绛唇》都是婉约的情词。杨慎以为："二公一时勋德重望，而词亦情致如此。大抵人自情中生，焉能无情，但不过甚而已。"（《词品》卷三）这即是其性情说的发挥。南宋后期的冯伟寿并非知名的词人，但杨慎很欣赏其《春风袅娜·春恨》，以为"殊有前宋秦（观）、晁（无咎）风艳，比之晚唐酸馅味、教督气不侔矣"（《词品》卷四）。因此，凡词有作者的真性情，词意婉美，结构谨严，是远胜于宋季以来那些迂腐的充满道学说教的作品。此外如林逋抒写离情的《长相思》、宋徽宗咏杏花的《燕山亭》、岳珂题北固亭的《祝英台近》、周文璞题酒家壁的《浪淘沙》、吴潜赠妓的《贺新郎》、马晋述怀的《满庭芳》及无名氏题郝仙女庙的《喜迁莺》，它们向来不在宋词名篇之列，而其来源有的出自笔记小说，杨慎却以为是奇作，还可能视为妙品的，因为它们都有艺术个性，符合其性情说。

明代士风形成两个极端，大多数士人是卑劣、庸俗、浅薄、狂诞的，而却又有少数谠直而气节高尚者。杨慎以议大礼而受廷杖、遭到终身远谪；在谪所以传播中原文化为己任，发愤著书；这些都体现了儒家的道义与气节。他论词时表达了其儒家价值体系的社会政治观念。北宋大晟府词人晁端礼歌颂祥瑞的《并蒂芙蓉》，通过宰相蔡京进献之后，得到徽宗皇帝的赏爱。杨慎认为此词虽然“造词工致，而曲名亦新”，“然大臣谀，小臣佞，不亡何俟乎？”这从政治给予此词以深刻的批评。南宋灭亡后，谢太后已七十余岁高龄，被元蒙俘虏北去，这是继靖康之难后汉民族国家的又一次耻辱。当时陈以庄作有《水龙吟·记钱塘之恨》，词有“金屋难成，阿娇已远，不堪春暮”，又以秋娘、泰娘比喻，讥讽谢太后未能以死殉国。同时的孟鲠等人亦作诗以讽。这似乎将宋王朝的覆亡的原因归罪于妇女了。杨慎引述了以上诗词之后叹息云：“噫，妇人不足责，误国至此者秦桧、贾似道可胜诛哉！”这远比陈以庄等人的政治见识高明多了，接近了历史教训的真实。宋末的文人詹玉，入元后仕为翰林学士。其词集《天游词》多写元初江南湖山，人们以为它寓有故国之思。杨慎引述了其《齐天乐·兵后归杭》评云：“观其词全无黍离之感、桑梓之悲，而止以游乐为言。宋末之习，上下如此，其亡不亦宜乎？”（《词品》卷五）通过对历史背景的分析，揭示了作品的主旨，联系宋季士风，给予政治批判。以上三例，可见杨慎论词是有自觉而鲜明的社会政治观念的，在词学史上超越了以往的词评家。

《词品》仍具词话性质，以助闲谈、资考证为宗，但杨慎对少数词人所作的艺术评价却是恰当而精辟的。他具体分析了辛弃疾《贺新郎》（“绿树听啼鴂”）、《沁园春》（“杯汝前来”）等词后，联系明代中期词坛的现实评论云：

> 近日作词者，惟说周美成、姜尧章，而以东坡为词

诗，稼轩为词论。此说固当，盖曲者曲也，固当以婉曲为体；然徒狃于风情婉娈，则亦易厌。回视稼轩所作，岂非万古一清风哉！

——《词品》卷四

自南宋以来，词坛崇尚周邦彦和姜夔的婉约骚雅的艺术风格，而批评苏轼以诗为词和辛弃疾以议论为词的别调，这一直影响到明代的词学。词以婉约为主已成定论，杨慎对此并不反对，却从整个宋词艺术来看，假设全部都是单一的婉约风格类型，仅表达春愁闺怨与离情别绪，则必然因重复陈旧而令人生厌。因此有了苏轼与辛弃疾等豪放词，才使一部词史的内容与风格丰富多彩。这种宏观的认识，对词史上长期以来的婉约与豪放之争给予了合理的批判，为我们探讨宋词两大类型风格的意义仍有启发作用。关于陆游词，杨慎评云："放翁词纤丽处似淮海（秦观），雄慨处似东坡（苏轼）。"这对陆游的艺术风格及其渊源的判断是很确切的，见到了他存在两种风格的作品。关于刘克庄词，杨慎评云："《后村别调》一卷，大抵直致近俗，效稼轩而不及也。"（《词品》卷五）此被公认为对刘克庄词的定评。《四库全书总目》卷二〇〇《后村别调提要》特别引述了此评，但却误为张炎《乐府指迷》（《词源》）之语。这些评论反映了批评者独特而先进的文学思想和精深的艺术见解，成为杨慎词学最具合理因素的部分。由它引导，可使研究宋词时不致受种种偏见的迷惑。

经学发展至明代是积衰时期，由此影响到整个时代的学术。杨慎鉴于道学的锢蔽与心学的空虚，在治学方法上主张："儒之学有博有约。故曰：多闻则守之以约，多见则守之以卓。”（《谭苑醍醐序》）所以其学以渊博著称而具求实的特点，此即杨慎提倡的“实学”。他说：“今之学者，循声吠影，使实学不明于千载，而虚谈大误于后人也。”（《升庵文集》卷四五》“夫子与点”条）他批判理学，注重训诂、文字、音韵、历史、考古等学，期望以此改变一代学风。① 杨慎词学也具有实学的特点，在关于词调的意象的考证方面的尝试是有一定成就的。

关于词调，宋人王灼在《碧鸡漫志》里对唐宋燕乐二十九曲作了溯源析流的考证，引用的文献极为丰富。杨慎未获见到此著，独自探索词调名的来源。在《词品》问世前四十年，都穆的《南濠诗话》已注意到“昔人词调，其命名多取古诗中语”，而且举了一些例子。杨慎继之认为：

> 词名多取诗句，如《蝶恋花》则取梁元帝“翻阶夹蝶恋花情”，《满庭芳》则取吴融“满庭芳草易黄昏”，《点绛唇》，则取江淹“白雪凝肤貌，明珠点绛唇”，《鹧鸪天》则取郑嵎“春游鸡鹿塞，家在鹧鸪天”，《惜余春》则取太白赋语，《浣溪沙》则取少陵诗意，《青玉案》则取《四愁诗》语。
>
> ——《词品》卷一

词调名的来源是复杂的，从古人诗句中摘取优美意象是其来源之一。此外杨慎还考证了《菩萨蛮》《苏幕遮》《尉迟杯》《兰陵王》《生查子》《阿滥堆》《乌盐角》《六州歌头》《法曲献仙音》《如梦令》《捣练子》《人月圆》《后庭宴》等词调来源。

① 王文才：《杨慎学谱》第13～14页，上海古籍出版社1988年版。

关于词调名的考证是一项艰难的学术工作。杨慎因博学多识故能联想求证，颇有开创的意义。然而其考证有的则因依据不确而致误，例如谓《浣溪沙》出自杜甫诗意。虽然杜甫流寓成都居浣花溪，于诗中每道及，但词调实出自古乐府诗《浣沙女》(《乐府诗集》卷八〇)；“沙”同“纱”，与“浣花”无关。杨慎于谪所治学，限于条件，对词调的考证是凭联想、记忆与猜测者居多，因而既有开创之功，亦有疏失之处。稍后学者胡应麟对此进行了严厉的指摘。杨慎的《艺林伐山》二十卷本是读书札记，其中条目多重见于《丹铅杂录》《谭苑醍醐》《升庵诗话》和《词品》，刊于嘉靖三十五年（1556)。胡应麟特著《艺林学山》以辨其误，而关于词调的来源尤是辨误的重点。例如杨慎以为：“唐人小说《冥音录》载曲名有《上江虹》，即《满江红》。”胡应麟辨云：“《冥音录》今见《太平广记》(卷四九八）中。古今乐府，多有名同曲异者……况《冥音》所载，一字偶同者乎?”(《少室山房笔丛》卷二一）这确属杨慎附会之误。其许多失误是受其词体起源说影响的，没有从音乐文学观点来考察词调所致。所以胡应麟很深刻地指出：

> 余谓乐府之题，即词曲之名也；其声调，即词曲音节也。今不按《醉公子》之腔，而但咏公子之醉；不按《河渎神》之腔，而但赋河渎之神，可以为二曲否乎？考宋人填词绝唱，如“流水孤村”、“晓风残月”等篇，皆与词名了不关涉。而王晋卿《人月圆》、谢无逸《渔家傲》，殊碌碌无闻。则乐府所重，在调不在题，断可见矣。
>
> ——《少室山房笔丛》卷二一

虽然杨慎有这些失误，但对稍后毛先舒著《填词名解》具有启发意义，而且还影响了词谱的编订者们。

自宋以来词学家论词多从感悟出发，对唐宋词作鉴赏式的批评，而忽视对作品的具体解读。唐宋词在明代已是古典作品，其历史文化背景消失了，使人们在解读时有种种困难。其中某些特殊的意象是尤为费解的，例如“哀曼”、“南云”、“侧寒”、“泥人”、“麝月”、“檀色”、“黄额”、“花翘”、“角妓”、“垂螺”、“银蒜”、“闹装”、“鞣鞨”、“日蓦”、“檐花”、“心字”、“密云龙”、“双鱼洗”、“孟婆”等，它们皆与古代民俗和俗语有关。杨慎释“垂螺”云：“张子野《减字木兰花》云‘垂螺近额’……又晏小山词云‘垂螺拂黛青楼女’，又云‘双螺未学同心绾……’又云‘红窗碧玉新名旧，犹绾双螺……’垂螺，双螺，盖当时角妓未破瓜时发饰之名。今秦中妓及搬演旦色，犹有此制。”又如释“银蒜”云：“欧阳六一仿玉台体诗：‘银蒜银钩宛地垂。’东坡《哨遍》词：‘睡起画堂，银蒜押帘，珠幕云垂地。’蒋捷《白苎》词：‘早是东风作恶，旋安排、一双银蒜镇罗幕。’银蒜，盖铸银为蒜形，以押帘也。宋元亲王纳妃，公主下降，皆有银蒜押帘几百双。”（《词品》卷二）这都表现解释者的博闻强记，而有助于对词意的理解，为词学研究增添了一项新的内容。

因杨慎引述文献多凭记忆，又无条件核对，故存在一些错误，如《酒泉子》（“紫陌青门”）为张泌词，误作牛峤词（《词品》卷二）；周晴川《十六字令》（眠），误作周邦彦词（《词品》卷二）；潘阆《酒泉子》，误为《虞美人》（《词品》卷三）；李昴英为番禺人，误作李公昴，资州人（《词品》卷五）。这些亦是杨慎著述中的缺陷之一，反映了明代学者治学不够谨严之处。

杨慎在明代中期反对文坛的复古主义，在词学方面提出了新的词体起源说，以性情论词，对宋代词人有精辟的评论，注意发掘表现真实性情的作品，尝试对词调名的考证，开始对唐宋词意象进行研究；还编选词集，并做了一些辑佚工作。他在治学上虽有疏失之处，但从词学发展过程来看，其词学仍是有积极意义的，是宋以来一位很有成就和影响的词学家。关于杨慎在词学史上的评价自来是有争议的，特别是关于《词品》的评价，但如清代词学家吴衡照说，《词品》“颇具知人论世之概，不独引据博洽而已……其他辨订，渊该综核，终非陈耀文、胡应麟辈所可仰而攻也”（《莲子居词话》卷二）。关于其词学的整体评价，近世词曲家吴梅说：“杨慎所辑《百琲明珠》《词林万选》亦词家功臣也。所著《词品》虽多偏驳，顾考核流别，研讨正变，确有为他家所不如者。”[①] 这些都是较为公允的评论。自宋代以来，词为小道的观念并未得到根本改变，所以虽有不少大文学家和学者染指于词的创作，但并未认真地以词学作为一种严肃的学问来研究。杨慎以一代著名的渊博的大学者认真投入词学研究，著述丰富并取得很大成就，这在词学史上尚是罕见的，此对改变固有的词学观念起到了很大的作用。

---

① 吴梅：《词学通论》第149页，商务印书馆1933年版。

第四节　张綖的《诗余图谱》与词的婉约、豪放之分

明代词学中衰之际，出现了一位富于创新思想的词学家张綖。他制订的《诗余图谱》和提出的宋词的婉约与豪放之分，以新的观念和方法来研究词学，对后世的词学产生了深远的影响。

张綖，字世文，自号南湖居士。江苏高邮人。明正德八年（1513）乡荐中举。此后屡参加京都进士考试皆不第。曾为武昌通判，专督郡赋；后擢升知光州，皆有政声，甚关心人民生活疾苦。湖南藩臬以张綖沉溺诗词吟咏而弹劾，他得知后便罢职归乡，自此过着隐逸生活，卒时五十七岁。张綖学识渊博，家里藏书甚富，喜好诗文，颇知音律；曾从其岳父王磐学习词曲。著有《杜诗通》十六卷，《杜律本义》四卷，《诗余图谱》三卷，《南湖诗集》四卷。[①] 张綖好作词，词风清丽婉约。清初学者钱谦益说：张綖“刻意填词，每填一篇，必求合某宫某调，某调第几声，其声出入第几犯，抗坠圆美，必求合作”（《列朝诗集小传》丙集）。王昶说：“其所制《蝶恋花》《风流子》数阕，风流蕴藉，更足振起一时。”（《明词综》卷三）可见他在明代中叶词坛上曾是颇为知名的词人。

我国等韵学自宋代兴起之后，出现了各种各样的韵图，对

---

① 参见曹济平：《略论张綖及其〈诗余图谱〉》，《汕头大学学报》1988 年第1～2期合刊。

声韵的研究日益严密。北宋理学家邵雍的《皇极经世·声音唱和图》开始以黑和白的方形与圆圈表示音位。张綖很可能是受了韵图的启发而创制了第一部词的图谱。明人王象晋《诗余图谱序》云：

> 填词非诗也，然不可谓无当于诗也。《诗》三百篇，郊庙之所登闻，明良之所赓和，学士大夫之所宣播，穷岩邃谷、田畯红女之所咏吟，采之辅轩，被之弦管，靡不洋洋洒洒，可讽可咏。删定一经，炳烺千古，此与王迹为存亡者也。诗止矣，趯乎难继也。诗亡而后有乐府，乐府亡而后有诗余。诗余者，乐府之派别，而后世歌曲之开先也。李唐以诗取士，为律、为古、为排、为绝、为五七言、为长短句，非不较若列眉，然此李唐之诗，非成周之诗也。诗余一脉，肇自赵宋，列为规格，填以藻词。一时文人才士，交相矜尚，或发抒独得，或酬应鸿篇，或感慨今昔，或欣厌荣落，或柔态腻理宣密缔而寄幽情，或比物托兴图节序而绘花鸟。忆美人者盻西方，思王孙者怨芳草，望西归者怀好音，抱孤愤者赋楚些。譬乘照之珠，连城之玉，散在几席，晶光四射，为有目人所共赏，有心人所共珍，岂不脍炙一时，流耀来裔哉！然可谓唐诗之余，非周诗之余也。宋崇宁间，命周美成等讨论古音，比律切调，于时有十二律，六十家，八十四调，而柳屯田遂至二百余调。总之，以李青莲之《忆秦娥》《菩萨蛮》为开山鼻祖，裔是而降，递相祖述，靡不换羽移商，务为艳冶靡丽之谈，诗若荡然无余。究而分之，诗亡于周而盛于唐，诗盛于唐而余于宋。总之，元声本之天地，至情发之人

心，音韵合之宫商，格调协之风会。风会一流，音响随易。何余非诗，何唐宋非周。谓宋之填词，即宋之诗可也。即李唐、成周之诗亦可也。

南湖张子，创为《诗余图谱》三卷，图列于前，词缀于后，韵脚句法，犁然井然。一披阅而词可守，韵可循，字推句敲，无事望洋，诚修词家南车。已万历甲午乙未间，予兄霁宇，刻之上谷署中，见者争相玩赏，竟携之而去。今书簏所存，日见寥寥，迟以岁月计，当无剩本。已海虞毛子晋，博雅好古，见予雠校此编，遂请归而付之剞人，使四十年前几案间物，顿还旧观，亦一段快心事也。

王象晋在序里阐述了关于“诗余”概念的理解，介绍了《诗余图谱》的特点和刊印经过。这是明代的一篇重要的词学文献。

《诗余图谱》三卷，卷一收小令自《上西楼》至《夜游宫》计六十四调；卷二收中调自《临江仙》至《鱼游春水》计四十九调；卷三收长调自《意难忘》至《金明池》计三十六调：共计一四九调。每调先列图，以白圈（○）表示平声字，以黑圈（●）表示仄声字，以黑白圈（◒）表示可平可仄之字；注明前后阕、句数、韵数、字数。图后选录唐宋词一首为典范，标明作者。这样，填词者便可按图谱规定的句、韵、字声平仄而作词了。在宋词音谱失传之后，词已成为纯文学的样式。当时填词者无音谱可依，只能依前人词之声韵格式填写，图谱便适应了这种需要，使词的声律趋于规范化。《诗余图谱》刊行于万历二十二三年间（1594～1595），万历二十九年（1601）增正重刊，崇祯十六年（1659）重刊，甚受欢迎，词家多据之作词，而以张綖为有功于词坛。继而仿制的图谱有程明善的《啸余谱》和清初赖以邠的《填词图谱》。张綖最初制图谱时，已有明人治学空疏的弊病，缺乏严密的考证，而后继者舛误更甚，因此备受词家们的指摘。明代词学家沈际飞说：

> 维扬张世文作《诗余图谱》七（三）卷，每调前具图，后系词，于宫调失传之日，为之规规而矩矩，诚功臣也。但查卷中，一调先后重出，一名有中调、长调而合为一调，舛错非一。钱塘谢天瑞，更为十二卷，未见厘剔。吴江徐伯曾以圈别黑白而易淆，而直书平仄，标题则乖。且一调分为数体，体缘何殊？《花间》诸词未有定体，而派入体中，其见地在世文下矣。古歙程明善因之刻《啸余谱》，于天瑞兄弟也。
>
> ——《草堂诗余·凡例》

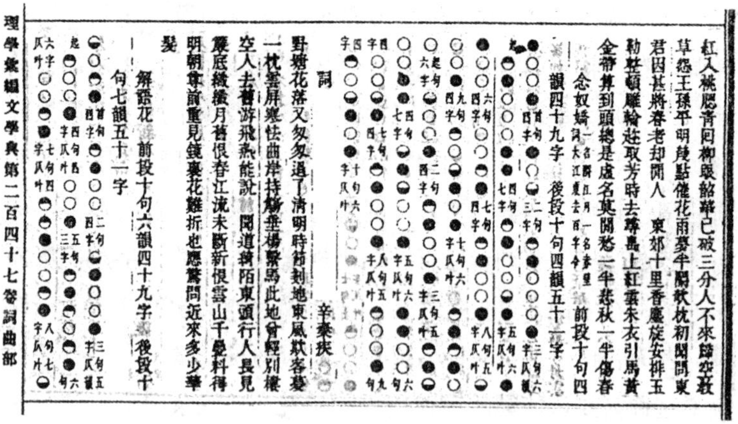

《古今图书集成》本《诗余图谱》书影

清初词家邹祇谟说：

> 今人作诗余，多据张南湖《诗余图谱》及程明善《啸余谱》二书。南湖谱平仄差核，而用黑白及半黑半白圈以分别之，不无鱼豕之讹……至《啸余谱》则舛误益甚。……成谱如是，学者奉为金科玉律，何以迄今无驳正者耶？
>
> ——《远志斋词衷》

对图谱驳正最激烈而有力的是《词律》的著者万树。他以为图谱“一望茫茫，引人入暗，且有校雠不精处，应白而黑，应黑而白者，信谱者守之，尤易迷惑”（《词律·发凡》）。但是在万树之后，于清康熙五十四年（1715）编订的《词谱》，每调词旁仍采用了以黑白圈标注平仄的方式。影响所及，清代学者参订诗律也采用了黑白圈标注平仄的方式，王士祯《律诗定体》则首肇其端。自明代以来词学家们对词体格律的考订，日益精密完善，取得了非常显著的成绩。这无疑有助于词学的复兴和词体文学在新的文化条件下的再度繁荣。我们从词学史来看，张綖创制的图谱在考订词的格律的过程中是具有开拓意义的，因而应当给予合理的评价。

张綖对于词学的贡献，还有词体的婉约与豪放之分。他在《诗余图谱凡例》后所附的按语云：

> 按词体大略有二：一体婉约，一体豪放。婉约者欲其词情蕴藉，豪放者欲其气象恢弘。盖亦存乎其人。如秦少游之作，多是婉约；苏子瞻之作，多是豪放。大抵词体以

> 婉约为正，故东坡称少游今之词手；后山评东坡词虽极天下之工，要非本色。今所录为式者，必是婉约，庶得词体，又有惟取音节中调、不暇择其词之工者，览者详之。

此则按语见于《增正诗余图谱》。[①] 这里有三点值得注意：一是婉约与豪放是体的两大类区分，就张氏的解释来看，“体”是风格的概念；二是某位词人的创作中并非只有一体，而是因人而异，有的词人以某一体为主；三是词体以婉约为正体。若据此，将婉约与豪放理解为“派”，将某些词人严格地分为婉约派或豪放派，以为二者绝对对立斗争。这样都是偏离了张綖的本意。

我国中古时期以来，意识形态领域里出现了南北之分的文化特色：乐府民歌中，北朝的刚健朴质与南朝的清新婉丽的风格迥异；佛教禅宗在初唐分为南北二宗，宋代的道教也分为南北二宗；唐代的绘画已开劲健的北派与柔美的南派；南北朝学风也有南北异趣的倾向。刘勰在《文心雕龙·体性》里最初探讨了风格的成因。他说：

> 才有庸俊，气有刚柔，学有浅深，习有雅郑，并性情所烁，陶染所凝，是以笔区云谲，文苑波诡者矣……各师成心，其异如面。若总其归途，则数穷八体：一曰典雅，二曰远奥，三曰精约，四曰显附，五曰繁缛，六曰壮丽，

---

① 《诗余图谱》通行之明汲古阁刊本无《凡例》，其《凡例》及按语仅见于北京图书馆藏明万历二十九年游元泾校刊的《增正诗余图谱》。此按语转引自王水照《唐宋文学论文集》第 297 页，齐鲁书社 1984 年版。

七曰新奇，八曰轻靡。

刘勰认为由于作家气质与才性的不同，因而各具风格。八体风格是四组互相对立而又互相联系的概念："雅与奇反，奥与显殊，繁与约桀，壮与轻乖。"最后一组中"壮丽"的含义是"高论宏裁，卓烁异采"；"轻靡"的含义是"浮文弱植，缥缈附俗"。"壮"与"轻"的形成又是"气有刚柔"所致。唐代日僧弘法大师的《文镜秘府论·体论》将刘勰的八体，约而为六目。他说：

凡制作之士，祖述多门，人心不同，文体各异。较而言之，有博雅焉，有清典焉，有绮艳焉，有宏壮焉，有要约焉，有切至焉。

其中之"宏壮"即"壮丽"，"绮艳"即"轻靡"，皆体现气之刚柔。弘法解释说："体其淑姿，因其壮观，文章交映，光采傍发，绮艳之则也；魁张奇纬，阐耀威灵，纵气凌人，扬声骇物，宏壮之道也。"在六目中"宏壮"与"绮艳"是最基本的，因为其所含的"刚"与"柔"的意义是美感形式种类中的两种基本形式，或称雄伟与秀婉，或称崇高与优美，或称壮美与秀美，其实亦刚柔之谓也。晚唐司空图所列的二十四诗品是传统风格的繁化。它们是：雄浑、冲淡、纤秾、沉著、高古、典雅、洗练、劲健、绮丽、自然、含蓄、豪放、精神、缜密、疏野、清奇、宛曲、实境、悲慨、形容、超诣、飘逸、旷达、流动。严格说来，其中一些概念是不能称为风格的，只是某种修辞技巧、表现技巧而已，若去掉这些则只剩下十二品。这十二品完全可按照美感的基本形式分为两大类型：一类为壮美，包括雄浑、劲健、豪放、疏野、冲淡、旷达；一类为优美，包括纤秾、绮丽、缜密、清奇、宛曲、飘逸。可以说，词体的婉约与豪放之分，即基于两大类型风格的。

宋人曾直觉地感到苏轼词具有异于传统词的艺术特征，以为它“须关西大汉，绰铁板”以歌；惊叹它“横放杰出，自是曲子中缚不住者”。在宋人词评中经常出现“豪放”、“雄杰”与“婉丽”、“婉曲”两组相对的概念①，反映了宋词发展中存在两大风格类型或两种基本的艺术倾向。文学批评史表明，后代的评论者对前代文学的认识总是比较客观和比较清楚的。张𫄧以“豪放”与“婉约”来概括宋词的两大体类，这是符合宋词发展真实的。这种概括有其美感形式和传统风格论为根据，因而很快便得到了词学界的承认，为《古今词论》《词苑丛谈》《词林纪事》《古今词话・词品》《词学集成》等所引用和采录，影响很大。王士祯从其地方观念表示同意张𫄧的意见。他说：

> 张南湖论词派有二：一曰婉约，一曰豪放。仆谓婉约以易安为宗，豪放惟幼安称首；皆吾济南人，难乎为继矣。
>
> ——《花草蒙拾》

自此，“体”的概念逐渐变化为“派”，而且传统“正”与

① 陆游《老学庵笔记》卷五：“公非不能歌，但豪放不喜剪裁以就声律耳。”关注《题石林词》：“味其词婉丽，绰有温、李之风，岁晚落其华而实之，能简淡时出雄杰。”孙竞《竹坡词序》：“清丽婉曲，非苦心刻意为之。”

“变”的观念愈益明显化了。蒋兆兰对词学史上“正”、“变”之论颇感不满。他认为：

> 宋代词家，源出于唐五代，皆以婉约为宗。自东坡以浩瀚之气行之，遂开豪迈一派。南宋辛稼轩，运深沉之思于雄杰之中，遂以苏辛并称。他如龙洲、放翁、后村诸公，皆嗣响稼轩，卓卓可传者也。嗣兹以降，词家显分两派，学苏辛者所在皆是。
>
> ——《词说》

此后词学界长期开展了婉约与豪放之争。张綖关于词体的婉约与豪放之分，有助于对宋词和词人群体的客观认识。从两大类型风格出发可以把握和分析某位作家或某个作家群体的主要艺术倾向；当然这绝不能因此而无视或否定作家的个人风格。我们对一位作家主要艺术倾向的判断与对其独创风格的评价，这之间是不会有矛盾的。若从传统的“正”与“变”的观念来理解婉约与豪放之分，则是没有什么实质意义的，而且往往可能陷入错误的正统的文学观念中去。

第五节　顾从敬关于词调分类

宋人对于词调主要是从音乐的角度去理解的，没有明确的分类意识。王灼说：“凡大曲，就本宫调制引、序、慢、近、令，盖度曲者常态。”（《碧鸡漫志》卷三）这是就令、引、近、慢等词与大曲的关系而言的。张炎《讴曲旨要》云：“歌曲令曲四掯匀，破近六均慢八均。”（《词原》卷上）这是就令曲与近、慢的拍眼而言的。张炎在论词的写作方法时曾谈到：“大词之料，可以敛为小词；小词之料，不可展为大词。”（《词源》卷下）这是从词调内容容量而言的，但怎样划分小词和大词却无一定的标准。因此，怎样对词调进行合理分类是词学史上存在的问题。

明代中期顾从敬将南宋时书坊编刻的词选集《草堂诗余》按照词调进行重新的分类，这是明代词学史上的一件大事。嘉靖二十九年（1550），上海顾从敬刻的《类编草堂诗余》，题武陵逸史编，共四卷。卷一为小令，自《捣练子》（二十七字）至《小重山》（五十八字）；卷二为中调，自《一剪梅》（五十九字）至《夏云峰》（八十字）；第三卷与第四卷为长调，自《东风齐著力》（九十二字）至《戚氏》（二百一十二字），共选词四百四十一阕。宋本编次是以内容春、夏、秋、冬、节序、人事等分类的。类编本则是以小令、中调、长调，依词调字数多少为顺序排列的，然后于每调下再按内容排列的，所选的词数增加了，每词下都标出作者姓名。顾从敬的新编本前有何良俊序云：

夫诗余者，古乐府之流别，而后世歌曲之滥觞也。爰自上古洪荒之世，礼教未兴，而乐音已具。盖乐者由人心生者也，方其淳和未散，下有元声，则凡里巷歌谣之辞，不假绳削，而自应宫徵，即成周列国之风，皆可被之管弦是也。迨周政迹熄，继以强秦暴悍，由是诗已而乐阙。汉兴，《郊祀》《房中》之外，别有《铙歌》辞，如《雉子班》《朱鹭》《芳树》《临高台》等篇。其他苏、李，虽列为五言诗，当时非无继作者，然不闻领于乐官，则乐与诗分为二明矣。魏晋以来，曹子建《怨歌行》七解为晋曲所奏，他如横吹、相和、平调、清调、清商、楚调诸曲，六朝并用之。陈隋作者犹拟乐府歌辞，体物之情，属咏虽工，声律乖矣。唐太宗以文教开国，又玄宗与宁王辈皆审音；海内清宴，歌曲繁兴。一时如李太白《清平调》、王维《郁轮袍》及王昌龄、王之涣诸人略占小词，率为伎人辈传习，可谓极盛。迨天宝末，民多怨思，遂无复贞观、开元之旧矣。宋初因李太白《忆秦娥》《菩萨蛮》二词以渐创制，至周待制领大晟乐府，比切声调，十二律亦各有篇目，柳屯田加增至二百余调；一时文士复相拟作，而诗余为极盛。然作者既多，中间不无昧于音节，如苏长公者人犹以铁绰板唱“大江东去”讥之，他复何言耶？由是诗余复不行，而金元人始为歌曲。盖北人之曲，以九宫统之，九宫之外别有道宫、高平、般涉三调，总十二调。南人之歌亦有九宫，然南歌或多与丝竹不叶，岂所谓土气偏诐，钟律不得调平者耶？总而核之，则诗亡而后有乐府，乐府阙而后有诗余，诗余废而后有歌曲。乐府以皦迳扬厉为工，诗余以婉丽流畅为美。如周清真、张子野、秦少游、晏叔原诸人之作，柔情曼声，摹写殆尽，正词家所谓当行，所谓本色者也。后人即其旧词，稍加檃栝，便成名曲，至今歌之，犹耸以动听。呜呼，是可不谓工哉！余家有宋人诗余六十余种，求其精绝者，要皆不出此编矣。他日有心者，上搜元声，下采众说，是编或大有裨焉。勿谓其文句之工，以备歌曲之用，为宾燕之娱耳也。

此序简述了中国音乐文学发展的情形，阐明了“诗余”的概念。这是重复明人对词体的一般的认识。据《四库全书总目》卷一九九《类编草堂诗余提要》云：“此本为明杭州顾从敬所刊，前有嘉靖庚戌何良俊序，称为从敬家藏宋刻，较世所行本多七十余调。”近世学者吴昌绶关于《类编草堂诗余》说：“何良俊序称从敬家藏宋刻，较世所行本多七十余调，明系依托。自此本行而旧本遂微。”（《景明洪武本草堂诗余跋》）但今传何良俊序并未言及此编的来源，当时顾从敬重新类编，作伪依托则是完全可能的。从《草堂诗余》版本源流来看，分调类编确是始自顾从敬刻本。[①] 自此之后，直至清初，词调的小令、中调、长调的分类法，成为了词学界的通例。明代词学家沈际飞承袭顾从敬的分类法，在其《草堂诗余发凡》中云：“唐人长短句皆小令耳，后演为中调，为长调。”他所批点的《草堂诗余》即是依据分调类编本。顾从敬分调时并未提出具体的字数规定。清初词学家毛先舒补足了分调的字数规定。他提出：“凡填词五十八字以内为小令，自五十九字始至九十字止为中调，九十一字以外者俱长调也。此古人定例。”（《填词名解》卷一）这个规定乃据《类编草堂诗余》概括得出，而托称是“古人定例”了。

清初词学家彭孙遹说：“长调之难于小调者，难于语气贯串，不冗不复，徘徊宛转，自然成文。今人作词，中、小调多矣，长调寥寥不概见。”（《金粟词话》）沈雄说：“唐宋作者，

---

① 王国维《庚辛之间读书记》云：“宋时即有分类及分调本两种，顾本出宋本之说自当可信；实先有分类，后有分调本。”《王国维遗书》第五册，上海古籍书店 1983 年影印版。

止有小令、曼词。自宋中叶而有中调、长调之分，字句原无定数，大致比小令为舒徐，而长调比中调尤为婉转也。今小令以五十九字止，中调以六十字起、八十九字止，遵旧本也。”（《古今词话·词品》上卷）他们已完全采用了顾从敬的分调法。关于这种分调法，在清初即已有争议。朱彝尊指出：“宋人编集歌词，长者曰慢，短者曰令；初无中、长调之目。自顾从敬编《草堂》词，以臆见分之，后遂相沿，殊属牵率。”（《词综发凡》）攻击最力的是《词律》的著者万树。他说：

> 自《草堂》有小令、中调、长调之目，后人因之，但亦约略云尔。《词综》所云“以臆见分之，后遂相沿，殊属牵率”者也。钱塘毛氏云：“五十八字以内为小令，五十九字至九十字为中调，九十一字以外为长调，古人定例也。”愚谓此亦就《草堂》所分而拘执之。所谓定例，有何所据。若以少一字为短，多一字为长，必无是理。如《七娘子》有五十八字者，有六十字者，将名之曰小令乎，抑中调乎？如《雪狮儿》有八十九字者，有九十二字者，将名之为中调乎，抑长调乎？故本谱（《词律》）但叙字数，不分小令、中、长之名。
>
> ——《词律发凡》

由于《词律》和《词谱》都以词调字数多少为序编次，不分小令、中调和长调，这对后世词学界影响很大，但是词调分类问题在理论上并未解决。

近世词学家王易说：“惟令、引、近、慢，则为文人学士所通行之词体……其节奏以均拍区分，短者为令，稍长者为引、近，愈长则为慢词矣。”[①] 这是将“令”、“慢”等作为词体类别。当代词学家倾向于将它们视为词调类别，如认为“词调主要分令、引、近、慢四类”。[②] 我们从邻邦《高丽史·乐志》今存北宋大晟府歌词的情形来看，将令、引、近、慢作为词调类别或词体类别都是非常不恰当的：

一、有的令词拍与韵俱多，如《感皇恩》词下注明“令”，按调类说令词通常四拍，每韵为一拍，而此词则有八韵；《千秋岁》（令）更有十韵之多。

二、有的慢词短于小令。《献天寿》同调的二词，一为“慢”四十七字，一为“令”则五十二字。《瑞鹧鸪》两词俱“慢”，一词五十六字，一词四十八字。《太平年》（慢）仅四十五字。若按规定九十一字以上者为慢词长调，则这里几首慢词都甚短小。

三、有两首《水龙吟》，一令一慢，字数全相同，都是一百零一字，但句式和句数却有差别。

四、《万年欢》五首慢词，它们的字数、句数、句式全不相同，长者百字以上，短者不到五十字。

根据以上所存北宋大晟府歌词的真实材料所提供的情形，非常有力地否定了将令、引、近、慢作为调类或体类之说，也否定了“宋人编集歌词，长者曰慢，短者曰令”之说。[③] 自从宋词音谱失传以来，词的音乐线索模糊了，人们已很难将词调作音乐上的分类，若牵强地将令、引、近、慢与体制长短联系

---

① 王易：《词曲史》第 325～326 页，神州国光社 1932 年版。

② 夏承焘，吴熊和：《读词常识》第 24 页，中华书局 1981 年版。

③ 谢桃坊：《〈高丽史·乐志〉所存宋词考辨》，《文学遗产》1993 年第 2 期。

起来，必然陷入矛盾的境地。因此，明代词学家不从音乐的角度去对词调分类，而是从词体的现实情况出发，以词调字数为据按体制长短进行分类。这种分类法适应词与音乐的关系分裂以后的现实情况，简明而确切，它比按令、引、近、慢来划分词调是更有其合理性的。当然万树所提到的一调字数不同，或一调数体等问题，只要按兼类和一词数体的特殊情形处理也是能解决的。

第六节　沈际飞与词的评点

明代中期以来，由评点时文，进而评点古文和小说，在文学批评史上兴起了评点派。如果追溯诗词评点的渊源，则可上溯到南宋时期。宋末词家黄升编的《唐宋诸贤绝妙词选》已开启了评词之风。他在所选的唐词部分批注云："凡看唐人词曲，当看其命意造语工致处，盖语简而意深，所以为奇作也。"在简介词人之后有关于这位词人的评语，如评柳永云："长于纤艳之词，然多近俚俗，故市井之人悦之，今取其尤佳者。"又如对全词意旨的概略介绍，于王安石《渔家傲》词下批云："极能道闲居之趣。"关于全词的艺术分析，往往见于词的尾批，如在聂冠卿《多丽》词后批云："冠卿之词不多见，如此篇亦可谓才情多丽矣。其露洗华桐四句，又所谓玉中之拱璧，珠中之夜光，每一观之，抚玩无斁。"这些评语虽然较为简短，却能帮助读者理解作家作品的基本艺术特点，至今看来黄升的许多评语仍是较为深刻的。在明代中期评点派兴起的情形下，一些词学家也注意到词的评点。从现存资料考察，明代最初评点词的是杨慎。

今传明代闽刻本杨慎批点的《草堂诗余》五卷[①]，卷一、卷二为小令，卷三为中调，卷四、卷五为长调，是用顾从敬《类编草堂诗余》本而加上批点。词调名下间有对调名来源的解释，偶尔于词上端加眉批以作艺术鉴赏，或偶尔于词尾批注事典出处，句旁亦略有一二简单的批语，于警句、断句等处皆以符号标明。如评秦观《满庭芳·晚景》云："宜作'天粘衰草'即'暮烟细草粘天远'之意，粘字极工且有出处，今'天连衰草'，连字误甚。"评史达祖《双双燕》云："史邦卿词奇秀清逸，有李长吉之韵；盖能融情景于一家，会词意于两得者。形容想象，极是轻婉纤软。"评苏轼《念奴娇·赤壁怀古》云："古今词多以滑软纤媚取胜，独东坡此词感慨悲壮，雄伟高豪，词中之史也。铜将军铁拍板唱公此词，虽后人谑语，亦是状其雄豪奇伟处。"总的看来，杨慎所下的评语不太多，而关于调名的解释和事典的注释，均甚为疏漏。沈际飞继而评点的《草堂诗余》在词坛上的影响是大大超过了杨慎的。

沈际飞，字天羽，江苏昆山（今江苏苏州）人。生活于明代后期。他评点的《草堂诗余》正集六卷用类编本题"云间顾从敬类选，吴郡沈际飞评正"；新集五卷选评明代词，别集四卷补选历朝词：共十五卷。卷首有陈仁锡序、沈际飞自序、秦士奇序；次列《发凡》十六条，署"古香吟天羽居士言"，下列参与评点编选者沈氏门人十二名。[②] 这是又一种《草堂诗余》

---

① 《草堂诗余》五卷，西蜀升庵杨慎批点，吴兴文仲闵暎璧校订，明闽刻本，四川省图书馆特藏部藏。

② 据四川省图书馆特藏部藏明刊本沈际飞评点《草堂诗余》。

的类编本。沈际飞序云：

说者曰：周人制为文章，汉世则有乐府，晋宋之际有古乐府，与汉人之乐府不可同日而语也；再变而为隋唐五代之乐歌，又变而为宋元之长短句，愈降愈下矣。此以风气贬词者也。或曰：曰风，曰雅，曰颂，三代之音；曰歌，曰吟，曰行，曰操，曰辞，曰曲，曰谣，曰谚，两汉之音；曰律，曰排律，曰绝句，唐人之音；诗至唐而格律备，至于绝而体穷，宋不得不变而之词，元不得不变而之曲。此以体裁贬词者也。或曰：风雅本歌舞之具，汉不能歌风雅，则为乐府歌之。风雅但可作格，而不可言调，唐用绝句为歌，则乐府但可为格，而不可言调。由兹而下，诗变为词，词变为曲，代代如之。盖古今之音，大半不相通，则什九失其调。此以音义言词，而为词解嘲者也。而不知词吸之唐以前之液，孕胜国以后之胎，斟量推按，有为古歌谣辞者焉，有为骚赋乐府者焉，有为五七言古者焉，有为近体歌行者焉，有为五七言律者焉，有为五七言绝者焉；而元人之曲则大都悉剥之。故说者又曰：通乎词者，言诗则真诗，言曲则真曲，斯为平等观欤！而又有似文者焉，有似论者焉，有似序记者焉，有似箴颂者焉。於戏，文章殆莫备于是矣。非体备也，情至也。情生文，文生情，何文非情，而以参差不齐之句，写郁勃难状之情，则尤至也。彼琼玉高寒，量移有地；花钿浅醉，释褐自天。甚而桂子荷香，流播金人，动念投鞭，一时治忽因之。甚而远方女子，读淮海词亦解脍炙，继之以死，非针石芥珀之投，曷繇至是。虽其镌镂脂粉，意专闺檐，安在于好色不淫。而我师尼氏，删《国风》逮《仲子》《狡童》之作，则不忍抹去。曰人之情至男女乃极，未有不笃于男女之情，而君臣、父子、兄弟、朋友间反有钟吾情者；况借美人以喻君，借佳人以喻友，其旨远，其讽微，仅仅如欧阳舍人所云"叶叶花笺，文抽丽绵，纤纤玉指，拍按香檀，不无清绝之词，用助娇娆之态"而已哉！或又曰，辛稼轩以诗词谒蔡光，蔡云：子之诗未也，当以词名。马鹤窗与陆清溪皆出菊庄之门，而清溪得诗律，鹤窗得词调，诗与词几不可强同。而杨用修亦曰：诗圣杜子美不填词，宋人如秦、辛词极工，而诗不强人意。则不见李太白之《忆秦娥》《菩萨蛮》，王建之《调笑令》，白居易之《忆江南》，昔日以为诗而非词，今日以为词而非诗。读者自作歧观，而作之者夫何歧乎。故诗余之传，非传诗也，传情也，传其纵横古今，体莫备于斯也。余之津津焉评之而订之，释且广之，情之所不能自已也。嵇康曰：著书妨人作乐耳。其然。岂其然！

关于词的体性认识，沈氏不同意当时流行的几种说法。他认为以"风气"、"体裁"、"音义"等说明词体的本源都是不恰当的。他强调了诗与词体性的区别，而又从诗的广义来理解词为"诗余"的概念；从文学是表达情感的手段的观念出发，将词置于韵文的背景下以说明它是表达情感的最完善的方式。这篇序言反映了明人对词体理论的探索，其中许多概念关系是淆乱不清的，但"传情"说确为沈氏评点《草堂诗余》的主旨。

沈际飞吸收了明代评点派的经验用之于词，试图在评点词的方面达到最高的水平。他在其《草堂诗余发凡》里介绍所采用的评点方式云：

> 评语前未有也，近闽中墨本、吴兴朱本有之，非啽呓则隔骚，见者呕秽。兹集精加披剥，旁通仙释，曲畅性情。其灵慧新特之句用○，尔雅流丽之句用丶，鲜奇警策之字用◎，冷异巉削之字用丶，鄙拙肤陋字句用｜，复用·读句，以便览者，不嗫嚅于开卷。

他是不满意《诗余图谱》的，希望其新评点的《草堂诗余》能代替图谱："以一调为主，参差者注明字数多寡，庶定格自在，神明惟人，即是此谱，不烦更觅图谱矣。"沈际飞的这种设想为稍后清初万树制订《词律》时所吸取了。沈氏评点《草堂诗余》其意义主要是，在词学史上使词的艺术鉴赏大大向前推进了一步，其鉴赏水平已超越了杨慎。如沈氏评苏轼《贺新郎·夏景》云：

> 恍惚轻儇。本咏夏景，至换头单说榴花。高手作文，语意到处即为之，不当限以绳墨。榴花开，榴花谢，似伤心共粉泪，想象咏物妙境。凡作词或具深衷，或即时事，工与不工，则作手之本色，自莫可掩。《贺新郎》一解，苕溪（胡仔）正之诚然，而为秀兰，非为秀兰，不必论也。

评秦观《满庭芳·别意》云：

> "粘"字工，且有出处：赵文鼎"玉关芳草粘天碧"，

刘叔安“暮烟细草粘天远”，叶梦得“浪粘天，蒲桃涨绿”屡用之。晁无咎谓“寒鸦数点”二句，即不识字人，知是天生好语。苕溪云，无咎褒之，不曾见炀帝诗耳。弇州（王世贞）云，语固蹈袭人，词尤当家。人之情至少游而极。结句“已”字，情波几叠。

评周邦彦《忆旧游·春恨》云：

一起下个“记”字，后来下个“更”字。“新燕”、“东风”是题旨，有以“门掩秋宵”说明是秋寒。“蛩”、“流萤”，秋宵物类，而疑错简，则虚字何往。散活尖酸，过崔氏（徽）语。

评陈与义《临江仙·感旧》云：

意思超越，腕力排奡，可摩坡仙之垒。流月无声，巧语也；吹笛天明，爽语也；渔唱三更，冷语也。功业则歉，文章同优。

评康与之《江城梅花引·闺情》云：

“黄昏”二字，一篇主脑。两“半”字，凄惋不胜。两个“睡也”，深于欲睡不睡之况。人瘦、花瘦，漫费商量。诚命清喉霜夜歌之，不自知其涕何从已！

在这些评语中分析了作品的主旨、用语修辞、结构技巧、艺术渊源，也作了某些辨正，使读者由此进入艺术鉴赏的境界。这种对作品的具体分析，标志了词学批评进入了一个新的理性认识的层次。沈际飞的词论及对作品的具体意见，曾被《古今词论》《词苑丛谈》及其他清初词话大量地引用，可见其评点的《草堂诗余》在词学界的影响了。

第七节 沈谦的《词韵略》

南宋朱敦儒试拟的词韵在元末后散佚。明代后期一些词家也曾重拟过词韵，据沈际飞说："钱塘胡文焕有《文会堂词韵》，似乎开眼，乃平上去三声用曲韵，入声用诗韵，居然大盲，也不复考。将词韵不亡于无而亡于有，可深叹也。愿另为一编正之。"（《草堂诗余发凡》）《文会堂词韵》今存[①]，但不甚为词学界所重视。沈际飞重编词韵的愿望未能实现。在明清之际最受词学界重视的是沈谦的《词韵略》。

沈谦，字去矜，号东江，浙江仁和（今浙江杭州）人。生于明泰昌元年（1620），卒于清康熙九年（1670）。沈氏长于声律之学，尤好诗词古文，为明诸生，入清后隐居于临平东乡，从事著述和诗词、杂剧等创作，为"西泠十子"之一。著有《东江草堂集》七十三卷，其中词四十二卷，但散佚甚多，今有《东江集钞》，计诗五卷，文三卷，杂说一卷。[②] 沈谦是明末颇知名的词家。沈雄说："家去矜列名于'西泠十子'，填词最

① 胡文焕辑《文会堂词韵》二卷，存于《格致丛书》。

② 邓之诚：《清诗纪事初编》卷二。

称。大意以《薄倖》一篇语真挚、情幽折以胜人。宋歇浦特以书规之。及贻我《东江别业》有云：‘野桥南去不逢人，濛濛一片杨花雪。’此即小山‘梦魂惯得无拘锁，又踏杨花过野桥’也。谁谓其仅仅言情者乎。”（《古今词话·词话》下卷）《明词综》卷七收录其词十一首。

《填词杂说》一卷，是沈谦的论词专著，简明地表述了他关于词的创作的见解。他对词的体性的认识是较确切的，以为：“承诗启曲者，词也；上不可似诗，下不可似曲。然诗曲又俱可入词，贵人自运。”他对当时的婉约与豪放之争，不具偏见，也不采用“正”、“变”之说，以为“学周（邦彦）柳（永），不得见其用情处；学苏（轼）辛（弃疾），不得见其用笔处。当以离处为合”。他要求“能于豪爽中著一二精致语，婉约中著一二激厉语，尤见错综”。这种意见是针对明代词学以婉约为正宗的倾向而言的。沈谦总结的作词要诀是：

> 词要不亢不卑，不触不悖，蓦然而来，悠然而逝。立意贵新，设色贵雅，构局贵变，言情贵含蓄，如骄马弄衔而欲行，粲女窥帘而未出，得之矣。

这是针对明代浅薄浮艳的词风而发的，反映了社会审美趣味向雅致含蓄的转变。

沈谦对词学的贡献主要是他制拟的词韵。清代学者说：“词韵旧无成书，明沈谦始创其轮廓。”（《四库全书总目》卷二〇〇）这是很公正的评价。沈氏编订的《东江词韵》，未能梓行，今所传者仅其纲目，同时的词学家和音韵学家毛先舒为之括略并注的《沈氏词韵略》，于康熙二十五年（1686）蒋景祁编的时人词选《瑶华集》作为附录而广为流传。[①] 毛先舒高度赞赏《沈氏韵略》，他说：

> 去矜手辑《词韵》一编，旁罗曲证，尤极精确。谓近古无词韵，周德清所编（《中原音韵》）曲韵也，故以入声作平上去者约十二三，而支思单用，唐宋诸词家概无是例。谢天瑞暨胡文焕所录韵，虽稍取《正韵》附益之，而终乖古奏。索宋元旧本，又渺不可得，于是博考旧词，裁成独断，使古近胪列，作者知趋，众著为令，目同画一焉。

以上转述了沈谦辑词韵的缘起。毛先舒谈《词韵略》的体例特点云：

> 填词之韵，大略平声独用，上去通押。然间有三声通押者，如《西江月》《少年心》之类。故沈氏于每部韵俱总统三声，而中又明分平仄，凡十四部。至于入声，无与平上去通押之法，故后又别为五部云。又按唐人作词，多从诗韵。宋词亦有谨守诗韵不旁通者，盖用韵自恶流滥，不嫌谨严也。
>
> ——《词苑萃编》卷一九

兹据《词韵略》分部情形列表如下：

---

① 沈谦《词韵略》又见存于《词苑丛谈》卷二，《词苑萃编》卷一九。

韵部	平声	仄声	入声
东董	东冬	董肿送宋	
江讲	江阳	讲养绛漾	
支纸	支微齐灰（半）	纸尾荠贿（半）寘味霁泰（半）队（半）	
鱼语	鱼虞	语噳御遇	
街蟹	佳（半）灰（半）	蟹（半）贿（半）泰（半）队（半）	
真轸	真文元（半）	轸吻阮（半）震问愿（半）	
元阮	元（半）寒删先	阮（半）旱潸铣愿（半）翰谏霰	
萧篠	萧肴豪	篠巧皓啸效号	
歌哿	歌	蟹（半）哿个	
佳马	佳（半）麻	蟹（半）马泰（半）祃	
庚梗	庚青蒸	梗迥拯映径证	
尤有	尤	有宥	
侵寝	侵	寝沁	
覃感	覃盐咸	感琰豏勘艳陷	
屋沃			屋沃
觉药			觉药
质陌			质陌锡职缉
物月			物月曷黠屑叶
合洽			合洽

从上表可见，沈谦所列韵部，前十四部以一平声字和一仄声字为部名，所列韵字是当时通用的诗韵韵部；每部平声和仄声两类，仄声包括上声和去声；后五部为入声韵，单独使用。其分部显然受了朱敦儒所拟词韵的影响，韵部名则受了《中原音韵》的影响。这部《词韵略》是根据宋词用韵实际情况归纳整

理出的，基本上符合唐宋词用韵规律。如清初朱彝尊说：“词之用韵，较宽于诗，而真侵互施，先盐并叶，虽古有然，终属不妥。沈氏去矜所辑，可为当行，近日俱遵用之，无烦更变。”（《词综发凡》）但是《词韵略》仍受到清初词学家毛奇龄和吴衡照的指摘①，这主要是因为对唐宋词用韵规则的理解互有差异所致。后来《词林正韵》著者戈载也批评说：

> 国初沈谦著有《词韵略》一编，毛先舒为之括略，并注以东董、江讲、支纸等标目，平领上去，而止列平上，似未该括入声，则连两字曰屋沃、曰觉药，又似纷杂。且用阴氏（阴时夫《韵府群玉》）韵目，删并既失其当，则分合之界模糊不清，字复乱次，以济不归一类，其音更不明晰，舛错之讥，实所难免。同时有赵钥、曹亮武均撰词韵，与去矜大同小异。
>
> ——《词林正韵发凡》

当然，沈谦有考证不精详之处，但戈载批评其韵目及用阴时夫诗韵，则属苛求和偏见了。如果我们将《词韵略》和《词林正韵》细加比较则不难见出，后者是完全在前者的基础上制订的，二者的体制及韵部基本上是相同的。经过许多音韵学家和词学家对词韵的研究与整理，现在我们对唐宋词韵有了较为明确的认识，而词韵之创始轮廓是应当归功于沈谦的。

① 毛奇龄：《西河词话》卷一；吴衡照：《莲子居词话》卷一。

第四章
词学的复兴

从公元1644年清王朝在中国的建立至嘉庆二年（1797）张惠言《词选》问世以前的一百五十年间是词学的复兴时期。明清之际由于社会的重大变化，词的创作出现兴旺之势，但到康熙朝浙西词派的崛起与发展才真正形成词体的复兴。词作的繁荣推动了词学研究的进展。清初康熙亲政后的文化政策、良好的学术环境和词体观念的转变是词学复兴的有利条件。“词学”作为研究词体文学的学科名称即是在这时期确认的。这时期关于词集的编选和评点、词话、词体格律研究和词乐研究都取得了非常重大的成就，尤其是词学与词作同步发展、互相促进的现象在文学史上是罕见的。清初的词学复兴，完成了词体由音乐文学到纯文学的古典格律诗体的转变，词体又有了新的生机。

第一节　清代词学复兴的文化背景

清代初年是我国文学史上词学复兴的时期。对此，清初文人颇以为自豪。康熙十六年（1677）邓汉仪为孙默编的时人词集《十五家词》作序时说："词学至今日可谓盛矣。"康熙二十五年（1686）蒋景祁编选刻印清初人词《瑶华集》时称："国家文教蔚兴，词为特盛……词学盛行，直省十五国，多有作者。"宋荦在《瑶华集序》里赞颂云："今天子右文兴治，挥弦解愠，睿藻炳然。公卿大夫，精心好古，诗律之高，远迈前代；而以其余业溢为填词，咏歌酬赠，累有篇什，骎骎乎方驾两宋。呜呼，其盛矣！"这种复兴的盛况一直延续到乾隆中期以后。嘉庆七年（1802）学者王昶编《国朝词综》时还认为："方今人文辈出，词学亦盛于往时。"近世词学家也肯定了清初词学复兴是真实的。第一部词史的著者刘毓盘说："词者诗之余，句萌于隋，发育于唐，敷舒于五代，茂盛于北宋，煊灿于南宋，剪伐于金，散漫于元，摇落于明，灌溉于清初，收获于乾嘉之际。"① 1936年叶恭绰为《清名家词》作序云："余尝论清代学术有数事超轶明代，而词居其一。盖词学滥觞于唐，滋衍于五代，极盛于宋而剥于明，至清乃复兴。"在上述词家和学者的论断里，"词学"是指词的创作，而所谓"词学复兴"即是在元明中衰之后，词的创作又呈现繁荣的景象。以词体文学创作及其历史为研究对象的词学，虽然创始于宋代，建立于

① 刘毓盘：《词史》第213页，上海群众图书公司1931年版。

宋元之际，但直到清初，这一学科的名称才渐渐确定下来。

康熙十八年（1679）查培继将《填词名解》《填词图谱》《词韵》和《古今词论》合编为《词学全书》，确切地使用了“词学”的名称。然而，在很长一段时期里，仍存在概念混乱的情形。康熙皇帝晚年的《御制词谱序》云：

> 唐之中叶，始为填词，制调倚声，历五代北宋而极盛。崇宁间大晟府所集有十二律，六十家，八十四调，后遂增至二百余；移羽换商，品目详具。逮南宋后，宫调失传，而词学亦渐紊矣。

这里“词学”既指词的创作，也指研究词体之学。他以为自北宋的词乐文献失传，而词的创作与理论研究都陷入紊乱了。这就是其重订词谱以振兴词学、繁荣创作的原因。后来《词律补遗》的著者杜文澜总结这一段历史时，认为清初的词学复兴是包括词的创作繁荣和理论成就两个方面的。他说：

> 我朝振兴词学，国初诸老辈，能矫明词委靡之失，铸为伟词。如朱竹垞、陈迦陵、厉樊榭诸先生，均卓然大雅，自成一家。阳羡万氏红友，独求声律之原，广取唐宋十国之词，折衷剖白，精撰《词律》二十卷，虽不免尚有遗漏舛误，而能于荆棘之内，力辟康庄，实为词家正轨。我圣祖（康熙）既选《历代诗余》，复御制《词谱》，标明体调，中分句韵，旁列平仄，俾承学之士，有所遵循。词书于是大备。
>
> ——《憩园词话》卷一

事实确是如此。当清初词的创作走向繁荣时，词的理论研究也受到学术界的重视而得到发展，于是词的创作与理论研究，相互促进，共同形成了辉煌繁盛的复兴局面。这个复兴是从词和词学发展过程的观点而作出的相对的认识，即是将清初的情况与宋以后词体衰微的情况进行比较而言的。

词作为隋唐以来配合燕乐的音乐文学，在南宋灭亡之后，由于它与音乐关系的断裂而结束了其发展过程。元代与明代的三百余年间，词体虽然仍为少数文人所沿用，但已非音乐文学了，仅仅是一种古典的诗歌体式而已；社会的审美兴趣已转向于戏曲与小说等新的文学形式去了。明人以浅俗香弱为词的艺术特征，这种观念大大削弱了词体的社会意义。同时由于词体失去了音乐的准度以后，人们对词体创作规律缺乏认识，不能很好掌握这种古典诗歌体式，于是出现了疏于词律的现象。纵观词体文学的发展过程，可以分为音乐文学的阶段和纯文学体式的阶段。从元代起，词的发展即进入了后一阶段："音律之事变为吟咏之事，词遂为文章之一种。"（《宋名家词提要》，《四库全书总目》卷二〇〇）这段时期无论词的创作和理论研究与宋代（包括宋元之际）相比较是显得大大的衰落了。因此清初词坛和词学界继宋之后再度出现繁荣局面便被誉为词学的复兴了。但这不是音乐文学的词的复兴，而是纯文学的词体经过不断的总结经验，在适合其发展的文化环境里开始繁荣兴盛起来，而又促进了词学研究的开展。

清初词学复兴是一个很复杂的文学现象。从文体演进的观点来看，一种文体有其自然的生成过程，即发生、发展和衰落；其过程是受外在的社会原因和内部的艺术规律所制约的。

我国的古典文体，在其黄金时代过去之后便很少有复兴的可能。词体在两宋的黄金时代之后已经趋于衰落了，为何又会在清初复兴？清初和元初的历史条件极为相似，这两朝都是以少数民族落后的生活与生产方式取代了高度文明的汉族统治而建立新政权的。它们对汉民族施行了残酷的民族压迫和文化专制。可是词体没有在元初复兴，而为什么会在清初复兴呢？从文学批评史来看，理论批评总是落后于创作实践的。词也是这样，从五代到两宋是词的光辉发展时期，但真正建立词学却是在宋元之际。清初为什么会出现词的创作与理论批评同时发展而又相互促进的现象呢？对于这几个颇令人感到困惑的问题，只有将它们置于清初特定文化背景下，并探寻其间的联系，才可能寻到解答的线索。

清代的文学成就与学术相比较是相形见绌的。梁启超在总结清代学术的历史经验时说："前清一代学风，与欧洲文艺复兴时代相类甚多；其最相异之一点，则美术文学不发达也。"但他对清词的成就则是较为肯定的，承认"清代固有作者，驾元明而上"。[1] 清词的繁荣兴盛确实超轶其前代。20 世纪 30 年代词学家叶恭绰编集清词时，曾作过极为粗略的统计，估计词家总共二千余；顺治朝一百八十八人，康熙朝一百一十七人，雍正朝三十人，乾隆朝三百六十二人，嘉庆朝三百二十八人，道光朝四百四十四人，咸丰朝二百零二人，同治朝一百一十人，光绪朝一百七十八人，宣统朝一百三十二人。[2] 清词的发展明显地呈现两个阶段。以嘉庆初为限，可分为前期和后期。

---

① 梁启超：《清代学术概论》第 61 页，商务印书馆 1944 年版。

② 据黄孝纾：《清名家词序》。

前期以浙西词派的兴起与发展为主，是词的复兴时期，约有词人七百余家，其中收入《清名家词》者四十七家。后期以常州词派的兴起与发展为主，是清词的极盛时期，约有词人一千三百余家，其中收入《清名家词》者五十三家。清代词学的复兴是与清代前期词的发展——特别是浙西词派的兴起有非常密切的关系。

在清代初年，词坛仍染有明人习气，以《花间集》和《草堂诗余》为作词的范本，流于浅俗香弱。孙默自康熙三年（1664）开始编刻的《十五家词》，其中不少词家便未脱离明词的影响。但是在明清之际由于易代所引起的社会政治的重大变化，使一些词人如陈子龙、李雯、吴伟业、曹溶、宋琬、屈大均等，开始以严肃的态度来对待词的创作，流露出忧愤悲怆的情绪，艺术风格逐渐有所转变。康熙十七年（1678）朱彝尊编的唐、宋、元词选集《词综》问世，它以雅正为宗，体现了新的社会审美兴趣，标志了浙西词派的崛起。朱彝尊追溯明以来的词史说：

> 宋元诗人无不兼工乐章者，明初亦然。自李献吉（梦阳）论诗，谓唐以后书勿可读，唐以后事勿可使。使学者笃信其说，见宋人诗集辄置之不观。诗既屏置，词亦在所勿道。焦氏（竑）编《经籍志》，其于二氏百家，搜采勿遗。独乐章不见录，宜作之者寥寥矣。崇祯之季，江左渐有工之者。吾乡（浙江秀水）魏塘诸子和之，前辈曹学士子顾雄视其间，守其派者无异豫章诗人之宗涪翁（黄庭

坚）也。[1]

自来论清词者都将朱彝尊视为是浙西词派的创始人，但他认为浙词之兴乃源于曹溶。他为曹溶的《静惕堂词》作序云：

> 彝尊忆壮日从先生南游岭表，西北至云中，酒阑灯灺，往往以小令慢词，更迭倡和，有井水处，辄为银筝檀板所歌。念倚声虽小道，当其为之，必崇尔雅、斥淫哇；极其能事，则亦足以宣昭六义，鼓吹元音。往者，明三百祀，词学失传。先生搜辑南宋遗集，尊曾表而出之。数十年来，浙西填词者，家白石（姜夔）而户玉田（张炎），春容大雅，风气之变，实由先生。[2]

关于浙派词的远源，朱彝尊追溯到宋代。他在《孟彦林词序》里说：

> 宋以词名家者浙东西为多。钱塘之周邦彦、孙惟信、张炎、仇远，秀州之吕渭老，吴兴之张先，此浙西之最著者也。三衢之毛滂，天台之左誉，永嘉之卢祖皋，东阳之黄机，四明之吴文英、陈允平，皆以词名浙东。而越州才尤盛，陆游、高观国、尹焕倚声于前，王沂孙辈继和于后。今所传《乐府补题》大都越人制作也。自元以后，词

---

① 朱彝尊：《柯寓匏〈振雅堂词〉序》，《曝书亭集》卷四〇。

② 朱彝尊：《静惕堂词序》未收入《曝书亭集》，见于《清名家词·静惕堂词》。

人之赋合乎古者盖寡。三十年来，作者奋起浙之西，家娴而户习，顾浙江以东鲜好之者。

——《曝书亭集》卷四〇

稍后龚翔麟编刻了《浙西六家词》收朱彝尊、李良年、沈皞日、李符、沈岸登和龚翔麟六家。浙西词派远不止此六家，也并不局限于浙西词人，如朱彝尊所说：“是则浙词之盛，亦由侨居者为之助，犹乎豫章诗派不必皆江西人，亦取其同调焉尔矣。”（《鱼计庄词序》，《曝书亭集》卷四〇）与浙西词派同时而艺术风格相异的重要词人尚有陈维崧、纳兰成德、曹贞吉、吴绮、顾贞观等。康熙二十五年《瑶华集》问世，它收了顺治和康熙两朝词人五百余家，选录词二千余首，反映了这一时期词作的兴旺发展。此后浙西词派盛极一时，支配了词坛，出现了厉鹗、郭麐、王策、项鸿祚等著名的词人，而尤以厉鹗的成就最高。

魚計莊詞序

曩予與同里李十九武曾論詞于京師之南泉僧舍謂小令宜師北宋慢詞宜師南宋武曾深然予言是時僧舍所作頗多錢唐龔蘅圃遂以吾兩人所著刻入浙西六家詞夫浙之詞豈得以六家限哉十年以來其年容若旻園相繼奄逝同調日寡偶一間作亦不能如向者之專且勤矣休寧戴生錡僑居長水從予游其為詞務去陳言謝朝華而啓夕秀蓋兼夫南北宋而擅場者也在昔鄱陽姜石帚張東澤弁陽周草窻西秦張玉田咸非浙產然言浙詞者必稱焉是則浙詞之盛亦由僑居者為之助猶夫豫章詩派不必皆江西人亦取其同調焉爾矣

《四库全书》本《曝书亭集》书影

明清之际出现短暂的词体复兴之势是由于社会生活的重大变化对文学创作所产生的影响所致。宋元之际也出现过这种现象，但在元蒙统治稳固之后，这种短暂的兴旺之势很快即消失了。为什么词的创作在明清之际一度繁荣之后能够持续下去而终于形成复兴的局面呢？这应归功于浙西词派在清词发展过程中的作用。它非常巧妙地适应了清初的文化政策，争得了自身发展的有利文化条件。

清王朝虽然轻而易举地建立起政权，但征服高度文明的汉民族的任务并未完成，而且遇到了未曾估计到的困难。清政权是在康熙皇帝亲政之后才渐渐巩固下来。康熙十二年（1673）以前，清王朝在中国对汉族人民采取了利用和镇压的政策，特别是对汉族知识分子采取了种种的迫害与摧残，结果却激起了汉族的不断反抗，收效甚微。康熙皇帝是一位明智而有很高文化修养的君主，在其亲政之后，对汉民族采取了怀柔政策：举荐山林隐逸、举荐博学鸿儒，开馆修明史。这体现了右文的精神，对有清一代文化的发展产生了良好的影响，有利于巩固政权。康熙为贯彻其右文政策，仅在词学方面即躬亲主持编订了《词谱》和编选了《历代诗余》两部大型词籍。由于他是满族人，对汉族文化有较为客观的认识，不易受传统思想偏见支配，这表现在他对词体的认识上颇为特别。自宋以来的统治阶级和文人，他们基本上都以词为小道，甚为轻视。康熙却认为它有诗一样的社会政治教化功能。其《御制选历代诗余序》云：

诗余之作，盖自昔乐府之遗音，而后人之审音选调，所由以缘起也。而要皆昉于诗，则其本末源流之故有可言者。古帝舜之命夔典乐曰："诗言志，歌永言，声依永，律和声。"可见唐虞时即有诗，而诗必谐于声，是近代倚声之词，其理固已寓焉……诗之流而为词，已权舆于唐矣。宋初其风渐广，至周邦彦领大晟乐府，比切声调，篇目颇繁；柳永复增置之。词遂有专家，一时绮制，可谓极盛。虽体殊乐府，而句栉字比，帘内节奏，不爽寸黍。其于古者依永和声之道，洵有合也。然则词亦何可废欤！朕万几清暇，博综典籍，于经史诸书，有关政教而裨益身心者，良已纂辑无遗。因流览风雅，广识名物，欲极赋学之全而有《赋汇》，欲萃诗学之富而有《全唐诗》，刊本《宋金元明四代诗选》，更以词者继响夫诗者也。

这将词与风骚传统联结起来，以为可以继响古代的诗乐，有裨于政教，于是升之为正统文学的序列。尽管康熙仍沿明人之习采用"诗余"的概念，在关于其内涵的理解方面却与明人有很大的区别了。满族在入关之初未曾接受汉族儒家文化的礼教束缚，所以康熙对历代词的内容也采取宽容的态度，引孔子论诗之语"以'思无邪'之一言该之"。因此，我们可以理解，清初词体观念的变化绝非偶然。

自词体与音乐的关系分裂之后，它的体性发生了变化，不再是遣兴娱宾的工具了。词体既成为纯文学，则它应有新的艺术形式的规范，而明代文人并未清楚地认识到这点。清初词家鉴于明词失败的经验，在新的文化条件下重新去认识词体。邓汉仪在《十五家词序》里首先对当时词坛残存的明人词体观念表示异议：

词至今日可谓盛矣，顾理与体有不能不深讲者。夫词而犹谓之诗余，则犹未离夫诗，而非下等于优伶之杂曲也。感旧思离，追欢赠别，怀古忧时，昔人皆一一寓之于词；而今人顾习山谷之空语，效屯田之靡音，满纸淫哇，总乖正始。此其理未辨而伤于世道人心者一也。温、李厥倡风格，周、辛各极才情，顿挫淋漓，原同乐府，缠绵婉恻，何殊《国风》；而摭失浮华，读之了无生气，强填涩语，按之几欲昼眠。此其体未明，而有戾于《花间》《草堂》之遗法者一也。

这是以新的词体观念，批评了明人词的创作倾向。许多清初词家都反对将词体视为“小道”。曹尔堪以欧阳修和苏轼为例辩驳说：“欧、苏两公，千古之伟人也，其文章事业，炳耀天壤，而此地（扬州）独以两公之词传。至今读《朝中措》《西江月》诸什，如见两公之须眉生动，偕游于千载之上也。世乃目词学为雕虫小技者，抑独何欤？以词学为小技，谓欧、苏非伟人乎！”（《锦瑟词序》）朱彝尊指出词体的特殊功能，以为它通于骚雅之义，他说：“词虽小技，昔之通儒钜公，往往为之。盖有诗之所难言者，委曲倚之于声，其辞愈微，而其旨益远。善言词者假闺房儿女子之言，通之于《离骚》《变雅》之义。此尤不得志于时者所宜寄情焉耳。”（《陈纬云〈红盐词〉序》，《曝书亭集》卷四〇）宋荦从古代儒家诗乐论的观点，重新肯定了词体的政治教化意义，其《瑶华集序》云：

古之圣人，悬《六经》以垂教，唯乐无传……夫填词非小物也。其音以宫商徵角，其按以阴阳岁序，其法以上生下生，其变以犯调侧调。调有定格，字有定数，韵有定声，法严而义备。后之欲知乐者，必于此求之……古诗与乐一也，今诗与乐二也。诗自言志而依永、而和声、而成文，而后谓之音。古乐不可得见，而宋之填词，太宗亲定之，大晟府领之，煌煌乎一代之制。今其声律较然可考……当时大儒皆所不废，则词其可以已乎？而今日诸名家之词，可任其湮没弗传矣乎？审音知乐者知必有取乎尔也。

似乎当封建统治者制礼作乐以体现一代文教之盛时，词是必不可少的了。这种理论得到统治者承认之后，对于词的尊体是非常有作用的，而且易于为文人们所接受。尊崇词体必然要否定明以来的“词为诗余”说。汪森认为：“古诗之于乐府，近体之于词，分镳并驰，非有先后。谓诗降为词，以词为诗之余，殆非通论矣。”（《词综序》）王昶在《国朝词综序》里发挥朱彝尊、汪森、宋荦等关于词体的意见，具有总结性地说：

汪氏晋贤叙竹垞太史《词综》，谓长短句本于“三百篇”并汉之乐府。其见卓矣，而犹未尽也。盖词实继古诗而作，而诗本于乐，乐本乎音……词以续乐府之后，不知者谓诗之变，而其实诗之正也。由唐而宋，多取词入于乐府，不知者所谓乐之变，而其实词正所以合乐也。

王昶从传统儒家诗乐论的观点，彻底清除了词为“诗余”之说，以为“实诗之正”，可见词的地位确被清人荣升为正统文学了。词家们便可在新的词体观念指引下理直气壮地积极作词了。

清初词体观念的转变，在其深层的意义上是反映了当时汉族士人的隐密而特殊的政治意图。他们试图以词这种含蕴的文学样式来曲折而巧妙地表达在清朝统治下的复杂的思想情感，发现唯有词体是最理想的形式，于是在新的文化条件下改造并利用了它。近世词学家都曾指出这点，如龙榆生说：

> 三百年来，屡经剧变，文坛豪杰之士，所有幽忧愤悱、缠绵芳洁之情，不能无所寄托，乃复取沈晦已久之词体，而相习用之，风气既开，兹学遂呈中兴之象。①

浙西词派在康熙朝兴起，他们以雅正为号召，发扬南宋浙词传统，提倡向姜夔与张炎学习，意在利用古典的文学样式以寄寓其家国与身世的感慨。南宋遗民张炎的词集《山中白云词》长期以抄本流传，朱彝尊得到明抄本后厘为八卷，由龚翔麟刊行于世，又附刊于《浙西六家词》后以行。朱彝尊自述其词的艺术渊源是来自张炎："倚新声玉田稍近。"他还得到常熟吴氏抄本《乐府补题》一卷，携至京都由蒋氏镂版以传。《乐府补题》是宋亡后王沂孙、周密、张炎等宋遗民咏物唱和的词集，其中深切地寄托了他们亡国的哀思，表现了"黍离之感"与"桑梓之悲"。② 张炎及宋遗民词集得到朱彝尊的宣传与提倡之后，对当时词坛风气的转变和浙西词派的发展起了很大的作用。朱彝

---

① 龙榆生：《近三百年名家词选》后记，上海古籍出版社 1979 年版。

② 参见谢桃坊：《黍离之感与桑梓之悲——试论宋末婉约词的爱国主义思想》，《社会科学研究》1983 年第 6 期。

樂府補題序

樂府補題一卷常熟吳氏抄白本休寧汪氏購之長興藏書家予受而亟錄之攜至京師宜興蔣京少好倚聲為長短句讀之賞激不已遂鋟板以傳按集中作者唐玉潛氏以攢宮改殯義聲著聞周公謹氏寓居西吳自稱弁陽老人而武林遺事題曰泗水潛夫者研北雜志謂即公謹仇仁近氏詩載月泉吟社中張叔夏氏詞序謂鄭所南氏作王聖與氏先叔夏卒叔夏為題集綷其詞殆嘗仕宋為翰林其餘雖無行事可考大率皆宋末隱君子也誦其詞可以觀志意所存雖有山林友朋之娛而身世之感別有淒然言外者其騷人橘頌之遺音乎度諸君子在當日唱和之篇必不止此亦必有序以

欽定四庫全書　曝書亭集　卷三十六　七

志歲月惜今皆逸矣幸而是編僅存不為蟫蝕鼠齧經四百年藉二子之功復流播於世詞章之傳蓋亦有數焉

《四库全书》本《曝书亭集》书影

尊的《乐府补题序》云：“诵其词可以观其志意所存，虽有山林友朋之娱，而身世之感，别有凄然言外者，其骚人《橘颂》之遗音乎！”（《曝书亭集》卷三六）他深深理解宋遗民词中的寄托之意。在其倡导之下，京都词人展开了《乐府补题》唱和运动，它带有一定的政治色彩，而又是极为隐晦的。蒋景祁叙述这次唱和运动的影响说：“得《乐府补题》而辇下诸公之词体一变，继此复拟作后补题，益见洞筋擢髓之力。又景祁在京师与诸子为岁寒集，倚而和者亦不下数十人。风气日上，有自来矣。”（《刻瑶华集述》）为什么宋遗民之作能有如此大的反响呢？这应是清初与元初，又好似历史的重演，文化背景又极为相似了。浙西词派的词学主张及其艺术倾向在康熙朝文化政策的许可下得到了发展，并受到了广大汉族士人的支持，于是风靡一时，“家白石而户玉田”的盛况一直延续到了乾隆朝之末。

浙西词派的兴起与发展，是清初词体复兴的标志，使词体在元明中衰之后得以再度兴盛繁荣。这又是清初和元初文化现象的差异，历史又似没有完全的重复。

清初词体复兴的同时，词学研究也呈现复兴的局面。如果说清词的成就不能超越宋词，但清初的词学研究却已基本上超越了以往的成就，因而清初是词学史上的一个重要阶段。这一时期的词选集很多，而且鉴于明人选词的粗疏与浅俗，清人力图按新的审美趣味精选前人和时人的作品为创作的范本。当时较有影响的选本有邹祇谟与王士祯的《倚声初集》、纳兰成德与顾贞观的《今词初集》、佟世南的《东白堂词选》、卓回的《古今词汇》、聂先与曾王孙的《名家词抄》、蒋景祁的《瑶华集》、朱彝尊的《词综》、顾彩的《草堂嗣响》、沈辰垣等的《历代诗余》、沈时栋的《古今词选》等。清初对前人的词论、词话做了搜辑与整理的工作，出现了王又华的《古今词论》、徐𬗊钒的《词苑丛谈》、沈雄的《古今词话》和王奕清等的《历代词话》等词学资料汇编，查培继还编辑了《词学全书》。清人继明人而很重视词的评点工作，认真地研究具体的作品。这方面有金圣叹的《唱经堂批欧阳永叔词》、先著的《词洁》、许昂霄的《词综偶评》。词的格律研究的成就最为突出，万树的《词律》、王奕清等的《词谱》和戈载的《词林正韵》都体现了清代较高的学术水平。这时期的词话著作共约十余种，其中较有理论建树的如刘体仁的《七颂堂词绎》、邹祇谟的《远志斋词衷》、王士祯的《花草蒙拾》、贺裳的《皱水轩词筌》、郭麐的《灵芬馆词话》。词籍整理方面有厉鹗的《绝妙好词笺》、江昱的《山中白云词疏证》和《蘋洲渔笛谱考证》等很好的笺注本。张宗橚的《词林纪事》也堪称谨严之作。凌廷堪研究词乐的《燕乐考原》，则是这时期杰出的词乐专著了。这些都足以表明：词学研究在明代中衰之后又走向复兴了。

词体从音乐文学转变为纯文学样式时，如何继承其声韵格律方面的成功经验，发挥“音乐婉转，较诗易于言情”的优点，以改进词体创作的混乱状态，使它真正成为一种古典格律诗体，这是清初词学界所面临的现实任务。严绳孙说：“今则音亡而欲存其言，于寻章摘句之末，犹不能尽言，至凌夷舛谬，以渐失唐宋之旧。三百余年来，寥寥数公之外，词几乎亡；虽欲不亡，为放失滋甚。”（《词律序》）如果没有古典格律的规范，词体是不可能得到再度繁荣兴盛的。因而总结词体格律成为热潮，这应是由清初词的创作所推动的。王士祯叙述当时作词面临的困难情形说：

> 宋诸名家，要皆妙解丝肉，精于抑扬抗坠之间，故能意在笔先，声协字表。今人不解音律，勿论不能创调，即按谱征词，亦格格有心手不相赴之病，故欲与古人较工拙于毫厘，难矣。
>
> ——《花草蒙拾》

于是有词家严肃指摘明人所制的图谱而呼吁创制新的词谱，如邹祗谟说：“今人作诗余多据张南湖《诗余图谱》及程明善《啸余谱》二书。南湖谱平仄差核，而用黑白及半黑半白圈以分别之，不无鱼豕之讹……至《啸余谱》则舛误益甚……或列数体，或逸本名，甚至错乱句读，增减字数，而强缀标目，妄分韵脚。又如《千年调》《六州歌头》《阳关引》《帝台春》之类，句数率皆淆乱。成谱如是，学者奉为金科玉律，何以迄今无驳正者耶?”(《远志斋词衷》)朱彝尊编辑《词综》，其目的在于为词界树立一个新的范本，希望“可一洗《草堂》之陋，而倚声者知所宗矣”(汪森《词综序》)。康熙二十六年(1687)万树的《词律》刊行，非常有力地矫正了明以来填词疏于律的通病：“作者以为，欲救其弊，更无他求，惟有字栉句比于昔人原词，以为章程已耳。”(吴兴祚《词律序》)严绳孙高度评价了《词综》与《词律》的意义，他说：“比年词学，以文则竹垞之《词综》，以格则红友之《词律》。窃喜二书出，而后学者可以为词。虽起宋诸家而质之，亦无间然矣。”(《词律序》)以后相继刊行的《词谱》和《词林正韵》最终完成了词体格律的规范。显然，清初关于词体格律的总结，为此后词学开创了良好的风气。清初的词学兼有双重的任务，即既要总结词体发展的历史经验，又要以其总结的经验作为现实创作的指导。所以清初词坛出现理论研究与创作实际相互关联，相互促进，同步复兴的现象。这在我国文学史和文学批评史上都是较为特殊的，正反映了词体在我国由音乐文学演化为纯古典格律诗体的特殊历程。

批判明代空疏的学风是清初学术思想的出发点，从而形成新的学术思潮。学者们将晚明的学风与晋人的清淡相联系，视之为是汉民族历史厄运的重要文化原因。他们由此产生一种“拨乱世反诸正”的历史责任感，表现出对明代学术的反动。词学也是如此。在朱彝尊、万树等人的著述及许多词话里有激烈的对明代词学的指摘。万树在《词律自序》里说：

> 慨自曲调既兴，诗余遂废。纵览《草堂》之遗帙，谁知大晟之元音。然而时届金元，人工声律，迹其编著，尚

有典型。明兴之初，余风未泯，青邱（高启）之体裁幽秀，文成（刘基）之风格高华，矩矱犹存，风流可想。既而斯道愈远愈离，即世所脍炙之娄东（王世贞）、新都（杨慎）两家，撷芳则可佩，就轨则多歧。按律之学未精，自度之腔乃出。虽云自我作古，实则英雄欺人。盖缘数百年来，士大夫辈帖括之外，惟事于诗，长短之音，多置弗论。即南曲盛行于代，作家多擅其名，而试付校雠，类皆龃龉。况乎词句不付歌喉，涉历已称通材，模仿莫求精审。故维扬张氏（綖）据词而为图，钱塘谢氏（天瑞）广之，吴江徐氏（师曾）去图而著谱，新安程氏（明善）辑之。于是《啸余谱》一书，通行天壤，靡不骇称博核，奉作章程矣。百年以来，蒸尝弗缀。近岁所见剞劂载新，而未察其触目瑕瘢，通身罅漏也。

万树等词学家在当时的文化条件下，不可能很客观地评价明代词学，他们没有见到明人在某些方面的创新精神，他们也不承认在某些方面是受到了明人的启发或是以明人的著述为基础的。事实上，清人将杨慎“词品”的概念发展为词体研究；很重视张綖关于词体婉约与豪放之分的意见，开展了词派正变之争；虽不赞成顾从敬关于词调的分类，而注意了对词的体制的探讨；万树的《词律》和戈载的《词林正韵》则完全是在明人《诗余图谱》和《词韵略》的基础上构建的。自来文化史上的反拨都不是简单的否定。尽管清代词学家们具有清代学者朴实谨严的治学态度，但却较为缺乏开创的精神。我们从词学史来看，清初词学领域的重大成就大都是明代词学的发展，而在发展过程中经过批评修正则更趋于完善了。

清初词学复兴是清代学术复兴的一个组成部分。词学能达到超轶前代的辉煌成就，是与清初良好的学术环境和学术风气分不开的。这段时期正是克服了明代空疏学术风气之后，以“实事求是”、“无征不信”为口号的考据学的兴起、发展而达到全盛的时代。造成清代学术以古典考据学方法为主，这是有其很复杂的文化原因的。梁启超说：

> 他们的研究精神和方法确有一部分可以做我们模范的，我们万不可以看轻他。他们所做过的工作，也确有一部分把我们所应该的已经做去，或者替我们开出许多门路来。我们不能不感谢。①

这段时期的词学家如朱彝尊、万树、王士禛、刘体仁、厉鹗、郭麐、凌廷堪、江昱、戈载等都曾受到当时考据学的习染，有的还在经学与小学研究方面卓有成就。他们在其著述里保持了重视考证，治学谨严的特点。如朱彝尊编辑《词综》时查阅了宋元词集一百七十家，小说杂书及地方志共三百余种，辛勤搜集，历时八年而成。万树的《词律》乃据众多的词集和词谱，考其调之异同，酌其句之分合，辨其字之平仄，序其篇之短长，驳谬纠讹，其考证一一有据。凌廷堪的《燕乐考原》最能体现乾嘉学风，以精审的考证探清了词乐的渊源；其研究方法确为后人开一新路。可以说这一时期的词学研究都受了考据学的影响，其最有特色和成就之处也正在于此。清初良好的学术环境造成了词学复兴的精神气候。学者们在新的词体观念的指

① 梁启超：《中国近三百年学术史》第 176 页，中国书店 1987 年版。

引下与新的文化政策影响下，不再将词学视为小道，而是将它作为一种严肃的学问来研究；尤其将它与经学、声韵学、文献学等联系起来，作为真正的学术事业来对待。“词学”学科的名称正式出现于清初，最能说明清初词学复兴的意义了。

词体在宋以后的数百年间趋于衰亡，在清初再度出现繁荣兴盛的局面，关于词的理论与格律的研究在清初也受到重视并取得非常卓越的成就；它们相互促进，同步发展，被文学史家称为词学复兴。“词学”作为一种研究词体文学的学科，这个概念也是在清初被确认的。浙西词派的兴起、发展和鼎盛的过程便具体地表现了清初的词学复兴。在新的文化条件下，文人们改造传统的词体成为一种新的纯古典格律诗体。他们认真地总结了前人的创作经验，并在明人草创的基础上完善了词体格律，使词体有了声韵的准度，于是词体获得了新生，从而推动了词学理论研究。清朝统治阶级和汉族文人由于各自的政治利益与美学考虑，都从古代儒家诗乐理论为词体找到渊源，不再将词体视为“小技”或“诗余”，而将它抬高到正统文学的地位，词学研究也不再是“小道”而成为严肃的学术事业。从大的文化环境而言，清代康熙开始的发扬中国传统文化的政策，清政权的巩固使社会相对安定下来，以经学为中心并以考据方法为优势的学术事业的昌盛，这使词学研究有一个非常良好的学术环境。清初词学复兴的内部与外部的原因都是较为复杂的，有着较为广阔的文化背景。我们从清初词学复兴的过程，可以见到这个时代文化发展的一般特点，也可见到这个时代汉族知识阶层复杂隐晦的民族心理和文化心理。

第二节 词学资料的编辑

清初词学家很注重词学资料的编辑，以使人们对词学理论有一个较为系统的认识。他们希望以此来改变明代以来词的创作实践中的紊乱局面。这些工作是有利于词学复兴的。

查培继将清初词学家毛先舒《填词名解》、王又华《古今词论》、赖以邠《填词图谱》、仲恒《词韵》四种词学专著汇辑为《词学全书》，于康熙十八年（1679）刊行于世。他认为当时的词坛“昧厥源流，或乖声韵，识者病之”，于是编辑了有关指导填词的专书，“用以鼓吹骚坛”（《词学全书序》）。这的确是当时填词所急需的，但这四部词学著述都未能脱离明人的积习，粗疏讹误，未能达到编者所预期的效应。

《填词名解》的著者毛先舒，字稚黄，浙江仁和人。生于明泰昌元年（1620），卒于清康熙二十七年（1688）。他少年时受知于陈子龙，甚有文名，曾为诸生，后放弃举业，以振兴古学为己任。其著述甚多，涉及理学、佛学、音韵学和词学，著有《思古堂文集》《东苑诗抄》《诗辨坻》等。王又华《古今词论》辑有《毛稚黄词论》十八则。他的词论在清初是有些影响的，如说：“宋人词才，若天纵之，诗才若天绌之。宋人作词多绵婉，作诗便硬；作词多蕴藉，作诗便露；作词颇能用虚，作诗便实；作词颇能尽变，作诗便板。”（《古今词论》）这从作家的才性出发，探讨了诗词体性的区别。他也从儒家礼乐论的观点而看重词体的社会意义。他认为：“填词虽属小道，然宋世明堂、封禅、虞主、附庙之文皆用之，比于周、汉雅颂、乐府，亦各一代之制也。既巨典攸存，毋宜轻置矣。”（《填词名解略例》）《填词名解》共四卷，是解释词调名的专书，杂录自崔令钦《教坊记》、段安节《乐府杂录》、王灼《碧鸡漫志》、杨慎《词品》、陈耀文《花草粹编》、沈际飞《草堂诗余评正》等著作中关于词调的考释，但也有其自作的一些补订。这对研究词调的来源提供了许多资料，是有一定参考价值的。由于作者治学粗疏，对资料来源大都未说明出处，缺乏辨析，许多解释都属牵强附会，有的尚未达到王灼的学术水平。例如关于《莫打鸭》解释说：“宣城守欲杖营妓井丽华，时士龙眷一客娼，梅圣俞作《莫打鸭》词解之。”按此事见于赵令畤《侯鲭录》卷八：“宣城守吕士隆，好缘微罪杖营妓，后乐籍中得一客娼，名丽华，善歌，有声闻于江南。士隆眷之。一日复欲杖营妓。妓泣诉曰：‘某不敢避杖，但恐新到某人者不安此耳。’士隆笑而从之。丽华短肥，故梅圣俞作《莫打鸭》诗以解之曰：‘莫打鸭，打鸭惊鸳鸯。鸳鸯新自南池落，不比孤洲老秃鸧，尚欲远飞去，何况鸳鸯比翼长。’”梅圣俞作的是一首打油诗，但毛先舒误以为是词，而且将“吕士隆”误作“士龙”，又以“丽华”为“井丽华”，不知何据。又如关于《薄命女》调名解释说：“一名《长命女》。”摘引王灼关于此调名的考释后，毛氏按云：“《西河长命女》曲盖西河部乐也，故唐《西河狮子》《西河剑气》等曲，犹水调部之分《河传》《银汉》耳。”这远不如王灼考释得清楚确切，尤其在谈到唐代乐部时所谓“水调部”全属臆测妄解，并无依据。再如对《绿意》解释云：“古咏荷词也，柳永有咏荷《红情》词。《红情》咏花，《绿意》咏叶。疑此词亦是柳作。”这个解释是错误的：《绿意》本是姜夔自度曲《疏影》的别名，因张炎用以咏荷叶而更调名为《绿意》。以上三例都可以说明此著的粗疏，故不为词学界所称许。

《古今词论》一卷，编者王又华，号静斋，浙江杭州人。此编辑录了自南宋杨缵迄清初词学家的重要词论，不甚完备，而且皆无出处。但这是词学资料编辑的开创工作，其中保存了清初人论词的一些资料。此编在词学界较有影响，使资料编辑的工作为词学家所重视。

《填词图谱》六卷，赖以邠著，查继超增辑，毛先舒与仲恒参订。它是在明代张綖《诗余图谱》的基础上增补订正的，“依古谱图圈之法”。编者自称：此谱“既广博于搜罗，复精严夫考订，鲁鱼悉正，沧海无遗。”编订者们认为：“词调盈千，各具体格，能不事规矩绳墨哉。故每调先列图，次列谱。按图谐音，按谱命意，以是填词，思过半矣。”（《填词图谱凡例》）自从此谱流行以后，便代替了《诗余图谱》和《啸余谱》而成为当时填词的格律规范。但是它仍沿袭明人图谱而分调、分体、调名、分段、分句、平仄等都存在许多讹误，因此成为万树制订《词律》时所直接批驳的对象。例如万树在《词律发凡》里关于词调分体说：“近日《图谱》如《归自谣》止有第二而无第一，《山花子》《鹤冲天》有一无二，《贺圣朝》有一三无二，《女冠子》有一二四五而无三……此皆遵《啸余》而忘其无理者也。”关于词调的异同问题，万树说：“《图谱》则既袭旧传之误，而又狥时尚之偏，遂有明知是其调而故改新名者，如《捣练子》改《深院月》，《卜算子》改《百尺楼》，《生查子》改《美少年》之类尤多不可枚举。至若《临江仙》不依旧例第三体而换作《深深院》，复注云即《临江仙》第三体，是明知而故改也……总因好尚新奇，矜多炫博，一遇殊名，亟收入帙。”所以《填词图谱》流行将近十年后即为万树的《词律》所代替了。

《词韵》两卷，仲恒编订，王又华补切。卷首有《词韵考略》，辑杨慎及清初学者关于词韵的论述，也有编者论词韵的意见和友人对该编的评论。沈谦的《词韵略》仅存纲目，仲恒认为："是编为词家津筏，奈本既多诖误，刊书又复鲁鱼亥豕，参错遗漏。"因此仲恒"细心考校，三阅月而成书"，对《词韵略》依其韵目而补订了韵字。沈谦所列的韵目，曾有人指摘它似曲韵，仲恒辩解说："去矜（沈谦）韵目曰东董韵、江讲韵，名曰三声，而止列平上二韵，入声又连两字曰屋沃、曰觉药，其法又似纷杂，不知前人自有深意。盖平声通用，只以前一平韵读之；上去通用，则一仄字可以该上去，何妨以上声一韵该之。至于入声连称二字者，亦以见通用之义，并以少该多之意也。其分半韵者，如序次宜贯韵目，而以非全韵，故标其目而仍序其字于各韵之后。"因此，这部词韵实是《词韵略》的增补本，为清初词人填词所用的工具书。

《词学全书》适应了清初一段时期填词的实际需要，并无多大的学术价值，仅为词学复兴做了准备工作。它在词学史上的意义在于第一次以探讨词体文学知识的专门学科给予了"词学"之名，而且得到了后世学者的公认。

徐釚编的《词苑丛谈》与朱彝尊编选的《词综》都成于康熙十七年（1678）。虽然《词学全书》还刊于次年，但其中的一些专著早有刊本流传，故成书实际上在《词苑丛谈》以前。徐釚，字电发，号虹亭，江苏吴江人。生于明崇祯九年（1636），卒于康熙四十七年（1708）。于康熙十八年（1679）曾召试博学鸿词，授翰林院检讨。著有《南州草堂集》三十卷，《菊庄词》一卷。其《词苑丛谈》历时六年完成，采辑唐宋以来笔记杂书及词话等有关词人遗事及词作评论的资料，分为体制、音韵、品藻、纪事、辨正、谐谑、外编七类，共十二卷。可惜编者抄录资料时未注明出处，以至不便引用。[①] 江顺诒评云："前人词话本少，此编比诗话而略变其例，然收采多而论断少。其体制一卷泛而不当，音韵一卷粗而不精，品藻以下十卷则乃诗话之例矣。"（《词学集成》卷一）此评是较恰当的。在清初《词苑丛谈》与《词综》并行，确也有助于推动词学复兴，而且为此后编辑词学资料作了开端。嘉庆间冯金伯将《词苑丛谈》进行删削增补，成为《词苑萃编》二十四卷。清初书贾伪托曹溶之名刊行《学海类编》，其中彭孙遹的《词统源流》和《词藻》、李良年的《词坛记事》和《词家辨正》皆是从徐编本内抽出，又伪为著者。[②] 继徐釚之后，康熙二十四年（1685）沈雄编著了《古今词话》八卷，分词话、词品、词辨、词评四类，亦是词学资料汇编，注明了资料来源（不甚详），间有编者自己的论述。康熙四十六年（1707）王奕清等编成《历代诗余》后，将"诗余有因事而发、流传为词话者别录卷末"，于是辑成自唐迄明《历代词话》十卷。这两种资料汇编，都是受了徐釚启发的。

《词林记事》二十二卷，编著者张宗橚，字思岩，浙江海盐人。张氏藏书甚富，一生闭门著书，于晚年仿《唐诗记事》体例辑成《词林纪事》。它所收词人自唐迄元末共四百二十余家，每家列有小传，"有事则录之，否则词虽工弗录，间有无

---

① 唐圭璋点校整理的《词苑丛谈》，对资料注明了出处，并作了校订和补订，上海古籍出版社 1981 年版。

② 参见唐圭璋：《词苑丛谈跋》，《词学论丛》第 1044 页，上海古籍出版社 1986 年版。

事有前人评语，亦附入焉”（陈以谦《词林纪事序》）。《词林纪事》成书于乾隆四十三年（1778），正值考据学盛行之时，此编体现了乾嘉学术精神，收罗广博，保存了一些罕见的资料，甚为词学界所推许。1957年收入上海古典文学出版社编的《中国文学参考资料小丛书》第二辑内。书后所附张炎《词源》下卷，陆辅之《词旨》和许昂霄的《词韵考略》，有助于初学者了解词学基本知识。在清初众多的词学资料编著中，《词林纪事》应是最好的一种了。

第三节　刘体仁、王士祯和邹祇谟的词话

从清初到乾隆朝之末，词话的著述也在元明中衰之后出现复兴的趋势，其数量之大已超过了元明两代，也超过了宋代。除去词学资料汇编及词作评点等著，真正可称词话的，据《词话丛编》所收这一时期词话共有十三种：李渔的《窥词管见》、毛奇龄的《西河词话》、刘体仁的《七颂堂词绎》、王士祯的《花草蒙拾》、邹祇谟的《远志斋词衷》、贺裳的《皱水轩词筌》、彭孙遹的《金粟词话》、李调元的《雨村词话》、田同之的《西圃词说》、查礼的《铜鼓书堂词话》、焦循的《雕菰楼词话》、郭麐的《灵芬馆词话》、毛大瀛的《戏鸥居词话》。这些词话都保存着传统的特色，仅在少数的著述中较为重视对创作规律的探讨，或在批评中表现出新的见解，例如刘体仁、王士祯、邹祇谟三家词话便是有理论建树的。

刘体仁，字公勇（1612～1677），河南颍川人。清顺治十二年（1655）中进士，与王士祯、汪琬同榜，在京师以诗文唱

和、主持风雅。官至吏部郎中，罢归后从孙奇逢问学。著有《七颂堂诗集》九卷，文集四卷。因平生慕成连、陆贾、司马徽、桓伊、沈驎士、王绩、韦应物之为人，故室名七颂堂。刘体仁在《七颂堂词绎》里论述了词体的特点及创作的经验，其论述颇为深刻，体现了很高的艺术鉴赏水平。

关于词与诗的关系，刘体仁实际上已否定了“诗余”说。他以为就思想而言，“词有与古诗同义者”，如苏轼的《水调歌头》即是屈原《天问》之遗；就艺术而言，“词有与古诗同妙者”，如柳永的《八声甘州》即与古代《敕勒歌》有同样的艺术效果。由于诗与词的体性不同，所以“词中境界，有非诗所能至者，体限之也”。这是在词学史上最早以“境界”的范畴论词的，很可能对王国维的境界说产生过影响。自明以来关于词史的“正变”之争，刘体仁完全同意王世贞的意见，他说：“稼轩‘杯汝前来’，《毛颖传》也；‘谁共我，醉明月’，《恨赋》也；皆非词家本色。”他认为李清照词才是词之正宗：“柳七最尖颖，时有俳狎，故子瞻以是呵少游。若山谷亦不免，如‘我不合太撋就’类，下此则蒜酪体也。惟易安居士‘最难将息’，‘怎一个愁字了得’，深妙稳雅，不落蒜酪，亦不落绝句，真此道本色当行第一人也。”关于词史的分期问题，刘体仁借用了唐诗的分期法，认为：

> 词亦有初、盛、中、晚，不以代也。牛峤、和凝、张泌、欧阳炯、韩琮、鹿虔扆等，不离唐绝句，如唐之初未脱隋调也，然皆小令耳。至宋则极盛，周、张、柳、康，蔚为大家。至姜白石、史邦卿，则如唐之中。而明初比唐晚，盖非不欲胜前人，而中实枵然，取给而已，于神味

处，全未梦见。

这是以唐五代词为初期，北宋词为兴盛期，南宋词为中期，元明为晚期，大致反映了词体从兴起到衰亡的发展过程。当然，以唐诗分期来比附是颇为不恰当的，因为词体发展有自己的特点。刘体仁关于词体创作经验谈得最多，如以为："词欲婉转而忌复"，"词字字有眼，一字轻下不得"，"中调、长调转换处，不欲全脱，不欲明粘"，"词尤不可参一死句"，"陡然一惊，正是词中妙境"。这些经验之谈都是对词的艺术深有认识的。刘体仁的词论已为词学的复兴作了理论上的鼓吹，而他论词时最初使用了"境界"和"神味"，则已反映社会审美趣味开始变化了。其"神味"说当是受了友人王士祯"神韵说"的影响。

王士祯（1634～1711），字子真，一字贻上，号阮亭，别号渔洋山人。山东济南新城人。顺治十二年（1655）进士，官至刑部尚书。弱冠即以诗名一时，五十年间为海内文宗。与朱彝尊齐名，时称南朱北王。有《带经堂全书》九十二卷，《带经堂诗话》三十卷（张宗柟辑），《衍波词》二卷。《花草蒙拾》是王士祯读《花间集》和《草堂诗余》写的札记，在对唐宋词的评论中体现了其"神韵"说。

王士祯画像

"神韵"综合了古代诗论中的

"神思"与"韵味"两个范畴。王士祯继承唐代司空图和宋人严羽的诗学理论，提倡用艺术直觉进行审美观照。王士祯对于司空图说的"味在酸碱之外"和严羽说的"如空中之音，相中之色，水中之月，镜中之象"深有体会与妙解。他最欣赏二十四诗品中的三品："有谓'冲淡'者曰'遇之匪深，即之愈稀'；有谓'自然'者曰'俯拾即是，不取诸邻'；有谓'清奇'者曰'神出古异，淡不可收'，是三者品之最上。"（《香祖笔记》）王士祯是以禅悟的方式表述其"神韵"的，大致有神韵的作品总是较为空灵、自然、恬淡、含蓄的。他论词时总是强调个人的直觉的艺术感受，表现了其独特的审美兴趣。他说："或问《花间》之妙，曰：蹙金结绣而无痕迹；问《草堂》之妙，曰：采采流水，蓬蓬远春。"这"妙"即是有"神韵"了。王士祯主张作家创作时必须有所感受，偶然触发，含蓄地表现，才能臻至妙境。他以为"孙巨源'楼头尚有通三鼓'，偶然佳兴"，"张安国雪词，前半刻划不佳，结乃云'楚溪山水，碧湘楼阁'则写照象外"。像这样的作品便是有"神韵"了。他是较为推崇北宋词的，认为南宋词雕饰过甚而缺乏天然的韵味，但却并不鄙薄南宋词，如说："宋南渡后，梅溪、白石、竹屋、梦窗诸子，极妍尽态，反有秦、李未到者；虽神韵天然处或减，要自令人有观止之叹。正如唐绝句，至晚唐刘宾客、杜京兆，妙处反进青莲、龙标一尘。"他将"雕组而不失天然"视为艺术最高境界，如说："前辈谓史梅溪之句法，吴梦窗之字面，固是确论。尤须雕组而不失天然，如'绿肥红瘦'，'宠柳娇花'，人工天巧，可称绝唱。若'柳腴花瘦，蝶凄蜂惨'即工，亦巧匠琢山骨矣。"关于诗、词、曲的区别，王士祯也是从艺术直觉来领悟的："或问诗词、词曲分界，予曰：‘无可奈何花落去，似曾相识燕归来’。定非《香奁》诗；‘良辰美景奈何天，赏心乐事谁家院’，定非《草堂》词也。”这个解释一向被词学家赞赏和引述，它似乎确有妙悟，却无法用理论形态表述，只能由读者去感受或体会。王士祯对词的艺术鉴赏大都是这种艺术直觉的方式，在文学批评史上自成一派。

王士祯也参加了关于婉约与豪放的争论。他同意张綖的意见，但将“词体”之分改换为“词派”之分，而且从乡土的观念上认为这两派都应以济南人为宗。他说：“张南湖论词派有二，一曰婉约，一曰豪放。仆谓婉约以易安为宗，豪放唯幼安称首。皆吾济南人，难乎为继矣。”他对明人王世贞关于词体正变之说也作了修正：

> 弇州谓苏、黄、稼轩为词之变体，是也。谓温、韦为词之变体，非也。夫温、韦视晏、李、秦、周，譬赋有《高唐》《神女》，而后有《长门》《洛神》；诗有古诗录别，而后有建安、黄初、三唐也。谓正始则可，谓变体则不可。

他同意王世贞关于词体正变之说，但以为将温庭筠与韦庄视为变体是不恰当的，而以为他们是婉约派之源。这比王世贞确实在认识上前进了一步，表现了其艺术感受的敏锐细致。王士祯与朱彝尊同时齐名，他们论词主张不尽相同，但在空灵含蓄的审美趣味方面却又颇为相近，都能适应清初文化环境，因而很有影响。

邹祗谟，字讦士，号程村。江苏武进人。顺治十五年

(1658）进士。学识颇为渊博，长于经史考据，尤工诗词。著有《远志斋集》和《丽农词》，其论词之著《远志斋词衷》也以词学考证见长。邹祗谟曾于康熙四十八、四十九年的两年间将《尊前集》《花间集》《花庵词选》及《六十家词》中的僻调模仿试作，“因为错综诸家，考合音节，见短调字数多协，而长调不无出入”。这是他关于词律的重要发现。由于他对许多词调有较为深入的具体的探究，因而关于词律的词韵能有新颖的见解，纠正了明以来流行的一些错误的观念。

明代杨慎的《词品》、张綖的《诗余图谱》、程明善的《啸余谱》和沈际飞的《草堂诗余发凡》在清初很有影响，它们在词的格律方面造成了混乱。邹祗谟对此用力加以驳正。关于花间词有无定体问题，他考辨说：

> 词有一体而数名者，诠叙字数，不无次第参错；其一二字之间，在于作者研详综变，谱中谱外，多取唐宋人本词较合，便得指南。张世文、谢天瑞、徐伯鲁、程明善等，前后增损繁简，俱未尽善。沈天羽谓《花间》无定体，不必派入体中；但就《河传》《酒泉子》诸调言之可耳，要之亦非定论。前人著令，后人为律，如乐府铙歌诸曲，历晋宋六朝以迄三唐，名同实异，参稽互变。必谓《花间》无定体，《草堂》始有定体，则作小令者，何不短长任意耶？

这表现了清初词律逐渐趋于严密的倾向。其“后人为律”的观念是清初重新总结词体格律的理论依据。他很不赞成杨慎以来对词调名起源考证的穿凿附会倾向，认为：“宋人词调不下千余，新度者即本词取句命名，余俱按谱填缀，若一一推凿，何能尽符原指。安知昔人最始命名者，其原词不已失传乎？且僻调甚多，安能一一傅会载籍。自命稽古学者，宁失阙疑，毋使后人徒资弹射可耳。”他举例云：“如一《满庭芳》而用修（杨慎）谓本吴融，元敬（都穆）谓本柳州，果何所原起欤？《风流子》二字一解，尤为可笑。词中如《赞浦子》《竹马子》之类极多，亦男子通称耶？则‘儿’字又属何解？《荔枝香》《解语花》与《安公子》等类相近，似乎可据。若《连环》《华胥》本之《庄》《列》，《塞垣》《玉烛》本之《后汉书》《尔雅》，遥遥华胄，探河星宿，毋乃太远，此俱穿凿傅会之过也。”这些意见都反映了清代考据学渐兴的学术风气，治学态度较明人谨严了。

关于词韵，邹祇谟也发表了许多见解。明人作词有混用曲韵的现象。邹祇谟将周德清的《中原音韵》与沈谦的《词韵》加以比较，他以审慎的态度说：

> 周韵平、上、去声十九部，而沈韵平、上、去声止十四部，故通用处较宽。然四支竟合通十灰，半元、寒、删、先全通，虽宋词苏、柳间然，毕竟稍滥，觉不如周韵之有别。且上去二声，宋词上如纸、尾、语、御、荠，去如寘、未、遇、霁，多有通用，近词亦然。而平韵如支、微、鱼、虞、齐，则断无合理，似又未能概以平贯去、入。盖词韵本无肖画，作者遽难曹随，分合之间，辨极铢黍，苟能多引古籍，参以神明，源流自见。

他又说：“入声最难分别，即宋人亦错综不齐，沈氏《词韵》当已。”清初也有词学家主张词韵宜参考古韵的，以为沈谦的《词韵》“反失古意”。邹祇谟认为词韵与诗韵有别，当以宋以来的“近韵”为准：“填词与骚赋异体，自当断以近韵为法。”他也反对以曲韵代替词韵，以为：“作词不专用周韵（《中原音韵》），无从以入声分叶平、上、去者，又安得以曲韵废词韵，且上格诗韵乎?”这些意见对稍后戈载编制词韵，当是很有参考意义的。邹祇谟等清初人的词话里有较多关于词律、词韵的探讨，说明当时词学界对这些问题很重视，以期解决创作中疏于词律的现象。

第四节　金人瑞、先著与许昂霄的词评

自明代杨慎和沈际飞开始对词作评点以来，有很好的社会效应，特别是能帮助初学者理解词意和鉴赏词的艺术，因而清初词的评点之风仍然盛行。清初金人瑞、先著、许昂霄等已在明人评点的水平上有所提高，表现出对作品有了更深入细致的分析，使词学批评由主观的艺术感悟向客观的艺术分析转移。这标志了词学批评的进步。

金人瑞（1608～1661），本名采，字若采，又名喟，号圣叹，本姓张。江苏吴县人。少有才名，为明诸生。长于文艺批评，曾以《离骚》《庄子》《史记》、杜诗、《水浒》《西厢记》为“六才子书”，尤以评点《水浒》和《西厢记》在文学界产生了巨大的影响。著有《沉吟楼诗选》一卷。清顺治十八年（1661）因哭庙案为清廷所杀。他的政治思想较为复杂，文学见解特别，常在文学评点中表现出大胆而新颖的意见。

我国近世学者非常看重金圣叹评点《水浒》和《西厢记》

在文学批评史上的意见，但对其评点古文、古诗、唐诗和杜诗则甚为忽视，尤其是《唱经堂才子书汇》中有一卷《唱经堂批欧阳永叔词十二首》① 更鲜为人知。在清代金批欧词曾对词学界产生过一定影响。清末陈廷焯从传统词学观点认为：“圣叹评传奇虽多偏谬处，却能独出手眼；至于诗词直是门外汉。”因此他对金批欧词攻诋说：

> 金圣叹论诗词，全是魔道，又出钟（惺）谭（元春）之下。其评欧阳公词一卷，穿凿附会，殊乖大雅。且两宋词家甚多，独推欧公为绝调，盖犹是评《水浒》《西厢》之伎俩耳。以论词之例论曲，尚不能尽合，况以论曲、论传奇之例论诗词，乌有是处？
>
> ——《白雨斋词话》卷五

陈氏同许多守旧的封建文人一样，对于金圣叹评词中所表现的审美观点不能容忍，这并不为奇。清初李重华以为金圣叹“于诗道甚深”。② 如果我们认真地研究其所评点的诗词，不难发现其中许多评论是相当深刻、新颖和细致的，比起明清的一些诗词评论家来，自有其高明之处。

金圣叹在青年时代便有一个宏大而系统的评点我国古代文学的计划。从他计划评点《诗经》《左传》《庄子》《离骚》《史记》《古诗十九首》《唐才子诗》《杜诗》《欧阳永叔词》《西厢

① 《唱经堂批欧阳永叔词十二首》今收入《金圣叹全集》第四册，江苏古籍出版社 1985 年版。

② 李重华：《沉吟楼遗诗序》，《金圣叹全集》第四册第 777 页。

记》《水浒传》等的情形来看，他对中国文学史有自己独特的理解方式，所选取的各时代的文学作品都是可以称为古典文学的，而且与我国现代关于文学史的观念最为接近。金圣叹以杜诗为唐诗之冠冕，这固无异议；而以欧词为宋词之绝调，则似不甚恰当。的确，“两宋词家甚多，独推欧公为绝调”，其原因何在呢？可惜金圣叹并未像评点《水浒》《西厢》和《杜诗》那样作点解释。显然，他是以词最能代表有宋一代之文学，而欧词又是最能代表宋词的。一般说来，欧词可以被看作北宋婉约词的典型形态，因而评点欧词反映了金圣叹关于宋代文学的基本见解。他选批的十二首欧词都是属于欧公三十九岁贬谪滁州之前的“少作”，题材为传统的“艳科”，它们基本上能体现欧词真切深婉的艺术风格。① 欧阳修作词强调“诗人之旨”为指导，使用优雅的笔调，以含蓄曲折的方式表现温柔敦厚的情感；欧词的语言不事华丽的雕饰而明畅流动，对情感的发掘颇为深刻，而且有着积极人生理想的光照。这很可能较符合金圣叹的审美趣味，因而在评点时常常以为欧词特具艺术魅力：“其法妙不可言”，“真奇绝之笔”。

金圣叹使用评小说戏曲的方法以评宋词，注意探讨作者的创作心理，细致分析章法结构，既有夹评，又有尾评，能从整篇作品出发进行全面具体的艺术剖析。这种评词的新方法，能使一般的读者在理解字句的基础上进入艺术欣赏，从而获得审美的享受。如欧阳修的《长相思》（“深花枝”），许多选本都不收此词，以为它浅俗，金圣叹却别具只眼以之压卷。他于上阕

---

① 参见谢桃坊：《欧阳修词集考》，《文献》1986年第2期；《欧阳修狱事考》，《文史》第28辑，中华书局1987年版。

夹批云："四句十八字，一气注下，中间更读不断，真是妙手。看他四句有四个'花枝'字，两个'深'字，两个'浅'字。"经此番指点，能使读者发现其结构的特点。作者前三个"花枝"是突出花枝的深浅色调相映而异常和谐美丽，而引出第四个"花枝"作比以赞叹年轻歌妓之美艳。词的下阕夹批云："后半不称。"尾批云："只看前半阕，不用一字，只是一笔写去，却成异样绝调。后半阕偏有许多'玉肌'、'柳眉'、'鹅黄'、'金缕'、'啼妆'等字，偏觉丑拙不可耐。然则作词之法，固可得而悟也。"词的下阕多用俗气的形象性词语，与上阕雅致含蓄不称，但全词上下互映，连续用比，形象生动，明白易懂，音调谐美，结构完满，所以金圣叹以为可由此而悟"作词之法"。陈廷焯说："欧阳公《长相思》词也，可谓鄙俚极矣，而圣叹以前半连用'花枝'，两'深'、'浅'字，叹为绝技，真乡里小儿之见。"（《白雨斋词话》卷五）词须不远于俗方为本色。金圣叹是认真对此词作了艺术分析的，对其特点的认识颇确切。一般来说，词虽比诗浅俗，但要深透理解它又并非易事。如欧阳修的名篇《踏莎行》（"候馆梅残"），是较通俗的，"入诗即失古雅"，但它很容易被误认为是代思妇抒写离情别绪的。前人也感到它的美妙，说它"不厌百回读"，"用江淹语"，"极切极婉"。[①] 这些评论皆抽象含混，不着边际，词意如何，并未说清。金圣叹细细寻绎了词的意脉，加上词题为"寄内"，指出上阕结两句"却已叙出路程"，下阕第三句"从客中忽然说到家里"，结两句"反从家里忽然说到客中"。因此尾批云："前半是自叙，后半是代家里叙，章法极奇……从一

① 转引自唐圭璋：《宋词三百首笺注》第 21 页，上海古籍出版社 1979 年版。

个人心里，想出两个人相思，幻绝，妙绝。”经此分析，词中人称转换关系便清楚了，也显示出了词人巧妙的艺术构思。可以说，这样的批评是一种客观的艺术分析方法。

在评点小说戏曲时，金圣叹已表现出所受明末市民反对封建传统的思潮影响。这点，我们在其评欧词中也可见到。如欧阳修的《减字木兰花》（“楼台向晓”），写歌妓在歌舞时的情形。金圣叹于结句夹批云：“说到轻寒不妨，则妖淫之极，不可言矣。”据此，他加上词题为“艳情”以揭示词旨，并于尾批云：“看他前半阕，从楼台翠幕说到人；后半阕从衣袂、腰肢、汗粉说到说不得处，有步步生莲之妙。衣袂、腰肢、汗粉还说得，至末句真不好说得矣。今骤读之，乃反觉衣袂、腰肢、汗粉等句之尚嫌唐突，而末句如只在若远近之间者也，此法固非俗士之所能也。”宋人习惯在词里表现他们的私人生活场景，欧公等北宋名臣也都风流蕴藉并不例外，因而词里写艳情也属常见。后来某些词评家理解宋词，有如汉代经师理解《诗经·国风》一样，竟去寻求微言大义，结果误解了词之原意。金圣叹经过逐层分析，揭示了此词真实的原意，因而被陈廷焯等人视为“殊乖大雅”而不能忍受。按照市民观念来评宋词，正是金圣叹在传统思想盘踞牢固的词论中的一个重大突破，应当予以肯定。

金圣叹评点欧词也表现出他对词的创作理论的一些见解。他以为作词应使用自然天成的语言，在评《生查子》（“含羞整翠鬟”）时云：“迩来填词家，亦贪得好句，而苦其无法，遂终成呕哕。殊不知好句初不在风雨珠玉等字饾饤而成，只将目前本色言语，只要结撰照耀得好，便觉此借彼衬，都成妙绝。”这里已强调了借衬照耀等结构方法在组织语言中的重要意义。

从艺术结构的角度论词，金圣叹正是采用了分析小说戏曲的方法。他以为章法奇绝便“妙不可言”，因而评《蝶恋花》（“庭院深深深几许”）便特别着眼其结构。他说：“通篇不出正意，只是怨庭院，怨春、怨花，章法奇甚。‘杨柳堆烟’句是衬‘庭院’句，‘雨横风狂’句是衬‘留春’句，‘乱红飞过’句是衬‘问花’句。凡作三段文字，须要分疏读之，不得混帐过去。”在整体艺术表现方面，他要求具有清真灵幻的特点，如评《蝶恋花》（“海燕飞来栖画栋”）云：“余尝言写景是填词家一半本事，然却必须写得又清真、又灵幻乃妙。”在宋词中，欧阳修词最符合金圣叹的论词标准，所以他以之为宋词绝调。这与金圣叹评点其他古典文学一样，善于选取典型，其选择固然不免带有个人审美的偏好，但也包含了某些合理的成分。金圣叹选择评点欧词也反映了明代以来纯艺术的形式主义批评给他带来的影响和局限，因而不重视思想内容的评价，忽视其他宋代杰出词人的成就。与他评点《水浒》《西厢》与《唐才子诗》比较起来，所评欧词显得过于单弱，无论在质与量方面都大为逊色。但是我们也应看到：评点欧词在词学界实际上是产生了积极影响的，后来周济、陈世焜、陈洵、谭献等人评宋词，基本上吸取了金圣叹的方法，由此使研究宋词作品的水平有所提高。

先著，字迁夫，四川泸州人，后徙居江宁。工诗词，与沈谦为好友。著有《之溪老生集》八卷，《劝影堂词》三卷，《词洁》六卷。《词洁》是先著选评的词集，以宋词为主，兼采唐五代词，对于词人及作品均有评论。其选评的目的在于响应词坛提倡雅正的主张，以为：“词洁云者，恐词之或即于淫鄙秽杂，而因以见宋人之所为，固自有真耳。”（《词洁序》）此选评完成于康熙三十一年（1692），正值词学复兴之际。

《词洁》在清代流传不广，今存传本不多。冯金伯的《词苑萃编》曾采录其评语十余则。它在词学批评方面所达到的深度是同时词学家所不及的。先著在《词洁序》和《词洁发凡》里很简赅地表述了其词学思想。他对宋词的评价很高，从文学本位来理解词史，认为：

> 诗之道广，而词之体轻。道广则穷天际地，体物状变，历古今作者而犹未穷，体轻则转喉应拍，倾耳赏心而足矣。诗自三言、四言，多至九字、十二字，一韵而止，未有数不齐，体不纯者。词则字数长短参错，比合而成之。唐以前之乐府，则诗载其词，犹与诗依类也。至宋人之词，遂能与其一代之文，同工而独绝，出于诗之余，始判然别于诗矣。故论词于宋人，亦犹语书法、清言于魏晋间，是后之无可加者也。虽然，精英之代变，风气之密移，生其时者，亦不能自禁其不工；而或湮其源，则往者遂以孤，或导其流，则来者有可继；此则好尚不好尚之分也。明一代治词者寥寥，近日则长短句独盛，无不取途涉津于南北宋；虽歌诗亦尚宋人。予尝取宋人之诗与词反覆观之，有若相反然者：词则穷巧极妍而趋于新，诗则神槁物隔而终于敝。宋人之诗，不若词也。闽方之果曰荔枝，中州之花名曰木芍药，非其土地则不荣不实，是草木之珍丽，天地之私产也。有咀其味者，喻之以醴酪；有惊其色者，拟之以冶容，亦得其似而已。宋之词犹是也。
>
> ——《词洁序》

这关于词的体制特点和词为时代文学的观念，先著都表述得丰富和深刻。先著的论词标准是“洁”，而实为雅洁，于“清浊之界，特为属意。”他以此反对明以来填词侧重于“韵”与“艳”的倾向，认为：

> 韵，小乘也。艳，下驷也。词之工绝处，乃不主此。今人多以二者言词，未免失之浅矣。盖韵则近于佻薄，艳则流于亵媟，往而不返，其去吴骚市曲无几。必先洗粉泽，后除琱缋，灵气勃发，古色黯然，而以情兴经纬其间。虽豪客震激，而不失于粗，缠绵轻婉，而不入于靡。即宋名家固不一种，迹不能操一律，以求美成之集自标清真，白石之词无一凡近，况尘土垢秽乎！
>
> ——《词洁发凡》

这体现了其雅洁的审美主张，近于浙西词派的“醇雅”。但先著并不专主南宋词，也不专尚清空，其词学观点无狭隘的门户之见。对于清初研究词律的热潮，他显然与万树等人的见解不同。他说：

> 词走腔，诗落韵，皆不得为善。岂惟诗词，虽古文亦必有音节。音节谐从，诵之始能感人。然凝习之久，大柢自得之，不待告语而知，实非茧丝牛毛之谓也。今之为词者，规摹韵度，命意范辞，无失其为词可矣。若丝铢毫芒之违合，则孰从而辨之；而言谱者纷纷凿凿，起而相绳，亦安能质宋人于异代，而信其必然也。盖宋人之词，可以言音律；而今人之词，只可以言辞章。宋词兼尚耳，而今

之词惟寓目，似可不必过为抨击也。即宋人长短句，用韵之出入，今亦不得其故。近人有以诗韵为词者，虽诗通用之韵，亦不敢假借。此亦求其说而不得，自为之程式可耳，设取以律他人，则非也。

——《词洁发凡》

他主张用律宜宽，反对制谱者故弄玄虚，强以律人。这从词体文学发展过程来看是有理由的。先著也并非主张不制订词律，“而今之治词而眩于谱与韵之说者，聊藉此以难以一通云。”从清初到晚清，许多词学家穷究声律的严辨上去，分别阴阳，其失如先著所指出的那样：似是而非，脱离宋词实际。他一再主张：“今之作者，取其长短淋漓，曲折尽致，小有出入，无损其佳。”

关于作品的分析批评，先著从雅洁纯正的审美趣味出发，分析作品，辨清艺术源流，往往结合词的创作现状进行批评。如评陆游《鹊桥仙》（“华灯纵博”）关于词的题材说：“词之初起，事不出于闺帷、时序。其后有赠送，有写怀，有咏物，其途逢宽。即宋人亦各竞所长，不主一辙。而今之治词者，惟以鄙秽亵媟为极，抑何谬与！”在评贺铸《临江仙》（“巧剪合欢罗胜子”）时对词学界专崇南宋词的倾向表示不满云：“南宋小词，仅能细碎，不能浑化融洽；即工到极处，只是用笔轻耳，于前人一种耀艳深华，失之远矣。读以上诸词自见。今多谓北不逮南，非笃论也。”评黄庭坚《江城子》（“画堂高会酒阑珊”）云：“山谷于诗词多失之生硬，而词尤伤雅。其在当时，固以秦七、黄九并称。此词单字韵句犹较可，若再一纵笔，便恐去恶道不远。”评辛弃疾《沁园春》（“叠嶂西驰”）云：“稼轩于宋人中自辟门户，要不可少。有绝佳者，不得以粗豪二字蔽之。如此种创见，以为新奇，流传遂成恶习。存一以概其余。世以苏、辛并称，辛非苏类。稼轩之次则后村、龙洲，是其偏裨也。”这是在词评中兼及词人总体艺术特点的评价。

先著对作品的剖析是很精微的。其分析苏轼《水调歌头》（“明月几时有”）云：“凡兴象高，即不为字面碍。此词前半，自是天仙化人之笔。惟后半‘悲欢离合’、‘阴晴圆缺’等字，苛求者未免指此为累。然再三读之，搏捖运动，何损其佳……题为‘中秋对月怀子由’，宜其怀抱俯仰，浩落如是。录坡公词若并汰此作，是无眉目矣。亦恐词家疆宇狭隘，后来作者，惟堕入纤秾一队，不可以救药也。后村二调亦极力能出脱者，取为此公嗣响，可以不孤。”这是从词意的分析，肯定了作者对词境的开拓。其分析姜夔《暗香》云：“落笔得‘旧时月色’四字，便欲使千古作者皆出其下。咏梅嫌纯是素色，故用‘红萼’字，此谓破色笔。又恐突然，故先出‘翠尊’字配之。说来甚浅，然大家亦不外此。用意之妙，总使人不觉，则烹锻之工也。美成《花犯》云‘人正在空江烟浪里’，尧章云‘长记曾携手处，千树压西湖寒碧’。尧章思路，却是从美成出，而能与之埒，由于用字高，炼句密，泯其来踪去迹矣。”这是很全面地对作品艺术技巧所作的分析。其分析吴文英《珍珠帘》（“密沈炉暖余烟袅”）云：“用笔拗折，不使一犹人字，虽极雕嵌，复有灵气行乎其间。今之治词者，高手知师法姜、史；梦窗一种，未见有取途涉津者，亦斯道中之《广陵散》也。首句从歌舞处写，次句便写入闻箫鼓者。前半赋题已竟，后只叹惋发己意，恐忘却本意，再用‘歌纨’二字略一点映，更不重犯事。宋人词布局染墨多是如此。”这主要是从作品的布局进行分析的。从以上的词评，我们可以见到，先著虽然以传统的方法，却有敏锐的艺术感受，而对作家作品有较为深入的理解。所以他的词评甚为近世词学家们所重视。

许昂霄，号蒿庐居士，浙江海宁人。他自幼即好词学，其《词综偶评》约成于乾隆元年（1736），附于《初白庵诗评》之后以行；《词韵考略》则成于乾隆四年（1739）附于《词林纪事》后以行。他对朱彝尊的《词综》极为推崇，以为它“博采唐宋，迄于金元，搜罗广而选择精，舍是无从入之方也”。因此他教授词学便以《词综》为入门之书，讲授时对“每一阕中，凡抒写情怀，描模景物，以及音韵法律，靡不指示详明，直欲使作者洗发性灵，而后学得藉为绳墨”（张载华《词综偶评后记》）。《词综偶评》是许昂霄在讲授时写的评语，后由门人张载华辑录成编。它旨在为初学填词者指示途径。如评温庭筠《菩萨蛮》云：“‘小山重叠金明灭’，小山盖指屏山而言。‘鬓云欲度香腮雪’，犹言鬓丝撩乱也。‘照花前后镜，花面交相映’，承上梳妆言之。‘新帖绣罗襦’，帖疑当作贴。”评姜夔《暗香》云：“二词绛云在霄，舒卷自如；又如琪树玲珑，金枝布护。‘旧时月色’二句，倒装起法。‘何逊而今渐老’二句，陡转。‘但怪得竹外疏花’二句，陡落。‘叹寄与路远’三句，一层。‘红萼无言耿相忆’，又一层。‘长记曾携手处’二句，转。‘又片片吹尽也’二句，收。”评汪元量《莺啼序》云：“慨古实以伤今，当与《麦秀》之歌，《黍离》三诗并传。‘嗟倦客又此凭高’，点清重过。‘槛外已少佳致’，虚笼一句。‘更落尽梨花’三句，只作引子，亦是衬法。‘问青山’三句，领起下二段。‘麦甸葵邱’五句，两层俱是所见，一下一高。‘听楼头哀笳怨角’一层是所闻。‘渐夜深月满秦淮’二句，转接，两层亦是所见，一远一近。‘慨商女不知兴废’三句，一层是所闻。‘伤心千古’二句，略顿。‘认依稀王谢旧邻里’，衣冠人物。‘临春结绮’三句，宫殿妃嫔。‘因思畴昔’九句，追思致乱之由。‘叹人间今古真儿戏’一句，总收。‘东风岁岁还来’三句，仍应转第一段。”经过这样的评讲，使初学词者对每词的基本内容及写法能有大致的了解。但这仅仅是研究作品的基础，远不如先著的词评深刻，也不如金圣叹的词评生动有趣，纯是沿袭明代古文家的评点方法。

《词韵考略》出现于沈谦《词韵略》之后，戈载《词林正韵》之前。许昂霄对沈氏词韵有所修改，主张："大约平声宜从古，上、去可参用古今，入声不妨从今；平声宜严，上、去较宽，入声则更宽矣。"他所谓的"古"是指唐宋词用韵，"今"是指清初词用韵。这必然在调和古今与宽严之间缺乏标准而陷入紊乱。其所列韵部全用诗韵韵目，注明古今通用的情况，计分平声（包括上去）十九部，入声九部，共二十八部。由于这部词韵与宋词实际用韵情况差异很大，没有产生较大的的社会影响。在戈载《词林正韵》问世以前，词坛通用的仍是沈谦所拟的词韵。

第五节　朱彝尊与浙西词派的词学理论

浙西词派是一个以浙西为主的清初词人群体。它兴起于康熙朝，以康熙十七年（1678）《词综》编集问世为标志，至乾隆以后渐趋于衰微；占据清初词坛百余年。这一派的创始者为曹溶，主要词人有朱彝尊、李良年、沈皞日，李符、沈岸登、龚翔麟、厉鹗、郭麐、王策、项鸿祚、吴锡麒等。他们对词体体性、词的发展过程、艺术特点、艺术渊源等的认识基本上一致，而也有大致相同或相似的艺术风格。浙西词派在创作实践上有很大的成就，但对词学理论则是较为忽视的。他们没有专门的词学著述，也没有专门的词话。[①] 他们注重编选词集以体现其美学主张，多在词选凡例和词集序跋里表述词学见解。虽然如此，浙西词派的词学理论仍是较为鲜明而有特色的，在当时产生了巨大的影响，推动了清代的词学复兴。[②]

浙西词派的创始者是词人曹溶。朱彝尊认为："数十年来，浙西填词者，家白石而户玉田，春容大雅，风气之变，实由先生。"（《静惕堂词序》）曹溶（1613～1685），字洁躬，又字秋岳，号倦圃。浙江嘉兴人。为明代进士，清顺治初为河南道御史，累迁户部侍郎，左迁广东右布政使。清康熙中举博学鸿词，以疾力辞；又荐修明史，以力辞不赴。其家藏书甚富。工于诗词，著有《静惕堂诗词集》。他关于词学的见解，主要见于《古今词话序》：

> 填词于摛文最为末艺，而染翰若有神工。尽以偷声减字，憔摭流景于目前；而换羽移宫，不留妙理于言外。虽极天分之殊优，加人工之雅缛，究非当行种草，本色真乘也。所贵旨取花明，语能蝉脱，议论便入鬼趣，淹博终成骨董。在俪玉骈金者，向称笨伯；而矜虫斗鹤者，未免伧父。用写曲衷，亟参活句，有若国色天香，生机欲跃；如

① 郭麐《灵芬馆诗话》十卷，末附词话二卷，多记清代词坛轶事，缺乏理论建树。

② 参阅高建中：《浙西词派的理论》，《词学论稿》，华东师范大学出版社1986年版。

彼山光潭影，深造匪艰。务令味之者一唱三叹，聆之者动魄惊心。所云意致相诡，无理入妙者，代不数人，人不数句。其有造词过壮，则与情相戾；辩言过理，又与景相违。剽似者靡而短于思，臆创者俳而浅于法，剪采杂而颛古者卑之，操作易而深研者病之。即工力悉敌，意态纷陈，要皆糠粃，堕彼云雾。不知文余妙谛，解出旁观。①

这实为一篇词的创作论。曹溶论词显然深受宋人严羽“兴趣”说的影响，以为词体有别材别趣，词意的表达应含蓄而寄于言外，词的艺术表现应是自然美妙而充满生机，词人应表达自己内心的真实感受。为此，他反对以议论为词，以学问为词，反对剽似臆测、务为艰深、粗率浅俗和浮艳华丽。曹溶对词的创作艺术有特别深入的理解，他的创作也能体现其艺术主张，因而其词在清初词坛独具一格，极为雅正和婉，于是使明末以来词坛的风气为之一变。

朱彝尊画像

朱彝尊是浙西词派的领袖，也是这个词派的理论代表者。在清代词学复兴的过程中，他是有重要作用和重大贡献的词学家。朱彝尊，字锡鬯，号竹垞，晚号小长芦钓鱼师，又号金风亭长。浙江秀水人。生于明崇祯二年（1629），卒于清康熙四十八年（1709）。自少时

① 《古今词话序》，《词话丛编》第729页，中华书局1986年版。

即以诗古文辞见知于江左之耆儒遗老；又学识渊博，长于经学，大学者顾炎武和阎若璩皆极为称赏。中年时期因家贫而客游南北各地，从曹溶学词。其《曝书亭词》四种（《江湖载酒集》《静志居琴趣》《茶烟阁体物集》《蕃锦集》）大都作于中年时期。他于康熙十七年（1678）编成唐宋元人词选集为《词综》三十四卷。次年五十岁，以布衣应博学鸿词，入选授翰林院检讨，充明史修纂官。康熙二十年（1681）充日讲起居注，出典江南省试。康熙二十九年（1690）因事罢职归乡后，从事著述。著有《经义考》三百卷，《曝书亭集》八十卷，《日下旧闻》四十二卷。朱彝尊的《词综发凡》和十余篇词集序跋是浙西词派词学理论的重要文献。

浙西词派的词论体现了他们的创作主张，以利于指导创作实践。朱彝尊词论的这种倾向是最明显的。关于词体的认识，朱彝尊虽然仍用了“诗余”的概念，但以为诗词分流以后，它们的体性有别，社会功能也不同了，因而诗与词其作用是互补的关系，可以并存，而不可偏废。他在《紫云词序》里说：

> 词者，诗之余，然其流既分，不可复合。有以乐章语入诗者，人交讪之矣。虽然良医之主药，藏金石草木，燥湿寒热之宜，采营各别，而后处方，合散不乱其部，要其术则一而已。自唐以后，工诗者每兼工于词。宋之元老若韩、范、司马，理学若朱仲晦，真希元亦皆为之。由是乐章卷帙，几与诗富。昌黎子曰：欢愉之言难工，愁苦之言易好。斯亦善言诗矣。至于词或不然，大都欢愉之辞工者十九，而言愁苦者十一焉耳。故诗际兵戈俶扰，流离琐尾，而作者愈工；词则宜于宴嬉逸乐，以歌咏太平，此学士大夫并

存焉而不废也。

——《曝书亭集》卷四〇

朱彝尊尚未完全摆脱词为“小道”或“小技”的传统观念，但他强调词体通之于“诗骚”之义，具有诗体所不及的特殊功能。他说：“词虽小技，昔之通儒钜公，往往为之。盖有诗之所难言者，委曲倚之于声，其辞愈微，而其旨益远。善言词者，假闺房儿女之言，通于《离骚》《变雅》之义。”（《陈纬云〈红盐词〉序》，《曝书亭集》卷四〇）似乎词也有微言大义的作用了。他还指出词的创作是较困难的，意在使人们勿以“小道”去轻视它，如说：“词虽小道，为之亦有术矣。去《花庵》《草堂》之陈言，不为所役，俾滓窳涤濯，以孤枝自拔于流俗，绮靡矣而不戾乎情，镂琢矣而不伤夫气。夫然后足与古人方驾焉。”（《孟彦林词序》，《曝书亭集》卷四〇）这里，朱彝尊表示了对明以来词坛摭拾陈言、词意滓窳、词风绮靡、语词镂琢等现象的不满。填词要做到“不戾乎情”、“不伤乎气”，则必须有正确的审美理想为指导，因此以“雅正”论词是朱彝尊及浙西词派理论的核心。他追溯了词的发展过程，特别肯定和赞同词史上的复雅主张。其《群雅集序》云：

用长短句制乐府歌辞，由汉迄南北朝皆然。唐初以诗被乐，填词入调则自开元、天宝始。逮五代十国，作者渐多，遗有《花间》《尊前》《家宴》等集。宋之初，太宗洞晓音律，制大小曲及因旧曲造新声，施之教坊舞队，曲凡三百九十，又琵琶一器有八十四调。仁宗于禁中度曲时，有若柳永；徽宗以大晟名乐时，则有若周邦彦、曹组、晁次膺、万俟雅言。皆明于宫调，无相夺伦者也。洎乎南渡，家各有词，虽道学如朱仲晦、真希元亦能倚声中律吕，而姜夔审音尤精。终宋之世，乐章大备，四声二十八调，多至千余曲，有引、有序、有令、有慢、有近、有犯、有赚、有歌头、有促拍、有摊破、有摘遍、有大遍、有小遍、有转踏、有转调、有增减字、有偷声。惟因刘昺所编《宴乐新书》失传，而八十四调图谱不见于世，虽有歌师板师，无从知当日之琴趣、箫笛谱矣……盖昔贤论词，必出于雅正，是故曾慥录《雅词》，鲖阳居士辑《复雅》也。

——《曝书亭集》卷四〇

这将音乐文学的词与儒家制礼作乐的理想联系起来，说明宋代统治者对词体的重视。为此，词体必须雅正才能起到社会教化的作用。朱彝尊编的《词综》，其选词标准也以雅正为归依。他认为：

言情之作，易流于秽，此宋人选词多以雅为目。法秀道人语涪翁曰："作艳词当堕犁舌地狱。"正指涪翁一等体制而言耳。填词最雅，无过石帚。①《草堂诗余》不登其只字；见胡浩立春吉席之作，蜜殊（僧挥）咏桂之章，亟收卷中，可谓无目者也……是集于黄九之作，去取特严，不敢曲狥后山之说。

——《词综发凡》

---

① 石帚，指姜夔。姜夔不号石帚，详见夏承焘《石帚辨》，《姜夔词编年笺校》第 283 页，上海古籍出版社 1981 年版。

詞綜發凡　　朱彝尊纂
唐宋以來作者長短句每別爲一編不入集中以是散佚最易常熟吳氏訥彙有宋元百家詞抄傳絕少未見全書近日毛氏晉刻有汲古閣六十家宋詞頗有裨于學者是編所錄半屬抄本白門則借之周上舍雪客黃徵士俞邰京師則借之宋員外牧仲成進士容若吳下則借之徐太史健菴里門則借之曹侍郎秋岳餘則汪子晉賢購諸吳興藏書家互爲參定其已經選輯者南唐二主詞集一卷馮延巳陽春錄一卷潘閬逍遙詞一卷林逋和靖先生集詞晏殊珠玉

詞綜發凡　一

詞一卷歐陽修六一居士詞三卷王安石半山老人詞一卷晏幾道小山詞二卷張先子野詞一卷柳永樂章集九卷蘇軾東坡居士詞二卷黃庭堅琴趣外篇二卷秦觀淮海詞三卷晁補之詞一卷陳師道後山長短句二卷李之儀姑溪集詞二卷賀鑄東山寓聲樂府三卷毛滂東堂詞二卷杜安世詞一卷黃裳演山集詞二卷葛勝仲丹陽詞一卷周紫芝竹坡居士樂府三卷謝逸溪堂詞一卷謝邁竹友詞一卷葛郯信齋詞一卷廖行之省齋詩餘周邦彥清眞集三卷晁端禮閒齋琴趣外篇一卷徐伸青山樂府一卷

清刊本《词综》书影

浙西词派提倡“雅正”，主要是反对庸俗和俚俗，并不反对表达儿女之情的艳词，只要将它归于“雅正”则仍合于“骚雅”之义。朱彝尊自己即有许多艳情之作，《静志居琴趣》全是写其儿女私情的。然而如李符所说：“集中虽多艳曲，然皆一归雅正。”（《江湖载酒集序》，《浙西六家词》）在宋代词人中朱彝尊以为“填词最雅”的是姜夔，他在《黑蝶斋诗余序》里又说：“词莫善于姜夔，宗之者张辑、卢祖皋、史达祖、吴文英、蒋捷、王沂孙、张炎、周密、陈允平、张翥、杨基，皆具夔之一体。基之后，得其门者寡矣。”（《曝书亭集》卷四〇）他拟了姜夔一派词的世系，而且以为自明代初年杨基之后雅词便不传了，似乎浙西词派才又继续了姜夔雅词的传统。姜夔以后的南宋词人，只有张炎最符合“雅正”之音，所以浙西词派主要以这两家为学习的楷模，以致形成“数十年来，浙西填词者，家白石而户玉田”的盛况。由此可见，朱彝尊所推崇的词人是姜夔以来的南宋婉约词人，因而以为南宋词在词史上有特别重大的意义，他说："世人言词，必称北宋，然词至南宋始极其工，至宋季而始极其变。姜尧章氏，最为杰出。"（《词综发凡》）这是针对明以来崇尚以《花间集》和《草堂诗余》为代表的五代和北宋词而言的。"《草堂诗余》所收最下，最传。三百年来，学者守为兔园册，无惑乎词之不振也。"为了改革明以来词坛的积弊，朱彝尊才提出向南宋词学习。他从词的艺术表现技巧着眼，以为宋词到了姜夔的时代艺术上才成熟，而到了南宋末年张炎的时代词的艺术才臻于高境与极致。可惜朱彝尊并未具体地阐述其观点。虽然就宋词的发展过程来看，朱彝尊高度评价了南宋婉约词的成就，但从词的体制而言，他也以为北宋的小令值得学习。他不赞成顾从敬关于词调的分类，认为："宋人编集歌词，长者曰慢，短者曰令，初无中调、长调之目。自顾从敬编《草堂》词，以臆见分之，后遂相沿，殊属牵率。"（《词综发凡》）按照词调小令与慢词之分，朱彝尊说："小令宜师北宋，慢词宜师南宋。"（《计鱼庄词序》，《曝书亭集》卷四〇）他总结自己学词的体会说："予少日不喜作词，中年后始为之，为之不已，且好之，因而浏览宋元词集凡二百家，窃谓南唐、北宋，惟小令为工，若慢词至南宋始极其变。"（《书东田词卷后》，《曝书亭集》卷五三）这样，其关于宋词的评价就较为全面了。

由于朱彝尊在学术界和文学界的崇高地位，其词学观点在当时的影响最大。浙西词派基本上是按照朱彝尊的词学理论进行创作，并丰富和发展了他的许多论点。

《词综》的编者之一汪森，其《词综序》向来被视为是浙西词派的重要词学文献。序云：

> 自有诗而长短句即寓焉，《南风》之操，《五子》之歌是已；周之《颂》三十一篇，长短句居十八；汉《郊祀歌》十九篇，长短句居其五，至《短箫铙歌》十八篇，篇皆长短句，谓非词之源乎？迄于六代，江南《采莲》诸曲，去倚声不远，其不即变为词者，四声犹未谐畅也。自古诗变为近体，而五七言传于伶官乐部，长短句无所依，则不得不更为词。当开元盛日，王之涣、高适、王昌龄诗句，流播旗亭，而李白《菩萨蛮》等词，亦被之歌曲。古诗之于乐府，近体之于词，分镳并骋，非有先后。谓诗降为词，以词为诗之余，殆非通论矣。西蜀、南唐而后，作者日盛。宣和君臣，转相矜尚。曲调愈多，流派因之亦别，短长互见。言情者或失之俚，使事者或失之伉。鄱阳姜夔出，句琢字炼，归于醇雅。于是史达祖、高观国羽翼之，张辑、吴文英师之于前，赵以夫、蒋捷、周密、陈允平、王沂孙、张炎、张翥，效之于后。譬之于乐，舞箾至九变，而词之能事毕矣。

汪森比朱彝尊更坚决地否定“诗余”说，他为尊崇词体，特别提出了长短句与诗同源之说，却忽略了词体的音乐特性和调式格律，而对近体诗与词体的关系未能进一步说明。汪森将朱彝尊提出的“雅正”标准，修正为“醇雅”，以强调创作主体醇厚的艺术修养和使作品内容进一步符合道德规范。关于南宋词的艺术成就和姜夔以来雅词的源流，汪森也作了较为具体的说明。因此，《词综序》可以看作浙西词派的艺术宣言。在汪森之后，浙西词派的李符、厉鹗、王昶、吴锡麒、郭麐，都继续表述了这一词派的词学见解。

李符（1639～1689），字分虎，号耕客。浙江嘉兴人。早岁受知于曹溶，又与朱彝尊等结社唱和。著有《香草居士集》，词集为《耒边词》。李符在《红藕庄词序》里说：

> 词至晚宋极变而工，一时名流，往往托迹西泠，篇章传播为最盛。数百年来，残谱零落，未有起而裒集之者。竹垞（朱彝尊）工长短句，始留意搜访，十得八九。当其客通潞时，蘅圃（龚翔麟）与之朝夕，悉取诸编而精研之。故为倚声最早，无纤毫俗尚，得以入其笔端……（龚翔麟）所制大率以石帚为宗，而旁取于梅溪、碧山、玉田、苹洲、蜕岩、西麓各家之体格。
>
> ——《浙西六家词》

他重申了朱彝尊“词至南宋始极其工，至宋季而始极其变”的观点，指出了朱彝尊的词符合雅正的标准，说明了龚翔麟词的艺术渊源。浙西六家在创作中是体现了他们的创作主张的。

厉鹗画像

厉鹗（1692～1752）字太鸿，号樊榭。浙江钱塘人。康熙五十九年（1720）举人；乾隆元年（1736）荐试博学鸿词，以违式未用。著有《辽史拾遗》《宋诗纪事》《绝妙好词笺》《樊榭山房集》

《樊榭山房词》。厉鹗是浙西词派里很有成就的词人，汪沆说："尤工长短句，瓣香乎玉田、白石。习倚声者共奉先生为圭臬焉。忆前此十余年，大江南北，所至多设坛坫，皆以先生为主盟。一时往来，通缟纻而联车笠。韩江之雅集，沽上之题襟，虽合群雅之长，而总持风雅，实先生为之倡率也。"（《樊榭山房文集序》）厉鹗以为宋人选的词集只有周密的《绝妙好词》最符合"雅"的标准。为了提倡雅词，他同查为仁完成了《绝妙好词笺》，以期振兴"雅道"。在《群雅词集序》里，厉鹗阐述了雅词的渊源与要求。他说：

> 词源于乐府，乐府源于诗。"四诗"大小《雅》之材合百有五。材之雅者，《风》之所由美，《颂》之所由成。由诗而乐府而词，必企夫雅之一言，而可以卓然自命为作者。故曾端伯选词名《乐府雅词》，周公谨善为词，题其堂曰"志雅"。词之为体，委曲啴缓，非纬之以雅，鲜有不与波俱靡，而失其正者矣。
>
> ——《樊榭山房文集》卷四

关于浙派词的艺术渊源，厉鹗追溯到北宋后期的周邦彦。他在《吴尺凫〈玲珑帘词〉序》云：

> 两宋词派，推吾乡周清真，婉约隐秀，律吕谐协，为倚声家所宗。自是里中之贤若俞青松、翁五峰、张寄闲、胡苇航、范约庄、曹梅南、张玉田、仇山村诸人，皆分镳竞爽，为时所称。元时嗣响则张贞居、凌柘轩，明瞿存斋稍为近雅。马鹤窗阑入俗词，一如市伶语，而清真之派

微矣。

——《樊榭山房文集》卷四

厉鹗于宋代词人中最推崇周邦彦，这是与其他浙西派词人颇为相异的。周邦彦可算作浙西词派的远源，因为他虽在北宋后期，但实际上开创了南宋婉约词风，而且最注重格律和趋向典雅。所以提倡向周词学习，与朱彝尊的主张并无矛盾。

王昶（1723～1806），字德甫，号述庵，又号兰泉。江苏青浦人。乾隆十九年（1754）进士，官至刑部右侍郎，历主娄东书院和敷文书院讲席。著述甚富，有《春融堂集》六十八卷，继朱彝尊《词综》之后编了《明词综》和《国朝词综》。他在《国朝词综序》里最彻底地批评了明以来的“诗余”说。他认为：“词实继古诗而作，而诗本于乐，乐本于音……词以续乐府之后。不知者谓诗之变，而其实诗之正也。由唐而宋，多取词入于乐府，不知有谓乐之变，而其实词正所以合乐也。”这从古代诗乐的关系，得出了词为“诗之正”的结论。后世的诗不能入乐了，词的入乐正是代替了诗的作用，因为“词可入乐，即与诗之入乐无异也，是词乃诗之苗裔，且以补诗之穷”。据此，他有力地驳斥了明以来的“诗余”说，他以为“今之词即古之诗，即孔氏颖达之谓长短句，而自明以来，专以词为诗之余，或以小技目之，其不知诗乐之源流亦已颠矣”。王昶之说在清代词的尊体过程中是很有作用的。

吴锡麒（1746～1818），字圣征，号谷人。浙江钱塘人。乾隆四十年（1775）进士，由翰林院编修官至国子监祭酒。长于骈体文，其词为浙派的后劲，著有《有正味斋集》，词集为《有正味斋词》。他在《屈弢园〈竹滬鱼唱〉序》里论词云：

大抵词之道，情欲其幽，而韵欲其雅。摹其履舄，则病在淫哇；杂以筝琶，则流为伧楚。甚或颂如致语，谐等爨弄，真宰不存，小道见弃，宜哉！

——《有正味斋骈体文续集》卷二

他重申了作词必须雅正的原则，以为情感的表达必须幽隐含蓄，语言风格必须雅致。如果词作流于淫哇和伧俗，这是自使词体卑贱，因而必然被人指为“小道”了。他从创作实际中深深认识到雅正的意义。

郭麐（1767～1831），字祥伯，号频迦。江苏吴县人。少时有神童之称，为诸生。家贫客游，无所遇合。工诗词古文，著有《灵芬馆集》《灵芬馆诗话》（内有词话两卷）、《灵芬馆词》。其《灵芬馆词自序》云：“余少喜为侧艳之词，以《花间》为宗，然未暇工也。中年以往，忧患少欢，则益讨沿词家之源流，借以陶写阨塞，寄托清徵，遂有会于南宋诸家之旨。”在浙西词人中，郭麐是唯一有词话著述的。他对朱彝尊的词学观点有所阐发并高度评价了其在词学复兴中的意义。郭麐说：“世之论词者，多以秾丽隽永为工，灯红酒绿，脆管幺弦，往往令人倾倒，然非词之极工也。”（《灵芬馆词话》卷二）他最推崇朱彝尊的词及其《词综》，以为：

本朝词人，以竹垞为至，一废《草堂》之陋，首阐白石之风。《词综》一书，鉴别精审，殆无遗憾。其所自为，则才力既富，采择又精，佐以积学，运以灵思，直欲平视《花间》，奴隶周、柳；姜、张诸子，神韵相同，至下字之典雅，出语之深成，非其比也。

——《灵芬馆词话》卷一

自《词综》流传以来，词坛风气大大转变："《草堂诗余》玉石杂糅，芜陋特甚，近皆知厌弃之矣。"这应是朱彝尊的功绩。关于朱氏的词学观点，郭麐评价云："'词之为体，盖有诗所难言者，委曲倚之于声'，竹垞之论如此，真能道词人之能事者也。又言'世之言词者，动曰南唐、北宋，词至南宋而始极其能'，此亦不易之论也。"（《灵芬馆词话》卷一）在郭麐的时代，浙西词派已趋于衰敝了，所以他一再重申朱彝尊的理论，并肯定其在词史上的意义。但是浙西词派的末流故作雅词，徒事模拟的结果使词意枯寂。郭麐已非常清楚地看到这些弊病，他说：

倚声家以姜、张为宗，是矣。然必得其胸中所欲言之意，与其不能尽言之意，而后缠绵委折，如往而复，皆有一唱三叹之致。近人莫不宗法雅词，厌弃浮艳，然多为可解不可解之语，借面装头，口吟舌言，令人求其意旨而不得。此何为者耶？昔人以鼠空鸟即为诗妖，若此者，亦词妖也。

——《灵芬馆词话》卷二

浙西词派发展至此，已是日暮途穷，渐渐为另一词派所代替了。

浙西词派的理论代表了清初一种文学思潮，非常明显的是明代以来浅俗浮艳的文学思潮的反动。它在理论上表现为处处与明人的词学观点相对立：明人以词为诗之余，浙派以词为诗之正体；明词流于浅俗，浙派归于雅正；明人崇尚五代和北宋词，浙派崇尚南宋词；明人以《花间集》和《草堂诗余》为学习范本，浙派以师法姜夔和张炎为学习途径。这种反拨的现象在清代词学复兴的过程中起到了积极的作用，因而是词学史上的进步现象，但也具有一定的局限性。

自南宋以来，尊体问题在词学史上并未得到很好的解决，所以在明代才有词为诗余之说的盛行。由于音乐文学历史发展线索的隐伏，无论明人或浙西词派都未能对词体的本质有正确的认识。浙西词派尊崇词体以便为他们的创作寻找重要的理论依据，所以只得将词体与古老的文学传统《诗经》联系起来，错误地以为先秦诗歌中的长短句即词之源了。另一方面，又将属于通俗文艺领域的词体的入乐性质，与儒家制礼作乐的理想联系起来，以为由宋词即可见有宋一代礼乐之制了。这样，词体既源于我国最早的文学传统，又符合统治阶级制礼作乐以粉饰太平的社会需要，则其体自然便尊荣了，因而完全可以跻于正统文学之列。这样的尊体只能有助于词体得到统治阶级的承认，取得正统文学的地位，而实际上其中包含了不少错误的观念：既歪曲了词体的性质，也误解了词的历史。浙西词派在尊体过程中较有理论建树的，是他们进一步从文学本位来认识了词体的意义，即认为：自唐代近体诗兴起之后，诗与词分途发展，词体分担了诗体的文学功能。在浙西词派的创作实践中，他们渐渐体会到，词体具有表达主体隐密情感的特殊功能，能言诗之所不能言者，有别裁和别趣，不需要矫饰与学问，只需将内心真实的感受婉曲含蕴地表达出来。这种认识最能为清初的文人们所接受，真正起到了尊体的作用，促进了清代词作的繁荣。

词体当其与音乐的关系渐渐疏远，以至完全脱离而成为纯文学的体式之后，它必然从都市通俗文艺转化为文人文学，也必然趋向于典雅化。南宋以来词的发展道路基本上走的是典雅化的道路。明人对词体在宋以后所发生的变化缺乏认识，再走《花间》与《草堂》的创作道路，因而导致了词体的凋敝。浙西词派提倡雅正的主张正适应了词体之纯文学样式的要求和文人们的审美理想，于是词的题材便不局限于艳科而有广阔的天地，可以间接地表达江山易代与政治风云的种种感慨。词体将成为一种严肃的文学创作，不再是“小道”了。按照雅正的要求，作品中所表达的情与志都必须符合诗教的规范，而表现形式也必须是雅致含蓄的。这样虽然可以革除明以来词坛浅近庸俗的积习，却使词的创作缺少了生机，丧失了热情，也必然削弱其社会作用了。

南宋姜夔以来的雅词最符合浙西派的审美理想和审美趣味，因而浙西词人高度评价了南宋词在词史上的意义。他们从词体艺术形式和表现技巧着眼，认为词的艺术发展到南宋时才趋于成熟，而到南宋末年才臻于完善。这样的评价从文人词的发展而言是有其合理性的，因为这时词体艺术的确达到了非常圆熟与精巧的程度。因此，学习南宋词最适应清初词体成为纯格律诗体的需要，也最适应清初词人崇尚雅正的趣味。南宋众多词人中，艺术风格各异，在创作中还得解决具体学习途径问题，即具体的师法对象。浙西词派特别选择了姜夔和张炎。这两家词的共同特点是：题材比其余婉约词人有所扩大，表现家国与身世之感；词意较为清新空灵，甚而空灵到近于晦涩或模糊的境地，情绪完全被诗情画意淹没了，有去留无迹之感；语言特别典雅含蓄，善于融化事典，富于雕饰而又出之自然，字面清丽而精美。这两家词非常投合浙西词派的艺术趣味，而尤其很适应清初的文化政策，有利于汉族文人谨慎地、曲折地表达他们在清朝统治下的复杂而深沉的思想和情感，使他们的词作能巧妙地实现其社会作用。我们在清代频繁的文字狱中尚未发现因作词而犯罪的例子，而其他诗文著述则未能幸免。这不能不是浙西词派师法姜夔与张炎的深意所在了。

浙西词派的理论对创作起到了切实的指导作用，革除了词坛的鄙芜风气，推动了词学复兴。浙西词派的理论有鲜明的时代特色，体现了这一词派的创作主张和文学思想。它是对明以来词学理论的反拨，在反拨中所出现的过激偏向，自然是文化史上常见的现象。

第六节　万树与词体格律的总结

康熙二十六年（1687）《词律》刊行，这是词学史上的一件大事。它标志了自明代以来，词学家们研究词体格律所取得的最高成就；是词体脱离音乐以来，人们关于词体格律认识的总结。在《词律》之后，出现了王奕清等的《词谱》、郭巩的《诗余谱纂》、许宝善的《自怡轩词谱》、舒梦兰的《白香词谱》、叶申薌的《天籁轩词谱》、谢元淮的《碎金词谱》，以及现代学者编的种种词谱，但均未超过万树的《词律》所达到的学术水平。词体格律的总结，对清词的创作实践起到了很好的作用，有助于词学复兴。

万树，字花农，一字红友，号山翁。江苏宜兴人。其主要生活时期在康熙朝。吴兴祚为两广总督时，万树以监生入其幕而以才称。所作曲二十余种，今可考者有杂剧八种：《珊瑚珠》

《舞霓裳》《藐姑仙》《青钱赚》《焚书闹》《骂东风》《三茅庵》《玉山宴》；传奇八种：《风流棒》《空青石》《念八翻》《锦尘帆》《十串珠》《万金瓮》《金神风》《资齐鉴》。所制杂剧或传奇脱稿，吴兴祚即令家伶排演。此外还著有《堆絮园集》和《香胆词》。万树对词律进行了长期的研究。康熙七年（1668）在京都时，他便将初步意见与著名词人陈维崧讨论过，得到支持。后于康熙十六年（1677）开始撰著，又十年方成书于岭南。由于图书条件的限制，万树仅据《花间集》《草堂诗余》《尊前集》《花庵词选》《宋六十名家词》《啸余谱》《词统》《词汇》《词综》等词籍，汇列词调，考订字句，辨别平仄。这必然存在某些讹错与疏漏之处，但如近世词学家陈锐所说："征以久佚复出之各词集，万说十九有验。"他又说：

> 万氏之书，虽不能谓绝无疏舛，然据所见之宋元以前词，参互考订，且未见《乐府指迷》，而辨别四声，暗合沈义父之说。凡所不认为必不如是，或必如何始合者，不独较其他词谱为详，且多确不可易之论，莫敢訾以专辄。识见之卓，无与伦比。后人不得不奉为圭臬矣。
>
> ——《声执》卷上

清咸丰间，杜文澜对《词律》详加考订，著有《词律校勘记》二册。同治间徐本立撰成《词律拾遗》八卷。光绪初年，恩锡久与杜文澜重校增补《词律》，将《词律校勘记》分散于各调之后，附《词律拾遗》，又附杜氏《词律补遗》一卷，合刊以行。[1] 这样终使万树的词体格律的总结趋于完善了。

《词律》共收词调六百六十调，一千一百八十体。以调字数由少到多为序排列，每调内之各体也依字数为序排列。每调下注明调之异名和字数；若有数体者，每体下亦注明字数。每调与每体均选一典范之作为例，旁注韵、句、豆，于词字可平可仄者旁注明，未注明者则依原词字之平仄。每调或每体后间有详尽的说明与考校。万树避免了图谱方式的先图后词不相连接的缺陷，也避免了圈法易于讹误的通病。这样，填词者便可根据某调格律进行创作了。作词者若按词律规定的句式、韵数、分片、词字平仄试填，这可以认为是填词的宽式；若进一步参考调后的说明，分辨四声，严别上去，注意拗句，这可以认为是填词的严式。后来的《词谱》虽然有其平仄明显、体调完备的许多优点，但仅属宽式，因而不能取代《词律》，也未达到《词律》的学术高度。所以万树之著一直为词学界所推重。

發凡　紅友樹僭論
嘯餘譜分類爲題意欲別於草堂諸刻然題字參差有
難取義者强爲分列多至乖違如踏莎行御街行望
遠行此行步之行豈可入歌行之內而長相思尤爲
不倫醉公子七娘子等是人物豈可與他子字爲類
通用題與三字題有何分別惜分飛紗窗恨又不入
人事思憶之數天香入聲色不入二字題白苎入二
字不入聲色題柳梢青入三字而小桃紅又入聲色
玉連環不入珍寶若此甚多分列俱不確當故列調
自應從舊以字少居前字多居後既有彙規亦便檢
閱
詞律　卷之一　發凡　十
自草堂有小令中調長調之目後人因之但亦約畧云
爾詞綜所云以臆見分之後遂相沿殊屬牵率者也
錢唐毛氏云五十八字以內爲小令五十九字至九
十字爲中調九十一字以外爲長調古人定例也愚
謂此亦就草堂所分而拘執之所謂定例有何所據
若以少一字爲短多一字爲長必無是理如七娘子
有五十八字者有六十字者將名之曰小令乎抑中

清刊本《词律》书影

① 上海古籍出版社 1984 年影印出版的《词律》即是据杜氏光绪二年之合刊本。

万树在《词律发凡》和许多词调后的考证里，深入地探讨了词体的声律问题，有非常精辟而独创的见解。兹试评述如下：

（一）词的四声体。宋代周邦彦的词是很讲究格律的。南宋时方千里、杨泽民、陈允平都曾遍和周词，依其词字四声，不敢逾越。据近世词学家杨易霖《周词订律》的分析，三家和清真词之作，全首词之四声仅数字不合者共十余首；方千里和《瑞龙吟》于四声无一字不合。[①] 这种少数格律极严的词调被称为四声体，但是宋人并未总结出四声体的格律。万树发现：

> 美成造腔，其拗处乃其顺处，所用平仄岂慢然为之耶？倘是慢然为之者，何其第二首亦复如前，岂亦皆慢然为之至再、至三耶？方千里系美成同时，所和四声，无一字异者，岂方亦慢然为之耶？后复有吴梦窗所作，亦无一字异者，岂吴亦慢然为之耶？更历观诸名家，莫不绳尺森然者。
>
> ——《词律发凡》

他通过对一些词调的考证，确认宋词中存在四声体，如说："词至千里而绳尺森然，纤毫无假借矣。四声确定，欲旁注而不可得矣……千里之和清真，无一字声韵不合。"（《侧犯》方千里词后注，《词律》卷一一）他又说："余每赞叹方氏和清真一帙，为千古词音证据，观其字字摹合，如此不惟调字句考，且足见古人细心处，不惟有功于周氏，而凡词皆可以此理推

① 参见夏承焘：《唐宋词论丛》第 77 页，古典文学出版社 1956 年版。

之，岂非词家所当蒸尝者耶？故字旁不敢复注平仄。”（《四园竹》周邦彦词后注，《词律》卷一一）据此，万树批评旧谱只分平仄，于仄声不辨上、去、入的现象。他说：“若照（旧）谱注，则词调千余，不管何体，遇五字七字则照诗句，遇四字非平平仄仄，即仄仄平平，遇六字非平平仄仄平平，即仄仄平平仄仄，一概施行，于仄字又不辨上去入而乱填之，则作词有何难事，而古人制腔俱可不必镂肝刿肺，亦为太愚，所称高手名篇，亦不足贵矣。”（《绛都春》吴文英词后注，《词律》卷一六）方千里等人和清真词的例子，从文学创作的观点来看是完全失败的，不足为法。所以万树之论遭到不少词学家的指摘，如潘飞声说：“万红友苦心孤诣，撰为《词律》，自诩严定字句之功臣，却于古人名曰一调与字句不同者，判之为又一体，盖已附会牵强，依谱填之，几无一自然之句矣。近复有人变本加厉，谓必须吻合四声，始称能事。不知古人必无自制一词，而令人复依其四声者。”① 如果我们将四声体仅限于极少孤僻的词调，则它确是存在的。王琴希认为：“四声体为少数词调之特别体，非不可不依者……至孤僻调则平仄无法考校，不可不悉依原平仄……宋人作僻调时，平仄相差多甚少，自难任意更动。”② 虽然如此，但后世作词者实无必要如方千里等人和清真词四声一字不易，而对某些声律较严的僻调应当谨严对待而已，或者选用其他常用词调。

（二）词中的拗句。词的声律是在近体诗基础上形成的，

① 潘飞声：《刘廉生词集序》，《词学季刊》第1卷第2号，1933年8月。

② 王琴希：《宋词上去声字与剧曲关系及四声体考证》，《文史》第2辑，1963年4月。

但却已具有自己特殊的规律。词中拗句即是词体与近体诗在声律方面的重要区别之一。许多词调在起句、过变、结句或某最美听之处，其声律都很特别，不再按平仄对称协调的规律，而是以不协调的拗句方式出现。万树的这一发现是认识到了词体声律的特殊性。如果说四声体在创作实践中不甚适用，而拗句则如元曲中的务头一样是词家所必须遵从的。万树说：

> 读词非仅采其菁华，须观其格律之严整和协处。人见其严整，便以为拗句，不知其拗句，正其和协处。但多吟咏数遍，自觉其妙，而不见其拗矣。字之平仄，人知辨之，不知仄处上去入，亦须严订。如千里之和清真，平上去入无一字相异者，此其所以为佳，所以为难。
>
> ——《词律》卷一九：《丹凤吟》

万树又说："词中此等拗句，及故为抑扬之声，入于歌喉，自合音律。由今读之，似为拗而实不拗也；若改之作顺，而实拗矣。"（《蕃女怨》温庭筠词后注，《词律》卷二）这类拗句，万树在《词律》中多有考订，非常确切地把握了词调声律的特点。

（三）词中的上去声字。与四声体和拗句有非常密切关系的是词中的上去声字。宋末沈义父在《乐府指迷》里已注意到去声字在词调声律中的特殊作用。他说："腔律岂必人人皆能按箫填谱，但看句中用去声字最为紧要。然后更将古知音人曲，一腔两三支参订，如都用去声，亦必用去声。"万树著《词律》时未见到《乐府指迷》，而关于去声字作用的论述却与沈氏的见解相合。由此可见，词调的字声运用确是存在某种规律的。万树以周邦彦《夜游宫》为例云："'照'字、'射'字、'再'字，俱用去声，妙甚。如千里、放翁、东堂、梦窗、芦川，皆词家矩矱，于此数字，莫不用去声。可见读词与填词，须要熟玩深味，方得其肯綮，不可谓遇仄填仄，便以为无憾也。"（《词律》卷八）他又以周邦彦《一寸金》为例云："自首至尾"，所用'下'、'是'、'望'、'面'、'退'、'夜'、'正'、'外'、'渡'、'正'、'事'、'信'、'念'、'梦'、'处'、'利'、'易'、'谢'、'便'、'钓'等去声字，妙绝。此皆跌宕处，要紧，必如此，然后起调。周郎之树帜词坛，有以哉！梦窗之心，如镂尘剔发者，故亦用'看'、'瘦'、'正'、'地'、'透'、'尚'、'暗'、'记'、'绣'、'挂'、'事'、'爱'、'叹'、'思'、'重'、'袖'、'下'、'醉'、'露'等字，又一首亦同。"（《词律》卷一九）万树解释说："夫词曲中四声，以一平对上去入之三仄固已，然三仄可通用，亦有不可通用之处。盖四声之中，独去声为另一种沈著远重之音，所以入声可以代平，次则上声亦有可代，而去声则万万不可。人但于口中调之，其理自明。南北曲之肯綮全在此处。人或谓今日之曲付于歌喉，尚且不必拘泥，词又不入歌，何妨混填。此大谬之说。何也，词即曲之先声，当时本以按拍，岂可以聱牙捩嗓者号为乐府乎！"（《宴清都》词后注，《词律》卷一七）词中关于去声运用的规定，可以理解为某些四声体或某些词调的独特要求，一般词调是不可能严守的。

（四）词的入派三声。我国的音韵在元代发生了非常重大的变化，主要是原来的入声消失了，分别转为平、上、去三类声调之中，这即是"入派三声"。周德清在《中原音韵》的韵目中"以入声配隶三声"，标志了我国近代音系的形成。万树对戏曲的声韵格律很熟悉，创作了二十余种杂剧与传奇，因而探讨词律时，借用了元曲“入派三声”说。他认为：“入之入派三声，为曲言之也，然词曲一理。今词中之作平者比比而是，比上作平者更多，难以条举。”（《词律发凡》）他又说：“盖入声作平，北音皆然，故予谓不通于曲理，不可言词也。至于入既作平，亦仍可作仄，但于口中调之，其音自见，其理自明。”（《江城子》黄庭坚词后注，《词律》卷二）万树在《南歌子》石孝友词后，对这个问题作了较详的阐述：

> 愚谓入声可作平，人多不信曰：入声入派三声，始于元人论曲，君何乃移其说于词？余曰：声音之道，古今递传，诗变词，词变曲，同是一理。自曲兴盛，故词不入歌，然北曲《忆王孙》《青杏儿》等，即与词同。南曲之引子与词同者将六十调，是词曲同源也。况词之变曲，正宋元相连接处，岂曲入歌当以入派三声，而词则不然乎？故知入之作平，当先词而后曲矣。盖当时周、柳公制调，皆用中州正韵。今观词中，如“不”音“逋”，“一”音“伊”之类多至万千，正与北曲同，而又何疑于入作平之说耶？且用韵句亦可以入为叶，如惜香《醉蓬莱》以“吉”字叶“髻”、“戏”，坦庵以“极”字叶“气”、“瑞”等甚多。若云入不可叶，则此等词落一韵矣。至通篇入叶之调，有可兼用上、去，如《贺新郎》《念奴娇》之类，有本是本韵而以入代叶者，如金谷此篇之类。虽全用入声，而实以入作平，必不可谓是仄声，而用上去为韵脚也。
>
> ——《词律》卷一

万树的词“入派三声”说之要点可概括为：词曲一理，入派三声先词而后曲；词中入声字与阴声字相押；词调有以入代平；句中字亦有以入代平。第一点是万氏立论的基础，其余三点都是宋词中的个别现象。由于万树对汉语音韵学史上的入声问题缺乏深入的研究，因而他为某些现象迷惑而陷于错误。

关于入派三声先词后曲，稍后《词谱》的编者即指出这是万氏的谬误。如《词谱》卷一七《千年调》辛弃疾词后注云：“《词律》……至论‘合’字平声。按《中原雅音》合音呵，《中原音韵》歌戈部入声作平声有‘合’字。此亦金元曲谱所用。北方之音，不可以律宋词。”又《词谱》卷二四《黄莺儿》晁补之词后注云：“不知中州韵始自元时，全为作北曲而发。若填词自依古韵，岂有宋词在前，反遵后世曲韵之理。此论（万氏之说）纰缪不可从。”但是也有现代语言学家和词学家以万氏之说加以补充，认为入声的特点是收声不能延长，而歌唱时字音要延长才可以叶乐；这样，入声在词中就不能保存它原有的性质，而作为韵脚的入声，唱时延长尤其厉害，因此，入派三声起源于词。[1] 这涉及音韵学理论和宋词歌唱的实际问题。“入派三声”是中古汉语语音变化的结果。决定和推动这个变化的原因，只能从汉语语音的内部发展规律中去寻找。词或曲只能看作入声变化的外部条件之一，而不是主要原因。宋人沈义父曾说平声“得用入声字替”（《乐府指迷》）；张炎曾说“平

① 参见唐钺：《入声演化和词曲发达的关系》，《东方杂志》第 32 卷第 1 号，1926 年 1 月；夏承焘：《“阳上作去”、“入派三声”之说》，《唐宋词论丛》第 8 页，古典文学出版社 1956 年版。

声字可为上、入声”（《词源》卷下）。这是宋末元初词的歌唱时，歌者为叶律而采取的一种不得已的办法。如果说词的歌唱时入声必得延长而丧失其收声，这仅是一种猜测而已。入声在宋词之中之所以被视为独立的一类，因有其自身的特点，它与音律的巧妙配合能起到特殊的表情作用。我们从柳永、周邦彦、姜夔、张炎四家词中入声韵的严格分部，即可说明词的歌唱并不会改变入声的性质。它用于某些词中可以表达激越峭拔的情感，有自己的特色。关于入声字与阴声字相押，万树举了赵长卿以“吉”叶“髻”、“戏”，赵师侠以“极”叶“气”、“瑞”的例子。但这些例子并非“甚多”，与整个入声韵的使用比较起来便微不足道了。如辛弃疾等山东词人的“近一千六百次的用韵中，可以肯定是入声字与阴声字相押的有六例”[1]，仅占千分之四。其余对宋人入声韵使用情况所作的统计，入声字与阴声字相押的比例也都是千分之几。这都证明少数的例子尚未构成一种普遍的规律。关于词调的以入代平，因各词调用韵有自己的规定，绝不能因某词调要求押平声韵或入声韵便以为此调平、入不辨，也绝不能因某词调要求用仄韵便以为上、去、入无别。宋词中入声韵非常严格，不与其他三声混用。若以某调可押平声又可押入声就叫“以入作平”，这只是一种误解，因为它们并未相混。关于句中字的入作平，万树在《三台》《女冠子》《阮郎归》等调后列举了不少例子，如果我们细加订正，便可发现：这些以入作平之处，原是可平可仄的。宋人作词，关于词字的平仄，并非如万树所想象的那样严格。

---

① 参见鲁国尧：《宋代辛弃疾等山东词人用韵考》，《南京大学学报》1979 年第 2 期。

入声的有无，这是汉语中古音与近代音相区别的标志。词的入声既非《广韵》系统的三十四部那样严，也非如《中原音韵》系统的“入派三声”那样消失了；而是处于一个由中古音向近代音过渡的阶段。这个阶段仍属中古音的范围，还存在着入声，但韵部已有所合并，个别入声字在运用中已有所变化了。尽管如此，入声在宋词里仍是独立的一类，“词韵于入声更严”的说法是较为真实的。

万树对词体声律的探讨，除关于词“入派三声”之说而外，其余的发现都是非常重要的，有助于我们认识词体格律的特点。清代词学家吴衡照说：

> 万红友当轇輵榛楛之时，为词宗护法，可谓功臣。旧谱编类排体，以及调同名异、调异名同，乖舛蒙混，无庸论矣。其于段落、句读、韵脚平仄间，尤多模糊。红友《词律》一一订正，辩驳极当。所论上、去、入声，上、入可替平；去则独异，而其声激厉劲远，名家转折跌荡，全在乎此，本之伯时（沈义父）。煞尾字必用何音方为入格，本之挺斋（周德清）。均造微之论。
>
> ——《莲子居词话》卷一

这段评价基本上是公允的。《词律》应是清初词学复兴的重要成果之一。

第七节　凌廷堪的燕乐研究

古代的燕乐是指为宴享而设的音乐，燕同宴，又同醼。隋唐的燕乐是新兴的特有的乐种，它是外来的印度系音乐与中国民间俗乐和旧的清商乐相结合的一种新音乐。唐代的燕乐也用于郊庙、朝会，但主要用于宴享等文化娱乐生活。当时民间流行的俗乐都属于燕乐系统的。唐以后的燕乐通称俗乐，其中外来音乐成分渐被华化。北宋以后由于燕乐文献的散佚，关于它的来源的线索渐渐隐没了。南宋初年王灼说："盖隋以来，今之所谓曲子者渐兴，至唐稍盛；今则繁声淫奏，殆不可数。"（《碧鸡漫志》卷一）张炎在南宋亡后说："粤自隋唐以来，声诗间为长短句，至唐人则有《尊前》《花间集》。迄于崇宁，立大晟府，命周美成等人讨论古音，审定古调。沦落之后，少得存者。"（《词源序》）这两位词学家都认为词体的兴起与隋唐以来的俗乐密切相关，但对词体与燕乐的关系的认识却模糊了。在明人的观念中，词乃诗之余。清初词学家为了尊崇词体而将它与古代《诗经》和儒家乐论联系起来，词的音乐文学性质便鲜为人知了。中国古代的音乐学与音韵学都被称为"绝学"。由于乐律和语音的变化，实际情况已很难考察，造成学术研究中的误区。清初学者为了研究经学的需要，对这两门"绝学"作了艰苦的探讨，取得了光辉的成就。凌廷堪则是第一个解开了古乐学中千古之谜的学者。

凌廷堪（1757～1809），字坎仲，一字仲子。安徽歙县人。自幼孤寒，曾学商贾，青年时期学习词曲。他自述云："少时失学，居海上，往往以填词自娱。相倡和者，惟同里章君酌亭。后出游，渐知治经，得交仪征阮君伯元，谈说之际，时或及此，盖亦深于词者。其他朋辈，多以小道薄之，不敢与论也。年二十许，遂屏去，一意响学，不复多填词。”（《梅边吹笛谱自序》）乾隆五十五年（1790）进士，铨授宁国府学教授，执教十年。晚年弃官讲学于歙县紫阳书院，以实学教导乡人。凌氏生当乾嘉考据学兴盛之际，精于礼学，著有《礼经释例》和《校礼堂文集》三十六卷，诗集十四卷，词集名《梅边吹笛谱》，其《燕乐考原》为清代学术名著。梁启超说：

> 清儒所治乐学，分两方面，一曰古乐之研究，二曰近代曲剧之研究。其关于古代者复分两方面，一曰雅乐之研究，二曰燕乐之研究。关于近代者亦分两方面，一曰曲调之研究，二曰剧本之研究。清儒好古，尤好谈经。诸经与乐事有连者极多，故研究古乐成为经生副业，固其所也……昔之言乐者，皆支离于乐外，次仲则剖析于乐中……若其研究方法，确为后人开一新路，则吾敢断言也。①

《燕乐考原》成书于嘉庆九年（1804），全书共六卷：第一卷“总论”，提出“燕乐二十八调之原，出于龟兹苏祇婆琵琶乐调”的中心论点；第二、三、四、五卷，考证了宫、商、角、徵、羽四旦各七调在琵琶弦上的音位；第六卷论述了二十八调，徵、角调，九宫十三调，以及燕乐源流诸问题。

燕乐的乐律被隋代郑译附会中国古代乐律演为八十四调，

① 梁启超：《中国近三百年学术史》第357、359页，中国书店1987年版。

又被唐宋儒生附会上制订乐律的种种脱离实际的理论，以致造成燕乐的面目全非。凌廷堪指出了郑译及唐宋儒生的错误，他说：

> 乐以调为主，而调中所用之高下十五字次之，故唐宋人燕乐所填词、金元人曲子，皆注明各调名。今之因其名而求其实者谁乎？自郑译演苏祇婆琵琶为八十四调，而附会于五声二变十二律，为此欺人之学，其实繁复而不可用。若蔡季通（元定）去二变而为六十调，殆又为郑译所愚焉。后之学者，奉为鸿宝，沿及近世，遂置燕乐二十八调于不问，陋者或又依蔡氏起调毕曲辨之，而于今之七调，反以为歌师末技，皆可哂之甚者。于是流俗著书，徒沾沾于字谱高下，误谓七调可以互用，不必措意。甚至全以正宫调谱之，自诩知音，耳食者亦群相附和，语以燕乐宫调，贸然不知为何物，遂疑为失传。
>
> ——《燕乐考原序》

凌廷堪使用精密的考证方法，取文献以证器数，进而证明义理，独辟蹊径，发现了燕乐由琵琶弦定律的奥秘，找到了理论上的调音与琵琶弦上的对应位置，理清了古代燕乐文献所记载的理论。他在《总论》里引证了《隋书·音乐志》以来的有关燕乐文献之后，得出了这样的结论：

> 《隋书·音乐志》明云郑译用苏祇婆琵琶弦柱，相引为均。《辽史·乐志》又云，二十八调不用黍律，以琵琶弦叶之。则燕乐之原出于琵琶可知。以《辽志》校勘《隋

志》，多互相发明，但《隋志》犹以五声二变十二管附会之，而《辽史》直云不用黍律，更为简捷明显，无疑义矣。故《唐志》燕乐之器以琵琶为首，《宋志》亦云“坐部伎琵琶曲盛流于时”，皆其证也。盖琵琶四弦，故燕乐但有宫、商、角、羽四均（即四旦）无徵声一均也。第一弦最大，其声最浊，故以为宫声之均所谓“大不逾宫”也。第四弦最细，其声最清，故以为羽声之均，所谓“细不过羽”也。第二弦少细，其声亦少清，故以为商声之均。第三弦又细，其声又清，故以为角声之均。一均分为七调，四均故二十八调也。其实不特无徵声之均，即角声之均亦非正声。故《宋史》云“变宫谓之闰”，又云“闰为角而实非正角”是也。不特角声之均非正声，即宫、商、羽三均，亦就琵琶弦之大小清浊而命之，与《汉志》所载律吕长短分寸之数，两不相谋，学者无为古人所愚可也。然七角一均，宋人教坊已不用，七羽一均元人杂剧已不用，则亦徒存其名矣。后之论燕乐者，不知琵琶为燕乐之原，而乃漫于箫笛求之，无怪乎其于二十八调之说，皆茫如捕风也。夫燕乐，唐宋人皆知之，去今未远，学者犹不能详言其故，况三代以前之律吕哉？自隋郑译推演龟兹琵琶以定律，无论雅乐俗乐，皆原于此，不过缘饰以律吕之名而已。世儒见琵琶非三代法物，恒置之不言，而累黍布算，截竹吹管，自矜心得，不知所谓生声立调者，皆苏祗婆之绪余也。

这是凌氏的重大发现，成为全书的理论基础。当他著述《燕乐考原》时，尚未见到张炎的《词源》，在其逝世前夕才见到。

它更印证了凌氏结论的正确性，并对所著作了补充考订。他说：

> 廷堪昔尝著《燕乐考原》六卷，皆由古书今器积思悟入者，既成，不得古人之书相印证，而世又罕好学深思心知其意者。久之，竟难以语人。嘉庆己巳岁春二月，在浙晤钱塘严君厚民（杰），出所藏南宋张叔夏《词源》二卷见示，取而核之，与余书若合符节，私心窃喜前此尚未误用其精神。于是录其要者，以自验其学之艰苦，且识良友之饷遗，不敢忘所自也。
>
> ——《燕乐考原》卷一

凌廷堪的燕乐研究在词学史上揭开了词体起源与音乐的关系。近世词学家夏敬观考索词调起源时说：

> 凌氏最有特见之处，是知隋以后所用为郑译所演的“龟兹乐”，与汉代之以黍律制器，全不相涉。其他乐书则于此分界的道理，都未明白，完全被郑译所欺骗。故总之将“五音十二律”向今乐器推求，以为“谱字”是乐工所用，不足研究，不知隋以后完全用的是这样东西，说破了无他巧妙。我们现在研究中国的古乐，只认定词所配的乐是从隋起，即是今乐，不必求那些名词的诠释，更不必谈到五音相生、阳律阴吕的隔八相生，以及五行十二辰的支配，走入迷途。①

---

① 夏敬观：《词调溯源》第38～39页，上海商务印书馆1931年版。

词学家刘尧民研究词与音乐的关系时，也说：

> 郑译自然是音乐界的功臣，但他最遗憾的是把龟兹的音律，附会上中国古代音律的名义。因为苏祇婆的七调是另一回事，和中国的“五音二变”完全不同，根本他的音律的度数和五音二变相差太远。……这是到凌廷堪来根据《辽史·乐志》的“二十八调不用黍律，以琵琶弦叶之”一句话，才揭发了千古的疑窦……从此以后，研究燕乐才有头绪可寻了。[①]

这些都是很高的学术评价。但凌氏的理论是有其缺陷和局限，如《燕乐考原》的校点者王延龄认为：

> 凌氏把一种调式的七组音阶设计在一条弦上，并把四种调式的音阶设计在独立的四条弦上，因而各弦就都成一种单线的“瓦棱结构”。凌氏的设计在理论上说明燕乐四旦、七均、二十八调的结构是中理的，但在演奏上是不合实际的。按照凌氏的设计，琵琶这种少弦多音的变调弦乐器，就变成了固定音阶的笛、管类乐器了。琵琶当然可以“转弦”、“移柱”，但那终是因为变乱指法、且在乐曲进行中难以实现而为演奏家所忌。凌氏对二十八调这一主要问题的理解，也影响到他对燕乐全面问题的阐释。总之，对《燕乐考原》的成就和问题可以说这样一句话：开拓的道

① 刘尧民：《词与音乐》第249～250页，云南人民出版社1982年版。

路是正确的，但脚步未准确。①

近世日本学者林谦三和我国现代学者邱琼荪，他们继凌氏之后研究燕乐取得了很大成就。② 他们证实了词是唐宋的燕乐歌词，而且词的发展过程中唐五代、北宋和南宋三个历史阶段的分期，以及宋词中婉约与豪放艺术风格的形成，都与燕乐的发展变化有着非常密切的关系。

在词的创作方面，凌廷堪属于浙西词派。他在论词时发挥了浙西词派的理论，并对浙西词派作了很高的评价。他说：

> 词者，诗之余也。昉于唐，沿于五代，具于北宋，盛于南宋，衰于元，亡于明。以诗譬之，慢词如七言，小令如五言。慢词北宋为初唐，秦、柳、苏、黄如沈、宋，体格虽具，风骨未遒。片玉则如拾遗，骎骎有盛唐之风矣。南渡为盛唐，白石如少陵，奄有诸家；高、史则中允、东川，吴、蒋则嘉州、常侍。宋末为中唐，玉田、碧山风调有余，浑厚不足，其钱、刘乎？草窗、西麓、商隐、友竹诸公，盖又大历派矣。稼轩为盛唐之太白，后村、龙洲亦在微之、乐天之间。金元为晚唐，山村、蜕岩可方温、李，彦高、裕之近于江东、樊川也。小令唐如汉，五代如魏晋，北宋欧、苏以上如齐、梁，周、柳以下如陈、隋，南渡如唐，虽才力有余，而古气无矣。填词之道，须取法

① 王延龄：《燕乐三书》前言，《燕乐三书》第13～14页。黑龙江人民出版社1986年版。

② 林谦三的《隋唐燕乐调研究》、邱琼荪的《燕乐探微》与凌廷堪的《燕乐考原》，经哈尔滨师范大学古籍文献研究所王延龄、任中杰编校汇为《燕乐三书》。

南宋，然其中亦有两派焉。一派为白石，以清空为主，高、史辅之。前则有梦窗、竹山、西麓、虚斋、蒲江，后则有玉田、圣与、公谨、商隐诸人，扫除野狐，独标正谛，犹禅之南宗也。一派为稼轩，以豪迈为主，继之者龙洲、放翁、后村，犹禅之北宗也……唯朱竹垞氏专以玉田为模楷，品在众人上。至厉太鸿出，而琢字炼句，含宫咀商，净洗铅华，力除俳鄙，清空绝俗，直欲上摩高、史之垒矣。又必以词律为先，词藻次之。昔屯田、清真、白石、梦窗诸君皆深于律吕，能自制新声者，其用昔人旧谱，皆恪守不敢失，况其下乎！①

他又曾说过："词以南宋为极，能继之者竹垞，至厉樊榭则更极其工，后来居上。"（《灵芬馆词话》卷一）显然，将词史与唐诗比附是不恰当的，对浙派的过高评价也有失实之处，但这些都可说明其词学观点与浙西词派的关系。

第八节　戈载与词韵的总结

《词林正韵》刊于清道光元年（1821），至此，清代词学三书完成了。如蒋兆兰说："清人选宋词博且精者，无过朱竹垞《词综》一书。此与万红友《词律》、戈顺卿《词林正韵》皆词家必备之书也。"（《词说》）戈载生活于清代中期，其词论主张及艺术渊源皆属于浙西词派，而且他整理订正词韵的目的，也与朱彝尊

① 转引自张锦其《梅边吹笛谱跋》，《清名家词》。

和万树相同，希望用以指导词的创作，促进词学的复兴。他以为：“韵学不明，词学亦因之而衰矣。”《词林正韵》的问世，标志着清代词学家研究与总结词体声韵格律的最后完成。

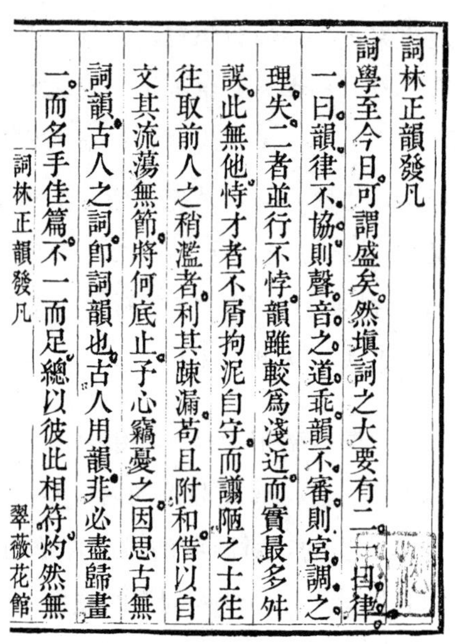

詞林正韻發凡

詞學至今日可謂盛矣然填詞之大要有二一曰律一曰韻律不協則聲音之道乖韻不審則宮調之理失二者並行不悖韻雖較爲淺近而實最多舛誤此無他恃才者不屑拘泥自守而譾陋之士往往取前人之稍濫者利其踈漏苟且附和借以自文其流蕩無節將何底止予心竊憂之因思古無詞韻古人之詞卽詞韻也古人用韻非必盡歸畫一而名手佳篇不一而足總以彼此相符灼然無

詞林正韻發凡　　翠薇花館

清刊本《词林正韵》书影

戈载，字宝士，一字孟博，号顺卿。江苏吴县人。约生于乾隆末年，嘉庆十二年（1807）为吴县诸生，后选为贡士，征为太学主簿，但未到职，在家专事词学著述。其父宙襄，号小莲，对音韵学深有研究。戈载于词韵有其家学渊源。他自述说：

> 自揣音韵之学，幼承庭训。尝见家君与钱竹汀讲论，娓娓不倦。予于末座，时窃绪余。家君著有《韵表互考》并《韵表》《韵类表》《字母汇考》《字母会韵纪要》诸书。予皆谨谨校录。故于韵学之源流、升降、异同、得失，颇

窥门径。近又承顾丈涧苹，谈宴之余，指示不逮，更稍稍能领其大略焉。

——《词林正韵发凡》

戈载于词学致力数十年，遍求词籍研究。其《宋七家词选》七卷录周邦彦、史达祖、姜夔、吴文英、周密、王沂孙、张炎词，体现了其词学观点，在词学界颇有影响。此外还辑有《六十家词选》《乐府正声》；编选清词为《续绝妙好词》；考订《词律》，著有《词律订》和《词律补》等。据其同时代人说，戈载"病近世词人声律舛错，韵亦未精，因与同乡朱酉生、沈闰生，博考互证，倡为词学。一时以词就正者，必为严加抉摘，无少假借。人亦翕然服之。"（《墨林今话》卷一六）可是，他的《翠薇花馆词集》三十九卷却是失败的。它"褎然巨帙，以备守律者为主旨，似乎工拙所弗计也"；"于韵律则诚精矣，但少生趣耳"。[①] 他在词学上的重大贡献是《词林正韵》，自刻流传以后，又由王鹏运收入《四印斋所刻词》作为附录，从此填词者奉之为词韵标准。

清代的词韵专书甚多，可按编者对词韵性质的理解情形分为三类。第一类是沿袭沈谦的《词韵略》，采用传统诗韵韵目，根据宋词用韵实际情况进行分目，对韵目的区别较严。谢元淮的《碎金词韵》、吴绮的《词韵简》和仲恒的《词韵》都属这一类。第二类是吴烺等合编的《学宋斋词韵》和郑春波的《绿漪亭词韵》，虽然也是据宋人用韵情况而制订的，但主张用韵宽，三系阳声韵皆同用，而且不辨闭口韵，入声韵部也进行了大量合并。第三类是李渔的《笠翁词韵》和许昂霄的《词韵考

① 引况周颐：《蕙风词话》卷二；江顺贻：《词学集成》卷三。

略》，以今音为主，平上去三声用曲韵，入声用诗韵，或主张入声宜从今音，分部甚为淆乱。戈载关于词韵的认识是属于沈谦这一系统的，是这一类词韵书的集大成者。

《词林正韵》三卷，《发凡》一卷，共四卷。戈载在《词林正韵发凡》里系统地阐述了他关于词韵的见解：

（一）词韵与词律的关系。词作为古典格律诗歌体式之一，填词时不仅要依词字的声律，而且也应遵循用韵的规定。戈载说："填词之大要有二：一曰律，二曰韵。律不协则声音之道乖，韵不审则宫调之理失。二者并行不悖。"对韵与宫调，戈载是从词与音乐的关系来理解的。他说：

> 为词之道，最忌落腔。落腔者，即丁仙现所谓落韵也。姜白石云：十二宫住字不同，不容相犯。沈存中《补笔谈》载燕乐二十八调杀声。张玉田《词源》论结声正讹，不可转别腔。"住字"、"杀声"、"结声"，名虽异而实不殊，全赖乎韵以归之。然此第言收音也。而用韵之吃紧处，则在乎起调毕曲，盖一调有一调之起，有一调之毕。某调当用何字起，何字毕；起是始韵，毕是末韵，有一定不易之则，而住字、杀声、结声即由是以别焉。词之谐不谐，恃乎韵之合不合。

此就唐宋词的情形而言，基本上是如此，但在词与音乐脱离关系之后，情形就发生了变化。词在明清以来，其用韵与所谓"住字"、"杀声"、"结声"等全不相涉了。这与他为指导后人填词而编一部参考的词韵是无关系的，只是为了强调填词用韵的重要性而已。

（二）词韵与诗韵的区别。戈载认为："词韵与诗韵有别，然其源即出于诗韵"；"词韵较之诗韵虽广，要各有界域。"他认识到词韵是源于诗韵而有所变化，因此不能以诗韵代替词韵。词韵虽然用韵较宽，但某些规律又是比诗韵更复杂的。据此，戈载对词韵的编排便以通用诗韵（主要依据《集韵》兼参照《广韵》）的韵目字为准，韵部的分别则按照宋人用韵的实际而加以总结，体现了词韵的特殊性。

（三）词与曲韵的区别。自元代周德清《中原音韵》流行以来，近代音系形成，人们辨识中古音——特别是入声已比较困难，因而在通俗文艺中已习惯用接近口语的曲韵。明以来的词作通常出现与曲韵混淆不分的现象，如李渔等便主张词韵参用曲韵以合今音。词既是一种古典格律诗体式，仍应按古代用韵的规则，否则所填写出来的便不是词了。词韵与曲韵最大的区别是入声韵。曲韵是无入声韵的，而宋人词中确有入声协其他三声的个别例子，但从整个用韵情况来看是严于入声的。戈载坚决认为：入声"而词则明明有，必须用入之调，断不能缺，故曲韵不可为词韵也"。于是他特别在词韵里列了入声五部。近代词学家吴梅以为戈载所拟之入声韵部"未免过宽"，而予以重新分合，增加了三部入声韵，共为八部。[①] 关于词的入声韵部问题的争论颇大，可能仍以朱敦儒所拟的四部是最符合宋词用韵实际的。

（四）严分韵部。戈载说："凡古调皆有古人名作，字字遵而用之，自然合律。是书为正韵而作，专严分合。"因此关于韵部的分合主张从严。他在进行分合韵部时严格依据了等韵学

① 吴梅：《词学通论》第 20～21 页，商务印书馆 1993 年版。

的原理：

> 韵各有其类，亦各有其音。用之不紊，始能融入本调，收足本音耳。韵有四呼、七音、三十一等。呼分开合，音辨宫商，等叙清浊，而其要则有六条：一曰穿鼻，二曰展辅，三曰敛唇、四曰抵腭，五曰直喉，六曰闭口。穿鼻之韵，东冬锺江阳唐庚耕清青蒸登三部是也；其字必从喉间反入，穿鼻而出作收韵，谓之穿鼻。展辅之韵，支脂之微齐灰佳（半）皆咍二部是也；其字出口之后，必展两辅，如笑状作收韵，谓之展辅。敛唇之韵，鱼虞模萧宵爻豪尤侯幽三部是也；其字在口半启半闭，敛其唇以作收韵，谓之敛唇。抵腭之韵，真谆臻文欣魂痕元寒桓删山先仙二部是也；其字将终之际，以舌抵上腭作收韵，谓之抵腭。直喉之韵，歌戈佳（半）麻二部是也；其字直出本音以作收韵，谓之直喉。闭口之韵，侵覃谈盐沾严咸衔凡二部是也；其字闭其口以作收韵，谓之闭口。凡平声十四部已尽于此，上去即随之。

这六类韵的划分是根据明以来流行的等韵概念，如当时许多等韵图表一样，“或指唇之形状，或指舌的抵触，或状韵头性质，或辨韵尾差别，甚至牵涉声母发音，兼及元音变化；观点不一，涵义参差”。[①] 但比较其他词韵书，戈载所分的韵类是有很严格的音韵学依据的。

自《词林正韵》流行以来便取代了其他的词韵书，但词学

① 罗常培：《汉语音韵学导论》第65页，中华书局1956年版。

家们有的批评其韵目分合过于严了，也有批评其过于宽了，或者再加以增补的。尽管有种种的批评，《词林正韵》在众多的词韵书里仍是最好的一种。唐宋词人填词用韵大体参照诗韵，也兼用方音俗韵，其宽与严的态度已因词人而异。因此，后世总结唐宋人用韵便很难兼顾各种情况了。戈载基本上采取从严分合韵目，这种态度是很谨慎的；同时他兼顾到方音和个别入声字与其他三声叶韵的情况，对入声韵也特别列了五部。从《词林正韵》的整个分部情况来看是符合唐宋词实际的。填词者可参考此编而用韵，则可以符合唐宋人用韵习惯，宽一点或严一点皆可根据各词调的具体要求而定。词学研究者也可参考此编而探讨唐宋词韵的某些规律。《词林正韵》对后世词的创作只能起到参考的作用，它是朱敦儒以来词韵书的总结。它与《词律》都是清代词学复兴过程中最有建设意义的成果，体现了明清以来研究词体格律声韵工作的最后完成，具有集大成的意义。清代学者俞樾说：

> 元明以来，词学衰息，迨本朝万氏《词律》出，而后人知词不可无律，然万氏只取诸名家之词排比以求其律，而律之原固未之知也。戈顺卿氏踵其后，视万氏所得有进矣；乃戈氏深于律而不工于词，读其词者惜焉。夫律之不知，固不足言词，而词之不工，又何以律焉。
>
> ——《樵风乐府序》·《清名家词》

词的格律与创作的关系，存在形式与内容的矛盾。真正的词人总是能征服这种限制严格的形式的。

兹据《词林正韵》分部情况列表如下：

韵部	平声韵	仄声韵		入声韵
		上声	去声	
1	东冬锺	董肿	送宋用	
2	江阳唐	讲养荡	绛漾宕	
3	支脂之微齐灰	纸旨止尾荠贿	寘至志未霁祭太（半）队废	
4	鱼虞模	语噳姥	御遇暮	
5	佳（半）咍	蟹骇海	太（半）卦怪夬代	
6	真谆臻文欣魂痕	轸准吻隐混很	震稕问慁恨	
7	元寒桓删山先仙	阮旱缓潸产铣猕	愿翰换谏裥霰线	
8	萧宵爻豪	篠小巧皓	啸笑效号	
9	歌戈	哿果	个过	
10	佳（半）麻	马	卦（半）祃	
11	庚耕清青蒸登	梗耿静迥拯等	映诤劲径证隥	
12	尤侯幽	有厚黝	宥候幼	
13	侵	寝	沁	
14	覃谈盐珐严咸衔凡	感敢琰忝俨豏槛范	勘阚艳㮇验陷鉴梵	
15				屋沃烛
16				觉药铎
17				质术栉陌麦昔锡职德缉
18				勿迄月没曷末黠辖屑薛叶帖
19				合盍业洽狎乏

第五章 词学的极盛

清嘉庆二年（1797），张惠言的《词选》问世，这在词学史上具有划时代的意义，标志了常州词派的兴起。此后直至我国现代新文化运动之前，常州词派的理论基本上占据了近代词学界，词学著作空前繁荣；这是词学史上的极盛时期。自1797至1919年的一百二十余年里，中国社会性质和学术思想都发生了极为深刻的变化。1840年鸦片战争的爆发，古老的中国文化受到了西方近代文化的冲击，中国被迫地痛苦地进入世界近代的发展潮流。中国与西方近代社会的发展相比较，显然落后和迟缓了一两个世纪。这时期词学的发展受到中国近代学术思潮的影响，无论在理论上与方法上都有新的开拓，而且也带有一些近代的色彩，尽管其近代色彩是很淡薄的。我们从近代词学的发展过程，是可以见到中国近代学术界对传统文化所持的特殊态度的一个方面。

第一节　近代词学与中国近代学术思潮

我国史学界将1840年鸦片战争至1919年新文化运动前的近百年划为中国历史的近代时期，这无可非议。若从学术思想来考察，则很难确定一个时期的具体断限。例如龚自珍的思想应属于中国近代的，而他却于鸦片战争的第二年（1841）去世，那么他究竟是中国封建时代的最后一位思想家，还是近代的第一位思想家呢？这是颇难以具体时间为限的，或者说他是中国近代思想的先驱者。所谓“近代词学”，时间的断限显然不能简单地与近代史分期相比附，而应根据词学发展过程所呈现的阶段来划分。

清代中叶常州词派的出现，大大地改变了词学发展的面貌。常州词派的创始人张惠言，逝世于1802年，可以视他为近代词学的先驱者。常州词派的重要理论家周济，其《词辨》著于1812年，《宋四家词选》编于1832年；他于鸦片战争爆发的前一年（1839）去世。我们完全可以视他为近代词学家。梁启超是近代著名的历史人物，其词学论著成于新文化运动后。他逝世于1929年，但按通常的习惯仍将他归属于近代。我们可以视他为近代词学的结束者。

近代词学继清代前期词学复兴之后臻至极盛的局面。近世词学家徐珂说：

> 浙派乾嘉间而益敝，张皋文（惠言）起而改革之，其弟翰风（琦）和之，振北宋名家之绪，阐意内言外之旨，

而常州词派成。别裁伪体，上接风骚，赋手文心，开倚声家未有之境，襟抱学问喷薄而出，以沈著醇厚为宗旨，而斯道始昌……自是以还，词学大昌，江浙人士以不能填词为耻。①

陈乃乾所辑《清名家词》收一百家，自张惠言以下即有五十三家，而晚清词遗散的还不少。词学家叶恭绰说：

盖词学滥觞于唐，滋衍于五代，极于宋而剥于明，至清乃复兴。朱（彝尊）、陈（维崧）导其流，沈（岸登）、厉（鹗）振其波，二张（张惠言、张琦）、周（济）谭（献）尊其体，王（鹏运）、文（廷式）、郑（文焯）、朱（祖谋）续其绪。二百八十年中，高才辈出，异曲同工，并轨扬芬，标新领异。迄于易代，犹绮余霞。今之作者，固强半在同、光、宣诸名家笼罩中，斯不可不谓极盛也已。②

此所谓词学极盛是指词的创作而言。近代词学的发展，同清代前期的“复兴”一样，在创作和理论两方面都是同步前进的，而且常州词派里的许多词人又同是词学家。《词话丛编》收宋以来词话八十四种，其中清代以前的共十七种，清代前期的十八种；近代的四十九种，占全部词话的百分之七十。我们从词话的数量可以说明近代词学是词学史上的极盛时期。若再从近

① 徐珂：《清代词学概论》第7～12页，上海大东书局1926年版。

② 叶恭绰：《清名家词序》，《清名家词》，上海开明书店1937年版。

代词话的理论成就来看，它在理论的深度和系统性等方面都远远超越了前代。

近代词学的极盛是与近代常州词派的兴起和发展紧密相联系的，或者可以说常州词派促进了近代词学的繁荣。常州词派的兴起，有其外部的原因，也有词学内部发展的原因。清代康熙、雍正、乾隆的盛世过去之后，到了嘉庆时，封建制度的腐朽与反动已预示旧时代的末日到了：社会的危机四伏，西方殖民主义者正准备打开中国的大门。近代思想的先驱者龚自珍认为清代的“治世”已去而处于“衰世”了。他说：

> 衰世者，文类治世，名类治世，声音笑貌类治世。黑白杂而五色可废也，似治世之太素；宫羽淆而五声可铄也，似治世之希声；道路荒而畔岸隳也，似治世之荡荡便便；人心混混而无口过也，似治世之不议。左无才相，右无才史，阃无才将，庠序无才士，陇无才民，廛无才工，衢无才商，巷无才偷，市无才驵，薮泽无才盗，则非但尟君子也，抑小人甚尟。当彼其世也，而才士与才民出，则可不才督之缚之，以至于戮之。戮之非刀、非锯、非水火；文亦戮之，名亦戮之，声音笑貌亦戮之……才者自度将见戮，则蚤夜号以求治，求治而不得，悖悍者则蚤夜号以求死。夫悖且悍，且眴然眮然以思世之一便己，才不可问矣，向之伦慝有辞矣。然而起而视其世，乱亦竟不远矣。①

① 龚自珍：《乙丙之际著议第九》，《龚自珍全集》第6～7页，上海人民出版社1975年版。

这样的社会现实要求词的创作去适应新的社会审美理想。浙西词派末流的弊端也在这时充分暴露了。浙西词派标举学习南宋词，主要学习姜夔和张炎，崇尚典雅清空，取径过于狭隘。彭兆荪说：“填词至近日，几于家视姜张、户尸朱厉。”（《小谟觞馆诗余序》）项廷纪说：“近日江南诸子，竞尚填词，辨韵辨律，翕然同声，几使姜、张頫首。”（《忆云词乙稿自序》）这都是对浙西词派末流深表厌恶与不满的。浙西词派末流使词的创作远远脱离现实，以致词旨枯寂，徒事模拟，堆砌事典，了无生气。这就是词学家们所指摘的“饾饤寒乞之作”。常州词派的金应珪在《词选后序》里分析当时词坛的情况说：

> 近世为词，厥有三蔽：义非宋玉而独赋蓬发，谏谢淳于而唯陈履舄，揣摩床笫，污秽中冓，是谓淫词，其蔽一也；猛起奋末，分言析字，诙嘲则俳优之末流，叫啸则市侩之盛气，此犹巴人振喉以和阳春，黾蜮怒嗌以调疏越，是谓鄙词，其蔽二也；规模物类，依托歌舞，哀乐不衷其性，虑叹无与夫情，连章累篇，义不出乎花鸟，感物指事，理不外乎酬应，虽既雅而不艳，斯有句而无章，是谓游词，其蔽三也。

大致在清代中期，词坛上学柳永与周邦彦一派的流于淫词，学苏轼与辛弃疾一派的流于鄙词，学姜夔与张炎一派的流于游词。其中尤以浙西词派末流游词之弊最为严重。词坛的这些流弊若不加以革除，必然阻碍词的发展，必然使词的创作远远落后于时代的潮流。清嘉庆二年（1797）张惠言的《词选》问世，标志了常州词派的兴起。张惠言、张琦及金应珪等人，主张学习北宋词，提倡比兴寄托，反对淫词、鄙词和游词，推尊词体；于是词坛风气为之一变。吴梅说：

> 皋文《词选》一编，扫靡曼之浮音，接风骚之真脉，直具冠古之识力者也。词亡于明，至清初诸老具复古之才，惜未能穷究源流，乾嘉以还，日就衰颓。皋文与翰风出，而溯源竟委，辨别真伪，于是常州词派成。①

张惠言的《词选序》成为常州词派的宣言，得到了当时文人黄景仁、恽敬、李兆洛、丁履恒、钱季重、陆继辂等的支持，经董士锡——特别是这一派的理论家周济的修正与发挥，对近代词的创作起到了积极的指导作用。此后常州词派在清同治、光绪年间又出现谭献、庄棫、冯煦等词学家，晚清的王鹏运、郑文焯、况周颐、朱祖谋四大词家，也属此派。如黄孝纾说：

> 张皋文辈崛起乾嘉，标举意内言外之旨，一洗侧艳饾饤故习，世益知词学托体之尊。咸（丰）同（治）以来，兵事俶扰，外患日亟，才智之士，蕴其忧闵忠爱、悱恻芬芳之怀，一寄于词，越世孤往，其绪益昌。远若蒋鹿潭，近若王半塘、郑大鹤、朱彊村诸人，虽各肸蠁阳湖（指张惠言），至其广己造哀，寄心家国，以蕲合重、大、拙之旨，虽起茗柯诸老于九泉，要不能无前贤后生之畏。
>
> ——《清名家词序》

---

① 吴梅：《词学通论》第 137 页，商务印书馆 1933 年版。

常州词派的论词主张和创作主张适应了中国近百年的学术思潮和文学思潮的基本趋势。这一词派的理论也在不断发展演变，与此同时也有词学家未受常州派的影响而保持自己独立的探索精神，尤其在晚清学术思想变化的情形下，词学研究的观点和方法终于具有一点近代文化的色彩。因此，近代词学的内容是十分丰富的，新的理论不断出现，体现了我国近代学术发展的一个侧面。

清人将词学作为一种学术来研究，词学的发展总是受到学术思潮的影响。清代前期是考据学兴起与发展的时代，词学的复兴主要完成了词律、音韵、词乐的考证和词集的初步整理工作。近代词学在近代学术思潮的推动下主要是集中于词学理论的探讨。近代学术思潮的实质是西方资本主义文化与中国传统的封建文化的斗争。西学东渐自明代已经开始，但在中国知识阶层中的影响并不大。士大夫和知识分子仍坚持传统文化，对西方文化采取了抵制和排斥的态度。1840 年鸦片战争之后，至 1895 年中日《马关条约》签订以前的五十余年间，中国不能再施行闭关锁国政策，门户开放，设立商埠，涌进西学，传教士深入内地。士大夫知识分子——特别是沿海的士大夫知识分子，不能不接触西方文化并受其影响，但他们基本上仍是漠然对待的。这段时期中国近代思想确是发生了重大变化，变化的原因主要是来自传统文化的内部。中国在鸦片战争中的失败及由此引起的时局变化，促使知识阶层中许多爱国之士对注重考据训诂的汉学的不满和抨击；于是经今文学和经世致用之学适应新的历史条件而再度兴起。本来考据学在乾嘉极盛之后，自身已出现了危机。梁启超分析其衰落的主要原因，认为：

> 考据学之研究方法虽甚精善，其研究范围却甚拘迂……典章制度一科，言丧服，言禘袷，言封建，言井田，在古代本世有损益变迁，即群书亦未由折衷通会。夫清学所以能夺明学之席而与之代兴者，毋亦曰彼空而我实也。今纷纭于不可究诘之名物制度，则其为空也。[①]

当考据学趋于衰微时，清初的“经世致用”一派在多年中绝之后，重又复活了，导致了清代学术的分裂。梁启超说：“鸦片战役以后，志士扼腕切齿，引为大辱奇戚，思所以湔拔；经世致用观念之复活，炎炎不可抑。”[②] 在经学内部，长期有经今古文学之争。清代前期重考据、重名物训诂的所谓汉学，实是经古文学派。龚自珍和魏源当乾嘉学派末流之际，以经术作政论，发扬经今文学派讲求“微言大义”精神，成为后来治经今文学的先驱。清代的汉学主要研究儒家的经典，到了乾嘉的后期已呈现穷竭的趋势，于是许多学者转向研究儒学经学以外的诸子学。虽然一些学者对诸子的研究仍用考据训诂的方法，然而已有学者开始探讨诸子的思想义理，如汪中关于墨子的研究和凌廷堪关于荀子的研究。近代学术思潮正是从经古文学向经今文学转变，从考据学向经世致用之学的转变。这种转变使学术思想活跃起来，产生了对义理思索的兴趣和对社会现实历史反思的兴趣。学者皮锡瑞总结清代经学演变的历史说：

---

① 梁启超：《清代学术概论》第 42～43 页，商务印书馆 1944 年版。

② 梁启超：《清代学术概论》第 42 页，商务印书馆 1944 年版。

国朝经学凡三变。国初汉学方萌芽，皆以宋学为根柢，不分门户，各取所长，是为汉、宋兼采之学。乾隆以后，许、郑之学大明，治宋学者已尟。说经者皆主实证，不空谈义理，是为专门汉学。嘉、道以后，又由许、郑之学导源而上，《易》尚虞氏以求孟义，《书》宗伏生、欧阳、夏侯，《诗》宗齐、鲁、韩三家，《春》宗《公》《谷》二传。汉十四博士今文说，自魏、晋沦亡千余年，至今日而复明。①

清代经今文学派的兴起之际，张惠言关于“易学”的研究发生了一定的作用。皮锡瑞所谓“《易》尚虞氏以求孟义”即指张氏的“易学”研究而言。西汉经今文学博士十四家之中，《周易》有孟喜一家。张惠言是从研究三国东吴经今文学家虞翻关于“易象”的解释入手而研究《周易》，进一步探索孟喜的义理。他著有《周易虞氏义》《周易虞氏消息》《虞氏易礼》《虞氏易言》《虞氏易事》和《虞氏易候》等。张惠言论词完全采取了经今文学家的方法，注重发掘词的“微言大义”，提倡比兴寄托。他的词论一直对近代词学有着巨大而深远的影响。常州词派的理论家周济素以经世之略自负，好议论时政，长于史评，豪放无度。他的词学很有理论的深度，有非常独特的见解，大胆地修正了张惠言的比兴寄托说，使常州词派的理论得以发扬光大。词学家刘熙载的治学途径也异于传统的经师。他除了儒家经典之外，旁通佛道，不分汉学与宋学的畛域，非儒非墨，最为通贯。因此他论词不受传统观念的束缚，提出了自

① 皮锡瑞：《经学历史》第341页，中华书局1981年版。

己的见解。至于冯煦和谭献等词学家，也都是治经今文学的。陈廷焯以“沉郁”论词，况周颐以“重、大、拙”论词，他们都重视词的社会现实意义，是“经世致用”的思想在词学中的反映。由此可见，近代词学的发展与近代学术思潮有着密切的关系，其总的发展趋势是异于清代前期的。近代词学在理论方面取得超越前代的成就，这无疑是近代学术思想的积极成果之一。尽管近代词学在词学史上是一个极重要的发展阶段，而且与其他学科比较也并无愧色，但我们将它置于世界近代学术史来观照，则又显得远离了近代学术潮流，它无论在观念和方法上都显得是非常陈旧的。因此称它为“近代词学”，便似乎很不相宜了。我们不得不承认，鸦片战争之后，中国社会进入了近代，而社会意识和学术思想，基本上仍属于旧的封建思想体系。词学同其他经学、史学、诸子学、诗学等一样是古典的传统之学，它虽有发展，却谈不上具有真正的近代的意义。近代词学家基本上是一些抱残守缺的旧的文人学者或遗老们。西方近代文化的影响是很难渗入词学领域里的。纯正的词学家也正是那些传统文化的维护者，他们是在特殊的文化心理支配下从事词学研究的。

1895年以后，晚清的学术思想起了本质的变化，传统的封建主义思想开始崩溃。西方文化在中国日益散播，并为许多先进的知识分子所接受；以往的传统文化与西方文化对立排斥的二元局面渐渐消融。中国资产阶级维新派宣传西方近代进化论和天赋人权论，引起了中国学术界的巨大震动。中国资产阶级革命派则提倡西方资产阶级革命的自由、平等、博爱和共和国思想，号召进行革命。无论是维新派还是革命派，都又从中国传统文化中找到自己的理论依据，如托古改制的理论和汉民族的道统观念。这体现了中国思想的独特性质和近代性质。晚清以来的词学研究，仍如许多学科一样具有纯学术的特点。郑文焯关于词学的考证，王鹏运和朱祖谋关于词籍的校勘与整理，都是继清代前期的学风。他们对词学的建设作出了很大的贡献，然而却远远离开了晚清进步的新思潮，是以保存“国粹”的态度来整理词籍的。

在近代词学研究中最能够体现晚清新的学术思潮的，并非专门的词学家，而是我国近代的两位大学者王国维和梁启超。王国维的学术思想是在中国传统思想的基础上吸收了西方叔本华和尼采的哲学 — 美学思想，以及西方近代的科学方法。个人的超越意识是其思想的基本特征，而它是具有反对旧传统的意识的。他在论词时第一次直接引入了西方哲学家尼采的理论。他说：“尼采谓：‘一切文学，余爱以血书者。’后主之词，真所谓以血书者也。”他又引入了超越意识论词，以为：“诗人对于宇宙人生，须入乎其内，又须出乎其外。入乎其内，故能写之。出乎其外，故能观之。入乎其内，故有生气。出乎其外，故有高致。”（《人间词话》）王国维的词学考证文章使用了近代的科学方法，可惜其词学观点以旧的词话形式表述，以致缺乏理论的系统性与严密性，而且包含了较严重的艺术偏见。他为建立词学的理论系统而作了尝试和努力，其意义远远超出了词学的范围。梁启超出生（1873）虽早于王国维（1877）四年，而且登上近代历史舞台也早于王国维，但他研究词学却在1919年之后。梁启超是近代资产阶级维新派的重要人物和理论家，他晚年研究词学时，给词学引入了社会学分析和实证方法，尤其是在表述方式上尝试使用了白话文体，因而他在词学史上有着不可忽视的意义：他是近代词学的终结者，也是现代词学的先行者。

词学虽然是一种纯学术的学科，但近代词学的发展能使我们见到，它是不可能脱离近代学术思潮的；因而从一个方面又可见到近代学术发展的基本趋向。

第二节　张惠言的比兴寄托说

常州词派的创立者张惠言，字皋文，号茗柯，江苏常州武进人。生于清乾隆二十六年（1761），四岁丧父，与弟张琦（字翰风）苦读经书，受《易》学，十四岁时为童子师。工于骈体文和古文，曾受古文义法于桐城派刘大櫆。嘉庆四年（1799）进士，因朱珪举荐，改庶吉士充实录馆纂修官。嘉庆六年（1801）散馆，朱珪奏改翰林院编修。嘉庆七年（1802）卒于官，年仅四十二岁。著有《茗柯文》五卷，《茗柯词》一卷，经学著述有《周易虞氏义》《周易郑氏义》《周易荀氏九家义》《读仪礼记》《易纬略义》等，编有《词选》两卷。

在清代学术史上，张惠言以研究《周易》著称，是经今文学派的提倡者，同时他又是出于桐城派而创立阳湖派的古文家。他不是专门的词学家，其偶尔涉及词学则完全表现了经今文学家的观点和方法。嘉庆二年（1797），张惠言与弟张琦同在安徽歙县经学家金榜家中设馆教授金氏子弟，编了《词选》以作填词的教材。张琦《重刻词选序》云：

> 嘉庆二年，余与先兄皋文先生同馆歙金氏，金氏诸生好填词。先兄以为词虽小道，失其传且数百年。自宋之亡

而正声绝，元之末而规矩隳。窔室不辟，门户卒迷。乃与余校录唐宋词四十四家，凡一百十六首，为二卷，以示金生，金生刊之。

金应珪在刊印《词选》时作了《词选后序》，重申了张惠言论词意见。道光十年（1830）张琦重刊《词选》补入了董毅的《续词选》二卷，补唐宋词家五十二家，词一百二十二首；又补入了郑善长《词选附录》一卷，录常州派词人张惠言、张琦、黄景仁、左辅、恽敬、钱季重、李兆洛、丁履恒、陆继辂、金应珹、金式玉及郑善长之作。道光十六年（1836）张百祺又影刊《词选》并作了《重刻词选序》。这部《词选》共有重要词序五篇，选录了古今词共数百首，尤其是张惠言的序及其词评产生了很大的影响，因此这可视为常州词派崛起于词坛的旗帜。陈廷焯说："张氏惠言《词选》可称精当，识见之超，有过于竹垞十倍者，古今选本，以此为最。"（《白雨斋词话》卷一）他又说："《词选》一编，扫靡曼之浮音，接风雅之真脉。附录一卷，简择尤精。洵有如郑抡元（善长）所云，后之选者，必不遗此数章。具冠古之识者，亦何嫌自负哉!"（《白雨斋词话》卷四）由此评价，可见《词选》在近代词学史上的意义了。

张惠言在《词选序》里提出了其比兴寄托说，成为常州词派的理论依据。序云：

词者，盖出于唐之诗人，采乐府之音以制新律，因系其词，故曰词。传曰：意内而言外谓之词。其缘情造端，兴于微言，以相感动。极命风谣里巷男女哀乐，以道贤人君子幽约怨悱不能自言之情，低徊要眇以喻其致。盖《诗》之比兴，变风之义，骚人之歌，则近之矣。然以其文小，其声哀，放者为之，或跌荡靡丽，杂以昌狂俳优。然要其至者，莫不恻隐盱愉，感物而发，触类条鬯，各有所归，非苟为雕琢曼辞而已。自唐之诗人李白为首，其后韦应物、王建、韩翃、白居易、刘禹锡、皇甫松、司空图、韩偓并有述造，而温庭筠最高，其言深美闳约。五代之际，孟氏、李氏君臣为谑，竞作新调，词之杂流，由此起矣。至其工者，往往绝伦。亦如齐梁五言，依托魏晋，近古然也。宋之词家，号为极盛，然张先、苏轼、秦观、周邦彦、辛弃疾、姜夔、王沂孙、张炎渊渊乎文有其质焉。其荡而不反，傲而不理，枝而不物，柳永、黄庭坚、刘过、吴文英之伦，亦各引一端，以取重于当世。而前数子者，又不免有一时放浪通脱之言出于其间。后进弥以驰逐，不务原其指意，破析乖刺，坏乱而不可纪。故自宋之亡而正声绝，元之末而规矩隳。以至于今，四百余年，作者十数，谅其所是，互有繁变，皆可谓安蔽乖方，迷不知门户者也。今第录此篇，都为二卷。义有幽隐，并为指发。几以塞其下流，导其渊源，无使风雅之士惩于鄙俗之音，不敢与诗赋之流同类而风诵之也。

关于词体，张惠言引用了汉代文字学家许慎《说文解字》“词”的释义“意内而言外谓之词”。元人陆文圭为张炎《词源》作的跋语里最初引用此种解释，他说：“词与辞字通用，释文云：意内而言外也。意生言，言生声，声生律，律生调，故曲生焉。”清代词学家谢章铤批评张氏说：

有通套语，门面语，流传习用，且若奉为指南，而不知其与本义不相酬者。如近人论词，辄曰“词者意内言外”。按语本于《说文》……夫“意内言外”，何文不然，不能专属之长短句……是盖乾嘉以来，考据盛行，无事不敷以古训，填词者遂窃取《说文》，以高等身价。殊不知许叔重之时，安得有减偷之学，而预立此一字为晏、秦、姜、史作导师乎？

——《赌棋山庄词话续编》卷五

显然，词语之“词”与词体是不同的概念。词体的形成有其特定的文化条件，而它作为一种文学样式自有其特殊的规定性。张惠言以“意内言外”来给词体下定义，可以说是对词学并未真正理解。我们仔细检讨张氏关于词体特点及其美学效应的说明，则又可发现，他之这样引古训来解释是别有深意的。张氏的本意在于说明：创作主体内在的“意”不是直接表达出来的，当于表达形式（语言）之外去求得，即言外之意。这应是张惠言比兴寄托说的基本出发点。他由此沿用古代儒家的诗教说以进一步说明词体的特点和功能，以达到“尊体”的目的。

“风雅”自来是被认为我国古代的文学传统。宋儒朱熹《诗集传序》云：“吾闻之，凡诗之所谓风者，多出于里巷歌谣之作，所谓男女相与咏歌，各言其情者也。惟《周南》《召南》亲被文王之化以成德，而人皆有以得其性情之正。故其发于言者，乐而不过于淫，哀而不及伤，是以二篇独为风诗之正经……至于雅之变者，亦皆一时贤人君子，闵时病俗之所为，而圣人取之。其忠厚恻怛之心，陈善闭邪之意，尤非后世能言之士所能及之。此诗之为经，所以人事浃于天下，天道备于上，而无一理之不具也。”张惠言论词时阐发了汉儒《诗大序》和宋儒《诗集传序》关于诗教的理论。他承认词是“缘情”而发的，通过“微言”以达到感染的作用。“微言”即是在具体的表述或描写时所使用的精要隐约的言辞。词体的内容同古代《诗经·国风》一样，如朱熹所说：“多出于里巷歌谣之作，所谓男女相与咏歌，各言其情者也。”此“情”，虽是“男女哀乐之情”，但张惠言最强调的是“性情之正”，归根结底是“贤人君子”之情。所谓“贤人君子”则是完全符合封建道德规范的楷模。他们的“情”，具有朱熹所说的“忠厚恻怛之心，陈善闭邪之意”，也是符合封建道德规范的。因此，这“情”已非男女之间自然之情，而是有特定含义的。词表现这种“贤人君子”之情时，也应符合古代诗人之旨的特点。“低徊要眇”即纡回曲折而又美好之意，这样便体现了“温柔敦厚”、“乐而不淫，哀而不伤”的诗人之旨。由此可见，张惠言完全无视词体音乐性与娱乐性的特点，似乎它与儒家理解的《国风》性质相一致了，因而以为它必然也可以实现儒家政治教化的作用。

张惠言从其关于词体性质的理解，认为词体的社会功能近于“诗之比兴，变风之义，骚人之歌”，即比兴寄托的作用。“比兴”通常是作为古代诗歌的表现手法，但汉儒曾将它与“美刺”联系起来。“美”，称善；“刺”，讽恶。《周礼·春官·太师》郑玄注云：“比，见今之失，不敢斥言，取比类以言之；兴，见今之美，嫌于媚谀，取善事以喻劝之。”可见“比兴”即是用明喻或隐喻的手段，曲折地对政事进行称美或讽刺的表现方法。张惠言以为词体是长于使用这种“比兴”的。关于“变风之义”，汉儒的《诗大序》说：“至于王道衰，礼义废，政教失，国易政，家殊俗，而变风变雅作矣。国史明乎得失之迹，伤人伦之废，哀刑政之苛，吟咏性情，以风其上，达于事而怀其旧俗者也。故变风发乎情，止乎礼义。”张惠言以为在衰世之时，词人发泄对于现实的不满，出于忠爱之意，使统治阶级能由此而接受政治教训以振兴王道。这就是词体之近于“变风之义”。关于“骚人之歌”，乃指屈原《离骚》的“美人香草”之意。汉儒王逸《离骚经章句》云：“《离骚》之文，依《诗》取兴，引类譬喻，故善写香草，以配忠贞；恶禽臭物，以比谗佞；灵修美人，以媲于君。”张惠言以为词体也能像《离骚》一样长于以美人香草进行政治寓意。既然词体直接继承了风骚传统，能通过比兴而寄托政治寓义，则它当有《诗经》和《离骚》同样的价值，自然应受到同样的尊重。当然，张惠言也见到词体的社会美学效应既有积极的作用，也有消极的作用。所谓“以其文小，其声哀，放者为之，或跌荡靡丽，杂以昌狂俳优”，这是词体的消极作用，应当受到排斥。但是他以为，真正能懂得词体的政治教化作用的词人则可能做到“莫不恻隐盱愉，感物而发，触类条鬯，各有所归”。这即是说，词人由感物所发的情，由对事物所产生的联想或发掘了其象征意义，“触类条鬯”，引而申之，推衍增长，而最后达到政治寄托，则是有所旨归了。显然，张惠言最重视词体的寄托意义的。这样，他从经学的观点出发，以儒家政治教化说对词体重新作了评价，使之跻于正统文学而毫无愧色，确实起到了尊体的作用。

在《词选序》里，张惠言还根据他对词体的认识，简要地评述了词史，严分词体的“正变”。他对唐五代词评价很高，对宋词则区分正变。柳永与黄庭坚的俗词，刘过的豪气词，吴文英的秾艳华丽之词，张惠言都给了它们以严厉的指摘，当然以为它们是属于变体的。他纵观词史时，又认为唐五代至两宋都是词的“正声”，南宋后的四百余年以来的词都是属于变体。所以其《词选》便严格区分正变，只选录了唐五代两宋的词人四十四家，词一百一十六首。唐五代共选十一家，词四十六首；北宋二十家，词四十七首；南宋十三家，词二十三首。非常明显，张惠言主要选录了唐五代和北宋词。这与朱彝尊的选录标准大为相异。《词综》所选南宋词最多，特别是姜夔、史达祖、陈允平、吴文英、王沂孙、周密、张炎诸家的词。《词选》则未收陈允平、吴文英和周密的词，姜夔词仅选了三首，张炎词才选了一首。朱彝尊的选录虽说是以“雅正”为宗旨，实际上其标准是放得较宽的，如所选柳词便有二十一首之多，而张氏则未选录一首柳词。相比之下，张惠言所持的雅正标准比浙西词派严得多。浙西词派标举学习南宋词，张惠言等常州词派则标举学习五代北宋之词。《词选》中选词数量最多的三家是温庭筠十八首，秦观十首，李煜七首。由此我们也可见常州词派所标举的具体学习对象了。

张惠言的词评具体地贯彻了其论词主张。《词选》共有他的评语三十余则，体现了其比兴寄托说。这些评语是对作品“义有幽隐，并为指发”，则阐发它们的“微言大义”。张惠言以为经其指发，“几似塞其下流，导其渊源，无使风雅之士惩于鄙俗之音，不敢与诗赋之流同类而风诵之也”。这样就可以提倡“风雅”以改变词坛的风气了。但是，张惠言以比兴寄托，妄自穿凿附会，寻求作品的政治寓意，结果使古人之词弄得面目全非。例如温庭筠《菩萨蛮》（“小山重叠金明灭”）是描绘贵家妇女晨妆时的情形，并未流露任何失意的情绪，张惠言却断定："此感士不遇也。"韦庄《菩萨蛮》（"如今却忆江南乐"），张惠言解析说："上云'未老莫还乡'，犹冀老而还乡也。其后朱温篡成，中原遂乱，遂决劝进之志，故曰'如今却忆江南乐'。又曰'白头誓不归'，则此词之作，其在蜀相时乎？"词学家施蛰存说："此又仅摘取二句，妄加附会。既以江南为指蜀中，则'却忆'二字何解乎？词云'白头誓不归'，未白头之言也。'此度见花枝'即'满楼红袖招'之时也。此二词皆北归后忆江南游冶之乐而作，何与于入蜀后劝进之志乎？"① 欧阳修《蝶恋花》（"庭院深深深几许"）是一首代言体的作品，写妇女因其丈夫冶游而产生闺怨，既伤春归，又感到青春虚度。张惠言却发现此词深寓了北宋庆历新政的失败，处处都寄托了政治意义。他说："'庭院深深'，闺中既以邃远也。'楼高不见'，哲王又不悟也。'章台''游冶'，小人之经。'雨横风狂'，政令急暴也。'乱红飞去'，斥逐者非一人而已，殆为韩（琦）范（仲淹）作乎？"用比兴寄托来解释词，最早始于南宋初年的鲖阳居士。张惠言解释苏轼的《卜算子》（"缺月挂疏桐"）完全引用了鲖阳居士的意见，他说："此东坡在黄州作。鲖阳居士云：'缺月'，刺明微也。'漏断'，暗时也。'幽人'不得志也。'独往来'，无助也。'惊鸿'，贤人不安也。'回头'，爱君不忘也。'无人省'，君不爱也。'拣尽寒枝不肯栖'，不偷安于高位也。'寂寞沙洲冷'，非所安也。此词与《考槃》诗极相似。"苏轼此词咏孤鸿，寄寓了贬谪黄州的孤独之感，绝非鲖阳居士所理解的那样复杂。《绿意》（"碧圆自

① 施蛰存：《读韦庄词札记》，《词学》第1辑，华东师范大学出版社1981年版。

洁”）是咏荷叶之作，本为张炎之词，张惠言从《词综》而误作无名氏之词；他解释说：“此伤君子负枉而死，盖似李纲、赵鼎之流。‘回首当年汉舞’云者，言其自结主知，不肯远引。结语，喜其已死而心得白也。”后来张惠言批校《山中白云词》时发现是张炎的作品，他的解释又完全不同了；批云：“此首自寓其意，‘遗簪不展’，当年心苦，可知‘浣纱人’即前卧横紫笛之辈，恐其罗而致之，不得终其志也。‘回首当年汉舞’者，庚辰入都也，彼时惟恐失身，故曰‘漫绉留仙裙褶’，幸而春衿未脱，尚带故香，况今老矣，何所求乎！玉田庚寅之归，‘西风吹折’时也。自此得长留湖山，故曰‘喜静看匹练秋光’也。刻《词选》时未见此集，从《词综》作无名氏，所解未当也。”[①] 这前后的解释竟有如此大的差异，张惠言最后以张炎身世来比附此词也是很不恰当的。近世词家端木埰批注《词选》云：“注释荒谬，甚不足取。《绿意》即“疏影”别名，创自尧章（姜夔）。此词即非玉田，亦是咸（淳）景（祐）以后，格与元镇（赵鼎）、伯纪（李纲）时代太不合。且谓‘伤君子枉死’，当时君子枉死，有过于武穆（岳飞）者乎？李、赵虽被谪，犹未至于死也。‘喜其已死’句尤荒谬，有悼伤君子而喜其死者乎？若果如此，是全无人心者矣。大约张氏昆季，薰心两庑，心神瞀乱，故于古人名作妄笺至此。此词无论是否玉田作，但就咏荷叶译之，自是千秋绝调，不必胡牵妄摭，致绝妙好词尽成梦呓。”[②] 从以上数例可见，张惠言以比兴寄托解释词作，穿凿附会，既缺乏考辨，又背离原意，致使陷

---

① 吴则虞校：《山中白云词》第 107 页，中华书局 1983 年版。

② 夏敬观：《词话丛编》第 1622 页，上海古籍出版社 1986 年版。

入非常错误的境地。近世学者王国维也不得不叹息说："固哉，皋文之为词也！飞卿《菩萨蛮》、永叔《蝶恋花》、子瞻《卜算子》，皆兴到之作，有何命意？皆被皋文深文罗织。"（《人间词话删稿》）尽管如此，比兴寄托说却占据了词坛达百年之久，而且在现代也还有其影响；这种现象确实值得深思。

词体在唐代最初本是以俗文学样式出现的。在北宋京瓦伎艺里，词作为小唱而存在，是市民文学之一。北宋中期词体改革后，词体向文人化的方向发展，成为雅俗共赏的文学样式，然而仍被排斥于正统文学之外。词体具有音乐性、通俗性、娱乐性和文学性，因而它不同于传统的诗文。当女艺人在花间尊前演唱小词以遣兴娱宾之时，听众是不希望在此环境来接受政治教化的。我们从唐宋人笔记的有关小唱演出情况的记载和唐宋词作品内容情况来看，这种文学样式实际上是属于艳科或近于艳科，它与儒家的诗教基本上是背离的。南宋初年某些爱国主义者需要进行政治抒情时，如张元幹、胡铨、张孝祥等人，他们完全可以用词体直陈其事，抒发悲壮的爱国情怀，根本不必用纡回曲折、含糊幽隐的比兴寄托方式。所以词体一般是不采取比兴寄托的，尤其是创作主体意识也一般都无美刺讽劝的目的。只有在咏物题材里，词人才有某些寓意。但这种寓意更多的是属于个人的身世之感或相思离情之类的。像辛弃疾《摸鱼儿》那样有政治寓意的词毕竟在宋词里太少了，只是在南宋后期和宋遗民的作品里才有一些词寄寓了政治意义。张惠言持比兴寄托论词，其错误在于：以个别的或极少数的词例当作了普遍的事实，于是按照主观意图，牵强附会，完全不顾作品的真实，给作品勉强涂上儒家政治教化的色彩。这种批评方法的谬误是十分明显的。我们要判断一首词是否有政治寓意，应当采取较为谨慎的态度。关于某词有政治寓意的本事传说，如苏轼的《水调歌头》，某些读者的感受与作者的本意便存在矛盾，这就需要详加辨析。如果某词既无词序，又无本事可考，也无纪年可查，如欧阳修的《蝶恋花》，则我们只能按照作品本文的意义来理解，不必去细心寻找微言大义。分析文学作品虽然不可能绝对地进行定性或定量分析，要凭批评者的艺术感受去再创造，但这种批评也应是要有根据的，如对意象、形象、结构、词意分析的结果。若批评者根本无任何可靠的依据便作主观的任意的穿凿比附，尤其是这样的比附就作品整体的各种关系而言是自相矛盾，不能自圆其说，或者所说又出尔反尔（如张惠言关于《绿意》的解释），则这样的作品分析是缺乏说服力的，而这种方法也无足取了。我们对作品的解释总得自圆其说，而专主比兴寄托者却往往是不能自圆其说的。

张惠言从儒家政治教化观点来理解词体的特性，以经今文学派的研究方法来论词，完全失落了词体的本位。可见他的比兴寄托说是没有什么价值的。然而此说在近代词学史上却起了客观的积极作用。张惠言将词体纳入《风》《骚》传统以尊崇，这在政治意义上是有助于维护封建统治者的政治利益的，必然受到统治阶级及许多文人的支持。自鸦片战争以来，中国封建制度在外来西方侵略势力的影响下，开始了全面的崩溃，而封建统治阶级和封建文人为保持旧的制度和旧的思想传统，亟需强化意识形态领域的统治。张氏词论适应了这个需要。清代长期奉行文化专制政策，大兴文字之狱，文人不敢在文学作品里正面地大胆地表达对现实的愤懑和对政治的批评。因中国近代正是多事之秋，社会动荡不安，统治者丧权辱国，人民处于水深火热之中，词人们为现实环境所迫，有强烈要求抒写现实生活感受的愿望。比兴寄托说非常适应这种环境，可以曲折幽隐地通过比兴来达到政治寓意。因而此说也为广大词人所接受，有力地促进了近代词作的繁荣。在张惠言词论的影响下，近代词学家渐渐改变了词体观念，认真地从理论上探讨词的社会意义和艺术价值，因而大大推动了词学的发展。因此，张惠言的比兴寄托说的客观意义是远远大于其理论自身的价值。这种奇特的文学现象只能在中国近百年特殊的历史文化环境里产生。张氏的比兴寄托说应是中国文化的一个畸形产儿，预示了文学本位的失落。①

第三节　周济与常州词派的词学理论

常州词派的创始人张惠言的词论有很大的局限性和缺陷，经过周济的修正和发展，常州词派的理论才得以发扬光大。如后来常州词派的谭献说：

> 填词至嘉庆，俳谐之病已净，即蔓衍阐缓，貌似南宋之习，明者亦渐知其非。常州派兴，虽不无皮傅，而比兴渐盛。故以浙派洗明代淫曼之陋，而流为江湖；以常派挽朱（彝尊）、厉（鹗）、吴（锡麒）、郭（麐），佻染饾饤之失，而流为学究。近时颇有人讲南唐、北宋，清真、梦窗、中仙之绪既昌，玉田、石帚渐为已陈之刍狗。周介存有“从有寄托入，以无寄托出”之论，然后体益尊，学

① 参见谢桃坊：《评常州词派的理论》，《学术月刊》1990年第11期。

益大。

——《复堂词话》

近世词学家陈匪石也说："自周氏书出，而张氏之学益显。百余年词径之开辟，可谓周氏导之。"（《声执》卷下）周济虽属常州词派，但却敏锐地见到，常州词派在克服浙西词派的弊病之后所产生的新的偏向，于是对词学理论作了更深入系统的探讨。

周济，字保绪，一字介存，晚年号止庵。江苏常州宜兴县南荆溪人。生于乾隆四十六年（1781）。嘉庆十一年（1806）进士，铨叙知县，改就淮安府学教授，岁余即以病移去。周济自负经世之才，练习骑射，喜言兵家，广泛结交江淮豪士，为人豪放无度。淮南诸商曾集资数万金，托周济往淮北办盐，而他则用以买妓养士，酣醉歌舞，用尽资财。他四十七岁时再专注于学业，著有《味隽斋史义》二卷，《介存斋文稿》二卷，词二卷，诗六卷，《晋略》六十卷。词学著述有《介存斋论词杂著》和《宋四家词选》。卒于道光十九年（1839）。从周济的生活道路与治学途径来看，他与朱彝尊等文人和张惠言等经师迥然不同，是主张经世致用之学的。其经济抱负未能实现，便寄托于论史、论词，因而理论自有特色。他的词论尤体现了史学家高瞻远瞩的眼光和经世学家关注社会现实的意识，因而其理论大大超越了浙西词派和常州词派。

在《词辨自序》里，周济叙述其词学观点形成的过程说：

余年十六学为词，甲子（嘉庆九年，1804），始识武进董晋卿。晋卿年少于余，而其词缠绵往复，穷高极深，异乎平时所仿效，心向慕不能已。晋卿为词，师其舅氏张皋文、翰风兄弟。二张辑《词选》而序之，以为词者，意内而言外，变风骚人之遗。其叙文旨深词约，渊乎登古作者之堂，而进退之矣。晋卿虽师二张，所作实出其上。予遂受法晋卿，已而造诣日以异，论说亦互相短长。晋卿初好玉田，余曰："玉田意尽于言，不足好。"余不喜清真，而晋卿推其沈著拗怒，比之少陵。牴牾者一年，晋卿益厌玉田，而余遂笃好清真。既予以少游多庸格，为浅钝者所易托；白石疏放，酝酿不深。而晋卿深诋竹山粗鄙。牴牾又一年，予始薄竹山，然终不能好少游也。其后晋卿远在中州，余客受吴淞。弟子田生端，学为词，因欲次第古人之作，辨其是非，与二张、董氏各存岸略，庶几他日有所观省。

董士锡，字晋卿。江苏常州武进人。从其舅父张惠言学，工古文诗赋，有《齐物论斋集》。周济是通过董士锡而接受张氏词学的。但董士锡论词已与张氏有异，周济经过自己的探索后，又与张氏和董氏意见有相异之处："各存岸略。"我们还可见到，周济与董士锡论词时，其观点是不断发展变化的。在嘉庆十七年（1812）周济三十一岁时，为弟子讲词编著《词辨》十卷，这标志了其词学观点的形成。《词辨》后来遗落，仅存前两卷，即今所传之《介存斋论词杂著》。道光十二年（1832）周济五十一岁时，完成了《宋四家词选》，标志了其词学观点的成熟。他说："文人卑填词为小道，未有以全力注之者，其实专精一二年，便可卓然成家。若厌难取易，虽毕生驰逐，费烟楮耳。余少嗜此，中更三变，年逾五十始识康庄。"（《宋四家词选目录序论》）从《词辨》到《宋四家词选》，周济的词学观点是有发展的，但基本观点则是前后一致，例如其词论中心“非寄托不入，专寄托不出”，以及对重要词人的评价，前后的意见都是一致的。这两种著述，都是通过对词家词作的选评为读者指示学习作词的具体途径，在序论里提纲挈领地阐述了有关的词学理论问题，如词体观念、正变、比兴寄托及著名词家创作的得失等问题。这样由理论到作家作品的评论，较为系统地表述了常州词派的词学理论。因为周济论词的目的在于为学词者指示作词途径，这构成了其整个理论倾向于解决作词中的实际问题，而这些问题确是当时词坛上很需要解决的。我们在探讨周济词论时是应当对其基本特点有所认识，否则便可能抽象地孤立地看待他所提出的一系列理论问题。

无论学词论词，都须对词体的性质有所认识，它是词学的基本理论问题。张惠言“意内言外”之说，其缺陷是明显的。周济也主张尊体，但却从文学自身的客观社会意义来理解词体的社会功能，而不是儒家政治教化说的重复。他在评王沂孙词时说：“中仙最多故国之感，故著力不多，天分高绝，所谓意能尊体也。”又在谈到某些浅陋淫亵的词作时说：“若乃世俗传习，而或辞不逮意，意不尊体。”（《介存斋论词杂著》）周济并不抽象地肯定词体，“尊体”是对具体作品而言的，只要创作主体立意高远深厚就可能起到尊体的作用。他对“意”的解释与其经世致用观点是有联系的，他说：“感慨所寄，不过盛衰，或绸缪未雨，或太息厝薪，或已溺已饥，或独清独醒，随其人之性情学问境地，莫不有由衷之言。见事多，识理透，可为后人论世之资。诗有史，词亦有史，庶乎自树一帜矣。”这当是“意”的具体内容了。创作主体若能真实地表达在社会现实中所感受到的国家盛衰的许多征兆，或发现社会危机的种种隐患，或在世俗沉溺与沦丧之际保持清醒的认识和独立的人格，尤其是能将这些感受经过深思熟虑之后表达出来，则如此的作品便有时代的特色，可为后人论世之资了。前人称杜甫那些深刻表达社会感受的诗篇为“诗史”，周济在这种意义上认为“词亦有史”。词意若有如此的思想深度，词体自然为人们所尊崇了。值得注意的是周济的“尊体”，完全摈弃了为封建统治阶级服务的诗教说。他从个人出发联系清代中期衰乱的社会现实生活，要求词体把握现实历史内容，表现时代精神。这正反映了鸦片战争前夕，中国士人的社会忧患意识和历史责任感。因而周济的词体观念比张惠言进步得多，能得到中国近代词学界的热烈响应。

词体在清代已是一种古典的文学样式了，要掌握这种样式进行创作是较为困难的，因为它有种种特殊的规定性。因此，读古代词人的典范作品，精研词意，不失为掌握这种文学样式的可靠而实际的方法。清代浙西词派以朱彝尊的《词综》为范本，标举学习南宋词，以学姜夔和张炎为具体途径。常州词派以张惠言的《词选》为范本，标举学习五代北宋词，以学习温庭筠、李煜、秦观为具体途径。这两派都取径狭窄，易生流弊，而且在周济时它们的弊病已经显著。鉴于此，周济经过反复探讨，提出了新的途径。他在早期著述《词辨》里对周邦彦、辛弃疾、吴文英和王沂孙都有很高的评价。如评周邦彦云：“美成思力，独绝千古，如颜平原书，虽未臻两晋，而初唐之法，至此大备。后有作者，莫能出其范围矣。”评吴文英云：“梦窗每于空际转身，非具大神力不能。梦窗非无生涩处，总胜空滑。”这两家词，张惠言对它们都不重视，在其《词选》里选了周词四首，而不选吴词。周济以清真词为最高典范，这与朱彝尊和张惠言的意见都大不相同。在《宋四家词选》里，周济终于提出了明确的学词途径。此选以周邦彦、辛弃疾、吴文英、王沂孙四家领袖一代，又将与四家艺术风格相同或相近的词，分附其后。这四家词排列的顺序是有特殊意义的，体现了一个逆序的由入门到最高艺术境界的有序过程："问途碧山，历梦窗、稼轩，以还清真之浑化。"所谓"问途碧山"，即主张学词由王沂孙的词入手，这是因为它易学而途径很正："餍心切理，言近指远，声容调度，一一可循。"周济很重视作者立意与笔法的配合，"词以思笔为入门阶陛。碧山思笔，可谓双绝，幽折处大胜白石"，所以最宜初学者学习的。学词的第二阶段是艺术上的变化，这就是通过学习吴文英和辛弃疾来开拓词径。周济以为"稼轩敛雄心，抗高调，变温婉，成悲凉"，体现了由北宋词到南宋词的转变；"梦窗奇思壮采，腾天潜渊，返南宋之清泚，为北农之秾挚"，体现了由南宋词向北宋词的回归。因此，"稼轩由北开南，梦窗由南追北，是词家转境"。通过对这两家词的学习，便可认识北宋词和南宋词的变化与融浑，求得艺术风格的多样性与丰富性。学词的第三阶段，是实现回到北宋词的"浑化"境界，即以周词为学习的最高范本。因为"清真集大成者也"。周济所指示的学词途径，远比浙西词派和常州词派的途径广阔得多，而且调和了这两派关于南宋词和北宋词的严格分疆。这个学词途径的最重意义更在于修正了张惠言的比兴寄托说。

张惠言以比兴寄托论词，在对作品的具体分析时总是很勉强地去寻找它们的政治寓意，其结果往往歪曲了作者的本意，又歪曲了作品的客观意义，因而难为词学界所接受。周济在其《味隽斋词自序》里说："吾郡自皋文、子居两先生，开辟榛莽，以《国风》《离骚》之旨趣，铸温、韦、周、辛之面目，一时作者竞出。”他实际上对这种以极为主观的方式改铸宋代词人的面目的情况是表示不满的，遂从另一角度出发来谈词的寄托问题，将寄托问题纳入学词的过程来理解，而且只将它视为学词入门的阶梯。周济早在《词辨》里谈学词途径时即说："初学词求有寄托，有寄托则表里相宣，斐然成章。既成格调，求无寄托，无寄托，则指事类情，仁者见仁，知者见知。”这是以为在初学阶段，作者应有寄托，借艺术形象以寓社会现实政治，使作品有较为深刻的内容，就容易做到“表里相宣”；然而这还不是作词的高境。所谓“既成格调”，则是作者形成了自己的艺术风格，这时创作主体应当不再具有寄托的意识，去达到一种浑然天成的艺术高境，作品的客观意义就很丰富了。在完成《宋四家词选》时，周济关于学词途径的理解成熟了，将寄托问题置于具体的学词途径来处理。周济说：

> 夫词非寄托不入，专寄托不出。一物一事，引而申之，触类多通。驱心若游丝之窖飞英，含毫如郢斤之斫蝇翼，以无厚入有间。既习已，意感偶生，假类毕达，阅载千百，謦欬弗违，斯入矣。赋情独深，逐境必寤，酝酿日久，冥发妄中。虽铺叙平淡，摹缋浅近，而万感横集，五中无主。读其篇者，临渊窥鱼，意为鲂鲤，中宵惊电，罔识东西。赤子随母啼笑，乡人缘剧喜怒，抑可谓能出矣。问途碧山，历梦窗、稼轩，以还清真之浑化。余所望于世之为词人者，盖如此。
>
> ——《宋四家词选目录序论》

从理论的探讨和创作的经验，周济以为作词若无寄托便不能入门，若专主寄托则永远陷于初级的阶段。据此，他将创作的艺术境界分为三阶段。初学者对具体事物应注意观察，进行联想，寻求寄寓的内容。在构思时便像游丝窨住落花，在表现时则如运斤成风。这样可算是学词入门了。经过长期练习之后，作者主观的意感，容易借助于形象自由地达到寄托的目的。这样可算作学词入室了。作者对情与景的体验，日积月久，偶然触发，表现得平淡浅近，生动自然，是真实的情感流露。它能使读者产生丰富的联想，甚至感到惊异或神秘不可理解。这样可算作学词达到浑化的高境了。怎样通过具体的学习途径来实现“非寄托不入，专寄托不出”呢？这就是周济《宋四家词选》编著的目的：由学王沂孙词入门，由学辛弃疾和吴文英词求得变化而入室，最后达到周邦彦词浑化的境界。周济以为“碧山故国之思甚深，托意高，故能自尊其体”，分别指出其作品有“身世之感”、“家国之恨”、“叹盛时易去”和“刺朋党日繁”的种种政治寓意。王沂孙咏物词的寄托确是很明显的。所以“初学词求有寄托”，最好是学王沂孙词。周济评周邦彦《兰陵王》云：“客中送客，一‘愁’字代行者设想。以下不辨是情是景，但觉烟霭苍茫。”评《六丑》云：“不说人惜花，却说花恋人，不从无花惜春，却从有花惜春，不惜已簪之残英，偏惜欲去之断红。”评《瑞鹤仙》云：“只闲闲说起。不扶残醉，不见红药之系情，东风之作恶，因而追溯昨日送客后，薄暮入城，因所携之伎倦游访伴小憩，复成酣饮……结构精奇，金针度尽。”这些词都无明显的寄托痕迹。“既成格调，求无寄托”，则最好学周邦彦词。周济论词，克服了专主寄托的偏向，所以在评论作品时能较为确切地认识作品的意义和对作品艺术进行深入的分析。如果我们脱离学词过程去抽象探讨周济的“非寄托不入，专寄托不出”，或视之为创作时的指导原则，都可能背离其原意的。

张惠言曾严格区别词体的“正变”，以为“词之杂流”始于五代，宋词中柳永、黄庭坚、刘过、吴文英等“荡而不反，傲而不理，枝而不物”的词属于变体，“自宋之亡而正声绝”。他理解的“正”是符合儒家政治教化的雅正。周济在早期也继承了张惠言的“正变”观念，但却有所修正。他早年编著的《词辨》十卷，“一卷起飞卿为正，二卷起南唐后主为变。名篇之稍有疵累者为三、四卷。平妥清通才及格调者为五、六卷。大体纰缪、精彩间出为七、八卷。本事词话为九卷。庸选恶札迷误后生，大声疾呼，以昭炯戒者为十卷。”后来仅存正变两卷，这就是《介存斋论词杂著》。根据这个线索，我们可以从《介存斋论词杂著》里见到温庭筠以下有韦庄、冯延巳、欧阳修、柳永、秦观、周邦彦、陈克、史达祖、吴文英，共十家，是为词体之正；李煜以下苏轼、辛弃疾、姜夔、蒋捷、周密、王沂孙、张炎、陈允平、高观国、卢祖皋、唐珏、李清照，共十三家，是为词体之变。周济不是从政治教化的观点来区分正变的，而是着眼于艺术风格的流变；尤其重要的是：他并不贬低“变体”的意义和成就，所以将这类词置于其他有些缺陷的词之上。他对李煜和辛弃疾的词评价很高，并不因其是变体而贬低，如说：“李后主词，如生马驹，不受控捉”，如美妇人“粗服乱头，不掩国色”；辛弃疾“其才情富艳，思力果锐，南北两朝，实无其匹”。实际上“正变”的观念是狭隘而偏颇的，标准也很难掌握。周济晚年编著《宋四家词选》时便抛弃了“正变”的观点，在其所列的四家中，辛弃疾是自来被视为

"变体"、"别调"的，吴文英、王沂孙两家又是周济自己曾列为变体的。他这时完全不考虑正变的区分，而是从所理解的词的文学价值来考虑了。这无疑是周济词学思想的自我超越，是词学史上一大进步。

关于北宋词与南宋词的评价问题，浙西词派与常州词派都各趋极端，各立门户："考之于昔，南北分宗；征之于今，江浙别派，是亦有故焉"（《味隽斋词自序》）。周济大胆地打破了这种强分疆域的狭隘观念。他早年论词即以为："两宋词各有盛衰，北宋盛于文士而衰于乐工；南宋盛于乐工而衰于文士"；"北宋有无谓之词以应歌，南宋有无谓之词以应社。"这是就两宋词的整体趋势而言。若以艺术表现的优劣来看，他以为两宋词是互有短长的："北宋词，下者在南宋下，以其不能空，且不知寄托也；高者在南宋上，以其能实，且能无寄托也。南宋则下不犯北宋拙率之病，高不到北宋浑涵之诣。"这对两宋词作的宏观认识是较为公正而客观的。周济晚年论词虽然也保持了两宋词互有短长的看法，但却以北宋词的境界为高，以作为其指示学词途径的理论根据。他说："北宋主乐章，故情景但取当前，无穷高极深之趣。南宋则文人弄笔，彼此争名，故变化益多，取材益富。然而南宋有门径，有门径故似深而转浅。北宋无门径，无门径故似易而实难。"他所指示的学词途径即是南宋末年的词入门，历经南宋中期词而求得变化，最后直达到北宋后期周词的浑化。两宋词各有短长，周济以北宋后期清真词为艺术高境，将它视为集大成者，在某种意义上是以为清真词无南北宋之失，而又兼有两者之长。清真词在词史上是由北宋到南宋词风转变的关键，因而学词由南宋之季，返回北宋之季，这在周济认为是一个非常正确的途径了。关于对两宋词作宏观的把握是很有必要的，但以之代替具体作家作品的评价则会陷入理论上的困境。周济由其对两宋词优劣评价的基础所建立的学词途径之说，也难免有很大的局限甚至偏见。因为学词途径，不应有唯一的模式，将因人而异，其途径本是广阔的、多样的。周济在当时浙西词派与常州词派观点对立的情况下，关于两宋词的评价非常有利于克服两派的门户之见，修正了常州词派的理论，有利于常州词派的发展。

关于两宋词的评价，具体地涉及许多词人。周济在这方面表现出与浙西词派和常州词派不相同的意见。他在晚年总结自己治词学的经验时说："自悼冥行之艰，递虑问津之误。不揣浅陋，为察察言。退苏进辛，纠弹姜、张，剟刺陈、史，芟夷卢、高，皆足骇世。"当然还有关于周邦彦、吴文英和柳永的评价，也足以骇世的。自南宋以来，苏辛并称，大致以为苏轼具有天仙化人之笔，境界高不可诣。清初以来无论是浙西词派或常州词派所选二家之词，都是辛多于苏。周济《宋四家词选》里以辛弃疾为一派的领袖，而以苏轼为附，这反映了清代以来词学思想的变化，但其观点之鲜明则在词学史上是特出的。南宋词家中姜夔、史达祖、卢祖皋、高观国、陈允平、张炎诸家，都是浙西词派的学习对象，尤其是姜夔和张炎。周济对他们予以否定的评价是属于矫枉过正的现象。早在《介存斋论词杂著》里，他评姜夔词说："白石词如明七言诗，看是高格响调，不耐人细思。白石以诗法入词，门径浅狭，如孙过庭书，但便后人模仿。白石好为小词，序即是词，词仍是序，反复再观，如同嚼蜡矣。"他评张炎词说："玉田近人所最尊奉，才情诣力亦不后诸人。终觉积谷作米，把缆放船，无开阔手段，然其清绝处，自不易到……叔夏所以不及前人处，只在字句上著功夫，不肯换意。”这实际上是对浙西词派的否定与批评。但是周济对周邦彦和吴文英的推崇则是对张惠言等人理论的修正，尤其是对柳永的评价则与张惠言等人的意见大相径庭了。他说：“耆卿为世訾謷久矣，然其铺叙委宛，言近意远，森秀幽淡之趣在骨。”他认为“清真词多从耆卿夺胎”，因而他一反清人偏见给了柳词以较为公允的评价。周济关于两宋词人的批评能够摆脱浙西词派与常州词派的门户之见，表现了其大胆的卓识；当然其中也含着其个人的艺术的偏见。

周济的词学理论是针对清代中期词坛的现实出发的，试图纠正浙西词派和常州词派的理论对词体创作的有害影响，于是从理论上来总结词的创作经验，为初学词者指示一条正确的途径。因而他的理论核心是创作论。周济是常州词派中最有成就的理论家，其最大的功绩是修正了张惠言的理论。他从学词过程来重新解释了张惠言的比兴寄托说，使常州词派的理论得到完善和丰富，对近代词学极盛局面的形成有着积极的作用。周济的词论也存在着矛盾和局限。他既然以经世致用的政治眼光给词体的社会功能以高度的肯定，而在具体论述时却又多从艺术表现技巧着眼，有形式主义的倾向。他既然不满意于浙西词派和常州词派取径狭隘，努力克服门户之见，使学词途径较为广阔，但其实际所指示的途径又有单一和狭隘的缺陷，是一条形式主义的道路。他既旗帜鲜明地反对浙西词派所标举的姜夔和张炎，也暗中不满于常州词派所标举的温庭筠、李煜和秦观，因而另以宋四家领袖一代，但他以周邦彦为集大成者、为最高的艺术规范，则同样表现了其狭隘与偏见。尽管周济的理论有其局限性，但它却很有理论特色和时代特色，尤其是它的理论深度、艺术分析、宏观认识，都大大超过了前人。我们可以说，周济是近代词学史上第一个最有成就的词学理论家。

第四节 谢元淮关于词乐的探寻

宋代的音谱和词谱在南宋灭亡以后散佚。现在我们见到的仅是南宋中期词人姜夔《白石道人歌曲》里存留的十七首自度曲旁缀燕乐谱字；然而它们是词人“率意为长短句，然后协以律”（《长亭怨慢序》），即先随意写下歌辞，再创作乐曲以配。这是以乐从辞，它与倚声填词的作法完全不同，因此不能视之为宋人标准的词谱。宋季词人周密在《齐东野语》卷十谈到南宋宫廷编的词谱：“《混成集》，修内司所刊本，巨帙百余。古今歌词之谱，靡不备具。只大曲一类凡数百解，他可知矣，然有谱无词者居半。”这一历史线索是很重要的，由此可知南宋时内府将作监下属机构修内司刊行的《混成集》汇编了唐以来的词谱，极为完备，共计百余册。其中大曲（大型舞曲）一类有数百曲，但有音谱而无歌词的占半数。此集在宋亡后流散。明代万历三十八年（1610）戏曲家王骥德于《曲律》卷四保存了关于《混成集》的一点资料。他叙述在京都时从友人处见到皇宫文渊阁藏书刻本《乐府大全》，又名《乐府浑成》一册，收林钟商调的歌辞二百余阕，有《卜算子》《浪淘沙》《鹊桥仙》《摸鱼儿》《西江月》等长调；估计全书共数十册。他记下了林钟商调的目录：

娋声　品　歌曲子　歌唱　中腔　踏歌　引　三台
倾杯乐　慢曲子　促拍　令　序　破子　急曲子　木笪

T声长行　大曲　曲破

此是按乐曲性质分类，但概念颇杂乱，既有大曲，又有大曲片段，既分以歌法，又杂以唱腔与节奏。王骥德为“存典刑一斑”特录下三谱片段：一为娋声谱，录了五个燕乐半字谱，无歌辞；一为小品谱两段，辞为“正秋气凄凉鸣幽砌，向枕畔偏恼愁心，尽夜苦吟”，“戴花殢酒，酒泛金尊，花枝满帽。笑歌醉拍手，戴花殢酒”，歌辞右旁皆有燕乐半字谱。这些燕乐半字谱是与中国敦煌文献 P. 3808 卷燕乐琵琶谱和宋代沈括《补笔谈》卷一“乐律”和张炎《词源》卷上“宫调应指谱”所用燕乐谱同一系统的。这是幸存的宋代词谱标本。由此可推测《宋史·艺文志》所载沈括《三乐谱》、蔡攸《燕乐》、赵佶《黄钟徵角调》、郑樵《系声乐谱》、无名氏《大乐署》和《历代歌词》等，皆与《浑成集》同为音辞俱备词谱。因有此标本，可证实宋人“倚声填词”是可信的，词确为以辞从乐的音乐文学样式。宋代歌词之谱仅留下一个标本，词乐之旧观很难复现了。明清以来戏曲唱腔中所保存的词调，尤其是清代乾隆间编的《新定九宫大成南北词宫谱》内有一百七十余唐宋词的音谱，它们是否可视为词乐之遗存？如果根据这些线索是否可恢复唐宋的词乐？清代词学家谢元淮正是试图以此为据去探寻并重构词乐的。

谢元淮，字默卿，又作墨卿。湖北松滋县人。清嘉庆十五年（1810）有苏州灵岩行迹，次年在故乡作《辛未九日金羊山》诗二首。嘉庆十九年（1814）出仕，约在湖南衡阳任。道光十七年（1837）为江苏无锡县令。道光二十二年（1842）六月在上海吴淞和宝山军营，参加抵抗英国侵略军的战斗，清军在江南提督陈化成的领导下英勇抗击侵略军。七月英军在镇江遭到重大打击，时谢元淮任真州（今江苏仪征）观察，而汉奸颜崇礼却向侵略军投降，使真州失守。谢元淮在《念奴娇》词里愤慨地写道："运策何人，逡巡终至此，满城流血。"道光二十三年（1843）谢元淮在真州完成《海天秋角词》，结集了抗英战争的词作，同年完成了《碎金词谱》；次年《碎金词谱》刊行。道光二十四年（1844）仲夏重游苏州灵岩，作有词。咸丰元年（1851）任淮南监掣同知，此后两三年被荐升为广西右江道，但未到任遂请求归乡养老，回到松滋。其词学著作有《碎金词》六卷，《碎金词韵》四卷，《碎金词谱》六卷，《填词浅说》一卷。此外清同治修《松滋县志》卷十一《艺文志》存其著作目录有《养默山房诗稿》四十卷，另有《防海赘言》《云台新志》《淮鹾改票本末》《钞法》《国防章程》等。

关于词体性质，谢元淮是从创作的角度来认识的，而且将它与其他古典格律诗体严加区别。他说：

> 词为诗余，乐之友也。乐府之名始于西汉，有鼓吹、横吹、清商、杂调诸名。六朝沿其声调，更增藻艳，与词渐近。唐人《清平调》《郁轮袍》《凉州》《水调》之类，皆以绝句被笙簧；于是太白、飞卿辈创立《忆秦娥》《菩萨蛮》等曲，而词与诗遂分。至宋而其体益备，设大晟乐府，领以专门名家，比切宫商，不爽铢黍，于依永和声之道，洵为盛矣。迨金变而为曲，元变而为北曲，而曲又与词分。明分北曲为南曲，愈趋愈靡。是知词之为体，上不可入诗，下不可入曲；要于词与曲之间，自成一境。守定词场疆界，方称本色当行。至其宫调、格律、平仄、阴

阳，尤当逐一讲求，以期完美。

——《填词浅说》

谢元淮虽然承袭传统的诗余说，但在具体阐述时颇有新意。他从中国音乐文学发展的观点来看，以为最早的音乐文学是汉代的乐府诗，它是配合音乐的，是词体的渊源，而六朝乐府歌辞的艳丽风格在文学上影响了词体。可惜谢元淮未接受凌廷堪关于燕乐研究的成果，因此未见到传统音乐在唐代发生的巨大变化，仅见到唐人以绝句选配新乐曲的现象，而直觉地发现长短句为唐代诗人新创之音乐文学样式，由此诗体与词体分途发展了。这已接近了词体起源的历史真实。关于词体在宋代以后的情形，谢元淮亦能从音乐文学的角度来观察。他试图说明金元之曲代替了宋词，明代南北曲又代替了金元之曲，每个时代都有自己的音乐文学，而词体早已不入乐了。这样，就文体风格而言，词体上与诗，下与曲，风格迥别；因而它是诗与曲之间的一种独特的艺术境界。谢元淮非常清楚，词与音乐的关系早已分裂，词乐早已佚亡，词已是纯文学形式了。他为了使词体再成为音乐文学，认真考究词体的宫调、格律、平仄、阴阳，实即考究词乐与词律，以期词体在清代词学复兴时期变得完美。关于词律的总结，这在清初万树与王奕清等已经完成了，谢元淮的任务便是重构词乐，而且使之与格律结合，亦即重构唐宋词的歌谱，也要求当代词人的词作成为歌谱，可以付诸歌唱。为此，他作了艰苦的探寻。这是理解谢元淮词学思想的性质所在。他重构词乐的设想是始于道光二十二年（1842）结集《海天秋角词》之时。赵函为此词集序云：

默翁重莅真州，余适游邗上，欢然相值。以近刻《海天秋角词》见示。盖大半在吴淞戎幄中磨盾挥毫时所制。而研究音律，依《九宫大成谱》所载唐宋以来词分隶于各宫调下，按谱填之，谐声合律，便皆可歌。此古今词家不传之秘，而一旦发之。默卿读之，不禁起舞。①

谢元淮是依据《新定九宫大成南北词宫谱》内所录之唐宋词音谱，参证《词律》与《词谱》所订正之格律作词。其词于调名下注明宫调，说明体制，词字右旁注明工尺谱字，左旁注明字声平仄。兹举一例：

念奴娇

高大石角北支曲

双调，一百字，前段十句，四仄韵，后段十句，四仄韵。从苏子瞻“大江东去”词体。

重游京口，登北固山以望大海。时当兵燹之余，呻吟未歇，歌管犹闻。往事追思，不胜慨叹。倚声而歌，觉汹汹江声，同一幽咽也。

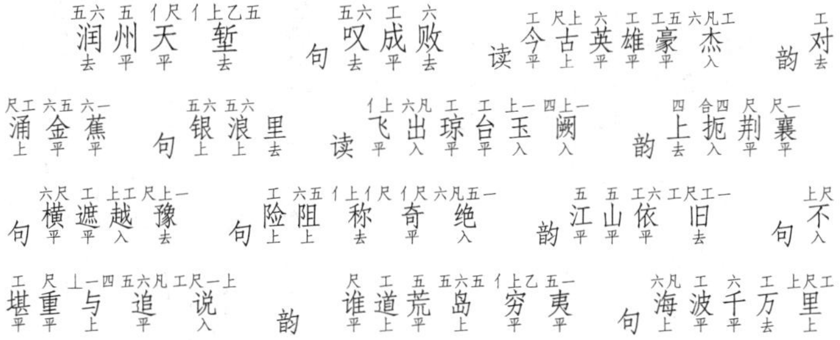

五六	五	亻尺	亻上乙五		五六	工	六		工	尺上	六	工	工五	六凡工		工
润	州	天	堑	句	叹	成	败	读	今	古	英	雄	豪	杰	韵	对
去	平	平	去		去	平	去		平	上	平	平	平	入		去

尺工	六五	六一		五六	五六			亻上	六凡	工	工	上一	四上一		四	合四	尺	尺一
涌	金	蕉	句	银	浪	里	读	飞	出	琼	台	玉	阙	韵	上	扼	荆	襄
上	平	平		上	上	去		平	入	平	平	入	入		去	入	平	平

	六尺	工	上工	尺上一		工	六五	亻上亻尺	亻尺	六凡五一		五	五	工六	工尺工一		上尺
句	横	遮	越	豫	句	险	阻	称	奇	绝	韵	江	山	依	旧	句	不
	平	平	入	去		上	上	去	平	入		平	平	平	去		入

工	尺	上一四	五六凡	工尺一上		尺	工	五	五六五	亻上乙	五一		六凡	工	六	工	上尺工
堪	重	与	追	说	韵	谁	道	荒	岛	穷	夷	句	海	波	千	万	里
平	平	上	平	入		平	上	平	上	平	平		上	平	平	去	上

① 谢元淮：《碎金词谱》附《碎金词》，天津古籍出版社 1996 年影印版。

读	六凡 楼 平	工 船 平	上一 漂 平	四上一 瞥 入	韵	工 火 上	亻上 箭 去	五 风 平	六一 轮 平	句	工 经 平	五 过 去	六 处 去	读	尺 牛 平	尺 酒 上	六 齐 平	工 供 平	工 饕 平

尺上一 餮 入	韵	五 运 去	工五 策 入	六凡 何 平	工一 人 平	句	六凡 逡 平	工 巡 平	亻上 终 平	五六 至 上	凡工六 此 去	句	工 满 上	六 城 平	上一 流 平	四上一 血 入	韵	上 惊 平

上 魂 平	尺工 刚 平	六凡工一 定 去	句	六 却 入	五 听 平	尺五 歌 平	六工 吹 去	六 呜 平	工尺上一 咽 入	韵

这是有音谱有格律的歌谱，既可以据之填词，又可合乐歌唱。谢元淮以为发现了“古今词家不传之秘”，继而据此模式制订了《碎金词谱》，从《新定九宫大成南北词宫谱》摘出一百七十余词调列制图谱，录示唐宋词人典范作品，次以方格列图，图之右旁标注音谱，左旁注明字声平仄，以示学者一个完备的唐宋词谱，由此可以重建词乐规范。在此过程中涉及几个具体问题：

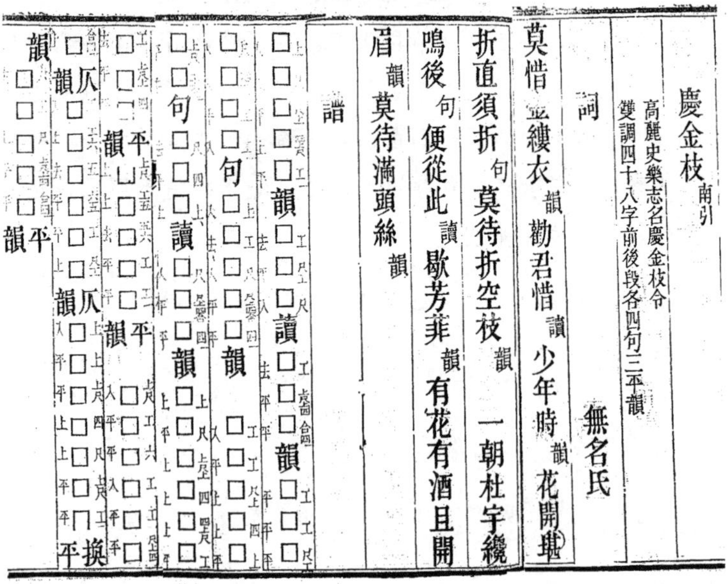

慶金枝 南引

高麗史樂志名慶金枝令

雙調四十八字前後段各四句三平韻

詞　無名氏

莫惜金縷衣 韻 勸君惜 讀 少年時 韻 花開堪折直須折 句 莫待折空枝 韻 一朝杜宇纔鳴後 句 便從此 讀 歇芳菲 韻 有花有酒且開眉 韻 莫待滿頭絲 韻

譜

清刊本《碎金词谱》书影

（一）宫调。中国古代的“宫调”是包含音高、调式和结声的一个概念，由音阶与律吕相配而成。唐代燕乐实用二十八调，宋代用十九调，元代以来用十三调。中国古代每个时期的绝对音高是不同的。因此同一宫调在各个时期的绝对音高亦不同。谢元淮深知：“宫调之辨，愈解愈纷，几于无可捉摸。”然而他仍然追溯其源，欲为填词者导夫先路。他在《碎金词谱》里所用宫调是依照《新定九宫大成南北词宫谱》二十三调排列的，它们混杂了南北曲宫调。谢元淮说：

> 词始于唐，原无所谓南北；及元盛北曲，明尚南词，而宫调始分。宫有六，调有十一，总谓之十七宫调，专为歌词而设。其历代诗余亦间有采入南北曲者，既已分隶各宫调下，不能不从南北，另为一体。
>
> ——《填词浅说》

很清楚，此已非唐宋词之旧了。

（二）格律。谢元淮是依据《词谱》所订正的词调的字数、句数、句式、分片、用韵的体制。关于一调数体的问题，他以为：“一调数体者，自应取创始之词及宋词之最佳者作为正体。其余字数多寡不同，或字数虽同而韵句各异者，概列为又一体……必须专指一词为定体，且指出其词首句作准。”（《填词浅说》）这是从创作角度而提出词调定体的，具有实际的指导意义。

（三）平仄与阴阳。唐宋词的声韵是属于中古音《唐韵》——《广韵》音系的，字声如近体诗一样只分平仄，而韵则入声为单独一类。《词律》和《词谱》关于词调字声平仄的订正是符合唐宋词实际的。谢元淮在处理词调字声时混入了《中原音韵》的音系。他说：

平仄者，沈休文四声也。平声谓之平，上去入总谓之仄。平有阴阳，仄有上去入。倘用乖其法，则为失调，俗称拗嗓。盖平声尚含蓄，上声促而未舒，去声往而不返，入声逼侧而调难自转。北曲入声无正音，是以派入平上去三声中。南曲不然，入声自有入声正音，不容含混。

——《填词浅说》

由于谢元淮将中古音与近古音混淆，以至在标注词的字声平仄时，于平声分阴阳。从元代周德清的《中原音韵》开始，平声分阴阳，标志近古音系的形成。平声是汉语语音的一种调类，自元代以来它分为两个调类：中古清声母一类平声字变为阴平声，浊声母一类平声字变为阳平声。《碎金词》如：

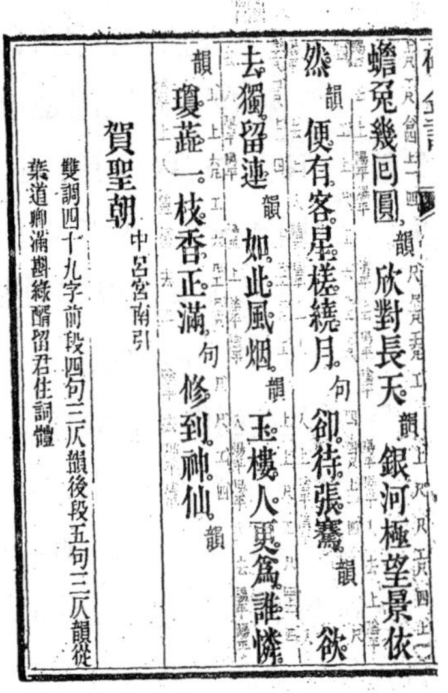

碎金詞

蟾兔幾回圓，韻 欣對長天 韻 銀河極望景依然 韻 便有客星槎繞月 句 卻待張騫 韻 欲去獨留連 韻 如此風烟 韻 玉樓人更爲誰憐 韻 瓊蕤一枝香正滿 句 修到神仙 韻

賀聖朝 中呂宮南引

雙調四十九字前段四句三仄韻後段五句三仄韻從棊道卿滿斟綠醑留君住詞體

別衆綠園三年矣甲辰孟夏重來榴塢坼紅竹灣凝碧荒籬曲檻之下若怨若欣頗有依依之致拍此寄慰

柳枝不綰楊花住 韻 恰因風颺去 韻 禁過冬雪耐秋陽 句 又浥他春雨 韻 高歌低詠 句 今來可許 韻 有鶯聲追訴 韻 竹間籬畔小山

碎金詞 賀聖朝

清刊本《碎金词》书影

蟾 兔 几 回 圆，欣 对 长 天。（《浪淘沙令》）
阳平 去 上 阴平 阴平 阳平 去 阳平 阴平

禁 过 冬 雪 耐 秋 阳，又 浥 他 春 雨。（《贺圣朝》）
阴平 阴平 阴平 入 去 阴平 阳平 去 入 阴平 阴平 上

此于平声皆分别阴阳，固然适宜于近代人的语音习惯，然而却在学术上陷于失误。

谢元淮为了重构词乐，坚持以上意见，以使古人之作与今人之作皆可歌唱，于是根本不顾古今的音乐与音韵的变化。他认为：

> 古词既可协律，今词何独不然。吾尝欲广征曲师，将历代名词尽被弦管。其原有宫调者，即照原注，补填工尺。其无宫调可考者，则聆音按拍，先就词字以谱工尺，再因工尺以合宫调。工尺既协，斯宫调无讹，必使古人之词，皆可入歌，歌皆合律。其偶有一二字隔碍不叶者，酌量改易；其全不入律者删之。以成一代雅音，作为后学程式。至于自制各词，虽依照古人格调、句读、四声、阴阳而填，然字面既异，即工尺难同，亦令善讴者逐字逐句以笛板合之。遇有拗嗓不顺处，即时指出其字应换某声字方协；随手更正。纵使词全乏清新，而律无舛错矣。
>
> ——《填词浅说》

他这样似乎解决了宋以后存在的词学难题，恢复了词体的音乐性能，严格要求合律合乐，即使牺牲作品的文学表现力亦在所不惜。如果遵循谢元淮的意见以复兴词体而走入歧途，还不如让词体保存纯文学的形式。所以当时陈方海见到《碎金词谱》时即表示怀疑。他说：

> 方海尝考工尺等字昉于宋人，用以分识律吕。工为夷则、南吕，尺为林钟。余字各有所属，是工尺即律吕也。声歌之道，古今自殊。古无四声而风诗起于委巷，亦奚有律吕之意？汉唐诗亦入乐，今则不能。词曲音节，明用昆山腔，又与宋元稍别。宋元词曲不能尽入今乐，犹唐诗不入宋元之乐。则今人填词有不可歌者，在宋元时未必不协。即宋元时有不协律吕之作，推之汉唐以前，或又有说。且元明同用四声工尺，而调又各殊。或者新声善变，今弋阳、海盐之谱，无可倾听，则昆山实欲掩之也。夫调丝竹曰歌，从歌曰谣，亦曰咢；或歌或咢，诗固言之矣。观于委巷讴吟，则以处古今作者。然引商刻羽，钩矩悉中，难易霄壤也。
>
> ——《碎金词谱后序》

陈方海实际上否定了重构词乐的可能。《碎金词谱》问世以来，杜文澜表示“以意为之，未敢遽信”（《憩园词话》卷二），江顺诒以为是“妄作聪明，无足论”（《词学集成》卷二），王易以为“皆以曲法歌之，非词谱之真面目也”。[①] 这些皆是表示否定的。现代词学家宛敏灏说：“我想谢氏此举，只能认为以古词合新乐，善于利用而已。”[②] 然而《碎金词谱》所录百余词调

① 王易：《词曲史》第 265 页，中国文化服务社 1946 年版。

② 宛敏灏：《词学概论》第 158 页，上海古籍出版社 1987 年版。

的情形是较复杂的，它们是否保存了唐宋词乐？词曲家刘崇德认为：

> 虽然这些乐谱并非词乐原谱，但其中大部分是元明以来“口口相传”的词乐歌曲。这些乐曲难免在流传过程中被加进时腔，甚至曲化，但其中必有不少直接移自唐宋谱者，且其去古未远，也必有接近唐宋词乐或保存了唐宋词乐特点之处。①

这样来理解《碎金词谱》词乐的性质是较为合理的。就此而言，谢元淮重构词乐仍是有一定建设意义的。

《新定九宫大成南北词宫谱》内所保存的唐宋词乐，宋金诸宫调、元明戏剧和地方戏剧中保存的词调唱腔、唐宋燕乐资料，这些都是亟待整理和研究的课题。由此可对宋以后词乐遗存情形作全面考察，以期对词乐研究有新的突破。谢元淮关于词乐的探寻，虽然富于创新与建设的意义，但只能给某些主张词体复兴者的精神安慰，而从中国近代，特别是新文化运动以来文学发展的趋势来看，重构词乐是根本不可能的了。所以谢元淮的主张及其《碎金词谱》在近代词学史上并未产生什么影响。从中国音乐文学来看，正如胡云翼说：“以音乐为归依的那种文体的活动，只能活动于所依附产生的那种音乐的时代，在那一个时代内兴盛发达，达于最活动的境界。若是音乐亡了，那么随着那种音乐而活动的文学，也自然停止活动了。”②

---

① 刘崇德：《碎金词谱今译》前言，河北大学出版社 2000 年版。
② 胡云翼：《宋词研究》第 5 页，巴蜀书社 1989 年重印本。

词学史表明：重构词乐的复古道路是走不通的，谢元淮的努力基本上是失败的。

第五节　刘熙载的词品说

在周济《宋四家词选目录序论》刊出之后四十年，出现了刘熙载的《艺概》（1873），其卷四为《词曲概》。刘熙载的词论是在新的文化条件下力图纠正浙西词派与常州词派理论的缺陷与失误，提出了新的论词标准——词品说。清末词家沈曾植说：

> 止庵（周济）而后，论词精当，莫若融斋（刘熙载）。涉览既多，会心特远，非情深意超者，固不能契其渊旨。而得宋人词心处，融斋较止庵真际尤多。
>
> ——《菌阁琐谈》

刘熙载的词论的确是独具会心的，因而很有特色。

刘熙载，字伯简，号融斋，晚年又号寤崖子。江苏兴化县人。生于清嘉庆十八年（1813）。道光二十四年（1844）中进士，后授翰林院编修。咸丰三年（1853）他四十一岁，奉命值上书房，为皇室家塾教师；同治三年（1864）为国子监司业，旋被命为广东学政。同治五年（1866），刘熙载五十四岁，忽然托病辞去学政职务，离开官场；次年应上海龙门书院之邀为主讲。讲学十四年，《艺概》即完成于此时。光绪七年（1881）于故乡兴化逝世。刘熙载以治经学为主，但不分汉学与宋学的畛域，也不喜考据之学；同时精通子史、天文和算法，旁涉道学与佛学；对于诗、赋、词、曲、书法，尤有精深而独特的见解。他除《艺概》之外著有《四音定切》《说文双声》《说文叠韵》《持志塾言》《昨非集》等，汇刻为《古桐书屋六种》和《古桐书屋续刻三种》。《昨非集》里存词三十首，他在《词自序》里说："余词不工，却间有自道语。"这确是实情。刘熙载性情耿介孤僻，不喜与文坛名流交往，注意个人品格修养，以躬行为重，以持志为先。因此他论词没有宗派的偏见，尤其强调词品与人品的关系，对词家的评论是较为公允的，体现了一位文艺理论批评家的卓识。

儒家的文艺观是刘熙载词学的理论基础。汉儒的《诗大序》云："故诗有六义焉：一曰风，二曰赋，三曰比，四曰兴，五曰雅，六曰颂。"刘熙载认为词体也具有《诗经》的六义。他说："词导源于古诗，故亦兼具六义。六义之取，各有所当，不得以一时一境尽之。"自来儒者论诗都说"郑、卫之乐皆为淫声"，而"郑声之淫，有甚于卫"，所以孔子表示要坚决地"去郑声"。儒者们论诗因此很重视雅郑之辨。刘熙载也将这一观念引入词论，认为："乐中正为雅，多哇为郑。词乐章也，雅郑不辨，更何论焉。"词的创作与批评怎样去辨别雅郑呢？刘熙载知道词体有自己的特点，它长于抒情，"词尚风流儒雅"。"风流儒雅"是要符合诗教的，若"以尘言为儒雅，以绮语为风流，此风流儒雅所以亡也。"可见稍微不慎便可能流为郑声。词体既然长于抒情，刘熙载要求词家先要辨别情与欲之分，他说："词家先要辨得'情'字。《诗序》言'发乎情'，《文赋》言'诗缘情'，所贵于情者，为得其正也。忠臣、孝子、义夫、节妇，皆世间极有情之人。流俗误以欲为情。欲长情消，患在世道。倚声一事，其小焉者也。”浙西词派创始人朱彝尊主张“词以雅为尚”，深知“言情之作易流于秽，此宋人选词多以雅为目”。常州词派的创始人张惠言以为词体“以道贤人君子幽约怨悱不能自言之情”。刘熙载主张的雅正与浙西词派和常州词派的主张基本上是一致的。词若能雅正，则其社会作用也同古代诗歌一样了。刘熙载列举了南宋初年张元幹的《贺新郎》和张孝祥的《六州歌头》为例，说明“词之兴、观、群、怨，岂下于诗哉”!《诗经》是儒家古代经典，刘熙载以为词的特点与功能都是与古代《诗经》一致的。因此他虽未明确地提出尊崇词体，而实际上是将词体上升到了很高的地位。但他在具体论词时又与张惠言等人有很大的区别。他的批评标准是“词品”说。

在词学史上，刘熙载第一个将作者的品格与创作相联起来进行文学评价。这显然是受了古代儒家“知人论世”方法和钟嵘诗分三品的影响，但刘熙载的“词品”又有其新的理论特色。他要求作家的作品能够完全体现作家的思想品格。在《诗概》里他以韩愈评价卢仝和孟郊为例说：“昌黎自言其行己不敢有愧于道，余谓其取友亦然。观其《寄卢仝》云：‘先生事业不可量，惟用法律自绳己。’《荐孟郊》云：‘行身践规矩，甘辱耻媚灶。’以卢、孟之诗名，而韩所盛推乃在人品，真千古论诗之极则也哉!”可见这不是在论作品本身，而是通过作品来论人品。刘熙载以为这是文学批评的最高标准了，因此决定作品的价值是依据所表现的人品。他又在《诗概》里明确地说：“诗品出于人品。人格悃款朴忠者为上，超然高举、诛茅力耕者次之，送往劳来、从俗富贵者无讥焉。”他论词同样以为词品出于人品，评论词家首先是看他在作品里表现人的人品如何，于是提出："论词莫先于品。"他要求人品与词品同一，人品与创作应共同提高。他说："词进而人亦进，其词可为也。词进而人退，其词不可为也。词家彀到名教之中，自有乐地，儒雅之内，自有风流。斯不患其人之退也夫。"这将人品视为决定文学价值的重要因素。按照人品与词品的关系，刘熙载将词品分为三等并借用陈亮《三部乐》的词句以说明：

> "没些儿媻珊勃窣，也不是峥嵘突兀，管做彻元分人物。"此陈同甫《三部乐》词也。今欲借其语以判词品，以元分人物为最上，峥嵘突兀犹不失为奇杰，媻珊勃窣则沦为侧媚矣。①

关于这三品的划分，刘熙载试图以形象的文学语言来说明，结果仍是含混的，仅以人的道德品格的高下而定词品。他之词品三等的观念是存在的，我们从其对词家的评论可以理解为：人品与作品都很好的则词品为上等；人品与作品基本上统一，并不十分特出的则词品为中等；人品与作品相矛盾，人品较好而作品很差，或作品很好而人品很差，出现偏胜的情况，词品为下等。词品是纯从作品的思想内容而定的，所谓"论词莫先于品"，即是评词时应以思想内容为第一位。刘熙载当然也注意到作品的艺术性，但以它为第二位。他的艺术性标准，体现了其审美兴趣。

---

① 关于陈亮《三部乐》词句的释义，参见姜书阁《陈亮龙川词笺注》第98页，人民文学出版社1980年版；詹安泰：《宋词散论》第102页，广东人民出版社1980年版。

刘熙载是主张以清新自然为美的。他很赞同张炎论词和李白诗句所表现的审美趣味："玉田论词曰：'莲子熟时花自落。'余更益以太白诗二句曰：'清水出芙蓉，天然去雕饰。'"据陆辅之《词旨》所记，张炎在西湖赏荷花，指花以示韩铸学词之意说："莲子结成花自落。"这暗示自然之妙。刘熙载以为词仅仅达到自然的境界尚是不足的，还须与清新的美感相结合，所以特别引述了李白的诗句。词要作到"天然去雕饰"，刘熙载以为就是表现一种生香真色。他说："词之为物，色香味宜无所不具。以色论之，有借色，有真色，借色每为俗情所艳。不知必先将借色洗尽，而后真色见也。"关于清新，他说："词要清新，切忌拾古人牙慧。盖在古人为清新者，袭之即腐烂也。拾得珠玉化为灰尘，岂不重可鄙笑。"能去雕饰，出新意，就易做到自然清新。这点正是浙西词派与常州词派所忽略的。关于浙西词派之主张清空，常州词派之讲求比兴寄托，刘熙载并不一概反对，而是见到这两者之间的辩证关系。他说："词当清空妥溜，昔人已言之矣。惟须妥溜中有奇创，清空中有沉厚，才见本领。"又说："黄鲁直跋东坡《卜算子》'缺月挂疏桐'一阕云：'语意高妙，似非吃烟火食人语，非胸中有万卷书，笔下无一点尘俗气，孰能至此。'余按词之大要，不外厚而清。厚，包诸所有；清，空诸所有也。"因此仅提倡清空，则易流于空滑，所以应是清空与沉厚相结合。关于词的比兴寄托，刘熙载只主张寄托意兴。这意兴不是片面的政治意义，而是词的思想意义，即作品的内在含蕴。他说："词莫深于兴，则觉事异而情同，事浅而情深。故没要紧语，正是极要紧语；乱道语，正是极不乱道语。固知'吹皱一池春水，干卿何事'原是戏言。"又说："词之妙，莫妙于以不言言之，非不言也，寄言也。如寄深于浅，寄厚于轻，寄劲于婉，寄直于曲，寄实于虚，寄正于余，皆是。”这是对张惠言比兴寄托说的又一次修正。从刘熙载关于清空与寄托的认识，可见他在理论上趋于成熟，超越了浙西与常州词派。这是因为他没有宗派的门户偏见，在认识上较为自由而少局限。

评论词家时，以词品为第一位，以艺术性为第二位，二者结合：这是刘熙载论词的标准。持此标准，他历评了唐、五代、两宋、金、元的著名词家。关于浙西词派与常州词派所特别推崇的词家，刘熙载都表示了自己持平的见解。浙西词派曾将姜夔与张炎推崇到非常不适当的地位，常州词派又过分地给予贬抑，而刘熙载对这两家词是基本肯定的，将它们视为中品。他评姜夔说：“姜白石词幽韵冷香，令人挹之无尽，拟诸形容，在乐则琴，在花则梅也。词家称白石曰白石老仙，或问毕竟与何仙相似，曰藐姑冰雪，盖为近之。”他评张炎说：“张玉田词清远蕴藉，怆怆缠绵，大段瓣香白石，亦未尝不转益多师。即《探芳信》之次韵草窗，《琐窗寒》之悼碧山，《西子妆》之效梦窗可见。”温庭筠、韦庄与冯延巳是常州词派张惠言等推崇的词家，刘熙载却持词品说以为：“温飞卿词精妙绝人，然类不出乎绮怨。韦端己、冯正中诸家词，留连光景，惆怅自怜，盖亦易飘飏于风雨者。若论其吐属之美，又何加焉。”指出了他们的词品不高。常州词派理论家周济以为周邦彦词是集大成者，达到了宋词的最高境界，刘熙载持词品说云：“周美成词，或称其无美不备。余谓论词莫先于品。美成词信富艳精工，只是当不得一个‘贞’字，是以士大夫不肯学之，学之则不知终日意萦何处矣。”又说：“周美成律最精审，史邦卿句最警炼，然未得为君子之词者，周旨荡而史意贪也。”这也认为周词的词品是不高的。最值得我们注意的是，刘熙载按其词品说给予了苏轼、辛弃疾等词人以最高的评价，在近代词史上产生了非常重大的影响。

明代张綖分词为婉约与豪放二体，以婉约为正体，苏、辛等的豪放词被认为是变体。清代无论是浙西词派或常州词派都是以婉约词为正宗的。周济虽然以辛弃疾为宋四家词之一，但其“退苏进辛”的意见仍是偏颇的，而且他对辛派词人并不留意。刘熙载却全面地肯定了豪放词在词史上的地位。他持词品说给了苏、辛最高的评价。他将宋代词家与唐代诗人作了一个比较：“词品喻诸诗，东坡、稼轩，李、杜也。耆卿，香山也。梦窗，义山也。白石、玉田，大历十子也。其有似韦苏州者，张子野当之。”这是以苏、辛词为词品上等了，如李白、杜甫在唐诗中的地位一样。刘熙载的理由是：“苏辛皆至情至性人，故其词潇洒卓荦，悉出于温柔敦厚。”意谓这两位词人的人品是很好的，如“元分人物”，他们词的艺术成就也远非其他词家所及，他们的词旨很符合儒家诗教，因此应是词中的上品。他分析苏词的艺术风格说：“东坡《定风波》云‘尚余孤瘦雪霜姿’，《荷花媚》云‘天然地别是风流标格’。雪霜姿、风流标格，学坡词者，便可从此领取。”又说：“东坡词具神仙出世之姿，方外白玉蟾诸家，惜未谙此。”以为苏轼《水调歌头》“尤觉空灵蕴藉”。这是高尚人品的具体体现。刘熙载认为辛词是“豪杰之词”，他对辛弃疾的人品也很推许。他说：“辛稼轩风节建竖，卓绝一时，惜每有成功，辄为议者所沮。观其《踏莎行·和赵兴国》有云：‘吾道悠悠，忧心悄悄。’其志与遭，概可知矣。《宋史》本传称其雅善长短句，悲壮激烈；又称谢校勘过其墓旁，有疾声大呼于堂上，若鸣其不平。然而长短句之作，固莫非假之鸣者哉!”既然如此，刘熙载反对视苏、辛为“变体”或“别调”。唐代李白作的《忆秦娥》与《菩萨蛮》，其真伪莫定，长期以来词学家们以他为“百代词曲之祖”。刘熙载为了肯定豪放词的历史地位，以李白为苏词之渊源。他说：“东坡词颇似老杜诗，以其无意不可入，无事不可言也。若其豪放之致，则时与太白为近。太白《忆秦娥》声情悲壮，晚唐、五代惟趋婉丽，至东坡始能复古。后世论词者，或转以东坡为变调，不知晚唐、五代乃变调也。”他试图从词史来说明自张綖以来关于“正体”与“变调”的观念是颠倒了的，因而极力欲恢复词史的本来面目。这种看法是有非常明显的反传统意义的。他继而批评清代词坛的浅薄习气说：“或以粗犷托苏辛，固宜有视苏辛为别调者哉。”南宋末年文天祥的词也是悲壮激烈的，词学家以为它是“变声”，刘熙载辩驳说：“文文山词有‘风雨如晦，鸡鸣不已’之意，不知者以为变声，其实乃变之正也。故词当合其人之境地以观之。”他的“正变”观念与传统的看法完全相反，其中有其合理的因素。

关于对辛派词人的评价，刘熙载也反对清代以来许多词学家的意见。他从词品说出发，大致以为辛派词人的人品很好，其中有的词人的作品艺术性稍差。他评陈亮词云：“陈同甫与稼轩为友，其人才相若，词亦相似。同甫《贺新郎·寄幼安见怀韵》云：‘树犹如此堪重别。只使君从来与我，话头多合。行矣置之无足问，谁换妍皮痴骨。但莫使伯牙琴绝。’其《酬幼安再用韵见寄》云：‘斩新换出旌麾别。把当时一桩大义，拆开收合。据地一呼吾往矣，万里摇肢动骨。这话欛只成痴绝。’《怀幼安用前韵》云：‘男儿何用伤离别。况古来几番际会，风从云合。千里情亲长晤对，妙体本心次骨。卧百尺高楼斗绝。’观此则两公之气谊怀抱，俱可知矣。”他评陆游词说：“陆放翁词，安雅清赡，其尤佳者在苏、秦之间。然乏超然之致、天然之韵，是以人得测其所至。”他评刘过词说：“刘改之词，狂逸之中，自饶俊致，虽沉着不及稼轩，足以自成一家。”他评刘克庄词说：“刘后村词，旨正而语有致。真西山《文章正宗》诗歌一门，属后村编类，且约以世教民彝为主，知必心重其人也。后村《贺新郎·席上闻歌有感》云：‘粗识《国风·关雎》乱，羞学流莺百啭。总不涉闺情春怨。’又云：‘我有平生《离鸾操》，颇哀而不愠、微而婉。’意殆自寓其词品耶!”这些都是持平之论，为以后的现代词学家们所吸收和发挥。

刘熙载的词品说是有缺陷的。论词以思想内容所体现的人品为第一位，必然导致评价文学作品的标准离开文学本位，尤其是将思想与艺术性分离了，易于走向另一极端。我们对具体人物的人品的认识是有很大局限性或带着历史偏见的，而且评价人品的标准也是随着时代价值观念的变化而变化的，很难有一个抽象的人品。历史上往往存在很复杂的现象，如某历史人物前期和后期的人品即有很大的不同，例如朱敦儒后期便与秦桧有政治联系，陆游和辛弃疾的后期便与韩侂胄有交往，实际上很少有人品纯正的人物。至于人品与作品的关系，其情形就更复杂了。例如宋人普遍在词里表现个人的私情，其中涉及许多浪漫的艳情，若以词品说来解释必然遇到困难。还有，一些无名氏的作品和作者生平不甚详的作品，我们无法考知其人品，也就很难确定其词品了。作品是相对独立的，虽然作家个人的品格与作品有某些联系，但却绝不相等。文学作品是有自己客观意义的，有时还可能与主体意图发生矛盾。因此我们评价文学作品应主要根据它本身所提供的东西。词品说在评价作家作品时，很容易使批评者偏离文学本位而误入歧途。但是刘熙载的词品说在词学史上仍有其巨大的影响。以往的词学家大都无视作品的社会意义，很注重艺术鉴赏，缺乏明确的价值观念。某些注重作品社会意义的词学家又总是引入儒家政治教化说，误解词体的特性。刘熙载的词品说比以往的词学家更深刻地把握了词体文学的社会本质，因而其批评很有理性的深度。尤其是他未将词品作为唯一标准，只是作为第一位的标准，还结合作家的具体境遇和作品的艺术成就以作综合的考察。这使其在具体的词学批评中没有重蹈浙西词派和常州词派的困境，保持了其理论的一致性。因为刘熙载以词品论词，才第一次很深刻地阐述了豪放词的社会意义，批评了传统的“正变”观念，给予了豪放词在词史上的应有评价。由此，我们应充分肯定词品说的理论意义和它在词学史上的进步意义。刘熙载不愧为我国近代著名的文艺批评家，从其词品说也能见到其文艺批评所达到的新的理论高度。

第六节　谭献与冯煦的词评

晚清词坛上出现了两位较有影响的词评家——谭献和冯煦。近世词学家徐珂说：“效常州派者，光绪朝有丹徒庄棫，仁和谭献，金坛冯煦诸家。”（《近词丛话》）这三家词人都是学常州词派的，其中谭献和冯煦不仅是词人，而且是常州词派理论的继承者，以词评著称。谭献长于作品的鉴赏，冯煦长于对词家的评论。

谭献，初名廷献，字仲修，号复堂。浙江仁和人。清道光十二年（1832）生。同治六年（1867）举人，署秀水县教谕，历任歙县、全椒、合肥知县。退隐后潜心著述，著有《复堂类集》二十一卷，《复堂文续》五卷，其中有《复堂词》二卷。光绪二十七年（1901）卒。陈廷焯评《复堂词》云："复堂词品骨甚高，源委悉达，胸中眼中，下笔匪独不屑为陈、朱，尽有不甘为梦窗、玉田处。所传虽不多，自是高境。"（《白雨斋词话》卷五）谭献工骈体文，学术思想属于经今文学派，深受龚自珍和魏源思想影响，治经主《公羊》，不长于考据之学。他于词学用工较深，选录清人词为《箧中词》六卷，续三卷，评点周济《词辩》，又选有《复堂词录》十卷。其弟子徐珂将师之论词诸说凡见于文集，日记及《箧中词》和评《词辩》者辑为《复堂词话》。

在词学思想上，谭献完全继承了常州词派的理论。他说："予欲撰《箧中词》以衍张茗柯、周介存之学。"他对常州词派的创始人张惠言和张琦兄弟甚为推崇，以为词体之尊是他们的历史功绩。他说：

> 翰风与哲兄同撰《宛邻词选》（即《词选》），虽町畦未辟，而奥窔始开。其所自为，大雅遒逸，振北宋名家之绪。其子仲远序《同声集》有云："嘉庆以来，名家均从此出。"信非虚语。周止斋益穷正变，潘四农又持异说。要之倚声之学，由二张而始尊耳。

他对于周济的评价尤高：

> 《茗柯词选》出，倚声之学，日趋正鹄。张氏甥董晋

卿，造微踵美。止庵切磋于晋卿，而持论益精。其言曰："慎重而后出之，驰骤而变化之，胸襟酝酿，乃有所寄。"又曰："词非寄托不入，专寄托不出。一物一事，引申触类，意感偶生，假类必达，斯入矣。万感横集，五中无主，赤子随母啼笑，野人缘剧喜怒，能出矣。"以予所见，周氏撰定《词辩》《宋四家词筏》（即《宋四家词选》）推明张氏之旨而广大之，此道遂与于著作之林，与诗赋文笔，同其正变。

我们知道，张惠言与周济在具体论词意见方面是有差别的。谭献虽然继承了这两家的词学思想，但他更倾向于张氏的论词主张，所以在其《词辩跋》中说："予固心知周氏之意，而持论小异。大抵周氏所谓变，亦予所谓正也，而折衷柔厚则同。"这明言他不完全赞同周济的意见，尤其"正变"观念完全与周氏相反。谭献编集的《复堂词录》成于光绪八年（1882），未刊行。在《复堂词录序》里，他重申了张惠言的论词意见：

词为诗余，非徒诗之余，而乐府之余也。律吕废坠，则声音衰息。声音衰息，则风俗迁改。乐经亡而六艺不完，乐府之官废，而四始六义之遗，荡焉泯焉。夫音有抗坠，故句有长短。声有仰扬，故韵有缓促。生今日而求乐之似，不得不有取于词矣。唐人乐府，多采五七言绝句。自李太白创词调，比至宋初，慢词尚少。至大晟之署，《应天长》《瑞鹤仙》之属，上荐郊廊，拓大厥宇，正变日备。愚谓词不必无颂，而大旨近雅。于雅不能大，然亦非小，殆雅之变者欤？其感人也尤捷，无有远近幽深，风之

> 使来。是故比兴之义，升降之故，视诗较著，夫亦在于为之者矣。上之言志，永言次之。志洁行劳，而后洋洋乎会于风雅。雕琢曼辞，荡而不反，文焉而不物者，过矣靡矣，又岂词之本然也哉！

这纯从儒家诗乐论来说明词体性质，尤其强调传统的“正变”观念，以“风雅”为正，以为凡是有乖“风雅”的词都是违反词的体性的。谭献与张惠言一样，从经今文学家的观点为尊体而完全歪曲了词体性质。

谭献从常州词派的观点，对浙西词派作了非常严厉的批评。他以为浙西词派学南宋词仅得其短处。他说：“南宋词敝，琐屑饾饤。朱、厉二家，学之者流为寒乞。”关于浙西词派提倡学习姜夔和张炎，他指出这正是其局限：“杭州填词，为姜、张所缚。偶谈五代北宋，辄以空套抹煞。”谭献同张惠言一样主张学五代、北宋词。他批评清初普遍模拟《乐府补题》的风气说：“《乐府补题》别有怀抱。后来巧构形似之言，渐忘古意，竹垞、樊榭不得辞其过。浙派为人诟病，由其以姜、张为止境，而又不能如白石之涩，玉田之润。”相比之下，谭献是很赞成常州词派的。他虽然曾指出常州词派可能“流为学究”，“不善学之，入于平钝廓落，当求其用意深隽处”；为此，他对比兴寄托说作了重新的理解。

张惠言专主以比兴寄托论词，这在理论上陷于困境，对许多作品无法圆满地解释。谭献发现张氏“感物而发，触类条鬯，各有所归”的理论颇不完善。他以为词之“为体，固不必与庄语也，而后侧出其言，旁通其情，触类以感，充类以尽”。将任何小词都看得有深刻的政治寓意，似乎终究缺乏依据。谭献为解脱这种理论上的困惑，特别从接受者的角度说：“作者之心未必然，而读者之用心何必不然。”张惠言评苏轼《卜算子·黄州定慧院寓居作》，全用政治寓意来解释，以为与《诗经·魏风·考槃》极相似。谭献说：“皋文《词选》以《考槃》为比，其言非《河汉》也。此亦鄙人所谓‘作者未必然，读者何必不然’。”这即是认为，作者作词时不一定有寄托，但是读者在接受时是可以去探索其深刻的寓意的。由此去评论作品便必然是随意的，仁者见仁，智者见智了。谭献对比兴寄托的解释，必然与周济的解释汇合一致。他说：“以有寄托入，以无寄托出，千古辞章之能事尽，岂独填词为然。”他以冯延巳《蝶恋花》四阕为例说：“金碧山水，一片空濛，此正周氏所谓‘有寄托入，无寄托出’也。”这是一种浑然的境界，作者可能有寄托融入词中，而却无寄托的痕迹，扑朔迷离，浑然天成。于是便很难断定某些词有寄托或无寄托了，这样便使常州词派的比兴寄托说可以适应任何词家词作的情况。谭献又巧妙地对常州词派的理论作了一次修正。

谭献对《词辩》所选录的作品作了较细致的批评，有许多评语能指示作词途径，贯彻了其论词主张。如以为冯延巳《蝶恋花》的“‘行云’、‘百草’、‘千花’、‘香车’、‘双燕’，必有所托”，以为晏殊的《踏莎行》（“小径红稀”）是“刺词”。他评周邦彦《浪淘沙慢》云：“所谓以无厚入有间，‘断’字、‘残’字，皆不轻下。本是人去不与春期，翻说是无聊之思。”评张炎《甘州·饯沈秋江》云：“一气旋折，作壮词须识此法。白石嘤求稼轩，脱胎耆卿，此中消息，愿与知音人参之。”评唐珏《水龙吟·白莲》云：“汐社诸篇，当以江淹杂诗法读之。更上则郭璞《游仙》、元亮《读山海经》，字字映丽，字字玲珑。学者取月，于此梯云。”评辛弃疾《念奴娇·书东流村壁》云：“大踏步出来，与眉山同工异曲。然东坡是衣冠伟人，稼轩则弓刀游侠。”这些评语，表现了评论者深厚的艺术感受，对我们理解前人作品是有一定启发意义的。

冯煦，字梦华，号蒿庵，晚号蒿隐，江苏金坛人。生于道光二十三年（1843）。光绪十二年（1886）进士，授编修，官至安徽巡抚。罢官后卜居宝应，晚年寓居上海。1927年卒。冯煦治学，不为门户之见，认为治经与治事并重，通贯经事，体用合一。他更倾向于主张致用，反对空谈性理之学，也反对支离琐碎的考据之学。著有《蒿庵类稿》三十二卷，续稿三卷；有《蒿庵词》两卷。谭献说：“阅丹徒冯煦梦华《蒙香室词》，趋向在清真、梦窗，门径甚正，心思甚邃，得涩意惟由涩笔。时有累句，能入而不能出。此病当救以虚浑。”（《复堂词话》）冯煦的词，确实不如其词评。他曾依据毛晋所刻《宋六十名家词》（实为六十一家）选录词十二卷为《宋六十一家词选》，成于光绪十三年（1887），是当时甚为流行的词选本，其《宋六十一家词选序》云：

> 予年十五从宝应乔笙巢先生游。先生嗜倚声，日手毛氏《宋六十一家词》一编，顾谓予曰：“词至北宋而大，至南宋而深，是刻实其渊丛。小子识之。”予时弱不知词，然知尊先生之言而是刻之可宝也。十七八，少少学为词。先生以前卒，无可是正。友学南朔求是刻亦竟不得。己酉有徐州之役，道宿迁过王氏池东书库，则是刻在焉。服先生之教，怀之几三十年，始获一见，惊喜若狂。因从果亭假得之。长夏无俚，初得卒业。诸家所诣，其短长高下，

周疏不尽同，而皆嶷然有以自见。先生所云，大且深者，亦比比而在。读之凡三月，未尝去户。且念赭寇之乱，是刻或为煨烬。以予得之之难，而海内传本不数数觏也。乃别其尤者写为一编，复邮成子漱泉审正之，再写而后定，遂寿之木，以质同好。刊伪纠阙，一漱泉力也。嗟乎，往予与先仲兄事先生于吾园，先生爱余甚，尝赋七绝句，书扇畀予。首章云："自昔闻名大小冯，而今鹊起又江东。世家科第寻常事，难得清才凤哕桐。"其六章今不复记忆矣。酒酣耳热，执卷乌乌，为予昕原流正变甚悉。既缀讲，则与兄各述所闻相上下。而宿草一萎，坠简再逸。先仲兄之殁，忽忽且十年矣。是刻竟既，悼先生不复作，又重予人琴之戚戚也。[①]

词选"前冠例言，只最后八条，义属发凡，为选录校雠之事，余皆评骘各家，而论其长短高下周疏之实，盖不啻为六十一家之提要与六十一家之评论"。[②] 今所传之《蒿庵论词》即是移录《宋六十一家词选例言》而成。成肇麐的《蒿庵词序》云：

肇麐读书北村，偶有所作，录稿就正。时君方共亡友毛子次米更倡叠和。因为肇麐辩析唐五代两宋之流别，风尚之出入，期惟正轨是循。举从来粗犷、纤秾与体之若俳、若诡，苟焉取悦一世之耳目者，屏绝划除，相引为严戒。词在艺事，虽微之微者，而源流正变之故，要非漫无

① 冯煦：《蒿庵类稿》第一六。收入台湾海文出版社《近代中国史料丛刊》。
② 陈锐《声执》卷下。

所持择也。[1]

从转述的冯煦的论词原则，可见他很重视词的源流正变。他在词评中发挥了常州词派的理论，对刘熙载的词品说有所责难，能表示自己独立的见解。

冯煦论词基本上吸收了周济的意见。周济以周邦彦词为最高境界；冯煦也持同样的见解，他说：

> 陈子龙曰："以沈挚之思，而出之必浅近，使读之者骤遇之，如在耳目之前，久诵之而得隽永之趣，则用意难也。以儇利之词，而制之必工炼，使篇无累句，句无累字，圆润明密，言如贯珠，则铸词难也。其为体也纤弱，明珠翠羽，犹嫌其重，何况龙鸾，必有鲜妍之姿，而不藉粉泽，则设色难也。其为境也婉媚，虽以惊露取妍，实贵含蓄不尽，时在低回唱叹之余，则命篇难也。"张氏纲孙曰："结构天成，而中有艳语、隽语、奇语、豪语、苦语、痴语、没要紧语，如巧匠运斤，毫无痕迹。"毛氏先舒曰："北宋词之盛也，其妙处不在豪快而在高健，不在艳冶而在幽咽。豪快可以气取，艳冶可以言工，高健幽咽则关乎神理骨性，难可强也。"又曰："言欲层深，语欲浑成。"诸家所论，未尝专属一人，而求之两宋，惟片玉、梅溪足以备之。周之胜史，则又在"浑"之一字。词至于浑，而无可复进矣。

① 《蒿庵词序》《清名家词》。

前人所评述的词体特点，冯煦以为都体现在周邦彦词里，达到了浑成的高境。这都是发挥了周济的意见。在论周紫芝词时，冯煦说："不知北宋大家，每从空际盘旋，故无椎凿之迹。至竹坡（周紫芝）、无住（陈与义）诸君子出，渐于字句间，凝炼求工，而昔贤疏岩之致微矣。此亦南北宋之关键也。"这对北宋词的推崇，表明了冯煦所持的常州词派的观点。他对于刘熙载的词品说是不赞成的，指出了其缺陷。他在论史达祖词时说："词为文章末技，固不以人品分升降。然如毛滂之附蔡京，史达祖之依侂胄，王安中之反复，曾觌之邪佞，所造虽深，识者薄之。梅溪生平，不载史传，据其《满江红·咏怀》所云'怜牛后，怀鸡肋'，又云'一钱不值贫相逼'，则韩氏省吏之说，或不诬与?"冯煦以为小词是可以与人品分离的，他所列举的复杂现象都是词品说难以解释的。刘熙载关于辛派词人的评价，显然对冯煦是有影响的，所以他能超越常州词派的成见，对辛派词人给予了较为肯定的评价。如论陈亮词云：

> 龙川痛心北虏，亦屡见于辞，如《水调歌头》云："尧之都，舜之壤，禹之封，于今应有，一个半个耻臣戎。"《念奴娇》云："因笑王谢诸人，登高怀远，也学英雄涕。"《贺新郎》云："举目江河休感涕，念有君如此何愁虏。"又："涕出女吴成倒转，问鲁为齐弱何年月。"忠愤之气，随笔涌出，并足唤醒当时聋聩，正不必论词之工拙也。

又如论刘克庄词云：

> 后村词，与放翁、稼轩，犹鼎三足。其生丁南渡，拳

> 拳君国，似放翁。志在有为，不欲以词人自域，似稼轩。如《玉楼春》云："男儿西北有神州，莫滴水西桥畔泪。"《忆秦娥》云："宣和宫殿，冷烟衰草。"伤时怨乱，可以怨矣。又其宅心忠厚，亦往往于词得之。《满江红·送宋惠父入江西幕》云："帐下健儿休尽锐，草间赤子俱求活。"《贺新郎·寿张使君》云："不要汉廷夸击断，要史家编入循良传。"《念奴娇·与方德润》云："须信谄语尤甘，忠言最苦，橄榄何如蜜。"胸次如此，岂剪红刻翠者比耶！升庵称其壮语，子晋称其雄力。殆犹之皮相也。

这些评论的丰富性都已大大超过了刘熙载。

清代关于姜夔和吴文英是有较大争议的，冯煦对他们能够从文学本位出发给予较为公正的评价。他论姜夔词说：

> 白石为南渡一人，千秋论定，无俟扬榷。《乐府指迷》独称其《暗香》《疏影》《扬州慢》《一萼红》《琵琶仙》《探春慢》《淡黄柳》等曲。《词品》则以咏蟋蟀《齐天乐》一阕为最胜。其实石帚所作，超脱蹊径，天籁人力，两臻绝顶，笔之所至，神韵俱到。非如乐笑、二窗辈，可以奇对警句，相与标目，又何事于诸调中强分轩轾也。野云孤飞，去留无迹。彼读姜词者必欲求下手处，则先自俗处能雅，滑处能涩始。

关于吴文英词，常州词派中只有周济对它是很肯定的。刘熙载历论两宋词人而独不及吴文英，显然不会有好评。冯煦发挥了周济的意见认为：

梦窗之词，丽而则，幽邃而绵密，脉络井井，而卒焉不能得其端倪。尹惟晓比之清真。沈伯时亦谓深得清真之妙，而又病其晦。张叔夏则譬诸七宝楼台，眩人眼目。盖山中白云专主清空，与梦窗家数相反，故于诸作中，独赏其《唐多令》之疏快。实则"何处合成愁"一阕，尚非君特本色。《提要》（《四库全书总目》）云："天分不及周邦彦，而研炼之工则过之，词家之有文英，如诸诗家之有李商隐。"予则谓商隐学老杜，亦如文英之学清真也。

从冯煦对这两家词的评论，可见他虽属常州词派，却又能摆脱某些门户之见，在认真研读作品的基础上，较为客观地对词家作出评价。他对所论评的词人的全部作品是很熟悉的，注意关于这位词人评价的各种不同意见。他通过对作品的分析，从宏观的角度来认识词家创作的得失，进而比较诸家的评论意见，然后按其源流正变的观念对词家作出恰当的评价。陈廷焯很看重冯煦在词学史上的意义，他说：

千古词宗，温、韦发其源，周、秦充其绪，白石、碧山各出机杼，以开来学。嗣是六百余年，鲜有知者。得茗柯一发其旨，而斯诣不灭。特其识解难超，尚未尽穷底蕴。然则复古之功兴于茗柯，必也成于蒿庵乎！

——《白雨斋词话》卷五

冯煦的词评有事实上的依据和理论上的推究，而尤有词史的观念，因而甚为现代词学家们所重视。至今看来，冯煦词评的个别论点都仍是中肯而深刻的。

第七节　陈廷焯的沉郁说

继张惠言、周济、谭献、冯煦之后，陈廷焯再将常州词派的理论推向了新的高峰。陈廷焯"由王沂孙以上师周邦彦，崇风格、尚比兴、重寄托，提出'沉郁'两字为词旨，影响词学颇巨"。[①]

陈廷焯，原名世焜，字亦峰。江苏丹徒人。生于清咸丰三年（1853）。光绪十四年（1888）举人。精医学，工诗文，最长于词。编有《云韶集》和《词则》，著有《词坛丛话》和《白雨斋词话》。卒于光绪十八年（1892），年仅四十。陈氏"尝言四十后当委弃词章，力求经世性命之蕴"[②]，由于早卒而未能如愿。可以说，他一生都致力于词学研究了。他研究词学可分为两个阶段：第一阶段是同治十三年（1874）即他二十二岁为止，完成了《云韶集》和《词坛丛话》形成了初步的词学观点，受浙西词派的影响颇大；第二阶段自光绪六年（1880）至十七年（1891）完成了《词则》和《白雨斋词话》，转向常州词派，词学观点趋于成熟。

《词坛丛话》是在编选古今词《云韶集》二十卷的基础上完成的，代表陈廷焯早期的词学观点。陈氏晚年说："今自观

---

① 唐圭璋：《词则后记》，《词学论丛》第1053页，上海古籍出版社1986年版。

② 王耕心：《白雨斋词话叙》。

之，殊病芜杂，然其中议论，亦有一二足采者。”（《白雨斋词话》卷七）他早年对浙西词派领袖朱彝尊极为推崇，认为：

> 朱竹垞词，艳而不浮，疏而不流，工丽芊绵中而笔墨飞舞。其源出自白石，而绝不相似。盖白石之妙，正如大江无风，波涛自涌。竹垞之妙，其咏物诸作，则杯水可以作波涛，一篑可以成泰山。其感怀诸作，意之所到，笔即随之。笔之所到，信手拈来，都成异彩。是又泰山不辞土壤，河海不择细流也。与白石并峙千古，岂有愧哉！

他非常同意朱彝尊选词的“雅正”标准，以为“竹垞所选《词综》，自唐至元，凡三十八卷，一以雅正为宗，诚千古词坛之圭臬也。其所自作，浓淡相兼，疏密相称，深得风雅之正”。这时他的词学观点是倾向于浙西词派的，但又并不赞成专主南宋词，以为两宋词各有优长。他说：

> 词至于宋，声色大开，八音俱备，论词者以北宋为最。竹垞独推南宋，向独得之境，后人往往宗其说。然平心而论，风格之高断推北宋。且要言不烦，以少胜多。南宋诸家，或之未闻焉。南宋非不尚风格，然不免有生硬处，且太著力，终不若北宋之自然也。北宋间有俚词，间有伉语。南宋则一归纯正，此北宋不及南宋处。北宋词，诗中之风也。南宋词，诗中之雅也。不可偏废，世人亦何必妄为轩轾。
>
> ——《词坛丛话》

他所标举的学习对象，有北宋词人，也有南宋的；有豪放词人，也有婉约的；有古代的词人，也有清代的：显然是超越了浙西词派和常州词派的范围。他说："古今词人众矣，余以为圣于词者有五家：北宋之贺方回、周美成，南宋之姜白石，国朝之朱竹垞、陈其年也。"（《词坛丛话》）这些基本的论点，在陈廷焯的后期都有变化和发展。

从光绪六年（1880），陈廷焯开始编纂大型的古今词选集《词则》，历十二载，至光绪十六年（1890）始完成。这部选集分《大雅》《放歌》《闲情》《别调》四集，每集六卷，共二十四卷；收录唐至清代道光间词人四百七十余家，词二千三百余首。[①] 其《词则总序》云：

> 风骚既息，乐府代兴。自五七言盛行于唐，长短句无所依，词于是作焉。词也者，乐府之变调，风骚之流派也。温、韦发其端，两宋名贤畅其绪。风雅正宗，于斯不坠。金、元而后，竞为新声。众喙争鸣，古调绝响。操选政者，率昧正始之义，媸妍不分，雅郑并奏。后之为词者，茫乎不知其所从。卓哉皋文，《词选》一编，宗风赖以不灭，可谓独具只眼矣。惜篇幅狭隘，不足以见诸贤之面目，而去取未当，十亦有二三。夫风会既衰，不必无一篇之偶合，而求诸古作者，又不少靡曼之词。衡鉴不精，贻误匪浅。余窃不自揣，自唐迄今，择其尤雅者五百余阕，汇为一集，名曰《大雅》。长吟短讽，觉南豳雅化，

① 参见屈兴国：《〈词则〉与〈白雨斋词话〉的关系》，《词学》第5辑，华东师范大学出版社1986年。《词则》稿本，于1984年由上海古籍出版社影印出版。

湘汉骚音，至今犹在人间也。顾境以地迁，才有偏至。执是以寻源，不能执是以穷变。《大雅》而外，爰取纵横排奡、感激豪宕之作四百余阕为一集，名曰《放歌》。取尽态极妍、哀感顽艳之作六百余阕为一集，名曰《闲情》。其一切清圆柔脆、争奇斗巧之作，别录一集，得六百馀阕，名曰《别调》。《大雅》为正，三集副之，而总名之曰《词则》。求诸《大雅》，固有余师，即遁而之他，亦即可于《放歌》《闲情》《别调》中求《大雅》，不至入于歧趋。古乐虽亡，流风未阒，好古之士，庶几得所宗焉。

陈廷焯继张惠言《词选》之后，进一步较全面地阐明词体源流正变的观念，为学词者树立准则，启示途径。他所示的途径比张惠言和周济的广阔多了。他对古今词的源流正变有了深入认识之后，于《词则》完稿的次年——光绪十七年（1891）完成了《白雨斋词话》八卷。[①] 这部论著旨在“本诸风骚，正其情性；温厚以为体，沉郁以为用。引以千端，衷诸一是”（《白雨斋词话自序》）。陈廷焯在这部著作里表现出很成熟的词学观点，提出了“沉郁”说。

《白雨斋词话》完成时，陈廷焯已转向了常州词派的立场。浙西词派的汪森在《词综序》里曾说：“鄱阳姜夔出，句琢字炼，归之醇雅；于是史达祖、高观国羽翼之，张辑、吴文英师之于前，赵以夫、蒋捷、周密、陈允平、王沂孙、张炎、张翥

① 《白雨斋词话》原稿十卷，光绪二十年（1894）刊出时门人删为八卷。参见唐圭璋：《白雨斋词话》后记，《词学论丛》第1054页，上海古籍出版社1986年。

效之于后。譬之于乐，舞箾至九变，而词之能事毕矣。”陈廷焯很不同意这种词史观点，他批评说：

此论盖阿附竹垞之意，而不知词中源流正变也。窃谓白石（姜夔）一家，如闲云野鹤，超然物外，未易学步。竹屋（高观国）所造之境，不见高妙，乌能为之羽翼。至梅溪（史达祖）全祖清真（周邦彦），与白石分道扬镳，判然两途。东泽（张辑）得诗法于白石，却有似处；词则取径狭小，去白石甚远。梦窗（吴文英）才能横逸，斟酌于周、秦、姜、史之外，自树一帜，亦不专师白石也。虚斋乐府（赵以夫）较之小山（晏几道）、淮海（秦观）则嫌平浅，方之美成、梅溪，则嫌伉坠，似郁不纡，亦是一病，绝非取径于白石。竹山（蒋捷）则全袭辛、刘之貌，而益以疏快，直率无味，与白石尤属歧途。草窗（周密）、西麓（陈允平）两家，则皆以清真为宗，而草窗得其姿态，西麓得其意趣，草窗间有与白石相似处，而亦十难获一。碧山（王沂孙）则源出风骚，兼采众美，托体甚高，与白石亦最异。至玉田（张炎）乃全祖白石，面目虽变，托根有归，可为白石羽翼。仲举（张翥）则规模于南宋诸家，而意味渐失，亦非专师白石。总之，谓白石拔帜于周、秦之外，与之各有千古则可，谓南宋名家以迄仲举皆取法于白石，则吾不谓然也。

——《白雨斋词话》卷八

这段批评表现了作者对宋词源流的精深理解，反对夸大姜夔在词史上的意义，无疑是向浙西词派理论的攻击。同时陈廷焯却极力赞扬张惠言的历史功绩。他说：“词盛于宋，亡于明。国

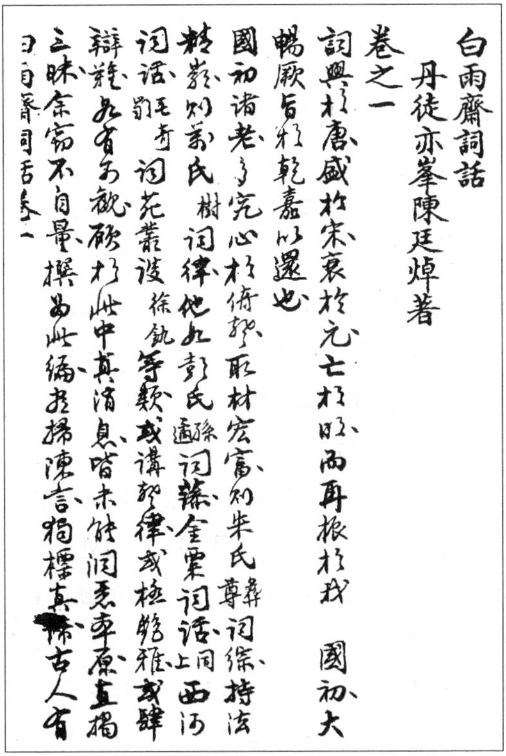
白雨齋詞話
丹徒亦峯陳廷焯著
卷之一
詞興於唐盛於宋衰於元亡於明而再振於我 國初大
暢厥旨於乾嘉以還也
國初諸老多究心於倚聲取材宏富則朱氏彝尊詞綜持法
精嚴則萬氏樹詞律他如彭氏孫遹詞藻金粟詞話上同西河
詞話毛奇齡詞苑叢談徐釚等類或講聲律或極豔雅或肆
辯難各有可觀顧於此中真消息皆未能洞悉本原直揭
三昧余竊不自量撰為此編掃陳言獨標真諦古人有
白雨齋詞話卷一

陈廷焯手迹

初诸老，具复古之才，惜于本原所在，未能穷究。乾嘉以还，日就衰靡，安所底止。二张出而溯其源流，辨别真伪。”他特别重视常州词派在清代词学复兴中的作用。他以为张惠言的《词选》超轶了以前各种选本，“扫靡曼之浮音，接风雅之真脉”（《白雨斋词话》卷四）。陈廷焯虽然以为《词选》规模狭隘，去取略有不当，仍对它充分肯定。他说：“张氏《词选》可称精当，识见之超，有过于竹垞十倍者，古今选本，以此为最。但唐五代两宋词仅取百十六首，未免太隘……总之小疵不能尽免，于词中大段却有体会。温、韦宗风，一灯不灭，赖有此耳。”（白雨斋词话》卷一）陈廷焯词学理论的形成主要是受常州词派张惠言和冯煦的影响，他没有谈到周济的理论。陈廷焯与冯煦相识。冯煦对他说：“唐以后诗，元以后词，必不可入目，方有独造处。”陈氏表示：“此论甚精。”（《白雨斋词话》卷八）他又说：“近时冯梦华所刻乔巢笙《宋六十一家词选》甚属精雅，议论亦多可采处。”（《白雨斋词话》卷五）冯煦关于王沂孙的评论，对陈廷焯有很大的影响。他说：“求词于宋，其为碧山（王沂孙）乎！然自宋迄今，鲜有知者。知碧山者唯蒿庵，即皋文尚非碧山真知己也。”（《白雨斋词话》卷八）所以他认为清代词学“复古之功，兴于茗柯，必也成于蒿庵乎”（《白雨斋词话》卷五）。刘熙载的词品说对陈廷焯也发生了影响。他承认“近时兴化刘熙载论词，颇有合处”（《白雨斋词话》卷六），但指出了以人品决定词品之说的缺陷：

诗词原可观人品，而亦不尽然。诗中之谢灵运、杨武人，人品皆不足取，而诗品最高。尤可怪者，陈伯玉扫除陈隋之习，首复古之功，其诗雄深苍茫中，一归于纯正。就其诗以论人品，应有可以表见者，而谄事武后，腾笑千古。词中如刘改之辈，词本卑鄙，虽负一时重名，然观其词，即可知其人之不足取。独怪史梅溪之沉郁顿挫，温厚缠绵，似其人气节文章可以并传不朽，而乃甘作权相堂吏，致与耿檉、董如璧辈并送大理，身败名裂；其才虽佳，其人无足称矣。视陈西麓之不肯仕元，当时有海上盗魁之目，宁不愧死。蒋竹山至元大德间，臧陆辈交荐其才，卒不肯起；词不必足法，人品却高绝。冯正中《蝶恋花》四章，忠爱缠绵，已臻绝顶，然其人殊无足取，尚何疑于史梅溪耶？诗词不尽能定人品，信矣！

——《白雨斋词话》卷五

这有力地说明了词品与人品的复杂性，主张分别对待，不能以人品定词品。陈廷焯认识到这点，所以主张“诗有诗品，词有词品”时，克服了纯以人品定词品的错误。由此可见，陈廷焯继承了常州词派的理论，也批判地吸收了刘熙载的词品说，按照自己的审美价值观念，在新的文化条件下发展了常州词派的理论，而且很有个人的特色。

在《白雨斋词话自叙》里，陈廷焯表述了对词体性能的认识。他说：

> 夫人心不能无所感，有感不能无所寄，寄托不厚，感人不深；感其所感，不能感其所不感。伊古词章，不外比兴。《谷风》“阴雨”，犹自期以同心；“攘垢”“忍尤”，卒不改夫此度。为一室之悲歌，下千年之血泪，所感者深且远也。后人之感，感于文不若感于诗，感于诗不若感于词。

这以为人必然有感受，而且要求将它表达出来。这种表达不应是直接的，而是间接的曲折的以寄寓的方式。寄寓应该深厚，才能起到感染作用；寄寓还应沉郁，其感染作用才有广泛的效应。如何寄寓呢？这就只能依赖于比兴的表现方法了。《诗经》和《离骚》是我国古代文学优良传统，它们即是以比兴方法起到感染作用的。此后的文学样式中，词体以抒情见长，所以最能使人受到感动。陈廷焯摈弃了张惠言的政治寄托说和儒家的政治教化观念，他所谈的寄托的内容是属于个人的情感。他说："情有所感，不能无所寄。意有所郁，不能无所泄。古之为词者，自抒其性情，所以悦己也。"（白雨斋词话》卷八）意谓人产生了情感，需要寄托；内心郁结的意念，需要宣泄。以词体表现出来，自抒性情，自我表现，自我满足。所以他虽然主张比兴寄托，实际上与正统的常州词派有了非常重大的区别，更接近词体的本性。他对"比"与"兴"加以区别并解释说：

> 或问比与兴之别。余曰：宋德祐太学生《百字令》《祝英台近》两篇，字字譬喻，然不得不谓之比也。以词太浅露，未合风人之旨。如王碧山咏萤、咏蝉诸篇，低回深婉，托讽于有意无意之间，可谓精于比义。其兴则难言之矣。托喻不深，树义不厚，不足以言兴。深矣厚矣，而喻可专指，义可强附，亦不足以言兴。所谓兴者，意在笔先，神余言外，极虚极活，极沉极郁，若远若近，可喻不可喻，反复缠绵，都归忠厚。求之两宋，如东坡《水调歌头》《卜算子》，白石《暗香》《疏影》，碧山《眉妩》《庆清朝》《高阳台》等篇，亦庶乎近之矣。
>
> ——《白雨斋词话》卷六

他是反对简单地牵强地浅露地以比兴方式寄意，反对那种将比兴仅仅作为达到政治教化的手段。当然并不排斥政治寄意，但这必须在主体意识中转化为深沉的感受，与个人情性融和之后，自然而含蓄地表达出来，才是比兴的真义所在。因此陈廷焯更重视创作时，主体是否有真实的感受，它是否深厚沉郁。他并不以为有了比兴寄托便是词的高境，而是强调情感的沉郁为词中的高境。他为学词者指示的途径是："入门之始，先辨雅俗。雅俗既分，归诸忠厚。既得忠厚，再求沉郁。沉郁之中，运以顿挫，方是词中最上乘。”（《白雨斋词话》卷七）这与其所一再说明的有感—寄托—深厚—沉郁的创作构思过程是一致的，将“沉郁”视为终极的要求和标准。“沉郁”是陈廷焯词论的核心。

“沉郁顿挫”意指文章深沉蕴藉，抑扬有致，原是唐代诗人杜甫《进雕赋表》中之语。《新唐书》卷二〇一《杜甫传》云：“臣之述作，虽不足鼓吹《六经》，先鸣数子；至沉郁顿挫，随时敏给，扬雄、枚皋可企及也。”自宋以来多以“沉郁顿挫”来表示杜诗的艺术风格，这并不很确切。[①] 陈廷焯青年时代最喜好杜诗，故借用此语论词，对此他有自己独特的解释：

> 所谓沉郁者，意在笔先，神余言外，写怨夫思妇之怀，寓孽子孤臣之感。凡交情之冷淡，身世之飘零，皆可于一草一木发之；而发之又必若隐若见，欲露不露，反复缠绵，终不许一语道破，匪独体格之高，亦见情性之厚。飞卿词如“懒起画蛾眉，弄妆梳洗迟”，无限伤心，溢于言表。又“春梦正关情，镜中蝉鬓轻”，凄凉哀怨，真有欲言难言之苦。又“花落子规啼，绿窗残梦迷”，又“鸾镜与花枝，此情谁得知”。皆含情意。此种词，第自写性情，不必求胜人，已成绝响。后人刻意争奇，愈趋愈下，安得一二豪杰之士，与之挽回风气哉！

---

① 参见郭预衡：《论杜诗思想和艺术的主要特征》，《古代文学探讨集》第133～134页，北京师范大学出版社1981年版。

陈氏曾说："情有所感，不能无所寄；意有所郁，不能无所泄。"所谓"沉郁"，即意的深沉郁结，此"意"即是一种个人或个人关于社会的忧患意识，要求将它含蓄地表达，纯是自我真实性情的流露。当然诗与词都可能作到沉郁，但陈氏特别强调沉郁是词的生命和最高境界，因此它在诗与词中的地位和作用有所不同。他说：

> 诗词一理，然亦有不尽同者。诗之高境亦在沉郁，然或以古朴胜，或以冲淡胜，或以巨丽胜，或以雄苍胜。纳沉郁于四者之中，固是化境，即不尽沉郁，如五七言大篇，畅所欲言者，亦别有可观。若词则舍沉郁之外，更无以为词。盖篇幅狭小，倘一直说去，不留余地，虽极工巧之致，识者终笑其浅矣。
>
> ——《白雨斋词话》卷一

沉郁虽然是诗的高境，但好诗不必一定是沉郁的，而词则必须是沉郁的。所以作词时首先要求沉郁。陈廷焯说："作词之法，首贵沉郁，沉则不浮，郁则不薄。顾沉郁未易强求，不根柢于《风》《骚》，乌能沉郁？十三国变风，二十五篇楚辞，忠厚之至，亦沉郁之至，词之源也。"以沉郁论词的观点来看自明以来词学界关于婉约与豪放之争，陈廷焯以为这与词的本质无关，因而是毫无意义的争论。他说："张綖云：'少游多婉约，子瞻多豪放，当以婉约为主。'此亦似是而非，不关痛痒语也。诚能本诸忠厚，而出以沉郁，豪放亦可，婉约亦可；否则豪放嫌其粗鲁，婉约又病其纤弱矣。"陈氏对其所提出的以沉郁为论词标准颇为自矜，他历论唐以来词家的成就都以有无沉郁为标准。如他评李璟《山花子》“还与韶光共憔悴，不堪看”云：“沉之至，郁之至，凄然欲绝。”评贺方回词云：“方回词极沉郁，而笔势却又飞舞，变化无端，不可方物，吾乌乎测其所至。”评周邦彦词云：“词至美成，乃有大宗。前收苏、秦之终，复开姜、史之始。自有词人以来，不得不推为巨擘。后之为词者，亦难出其范围。然其妙处亦不外沉郁顿挫。”评辛弃疾词云：“辛稼轩，词中之龙也，气魄极雄大，意境却极沉郁。”他以为辛词《贺新郎·别茂嘉十二弟》“沉郁苍凉，跳跃动荡，古今无此笔力”。（以上《白雨斋词话》卷一）评姜夔词云：“南渡以后，国势日非。白石目击心伤，多于词中寄慨。不独《暗香》《疏影》二章，发二帝之忧愤，伤在位之无人也。特感慨全在虚处，无迹可寻，人自不察耳。感慨时事，发为诗歌，便已力据上游，特不宜说破，只有用比兴体。即比兴中，亦须含蓄不露，斯为沉郁，斯为忠厚。”评吴文英词云：“梦窗长处，正在超逸之中，见沉郁之意。”评张炎《高阳台·西湖春感》云：“凄凉幽怨，郁之至，厚之至，与碧山如出一手，乐笑翁集中亦不多觏。”又云：“大抵读玉田词者，贵取其沉郁处。徒赏其一字一句之工，遂惊叹欲绝，转失玉田矣。”（《白雨斋词话》卷二）评明人词云：“有明三百年中，习倚声者不乏其人，然以沉郁顿挫绳之，竟无一篇满人意者。”（白雨斋词话》卷三）从以上可见，陈廷焯以“沉郁”为论词的唯一的标准了。

以沉郁论词，陈廷焯认为古今词人最能充分达到沉郁高境的应是王沂孙。自清初以来，朱彝尊论词标举姜夔、张炎，张惠言标举温庭筠、秦观，周济标举周邦彦，刘熙载标举苏轼、辛弃疾；这都是他们论词的必然归宿，具体体现了他们的文学价值观念。陈廷焯虽属常州词派，但他标举的学习对象却特别不同。他标举王沂孙固然是受了周济和冯煦的一些影响，而他对王沂孙的评价在词史上则是最高的了；这自有其特殊的时代意义。他说："王碧山词，品最高，味最厚，意境最深，力量最重。感时伤世之言，而出以缠绵忠爱。诗中之曹子建、杜子美也。词人至此，庶几无憾。"在宋代词人中，陈廷焯以为周邦彦、姜夔和王沂孙三家为词坛三绝，但将他们加以比较，认为仍是王沂孙第一。他说：

> 词法之密，无过清真；词格之高，无过白石；词味之厚，无过碧山：词坛三绝也。诗有诗品，词有词品。碧山词性情和厚，学力精深，本诸忠厚而以顿挫之姿，沉郁之笔。论其词品，已臻绝顶，古今不可无一，不能有二。白石词雅矣，正矣，沉郁顿挫矣，然以碧山较之，觉白石犹有未能免俗处。少游、美成，词坛领袖也，所可议者，好作艳语，不免于俚耳。故大雅一席，终让碧山。
>
> ——《白雨斋词话》卷二

他又将王沂孙与诗圣杜甫相比较，以为他们最能体现古代"风骚"的传统：

> 少陵每饭不忘君国，碧山亦然。然两人负质不同，所处时势又不同。少陵负沉雄博大之才，正值唐室中兴之际，故其为诗也悲以壮。碧山以和平中正之音，却值宋室败亡之后，故其为词也哀以思。推而至于《国风》《离骚》则一也。
>
> ——《白雨斋词话》卷二

清初以来，词学家们致力于尊体活动，但却难以落到实处。陈廷焯在高度评价了王沂孙词的社会意义之后认为："词有碧山，而词乃尊。否则以为诗之余事，游戏之为耳。必读碧山词，乃知词所以补诗之阙，非诗之余也。"（《白雨斋词话》卷二）他谈到读词的感受说："读碧山词，何尝不沉著痛快，而无处不郁，无处不厚。反复吟咏数十过，有不知涕之何从者。粗心人读之，戛釜撞瓮，何由识其真哉？"（《白雨斋词话》卷六）陈廷焯以沉郁论词，标举王沂孙，这是其时代的知识阶层中优秀分子的爱国思想和忧患意识在词学中的反映。

《白雨斋词话》完稿时（1891），中国近代历史已经历了鸦片战争、第二次鸦片战争、太平天国革命、中法战争和洋务运动。中国处于被西方列强瓜分的危险境地，中国最后一个封建王朝已腐朽衰弱而即将覆亡了。这个时代知识阶层中最先进的分子积极向西方寻找拯救中国的真理，而其中受传统思想影响很深的优秀分子也普遍具有民族思想和爱国思想，具体情形十分复杂。他们的社会忧患意识非常强烈，有其特定的历史内容。陈廷焯是属于受传统思想影响很深的知识分子，他以为词应真诚地"写怨夫思妇之怀，寓孽子孤臣之感"，表现"交情之冷淡，身世之飘零"，而且要表现得思意沉郁。这些论词意见里都渗透着其深沉的忧患意识。王沂孙在南宋灭亡后的许多咏物词里巧妙地寄寓了其深厚的爱国思想情感，其艺术表现极为含蓄曲折，艺术技巧精湛圆熟。陈廷焯以他为最高典范，这很适应当时士人的社会文化心理。以沉郁论词在晚清的社会条件下，能够激励人们关心国家和民族的命运，改变人们的词为艳科的观念，真正能起到尊体的作用。以沉郁论词能将思想性和艺术性二者统一起来，它既强调主体的思想品格和作品的内容，也要求相应的含蕴的寄意深厚的表现方式，因而在理论上摆脱了二元的困境。以沉郁论词其渊源虽然来自儒家的政治教化说及常州词派的比兴寄托说，但却又是对它们的超越，因为这个理论更接近文学本位，更注意文学与个人的性情的关系。所以陈廷焯以沉郁论词比清代其他许多词学家更有理论的深度和理论的统一性，在具体评论作家作品时都很有说服力，使人们可以感受到评论者所特具的时代意识。我们可以说，以沉郁论词是一个非常特殊的标准，它表现了晚清知识阶层中某些人的特有的审美理想和审美趣味。它虽然在词学史上是进步的，但毕竟这种观念过于狭隘，只强调单一的艺术风格；因而其适应范围是有限的。以这种标准来认识词史，必然在某些情形下作了非常不适当的，甚至歪曲的解释。因为“沉郁”不可能是唯一的最高的词境，而王沂孙也不可能是宋代最高成就的词人。以沉郁论词是晚清社会文化现象中的一个极端的例子，尽管它产生了积极的社会影响。

陈廷焯在以沉郁论词时接触到了词的意境问题，这应对稍后王国维的境界说的形成有所启发的，因此值得我们留意。陈廷焯认为诗词皆有境，他说：

> 诗有诗境，词有词境，诗词一理也。然有诗人所辟之境，词人尚未见者，则以时代先后远近不同之故。一则如渊明之诗，淡而弥永，朴而愈厚，极疏极冷，极平极正之中，自有一片热肠，缠绵往复。此陶公所以独有千古，无能为继也。求之于词，未见有造此境者。一则如杜陵之诗，包括万有，空诸依傍，纵横博大，千变万化之中，却

极沉郁顿挫，忠厚和平。此子美所以横绝古今，无与为敌也。求之于词，亦未见有造此境者。若子建之诗，飞卿词固已讥之。太白之诗，东坡词可以敌之。子昂高古，摩诘名贵，则子野、碧山正不多让。退之生凿，柳州幽峭，则稼轩、玉田，时或过之。至谓白石似渊明，大晟（指周邦彦）似子美，则吾尚不谓然。然则词中未造之境，以待后贤者尚多也。有志倚声者，可不勉诸！

——《白雨斋词话》卷八

在论南宋初年的爱国词时，陈廷焯举了许多例子之后说："此类皆慷慨激烈，发欲上指。词境虽不高，然足以使懦夫有立志。"（《白雨斋词话》卷六）。这里提出了"词境"的概念。因为沉郁与主体的意有关，在具体评论词人时，陈廷焯多次使用了"意境"的概念，如说："耆卿词善于铺叙，羁旅行役，尤属擅长，然意境不高"；"辛稼轩，词中之龙也，气魄极博大，意境却极沈郁"（《白雨斋词话》卷一）。又说："王碧山词，品最高，味最厚，意境最深"（《白雨斋词话》卷二）；"观稼轩词，才力何尝不大，而意境何尝不沈郁"（《白雨斋词话》卷六）。

从上可见，陈廷焯认为诗与词各有境，词有词境，这是"境界"的概念；而词的"意境"则有高低深浅之别。他之主张以沉郁论词，则是以为它是"意境"中最高或最深的一个层次。可惜他未能将"意境"作进一步的理论的探讨，然而却为王国维导夫先路了。

第八节　郑文焯的词学研究

清末词坛上出现了四位著名的词人兼词学家，即郑文焯、王鹏运、朱祖谋、况周颐。他们在词籍的整理与校勘、词律研究和词学理论探讨等方面都作出了很大的贡献。他们摆脱了浙西词派和常州词派以编选词集、指示学词途径而论词学的局限，从清代传统学术的观点，在更严格的意义上认真地研究词学。郑文焯的词学研究是一种良好学术研究风气的开端。

郑文焯，字俊臣，号小坡，又号叔问，别号瘦碧，晚年号大鹤山人。先世为山东高密郑氏，清初改隶汉军正白旗人，至文焯始复姓。[①] 郑文焯生于清咸丰六年（1856）。光绪元年（1875）中举，官内阁中书，不乐仕进。后游寓江苏，为巡抚幕客四十余年，又常以行医鬻画自给。卒于1918年，年六十三岁。俞樾说："高密郑小坡孝廉精于词律，深明管弦声数之异同，上以考古燕乐之旧谱。姜白石自制曲，其字旁所记音拍，皆能以意通之。余尝戏谓君真得不传之秘于遗文者也。乃其所为词，又何其清丽婉约，而情文相生欤。如《绕佛阁》《寿楼春》诸调，皆不易作，而诵之抑扬顿挫，沨沨移人，岂非深于律而又工于词者乎！小坡为吾故人兰坡中丞之子，顾以承平故家，贵游年少，而淡于名利。牢落不偶，喜吴中湖山风月之胜，侨居久之。日与二三名俊，云唱雪和，陶写性灵。余

① 来新夏：《近三百年人物年谱知见录》第266页，上海人民出版社1983年版。戴正诚编有《郑叔问先生年谱》，1941年刊。

每入其室，左琴右书，一鹤翔舞其间，超然有人外之致，宜其词之工矣。”（《瘦碧词序》，《清名家词·樵风乐府》）郑文焯毕生致力于词，词集有《瘦碧词》《冷红词》《比竹余音》和《苕雅》，后选辑为《樵风乐府》。著有《词源斠律》二卷，《梦窗词校议》二卷，《绝妙好词校录》一卷；校勘的词集有《东坡乐府》《清真集》《白石道人歌曲》等。另著有《律吕古义》《燕乐字谱考》《五声二变说》《词韵订律》等而遗失不传。[①] 龙榆生辑有《大鹤山人词话》一卷，附录一卷。

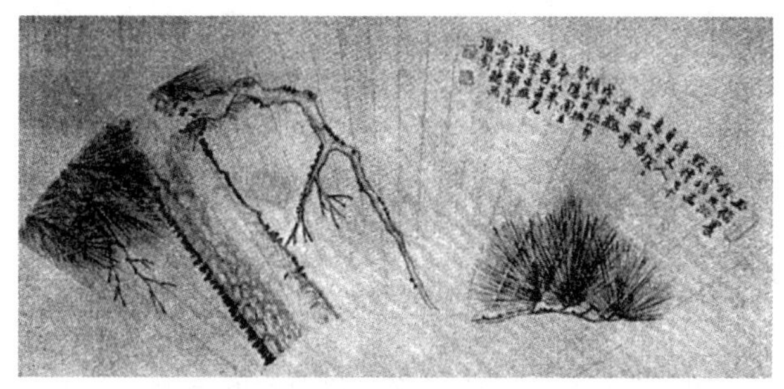

郑文焯画松扇画

关于词的创作，郑文焯基本上继承了常州词派的意见，重视比兴，主张典雅，对于艺术表现尤有精深的理解。他说：

> 夫文者，情之华也；意者，魄之宰也。故意高则以文显之，艰深者多涩；文荣则以意贯之，涂附者多庸。前辈谓无理之理，无体之体，犹隔一尘。唐五代及两宋词人，皆文章尔雅，硕学耆英。虽理学大儒，亦工为之。可征词体固尊，非近世所鄙为淫曲篷弄者可同日而语也。自君相

① 夏承焘：《天风阁学词日记》第129～130页，浙江古籍出版社1984年版。

以逮学士大夫，畸人才流，迁客怨女，寒畯隐沦，靡不歌思泣怀，兴来情往，甚至名伎高僧，顽仙艳鬼，托寄深远，属引湛冥，其造端甚微，而极命风谣，感音一致，蔚为群雅之材，焕乎一朝之粹。

郑文焯论词的创作，除了发挥张惠言的比兴寄托说而外，更注意词律和词乐问题，因而其论词又具有新的特点。他说：

近世词家，谨于上去，便自命甚高。入声字例，发自鄙人，征诸柳、周、吴、姜四家，冥若符合。乃知词学之微，等之诗亡，元曲盛行，弥以伦靡，失其旧体。国朝诸家，尟所折衷。良以攻朴学者薄词为小道，治古文者又放为郑声。自宋迄今将千年，正声绝，古节陵，变风《小雅》之遗，骚人比兴之旨，无复起其衰而提倡之者，宜失朱、厉雕琢为工，后进驰逐，几欲奴仆命骚矣。独皋文能张词之幽隐，所谓“不敢以诗赋之流，同类而风诵之”。其道日昌，其体日尊。近卅年作者辈出，罔敢乖剌，自陷下流。然求其述造渊微，洞明音旨，以契夫意内言外之精义，殆十无二三焉。此词律之难工，但勿为“转折怪异不祥之音”，斯得之已。姑舍是，词之难工，以属事遣词，纯以清空出之，务为典博，则伤质实，多著才语，又近昌狂。至一切隐僻怪诞、禅缚穷苦、放浪通脱之言，皆不得著一字，类诗之有禁体。然屏除诸弊，又易失之空疏，动辄蹋躃。或于声调未有吟安，则拼舍好句，或于语句自知落韵，则俯就庸音，此词之所以为难工也。而律吕之几微出入，犹为别墨焉。所贵清空者，曰骨气而已。其实经史百家，悉在熔炼中，而出以高淡，故能骚雅，渊渊乎文有其质。

——《大鹤山人词话》附录

郑文焯对张惠言尊体的历史功绩评价很高，但发现自清代中期以来词的创作存在的主要问题是比兴寄托、声韵乐律和表现技巧三者之间的关系未能很好解决，因而词体难以体现意内言外的精义。所以他的词学研究着重探讨词的声韵乐律和表现技巧等问题。

《词源斠律》二卷[1]，是郑文焯探讨词乐的专著，对张炎《词源》上卷所辑之词乐资料来源作了考证，并对所涉及的古代乐律问题以及管色谱字等均作了详细的考核。其《词源斠律叙》云：

《周礼》教乐，先以六诗，故弦诵者，古学子之专业。孔子删《诗》，得乐章十七篇，诗亡而乐亦亡。汉雅乐传至左延年，惟《鹿鸣》一篇。《诗·小雅》，《鹿鸣》居其首，燕礼工于堂上歌之，是为燕乐之所自。昉汉列于雅乐，以其为雅之遗也。至晋而《鹿鸣》无传。梁武帝作十二雅，郊祀与燕飨合奏，人鬼杂施，而乐纪大坠。隋本龟兹，始用胡伎，郑译从意，别雅俗二部。唐以先王之乐为雅乐，合胡部者为燕乐，而名用始分。宋元相沿，并不知燕乐之源于雅矣，顾汉世燕群臣，尚用雅而用黄门，可知当时虽缘饰雅乐，已不能歌。刘歆、京房辈，又徒执管寸

① 《词源斠律》收入《大鹤山房全书》，苏州交通图书馆 1920 年刊印。

之数，以求无声之乐，固未尝见诸施行。郑樵所谓乐失于汉者此也。世儒不察，动欲假治历候气之说，累黍吹葭，冥索律本；至以近世管制，参差其孔，穷推声数，不知今笛尚不能应燕乐七宫，而谓古乐可复傎矣。夫器数变古，人声在今，乐府之遗，风雅攸托。汉魏之歌谣，隋唐之长短句，南北宋之词，皆能兴于微言，以相风动，可诵可弦。其始盖出变风《小雅》之间，而流滥于燕乐。自元曲盛行，而燕乐一变，声音之道寖衰。故燕乐亡，而议者率求之虚数虚器，太常有设而不作矣。国朝凌廷堪著《燕乐考原》六卷，论列二十八调。《词源》一书，视近今历算家之言，有裨实用。但凌氏以燕乐出于苏祇婆琵琶，谓四弦适当宫商角羽四均，而丝度不能尽合，且于乐色亦略焉。余维诸史之志乐者，既非其人，又失载图谱，语虽详而不择不精。今《词源》所录，于燕乐条理多所考见，足与史志相发明。间尝钩撰，以中凌说，薙其繁复，而演赞其未备，能者从之审声知音，将由燕乐而进于雅，歌词而达于声诗，咸于是编导其渊源。庶后之览者，无敢等诸方伎而自外于弦诵之士也夫。

郑文焯以为燕乐之源出自古代雅乐，而张炎的《词源》上卷所辑录之资料表明了这种渊源关系，因此对它进行笺释。他不赞成凌廷堪关于燕乐出自苏祇婆所传西域乐调之说，力图通过对《词源》的笺释以探明燕乐与雅乐的关系。显然郑文焯的观点是较守旧的。古代的燕乐与隋唐的燕乐在性质上有区别。张炎所辑录的燕乐资料，虽与古代雅乐纠缠不清，但他实际上是重今乐的。郑文焯对此都作了误解，但在考证

《词源》上卷的资料来源方面以及乐律的考释方面，却又很有学术价值的，使我们对张炎《词源》能有更深入的理解。如《词源》上卷辑录了古代律吕损益相生之说，郑文焯指出，此说“本诸迁（司马迁）《史》（《史记》），言简而赅。近世考律者以班（固）《书》（《汉书》）《律历》同志，乃各据其算学，以意变通倍之之法，而畴人子弟既病支离，声音之道，日即荒眇，不知古乐，律以和声，汉唐之乐，皆固声变，非律之自为高下也。”（《词源斠律》卷上）近世词学家蔡桢著《词源疏证》时，便吸收了郑文焯的许多研究成果，有助于进一步研究词与音乐的关系。

常州词派理论家在学术方面深受经今文学派的影响，治学每有空疏的缺陷。郑文焯论词虽主常州词派之说，他本人专治词学，然而其早年却于考据学、训诂学和文字学有极为深厚的修养，曾著有《说文引群经故》二十七卷，《六书转注旧执》四卷。因此，他在词集校勘方面的成就最为卓著。郑文焯校勘了宋人词集多种，用功最深的是周邦彦词集和吴文英词集。他在《片玉词跋》里对周邦彦词集的版本作了较详的考证，这在词学史上标志着关于词籍的整理与研究达到了一个新的学术水平。其跋语云：

> 宋陈振孙《直斋书录解题》载《清真词》二卷，后集一卷。所云后集，不详所谓，岂补遗邪？又载曹杓注《清真词》二卷，别集类有《清真集》二十四卷，注：“嘉泰中，四明楼钥为叙，太守陈杞刊之，盖其子孙居四明故也。”考美成传，卒于处州，则其家于四明可信。据《宋史·艺文志》《清真居士集》十一卷，与《解题》不合，

而《乐志》未著其词集。《解题》所称二十四卷，又注“皆他文”，其富有著作可证。又载其杂著三卷，云：“好事者取其在溧水诸所作文记诗刻而并刻之。”是又在强刻词集之外，为清真官溧水时一集。综该清真集宋刻之最先者，为淳熙庚子晋阳强叙刻之词集三卷，百八十二章，其后为清真杂著三卷，并先后刊于溧水者。次则嘉泰中四明太守陈杞刊其文集二十四卷。又单行本《清真词》二卷，后集一卷，曹杓注《清真词》二卷，并未详年代及刻者姓氏，见之《直斋书录》，其为宋刊无疑。后又有元巾箱分类本《清真集》上下，为明抄词集，近临桂王半塘抚刻本；又陈元龙刻《片玉词》注本，此元版之二种。又明季汲古阁毛氏刻《片玉词》二卷，补遗一卷，跋云：“合三本校订。”然“片玉”题号，始于元人刘必钦，见之《片玉词》陈注后叙，毛氏谓宋刻者谬甚。顾所云：“百八十有奇，强焕为叙”，又似宋淳熙中溧水所刊本，惜为毛氏所羼乱而失考耳。

——《大鹤山人词话》附录

这将清真词版本源流考证甚为明晰，只是郑文焯所据之《片玉词》乃是元代翻刻宋本，因翻刻时将宋人刘肃序的纪年“嘉定辛未”去掉了，故致误为元本并误刘肃为元人。[1] 郑文焯在清真词版本考证的基础上进行了校勘工作。[2] 如《瑞龙吟》郑校

① 参见吴则虞：《清真词版本考辨》，《西南师范学院学报》1957年第1期。

② 郑文焯《清真词》校语，为蒋哲伦整理的《周邦彦集》采用，江西人民出版社1983年版。

云："汲古阁本引《花庵词选》旧注：此谓双拽头，属正平调，自'前度刘郎'以下即犯大石调，系第三段，至'归骑晚'以下四句再归正平调。坊刻皆于'声价如故'句分段者，非。按：此明言分三段者为双拽头，今人每于三段则名之为三拽头，失之疏矣。'坊陌'，杨升庵云：俗改'曲'为'陌'。按：唐人《北里志》有'泛论三曲中事'，盖即平康里旧所聚处也，当时长安诸倡谓之'曲'，其选入教坊者居处则曰'坊'，故云'坊曲人家'，非泛之也。本集《拜星月慢》云'小曲幽坊月转'，可证'坊曲'为美成习用。'前度'，'度'字疑是短拍，而方千里、杨泽民、陈允平皆未和，即吴梦窗词亦不叶，或未精审耶。按：此词前拽头作三字句，固有韵，其声例可类推而知之。"又如《荔枝香近》其二，郑校云："此词讹脱殊甚，方、杨、陈和作并沿其误，以为又一体，非也。按：此词如耆卿、梦窗所作，三首并与清真前首相同，更无别体。即此首下阕字句亦无少异，则上阕之舛驳可知。盖宋本已然，或缘传抄之脱误，当时和之者未暇深考耳。今谛审其上阕，'履舄初会'下原脱平声二字，'灯偏帘卷'，'偏'字殊不可解，盖本作'遍'字，当在'香泽方薰'下为韵，与前首'帘底吹香雾'五字句正同。上阕末句'去'字下诸本皆脱一字，唯元本有'云'字，亟据以补之，亦与前合，如是订正，前后一揆，声律厘然，庶今古词人可以瘉疑辨惑矣。"[①] 这些校语都说明校词者对词律的深入研究，因而严谨考订了词字，有助于我们正确地理解前人作品。

---

① 以上校语均见蒋哲伦校编《周邦彦集》。

《梦窗词校议》两卷[①]应是郑文焯研究吴文英词的总结。上卷校勘了明代朱存理《铁网珊瑚》所载吴文英手写词稿十六首，下卷详校了《梦窗词》四卷并对吴文英事迹、词集版本、词的艺术特点作了考证和论述。郑文焯是最初发现吴文英手写词稿的意义，它的词题书写款式及行文都保存了宋人习惯，与今所传之词集相异，故很有校勘学的价值。他说：

> 明朱存理《铁网珊瑚》载梦窗手写词稿十六阕，文句硕异。虽零叠不完，而出之手稿，信而有证。按卷首标“新词稿”下署“文英皇恐百拜”，其第一阕三字“瑞鹤仙”题曰“癸卯岁为先生寿”，证以汲古阁本是词作“寿方蕙岩寺簿”，是其所录词稿即写以方蕙岩者可知。然则此十六阕，又皆其一时之作，故曰“新词”。今据以斠订诸刻之误，有足多者。

郑文焯在校《梦窗词》时提出了校词的原则，受到词学界的重视。他说：

> 大氐校勘之例，莫善于存旧文，广异证；而究其旨要则在阙疑必资于多闻，思误务求夫一适。何也？征据不广，斯蔽于浅暗；几无一义之晰，奚贵闻疑以载疑；审择不详，斯狃于依违，转成三写之讹，何止一误而再误。校词虽有别于群书，而音谱字律之间，堙替已久，文隐而理幽，有非穷讨旁通，不能泠然解者。

① 《梦窗词校议》收入《四明丛书》第一集。

《梦窗词》的校勘工作极为困难，郑文焯对此深有体会。他说：

词意固宜清空，而举典尤忌冷僻。梦窗词高隽处，固足矫一时放浪通脱之弊，而晦涩终不免焉。至其隶事虽亦渊雅可观，然锻炼之工骤难索解，浅人或以意改窜，转不能通。此近世刻本讹变之甚于诸家，当时流传所为不广也。兹略举一二以证之。如《扫花游》换头“天梦”句，用秦穆上天事。《塞垣春》起句“漏瑟”用温飞卿诗。《声声慢·宏庵宴席》一阕起句“寒筲惊坠”用陆天随“黄精满绿筲”句意；“筲”，竹器也，今本误作“箫”则不可解，唯明抄本作“筲”可证。《木兰花慢·寿秋壑》“双节葆仍红”句，用《汉·礼仪志》赤葆故事，今讹“葆”作“枣”。《宴清都·送马林屋赴南宫》上阕末句“唯潮”，用《中吴纪闻》夷亭潮泛引谚“潮过夷亭出状元”，按《夷吴志》亦作“唯”，《图经》只作“唯”。梦窗正用此吴谚以颂马南宫之捷。马号林屋，盖洞庭山人。今毛本则讹作“淮潮”，失考并失作意已。此类当不止此，诚务博之过，亦字意用晦之所致也。

关于《梦窗词》的校勘，郑文焯与朱祖谋经常书札往来讨论，对朱氏校《梦窗词》很有启发。[①] 郑文焯校《梦窗词》及关于

① 参见谢桃坊：《梦窗词版本与校勘述略》，《四川图书馆学报》1983 年第 3 期。

入声说并非没有疏漏或失误之处①，但其成就和影响都是重大的，开启了校勘词籍的谨严而良好的学风。冒广生说："本朝词家虽多，若能研究音律，深明管弦声数之异同，上以考古燕乐之谱者，凌次仲外，此为仅见。"（《三小吾亭词话》卷二）这个评论是恰当的。由郑文焯的词学研究，使近代词学在近代文化的背景下接受了清代考据学、文字学和训诂学的方法，词学的考证与词籍的校勘都更具有严格的学术意义。

第九节　朱祖谋校辑词籍的成就

清末民初之际，朱祖谋在词学界是很有功绩和影响的。如词学家唐圭璋说：

> 近百年来，词人辈出，词集亦大量刊行，词学由附庸变为大国，盛极一时。有清三百年来，流行最广、数量最多之词集，不过明代毛晋汲古阁所刻《宋六十名家词》。直至今日，吾人所见之词集，除唐、五代及金、元以外，即两宋亦超过毛刻甚多，且精抄及影印之善本，层出不穷，尤前所未闻见。前辈笃好之专，用力之勤，钻研之深，搜集之富，校勘之精，为中外学者提供大量研究资料，奠定祖国词学复兴之基础，贡献巨大，功不可没；其间逝世最晚，影响最大

① 参见任铭善：《郑大鹤校梦窗词手稿笺记》，《中华文史论丛》1981 年第 1 辑，上海古籍出版社。

之作家，端推朱祖谋氏，鲁殿灵光，举世景仰，良非无因。①

朱祖谋画像

朱祖谋，一名孝臧，字古微，号沤尹，又号彊村。浙江归安（今湖州）人，清咸丰七年（1857）生。光绪九年（1883）进士，改庶吉士，授编修，历充会典馆总纂，累迁至礼部侍郎。光绪三十年（1904）出为广东学政，旋即称疾辞归，隐居苏州。1931年卒于上海，归葬吴兴。朱祖谋早年工诗，四十岁以后，因结交词学家王鹏运而专攻词学。他自述学词经历云：

予素不解倚声，岁丙申（1896）重至京师，王幼遐（鹏运）给事时举词社，强邀同作。王喜奖借后进，于予则绳检不少贷，微叩之，则曰：“君于两宋途径，固未深涉，亦幸不睹明以后词耳。”贻予《四印斋所刻词》十许家，复约校《梦窗四稿》，时语以源流正变之故。旁皇求索为之，且三寒暑，则又曰：“可以视今人词矣。”示以梁汾（顾贞观）、珂雪（曹贞吉）、樊榭（厉鹗）、稚圭（周之琦）、忆云（项延

① 唐圭璋：《朱祖谋治词经历及其影响》，《词学论丛》第1019页，上海古籍出版社1986年版。

纪)、鹿潭(蒋春霖)诸作。会庚子(1900)之变，依王以居者弥岁，相对咄咄，倚兹事度日，意似稍稍有所领受，而王则翩然投劾去。辛丑(1901)秋，遇王于沪上，出示所为词九集，将都为《半塘定稿》，且坚以互相订正为约。予强作解事，于王之闳指高韵，无能举似万一。

——徐珂《近词丛话》

朱祖谋晚年删定词稿为《彊村语业》二卷，门人龙榆生又补刻一卷。曾校刻唐宋金元词一百六十余家为《彊村丛书》，辑有《湖州词征》三十卷，《国朝湖州词录》六卷，《沧海遗音集》十三卷，编选有《宋词三百首》。龙榆生辑有《彊村老人评词》及其论词书札为一卷。近世词学家叶恭绰说：

彊村翁词，集清季词学之大成，公论翕然，无待扬榷。余意词之境界，前此已开拓殆尽，今兹欲求于声家特开领域，非别寻途径不可。故彊村翁或且为词学之一大结穴，开来启后，应有继起而负其责者，此今日论文学者所宜知也。

——《广箧中词》卷二

词的校辑工作方面，朱祖谋辑了浙江湖州自北宋以来历代词人作品，收集甚富，校勘精审，深受词学界好评。刘承幹《湖州词征跋》云：

《湖州词征》三十卷、朱彊村侍郎庚申重订本。是书侍郎初编为二十四卷，尝病明代专集阙如。岁丙辰承幹于金陵故家得陈声伯《水南集》，侍郎睹之曰：可以补吾《词征》矣。既录付梓，又举初编之沈与求、吴渊、牟巘改列专集，增刘述、李仁本、朱嗣发、张翯、吴鼎芳入辑本，而删误收之陈璧、沈恒二家，余若沈瀛、吴潜、章谦亨、王国器、茅维、范汭、董斯张、孟称舜、韩纯玉、韩智玥诸家，各增若干首；赵孟頫、胡仔二家各汰若干首。博收慎取，斠若画一。吾郡山水清远，夙为词人浪漫之乡。天水（赵宋）一代，子野、石林，振响于前，草窗、二隐，并芳镳于后。元明以降，风流未沫。侍郎是编，理孤椠，振危绪，扶护先辈之盛心，不以异世而或斁。承斡方辑《吴兴丛书》得借以镂版。①

朱祖谋编辑的《国朝湖州词录》和《沧海遗音集》，选录清代词人的词作，网罗维备，甄采尤精，保存了许多作品。这些都为近世编辑词集的工作树立了良好的榜样。

朱祖谋的词学成就主要是其校刻的《彊村丛书》。此丛书收词总集五种、唐词别集一种，宋词别集一百二十余种，金词别集五种，元词别集五十种。它采用了少数精善的旧校本和旧注本，而许多词集则是出自编者手校的。编者写了许多词集跋语，着重考证版本源流，亦作了辑佚，并对个别词集作了笺证和编年。因此，这部词学丛书具有很高的学术价值。沈曾植《彊村校词图序》云：

① 《吴兴丛书》。

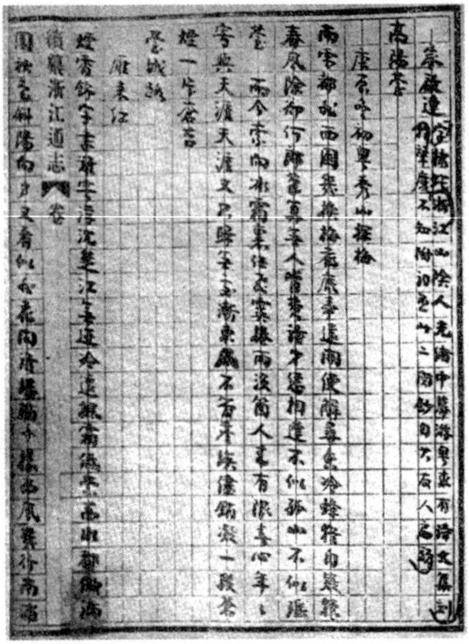

朱祖谋手书《全清词钞》稿

词莫盛于宋，而宋人以词为小道，名之曰诗余，及我朝而其道大昌。秀水朱氏、钱塘厉氏，先后以博奥淡雅之才，舒窈之思，倚于声以恢其坛宇。浙派流风，泱泱大矣。其后乃有毗陵派起。张皋文氏、董晋卿氏“易学”大师，周止庵治《晋书》为“春秋学”者，各以所学，益推其义，张皇而润色之，由乐府以上溯《诗》《骚》，约旨而闳思，微言而婉奇，盖至于是，而词家之业，乃与诗家方轨并驰，而诗之所不能达者，或转借词以达之。周氏退姜、张，而进辛、王，尊梦窗以当义山、昌谷。其所以标异于浙派者，岂非置重于意内以权衡其言外，诸诸乎焉，有国史吟咏之志者哉。昔者吾友鹜翁王给谏（鹏运）以直言名天下，顾其闲暇好为词，词多且工，复校其所得善本于京师，以诏后进。方是时，彊村与相唱和，志相得若钟吕之相宣，前后喁于而曲直归分也。鹜翁取义周氏，而取谱于万氏。彊村精识分铢本万氏，而益加博究上去阴阳，矢口平亭，不假检本。同人惮焉，谓之律博士。盖校词之举，鹜翁造其端，而彊村竟其事。

——《彊村丛书》卷首

这从清代词学发展的过程来评价了《彊村丛书》的意义，指出了它是继毛晋之后的词书的重要结集。兹从《彊村丛书》的校勘、笺证、编年和题跋等几方面进而说明朱祖谋的词学成就：

（一）朱祖谋手校的词集并作有校记的计有《尊前集》《中州乐府》《天下同文》《张子野词》《乐章集》《小山词》《临川先生歌曲》《山谷琴趣外篇》《淮海居士长短句》《东堂词》《宝晋长短句》《片玉集》《东山词》《樵歌》《盘洲乐府》《石湖词》《松坡词》《白石道人歌曲》《涧泉诗余》《稼轩词》《蒲江词稿》《南湖诗余》《后村长短句》《履斋先生诗余》《梦窗词集》《须溪词》《苹州渔笛谱》《日湖渔唱》《西麓继周集》《竹山词》《山中白云》《遗山乐府》《秋涧乐府》《蜕岩词》等三十余种。朱祖谋治《梦窗词集》数十年，先后共进行了四次校勘，张寿镛汇辑为《梦窗词校勘记》收入《四明丛书》。梦窗词因用典博奥，使字生僻，清代曾有几位词家用力校勘，而其中又有被校改误者。朱祖谋在王鹏运和郑文焯校勘的基础上又作了精校，最为词学界所推重。如《木兰花慢》“枣仍红”校云：“王校‘枣’作‘葆’。按秋壑（贾似道）生日在八月，正用《邠风》语义，若以‘枣’为‘葆’专指汉节，则仅贺秩矣。刘克庄词‘榆塞外恰枣红时节，想羽书忙’，谓防秋期候，亦一义也。”又《秋思》校云：“毛本作《秋思秏》，《词律》同。按《秋思》为琴曲，见白居易《池上篇序》，当即词调所本。或别本题首有‘毛’字，传写误衍作‘秏’。俟考。”又《无闷》校云：“原抄调作《催雪》，题作赋题。《词律》此以《无闷》赋催雪之词后，传其题而逸其调名耳。按丁注王沂孙《无闷》词并与此名，据改。”朱祖谋的校勘，使读者避免了许多文字上的困难，体现了词籍校勘达到很高的学术水平。

（二）《梦窗词集小笺》是朱祖谋校勘《梦窗词集》后的重要著述，其笺注工作的难度是很大的。如《水龙吟·张斗墅家古松五粒》笺云：“《南宋群贤小集》‘邗州张蕴字仁溥，有《斗野支稿》’。按尤袤诗注‘斗野亭在江都邵伯镇梵行院之侧’。仁溥邗人或取以为号，徐光溥《自号录》作‘斗墅’，‘墅’字疑兼涉野埜而讹。《癸辛杂志》‘李贺有《五粒小松歌》，陆龟蒙‘松斋一夜怀贞白，霜外空闻五粒风’。李义山‘松暄翠粒新。’《酉阳杂俎》云‘五粒者当言鬣，自有一种名五鬣，皮无鳞甲，而结实多，新罗所种。所谓粒者，鬣也’。”又《声声慢·寿魏方泉》笺云：“《吴郡志》‘魏峻知平江府，淳祐四年四月到，六年三月除刑部侍郎’。按武衍《适庵余稿》《哀魏方泉》诗云：‘每见中吴士，多称太守贤。’又云：‘诏下催归觐，人传更尹京，班才联从橐，庭忽舞铭旌。’盖秩满还朝而卒。梦窗此词犹其重莅吴中时作，故有‘吴人有分’云云，若《水调歌头·赋方泉望湖楼》词，则为其已至京师时矣。”此外，朱祖谋还对江昱的《山中白云词疏证》补笺了五十余条。如《疏影·题宾月图》笺云：“按《墙东类稿》有《宾月亭记》亦为永嘉叶君作图之为堂为亭，未可知也。又按

《宋遗民录》梁隆吉有《题叶东叔宾月堂》诗，是叶伯几父字东叔。本卷（《山中白云词》卷三）《桂枝香·宾月叶翁》即此人矣。”又《壶中天·陆性斋》笺云：“《疏》（江昱）谓性斋为陆行直号。按《墙东类稿》有‘性斋’二首为分湖陆提举作。《分湖陆氏家谱》：‘陆大猷字雅叔，号翠岩，仕宋为江浙儒学提举，子行直字季道，号壶天，任湖北十学士，迁翰林典籍致仕。’不言为提举，则性斋乃大猷，非行直也。《分湖小识》：‘陆氏桃园在来秀里。宋陆大猷别业中有翠岩亭。’”又《清平乐·为伯寿题四花》笺云：“按赵由礽《保母帖跋》称‘清江罗伯寿志仁同观’。又大德三年重跋有云：‘辛卯之秋，余同伯寿过浩然斋，弁阳翁俾赋诗题此卷。’知伯寿为江西罗志仁，即罗壶秋也。”朱祖谋笺注的词集仅此两种，而如从上数例的笺注已可见其高度的学术水平了。

（三）词集的编年工作始于朱祖谋整理的《东坡乐府》。编者参考宋人傅藻的《纪年录》、王宗稷的《东坡先生年谱》和清代王文诰的《苏文忠公诗编注集成总案》，证以苏轼的词题，对其中大半以上的词进行了编年；将词集重新编为三卷：第一、二卷为编年的作品，第三卷是无从编年的。如《永遇乐》编年云：“《纪年录》：‘甲寅海州寄巨源作。’诗集施注：‘东坡与巨源，既别于海州疏景楼，后登此楼怀巨源作。’王案：‘此词有别来三度孤光又满，乃与巨源相别三月而客至东武，为道巨源寄语，故作此词，时巨源以修起居注知制诰诏还，计其必已自淮入京，故又有而今何在西垣清禁及此时看回廊晓月等句，道其锁宿之情事也。此词作于乙卯正月，确不可易。’按词序称巨源八月十五日坐别楼上，则词中别来三度，乃谓巨源三别海州，历九月十月至公至之十一月十五日，恰为三度，非公与别三月也。仍从《纪年录》编甲寅。”又《少年游》原序：“黄之侨人郭氏，每岁正月迎紫姑神，以箕为腹，箸为口，画灰盘中，为诗敏捷立成。余往观之，神请余作《少年游》，乃为此戏之。”编年云：“按本集《子姑神记》：‘余始来黄州，进士潘丙谓余曰：异哉，公之始受命，黄人未知也，有神降于侨人郭氏之第曰苏公将至，而吾不及见也。其明年正月，神复降于郭氏，余往观之。’公以庚申来黄，明年则辛酉也。”又《定风波》（赠王定国侍儿）编年云：“按本集《王定国诗集叙》云：‘定国以余故，贬海上三年。’又《次韵王巩南迁初归》诗施注编癸亥。词亦是年之作。”因为词的编年工作较诗困难，朱祖谋对苏词的编年是属开创性的。词的编年是研究词家的基础工作，由此可以具体地探索词人的创作道路和艺术风格的发展，使词学研究开始具有历史的深度。

（四）《彊村丛书》保存了朱祖谋关于许多词集所作的题跋，如《乐章集》《张子野词》《小山词》《山谷琴趣外篇》《片玉集》《贺方回词》《东堂词》《樵歌》《鄮峰真隐大曲》《介庵琴趣外篇》《石湖词》《松坡词》《稼轩词补遗》《南湖诗余》《龙州词》《后村长短句》《白石道人歌曲》《涧泉诗余》《履斋先生诗余》《梦窗词集》《须溪词》《日湖渔唱》《西麓继周集》《山中白云》《竹山词》《遗山乐府》《秋涧乐府》《云谣集杂曲子》《尊前集》《中州乐府》等都有跋语。词学家夏承焘曾说：“《彊村丛书》中各词集序跋，颇有关系词学者，可摘之入《词苑续谈》。”[①] 这个建议很值得重视，因为这些跋语实际上是词学短论，对词集的版本考证和词家评论都有非常精辟的见解。

---

① 夏承焘：《天风阁学词日记》第33页，浙江古籍出版社1984年版。

如《乐章集跋》云：

> 毛斧季据含经堂宋本及周氏、孙氏两抄本校正《乐章集》三卷，劳巽卿传抄本，老友吴伯宛得之京师者。《直斋书录解题》：《乐章集》九卷；《汲古阁秘本书目》：柳公乐章五本；俱不经见。伯宛又寄示清常道人赵元度校焦弱侯三卷本，毛子晋过刻本似从之出，而删其《惜春郎》《传花枝》二调。然毛刻不分卷，亦不言何本。海丰吴氏重梓毛本，缪小珊、曹君直引梅禹金及诸选本一再校勘，又采寄吾郡陆氏藏宋本入记而别刊之。考《皕宋楼藏书志》称曰"毛斧季手校本"，非京椠也。以校劳氏抄本，编次悉同，而字句颇乖违，往往与万红友说合，或传写者据《词律》点窜，已非斧季真面。杜小舫校《词律》、徐诚庵编《词律拾遗》兼举宋本，又与毛校不尽合符。兹编显有脱讹，杂采周、孙二抄，恐非宋椠，未可尽为依据。缪杜诸所据本，又未寓目，无从折衷。姑就诸本钩稽异同，粗为諟正。其贰文别出，非显属背谬者，具如疏记，以备参榷。柳词传诵既广，别墨实繁，选家所见，匪尽搴较。今止惟是之从，亦依违不能斠若也。

这考证了柳永词集版本源流，记述了当时见知的各种版本情况；乃是研究柳词首先所应知道的。近代敦煌曲子词的发现是词学界的大事，朱祖谋对此非常重视。他在《云谣集杂曲子跋》里对这卷词以高度的评价，并将它列为《彊村丛书》的第一种。由此反映了编者进步的词学观点。跋云：

《云谣集杂曲子》敦煌石室旧藏唐人写卷子本，今归英京博物馆。毗陵董授经游伦敦手录见贻。原题三十首，存十八首。《倾杯乐》以下佚，目亦无存。集中脱句讹文，触目而是。授经间有諟正，未尽祛疑。旋从吴伯宛索得石印本，用疏举若干条，质之况蕙风，细意钩撢，复多创获，爰稽同异，胪识如右。其为词，朴拙可喜，洵倚声中椎轮大辂，且为中土千余年未睹之秘籍。亟付椠人，以冠吾书，以饷同嗜。倘《倾杯乐》诸佚调，得旦暮遇之，俾斯集复成完帙益幸矣。

在《梦窗词跋》里，朱祖谋考证了吴文英词集的版本，介绍了研究《梦窗词》的经过，尤其可贵的是表述了对《梦窗词》艺术的深刻认识。跋云：

梦窗词毛氏汲古阁刻甲乙丙丁稿外，传椠极少。此旧抄本不分卷，明万历中太原张廷璋藏，今归嘉兴张氏涵芬楼，疑即子晋所称“或云梦窗词一卷”者也。通卷分调类次，略同甲乙稿而小有出入，汰去误入他人之作，凡得二百五十六首，视毛抄少六十八首，标注宫调者六十有四，为从来著录家所未载，则沉翳也久矣。君特（吴文英）以隽上之才，举博丽之典，审音拈韵，习谙古谐。考其为词也，沉邃缜密，脉络井井，缒幽抉潜，开径自行。学者匪造次所能陈其义趣。余治之二十年，一校于己亥，再勘于戊申，深鉴戈氏、杜氏肆为专辄之敝，一守半塘翁五例，不敢妄有窜乱，迷误方来。今遘是编，覆审曩刻，都凡订补毛刊二百余事，并调名亦有举正者。旧校疏记，兼为理董，依词散附，取便翻帑，质之声家，或无訾焉。比见郑正闇《群碧楼藏书目》，有张夫人学象手录吴梦窗词集一卷。夫人国初时从父拱瑞侨寓吴中，亦属籍太原，与廷璋同氏里而后之百年，所录或出一源。他日稽撰异同，倘犹有创获于是编之外者，当别为核录云。

这些跋语，为我们研究词学提供了非常重要的资料线索，而且可见朱祖谋治学的谨严态度，所以《彊村丛书》为治词学者之必读。

朱祖谋校辑词籍对词学的基本建设作出了巨大贡献。在他的影响和培育下，造就了许多现代词学家。他治词学的方法也被作为词学研究的优良传统而在现代词学中得到了发扬。

第十节　况周颐论词的创作

常州词派以寄托论词的主张尽管有明显的缺陷与谬误，但它在近代词学批评中却得到不断的修正和发展。周济、谭献、冯煦和陈廷焯等词学家都曾努力修正论词专主政治寄托的偏向，使常州词派的理论逐渐完善并为晚清大多数词学家所接受。常州词派的最后一位理论家当推况周颐，他关于词的创作与鉴赏的见解，在近世词学界影响很大。词学家龙榆生说："周颐实为近代词学一大批评家，发微阐幽，宣诸奥蕴。"[①] 夏

① 龙榆生：《清季四大词人》，收入《词学研究论文集》，上海古籍出版社1988年版。

承焘则认为："《蕙风词话》标举纤仄，堂庑不高。重拙指归，直欺人语。愚昔年即不以为然，而彊老（朱祖谋）推之，殊不可解。"又说，"况氏论词，时有腐论，如言守律者有至乐之境，初学词宜联句和韵，作咏物、咏事词须先选韵等是。"① 所以关于况周颐论词的系统以及对它的评价，应是词学界进一步探讨的问题。

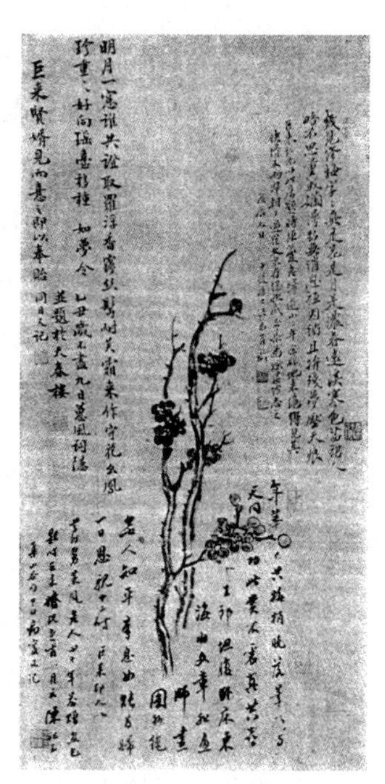

况周颐画红梅

况周颐，原名周仪，字夔笙，号蕙风；广西临桂人。生于清咸丰九年（1859）。十八岁充优贡生，于光绪五年（1879）中式乡试，遵例官内阁中书。光绪十四年（1888）至京都与同乡词家王鹏运探讨词学，自此专致于词。五年后南归，先后在两广总督张之洞和两江总督端方幕下。晚年寓居上海，鬻文为活，与朱祖谋切磋词学。"蕙风有芙蓉癖，濡染彊村，微灯双枕，抵掌剧谈，往往中夜"。② 于1926年去世，年六十八岁。况周颐以词学为专业，致力五十年。他自述学词经历云：

余自同治壬申癸酉间，即学填词，所作多性灵语，有

① 夏承焘：《天风阁学词日记》第433、23页，浙江古籍出版社1984年版。

② 张尔田：《词林新语》，《词学季刊》第1卷第3号，1933年版。

今日万不能道者，而尖艳之讥，在所不免。光绪己丑，薄游京师，与半塘（王鹏运）共晨夕。半塘词夙尚体格，于余词多所规诫，又以所刻宋元人词属为校雠。余自是得窥词学门径。所谓重、拙、大，所谓自然从追琢中出，积心领神会之，而体格为之一变。半塘亟奖藉之，而其它无责焉。夫声律与体格并重也，余词仅能平侧无误，或某调某句有一定之四声，昔人名作皆然，则亦仅守弗失而已，未能一声一字，剖析无遗，如方千里之和清真也。如是者二十余年。继与沤尹（朱祖谋）以词相切磨。沤尹守律綦严，余亦恍然向者之失，龂龂不敢自放；乃悉根据宋元旧谱，四声相依，一字不易。其得力于沤尹与得力于半塘同。人不可无良师友，不信然欤。

——徐珂《近词丛话》引

况周颐有词集九种，合刊为《第一生修梅花馆词》，后又删定为《蕙风词》一卷。著有《蕙风词话》五卷，唐圭璋又从况氏著作中辑出了《蕙风词话续编》二卷。况氏还编有《薇省词抄》十卷，《粤西词见》二卷；著有《阮庵笔记五种》。叶恭绰说："夔笙先生与幼遐（王鹏运）崛起天南，各树旗鼓。半塘气势宏阔，笼罩一切，蔚为词宗；蕙风则寄兴渊微，沉思独往，足称巨匠；各有真价，固无庸为之轩轾也。"（《广箧中词》卷二）因王鹏运与况周颐都是广西临桂（桂林）人，其论词作词均在词坛独树一帜，故又被称为"临桂派"。然而其词学却渊源于常州词派，实为常州派之绪余。

在学词的过程中，况周颐形成了个人的审美观念，也积累了丰富的创作经验，并在此基础上创立了其词学理论。《蕙风词话》是为指导作词和读词而著的。论词的创作是况周颐词学理论的重点。他继张惠言的寄托说、周济的“非寄托不入，专寄托不出”说、刘熙载的词品说和陈廷焯的沉郁说之后，提出了以“重、拙、大”论词的主张。他说：“作词有三要，曰重、拙、大。南渡诸贤不可及处在是。”所谓作词三要，即是创作原则，亦是创作的最高要求。关于这“三要”，况周颐并无明晰的论述，它们的性质如何，相互关系如何，均谈得较为含混。什么是“重”？他解释说：“重者，沈著之谓。在气格，不在字句”，“填词先求凝重，凝重中有神韵，去成就不远矣。”又说：“学词程序，先求妥帖、停匀，再求和雅、深秀，乃至精稳、沈著。精稳则能品矣。精稳之稳，与妥帖迥乎不同。沈著尤难于精稳。平昔求词词外，于性情得所养，于书卷观其通。优而游之，餍而饫之，积而流焉。所谓满心而发，肆口而成，掷地作金石声矣。情真理足，笔力能包举之。纯任自然，不假锤炼，则沈著二字之诠释也。”（《蕙风词话》卷一）这里“重”即“凝重”之意，表现为“沈著”，只要情真理足，纯任自然，便可达到沉着的高境。如果说情真理足，内容充实，便能给人以凝重沉着之感，这犹可理解；至于“沈著”与“自然”则应是两类不相干的概念了。况周颐对晏几道词鉴赏时说：

小山词《阮郎归》云：“天边金掌露成霜，云随雁字长。绿杯红袖趁重阳，人情似故乡。　兰佩紫，菊簪黄。殷勤理旧狂。欲将沉醉换悲凉，清歌莫断肠。”“绿杯”二句，意已厚矣。“殷勤理旧狂”，五字三层意：“狂”者，所谓一肚皮不合时宜，发见于外者也；狂已旧矣，而理之，而殷勤理之，其狂若有甚不得已者。“欲将沉醉换悲凉”是上句注脚。“清歌莫断肠”，仍含不尽之意。此词沈著厚重，得此结句，便觉竟体空灵。

这里“沈著厚重”是指作品的情感表现方式。况周颐论吴文英词之沉着说：

重者沈著之谓。在气格，不在字句。于梦窗词庶几见之。即其芬菲铿丽之作，中间隽句艳字，莫不有沉挚之思，灏瀚之气，挟之以流转。令人玩索而不能尽，则其中之所存者厚。沈著者，厚之发见乎外者也。欲学梦窗之致密，先学梦窗之沈著。即致密，即沉著。非出乎致密之外，超乎致密之上，别有沈著之一境也。

——《蕙风词话》卷二

这段评论中明言“沈著”是个人情感的深厚的表现；但是将“沈著”与“致密”联系或等同则是一种混淆。因为“致密”是一种作词的技法，与情感的深厚是无关系的。由此可见：“重”即“凝重”或“厚重”之意，实为主体一种深厚的情感，它表现为“沈著”的情感方式。但“沈著”与作品表现的“自然”、“空灵”、或“致密”无关。

什么是“拙”？王鹏运曾说：“宋人拙处不可及，国初诸老拙处亦不可及。”（《蕙风词话》卷一引）“拙”本是贬义词，而这里却被认为是前人词之优长所在。况氏很赞成王鹏运之说，但对“拙”并无正面的解释。他在谈到周邦彦词时说：

> 元人沈伯时作《乐府指迷》，于清真词推许甚至。唯以“天便教人，霎时厮见何妨”，“梦魂凝想鸳侣”等句为不可学，则非真能知词者也。清真又有句云：“多少暗愁密意，唯有天知”，“最苦梦魂，今宵不到伊行”，“拼今生对花对酒，为伊泪落”。此等语愈朴愈厚，愈厚愈雅，至真之情，由性灵肺腑中流出，不妨说尽而愈无尽。

这里“朴”是“拙”的近义词，而且与“厚”之义相联系，当即“拙”之意了。又在评李肩吾《抛毬乐》云：“其不失之纤艳者，以其尚近质拙也。”（《蕙风词话》卷二）由此可知，“拙”即“质拙”或“质朴”之意，与纤细、雕饰是相对立的概念。

什么是“大”？况周颐也无解释。只在其论元好问词时说：

> 元遗山以丝竹中年，遭遇国变，崔立采望，勒授要职，非其意指。卒以抗节不仕，憔悴南冠二十余稔。神州陆沉之痛，铜驼荆棘之伤，往往寄托于词。《鹧鸪天》三十七阕，泰半晚年手笔。其《赋隆德故宫》及《宫体》八首、《妾薄命辞》诸作，蕃艳其外，醇至其内，极往复低徊、掩折零乱之致。而其苦衷之万不得已，大都流露于不自知。此等词宋名家如辛稼轩固尝有之，而犹不能若是其多也。遗山之词，亦浑雅，亦博大；有骨干，有气象。
>
> ——《蕙风词话》卷三

这里的“博大”当即“大”，指气象或意象。令人难解的是，况周颐谈艳情词时说：“《花间集》欧阳炯《浣溪沙》云：‘兰麝细香闻喘息，绮罗纤缕见肌肤，此时还恨薄情无。’自有艳词以来殆莫艳于此矣。半塘僧鹜曰：‘奚翅艳而已，直是大且重。’苟无《花间》词笔，孰敢为斯语者。”（《蕙风词话》卷二）他完全同意王鹏运对此词的评价。但欧词之“大且重”绝非谓其气象之博大和情感之沉着，而只能是其写艳情之大胆与真实。如果认为欧词是有寄托的，可惜况氏与王氏并未发现。由此看来，“大”的概念是更加模糊了。

关于“重、拙、大”三者之间的关系，况周颐曾注意到它们相互的联系与统一的美学效应。他说：“哀感顽艳，‘顽’字云何诠？释曰：拙不可及，融重与大于拙中，郁勃久之，有不得已者出乎其中而不自知，乃至不可解，其殆庶几乎！犹有一言蔽之，若赤子之啼笑然，看似至易，而实至难者也。”（《蕙风词话》卷五）“哀感顽艳”本是古语，见三国时繁钦《与魏文帝笺》，原指辞旨凄恻，使顽钝美好之人皆为感动。后世评艳情作品亦用此语，意为哀艳动人，“顽”则有执着热烈之意。况周颐以为“顽”如婴孩的啼笑一般，出自天然之情，其真实自然便是朴拙，而大与重也在其中了。这样便是以朴拙自然为艺术高境了，而且是重、拙、大之统一了。但是他又说：“词有穆之一境，静而兼厚、重、大也。淡而穆不易，浓而穆更难。知此可读《花间集》。”（《蕙风词话》卷二）这又从另一艺术境界来谈厚、重、大的统一了。这样，因为重、拙、大本身概念的含糊，加上理论出发点的随意转换，况周颐的论词标准便是难以定性的随意变化的东西了。

重、拙、大的对立面是轻、巧、小。况周颐以重、拙、大论词其目的在于反对词坛上轻、巧、小的颓风，正与常州词派反对淫词、鄙词和游词的主张一致，希望以此来改变词体的体性，达到尊崇词体。词体与诗体在体性上的区别，就是词体具有轻、巧、小的特点，所以被称为“小道”，这自有其历史文化的根据。如果改变了词的体性，词体也就消亡了。尽管况周颐以重、拙、大论词，其自己的创作却没有做到。所以近世词学家夏敬观说：“虽其所作之词，亦不能尽符其论词之旨。”他还指出，所谓重、拙、大，乃是“作诗之法”，“概论南宋，则纤巧多于北宋。况氏言南渡诸贤不可及处在是，稍欠分别”。[①] 有词学家认为“重、拙、大”是词的境界，有的则认为是风格，这都由于况氏自己论述的混乱所造成的分歧。“重、拙、大”应是三个审美感，它们结合起来构成一种审美观念。况周颐在其词的创作实践中以之概括了美感经验，但他的认识仅仅停留在知性的阶段，因而其观念带有直觉的成分，不是很明确的，也缺乏逻辑系统。这个理论的特点，也非常明显地表现在况周颐关于词心、词径、词笔、词境等创作过程的论述。

关于“词心”，况周颐以为它是作词的本源。在现实生活中有了强烈的感受，迫切地想表现出来，于是将这种感受加以酝酿孕育，形成创作的意识，便是词心。他说：

> 吾听风雨，吾览江山，常觉风雨江山外有万不得已者在。此万不得已者，即词心也。而能以吾言写吾心，即吾词也。此万不得已者，由吾心酝酿而出，即吾词之真也，非可强为，亦无庸强求，视吾心之酝酿如何耳。
>
> ——《蕙风词话》卷一

① 夏敬观：《蕙风词话诠评》。《词话丛编》第4585页。

这非常强调创作主体思想情感的真实和自然，纯粹将词体作为抒写个人情性的工具，摆脱了张惠言等引入的儒家政治教化观念。况周颐很重视主体感受的孕育，他说："心游万仞，卷之则退藏于密。此心固吾所有，善葆之而为吾用，乃至并无用之迹，则近道矣。"[1] 他将"心"与"词心"加以区别，以为只有心的感受经过保存和处理之后，甚至融化无迹，这才是词心。对词心品质要求在于真诚，他说："真字之词骨。情真，景真，所作为佳，且易脱稿。"这样自然不会产生游词和鄙词，也易于使作品符合厚重和朴拙的要求。词心说是与常州词派所主张的以寄托论词相矛盾的：因为张惠言强调抒写的是"贤人君子"，"兴于微言"，达于"变风之义"的情；而况周颐则以为作词乃"吾言写吾心"而且不加矫饰。况氏并未回避这个矛盾，他表述了对寄托说的见解。他同意张惠言"意内言外谓之词"的说法，却从"音内言外"来重新说明词的体性特点：

> 意内言外，词家之恒言也。《韵会举要》引《说文》作"音内言外"，当是所见宋本如是。以训诗词之词，于谊殊优。凡物在内者恒先，在外者恒后。词必先有调，而后以词填之。调即音也。亦有自度腔者，先随意为长短句，后协以律。然律不外正宫、侧商等名，则亦先有而在内者也。凡人闻歌词，接于耳，即知其言。至其调或宫或商，则必审辨而始知。是其在内之徵也。
>
> ——《蕙风词话》卷四

① 转引自赵尊岳：《蕙风词话跋》。

这样的解释实际上是反对张惠言将词体作为儒家政治教化的工具。况氏虽然也主张“词贵有寄托”，却作了新的解释。他说：

> 词贵有寄托。所贵者流露于不自知，触发于弗克自已。身世之感，通于性灵，即性灵，即寄托，非二物相比附也。横亘一寄托于搦管之先，此物此志，千首一律，则是门面语耳，略无变化之陈言耳。于无变化中求变化，而其所谓寄托，乃益非真。
>
> ——《蕙风词话》卷五

这是以为将身世之感以个人的性灵表现出来便是寄托了，不必要仿照古代美人香草的比兴之义。尤其对那种缘比兴之义的牵强附会的做法给予了批评，指出它失去了创作的自然和真实，因而毫无创新的意义。况氏所理解的寄托，已超越了寄托的本义，较接近于创作的真实，表现了主体意识的自由。

关于“词径”，这是清代词学家们最关心的，因为取径不同而产生种种门户偏见。况周颐也很重视学词的途径，对此他深有体会：

> 作词至于成就，良非易言。即成就之中，亦犹有辨。其或绝少襟抱，无当高格，而又自满足，不善变。不知门径之非，何论堂奥。然而从事于斯，历年多，功候到，成就其所成就，不得谓非专家。凡成就者，非必较优于未成就者。若纳兰容若，未成就者也。年龄限之矣。若厉太鸿，何止成就而已，且浙派之先河矣。

词径的选择竟关系到成就的高低大小。清代词学家谈学词途径是指如何有选择地学习前代词家作品。况氏谈读词之法云：

> 读词之法，取前人名句意境绝佳者，将此意境，缔构于吾想望中。然后澄思渺虑，以吾身入乎其中，而涵泳玩索之。吾性灵与相浃而俱化，乃真实为吾有，而外物不能夺。三十年以前，以此法为日课，养成不入时之性情，不遑恤也。

读前人词去体会其意境是必要的，若脱离现实社会生活去与古人的性灵情感融化或共鸣，则是一条错误的创作道路。这反映了辛亥革命之后封建文人的没落情绪与恋旧情绪，缺乏面对现实的勇气。在具体途径方面，况周颐是反对学唐五代词和明以后词的。他以为五代词“即能沉至，只在词中；艳而有骨，只是艳骨。学之能造其域，未为斯道增重”，而“明以后词，纤庸少骨”，更不宜学了。他主张学词应以两宋为指归：

> 两宋人词，宜多读多看，潜心体会。某家某某等处，或当学，或不当学，默识吾心目中。尤必印证于良师友，庶收取精用闳之益。洎乎功力既深，渐近成就，自视所作于宋词近谁氏，取其全帙研贯而折衷之，如临镜然。一肌一容，宜淡宜浓，一经侔色揣称，灼然于彼之所长、吾之所短安在，因而知变化之所当亟。善变化者，非墨守一家之言。思游乎其中，精骛乎其外，得其助而不为所囿，斯为得之。当其致力之初，门径诚不可误。然必择定一家，奉为金科玉律，亦步亦趋，不敢稍有逾越。填词智者之

事，而顾认筌执象若是乎。吾有吾之性情，吾有吾之襟抱，与夫聪明才力。欲得人之似，先失己之真，得其似矣，即已落斯人后，吾词格不稍降乎。

——《蕙风词话》卷一

这与许多词学家独标举一二家或数家词为学词途径，就要广阔多了，而且也无南北宋畛域的界限，因而较少偏见。况氏反对亦步亦趋的学习方法，重视形成个人的独创风格，表现个人的襟抱与性情；这应是取径的最终目的。

关于“词笔”，况周颐反对过于真率和雕琢，以为“词笔固不宜直率，尤切忌刻意为曲折”；“词过经意，其蔽也斧琢；过不经意，其蔽也斧琢”；“词太做，嫌琢；太不做，嫌率。欲求恰如分际，此中消息，正复难言。但看梦窗何尝琢，稼轩何尝率，可以悟矣”。词意的深浅不在于直率或雕琢。他劝诫初学者说：“凡人学词，功候有浅深，即浅亦非疵，功力未到而已。不安于浅而致饰焉，不恤颦眉龋齿，楚楚作态，乃是大疵，最宜切忌。”所谓词笔，即是作词时运用技巧的原则，主要是字法、句法及句群的问题。他主张造句要自然新颖，以为：“填词之难，造句要自然，又要未经前人说过。自唐五代以还，名作如林，那有天然好语留待我辈驱遣。必欲得之，其道有二：曰性灵流露，曰书卷酝酿。”（《蕙风词话》卷一）他很赞同宋人葛立方所说：“大抵欲造平淡，当自组丽中来……李白云‘清水出芙蓉，天然去雕饰’。平淡而到天然处，则善矣。”（《韵语阳秋》卷一）况氏以为：“此论精微，可通于词。欲造平淡，当自组丽中来，即倚声家言自然从追琢中出也。”（《蕙风词话续编》卷一）这是将我国文论中“天然”与“雕饰”关系的原则引入词论，这无疑是很正确的见解。

关于词境，况周颐分为作词的环境与词的艺术境界两种。他谈作词的环境说：

> 人静垂帘，灯昏香直。窗外芙蓉残叶，飒飒作秋声，与砌鼎相和答。据梧瞑坐，湛怀息机。每一念起，辄设理想排遣之。乃至万缘俱寂，吾心忽莹然开朗如满月，肌骨清凉，不知斯世何世也。斯时若有无端哀怨，枨触于万不得已，即而察之，一切境象全失，唯有小窗虚幌，笔床砚匣，一一在吾目前。此词境也。三十年前，或月一至焉。今不可复得矣。
>
> ——《蕙风词话》卷一

如果这是况周颐作词时的某个环境，或某一段时期的环境则是可以理解的，但却不能概括一般的作词环境。古今词人的生活环境差异极大，同时代的词人如晏殊与柳永、张元幹与李清照他们的写作环境也有很大的不同，这并不妨碍他们写出好的作品。当然，创作灵感的产生是与现实保持着一段距离的，但因灵感往往由偶然的触发而产生，则触发的条件是不能永远相同的。况氏所说的写词环境，纯是一种文人为作词而作词的环境，缺乏真正的热情与冲动，写出来的东西即使艺术表现技巧十分圆熟而也会是无生命的。所以况氏此说是会引人误入歧途的。

词的艺术境界的形成，其原因是多方面的，主要由于主体的襟抱、性情和艺术修养等因素决定。况周颐以为：“填词要天资，要学力。平日之阅历，目前之境界，亦与有关系。无词境，即无词心。矫揉而强为之，非合作也。境之穷达，天也，无可如何者也。雅俗，人也，可择而处也。”（《蕙风词话》卷一）这将作品的艺术境界看作是作品的灵魂，如果作品没有艺术境界即是没有主体意识。个人的境遇是不能选择的，但艺术境界的雅与俗则是可以选择的。当然，况氏是主张雅的审美趣味的。境界是有层次的，体现了主体的审美理想和审美趣味所达到的审美阶段。况周颐说：“词境宜知渐进也。吾于斯道深造乎是，即有力乎是，必先能浑成，然后有以自立。曰高、曰邃、曰静、曰深，其造极者曰穆，要非浑成以后未易遽言也。”① 他以为词的创作首先要求浑成，然后才能形成独创风格；词的境界是渐进的，有高、邃、静、深、穆等层次。他解释说：“词境以深静为主。韩持国（维）《胡捣练令》过拍云：‘燕子归去春悄，帘幕垂清晓。’境至静矣，而此中有人，如隔蓬山。思之思之，遂由浅而见深。盖写景与言情，非二事也。善言情者，但写景而情在其中。此等境界，唯北宋人词往往有之。”最高的境界是穆，他说：“词有穆之一境，静而兼厚、重、大也。”（《蕙风词话》卷二）在最高的境界里是实现了况氏所追求的艺术理想。这些种种境界也只是体现了况氏个人的审美追求，与其所谈的作词环境相一致，以深静为至，以穆为极。这些特殊的境界是绝不能作为创作和鉴赏的审美价值判断标准的。况氏提出的境界是有其特殊文化背景的。

况周颐关于词的创作曾作了艰苦的探索。他系统地总结了作词的基本要求，主体创作意识的形成，学词的途径，作词的技巧和创作的艺术境界等方面的经验。其创作论在词学史上是

---

① 转引自赵尊岳：《蕙风词话跋》。

较为完整和详明的，它既汲取了前人的创作经验，也融会了个人的心得体会，非常有特色。况氏的创作论很注重主体意识的作用，所以特别强调主体的情性、襟抱、阅历、修养在创作中的决定性作用；也强调作品的真实和自然，主张“吾言写吾心即吾词”，因而极力追求个人艺术风格。这些见解都是很深刻的，使我们能较完整和深入地认识词的创作过程。况氏的创作论具有明显的知性认识的特点，因而所提出的论词标准、表现方法及风格特征等诸多观念都具经验性，其认识仅停留在知性的阶段，缺乏理性的认识，以致其观念较为含混，理论的个人经验成分太重而失去普遍的效应。所以近世词学家夏敬观和夏承焘都对之有批评与辨正。

《蕙风词话》成于况周颐的晚年，当时辛亥革命之后，我国已在酝酿并进行新文化运动了。因为况周颐本人是晚清四大词人之一，其词论基本上是关于词的创作论，目的在于具体地指导学词者的方法和途径。尽管他的创作论很有助于人们填词，但这毕竟是劝喻人们去学习一种古典文学的样式，是完全与新文化运动的潮流相违背的。这是我们读《蕙风词话》时不应忽略的。

第十一节　王国维建立词学理论体系的尝试及其意义

王国维，字伯隅，号静安。浙江海宁人。光绪三年（1877）生。以诸生留学日本。早年研究哲学、词学和戏曲，晚年力攻经学和史学，主讲清华大学研究院。1927 年自沉北京昆明湖以卒，年仅五十岁。《观堂集林》为其手定稿，其遗著汇刊为《王国维遗书》，有《观堂长短句》和《人间词话》。

王国维像

中国近代维新思潮兴起之后，大大加速了西学东渐的进程。王国维的青年时代在维新思潮的鼓舞下自觉地吸收了近代西方的文化科学和哲学思想，对当时学术界的新变化特别地敏感。他于1905年分析学术界的形势说："十年以前西洋学术之输入，限于形而下学之方面，故虽有新学新语于文学上，尚未有显著之影响也。数年以来，形上之学渐入于中国；而又有一日本焉，为之中间之驿骑，于是日本所选译西语之汉文，以混混之势而侵入我国之文学界。"①当时许多先进的知识分子已不满足于西方自然科学——包括达尔文的进化论的介绍，西方哲学正以迅猛之势输入我国，"一时学海波涛沸渭"。这对旧学发起了巨大的冲击，展开了中学与西学之争。王国维是一位喜欢追逐学术新潮的学者，他在稍后对此争论发表了非常深刻的总结性的意见，以为：

世界学问不出科学、史学、文学。故中国之学，西国类皆有之；西国之学，我国亦类皆有之。所异者，广狭疏

① 王国维：《论新学语之输入》，《静庵文集》，《王国维遗书》第五册，上海古籍书店1983年影印版。

密耳。即从俗说而姑存中学西学之名，则夫虑西学之盛之妨中学，与虑中学之盛之妨西学者，均不根之说也。中国今日实无学之患，而非中学西学偏重之患……余谓中西二学，盛则俱盛，衰则俱衰。风气既开，互相推助。[①]

王国维是主张中西化合，互相推助的，所以能从世界文化的高度上来看待中西学之争。他自 1901 年二十五岁时开始研究西方哲学，对德国康德主义哲学最有兴趣，成为叔本华哲学在我国的第一个宣传者。从康德经叔本华至尼采，是欧洲哲学史上先验论向唯意志论发展的必然。王国维认为，“叔氏始由汗德（康德）之知识论出而建设形而上学，复兴美学、伦理学以完全之系统。然则视叔氏为汗德之后继者，宁视汗德为叔氏之前驱者为妥也”[②]，而“尼采之学说全本于叔氏”。[③] 这就是三家哲学的渊源关系。王国维深受这三家哲学的影响，同时他涉猎了德国的海德尔巴德、黑格尔、马赫、番希奈尔、海尔德曼、巴尔善、文德尔班，英国的休谟、巴克莱等的哲学和伦理学著作。他还翻译和讲授了丹麦海定甫的《心理学》、日本矶谷倖次郎的《法学通论》、耶方斯的《辨学》（论理学）等。王国维与晚清许多学者相比较，无论学术思想和研究方法都先进得多，是新观念和新方法的代表者。他曾努力希望成为一位哲学

① 王国维：《国学丛刊序》（1911 年作），《观堂别集》卷四，《王国维遗书》第四册，上海古籍书店 1983 年影印版。

② 王国维：《叔本华之哲学及其教育学说》（1904 年作），《静庵文集》，《王国维遗书》第五册，上海古籍书店 1983 年影印版。

③ 王国维：《叔本华与尼采》（1904 年作），《静庵文集》，《王国维遗书》第五册，上海古籍书店 1983 年影印版。

家，1905年结集刊行的《静庵文集》，其中关于中国哲学、西方哲学和教育学的论述都体现了很高的哲学水平。但他于1907年三十岁时，忽然在学术道路上发生了一个转折：从哲学转向文学。

王国维可能在哲学研究中处于一种困境。他经过自我剖析而感到："余之性质，欲为哲学家，则感情苦多而知力苦寡；欲为诗人，则又苦感情寡而理想多。诗歌乎，哲学乎？他日以何者终吾身，所不敢知，抑在二者之间乎？"从才性的特点来考虑，他对研究哲学失去了信心，彷徨于哲学与文学之间。他之所以最后选择了研究文学的道路，还在于其自我的精神危机。这时正是辛亥革命的前夕，新旧制度变革之际，社会动乱不安，给王国维带来政治上的苦闷情绪，而尼采的悲观主义人生观也给予其消极的影响；因而他希望在文学中求得精神的慰藉。他说："近日之嗜好，所以由哲学而移于文学，而欲于其中求直接之慰藉者也。"显然，康德和叔本华的哲学并不能使他认识宇宙人生的真理，他痛苦而失望了。自1904年，王国维即开始作词以自慰，其《人间词甲稿》刊行于1906年，《人间词乙稿》刊行于1907年。作词的成功是他由哲学转向文学的契机。他说："近年嗜好之移于文学亦有由焉，则填词之成功是也。余之于词，虽所作尚不及百阕，然自南宋以后，除一二人外，尚未有能及余者，则平日之所自信也。虽比之五代北宋之大词人，余愧有所不如，然此等词人，亦未始无不及余之处。"[①] 他对自家词的评价甚高，没有清楚地见到词体是一种过

① 王国维：《静庵文集续编自序》，《王国维遗书》第五册，上海古籍书店1983年影印版。

了时的古典文学样式，但在作词时却得到了情感的慰藉，并促使他转向了词学研究。

自转到词学研究后，王国维于1908年完成了《唐五代二十一家词辑》，其《人间词话》从此年开始在《国粹学报》分三期连载；1909年完成了《校补南唐二主词跋》《跋蜕岸词》《跋赤城词》《唐宋大曲考》；1910年完成《清真先生遗事》；1911年完成了《片玉词跋》《桂翁词跋》《花间集跋》《尊前集跋》《草堂诗余跋》；1913年完成了《书〈宋旧宫人诗词〉〈湖山类稿〉〈水云集〉后》。此外的一些词学论文也完成于这一时期，后来他又转到其他的学术领域去，便未再研究词学了。

这数年之间的词学研究，在王国维整个的学术事业中仅仅是一个小的组成部分，但这位我国近代杰出的大学者以其卓绝的才识和先进的方法给词学带来了新的生机，在词学界产生了深广的影响，其影响甚至大大超越了词学自身的范围。王国维是从哲学研究转到词学的，于是非常顺利地将其所接受的西方哲学与美学观点，以及西方近代的科学方法带入了这门传统的古老的学科，使近代词学终于赋有了近代的学术特色。1934年陈寅恪在《王静安先生遗书序》里总结了王国维治学的内容与方法，其中以为“取外来之观念与固有之材料互相参证”，是其文艺批评及文学研究取得重大成就的原因。[①] 这在其词学研究中表现得尤为明显。他是第一个在词学里引入了新的观念与方法，为建立词学理论的新的体系做出了贡献。

词体在中国文学史上的地位是较为特殊的，长期以来人们将它视为“小道”，列为“艳科”，被排斥于正统文学之外。清

① 《王国维遗书》第一册卷首，上海古籍书店1983年影印版。

代初年词学出现复兴之势，浙西词派以“醇雅”论词；康熙皇帝以为词体“于古者依永和声之道，间有合也”。近代常州词派以寄托论词，发起了尊体运动。所谓尊体，主要是从传统的政治教化观念来发掘词体的社会意义，以为它合于儒家的诗教，故应受到尊重。显然这种认识比宋人进了一步，而实质上却远离了文学的本位并歪曲了词的体性特点。只有持文学是一个民族的文化精神的表现的观点来看待词体，才可能认识词的真正价值。尼采曾说：“一个民族的价值，仅仅取决于它能在多大程度上给自己的经历打上永恒的印记，因为借此它才仿佛超凡脱俗，显示了它对时间的相对性，对生命的真正意义。”① 王国维汲取了尼采的观点，在 1906 年作的《文学小言》里说：“民族文化之发达，非达一定之程度，则不能有文学。”他相信只有真正的文学才能代表某个时期的民族精神：“故文律的文学之不足为真文学也，与餔餟的文学同古代文学之所以有不朽之价值者，岂不以无名之见者存乎？至文学之名起，于是有因之以为名者，而真文学乃复托于不重于世之文体以自见，逮此体流行之后，则又为虚车矣。”② 他重视民间文学的价值，因而也重视民间文学样式的价值；以为在文人文学发展起来之后，真正的文学仅见于“不重于世之文体”——这当然是指词、戏曲、小说等了。1912 年，王国维在《宋元戏曲考自序》里形成了时代文学的观念。他说：“凡一代有一代之文学：楚之骚，汉之赋，六代之骈语，唐之诗，宋之词，元之曲，皆所谓一代

---

① ［德］尼采：《悲剧的诞生——尼采美学文选》第 102 页，周国平译，三联书店 1986 年版。

② 王国维：《文学小言》，《静庵文集》，《王国维遗书》第五册，上海古籍书店 1983 年影印版。

之文学，而后世莫能继焉者也。”[1] 从中国文学发展过程来观照宋词，并视之为一个时代文学的代表者，这样的认识比常州词派进步多了，体现了外来观念影响下的一种新的文学观念，在词学史上是具有革命意义的。

王国维的重要词学理论批评著作《人间词话》之所以在近世词学和文学理论批评界产生很大的影响，是在于其中引入了新的观念，建立了从艺术本质、创作方法到文学批评的理论体系，实现了其中西学化合的理想。《人间词话》虽然以传统的旧形式表达，而却孕育了一个新的理论体系，根本改变了固有词话“助闲谈”、“资考证”的性质。这个理论体系的核心是外来观念与我国文学固有材料之参证而形成的境界说。

康德的美学著作《判断力批判》是王国维曾深入研究过的。康德认真地探索过艺术的本质，他发现：

> 有某些艺术产品，人们期待它们表示自己为美的艺术，至少有部分如此，而它们没有精神，尽管人们就鉴赏来说，在它们上面指不出毛病来。一首诗可以很可喜和优雅，但它没有精神。一个故事很精确和整齐，但没有精神。一个庄严的演说是深刻又修饰，但没有精神。有一些谈笑并不缺乏趣味，但没有精神。甚至于我们可以说某一女人是俊俏，健谈，规矩，但没有精神。[2]

① 王国维：《观堂别集》卷四，《王国维遗书》第四册，上海古籍书店 1983 年影印版。

② ［德］康德：《判断力批判》上卷第 159 页，宗白华译，商务印书馆 1985 年版。

艺术作品应该具有什么样的精神，这是曾使我国古代文论家最为困惑的，他们也试图来解决，于是有气质说、兴趣说、神韵说等等。王国维认为他提出的境界说才是探本之论。他说："言气质，言神韵，不如言境界。有境界，本也；气质、神韵，末也。"又说："沧浪（严羽）所谓兴趣，阮亭（王士祯）所谓神韵，犹不过道其面目，不若鄙人拈出'境界'二字，为探其本也。"① 王国维境界说的形成是有一个过程的。他在1906年发表的《文学小言》中谈到：

> 古今之成大事业大学问者，不可不历三种之阶级："昨夜西风凋碧树，独上高楼，望尽天涯路。"此第一阶级也；"衣带渐宽终不悔，为伊消得人憔悴。"此第二阶级也；"众里寻他千百度，蓦然回首，那人却在灯火阑珊处。"此第三阶级也。未有不阅第一、第二阶级而能遽跻第三阶级者。文学亦然。此有文学上之天才者所以又需莫大之修养也。

这段文字后来收入《人间词话》时作了文字上的一些改动，其中凡"阶级"一律改为"境界"。1907年10月的《人间词乙稿序》里提出了"意境"的概念。王国维说："文学之事，其内足以摅己，而外足以感人者，意与境二者而已。上焉者意与境浑，其次或以境胜，或以意胜。苟缺其一，不足以言文学。原

---

① 以下所引《人间词话》及《人间词话删稿》均见《词话丛编》第五册，中华书局1986年版。

夫文学之所以有意境者，以其能观也。”[①]“境界”稍晚始见于《人间词话》。在《国粹学报》发表的六十四则词话中，用“境界”达十三次，而多简称“境”，用“意境”仅有一次。[②]可见，“阶级”、“意境”、“境界”三者有联系，有区别，不应混同。“境界”本是佛家语，是“妙智游履”所达到的阶段或阶级，它是有层次性的。“意境”是我国古代文论中的概念，指主体的意与客观之境的结合。清初词学家刘体仁曾用“境界”一语，他说：“词中境界，有非诗可能至者，体限之也。”（《七颂堂词绎》）王国维借用佛家的“境界”以说明文学精神或本质，赋予了它以新的意义；然而其美学思想实际上是受了西方美学思想启发的。

康德从其先验哲学出发，认为审美活动中存在一个先验的原型。他说：

> 最高的范本，鉴赏的原型，只是一个观念，这必须每人在自己的内心里产生出来，而一切鉴赏的对象，一切鉴赏判断范例，以及每个人的鉴赏，都必须依照着它来评定的。[③]

叔本华从其唯意志论出发，以为：“文艺的宗旨也在于揭示理念——意志客体化的各级别——并且是以诗人心灵用以把握理

① 《人间词乙稿序》，《王国维遗书》第五册，上海古籍书店 1983 年影印版。

② 参见萧艾：《王国维评传》第 68 页，浙江文艺出版社 1983 年版。

③ ［德］康德：《判断力批判》上卷第 70 页，宗白华译，商务印书馆 1985 年版。

念的明确性和生动性把它们传于读者。”[①] 他所理解的文艺的最高范本与鉴赏原型是“意志客体化的各级别”。他承认这是来自康德的“自在之物”和柏拉图的“理念”，并且以“意志”将它们统一起来。叔本华说：

在我们看来，意志既然是自在之物，而理念又是那意志在一定级别上的直接客体性；那么，我们就发现康德的自在之物和柏拉图的理念——对于他理念是唯一“真正的存在”，西方两位最伟大的哲人的两大晦涩的思想结果虽不是等同的，却是很接近的，并且仅仅是由于一个唯一的规定才能加以区别。[②]

这里有两点很值得注意，即第一，审美鉴赏、文艺范本和文艺批评根据的原型是人们的一个观念，这个观念是先验性的；第二，这个观念是有各级别的。王国维翻译了叔本华《作为意志和表象的世界》英译本第三册第二〇二页的一段论述：

人之观物之浅深，明暗之度不一，故诗人之阶级亦不一。当其描写所观也，人人殆自以为握灵蛇之珠，抱荆山之玉矣。何则？彼于大诗人之诗中不见其所描写者或逾于自己，非大诗人之诗之果然也。彼之肉眼之所及，实止于此。故其观美术也，亦如其观自然，不能越此一步也。惟

① ［德］叔本华：《作为意志和表象的世界》第 336 页，石冲白译，商务印书馆 1982 年版。

② ［德］叔本华：《作为意志和表象的世界》第 293 页，石冲白译，商务印书馆 1982 年版。

大诗人，见他人之见解之肤浅，而外此者尚多描写之余地，始知己能见人之所不能见，而言人之所不能言。①

这段论述旨在说明大诗人描写的客观事物，常人也能见到或达到的，然而他却能发现更为深刻的东西；主体观物的程度也是诗人艺术认识级别区分的根据。王国维因此曾将境界分为常人的境界与诗人的境界，认为诗人的境界中又有深浅之分，而读者由此也有深浅等不同程度的感受。他说：

夫境界之呈于吾心而现于外物者，皆须臾之物。惟诗人能以此须臾之物，镌诸不朽之文字，使读者自得之，遂觉诗人之言，字字为我心中所欲言，而又非我所能言，此大诗人之秘妙也。境界有二：有诗人之境界，有常人之境界。诗人之境界惟诗人能感之而能写之。故读其诗者亦高举远慕，有遗世之意，而亦有得有不得，且得之者亦各有深浅焉。②

这是完全移植了叔本华的理论，将观念有级别或层次的特点表述得较为清楚了。由此我们不难发现王国维的境界说所受叔本华的启发：境界是文学批评与艺术鉴赏的原型或范本，“词以境界为最上，有境界则自成高格，自成名句”；当主体通过现象表现为深刻的意义，即“能写真景物、真感情者，谓之有境

① 王国维：《叔本华与尼采》（1904年作），《静庵文集》，《王国维遗书》第五册，上海古籍书店1983年影印版。

② 王国维：《清真先生遗事》，《王国维遗书》第十一册，上海古籍书店1983年影印版。

界”；境界是主体在艺术创作中对客体认识达到的较高的程度，通常“古今成大事业、大学问者，必经过三种之境界”，文艺的美学境界也同样有这三种级别。“境界”这个传统的词语是我国学术界所熟悉的，王国维将它作为审美的范畴也非常切合我国民族文化心理和审美观念的，因而能解释我国文艺中颇为特殊的现象，确为诗词的探本之论。他受到外来观念的启发而尤重我国文化的特殊性，其境界说不仅在词学史上而且在文学批评史上都比前人之说更为新颖、深刻和适用，它是中西学化合的典范。

从主体观察客体的倾向和主体的创作方式，王国维将境界分为“造境”与“写境”。主观之诗人，注重抒情，是理想家，在文学上属于理想派；客观之诗人，长于描写，是写实家，属于写实派。他认为：“客观之诗人，不可不多阅世。阅世愈深，则材料愈丰富，愈变化，《水浒传》《红楼梦》之作者是也。主观之诗人，不必多阅世。阅世愈浅，则性情愈真，李后主是也。”这即是“写境”与“造境”之别。但是王国维也见到二者之间的联系：“二者颇难分别，因大诗人所造之境，必合乎自然，所写之境，亦必邻于理想故也。”（《人间词话》）王国维在这些论述里引入了大量的经日本转译来的西方新名词术语，如“主观之诗人”、“客观之诗人”、“理想”、“写实”、“理想家”、“写实家”、“理想与写实二派”等。确如他所说：“言语者，思想之代表也。故新思想之输入，即新言语之输入之意味也。”[①] 他在《人间词话》里随着新词语的输入，也输入了新的

① 王国维：《论新学语之输入》，《静庵文集》，《王国维遗书》第五册，上海古籍书店1983年影印版。

西方美学思想。“主观之诗人”与“客观之诗人”的区分，在西方文学里已是普遍的观念。如瑞士心理学家荣格说：“我们知道，席勒试图用‘感伤的’和‘素朴的’概念来对艺术作品和创作方式进行分类，心理学家将把‘感伤的’艺术称为‘内倾的’艺术，而把‘素朴的’艺术称为‘外倾的’艺术。内倾态度的特征是主体对反客观要求的自觉意图和目的的主观主张；外倾态度的特征则是主体对作用于它的客观要求的主观服从。”① 王国维则是接受了叔本华关于诗人创作方式的意见。叔本华认为：

> 表出人的理念，这是诗人的职责。不过他有两种方式来尽他的职责。一种方式是被描写的人同时也就是进行描写的人。在抒情诗里，在正规的歌咏诗里就是这样。在这儿，赋诗者只是生动地观察、描写他自己的情况。这时，由于题材〔的关系〕，所以这样诗体少不了一定的主观性。再一种方式是待描写的完全不同于进行描写的人，譬如在其他诗体中就是这样。这时，进行描写的人是或多或少地隐藏在被写出的东西之后的，最后则完全看不见了。②

这应是王国维的理论根据，但是他不再强调文体差异的因素，而是以为在诗词里都可以有主观的与客观的或理想的与写实的创作方式。

---

① ［瑞士］荣格：《心理学与文学》第112页，三联书店1987年版。

② ［德］叔本华：《作为意志和表象的世界》第344页，石冲白译，商务印书馆1982年版。

由“造境”与“写境”之分，王国维又将境界分为“有我之境”与“无我之境”。他解释说：“有我之境，以我观物，故物皆著我之色彩。无我之境，以物观物，故不知何者为我，何者为物。”他试图进一步从美感的形式来说明这两种境界的区别，以为：“无我之境，人唯于静中得之；有我之境，于由动之静时得之。故一优美，一宏壮也。”（《人间词话》）以美感的两种基本形式来说明“有我之境”与“无我之境”是非常不恰当的，例如他举“有我之境”的“泪眼问花花不语，乱红飞过秋千去”就并无宏壮之感。显然王国维的比附是有误的。尽管如此，我们还是应该肯定他将西方的美感形式的概念引入了我国的文艺批评。王国维曾说：“美学上之区别美也，大率分为二种，曰优美，曰宏壮。自巴克（巴克莱）及汗德（康德）之书出，学者殆视此为精密之分类矣。至今学者对优美及宏壮之解释，各由其哲学系统之差别而各不同。”① 康德和叔本华关于这两种美感的基本形式都有较为详尽的论述。王国维很同意叔本华所发挥的康德的见解，他表述叔本华的见解说：

> 美之中又有优美与壮美之别。今有一物，令人忘利害之关系，而玩之而不厌者，谓之曰优美之感情；若其物直接不利于吾人之意志，而意志为之破裂，唯由知识冥想其理念者，谓之曰壮美之感情。②

---

① 王国维：《古雅之在美学上之位置》（1904 年作），《静庵文集续编》，《王国维遗书》第五册，上海古籍书店 1983 年影印版。

② 王国维：《叔本华之哲学及其教育学说》，《静庵文集》，《王国维遗书》第五册，上海古籍书店 1983 年影印版。

美感的基本形式是可以纳入境界说的，可惜王国维未能将它们的关系处理好，并且也未以美感的基本形式的理论来展开对文学作品的鉴赏分析。这是令人甚为惋惜的。

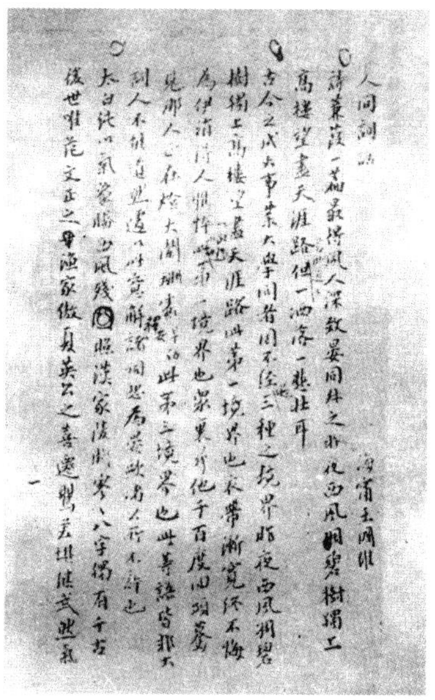

王国维手稿

在词学史上，王国维是第一个将西方哲学家论文学的原话引入词学批评中的，他引述了尼采“一切文学，余爱以血书者”的话以评李煜与赵佶两个亡国之君的词，以为李煜“有释迦、基督，担荷人类罪恶之意”，这显然作了很不恰当的夸张。王国维在政治上是趋于保守的，他不能理解资产阶级革命在中国的意义，消极地接受了西方的悲观主义思想。他将尼采的悲观主义哲学观点用于中国文学批评，在晚清的历史条件下有一定积极的意义，即是对国家与民族命运的忧患意识，但这主要是在文学批评中的意义，因为我国文学中自来缺乏真正的悲剧意识。尼采认为：“一种非个人的、超个人的，面向一个民族、人类、全部文化以及一切受苦之存在的感觉；这种感觉因其同极为困难而远大的认识相联而有其价值。”① 他的美学思想充满了悲观的色彩。他说：

① ［德］尼采：《悲剧的诞生——尼采美学文选》第 180 页，周国平译，三联书店 1986 年版。

> 每种艺术，每种哲学，都可以看作服务于生长着、战斗着的生命的药剂和辅助手段，它们始终是以痛苦和痛苦者为前提的。然而，有两种痛苦者：一种是苦于生命的过剩的痛苦者，他们需要一种酒神艺术，同样也需要一种悲剧的人生观和人生理解；另一种是苦于生命的贫乏的痛苦者，他们借艺术和认识寻求安宁，平静，静谧的海洋，自我解脱，或者迷醉，痉挛，麻痹，疯狂。①

王国维结合我国诗词，认为："'我瞻四方，蹙蹙靡所骋'，诗人之忧生也，'昨夜西风凋碧树，独上高楼，望尽天涯路'似之。'终日驰车去，不见所问津'，诗人之忧世也，'百草千花寒食路，香车系在谁家树'似之。"他纵观中国文学史后愤激地说："社会上之习惯，杀许多之善人；文学上之习惯，杀许多之天才。"（《人间词话》）这些都体现了其悲观主义思想。尽管他的这些思想过于消极和偏激，却在评价文学的思想意义方面较能认识其本质的意义，远胜于传统的政治教化说。

我们如果再细心地寻绎，在《人间词话》里还可发现尚有叔本华与尼采的文学天才论和游戏说的影响的痕迹。王国维以其境界说为中心引入了系列的西方哲学与美学观念，同中国传统文化化合，形成了初步的全新的词学理论体系，它具有近代理论的特色，给中国文学批评增添了新的理论范畴。我们至今看来，它仍闪烁着思想的光辉。

---

① ［德］尼采：《悲剧的诞生——尼采美学文选》第 253 页，周国平译，三联书店 1986 年版。

王国维的词学思想是具有艺术偏见的，这主要表现在对南宋词的评价。怎样评价南宋词，这是我国词学史上长期争论的问题之一。清初以来许多词学家都参加了关于这个问题的争论。陈廷焯说："词家好分南北宋，国初诸老几至各主门户。窃谓论词只宜辨是非，南宋北宋不必分也。若以小令之风华点染，指为北宋，而以长调之平正迂缓、雅而不艳、艳而不幽者，目为南宋，匪独重诬北宋，抑且诬南宋也。"（《白雨斋词话》卷八）这个意见并未引起清季词学家们的冷静深思，而对南宋词的批评更以王国维的偏见而臻极致。他在《人间词话》和《人间词话未刊稿》里都表现对南宋词的否定态度，认为："南宋词人，白石有格而无情，剑南有气而乏韵。其堪与北宋颉颃者，唯一幼安耳。"又说："词之最工者，实惟后主、正中，永叔、少游、美成，而后此南宋诸公不与焉。"近世词家陈兼与以为这种批评是具有偏见的，他说："其于古人所许可者，五代后主外，惟端己、正中，北宋惟同叔、永叔、东坡、少游、美成数人，南宋惟稼轩耳。立论正大而高远，一归于浑沦要眇，洗雕琢粉饰、摹仿敷衍之习，为倚声家金针度尽。然间亦有不可理解及近于偏见者。"① 词学家唐圭璋早在 20 世纪 30 年代曾说："海宁王静安氏，曾著《人间词话》，议论精到，夙为人所传诵。然其评诸家得失，亦间有未尽当者……"② 由于王国维在我国近世学术史上的崇高地位和《人间词话》在我国文学批评史的重大理论意义，学者们对其艺术偏见往往忽略

① 陈兼与：《〈人间词话〉述评》，《词学》第 1 辑，华东师范大学出版社 1981 年版。

② 详见唐圭璋：《评〈人间词话〉》，《词学论丛》第 1028 页，上海古籍出版社 1986 年版。

而缺乏认真的分析，以致其关于南宋词的偏见长期在词学界产生着消极的影响。

文体演进论是王国维否定南宋词的基本出发点。他说："四言敝而有《楚辞》，《楚辞》敝而有五言，五言敝而有七言，古诗敝而有律绝，律绝敝而有词。盖文体通行既久，染指遂多，自成习套，豪杰之士亦难于其中自出新意，故遁而作他体，以自解脱。一切文体所以始盛终衰者，皆由于此。"谷永表述王国维这一观点说："凡一种文学其发展之历程必有三时期。一为原始时期，二为黄金时期，三为衰败时期。此准诸世界而同者。原始的时期率而真，黄金的时期真而工，衰败的时期工而不真，故以工论文学未有不推崇第二期及第三期者；以真论文学未有不推崇第一期及第二期者。先生夺第三期之文学价值而予之第一期。"① 按照文体演进论的观点，中晚唐之诗与南宋之词都被否定了。王国维说："诗至唐中叶以后，殆为羔雁之具矣。故五代北宋之诗，佳者绝少，而词则为其极盛时代。即诗词兼擅如永叔、少游者，词胜于诗远甚。以其写之于诗者，不若写之于词者之真也。至南宋以后，词亦为羔雁之具，而词亦替矣。"不可否认，一种文体使用的时间愈长久，意象、结构及表现方法经过多次的重复因袭，必将影响艺术的创新而出现许多平庸敷衍的作品。但是这仅仅是文学发展过程中极为表面的现象，不能说明文学史上许多复杂的问题。比如说，所谓"古诗敝而有律绝"，而事实上却是唐代律绝兴盛的同时，古体诗经过改进也取得了空前的艺术成就。李白、杜甫、韩愈、白居易、李贺的许多名篇正是古体诗。所谓"至南

① 谷永：《王静安先生之文学批评》，《学衡》第 64 期，中华书局 1928 年版。

宋以后，词亦为羔雁之具，而词亦替矣”，而事实上在数百年之后的清代又出现了词体的复兴时期。即以南宋词而论，南宋初年的中兴词人，中期的辛派词人及宋季词人的爱国主义光辉作品更有重大的社会意义；而南宋婉约词的题材不断扩大，并不断进行艺术创新；南宋的词人与作品的数目也大大超过了五代与北宋，可谓词的兴盛时期。因此，具有极端抽象性质的文体演进论是无法解释这些现象的。正如马克思所说：“发生、繁荣和衰亡乃是极其一般、极其模糊的观念，在那里真是可以塞进一切的东西，但是用这些空泛的观念什么东西也不能了解。”① 文体演进论正是关于文学的发生、繁荣和衰亡的空泛的观念。1912年，王国维于《宋元戏曲考》云：“凡一代有一代之文学，楚之骚，汉之赋，六朝之骈语，唐之诗，宋之词，元之曲，皆所谓一代之文学而后世莫能继焉者也。”这种“一代之文学”的观念是与其文体演进论自相矛盾的。按照文体演进论则南宋词已是词的衰败时期，成为应酬的“羔雁之具”的游词，不值得肯定；但若以“一代之文学”而论，则南宋词乃两宋词之重要部分，又应当予以肯定了。这种深刻的矛盾暴露了文体演进论的严重缺陷。与文体演进论相密切联系的是关于“真”的观念，即每一文体发展的初期及黄金时期其作品都具有“真”的价值，因此，“真”是文体演进论的核心内容。在王国维看来，北宋词之可取就在于它之“真”。如他以为，北宋欧阳修与秦观虽兼擅诗与词，但当时诗体已衰敝而词体正值兴盛之际，故“其书之于诗者，不若写之词者之真也”。什么是真呢？王国维举例说：“‘昔为倡家女，今为荡子妇。荡子行

① 马克思：《博士论文》第2页，人民出版社1973年版。

不归，空床难独守’。‘何不策高足，先据要路津？无为久贫（当作“守穷”）贱，轗轲长苦辛’。可谓淫鄙之尤。然无视为淫词、鄙词者，以其真也。五代北宋之大词人亦然，非无淫词，读之者但觉其亲切动人；非无鄙词，但觉其精力弥漫。”可见其“真”并非社会现实的真实或艺术的真实，而是作者真“性情”的率直的自然主义的流露。所以他认为南宋词人中辛弃疾之唯一可取“在有性情”，有性情始有“境界”，因而具有“真”的价值。他实际上无视稼轩词的社会意义，并在其余地方称赞宋代词人时不再提到辛弃疾了。于此，王国维论词陷入了超功利的纯艺术论境地，走向了另一极端。这并不奇怪，因为他本来就具有唯美主义的美学观点。他在表述并赞同叔本华的美学观点时曾说：“此利害之念，竟无时或息欤？曰有唯美之为物，不与吾人之利害相关系，而吾人观美时，亦不知有一己之利害。”[①] 以“真”来确定文学的价值，是王国维唯美主义纯艺术论的具体表现。然而普列汉诺夫在其关于美学的著作中多次强调功利观念是社会审美的基础，如说：“审美的享受的主要特点是它的直接性。但是功利毕竟是存在的；它毕竟是审美享受的基础（我们要提醒一下，这里所说的不是个别的人，而是社会的人）；如果没有它，对象看起来就不会是美的。”[②] 文学的“真”是不能脱离社会功利观念的，必须对“真”的性质作具体的分析。“真”的作品，既可能是很好的，也可能是很坏的作品。因此不能以“真”作为评价文学作品的主要根

---

① 王国维：《叔本华之哲学及其教育学说》（1904 年作），《静庵文集》，《王国维遗书》第五册，上海古籍书店 1983 年影印版。

② ［俄］普列汉诺夫：《从社会学观点论十八世纪法国戏剧文学和法国绘画》，《普列汉诺夫美学论文集》第 497 页，人民出版社 1983 年版。

据，更不能作为评价某一时代文学的主要根据。以失之于“真”来否定南宋词，这在理论上很不可靠，而与南宋词的实际情形更其不符。南宋词并非没有表现作者思想情感的真实，只是由于艺术表现技巧的提高而表现方式趋于精巧工致而已。我们如果对它没有深入的认识是很可能作出简单和错误的判断。

王国维对南宋词的否定还掺杂着其个人审美兴趣的偏好。他喜爱北宋词的天然、明畅，厌恶南宋词的雕饰、晦涩，即所谓“不隔”与“隔”。他说：“白石写景之作，如‘二十四桥仍在，波心荡，冷月无声’；‘数峰清苦，商略黄昏雨’；‘高树晚蝉，说西风消息’：虽格韵高绝，然如雾里看花，终隔一层。梅溪、梦窗诸家写景之病，皆在一‘隔’字。北宋风流，渡江遂绝。”北宋词“不隔”，南宋词便“隔”。什么是“不隔”呢？他说：“语语都在目前，便是不隔。”并举例说：“‘生年不满百，常怀千岁忧。昼短苦夜长，何不秉烛游’？‘服食求神仙，多为药所误，不如饮美酒，被服纨与素’。写情如此，方为不隔。‘采菊东篱下，悠然见南山。山气日夕佳，飞鸟相与还’。‘天苍苍，野茫茫。风吹草低见牛羊’。写景如此，方为不隔。”无论抒情或写景，明快自然，易读易懂，便是“不隔”。这也就是具体表现了“真”，“真”的内容与自然明易的形式和谐一致，王国维以为这便是批评的尺度。他说：“大家之作，其言情也必沁人心脾，其写景也必豁人耳目。其辞脱口而出，无矫揉妆束之态。以其所见者真，所知者深也。诗词皆然。持此以衡古今之作者可无大误矣。”王国维关于“不隔”与“隔”的理论，实际上属于自然与雕饰这一对美学范畴，对其中之一的喜好或厌恶便表现了艺术家的基本审美趣味。文艺批评者在评价作品时总不免带着个人的审美趣味，但是批评者的审美趣味愈少偏见的成分，他就可能对作家作品作出愈为完整而并非片面的评价。在我国文艺批评史上自来以强调自然为主而反对雕饰。钟嵘《诗品》卷中引汤惠休评谢灵运与颜延之诗云：“谢诗如芙蓉出水，颜诗如错彩镂金。”钟嵘据此将谢诗列为上品，而将颜诗列入中品。唐代李白则云：“清水出芙蓉，天然去雕饰。”宋人叶梦得说：“古今论诗者众矣，吾独爱汤惠休称谢灵运为‘初日芙蕖’，沈约称王筠为‘弹丸脱手’，两语最当人意。‘初日芙蕖’非人力所能为，而精彩华妙之意，自然见于造化之妙，灵运诸诗可以当此者亦无几。‘弹丸脱手’，虽是输写便利，动无留碍，然其精圆快速，发之在手，筠亦未能尽也。然作诗审到此地，岂复更有余事。”（《石林诗话》卷下）在我国文学发展过程中的实际情形是很复杂的，许多历来为人们所喜爱的优秀作品并不尽是自然明快如出水芙蓉或弹丸脱手的。屈原的《离骚》、庾信的《哀江南赋》、李贺的歌诗、李商隐的无题诗等，它们都以雕饰、晦涩称著，然而却很美。当然最理想的艺术境界应该是于雕饰中见自然。苏轼诗有云：“画师摹写雪浪势，天工不见雷斧痕。”（《雪浪石》）葛立方也说：“作诗贵雕琢，又畏有斧痕。”（《韵语阳秋》卷三）。德国古典哲学家黑格尔也曾有过类似的见解，他说：“一般说来，用心雕琢的作品不应丧失自然流露的面貌，应该给人以它仿佛是从主题内核中自己生长出来的印象。”[①] 宋人认为只有杜诗中二者才统一起来，如谢无逸说：“老杜有自然不做底语到极至处者，

① ［德］黑格尔：《美学》第三卷下册第 68 页，朱光潜译，商务印书馆 1981 年版。

有雕琢语到极至处者。如‘丹青不知老将至，富贵于我如浮云’，此自然不做底语到极至处者也。如‘金钟大镛在东序，冰壶玉衡悬清秋’，此雕琢语到极至处者也。”（《苕溪渔隐丛话》前集卷六引）可是真正达到这种境界的作家却是很少的，总是偏胜者居多。王国维所赞许的“不隔”的北宋词中，如欧阳修的“人生自是有情痴，此恨不干风与月”（《玉楼春》）；秦观的“可堪孤馆闭春寒，杜鹃声里斜阳暮”（《踏莎行》）；周邦彦的“叶上初阳干宿雨，水面清圆，一一风荷举”（《苏幕遮》）等等：如果我们仔细分析一下，都可见到作者精心刻意的雕饰之处，只是出之以自然罢了。某些作家之所以采用雕饰而晦涩的方式既有其个人审美兴趣的特点，也有时代的原因和文艺思潮方面的原因。对他们作品的评价绝不能仅从表现方式便作简单的判断。我们不应把“不隔”理解得绝对化。德国诗人歌德根据自己的创作经验曾说：“所有抒情的作品，作为一个整体来说，必须是完全可以理解的，但在某些细节上，却又要有些不可理解。”[①] 诗人有意在某些地方用隐秘的方式暗示自己的思想情感或有意使某些情节含糊其辞，不愿意也没有必要裸露地宣泄而是让读者去想象甚至去猜测，如李商隐谜一样的《锦瑟》诗，这应是许可的。王国维认为南宋姜夔等词人的作品“终隔一层”便予以否定，表现出他强烈的审美兴趣的偏好。即以姜夔而言，他生活在南宋中期，当时宋金和议后南北对峙的局面已经形成，中兴的理想已经过去，朝野佚豫，是一个消沉而无所作为的时代。姜夔一生遭到社会的压抑，寄食江湖，

① 《歌德的格言和感想集》第 78 页，程代熙译，中国社会科学出版社 1982 年版。

布衣终身，穷困以死。这样，他的词染上一种浓重的冷色调，充满悲伤抑郁的情绪。由于时代的消沉和个人的不幸，更由于姜夔的艺术气质倾向于雅致的感受，喜好精巧含蕴的艺术形式和习于苦吟的谨严态度，使其作品有雕饰和晦涩的特点。他的《暗香》《疏影》便也像谜一样，很费猜测。白石词的特殊风格为宋代词苑增添了奇异的光彩，我们有什么理由只许词苑中一花独盛呢?！王国维所指摘白石词的“二十四桥仍在，波心荡、冷月无声”，这是姜夔青年时代自度曲《扬州慢》中的名句。在金兵蹂躏江南胜地扬州之后四十余年，词人带着悲痛的情感抒写了留下的荒凉残破景象。扬州在唐代最为富盛，有诗情画意的二十四桥，所以诗人杜牧曾云：“二十四桥明月在，玉人何处教吹箫。”姜夔见到“二十四桥仍在”，却是“冷月无声”，清冷而荒凉，于是引起他深深的古今慨叹，细腻地表现出词人的“黍离之悲”。这种表现方式不怎么自然明快，而“如雾里看花”，但雾中之花因其几分朦胧而愈美，愈能引起人们丰富的联想，也就产生“言外之味”了。可见，如果文艺批评者由个人审美趣味的偏好的驱使，会使自己变得盲目而影响其艺术鉴赏能力。

王国维不仅不喜姜夔，对于姜夔之后的重要婉约词人吴文英与张炎更表现出一种厌恶的态度，对于他们的词完全给予否定的评价，而这种否定竟采用了更为主观片面的批评方式。王国维说：“梦窗之词，吾得取其词中之一语以评之，曰‘映梦窗凌乱碧’。玉田之词，余得取其词中之一语以评之，曰‘玉老田荒’。”摘取词人某一词语作为其词品，这种方法本是王国维习用的，如他说：“‘画屏金鹧鸪’，飞卿语也，其词品似之。‘弦上黄莺语’，端己词也，其词品亦似之。正中词品，若于其词句中求之，则‘和泪拭严妆’殆近之欤?”梁时钟嵘的《诗品》仿东汉许劭的月旦品题将汉魏以来诗人分为三品，权衡高下。他说：“昔九品论人，《七略》裁士，校以宾实，诚多未值。至若诗之为技，较尔可知，以类推之，殆均博弈。”（《诗品序》）王国维受了刘熙载“词品”说的影响，联系词人之人品而对词人作概括的艺术评价。很显然，这种批评方式具有很大的随意性和模糊性。批评者根据个人的喜恶随心所欲地摘取某一词语，而且所摘者是形象性的短语，很难把握其确切的含义，所以这是极主观片面的。

“映梦窗零乱碧”是吴文英《秋思·荷塘为括苍名姝求赋其听雨小阁》中的词语，以之作为梦窗词之词品，只可能是读梦窗词所得的一点粗浅的直觉印象而已，似乎以为它像梦幻一样朦胧华丽。在王国维看来，此正失之于“隔”。但是这种粗浅的感受是不能代替严肃的批评的。吴文英生活的历史时期正是南宋后期国势逐渐衰弱而走向灭亡的时代，是主和路线确立并由史弥远与贾似道相继专权的黑暗时代，是封建理学得到提倡而禁锢人们思想的时代。在这个时代，吴文英看不到生活的希望，而自己又怀才不遇，没有政治上的出路，落魄困踬，于是他便在艺术世界中追求自己的理想。梦窗词反映了南宋灭亡前的现实，抒写了封建制度重压之下知识分子的不幸遭遇，以恋爱的悲剧深刻地控诉了不合理的封建制度。梦窗词具有浓厚的悲剧气氛，但是它的艺术表现则与白石词相异。在艺术渊源上，吴文英与姜夔不是同出一路子。他是将唐诗自韩愈以来李贺、李商隐的险怪晦涩的诗风引入词中来的，而且重新提倡温庭筠以来《花间》之秾艳词风，并对周邦彦缜密的艺术特点作了发展。这样再加上词人特殊的气质、艺术修养与历史文化的特点而形成梦窗词独特的艺术面貌，在南宋婉约词的发展过程中完成了“返南宋之清泚，为北宋之秾挚”的转变。吴文英属于那种情感丰富而又执着内向的人，感受纤细而富于神奇浪漫的幻想，喜艳丽之美而尤好雕饰，词意特别晦涩，形成秾挚绵丽的艺术风格。他的词与唐诗中李贺、李商隐诗一样难于骤解，但总给人以精美的艺术感受，是艺术中的“阳春白雪”。吴文英以自己独创的艺术风格居于姜夔之后、张炎之前，继姜夔之后对婉约词又进行了艺术革新。若认为梦窗词“很多像七宝楼台那么一个美丽的空壳子”，这显然与王国维的否定意见有关，是具有偏见的。①

“玉老田荒”是张炎《祝英台近》中的词语，另外在其《踏莎行》中也有“田荒玉碎”之语。张炎号玉田，他三十二岁时南宋便灭亡了，国亡家破，流落江湖，一生事业无成，老大意拙，心事迟暮。“玉老田荒”反映了他精神的痛苦。若以它仅指词人晚年的心境是比较恰当的，若以它概括其整个词作的思想内容便是片面的，而以之概括其词的艺术特点就更不伦不类了。张炎是宋末元初杰出的词人兼理论家，是宋词的光辉结束者。婉约词发展到南宋后期，已有白石与梦窗双峰在前，很难进行艺术创新。张炎在词的理论上准备集婉约词之大成，在词的创作实践中转益多师也力图集各家之长。他继姜夔而提倡雅正，力诋南宋以来词坛上软媚浮艳的“浇风”。山中白云词以纯净雅致的白话，叙事抒情的含蓄能留和词意的淳正，体现了张炎的论词主张。张炎等宋遗民的政治处境与创作条件是

---

① 参见谢桃坊：《试论梦窗词的艺术特征》，《学术月刊》1984 年第 4 期；《论梦窗词的社会意义》，《贵州社会科学》1984 年第 5 期。

极为困难的，他们只能曲折隐晦地在作品中表达虽然微弱而却深沉的桑梓之悲与黍离之感。若认为张炎词“更多是闲适之音和‘玉老田荒’的迟暮之感”，这也是与王国维的片面批评有关，同样也属偏见所致。①

王国维谈到南宋词时还说过：“唐五代北宋之词家倡优也，南宋后之词家俗子也，二者其失相当。但词人词，宁失之倡优，不失之俗子。以俗子之可厌，较倡优为甚故也。”又说：“朱子《清邃阁论诗》谓：‘古人诗中有句，今人诗便无句，只是一直说将去。这般诗一日作百首也得。’余谓北宋之词有句，南宋以后便无句，如玉田、草窗之词，所谓‘一日作百首也得’者也。”为什么唐五代北宋之词为“倡优”，而南宋之词为“俗子”呢？王国维并无解释。这样的概念是极含糊的，也仅仅是由于审美兴趣的喜恶，说不出什么理由。关于篇与句的关系，一首诗或一首词应该是一个艺术的有机体。所谓“有句”，意即篇中时出警句，有的竟是名句，当然这更好。但是一篇之中仅有一二佳句，整篇却不佳，也应是失败的作品。可见，以“无句”来否定南宋词更不成其为理由，何况南宋词也并非“无句”。陆辅之的《词旨》便专门列了张炎警句十三例，如：“和云流出空山，年年净洗，花香不少”（《南浦·春水》）；“写不成书，只寄得相思一点”（《解连环·孤雁》）；“莫开帘，怕见飞花，怕听啼鹃”（《高阳台·西湖春感》）；“忍不住低低问春”（《庆春宫》）等等。像这类警句，山中白云词中还很多，可见以张炎词而论也非“南宋以后便无句”。

---

① 参见谢桃坊：《张炎词论略》，《文学遗产》1983 年第 4 期；《黍离之感与桑梓之悲——试论宋末婉约词的爱国主义思想》，《社会科学研究》1983 年第 6 期。

从上述可见，王国维以文体演进论观点，从审美兴趣的偏好出发，采取主观片面的批评方式对南宋词所作的基本否定，确实违反他学术研究时所习用的科学方法与谨严态度，突出地表现了其艺术偏见。南宋词，特别是南宋婉约词，它沿着典雅的道路发展，艺术表现日趋精巧工致，因此人们对它的鉴赏有着一个逐渐加深的认识过程。如果仅停留在最初的印象便对它作出评价，很可能是不够公允和深刻的。王国维对周邦彦评价的典型例子即可说明此点。他早年读周济《词辨》时认为“美成词多作态，故不是大家气象”，并坦率地表示于北宋词人中“不喜美成”。在《人间词话》中也说：“余谓论词莫先于品，美成词信富艳精工，只是当不得一个‘贞’字。”当王国维对周邦彦作了具体深入研究之后而作《清真先生遗事》时，竟过分赞扬周邦彦，以为“词中老杜，则非先生不可”。可见治学谨严、富于探索真理的王国维对周邦彦的认识是不断加深的，虽然他以之比杜甫颇欠妥当。王国维写作《人间词话》还是三十二三岁时，而且在《国粹学报》发表已作了很大删节，其未刊稿中就有较多对南宋词存偏见者。它们之被删节而不发表，可见作者态度之审慎。①

王国维在研究哲学时期（1901～1907）发表了非常优秀的哲学与美学的论文，如《论叔本华之哲学及其教育学说》《红楼梦评论》《论哲学家及美术家之天职》《屈子文学之精神》等。它们富于理性思辨、观点新颖、逻辑严密，其文字表述是维新思潮影响下的一种半新半旧的文体，但实际上是按照西方

① 参见谢桃坊：《评王国维对南宋词的艺术偏见》，《文学评论》1987年第6期。

近代思维方式写作的。我们可以说，王国维的研究方法和表述方式，在当时中国学术界都是最先进的和最科学的。可是自从1907年他转入文学——词学研究之后，基本上没有再出现上述那样的论文。最遗憾的是，他研究词学成就很大，却没有写出像《红楼梦评论》和《屈子文学之精神》那样新鲜敏锐的论文。其《人间词话》中的中西观念化合的新理论被包裹于旧的词话形式之内。我们不能不惋惜其方法的倒退。例如王国维提出境界说，但没有给它定义或界说；关于境界的几种分类缺乏统一的标准和明晰的界限；关于“阶级”、“意境”与“境界”的关系，没有作必要的说明；对于作家作品的分析大都仍然停留在知性的阶段，尤其喜用摘句法而忽视整体作品的观念。这些缺陷说明在具体表述方法上是不科学和不严密的。按其曾达到的理论水平和所掌握的近代科学方法，上述缺陷完全可以避免。这很可能由于词体是我国特有的文学样式，不如诗歌、小说、戏曲等，可从西方文学批评中找到理论和方法的借鉴，尤其是词学研究中旧的传统观念根深蒂固而很难改变。也许正是为了利用传统方式以输入新的理论观念，王国维才采用词话来表达的。这样的效果确实很好，易于被我国学界，——特别是守旧的文人所接受，甚至他们接受了外来的观念还以为是中土固有的东西呢！我们充分肯定王国维的词学理论体系在我国词学史和文学批评史上的重大意义时，应当看到：他虽然为建立词学理论体系作出了努力，但终属尝试的性质，很不完善。他在理论上具有严重的唯心主义性质和悲观主义色彩，有的观念还是非常错误的，而且在表述方法上丧失了近代学术的先进意义。这使其词学批评常常陷入艺术的偏见和方法的错误。王国维的词学理论体系有其时代和个人的局限，也有这门传统学科自身的局限，他是难以超越的。如果我们进行历史反思则会发现：《人间词话》发表已将近百年了，我们又在词学理论方面有何新的建树和新的超越呢？而其境界说却一直被我们承袭了。

除了《人间词话》之外，王国维没有写过词学理论批评的专文，其余的词学著述都属考证性质的。这些论述以词集题跋为主，其中《庚辛之间读书记》里所收的关于《片玉词》《桂翁词》《花间集》《尊前集》《草堂诗余》五篇札记[①]，分别对作者和编者的事迹、作品真伪、版本源流等作了考辨。《书〈宋旧宫人诗词〉〈湖山类稿〉〈水云集〉后》[②] 是这类文章里最优秀的。它对南宋灭亡后王清蕙等宫人及乐师汪水云被虏到北方后的事迹作了较详的考辨。这是向来词学家所忽略的问题，但却牵涉到宋末元初一系列复杂的史事，学术上的难度是很大的。王国维以深厚的考据功夫和卓越的识别能力来研究这个问题，达到了很高的学术水平。《清真先生遗事》一卷[③]是研究北宋大词人周邦彦的专著，对周邦彦轶事传闻作了辨证，考述了其著述的版本情况并提供了佚文的线索，评论了其思想与作品及其在文学史上的地位，最后排列了详细的年表。这卷专著在表面上仍是沿袭乾嘉以来的考据方法，但推理细密，尤其体现了史与论结合的新的特点，为词人专题研究作出了示范。作于1909年的《唐宋大曲考》[④] 以大曲为线索探讨由词到曲演变的

---

① 《王国维遗书》第五册，上海古籍书店 1983 年影印版。

② 收入《观堂集林》卷二一，《王国维遗书》第三册，上海古籍书店 1983 年影印版。

③ 《王国维遗书》第十一册，上海古籍书店 1983 年影印版。

④ 《王国维遗书》第十五册，上海古籍书店 1983 年影印版。

内部发展因素。王国维认为："惟大曲一定之动作终不足以表戏剧自由之动作，唯极简易之剧，始能以大曲演之；故元初纯正之戏曲出，不能不改革之也。"这已标志了他由词学转向戏曲史的研究。此文选题新颖，对大曲的渊源、组织与词曲的关系的考证具有一种宏观的意识和历史的眼光；尤其是全文逻辑很严密，分析精当：这都表明王国维在学术上达到了一个新的水平，远非旧的考据学所能企及。王国维这些词学考证著述在方法上继承和发扬了传统考据学的优长，而又能融入西方近代科学方法，因此取得了很大的成绩。

王国维的学术成就主要是在史学方面，词学是其由哲学转向文学研究的第一个阶段。其哲学研究给予了其词学以积极的影响，促成外来美学观念与我国文学观念的化合，进行了建立词学理论体系的尝试，使中国文学批评史上出现了新的观念。他的词学研究方法虽然比旧的词话式和旧的考据式有很大的进步，然而从其整个学术研究过程来看，则既没有早期研究哲学、美学的理性思辨和具体的艺术分析，也缺乏后期研究史学的科学实证和历史综合的特点。相对而言，他的词学观点是最新的，而其具体研究方法与表述方式则是较落后的。这内容与形式的矛盾，正反映了辛亥革命前夕我国文化的某些基本特点。王国维词学研究的经验与教训是很值得我们深思的。

第十二节　梁启超与近代词学研究的进展

梁启超字卓如，号任公。广东新会人。清同治十二年（1873）正月生。早年参与戊戌变法，变法失败后流亡日本。

辛亥革命后曾一度任财政总长，旋漫游欧洲。晚年为清华大学研究院导师，专心著述。1929 年 1 月 19 日卒于北平，仅五十六岁。著述繁富，汇为《饮冰室合集》，有词一卷。

梁启超像

在梁启超一千四百余万字的著述里涉及了极广泛的政治与学术领域，其有关词学的论著不足十万字，这似乎是微不足道的。值得我们思索的是：他晚年为什么忽然对词学有了浓厚的兴趣，而且其绝笔之作竟是《辛稼轩先生年谱》。清代初年即开始出现词学复兴之势，而近代的词学更呈极盛的局面，但令人惋惜的是：近代的词学家除王国维外基本上都是属于守旧的文人和学者，他们的文艺思想和研究方法都深受传统的束缚。作为我国近代著名的政治家和思想家的梁启超，他在词学研究中所投入的新思想和新方法，才使近代词学在王国维之后又增添了近代学术的色彩。在某种意义上，近代词学的光辉终结者不是王国维，而是梁启超。因此，探讨梁启超与近代词学的关系，这在词学史上是非常有意义的，然而却长期为词学界所忽视。

梁启超是一位学术兴趣极为广泛的学者，词学研究仅仅是其中国文学研究的一部分。他在学习中国古代经典的过程中具有了古典文学的深厚修养，爱好诗词创作，能用旧的文学样式表现新的思想感受。其女公子梁令娴在清光绪三十四年（1908）编的《艺蘅馆词选》里说："家大人于十五年前，好填词，然不自以为工，随手弃去。令娴从诸父执处裒集，得数十首。"梁启超今存的四十七首词[①]，其中最早的一首为光绪二十年（1894）作的，恰如梁令娴所言。他对词学的研究是在其人生旅程的最后十年间。这时期梁启超从政治活动转向了中国学术研究，而且在思想上发生了重大的变化。许多年来，梁启超为了改变中国的命运，希望中国以平等的地位进入世界现代行列，于是努力向西方寻求真理。第一次世界大战后，使他对西方文明感到失望。“从 1919 年开始，梁启超带着价值观回到中国历史中来，因为对西方必须重新评价。保护中国精神对中国人来说，不再简单地是一个盲目的负担。当西方精神不是好而是坏的时候，中国精神也就不仅仅是中国的而且是好的精神了”。[②] 于是他潜心研究中国文化史、中国学术史、中国历史和中国文学史，重新来认识中国文化并以此进行历史的反思。他感到一种“精神饥荒”，以为“东方的主要精神，即精神生活的绝对自由”是“救济精神饥荒的方法”。因此，他说：“我常觉快乐，悲愁不足扰我，即此信仰之光明所照。”[③] 但实际上他的内心是充满痛苦与困惑的。他在 1923 年初写的《苦痛中的小玩意儿》里真切地表述了苦痛的情绪：

> 我在病榻旁边，这几个月拿什么事消遣呢？我桌子上和枕边摆着一部汲古阁的《宋六十家词》，一部王幼遐刻的《四印斋词》，一部朱古微刻的《彊村丛书》。除却我的

① 梁启超：《饮冰室合集·文集》第 16 册第 83～100 页，上海中华书局 1936 年版。

② ［美］约瑟夫·阿·勒文森：《梁启超与中国近代思想》第 276 页，四川人民出版社 1986 年版。

③ 梁启超：《东南大学课毕告别辞》（1923 年 1 月 13 日），《饮冰室合集·文集》第 14 册，上海中华书局 1936 年版。

> 爱女之外，这些“词人”，便是我唯一的伴侣。我在无聊的时候，把他们的好句子集句做对联闹着玩。久而久之，竟集成二三百副之多……我做这些玩意儿，免不了孔夫子骂的“好行小慧”。但是“人生愁恨谁能免”。我在伤心时节寻些消遣，我想无论何人也该和我表点同情。[①]

为了解脱精神的苦痛，梁启超对宋词忽然发生兴趣。这些作品可能给予他感性的安慰，因为他深信：“人生关涉理智方面的事项，绝对要用科学方法来解决；关涉情感方面的事项，绝对的超科学。”[②] 谁知这却成为他研究词学的契机。在研究宋词时，南宋爱国词人辛弃疾引起了他的兴趣，并为这位词人的英雄事迹及其悲剧命运所感动，于1928年9月10日开始编著《辛稼轩先生年谱》。梁启勋《辛稼轩先生年谱跋》云：

> 伯兄所著《辛稼轩先生年谱》属稿于十七年（1928）九月十日，不旬日而痔疮发，乃于同月之二十七日入协和医院就医。病榻岑寂，惟以书自遣，无意中获得资料数种，可为著述之助，遂不俟痊愈，携药出院。于十月五日回天津，执笔侧身坐，继续草此稿，如是者凡七日，至月之十二日，不能支，乃搁笔卧床，旋又到北平入医院，遂以不起。谱中录存稼轩《祭朱晦翁文》至“凛凛犹生”之

① 梁启超：《饮冰室合集·文集》第16册第113～127页，上海中华书局1936年版。

② 梁启超：《人生观与科学》（1923年5月29日），《饮冰室合集·文集》第14册，上海中华书局1936年版。

“生”字，实伯兄生平所书最后之一字矣。[①]

次年（1929）1月19日，梁启超逝世于北平协和医院。很可能他在写《辛稼轩先生年谱》时，尚在探寻一种东方的精神。

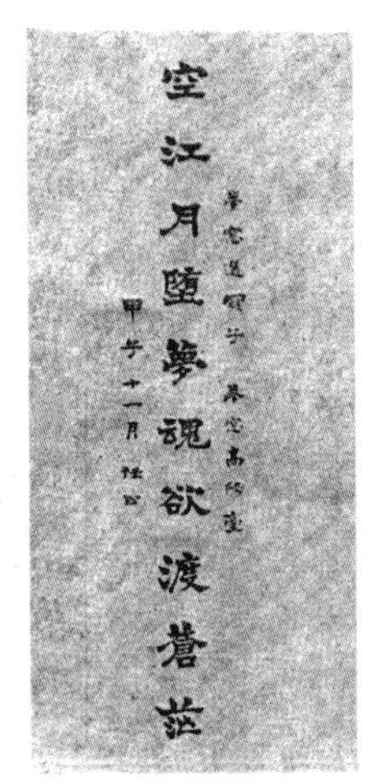

梁启超手迹

梁启超曾高度评价了清代的学术成就，将它与欧洲文艺复兴相比较，以为相类之处甚多，只是美术与文学不如文艺复兴发达。关于清词，他说：“清代固有作者，驾元明而上，若纳兰性德、郭麐、张惠言、项鸿祚、谭献、郑文焯、王鹏运、朱祖谋，皆名其家，然词固所共指为小道者也。”[②] 从这评价里，可见出他对词体在整个文化系统中的认识，但与古人视词为“小道”的出发点却大不相同，因为他并不轻视词的文学价值和社会意义，清楚地见到它在一定范围内的特殊社会功能。梁启超是从音乐文学的意义来认识词体的，以为它是改造国民品质所必需的一种精神教育手段。他说：

① 跋语见《辛稼轩先生年谱》后附，《饮冰室合集·专集》第22册，上海中华书局1936年版。

② 梁启超：《清代学术概论》第61页，商务印书馆1921年版。

盖欲改造国民之品质，则诗歌音乐为精神教育之一要件，此稍有识者所能知也。中国乐学，发达尚早，自明以前，虽进步稍缓，而其统犹绵绵不绝。前此凡有韵之文，半皆可以入乐者也。《诗》三百篇皆为乐章，尚矣。如《楚辞》之《招魂》《九歌》，汉之《大风》《柏梁》，皆应弦赴节，不徒乐府之名如其实而已。下至唐代绝句，如“云想衣裳”、“黄河远上”，莫不被诸弦管。宋之词，元之曲，又其显而易见者也。盖自明以前，文学家多通音律，而无论雅乐、剧曲，大率皆由士大夫主持之，虽或衰靡，而俚俗犹不至太甚。本朝以来，则音律之学，士大夫无复过问，而先王乐教，乃全委诸教坊优伎之手矣。读泰西文明史，无论何代，无论何国，无不食文学家之赐；其国民于诸文豪，亦顶礼而尸祝之。若中国之词章家，则于国民岂有丝毫之影响耶？推其原故，不得不谓诗与乐分之所致也。[①]

这将儒家的诗乐论与资产阶级政治改良主张联系起来，肯定了明代以前音乐文学的社会意义，而对明以后文学与音乐分裂的状况表示不满。梁启超曾有改良词体的动机，填写过一些口语化的词[②]，而且对配合新音乐而作的歌词甚为赞赏，希望找到文学与音乐的新的结合点。这个愿望，他曾对女儿梁令娴表示说：

凡诗歌之文学，以能入乐为贵。在吾国古代有然，

① 梁启超：《饮冰室诗话》第58～59页，人民文学出版社1982年版。

② 丁文江、赵丰田：《梁启超年谱长编》第1039～1045页所录诸词，上海人民出版社1983年版。

> 在泰西诸国亦靡不然。以入乐论，则长短句最便，故吾国韵文，由四言而五七言，由五七言而长短句，实进化之轨辙使然也。诗与乐离盖数百年矣，近今西风沾被，乐之一科，渐复占教育界一重要位置，而国乐独立之一问题，士夫间或莫厝意。后有作者，就词曲而改良之，斯其选也。①

词体被认为是我国音乐文学中最高的与最理想的形式了，因此在近代西方音乐引入之时，梁启超产生了改良词体的设想。这对清末民初数十年间的新歌词的创作确曾产生过重大的影响。

梁启超关于词学批评的意见散见于其著述中，关于唐宋词作品的艺术鉴赏则散存于《艺蘅馆词选》中。我们由此可见到他的审美趣味和批评方法与近代词学家颇为相异之处，反映了一种新的文化思潮。

对于宋词，梁启超有很全面的认识。他在《国学入门书目及其读法》里所介绍的重要宋人词集有周邦彦、欧阳修、苏轼、柳永、秦观、朱敦儒、辛弃疾、刘克庄、姜夔、王沂孙、吴文英的词②，并不偏向某一种艺术风格的作品。宋代女词人李清照在其《词论》里，从词“别是一家”的观点出发，评论北宋词人甚有不公正之处。梁启超不赞成这种偏颇的意见，在谈到王安石词说：“荆公词不能名家，然亦有绝佳者。李易安谓王介甫、曾子固，文章似西汉，若作小词则人必绝倒，不可议。此自过刻之论。易安于二晏、欧阳、东坡、耆卿、子野、

① 梁令娴：《艺蘅馆词选自序》，《艺蘅馆词选》，广东人民出版社 1981 年版。
② 梁启超：《饮冰室文集》卷七〇，曼殊室刊本，上海中华书局 1936 年版。

方回、少游之词，无一许可，况荆公哉！”[①] 他虽无“过刻之论”，但按照其审美兴趣，又最喜那种“气象壮阔，神思激扬”的词作，这自然应是苏轼和辛弃疾等人的豪放作品了。梁启超研究过中国韵文里情感表达的方式，将它们分为“奔迸的”、“回荡的”和“蕴藉的”三种。宋词中的大多数作品是属于第三种，而第一、二种的甚少。梁启超最欣赏的宋词是属于第一、二种的。他说：“奔迸的表情……词里头这种表现方法也很少，因为词家最讲究缠绵悱恻，也不是写这种情感的好工具，若勉强要我举个例，那么辛稼轩的《菩萨蛮》（书江西造口壁）……这首词是在徽、钦二宗北行所经过的地方题壁的。稼轩是比岳飞稍为晚辈的一位爱国军人，带着兵驻在边界，常常想要恢复中原，但那时小朝廷的君臣都不许他，到了这个地方，忽然受到很大的刺激，由不得把那满腔热泪都喷出来了。”属于这类的词作，他还举了苏轼的《水调歌头》，认为“这全是表现情感的一种亢进的状态，忽然得着一个‘超现世的’新生命。令我们读起来，不知不觉，也跟着到他那新生命的领域去了。这种情感的这种表现方法，西洋文学里头恐怕很多，我们中国却太少了。我希望，今后的文学家，努力从这方面开拓境界”。[②] 王国维曾以自己的艺术偏见，因喜爱北宋词便竭力诋毁南宋词。梁启超却不这样。他虽然喜欢气象宏伟、情感热烈的豪放词，却并不否定蕴藉细腻的婉约词，如说：“回荡的表情法，用来填词，当然是最相宜，但向来词学批评家，还是推

① 梁启超：《王荆公》，《饮冰室合集·专集》第7册第216页，上海中华书局1936年版。

② 梁启超：《中国韵文里头所表现的情感》，《饮冰室合集·文集》第13册，上海中华书局1936年版。

尊蕴藉，对于热烈盘礴这一派，总认为别调。我对于这两派，也不能偏有抑扬。”他以为稼轩词是最富于表达回荡情感的：

> 词中用回荡的表情法用得最好的，当然要推辛稼轩。稼轩的性格和履历，前头已经说过：他是个爱国军人，满腔义愤，都拿词来发泄；所以那一种元气淋漓，前前后后的词家都赶不上……凡文学家多半寄物托兴，我们读好的作品原不必逐首逐句比附他的身世和事实，但稼轩这几首有点不同，它与时事有关，是很看得出来；大概都是恢复中原的希望已经断绝，发出来的感慨。《摸鱼儿》里头“长门”、“蛾眉”等句，的确是对于宋高宗不肯奉迎二帝下诛心之论……《念奴娇》那首，题目是“书东流村壁”，正是徽、钦北行经过的地方，所以把他的“旧恨新恨”一齐招惹出来。《贺新郎》那首是和他兄弟话别之作，自然把他胸中的垒块，尽情倾吐。所以这三首词都有本事藏在里头，不能把它当一般伤春伤别之作。前两首都是千回百折，一层深似一层，属于我所说的螺旋式。后一首却似堆垒式，你看他一起手硬硼硼的举了三个鸟名，中间错错落落引了许多离别的故事，全是语无伦次的样子，却是在极倔强里头显示极妩媚。“三百篇”、《楚辞》以后，敢用此法的，我就只见这一首。

从这段分析里，表现了论者以新的审美趣味进行艺术鉴赏，而特别值得注意的是以社会批评方式肯定了辛词的价值。王国维于南宋词人中只赞赏辛弃疾，见到其佳处在于“有性情，有境界”。梁启超的批评是比王国维进步多了。他将苏轼与姜夔都看作稼轩一派的，对他们的词评价也很高，认为："这一派的词，除稼轩外，还有苏东坡和姜白石都是大家。苏辛同派，向来词家都已公认；我觉得白石也是这一路，他的好处不在微词，而在壮采，但苏、姜所处地位与辛不同。辛词自然格外真切，所以我拿他做这派的代表。"非常奇怪的是：宋词中大量描写女性的作品，梁启超最推崇的却是苏轼的《洞仙歌》。他说："词里头写女性最好的，我推苏东坡的《洞仙歌》……好处在情绪的幽艳，品格的清贵，和工部（杜甫）《佳人》不相上下。"[①] 可能这首词最合其审美趣味了。由于梁启超采用了社会批评方法，较能发现辛词的社会意义，揭示辛词的思想远比以往的词学家深刻。在《辛稼轩先生年谱》里，关于《摸鱼儿》词的辨析，这是梁启超使用社会批评方法的典型例子。他说：

> 归正北人，骤跻通显，已不为南士所喜，而先生以磊落英多之姿，好评天下大略，又遇事负责任，与南朝士夫泄沓柔靡风习尤不相容。前此两任帅府皆不能久于其任，或即缘此。诗可以怨，怨固宜矣。然移漕未久，旋即帅潭，且在职六七年，谮言屡闻，而天眷不替。岂寿皇读此词后感其朴忠，悯其孤危，特加赏拔调护耶？[②]

这探索了《摸鱼儿》词的政治寓意，发挥了前人"词意殊怨"

---

① 梁启超：《中国韵文里头所表现的情感》，《饮冰室合集·文集》第13册，上海中华书局1936年版。

② 梁启超：《饮冰室合集·专集》第22册第20页，上海中华书局1936年版。

之说，作了具体的分析。《艺蘅馆词选》选录辛词二十七首，为诸家词选之冠，梁令娴录其父的评语也最多。其中我们可以见到梁启超对辛词所作的社会批评，如评《念奴娇·书东流村壁》云："此南渡之感"；评《破阵子·为陈同甫赋壮词以寄之》云："无限感慨，哀同甫，亦自哀也"；评《菩萨蛮·书江西造口壁》云："如此大声镗鞳，未曾有也。"稼轩词自来视为词之"别调"，清代无论浙西词派和常州词派对它的评价都不甚高。梁启超对它的评价因此具有反传统的意义。他为南宋词人辛弃疾作年谱，为北宋政治改革家王安石作评传，这不是偶然的，当与其政治改良主张有关。他似乎希望从中找到中国政治改良的经验教训，或从中认识中华民族的伟大精神。林志钧认为，梁启超对辛词"好之尤笃，平时谈词辄及稼轩，盖其性情怀抱均相近"。[①] 这是很可能的，因此辛弃疾的词和命运能引起他思想与情感的共鸣。

在向西方寻求真理的过程中，梁启超吸收了欧洲近代的科学研究方法。他曾大力介绍英国哲学家培根的科学方法，将它归结为：

> 人欲求得真理，当即先一物频频观察，反复试验，作一所谓有无级度之表以记之。如初则有是事，次则无是事，初则达于甲之级度，次则达到乙之级度，凡是皆一一考证，记载无遗，积之既久，而一定理出焉者矣。[②]

① 林志钧：《稼轩词疏证·序》。

② 梁高超：《近世文明初祖二大家之学说》，《饮冰室合集·专集》第1册第119～120页，上海中华书局1936年版。

他以为使用培根的科学方法便可“一洗从前空想臆度之旧习”。这种方法具有局限性，有一定的适应范围。梁启超在晚年说：

> 现代所谓科学，人人都知道是从归纳研究法产生出来……整理史料要用归纳法，自然毫无疑义。若说用归纳法就能知道“历史其物”这却太不成问题了……我想归纳法之在史学界，其效率只到整理史料而止，不能更进一步。①

以近代西方科学方法审视清代考据学方法，梁启超发现：

> 清儒之治学，纯用归纳法，纯用科学精神；此法此精神，果用何种程序始能表现耶？第一步：必先留心观察事物，觑出某点某点有应特别注意之价值；第二步：既注意于一事项，则凡与此事项同类者或相关系者，皆罗列比较以研究之；第三步：比较研究的结果，立出自己一种意见；第四步：根据此意见，更从正面旁面反面博求证据，证据备则泐为定说，遇有力之反证则弃之；凡今世一切科学之成立，皆循此步骤，而清考据家每立一说，亦必循此步骤也。②

梁启超是以近代科学方法对传统考据学的改造，其词学考证便

---

① 梁启超：《研究文化史的几个重要问题》，《饮冰室合集·文集》第14册，上海中华书局1936年版。

② 梁启超：《清代学术概论》第37页，商务印书馆1921年版。

是采用这种方法的。培根忽视推测在研究过程中的作用。梁启超以为“实验与推测常相随”，只有先设一推测之说，才可能求得现象的原因。他在晚年短暂的词学研究中也借助于近代科学的方法取得了前人所难达到的成就。

《中国之美文及其历史》是梁启超计划研究中国韵文史的巨著，可惜只完成了先秦至汉魏部分，其中关于乐府诗的研究和五言诗起源的论述，即使现在的文学史论著都未超过其水平。这部未完稿中关于“唐宋时代之美文”只留下了第一章《词的起源》，而且这一章也仅论述到词与唐代声诗的关系，但它已显示了一种科学研究的态度，找到了可靠的历史线索。他认为：

> 汉魏乐府，什九皆四言或五言古诗，齐梁乐府皆类似绝句的五言四句，皆句法字数篇篇相同，而谱词各别。汉魏之谱，六朝时已渐次沦亡，齐梁之谱，至唐景龙间尚存六十三曲，中叶后仅存三十七曲。音乐随时好而蜕变，本是自然之理，加以唐时武功极盛，与西北诸种落交通频繁，所谓“胡部乐”者，纷纷输入。玄宗以右文之主，御宇四十年，其间各种文化进步皆达高潮，而音乐尤为其所笃嗜，有名之《霓裳羽衣曲》即其手制，以故开元、天宝间新声迭起。崔令钦《教坊记》载三百二十四调，其中所有后世词调名不少，但其歌词之有无，不可深考。郭茂倩《乐府诗集》有“近代曲词”一门，所收皆盛唐以后新声也。内中八十余调……或为后此词调所本……内中所载歌辞，虽半属中唐作品，然亦有在盛唐及其以前者……凡此

声诗——即词之鼻祖，自初盛唐之间已发生者。[①]

这对词与声诗的关系作了翔实的论证，理清了有关的几个重要线索。可惜原稿至此为止，未能继续探究词体起源的关键问题：唐代声诗是怎样发展为长短句词体的。

1928年的数月间，梁启超完成了一组词学研究论文：《跋程正伯书舟词》《跋四卷本稼轩词》《吴梦窗年齿与姜石帚》《记兰畹集》《记时贤本事曲子集》和《静春词跋》。[②] 这一组考证文章深受词学界的重视，而且至今看来，其结论仍然是正确的。兹谨就关于《时贤本事曲子集》《书舟词》和吴梦窗年齿问题的研究略述：

梁启超在读唐宋词集时，于欧阳修《近体乐府》卷二《渔家傲》调下小字注、《唐宋名贤百家词》本《东坡词》及南宋绍兴辑本《南唐二主词》之《蝶恋花》调下注，都发现了引用《时贤本事曲子集》佚文。他又从南宋尤袤的《遂初堂书目》内发现有杨元素《本事曲》的著录。经过进一步的考证，梁启超认为《时贤本事曲子集》为北宋熙宁间杨绘编集的，所辑时人词于本事之下具录全词原文；这是最早的一部词话，南宋时尚有传本，元以后散佚了。他根据这些线索辑得佚文五则，稍后赵万里补了四则，最近又有学者作了补辑。这样使我们可以略见中国第一部词话的大致面目，为研究中国词学史提供了十分宝贵的文献资料。

---

① 梁启超：《中国之美文及其历史》，《饮冰室合集·专集》第16册第180页，上海中华书局1936年版。

② 梁启超：《饮冰室合集·文集》第16册，上海中华书局1936年版。

关于《书舟词》的作者及其时代归属，自来是宋词研究中的一个难解的学术问题。自明代杨慎断定作者程垓为“眉山人，东坡之中表也”（《词品》卷三），此后毛晋及近世词家况周颐等皆沿其误，以为他是北宋人，与苏轼为表亲，且有交游关系。梁启超从南宋人王称的《书舟词序》发现程垓与王称为同时代人，根本不可能与苏轼同时。这一发现又在陆游的《渭南文集》卷三一内的《跋程正伯藏山谷帖》得到证实。于是断定程垓为南宋中期人，与陆游、尤袤、王称等同时代且有交谊；他确为蜀人，但是否眉山人则尚待考证；他可算是宋词一名家。

在南宋词人吴文英的词集中有赠姜石帚词六首，以致清代学者误认姜石帚即姜夔，于是推论吴文英与姜夔的交游关系，断定他们是同时代人，生活在南宋中期。王国维对此曾表示过怀疑，但没有找到充分的根据。梁启超从南宋遗民周密的词集里有关吴文英的词判断，吴文英绝不可能与姜夔同时。他又从清乾隆间写本《白石集》所附录明初姜夔八世孙关于世系的记载，推测姜夔之子姜琼，可能号石帚而与吴文英有交游。因考证吴文英的生卒年缺乏可靠的依据，以致十分困难①，但梁启超断定姜夔与姜石帚并非一人，断定吴文英与姜夔不是同时人，这已为考证姜夔和吴文英生平事迹指出了一个正确的方向，使后来的词学家由此线索而在研究中取得了可喜的成就。②

梁启超词学研究的重大成果自应是其绝笔之作《辛稼轩先

① 参见夏承焘：《石帚辨》，《姜白石词编年笺校》第 283～286 页，上海古籍出版社 1981 年版。

② 参见谢桃坊：《词人吴文英事迹考辨》，《词学》第 5 辑，华东师范大学出版社 1986 年版。

生年谱》。1928 年初秋，他研究了稼轩词的版本。将新近的《景刊宋金元明本词》本《稼轩词》甲乙丙三集，与明抄《唐宋名贤百家词》本之《稼轩集》相较，完全相同，明抄本有丁集见存，而且发现甲集即辛弃疾门人范开所编，皆录淳熙十五年以前作品。于是继而推断乙集当编于绍熙二年以前，丙集收宦闽时期作品，丁集则是杂补前三集之遗。发现了这个线索，他很有信心来进行作品的编年并旁考其来往人物，而且可以对稼轩词进行分期。这样便依据《宋史·辛弃疾传》及四卷本《稼轩词》的题注，考实了辛弃疾平生仕历的大略：

> 考稼轩以二十九岁通判建康府，三十一岁知滁州，三十五岁提点江西刑狱，三十七岁知江陵府，三十八岁移帅隆兴（江西），仅三月被召内用，旋出为湖北转运副使，四十岁移湖南，寻知潭州兼湖南安抚，四十二三岁之间，转知隆兴府兼江西安抚，五十间（?）以言者落职，久之主管冲佑观，五十二岁起福建提点刑狱，旋知福州兼福建安抚，五十五岁被召还行在，五十六岁落职家居，五十九岁复职奉祠，六十一二岁间起知绍兴府兼浙东安抚，六十五岁知镇江府，明年乞祠归，六十七岁差知绍兴府又转江陵府，皆辞免，未几遂卒。①

继而梁启超又遍校各种版本稼轩词，考证了元大德间广信书院

① 梁启超：《跋四卷本稼轩词》，《饮冰室合集·文集》第 16 册，上海中华书局 1936 年版。

刊印的十二卷本《稼轩长短句》[1] 所未收的集外词四十八首，作了详细的札记。[2] 在准备工作完成后，于九月十日开始了《辛稼轩先生年谱》的写作。关于梁启超的写作动机，据其弟梁启勋说："伯兄尝语余曰：'稼轩先生之人格与事业，未免为其雄杰之词所掩，使世人仅以词人目先生，则失之远矣。意欲提出整个之辛弃疾以公诸世。'其作《辛稼轩年谱》之动机实缘于此。"[3] 梁启超异常勤奋，在病中坚持写作，将年谱已编至"辛弃疾六十一岁"，只剩最后几年了，终于所志未竟而绝笔。但是这个年谱是基本上完成了的，关于谱主一生的主要事迹、作品编年、交游考证以及家世等，也基本上考辨清楚了。像这样翔实谨严的词人年谱的编订，在词学史上实属首创。虽然它在某些具体问题的考证方面尚未尽善，但其所达到的学术水平则是永远为学术界所钦佩的。梁启勋为其兄所志中断而惋惜，决心继续完成先兄遗愿，于 1929 年底撰成《稼轩词疏证》。他在《稼轩词疏证序例》中说："启勋不揣其谫陋，继伯兄未竟之业……十月十九日始属稿，于每首之下，先录饮冰室校勘，次录饮冰室考证，又次为启勋之按语。其间因伯兄翻检未周、考证不甚正确者则修正之，未备者则补充之。"因此现在我们所见重新影印出版的《稼轩词疏证》应是梁氏兄弟研究辛词的共同成果。有了《辛稼轩先生年谱》和《稼轩词疏证》这样的基础研究工作，为现代研究辛弃疾提供了丰富的文献资料和事实的根据，而其影响则在于显示了研究一位古典作家时应当采

① 《稼轩长短句》今有上海人民出版社 1975 年点校本。

② 梁启超：《跋稼轩集外词》，《词学季刊》第 1 卷第 2 号，1933 年 8 月。

③ 梁启勋：《稼轩词疏证序例》。

取的一种科学的方法。

梁启超是我国近代历史上著名的政治人物。中国新文化运动之后，他明智地退出了政治舞台而专致于学术研究。他的学术观点和研究方法对我国现代学术发展的意义，尚值得我们认真地总结并进行历史的反思。仅从其词学研究，我们便不难发现它对现代词学的影响。梁启超在我国新旧文化思想交替之际，第一个在严格意义上以社会批评方式来探讨宋词的社会意义，一反传统的偏见高度评价了辛弃疾及宋代豪放词的思想成就和艺术成就，开启了现代词学的社会批评倾向。他关于作品的分析，完全摆脱了旧的词话和评点的形式，而能从政治的与历史的，或心理的与文学的角度进行具体的分析，尤其体现出一种新的美学理想和美学趣味。他吸收了西方科学的实证方法，继承了清代考据学优长，使词学研究脱离了旧的考据模式，使词学成为一种真正的学术研究。梁启超虽然不是专门的词学家，其词学研究却为现代词学开辟了一条新路。中国现代词学研究基本上呈现两种趋势，即在理论批评方面非常强调词人及其作品的社会意义，普遍采用社会学的分析方法，特别推崇苏轼与辛弃疾一派豪放词；在基础研究方面注重传统的考据学与近代西方科学方法的结合，对词人生平事迹、作品及词学基本问题进行周密的考证，取得了卓著的成就。如果我们将这两种主要趋势与梁启超的词学研究联系起来，则不难见到他在研究中已具有这两种趋势了。从这一意义而言，梁启超在词学史上是中国近代词学的光辉终结者，也为现代词学的发展开辟了道路。当我们对近数十年来现代词学进行历史反思时，追溯梁启超的词学研究的意义则会进入更深一层的历史反思。

第六章 现代的词学研究

自1919年新文化运动到1949年中华人民共和国成立，再到1978年新中国的改革开放，这六十年间，词学的发展同其他社会科学一样有着巨大的变化和辉煌的成就，学术的现代性与学者的现代意识都愈益加强了。词学虽然建立于宋元之际，但从严格意义而言，它作为社会科学学科之一，却是在现代形成的。这六十年间是受新文化思潮影响的词学家胡适、胡云翼、龙榆生、夏承焘、唐圭璋、宛敏灏、吴梅、王易、俞平伯、刘永济、任二北、詹安泰、赵万里、吴世昌、吴则虞、王季思、程千帆、万云骏、钱仲联、施蛰存、马兴荣等的活动时代。所以这六十年间，我国社会性质虽然发生了根本的变化——从新民主主义到社会主义，明显地分为两个阶段，然而我们却很难将这一代词学家的学术研究截然分开。他们的学术活动在前期和后期有所变化，显示出一个学术成熟的过程，这也体现着现代词学的发展过程。

第一节　中国新文化运动六十年以来的词学研究概况

新文化运动为我国呼唤来了一个新时代。在文学方面的表现尤为显著：以提倡白话文为文学革命的内容，反对旧的文学形式，中国文学的传统似乎断裂了。词体的命运远比格律诗、古文和骚赋要好得多，它被认为是白话文学的渊源之一而颇受好评。新文学运动的发起者胡适与词体曾有一段因缘，其文学革命思想最初便是以词体来表达的。他于 1916 年 4 月 13 日作的《沁园春》便是其文学革命的誓词：

> 更不伤春，更不悲秋，以此誓诗。
> 任花开也好，花飞也好，月圆固好，日落何悲？
> 我闻之曰，“从天而颂，孰与制天而用之？”
> 要安用，为苍天歌哭，作彼奴为！
> 文学革命何疑？
> 且准备搴旗作健儿。
> 要前空千古，下开百世，收他臭腐，还我神奇。
> 为大中华，造新文学，此业吾曹欲让谁？
> 诗材料，有簇新世界，供我驱驰。①

胡适将词作为活的白话文学之一来对待，他说：“惟愚纵观古

① 胡适：《胡适古典文学研究论集》第 210 页，上海古籍出版社 1988 年版。

今文学变迁之趋势，以为白话之文学种子已伏于唐人之小诗短词。及宋而语录体大盛，诗词亦多有用白话者。元代之小说戏曲，则更不待论矣。”① 钱玄同也支持胡适的意见，他说：

> 以前用白话做韵文的，却也不少，《诗经》《楚辞》固不消说。就是两汉以后，文章虽然被那些民贼文妖弄坏；但明白的人究竟也有，所以白话韵文，也曾兴盛过来；像那汉魏的乐府歌谣，白居易的新乐府，宋人的词，元明人的曲，都是白话的韵文；陶潜的诗，虽不是白话，却很合于语言之自然；——还有那宋明人的诗，也有用白话做的。可见用白话做韵文，是极平常的事。②

新文学革命者们在否定旧的文学传统时，为给白话文学找到历史的根据而探索着一种新的文学传统。这使得他们去重新评价中国文学史，于是着眼于那些曾被正统文人们瞧不起的文体。词体以往在文学史上的地位是很卑下的，长期被排斥于正统文学之外。现在新文学革命者以新的价值观念重新估价了词体。胡适说：

> 从前的人，把词看作“诗余”已瞧不上眼了；小曲和杂剧更不足道了。至于“小说”更受轻视了。近三十年中，不知不觉的起了一种反动。临桂王氏和湖州朱氏提倡翻刻宋元明词集，贵池刘氏和武进董氏，翻刻了许多杂剧

---

① 胡适：《历史的文学观念论》（1917），《胡适古典文学研究论集》第46页，上海古籍出版社1988年版。

② 钱玄同：《尝试集序》，《新文学大系·建设理论集》第109页，良友图书公司1935年版。

传奇，江阴缪氏、上虞罗氏翻印了好几种宋人的小说。市上词集和戏剧价钱渐渐高起来了，近来更昂贵了。近人受了西洋文学的影响，对于小说渐渐能尊重赏识了。这种风气的转移，竟给文学史家增添为无数难得的史料。词集的易得，使我们对于宋代的词的价值格外明了……于是我们对于文学史的见解，也就不得不起一种革命了。①

由于对词体的观念大大改变了，在解放词体的口号鼓舞下，胡适带头尝试作白话词。在其新诗集《尝试集》里收有《虞美人》《沁园春》《生查子》《百字令》《如梦令》等词，而且以白话诗诗行方式排列。这引起了一番小小的争论。钱玄同表示反对，他寄信与胡适说：

先生“自誓三年之内专作白话诗词，欲借此实地试验，以观白话之是否可为韵文之利器”。此意甚盛……先生近作之白话词（《采桑子》）鄙意亦嫌太文。且有韵之文，本有可歌与不可歌二种。寻常所作自以不可歌者为多。既不可歌，则长短句任意，仿古创新，均无不可。至于可歌之韵文，则所填之字，必须恰合音律，方为合格。词之为物，在宋世本是可歌者，故各有其调名。后世音律失传，于是文人按前人所作之字数、平仄，一一照填，而云“调寄某某”，此等填词，实与做不可歌之韵文无异；起古之知音者于九原而示之，恐必有不合音节之字之句；

① 胡适：《中古文学概论序》（1923），《胡适古典文学研究论集》第171页，上海古籍出版社1988年版。

就询填词之本人以此调音节如何，亦必茫然无以为对。玄同之意，以为与其写了“调寄某某”而不知其调，则何如直做不可歌之韵文乎！若在今世必欲填可歌之韵文，窃谓旧调惟有皮簧，新调惟有风琴耳。①

胡适争辩说：

词之重要，在于其为中国韵文添无数近于言语自然之诗体。此为治文学史者所最不可忽略之点。不会填词者，必以为词之字字句句皆有定律，其束缚自由必甚。其实大不然。词之好处，在于调多体多，可以自由选择。工词者，相题而择调，并无不自由也。人或问既欲自由，又何必择调？吾答之曰，凡可传之词调，皆经名家制定，其音节之谐妙，字句之长短，皆有特长之处。吾辈就已成之美调，略施裁剪，便可得绝妙之音节，又何乐而不为乎？

然词亦有二短：（一）字句终嫌太拘束；（二）只可用以达一层或两层意思，至多不过达三层意思。曲之作，所以救此两弊也。有衬字，则字句不嫌太拘。可成套数，则可以作长篇。故词之变为曲，犹诗之变为词，皆所以求近语言之自然也。

最自然者，终莫如长短句无定之韵文。元人之小词即是此类。今日作诗（广义言之）似宜注重各种长短无定之体。然亦不必排斥固有之诗词曲诸体；要亦随所好，各相

① 钱玄同：《寄胡适之》（1917），《新文学大系·建设理论集》第82页，良友图书公司1935年版。

题而择体，可矣。[1]

这指出了词体在现代文化里仍有其存在的合理意义。但钱玄同仍然坚持新的白话诗为主的方向，他认为：“总而言之，今后当以‘白话诗’为正体，其他古体之诗及词曲，偶一为之，固无不可，然不可以为韵文正宗也。”[2] 诗人康白情主张严格划分新诗与旧体诗词的界限，他说：

> 我以为就是一种形式的东西，也各有其独具的精神。如诗如词如曲，以至新诗，“新词”，“新曲”，都该各有领域，不容相混。要做旧诗，就要严守格律。填词就要倚声。作曲就要按谱。我们依格律作一首白话诗，只能叫他做非古典主义的古诗或律诗，不能叫他做新诗一样。我们用白话作的词或曲，也只能叫他做非古典主义的词或曲，不能叫他做“新词”或“新曲”，甚且就勿论用文言或白话作一种讲格律底东西，如果错了些规矩，就不能还说他是那一样东西，例如填一阕《烛影摇红》，我们改了他几个平仄节奏，就不能还说他是《烛影摇红》，最好是给他另起一个名字。因为我们自己底东西要保有个性，就不能不尊重别人的个性呵。[3]

---

① 胡适：《答钱玄同》，《新文学大系·建设理论集》第86～87页，良友图书公司1935年版。

② 钱玄同：《答胡适之》，《新文学大系·建设理论集》第88页，良友图书公司1935年版。

③ 康白情：《新诗底我见》（1920），《新文学大系·建设理论集》第332页，良友图书公司1935年版。

经过反复的讨论，关于我们现代对词体创作的态度是较为明确的。康白情的意见颇能代表学术界一般的看法，当然少数国粹派遗老是例外的。后来胡适也说：“我自己承认，《老鸦》《老洛伯》《你莫忘记》……这十四篇是‘白话新诗’。其余的也还有几首可读的诗，两三首可读的词，但不是真正白话的新诗。”①

从1916年开始的新文化运动至1921年文学研究会成立以前为第一个时期，从文学研究会成立到1935年《中国新文学大系》结集为第二个时期。郑振铎总结新文化运动的历史经验时说：

> 第一期是新文化运动和白话文运动。一方面对于旧的文化，传统的道德，反抗，破坏，否认，打倒，一方面树立起言文合一的大旗，要求以国语文为文学的正宗。就文学上说来，这初期运动者所要求的只是“文学”的形式上的改革……
>
> 第二个时期是新文学的建设时代，也便是文学研究会和创造社的时代。不完全是攻击旧的，而且也在建设新的。不完全是在反抗，破坏，打倒，而也在介绍创作，整理。白话文的讨论已经成为过去的问题，在这时候所讨论的，乃是更进一层的如何建设新文学，或新文学向那里去的问题。②

① 胡适：《尝试集再版自序》，《胡适作品集》第27册第44页，台湾远流出版公司1986年版。

② 郑振铎：《文学论争集导言》，《中国新文学大系·文学论争集》，良友图书公司1935年版。

在新文学的建设时代，开始了对旧文学的整理和研究。郑振铎指出这项工作的意义：

> 我以为我们所谓新文学运动，并不是要完全推翻一切中国固有的文艺作品。这种运动的真意义，一方面在建设我们的新文学观，创作新的作品，一方面却要从事估定或发现中国文学的价值，把金石从瓦砾堆中搜找出来，把传统的灰尘，从光润的镜子上拂拭下去。譬如元、明的杂剧传奇，与宋的词集，许多编书目的人都以他们为小道，为不足录的；而实则他们的真价值，却远在《四库书目》上所著录的元、明诗文集以上……
>
> 我们须有切实的研究，无谓的空疏的言论，可以不说。我们须以诚挚求真的态度，去发见没有人开发过的文学的旧园地……我们整理国故的新精神便是："无征不信。"以科学的方法，来研究前人未开发的文学园地。①

这种形势之下，学者顾颉刚提出了"国学"。1926年顾颉刚在《北京大学研究所国学门周刊》发刊词里说：

> 国学是什么？是中国的历史，是历史科学中的中国的一部分。研究国学就是研究历史科学中的中国的一部分，也就是用了科学方法去研究中国的历史材料。所以国学是

---

① 郑振铎：《新文学之建设与国故之新研究》（1923），《郑振铎古典文学论文集》第84～85页。上海古籍出版社1984年版。

科学中的一部分，而不是与科学对立的东西。

顾颉刚严格地将“国学”与“国粹”相区别，他认为：

倘使科学不是腐败的，国学也决不会腐败。倘使科学不是葬送青年生命的，国学也决不会葬送青年的生命……至于老学究们所说的国学，他们要把过去的文化作为现代人生活的规律，要把古圣贤遗言看做“国粹”而强迫青年们去服从，他们的眼光全注在应用上，他们原是梦想不到什么叫作研究的，当然说不到科学，我们当然也不能把国学一名轻易送给他们。若说他们在故纸堆中作生活，我们也在故纸堆中作生活，所以两方面终究是相近的，这无论我们的研究在故纸之外尚有实物考查，就是我们完全抗身于故纸堆中，也与他们截然异趣。[①]

古代文学的研究也很快被列入国学的领域。胡适在《国立北京大学国学季刊》发刊词云：

我们现在要扩充国学的领域，包括上下三四千年的过去文化，打破一切的门户成见：拿历史的眼光来整统一切，认清了“国故学”的使命是整理中国一切文化历史，便可以把一切狭陋的门户之见都扫空了。在文学的方面，也有同样的需要。庙堂的文学，固可以研究，但草野的文学也应该研究。在历史的眼光里，今日民间小儿女唱的歌

① 《中国新文学大系·史料索引》第169页，良友图书公司1935年版。

谣，和"诗三百篇"有同等的位置；民间流传的小说，和高文典册有同等的位置；吴敬梓、曹霑和关汉卿、马东篱和杜甫、韩愈有同等的位置。故在文学方面，也应该把"三百篇"还给西周东周之间的无名诗人，把古乐府还给汉魏六朝的无名诗人，把唐诗还给唐，把词还给五代两宋，把小曲杂剧还给元朝，把明清的小说还给明清。每一个时代，还他那个时代的特长的文学，然后评判他们的文学价值。①

词学作为国学的一个学科，自此真正成了现代社会科学之一了。但是在很长一段时间里，由于学术界旧的思想意识的影响，词学研究遇到的阻力是很大的。1936年，郑振铎针对词学研究的某种不良倾向而再次呼吁用新的眼光来研究文学。他说：

当胡适之提倡诗的解放的时代，是连词也被解放在内的。不料事隔多年，竟又有什么可笑的"词的解放"运动产生！

根本不明了什么是词，什么是诗，还恋着"词牌"的空壳子，而仅仅装上了俳优式的调笑语，而公然名之曰"解放"，我将真为"解放"二字一痛哭……

数十年来，词运总算是亨通的；四印斋、双照楼、彊村所刻的丛书，其精备是明、清人所未尝梦见的。为了他的提倡，今日得其余沥的，也还足以"护皋比"而做"大学教授"。因此便梦想一个："词学昌明"的时代的到来。

① 《中国新文学大系·史料索引》第180～181页，良友图书公司1935年版。

在猖狂的鼓吹着青年们的做词；尽管不通，他们会改得清顺的。即使完全不会做，也可以有人会代做，或马马糊糊混过去的。故大学之所谓“词”的讲座，几完全消磨在“词”的作法之中……

“词”的讲座，自然该设立，“词”也不是不该研究。却单单不是为了昌明词道。这是大学主持者或教授们所该明白的。现在对古文学乃是一个总结账的时代。我们研究，我们讲授，都没有反对的理由。我们用较新的眼光来研究旧文学，这是必要的。①

尽管词学研究中有如此一种偏向，然而现代词学仍然在新文学观点和新的科学方法的指引下迅速地开展着。

无论自然科学或社会科学的任何一门学科，都必须要反映一般的科学发展水平和社会实践的需要。它们不可能各自孤立地封闭地发展。近代和现代科学的发展表明：一种新的科学思想和方法都直接或间接地影响着许多学科。因此一般的方法论原则对专门学科具有非常重要的指导意义，如实证方法、辩证方法和系统方法在现代科学研究中便起了很重要的作用。但是各专门学科因其研究对象的特殊性质而应有适于自己局部的特殊规律的研究方法，仅有一般的方法论原则或借用其他学科的方法都是非常不够的。古典文学研究是一个专门的学术领域，它是属于社会科学范围的，因此必须具有科学的性质，而不应是传统诗话或词话类的东西；它是属于文学研究的一个部门，

① 郑振铎：《“词”的存在问题》，《郑振铎古典文学论文集》第255～257页，上海古籍出版社1984年版。

因此必须具有文艺学的性质，而不是社会学或历史学；它是以古典文献为研究材料的，而具有古典文献学的一些特点，不能仅仅依靠文艺学或美学的方法。可见古典文学研究确实需要有适应本学科的专门性的方法。新文化运动以来的六十年间，古典文学研究者们很注重改变传统的方法，尝试引进一般的方法论原则或借用其他学科的方法。这些新方法的使用曾在研究中取得了显著的成就，但是有一个基本的倾向是忽略了对古典文学研究专门学科方法的探索。当我们回顾以往的研究成果，将它与现代许多学科的进展相比较时，便感到很不能令人满意了。这当然有种种社会文化方面的原因，而其中研究方法的错误或落后曾给研究者带来很大的局限性。

在近代词学研究中，王国维率先试用近代的科学方法，尤其是梁启超所总结的近代科学方法，对现代词学有着良好的影响。新文化运动以来，胡适用实证方法来研究中国古典文学取得了空前的成功，特别是在古典小说的考证方面。胡适说："科学的方法，说来其实很简单，只不过'尊重事实，尊重证据'，在应用上，科学的方法只不过'大胆的假设，小心的求证'。在历史上西洋这三百年的自然科学都是这种方法的成绩；中国这三百年的朴学也都是这种方法的结果。"我国传统的考据方法仅限于文字材料，研究者能搜集材料证据，却不能创造新的证据。因此，胡适主张采用自然科学的实验室的方法，因为"自然科学的材料便不限于搜求现成的材料，还可以创造新的证据。实验的方法便是创造证据的方法"。[①] 他认为培根的方

① 胡适：《治学的方法与材料》，《胡适作品集》第11册第144～150页，台北远流出版公司1986年版。

法还不够科学，需要改进：

> 研究欧洲学术史的人知道科学方法不是专讲方法论的哲学家所发明的，是实验室里的科学家所发明的……即如世人所推为归纳理论的始祖倍根，他不过曾提倡知识的实用和事实的重要，故略带着科学的精神……近来科学家和哲学家渐渐的懂得假设和证验都是科学方法所不可少的主要分子，渐渐的明白科学方法不单归纳法，是演绎和归纳相互为用的，忽而归纳，忽而演绎，忽而又归纳；时而由个体事物到全称的通则，时而由全称的假设到个体事实，都是不可少的。①

胡适称这种科学方法为实验方法（即实证方法）。1935 年他在《〈醒世姻缘〉考证》里申明所取得成就就是用了实验方法。他说："这个难题的解答，经过了几许的波折，其中有大胆的假设，有耐心的搜求证据，终于得着我们认为满意的证实。"又说："我有了这个假设，就想设法证实他，或者否认他。不曾证实过的假设，只是一种猜测，算不得定论，证实的工作很困难。"② 胡适的词学论文《词的起源》《欧阳修的两次狱事》和《宋词人朱敦儒小传》等便是用实验方法进行研究的。

梁启超在评论词人时曾采用了社会批评方法。自 18 世纪以来，社会批评方法即是西方文学批评的一种重要模式。这种

---

① 胡适：《清代学者的治学方法》，《胡适作品集》第 4 册第 155～156 页，台湾远流出版公司 1986 年版。

② 胡适：《胡适古典文学研究论集》第 988、993 页。上海古籍出版社 1988 年版。

批评方法在我国的发展是有良好土壤条件的。梁启超希望以文学来改良国民的品质，必然在传统政治教化说的基础上自然地接受社会批评模式。新文化运动以后，中国社会动荡不安，继而又发生严重的民族危机，人民的灾难深重。由于社会现实的需要，决定了古典文学和词学研究的价值取向必然侧重社会意义了。词学论文如《民族词人张孝祥》《南宋爱国词人》《辛稼轩的爱国词》《爱国词人辛弃疾作品之研究》《岳武穆诗词中的精忠报国》《民族英雄陈龙川》《亡国词人李后主论》《国防词人辛弃疾论》《李清照论》等都是以社会批评而适应当时民族解放战争需要的，反映了这一时期的文学价值观念。

实证方法与我国传统考据方法的“无征不信”有相通之处，但的确是更为严密与科学了。古典文学和词学的考证应是属于史料学的范围，是理论研究所必需的基础工作。实证方法在词学研究中所取得的建设性的成果是最为显著的。词学考证论文如《南宋词之音谱拍眼考》《柳永生卒考》《白石道人歌曲考》《后村长短句考》《两宋词人先后考》《宋词版本考》《大晟府考略》《晏同叔年谱》《姜白石系年》《吴梦窗系年》《刘后村先生年谱》《王碧山年岁考》等，解决了词学中存在的学术问题，至今仍很有参考价值。

新文化运动以来的三十年间，词学研究的成就是空前的。这段时期共有词学论文六百篇，在 20 世纪 30 年代还创办了专门的研究刊物《词学季刊》，从而大大推动了词学的进展，培育了一代词学家。这段时期在词集和词学资料的整理、词学的理论建设和词史著述方面的成就都是最为显著的：

（一）词集和词学资料的整理方面，重要的总集和选集有：《双照楼景刊宋金元明本词》，吴昌绶辑，1911～1917 年影印本。

《涉园续景刊宋金元明本词》，陶湘辑，1917～1923年刊本。

《彊村丛书》，朱祖谋辑，1922年刊本。

《唐五代宋辽金元名家词集》，刘毓盘校辑，北京大学1925年排印本。

《校辑宋金元人词》，赵万里辑，历史语言研究所1931年。

《唐五代词》，林大椿辑，商务印书馆1933年。

《唐宋金元词钩沉》，周泳先辑，商务印书馆1937年。

《清名家词》，陈乃乾辑，开明书店1936年。

《全宋词》，唐圭璋辑，商务印书馆1940年。

《词话丛编》，唐圭璋辑，南京刊本1934年。

《词选》，胡适选，商务印书馆1927年。

《词选》，胡云翼选，中国文化服务社1936年。

《唐五代宋词选》，龙榆生选，商务印书馆1937年。

《宋词举》，陈匪石选著，正中书局1947年。

（二）词学理论方面的重要著作有：

《宋词研究》，胡云翼著，中华书局1926年。

《词调溯源》，夏敬观著，商务印书馆1931年。

《词学》，梁启勋著，京城印书局1932年。

《词学通论》，吴梅著，商务印书馆1932年。

《词源疏证》，蔡桢著，金陵大学1930年。

《词学概论》，胡云翼著，世界书局1934年。

《词学研究法》，任二北著，商务印书馆1935年。

《周词订律》，杨易霖著，开明书店1931年。

《二晏及其词》，宛敏灏著，商务印书馆1935年。

（三）词史方面的重要著作有：

《词史》，刘毓盘著，群众图书发行公司1931年。

《词曲史》，王易著，神州国光社1932年。

《中国词史大纲》，胡云翼著，大陆书局1933年。

《宋词通论》，薛砺若著，开明书店1937年。

以上的编辑和著述，标志现代词学已经建立了一个坚实的基础，为进一步的研究创造了非常良好的条件。这一代词学家辛勤的开发是取得了丰硕成果的。

新中国成立以后，在以历史唯物主义观点批判地继承古代文学遗产的方针的指引下，词学研究也取得了很大的成就。《词学》集刊主编马兴荣曾总结说：

> 词学研究者都努力学习马列主义，改造世界观，力图用马克思主义的文艺观点、方法来从事词的研究，改变过去较多的对琐节碎义的探讨，钻牛角尖的考证的情况。1955年下半年开展了李煜词评价问题的讨论，到1956年基本告一段落……1959年到1960年又开展过李清照词的讨论。这对于如何评价词人、词作，有一定的启发，对词学研究的开展有一定的助益。老词学研究者夏承焘、唐圭璋、龙榆生以及刘永济、俞平伯、詹安泰、沈祖棻、程千帆、万云骏、宛敏灏、施蛰存、钱仲联、吴则虞等和不少年纪较轻的同志或参加了讨论，或先后对词的起源、发展、作家作品的分析、评价，词学研究中的一些问题的探讨等等各抒己见，发表了专文多篇。研究古代文艺理论的同志们也发表了不少研究王国维《人间词话》的文章，取得一定的成绩。出版的专著有任二北的《敦煌曲校录》

> 《敦煌曲初探》，夏承焘的《唐宋词人年谱》《姜白石词编年笺校》，邓广铭的《辛稼轩词编年笺注》《辛稼轩年谱》《辛稼轩传》，李一氓校的《花间集》，王仲闻校注的《李清照集校注》，特别值得重视的是唐圭璋以数十年辛勤劳动编成的《全宋词》得王仲闻的精审修订后以新版问世。……其他还有邓广铭的《辛稼轩诗文钞存》、文学遗产编辑部编的《李煜词讨论集》、湖北省哲学社会科学联合会语文学会编的《李清照研究资料汇编》。郭绍虞、罗根泽主编的《中国古典文学理论批评专著选辑》中也标点整理出版了一批词话。在工具书方面有张相编的《诗词曲语辞汇释》……至于选注则有胡云翼的《宋词选》、陈迩冬的《苏轼词选》、俞平伯的《唐宋词选释》等。可以说，建国以来词学研究在观点和方法上起了根本的变化，在资料汇集整理上有了新的进展，在普及工作上也开始做了些工作，基本上改变了词学研究的旧面貌。①

由于文学价值观念的改变，词学家们重新评价了词体文学。一代词宗夏承焘说：

> 词的历史虽然过去了，但它遗留下来两万多首作品，还是一个大可发掘的宝藏。我们祖先累积了艺术劳动的业绩，为这种文学创造了八百七十余调，一千六百七十余体，这在世界各民族格律诗的形式创造上可说是空前的。

① 马兴荣：《建国三十年来的词学研究》，《词学》第 1 辑，华东师范大学出版社 1981 年版。

那些有伟大成就的作家，他们都是面对现实，或投身于现实斗争，都是用这种文学来表达他们爱祖国爱人民的情感，或拿它作为现实斗争的武器。这是继《诗》《骚》以来的优良传统，在整部文学史上应该有其崇高的地位。他们的精神和业绩是值得我们永远尊敬永远珍视的。①

著名前辈词学家龙榆生说：

现在要从宋词这个丰富遗产内吸取精华来丰富我们的创作，我觉得从周、姜一派深入研究它的思想性和时代性，这里面是有很多宝贵的经验值得我们借鉴的。②

后来，在20世纪50年代末，古代文学研究领域里提出了“厚今薄古，古为今用”的口号，文学的价值观念又有所变化。例如王季思说：“宋词是南北宋三百年间的抒情诗，今天我们读宋词，应首先辨别它们表现的哪些思想感情是健康的，有进步意义的，可以为我们接受；哪些是不健康的，落后的，甚至反动的，要加以批判。”怎样看待宋词中写男女爱情的作品，他说：“我们不要忘记这些歌词是出于八九百年前封建统治阶级文人的手笔，这些人当时在爱情上看不到自己的前途，因此在表现他们的深沉、真挚的感情的同时，却带给读者一些消沉的、暗淡的情绪。这些消沉暗淡的情绪，一方面表现了封建统治阶级的残酷性，另一方面也表现了这些封建时代没落文人的

① 夏承焘：《唐宋词叙论》，《浙江师范学院学报》1955年第1期。

② 龙榆生：《宋词发展的几个阶段》，《新建设》1957年第8期。

软弱性。”关于爱国主义的词，他说：“宋词里所表现的爱国主义精神，当然是我们可以接受的；然而我们今天的时代，跟苏、辛的时代不同，我们今天的热爱祖国，跟保卫世界和平，保卫我们共产主义无比美好的前途密切联系在一处，它的意义是远远超过历史上任何时期的爱国主义精神的。”① 夏承焘也发现：宋代作家“他们在诗里表达积极的、面对现实的思想感情，而让消极的逃避现实的思想感情用词来写；于是词便成为消极颓废的思想感情的逋逃薮，便成为名符其实的诗之余了。”因此认为：宋词的思想内容，“上不逮唐诗，下也有愧于元曲。”② 这些评论的时代特征都是非常明显的，某些见解也有其合理的因素，然而其总的倾向是注重文学的社会价值，而相对地偏离了文学本位。当我们回顾这段时期的词学研究时，研究方法尤应值得反思。

历史唯物主义是科学的社会学。“科学的社会学是同马克思、恩格斯和列宁的名字联系着的。列宁把历史唯物主义叫做‘社会科学的别名’，认为它是各门社会科学——历史学、政治经济学、法学、伦理学、美学、心理学、社会心理学等等的基础的基础”。③ 新中国成立以来，历史唯物主义也曾是一切社会科学的基础的基础，古典文学研究中原来的社会批评方法也必然得以历史唯物主义为基础。苏联文学批评中的庸俗社会学倾向，这时在我国古典文学研究领域产生了热烈的反响。旧的社会批评重视文学的时代、种族、社会环境的因素，我国新的社

① 王季思：《从宋词里接受有益的东西》，《理论与实践》1959 年第 4 期。

② 夏承焘：《“诗余”论——宋词批判举例》，《文学评论》1966 年第 1 期。

③ ［苏］伊利切夫：《哲学和科学的进步》第 202 页，中国人民大学出版社 1982 年版。

会批评则增添了经济、阶级、社会重大问题等因素；这必然导致了向庸俗社会学方向发展。庸俗社会学认为，文学创作决定于经济关系和作家的阶级出身，作家的思想意识为其阶级存在所决定，作品的艺术形象是作家所属社会阶级特征的表现。由于我国特殊的历史文化背景，庸俗社会学在古典文学研究领域里盘根错节，使绝大多数学者都习惯这种批评模式，以至它成为这三十年间理论批评的基本方法，尽管“庸俗”的程度各有所不同。

1955年至1956年关于李煜词的讨论，1957年至1964年关于李清照词的讨论，虽然意见纷纭，但基本上都是从社会批评来理解这两家词的。这两家词恰恰没有反映社会重大现实，缺乏思想意义和社会意义，因而在评价它们时总感到矛盾和困惑：难以认识它们的真正价值。讨论中使用阶级分析方法是较为突出的，如认为李煜是中国历史上有名的荒淫君主之一，其前期的词把那种贵族阶级的华贵、腐朽、淫逸生活毫不掩饰地勾划出来，所以不是超阶级的东西；他所抓的、掘的、表现的完全是他个人——人民的剥削者；他暴露了这个阶级的腐朽与无能，他的词成为这个阶级的一面镜子。关于李清照的批评，认为她出身贵族，夫家又是贵族，宋室南渡时又追随赵构的路线逃跑，她的词只能引人们走向逃避现实斗争的颓废之路，与劳动人民没有共通之处：她的词在当时历史条件下，社会意义就是较小的，它不是事变当中那种昂扬的积极的时代精神的反映，而是一种比较低沉和消极的时代情绪的反映，是一种哀鸣和挽歌似的作品。这两次讨论较充分暴露了社会批评的局限性，因为按照这种批评的要求，必将否定文学的特性和美学价值。

在只重视文学的社会意义时，古典文学中又由于两极意识的支配，认为中国文学史上有代表性的古典名著，对于现实社会的矛盾的反映，是采取不掩饰和不妥协的态度；这是现实主义所以成立的一个基本特质，这特质也为我们古典现实主义所具有。我们古典现实主义文学有它长久的非常优秀的传统。以为文学艺术是一定经济基础上的上层建筑，是阶级斗争的工具。因此进入阶级社会以后，我国文学史上就贯串着两条道路的斗争——现实主义和反现实主义的斗争。这一斗争和阶级斗争紧密联系着。词学研究也受到这种两极意识的影响，因而有学者从社会价值出发，将宋词的发展分为主流与逆流，以表现爱国思想的苏轼、辛弃疾等豪放词为主流，以南宋逃避现实、偏重格律的词为逆流。这正反映了社会批评向庸俗社会学的发展，而且表明其有很深厚广阔的社会文化基础。按照社会批评方法，首先将文学作品机械地分为思想性和艺术性两个互不联系的部分，进而通过对思想性的分析着重发掘作品的社会意义。在讨论李煜词时，何其芳便发现这种批评方法在理论上是有缺陷的，但以为在事实上又可以承认。他说：

> 文学作品的艺术性和思想性虽说不可截然分开，两者是互为影响的，但在这个问题上，还存在着不同的情况。我想可以有这样几种作品：（一）思想性和艺术性都很高的作品，如屈原、李白、杜甫的诗歌和《水浒传》《红楼梦》等小说都是；（二）思想性不高，但也不反动，而且还有一些能够引起人民共鸣的东西，但艺术性却很高，如李煜的词便是这样的作品；（三）思想不好，但也有较高的艺术性，如欧洲某些颓废派作家的作品；（四）思想性

和艺术性都相当低劣的作品。不承认有这样的客观事实，是说不通的。[①]

在理论上文学作品的思想与艺术是统一不可分的，而事实上又可以分割为几种情形。这种无法克服的矛盾是我国古典文学研究者长期习惯于社会批评所感到的困惑，如果不摆脱这种模式是难以找到新的道路的。

这三十年间是社会批评方法在古典文学研究中的全盛时期，大大推动了理论批评的进展，也使理论批评陷入僵化和庸俗化的境地，然而理论批评受到空前的重视却是事实。相比之下，古典文学的基础研究退居到极其次要的地位，在一个冷僻的角落里仍使用着传统的方法，仅有屈指可数的稀少成果。这种称为"传统的方法"，实际上已是实证方法。它在新的文化条件下是应该为最先进的方法所代替或加以改造的，但学术界似乎由于不重视而忘置了。1955 年批评胡适文学史观点时，何其芳批判了其实用主义方法，具体批判了其"历史的方法"[②]，并未批判其"实验的方法"。当然也有人指出胡适的"大胆假设"是主观唯心主义的方法，但是由于将科学的假设误为主观臆说，因而这种批判便显得软弱无力。结果是实证方法仍在史料学和古典文学研究中继续使用。这时期著名的词学考证文章如《张孝祥世系、里贯考辨》《柳永事迹新证》《李清照事迹考》《词人王沂孙事迹考略》《宋词上去声字与剧曲的关系及四声体考证》等都是力作。可惜这类考证比上一时期减少了许

---

① 《何其芳文集》第 5 卷第 169 页，人民文学出版社 1983 年版。

② 《何其芳文集》第 5 卷第 79～80 页，人民文学出版社 1983 年版。

多，而方法则更为科学了。

古典文学研究应有自己的研究方法。词学为了适应现代学术发展的需要，怎样才能找到一种最能科学地、历史地、深刻地阐释词学的内部因素及其特殊规律的方法呢？新的方法将会使我们的研究工作出现一个飞跃。这个飞跃是出现在 20 世纪 80 年代新时期的词学研究中的。

第二节　胡适与新文学建设时代的词学研究

词体文学被作为新文学历史渊源之一，它在文学史上的意义真正地显示出来了。这是新文学运动的倡导者们胡适、刘复、钱玄同、俞平伯、郑振铎等的共同认识。在新文学建设时代，词学成了国学研究的一个专门的学科而受到重视。胡适对词体文学非常有兴趣。他是新文学运动以来第一个以新文化的观点，以新的方法与白话的表述方式来研究词学的。他的词学观点与方法在现代词学界产生了广泛的影响，成为我国现代词学的奠基者。

胡适，字适之，安徽绩溪人。1891 年出生于上海。初名洪骍，谱名嗣穈。幼时在家乡读私塾，1904 年十四岁时到上海，初进梅溪学堂，次年转澄衷学堂，1906 年考入中国公学。1910 年赴美国留学，在康奈尔大学读农科，后攻文学，1915 年转入哥伦比亚大学哲学系研究部，受业于哲学家杜威，成为实验主义的信徒。他于 1917 年获得哲学博士学位，由美返国执教于北京大学，1928～1930 年曾为吴淞中国公学校长，1931～1937 年主持北京大学文学院。在此期间先后参加《新青年》杂志的编辑工作，与徐志摩等创办《新月》月刊，与傅斯年等创办《独立评论》。于 1938～1942 年出任驻美国大使，1945～1948 年任北京大学校长，1957 年当选为台湾“中央研究院”院长。1962 年卒于台北市。

新文化运动时期的胡适

在教育学、哲学、史学、文学等领域内，胡适都有很大的建树。词学研究仅仅是其学术研究中的很小一部分，然而却有鲜明的时代特色。1905 年他在美国留学时的日记里便保留有许多读词的札记。他于 1922 年发表了《南宋的白话词》，1925 年发表了《词的起源》，1926 年发表《词选・自序》，1927 年出版了《词选》。他还钞录并校勘了《云谣集》杂曲子三十首，另外发表了关于欧阳修、朱敦儒、贺双卿等词人事迹考证的文章。这些词学论著虽然与现代许多词学家的论著相比较是不够宏富的，但它的意义在于唤起了词学研究的一个新时代。

从现代新文化思想出发，胡适发现了词体文学的新的价值，形成了新的词史观念，提出了新的艺术鉴赏标准。

王国维的“时代文学”观念，为胡适所继承和发展了。胡适在《文学改良刍议》里即是以“时代文学”的观念来说明文学改良必要性的：

> 文学者，随时代而变迁者也。一时代有一时代之文学：周、秦有周、秦之文学，汉、魏有汉、魏之文学，

> 唐、宋、元、明有唐、宋、元、明之文学。此非吾一人之私言，乃文明进化之公理也。即以文论，有《尚书》之文，有先秦诸子之文，有司马迁、班固之文，有韩、柳、欧、苏之文，有语录之文，有施耐庵、曹雪芹之文：此文之进化也。试更以韵文言之：《击壤》之歌，《五子》之歌，一时期也；"三百篇"之诗，一时期也；屈原、荀卿之骚赋，又一时期也；苏、李以下，至于魏、晋，又一时期也；江左之诗派为排比，至唐而律诗大成，此又一时期也；诗至唐而极盛，自此以后，词曲代兴，唐、五代及宋初之小令，此词之一时代也；苏、柳、辛、姜之间，又一时代也；至于元之杂剧传奇，则又一时代矣：凡此诸时代，各因时势风会而变，各有其特长，吾辈以历史进化之眼光观之，决不可谓古人之文学皆胜于今人也。①

他也认为词为一代之文学，但分为唐、五代及宋初为一时期，苏轼以后为又一时期，以区别两个不同的发展阶段。根据文学进化的原理，虽然可以肯定词在文学史上的意义，却不能说明词体文学与新文学革命运动之间联系的现实意义。胡适比王国维更进一步认为词体文学是"活文学"，是"白话文学"。在1915年的《胡适留学日记》里便有"活文学"观念的萌芽。胡适以为"吾辈有志于文学者，将从此处下手。"他所记的活文学样本，第一便是词，列举了李煜《长相思》、苏轼《点绛唇》、黄庭坚《望江东》、辛弃疾《寻芳草》、向镐《如梦令》、

---

① 胡适：《胡适古典文学研究论集》第21页，上海古籍出版社1988年版。

吕本中《采桑子》和柳永《昼夜乐》共七首近于口语的词。①1928年出版的《白话文学史》标志胡适文学史观点的成熟。他认为“古文传统史”的文学是“死文学”，不能代表一个时代之文学，只有中国文学史上的白话文学才是“活文学”，是代表时代的文学。他说：

> 中国文学史上何尝没有代表时代的文学？但我们不该向那“古文传统史”里去寻，应该向那旁行斜出的“不肖”文学里去寻。因为不肖古人，所以能代表当世！我们现代讲白话文学史，正是要讲明这一大串不肯替古人做“肖子”的文学家的文学，正是要讲明中国文学史上这一大段最闹热，最富于创造性，最可代表时代的文学史。“古文传统史”乃是模仿的文学史，乃是死文学的历史；我们讲的白话文学史乃是创造的文学史，乃是活文学的历史。因此我说：国语文学的进化，在中国近代文学史上，是最重要的中心部分。换句话说，这一千多年中国文学史是古文文学的末路史，是白话文学的发达史。②

在《白话文学史》里是包含了词体文学的。胡适在1922年拟定的国语文学史纲目里有“晚唐五代的词”、“北宋的白话词”、“南宋的白话词”三节，但因这部著作只出了上卷，写到中唐诗歌为止，因而未论及词的历史。这由《词选》将其关于词体文学的基

---

① 胡适：《谈话文学》，《胡适古典文学研究论集》第1～2页，上海古籍出版社1988年版。

② 胡适：《白话文学史引子》，《白话文学史》第4～5页，新月书店1928年，岳麓书社1985年版。

本看法表述出来了。胡适说："我这三百多首的五代、宋词，就代表我个人的见解。我是一个有历史癖的人，所以我的《词选》就代表我对于词的历史的见解。"① 由于将词体文学认作是代表一个时代精神的文学，它是文学史上的活文学，从而是中国白话文学的渊源之一；这样从新文学建设的观点来认识，词体文学的新的价值被发现了，真正达到了尊崇词体的目的。胡适为了给白话文运动找到理论和文学史的依据，所以特别强调白话文学为文学史的中心。这是纯从文学形式着眼的，以为凡一切用白话写的作品皆好，完全否定了本质的意义，因而具有严重形式主义的错误；但在新文化运动时代仍是有其积极意义的。

胡适关于词史的基本观点，在其 1922 年发表的论文《南宋的白话词》里已初步形成。他认为：

> 词的进化到了北宋欧阳修、柳永、秦观、黄庭坚的"俚语词"差不多可说是纯粹的白话韵文了。不幸这个趋势到了南宋，也碰着一个打击，也渐渐的退回到复古的路上去。南宋的词人有两大派，一派承接北宋白话词的遗风，能免去柳永、黄庭坚一班人的淫亵习气，能加入一种高超的境界与情感，却仍能不失去白话词的好处。这一派，我们可用辛弃疾、陆游、刘过、刘克庄作代表。一派专在声调字句典故上做工夫；字面越文了，典故用的越巧妙了，但没有什么内容，算不得有价值的文学。这一派古典主义的词，我们可用吴文英作代表。②

① 胡适：《词选·自序》，《胡适作品集》第 30 册，台湾远流出版公司 1986 年版。
② 胡适：《南宋的白话词》，《晨报副刊》1922 年 12 月 1 日。

在《词选》及其附录里，胡适较充分地表述了新的词史观念：词起源于中唐，诗人依曲拍试做长短句的歌词；白话词是词史的中心，苏轼 — 辛弃疾是重点；词是一种新诗体，与音乐的分离是发展的必然。

关于词体起源的时间，胡适以为："长短句的词起于中唐，至早不得超过西历第八世纪的晚年。"他细考了今存唐人词及声诗，发现"初唐、盛唐的乐府歌词，凡是可靠的材料，都是整齐的五言、七言，或六言的律绝。当时无所谓'诗'与'词'之分；凡诗都可歌，而'近体'尤其都可歌"。这样便排除了初唐和盛唐产生词体的可能性。继而胡适详细考证了中唐流行的六个新词调——《三台》《调笑》《竹枝》《杨柳枝》《浪淘沙》《忆江南》，以证实词调起源于中唐。胡适认为词调起源的过程是：

> 长短句之兴，是由于歌词与乐调的接近。通音律的诗人，受了音乐的影响，觉得整齐的律绝体不很适宜于乐歌，于是有长短句的尝试。这种尝试，起先也许是游戏的，无心的；后来功效渐著，方才有稍郑重的，稍有意的尝试。《调笑》是游戏的尝试，刘、白的《忆江南》是郑重的尝试。这种尝试的意义是要依着曲拍试做长短句的歌词；不要像从前那样把整齐的歌词勉强谱入不整齐的调子。这是长短句的起源。①

---

① 胡适：《词的起源》，见《词选》附录，又见《胡适古典文学研究论集》第554页，上海古籍出版社1988年版。

从整齐的声诗演变为长短句歌词的过程，胡适所作的理论推测较宋以来的各种假设要合理得多，他对词调起源时间的考定也是很有根据的。在胡适写《词的起源》时，唐人的敦煌曲子词已经被发现了，为探讨词的起源问题提供了新的资料。他未能注意这一线索，致使其推论的依据仅局限于文人词的范围，而难以作出更为科学的论断。所以胡适写成此文初稿去征求王国维的意见时，王氏答云："至谓长短句不起于盛唐，以词人方面言之，弟无异议；若就乐工方面论，则教坊实早有此种曲调，崔令钦《教坊记》可证也。"[①] 可惜胡适未能冷静地思考王国维的意见，而后来也未再探讨这个问题了。

关于唐宋词的发展，胡适持白话文学史的观点以为唐宋词也适宜用"文学史上有一个逃不了的公式"来考察。他说：

> 文学的新方式都是出于民间的。久而久之，文人学士受了民间文学的影响，采用这种新体裁来做他们的文艺作品。文人的参加自有他的好处：浅薄的内容变丰富了，幼稚的技术变高明了，平凡的意境变高超了。但文人把这种体裁学到手之后，劣等的文人便来模仿，模仿的结果，往往学得了形式上的技术，而丢掉了创作的精神。天才堕落而为匠手，创作堕落而为机械。生气剥丧完了，只剩下一点小技巧了，一堆烂书袋，一套烂调子！于是这种文学方式的命运便完结了。文学的生命又须另向民间去寻新方向

① 胡适：《胡适古典文学研究论集》第 547 页，上海古籍出版社 1988 年版。

发展了。[①]

按照这个公式，胡适将唐宋词分为三个段落：唐至北宋中期为歌者的词，北宋中期至南宋中期为诗人的词，南宋中期至元初为词匠的词。在第一时期里，主要是应歌之作，词人为歌妓与乐工作词，供他们演唱，抒写男女的相思离别，大都属于艳歌。这时的词"都接近平民的文学，都采用乐工妓女的声口，所以作者个性都不充分表现"。胡适对这一时期的词基本上是肯定的。第二个时期是从苏轼以诗为词开始的，"他只是用一种新的诗体来做成的'新体诗'。词体到了他的手里，可以咏古，可以悼亡，可以谈禅，可以说理，可以发议论"。此后"词的用处推广了，词的内容变复杂了，词人的个性也更显出了"。在胡适看来，这是唐宋词发展的高峰，因而最应该肯定。在第三个时期里，词体文学开始衰微了。这时的词重音律而不重内容，侧重咏物而又多古典，作者都作成了"词匠"。胡适最鄙薄"词匠"的词，以为："他们没有情感，没有意境，却要作词，所以只好作'咏物'的词。这种词等于文中的八股，诗中的试帖；这是一般词匠的笨把戏，算不得文学。"[②] 以上关于三个阶段的划分，及对各时期基本特点的认识，作为一种学术意见是值得重视的，而且能体现词体文学发展的某种规律性。但是像这样以文体演进为根据评定每个时期的文学价值则陷入了极主观的偏见之中，因为简单的肯定与否定都往往远离

① 胡适：《胡适古典文学研究论集》第 555 页，上海古籍出版社 1988 年版。

② 胡适：《词选·自序》，《胡适古典文学研究论集》第 550～556 页，上海古籍出版社 1988 年版。

了文学发展的真实。胡适对所谓“词匠的词”的简单否定的态度，实际上表现了他对南宋词缺乏深入的研究，因而其意见很难为词学界所接受。

关于词与音乐的问题，胡适是从纯文学的观点而轻视词体的音乐特性的。词体虽然形式是长短句，但这绝不是词体的本质特征。词体是律化了的长短句，而且是以具体词调的音乐要求为准而存在的。胡适仅以长短句形式为据，将整个词的历史分为三大时期：自晚唐到元初为词的自然演变时期；自元到明、清之际为曲子时期；自清初到清末为模仿填词的时期。他还说：“在文学演变史上，词即是前一个时代的曲，曲即是后一个时代的词，根本上并无分别。”① 这将词与曲混为一谈了，忽视了二者之间的区别。近体诗、词、曲是中国古典格律诗体的三种样式，这从广义诗学概念来理解是确切的，但是将曲纳入词的历史则是概念的混乱了。因为轻视词体的音乐特性，所以胡适对“诗人的词”评价最高。他以为苏轼及辛弃疾，“这些作者都是天才的诗人，他们不管能歌不能歌，也不管协律不协律；他们只是用词体作新诗”。他断定苏、辛等词人完全不顾词的音律，这并非他们创作的真实情形。胡适又极端地认为：“姜白石是个音乐家，他要向音律上去做工夫。从此以后，词便转到音律的专门技术上去。史梅溪、吴梦窗、张叔夏都是精于音律的人；他们都走到这条路上去。他们不惜牺牲词的内容来迁就音律上的和谐。”② 这个论断也并非姜夔等人创作的真

① 《赵万里〈校辑宋金元人词〉序》，《胡适古典文学研究论集》第590页，上海古籍出版社1988年版。

② 胡适：《词选·自序》，《胡适作品集》第30册，台湾远流出版公司1986年版。

实情形。词体是音乐的文学，它的衰亡的真正原因仍是与音乐关系的分裂而失去社会基础的。所以片面地强调诗人之词的意义，必然导致对词史的歪曲。胡适坚持认为："词起源于乐歌，正和诗起源于歌谣一样。诗可以脱离音乐而独立，词也可以脱离音乐而独立。"① 但是，诗与音乐的关系和词与音乐的关系，一是在文艺的原始阶段建立的，一是在文艺发展的较高阶段建立的，若简单地比较便可能误解它们产生的文化条件。

胡适的词史观点是有其内在逻辑联系的，形成了统一的新的词史观，具有反对旧的词史观的意义，体现了一种新的文艺思潮。在对词人作品的批评时，胡适表现了新的审美标准：通俗、自然、真实。这与其提倡新文学的精神是一致的。

《词选》所选录唐宋词人作品共三百五十一首，选录十首词以上的词人有韦庄、晏殊、张先、苏轼、秦观、黄庭坚、周邦彦、朱敦儒、辛弃疾、陆游、刘克庄、蒋捷、张炎。选取的标准是通俗、自然和真实。例如苏轼、周邦彦、朱敦儒、辛弃疾的词，主要是选取了他们那些自然真实而近于白话的小令。向镐是南宋的小词人，他之受到胡适的特殊推崇，是"他的词明白流畅，多有纯粹的白话词"。② 辛弃疾的词最符合胡适的论词标准。他评辛词说：

> 辛弃疾……他是词中第一大家。他的才气纵横，见解超脱，情感浓挚，无论做长调或小令，都是他的人格的涌

① 胡适：《词选》，《胡适作品集》第30册第78页，台湾远流出版公司1986年版。

② 胡适：《词选》，《胡适作品集》第30册第135页，台湾远流出版公司1986年版。

现。古来批评他的词，或说他爱“掉书袋”，或说他音节不很谐和。这都不是确论。他的长调确用许多有典之处，但他那浓厚的情感和奔放的才气，往往使人不觉得他在那里掉书袋。试看吴文英、周密诸人，一掉书袋，便被书袋压死在底下，这是何等明显的教训！真有内容的文学，真有人格的诗人，我们不妨给他们充分宽假。

至于音律一层，也是错的。词本出于乐歌，正与诗本出于乐歌一样……苏轼辛弃疾做词，只是用一种较自然的新诗体来做诗；他们并不想给歌童倡女作曲子，我们也不可用音律来衡量他们。

辛弃疾的长调，或悲壮激烈，能达深厚的感情，或放恣流动，能传曲折的意思：这是人所共知的。但长调难做得好，往往有凑句，有松懈处，有勉强处，虽辛弃疾亦不能免。我们选他的长调，删弃较多，选择最慎，只留了一些疵瑕最少的。

他的小令最多绝妙之作，言情、写景、述怀、达意，无不佳妙。辛词的精采，辛词的永久价值，都在这里。所以我们选他的小词最多。①

在胡适看来，辛弃疾是古今第一大词人，所以辛词的某些缺点也被原谅了。然而他对宋季词人的评价却因为不合其美学标准而给予了非常苛刻的批评。如评吴文英词说：“近年的词人多中梦窗之毒，没有情感，没有意境，只在套语和古典中讨生

① 胡适：《胡适作品集》第 30 册第 159～160 页，台湾远流出版公司 1986 年版。

活。”评王沂孙词说：“我们细看今本《碧山词》，实在不足取。咏物诸词至多不过是晦涩的灯谜，没有文学价值。”[①] 词学家夏承焘读了《词选》后致书胡适，其中说：“大著所选词，脱落故节，自标准则，允能‘表现个人见解’，然于前人是处，似亦不可一笔抹煞。”[②] 夏承焘的意见表达得委婉含蓄，较能代表词学界的意见。

在词学史上，《词选》是第一部表现新文学观点的词选集。它以新诗的行式排列，对某些语辞作了简明注释，关于词人的评介则是用新文学革命运动以来通用的白话文体，所表现的词学观点也是很新颖的；因而它在现代词学中是有开创意义的。

胡适研究词学的方法对于现代词学也是很有影响的。他吸收了西方现代的科学方法，而且按照现代科学的思维方式来研究词学，尝试使用了文本分析法、实证方法和历史 — 美学的批评方法。它们在当时都是很先进的。

1915 年胡适转入美国哥伦比亚大学哲学系研究部学习时，受到了西方哲学思潮的影响。他这时的日记里所保存的数则读词札记，明显地使用了西方流行的文本分析的方法，试图从表述方式、文法、声韵、修辞等方面来研究词的艺术技巧。他发现“以对语体（Dialogue）入诗”，在中国古代诗歌中已有此例，宋词里也有，如辛弃疾的《沁园春·将止酒戒酒杯使勿近》和刘过的《沁园春·寄辛承旨时承旨招不赴》。[③] 读辛词

---

① 胡适：《胡适作品集》第 30 册第 247、257 页，台湾远流出版公司 1986 年版。

② 夏承焘：《天风阁学词日记》第 19 页，浙江古籍出版社 1984 年版。

③ 胡适：《胡适古典文学研究论集》第 499～500 页，上海古籍出版社 1988 年版。

时，胡适将三十阕《水调歌头》作了细致的文法的比较分析，考察了它们相同部位句子的排偶、分句、语势、叙事顺序等等的异同。他认为："稼轩有《贺新郎》二十二首，《念奴娇》十九首，《沁园春》十三首，《满江红》三十三首，《水龙吟》十三首，《水调歌头》三十五首，最便初学。初学者宜用吾上所记之法，比较同调诸词，细心领会其文法之变化，看其魄力之雄伟，词胆之大，词律之细，然后始可读他家词。"① 胡适还从文法的角度比较了诗与词体性的特点。他认为：

> 吾国诗句长短韵之变化不出数途。又每句必顿住，故甚不能达曲折之意，传宛转顿挫之神。至词则不然。如稼轩词："落日楼头，断鸿声里，江南游子，把吴钩看了，阑干拍遍，无人会，登临意。"以文法言之，乃是一句，何等自由，何等顿挫抑扬！"江南游子"乃韵句，而为下文之主格，读之毫不觉勉强之痕。可见吾国文本可运用自如。②

对于词的用韵，胡适试以现代音韵学的方法来分析。黄庭坚《洞仙歌》用了"老"、"草"、"昼"、"守"、"棹"、"斗"韵字，它们不在同一韵部。胡适解释这种现象说："山谷，江西人，疑是江西土音耳。吾绩溪土音读'肴'、'豪'韵如'尤'韵。而'尤'韵中字乃有二种绝不相同，如'尤'、'由'、'游'、

① 胡适：《胡适古典文学研究论集》第533～534页，上海古籍出版社1988年版。

② 胡适：《胡适古典文学研究论集》第594页，上海古籍出版社1988年版。

'休'诸字为一类（母音如法文之 ieu），而'侯'、'留'、'楼'、'舟'、'愁'，仄声之'昼'、'守'、'手'、'斗'、'酒'诸字，另为一类（母音略如英文之 ĕ），歙县之音则全韵作'尤'韵，故与'肴'、'豪'通也。"[①] 这些文本的分析在我国词学史上是前所未有的。

实证方法是胡适的主要研究方法，他也用于词学研究。他为《词选》所作的词人小传，对柳永、周邦彦、李清照、向镐、朱敦儒、史达祖、刘克庄、吴文英、蒋捷、王沂孙、张炎等生卒年或生平事迹不详的词人进行了考证。夏承焘对此评价很高，以为："考证时代，亦可补于拙作《词林年表》。"[②] 例如关于朱敦儒生卒年的考证便是胡适的创获之一：

> 他的生死年岁不可考。他的《樵歌》三卷里，只有两首词有甲子可考。最早的是政和丁酉（1117）洛阳西内造成，他代洛阳人作望幸之曲（《望海潮》题）。又绍兴丁丑（1157）有中秋赏月的《柳梢青》词。此外无甲子可考的，为"七十衰翁告老归来"（《沁园春》），"好笑衰翁年纪，不觉七十有四"（《如梦令》），"屈指八旬将到"（《西江月》），"今日生日，庆一百省岁"（《洞仙歌》）。大概他活到九十多岁。《宋史》说他绍兴十九年（1149）告归；以"七十衰翁，告老归来"之句参考起来，他大概生于神宗元丰初年，约当 1080；死于孝宗淳熙初年，约当 1175。[③]

---

① 胡适：《胡适古典文学研究论集》第 592 页，上海古籍出版社 1988 年版。

② 夏承焘：《天风阁学词日记》第 19 页，浙江古籍出版社 1984 年版。

③ 胡适：《朱敦儒小传》，《语丝》第 19 期，1922 年 12 月；《词选》中之小传同。

这些考证，现在都仍有参考的价值。关于词的起源问题，胡适有两条考证是具有理论上的突破意义的。第一，他发现刘禹锡集里有其和白居易《忆江南》词，词题为："和乐天春词，依《忆江南》曲拍为句。""这是依调填词的第一次明例"。第二，他以《思帝乡》调为例，比较了温庭筠、韦庄、孙光宪三家四首词每句的字数，它们的字数互有差异，从而否定了"泛声填为长短句"之说。[①] 这为探讨词的起源提供了非常可靠的事实依据。胡适关于欧阳修狱事及其与两首艳词的关系作了详细的考证，辨析了有关的史实，为解决欧词真伪问题提供了线索。[②] 在这些考证里所采用的方法，虽然继承了传统考据学的优长，而确是胡适常常自诩的新的实证方法，它制造了新的证据。尽管他的某些考证尚不是定论，或者有疏漏与错误之处，但毕竟是词学研究中较为精密与先进的方法。

《词选》的词人小传少则数百字，多者达两千余字，简明地考证了词人生平事迹，介绍了词集版本情况，分析了其词的艺术特点，指出了其在词史上的意义，实为词人的小小评传了。词人小传中关于词的批评，具体表现了胡适的词学观点。他试用了历史美学的批评方法，即既有美学的分析又有强烈的历史观念。例如他评东坡词云：

---

① 胡适：《胡适古典文学研究论集》第 540～543 页，上海古籍出版社 1988 年版。

② 胡适：《欧阳修的两次狱事》，《胡适古典文学研究论集》第 1303～1310 页，上海古籍出版社 1988 年版。参见谢桃坊：《欧阳修狱事考》，《文史》第 28 辑，中华书局 1987 年。

> 词至苏轼而一大变。他以前，是《花间集》的权威的时代；他以后，另成一个新时代。若问这个新时代的词有什么特色，我们可以指出两个要点。
>
> 第一，风格提高了；新的意境提高了风格……东坡以前的词只是写儿女之情的；下等的写色欲；上等的写相思，写离别；以风格论，轻薄的固不足谈；最高的不过凄婉哀怨，其次不过细腻有风趣罢了。苏轼的词往往有新意境，所以能创立一种新风格。这种风格，既非细腻，又非凄怨，乃是悲壮与飘逸……
>
> 第二，“以诗为词”……苏轼以前，词的范围很小，词的限制很多；到苏词出来，不受词的严格限制，只当词是诗的一体；不必儿女离别，不必鸳衾雁字，凡是情感，凡是思想，都可以似诗，就都可以做词。从此以后，词可以咏史，可以吊古，可以说理，可以谈禅，可以用象征寄幽妙之思，可以借音节述悲壮或怨抑之怀。这是词的一大解放。①

这分析了苏词的艺术风格，指出了它在宋词发展中的重大意义。北宋后期的词人周邦彦是自宋以来很有争议的，胡适对他的词作了较为全面的分析。他认为：

> 周邦彦是一个音乐家而兼是一个诗人，故他的词音调

① 胡适：《词选》，《胡适作品集》第30册第77～78页，台湾远流出版公司1986年版。

谐美，情旨浓厚，风趣细腻，为北宋一大家。南宋吴文英、周密虽精于音律，而天才甚低，故仅成词匠之词，而不是诗人之词，不能上比周邦彦了。

周邦彦多写儿女之情，故后人往往把他和柳永并论。张炎词中屡用“周情柳思”四字来代艳情。其实周词的风格高，远非柳词所能比。

周邦彦读书甚博，词中常用唐人诗句，而融化浑成，竟同自己铸词一样。如我们选的《夜游宫》，上半用“东关酸风射眸子”，下半用“肠断萧娘书一纸”，皆是唐人诗句；但这两句成句，放在他自己创意写实的词句里，便只觉得新鲜而真实，不像旧句了。南宋晚年的词人只知偷窃李商隐、温庭筠的字面，——张炎《词源》中有字面一章，——便走入下流一路。①

这也是将周邦彦放在宋词历史过程中来观照的，将他与南宋词人作了比较，说明他们在艺术上的重要区别，因而能作出较为恰当的评价。

我们应当承认，胡适在词学研究中所用的方法，还不如他后来研究中国古典小说时成熟，但毕竟开启了一种新的风气。

胡适的词学观点和方法，都显然受了王国维的影响。如谷永说：

胡氏生后于先生（王国维）而推先生之波澜者也。先

① 胡适：《胡适作品集》第30册第115～116页，台湾远流出版公司1986年版。

> 生之于文学有真不真之论，而胡氏有活文学死文学之论；先生有文学蜕变之说，而胡氏有白话文学史观……先生论词取五季北宋而弃南宋，今胡氏之《词选》多选五季北宋之作……故凡先生所言，胡氏莫不应之，实行之。①

胡适毕竟在新文学革命运动之时从事词学研究，并将词学纳入新文学的建设事业；正是在这种新的文化背景下，他虽然接受了王国维某些观点和方法的影响，而却形成了自己的观点和使用了更新的方法，因而其影响远远超过了王国维。他从新文学的观点发现了词体文学的新价值，建立了新的词史观念，提出了新的批评与鉴赏的标准；他试用了现代的文本分析、实证方法和历史美学的批评来研究词学，尤其以新的白话文为表述方式，非常有利于词学的普及，非常有利于促进词学研究的现代化。这些都构成了一种较新的词学研究构架，标志着我国的词学进入了现代发展阶段。因为这位学者学识的博大精深，有现代理论的指导和采用了先进的方法，以至在其早年偶然涉足于词学领域，能够高瞻远瞩，取得非凡的成就，开创了词学的新时代。虽然其某些观点和考证的结论是词学界所难以接受的，但从现代词学发展来看，胡适是现代词学的奠基者。

第三节　胡云翼对现代词学理论的贡献

在古典文学研究领域里，每个时代的学者都是按照自己的

① 谷永：《王静安先生之文学批评》，《学衡》第64期，中华书局1928年版。

价值观念去审视过去的文学；然而这样的认识与评价总是有其时代局限的。当我们回顾中国新文化运动以来词学研究的历程，也是如此。胡云翼是受现代新文学思潮影响的词学家，在其四十年的词学研究中正反映了从新文化运动到“文化大革命”前夕的学术思潮主流。在他逝世三十余年之后再来评价其词学成就时，是不应脱离其历史文化条件的，尤应看到它在现代词学研究进程中的意义。

胡云翼像

胡云翼，原名耀华，生于1906年，湖南桂东县人。1927年毕业于湖北武昌师范大学中文系，曾在湖南长沙岳云中学、南华女中、湖南省立一中、江苏无锡中学、镇江师范、暨南大学等处任教。后又在上海中华书局和商务印书馆从事编辑工作。抗日战争时期，在江浙一带参加抗日救亡运动；抗战胜利后曾担任过地方行政职务。新中国成立后，先在上海南洋模范中学任教，继而到上海师范学院任教。于1965年在上海去世。他在学生时代参加文学活动的同时，即开始研究词学。1925年在武昌师范大学读书时，与同学组织艺林社，创办《艺林旬刊》，受到郁达夫的指导和重视。这年在《晨报副刊》上陆续发表了《文学欣赏引论》《词人辛弃疾》和《李清照评传》等论文，出版了《中国文学概论》（上海启智书局）。早期的文学作品有小说《西泠桥畔》《爱与愁》，散文《麓山的红叶》《爱晚亭的风光》（艺林出版社）。1926年出版了《宋词研究》（上海中华书局)。此后陆续出版的词学论著有《词学 ABC》(上海世界书局 1929 年)、《中国词史大纲》(上海大陆书局 1933 年)、《中国词史略》(上海北新书局 1933 年)、《词学概论》(世界书局 1934 年),主编了《词学小丛书》(上海文化服务社 1937 年),编选的词集有《词选》(上海中华服务社 1936 年)、《唐宋词一百首》(上海中华书局编辑所 1961 年)、《宋词选》(上海中华书局编辑所 1962 年)。此外还著有《唐诗研究》《宋诗研究》和《中国文学史》等。胡云翼一生致力于中国古典文学研究,在词学研究方面的成就最为卓著,是我国近几十年来具有广泛社会影响的词学家。

在现代词学研究里是胡适开辟了新的道路,以新的社会审美观念描述了宋词发展的轮廓。胡适的词学观点具有反传统的意义,其研究方法吸收了西方现代科学方法,其表述方式采取了新的白话文体。胡云翼正是在新文学观念的鼓舞下和胡适词学思想的影响下进入词学研究的。新中国成立以后,他受到历史唯物主义的熏陶习染,使其词学观点在新的条件下又得到发展。胡云翼的词学观点很有时代理论特色,他初步建构了词史的规模并充分肯定了豪放词的历史地位:这都在中国古典文学研究中有过广泛而深远的影响。

胡云翼同当时许多新文学的倡导者一样,对中国传统文化采取批判态度。他研究词学的目的与保存国粹的守旧派有根本的区别。在谈到《词学 ABC》写作的主旨时,他说:

> 第一,我写这本《词学 ABC》,并没有提倡中国旧文学,这是最要辨明的。我们为甚么要研究词?乃是认定词体是中国文学里面一个重要的部分,它有一千多年的历

史，遗留下来许许多多不朽的作家和不朽的作品，让我们去鉴赏享受，我们当然不愿抛弃这种值得鉴赏享受的权利。可以说，我们的和词发生关系，完全是建立在读词的目标上面。因为要读词，便得对词作一点粗浅的研究，懂得一点词的智识。我写这本小册子的主旨，便只是想告诉读者一些词的常识，做读词和研究词的帮助。目的仅仅如此而已。我绝不像那些遗老们，抱着“恢复中国固有文学之宏愿”，来“发挥词学”的。

第二，我这本书是“词学”，而不是“学词”，所以也不会告诉读者怎样去学填词。如果读者抱了一种热心学习填词的目标，来读这本书，即便糟了！因为我不但不会告诉他一些填词的方法，而且极端反对现代的我们，还去填词。为甚么我们不应该去填词？读者不要疑心我是看不起词体才说这种话。我们对于曾经有过伟大的光荣的词体，是异常尊重的。可是这种光荣已经过去很久了，词体在五百年前便死了。[①]

这是从现代人的视角将词体文学作为一种珍贵的文学遗产对待，而不是要去恢复这种古旧的文体。但仅仅为了个人鉴赏享受才去了解词学，而且极端反对现代人去填词，这样的看法有其片面性。我们研究词学应有更为深一层的意义，而某些现代人偶尔填词也并非坏事，虽然不宜提倡。尽管如此，我们如果将胡云翼的态度与国粹派相比较，显然前者更具有历史的进步意义。关于宋词的特点，胡云翼认为它是“时代的文学”和

① 胡云翼：《词学 ABC》第 1～2 页，上海世界书局 1929 年版。

“音乐的文学”。他说：

> 词的发达、极盛、变迁种种状态，完全形成于有宋一代。宋以前只能算是词的导引；宋以后只能算是词的余响……这种词是富于创造性的，可以表现出一个时代的文艺特色。所以我们说宋词是时代的文学。
>
> 中国文学的活动，以音乐为依归的那种文体活动，只能活动于所依附产生的那一种音乐的时代，在那一时代内兴盛发达，达于最活动的境界……凡是与音乐结合关系产生的文学便是音乐的文学，便是有价值的文学……歌词之法传自晚唐而盛于宋。作者每自度曲亦解其声，制词与乐协应。又有自度腔者，并作新词，任随词家的意旨，驱使文学在音乐里面活动。这种音乐文学的价值很大。[①]

这是在词学史上第一次非常明确地阐述了宋词的基本特点，尤其是第一次提出了“音乐的文学”的观念，此后遂为词学界所接受。基于这样的认识，胡云翼高度评价了宋词在中国文学史上的地位，强调宋以后的词其作为音乐文学的生命已经完结，而成了文学史上的陈物，因而根本否定宋以后词的价值并反对现代人再去填词。虽然词体在发展过程中有与音乐结合的一面，也存在脱离音乐束缚的倾向；因此，它在特定的文化条件下可以脱离音乐而获得新的生命。关于对宋词的评价，胡云翼虽然以时代文学和音乐文学的观念给予了很高评价，承认其

---

① 胡云翼：《宋词研究》第4～6页，中华书局1926年版；又见巴蜀书社1989年重印本，第4～5页。

“特殊价值”，但对其“弊点”的揭示则是近于苛酷的。他说：“宋词的弊点，我们至少可以从宋词的颓废发现出来。据我的观察，宋词有两个本体上的病根，有两个现象上的弊点。”其所谓两个本体上的病根即“音数上的限制”和“声韵上的限制”；两个现象上的弊点即“描写对象的狭隘”和“古诗辞意模袭”。“宋词既然有了这种种的缺陷，加上晚宋讲究词派，讲究词法，作品之陈腐，千篇一律，无非为前人作书记，其下者书记还不如呢！这正如晚唐、西昆诗文发展一样，国家要亡了，而他们这些文人仍沉醉于象牙之塔，高唱他们的艳歌，不知时代是何物。这不是宋词的厄运最后临到了吗？”[①] 似乎北宋和南宋的灭亡，宋词都是责无旁贷的了。这未免过高地估计了文学的社会作用。如果我们联系新文学运动以来，人们急切要求文学直面现实人生以期唤醒民众、复兴中华的时代文化心理，自然可以谅解当时对宋词脱离社会现实倾向的严厉责备了。

《宋词研究》初版于1926年，至1928年已出了第三版，它在我国现代词学史上具有首创的意义。著者在“自序”里说：

> 宋词在中国文学史上，自有她的特殊地位，自有她的特殊价值，而作文学史的分工工作，对于宋词加以条理的研究和系统的叙述的专著，据我知道，现在似乎还没有。以前虽有词话、丛话一流书籍，偶有一得之见，而零乱掇拾，杂凑无章。我著这本书的动机，就是想将宋词成功组织化、系统化的一种著作。

① 胡云翼：《宋词研究》第71～73页，中华书局1926年版。

著者并未夸大其辞，它的确是词学史上最早的系统研究宋词及其历史的专著，尤其可贵的是它以新文学的观点来研究宋词。近世词学家刘毓盘的《词史》出版于1930年，王易的《词曲史》和吴梅的《词学通论》都出版于1932年。它们基本上采用传统的观点和方法，而且都比《宋词研究》问世迟了数年。因此，《宋词研究》的筚路蓝缕之功是不应忽视的。我们应庆幸我国现代词学开始走上了一条新的道路。《宋词研究》的上篇为宋词通论，从宏观的角度探讨了词的起源，特点和发展规律；下篇为宋词人评传，评介了两宋的主要词人，基本上是宋代的词史。著者期望它能使读者明了词的内涵外延，知道宋词发展和变迁的状态，审识宋词作家作品，从而对词的欣赏和研究发生更大的兴趣。《宋词研究》是胡云翼全面研究词学和词史的基础。以后，他在此基础上形成了词学专著《词学ABC》和《词学概论》，形成了词史专著《中国词史大纲》和《中国词史略》。胡云翼关于词学知识的介绍，不同于梁启勋等人主要讲解词的体制、声韵及作法，而是注重理论的探究。在《词学ABC·例言》里，他将词学的范围概括为四个方面：

一、什么叫词？已是颇不易回答的问题，本书从诗词的分野上，从词的特质上，而下一定义。

二、本书依历史的考察，最先说明从诗到词嬗变的理由及其路径，以期阐明词在文学史上所留的痕迹。

三、词的起源，众说纷纭，莫衷一是，本书一一加以批评，并从词与乐的关系上作一答案。

四、词的发展历史，及为研究词学最切实重要之部分，本书详加叙述，并指示著名作品，以助欣赏。

这为词学的宏观研究开创了途径。胡云翼关于词史的面貌作了较细的描述，如在《中国词史略》里追溯了词的起源，关于晚唐五代词分别介绍了晚唐词、西蜀词和南唐词，关于北宋词则分为四个发展期来评述，关于南宋词则分为南渡词坛、南宋的白话词、南宋的乐府词、晚宋词来评述，对金词、元词和明词也分别作了简要介绍，关于清词则分别评述了清初词、浙派词、常州派词和清末词。其中评介的词家有百余人，阐明词史的流变，剖析了词派兴替的原因。从上所述，可以认为胡云翼为词学和词史的研究建构了初步的系统与规模。

胡云翼研究宋词特别突出了豪放词的历史地位，并给予了很高的评价。早在1925年，他在论文《词人辛弃疾》里便表露了对豪放词的态度。他认为：

北宋为了受金兵不堪的压迫，把一个都城不得已的由汴京移到临安来，政治上显示了许多的纷动，社会上感受无穷的疮伤。经过这样巨大的牺牲以后，而有所成就的，不过助长几个英雄志士的成名，几个诗人词客作品的成功而已。弃疾便是成名的英雄里面的一个，同时又是成功的词人里面的一个。伟大的词人辛弃疾，近人王国维氏评他说："南宋词人，白石有格而无情，剑南有气而乏韵；其堪与北宋人相颉颃者，惟一幼安耳。"其实，我们即老实说辛弃疾是南宋第一大词人，也不算夸张吧。①

① 胡云翼：《词人辛弃疾》，《晨报副刊》1925年8月24日。

胡云翼发展了王国维推崇北宋词的观点和胡适关于白话词的理论。他在《宋词研究》里论述宋词发展过程时，对宋词的发展线索已有了明确的认识，如说：

> 词体经过五代至北宋长期的发达，无论在小令方面、长调方面，婉约的词或是豪放的词都有专门的作家，极好的作品。本来体格谨严的词体，描写的对象又是很狭的，经过这么长期的开展，差不多开展已尽，无路可走了。而且北宋词既有很好的成绩，很好的作品，作为范本，南宋词人不由的，便走上古典主义的路上去了。讲词派，讲词体，讲求字面，讲求雕琢，尽在作法上转来转去，虽有警字警句，而支离破碎，何足名篇名家？况所谓作法之讲求，也不过以北宋名家词为摹本。是则虽有成就，无非北宋人之皂隶，更何能超北宋而上之呢？故在量的方面讲，南宋词或成熟发达到极地无以复加了；若论到词的本质，则南宋词确乎是词的末运了。①

继而胡云翼在《词学 ABC》里更鲜明地肯定豪放词的历史地位，认为：

> 词体之得着解放，自苏轼始，柳永虽然倡导了慢词，还是因袭晚唐五代词的曼艳风气，还没有打破“词为艳科”的约束。到苏轼便把词体的束缚完全解放了。他一方

① 胡云翼：《宋词研究》第 47 页，巴蜀书社 1989 年重印本。

面超越了“词为艳科”的狭隘范围，变婉约的作风为豪放的作风，一方面又摆脱了词律的拘束，自由地去描写……

我们则认定这种“别派”，是词体的新生命。这种新词体离开了百余年来都是这样温柔绮靡的旧墟，而走上一条雄壮奔放的新路。这条路可以使我们鼓舞，可以使我们兴奋，而不是叫我们昏醉在红灯绿酒底下的“靡靡之音”。①

从胡适、胡云翼以来对豪放词的赞赏与对婉约词的贬抑的词史观点，是与中国现代社会的动乱不安和反传统的思潮所形成的文化背景分不开的。这种词史观点带有两极意识的特色，因而在新中国成立以后与盛行的社会学方法有某些相近或相通之处，于是它得到了极为充分的发展。在20世纪60年代出版的《宋词选》里，胡云翼发展了其前期的词史观点，认为豪放派是宋词的主流。他说：

词至南宋发展到了高峰。向来人们都认为宋朝是词的辉煌灿烂的黄金时代，如果把这话说确切一点，这光荣称号应归之于南宋前期。这时期爱国主义词作突出地反映了时代的主要矛盾——复杂的民族矛盾，放射出无限的光芒……

辛弃疾、陆游两个伟大的爱国主义作家以及团结在其周围的进步词人陈亮、刘过等进一步发展了南宋词。辛弃疾一生精力都贯注在词的方面，成就更为杰出。他继承着苏轼的革新精神，突出地发扬了豪放的风格。在总结前人词思想艺术方面的创获的基础上，进而扩大词体的内涵，

① 胡云翼：《词学ABC》第44～45页，上海世界书局1929年版。

> 使其丰富多采，把词推向更高的阶段。他们的词作汇成南宋词坛一支振奋人心的主流——这就是文学史上所著称的豪放派。

由于我国现代文化精神中存在着一种两极意识，强调事物对立面的绝对斗争，于是认识方法趋于极端：肯定一方便绝对地否定一方，有主流则必然有与之相对抗的逆流。在这种两极意识的支配下，胡云翼认为：

> 高举爱国主义的旗帜在词里形成一支波澜壮阔的主流，这是一方面……与此相反，代表南宋士大夫的消极思想和个人享乐思想，在词坛里形成另外一支逃避现实、偏重格律的逆流，这又是一面。
>
> 姜夔、史达祖、吴文英等是依附于统治阶级以清客身份出现的词人。他们承袭周邦彦的词风，刻意追求形式，讲究词法，雕琢字面，推敲声韵，在南宋后期形成一个以格律为主的宗派。①

在《宋词选》里从选录、注释与作家作品评介，都贯彻了关于宋词主流与逆流的观点。选注者说："我们根据思想性和艺术性统一的原则来评选宋词，便不能不定出新的标准。这个选本是以苏轼、辛弃疾为首的豪放派作为骨干，重点选录南宋爱国词人的优秀作品，同时也照顾到其他风格流派的代表作。"这个"新的标准"非常符合 20 世纪 50 年代至 70 年代我国的社

① 胡云翼：《宋词选》卷首第 13～19 页，上海古籍出版社 1978 年版。

会审美理想和审美趣味，代表了这一时期的文艺思潮。但是，这种豪放派主流论与宋词实际不完全一致，而且对柳永、晏殊、李清照、周邦彦、姜夔、吴文英、王沂孙、张炎等婉约词人的评价是极不恰当的；反映出对他们的作品未能深入理解，片面地强调思想性，并未在选评中达到“思想性与艺术性的统一”。社会美学思潮也“通常都是从一个极端到另一个极端”。[①]进入80年代以后，词学界在探索新的研究途径时，对社会学批评模式予以检讨，较为注重作品的艺术性，认真研究婉约词——特别是南宋的婉约词，并对它作了重新的评价。这无疑是词学研究的可喜进展。当我们回顾自清代初年词学复兴以来的词学史时，又不能不承认：胡云翼关于豪放词在词史上地位的高度评价是有其反传统的合理性，其社会批评方法对宋词思想性的分析在某些方面仍然是很深刻的。因此，我们在评价胡云翼词史观点时应接受历史的教训，不能重蹈两极意识的覆辙。学术的发展总是一个扬弃的过程，合理的因素是会保留下去的。但愿我们在新的历史时期能寻求到一种较为理想的批评模式，可以将思想性和艺术性在批评中真正地统一起来。

胡云翼毕生致力于词学研究，是我国现代词学史上以新文化思想来研究词学并取得很大成就的专家。词是音乐文学、词为艳科、宋词无流派，这三个论断关系着对词体文学本质的认识，是胡云翼对现代词学理论的重大贡献。

词与音乐的关系曾为宋人认真探讨过，而自清代凌廷堪的燕乐研究和谢元淮探寻词乐以来已引起了近世学者的关注。从现代的学术视角对此现象加以概括的任务是由胡云翼完成的。

① 列宁：《黑格尔逻辑学一书摘要》第84页，人民出版社1965年版。

他第一次在中国学术史上提出了“音乐的文学”的观念：

> 中国文学的发达、变迁，并不是文学自身形成一个独立的关系，而与音乐有密切的关连……中国文学的活动，以音乐为归依的那种文体的活动，只能活动于依附产生的那种音乐的时代，在那一个时代内兴盛发达，达于最活跃的境界。若是音乐亡了，那末随着那种音乐而活动的文学，也自然停止活动了。凡是与音乐结合关系而产生的文学，便是音乐的文学，便是有价值的文学。①

这样，“音乐的文学”或称“音乐文学”即是与音乐配合或结合的文学。中国古代音乐曾经发生过数次变革，旧的音乐为新的音乐所代替，宫廷音乐受到民间音乐的冲击，传统音乐受到外来音乐的影响；这些都可造成与之配合的文学的变化，它们的艺术生命是联结在一起的，因此具有明显的时代特色。关于音乐文学才是有价值的文学，胡云翼补充说：“本来单独的文学效力在社会里面，远不及音乐的效能来得大。因为音乐的关系，因此宋词也跟着音乐而得着较大的普遍性。”② 音乐文学可以随着音乐的流行而在社会上广泛地传播，故能起到更大的社会效应；这是它远胜于纯文学作品之处。从音乐文学的角度以认识词体性质，便可进而认识它的时代文学意义和特有的文学价值，可使词学研究进入一个新的学术境界，即具现代社会科学的特点，从而避免了纯文学研究所产生的弊端。胡云翼因持音乐文学

① 胡云翼：《宋词研究》第 5 页，巴蜀书社 1989 年重印本。

② 胡云翼：《宋词研究》第 28 页，巴蜀书社 1989 年重印本。

的观点，在探讨词体起源时作出了符合历史真实的结论：

> 词的起源，只能这样说：唐玄宗的时代，外国乐（胡乐）传到中国来，与中国古代的残乐结合，成为一种新的音乐。最初只是用音乐来配合歌辞，因为乐辞难协，后来即倚声以制辞。这种歌辞是长短句的，是协乐有韵律的——是词的起源。[①]

时过七十余年，我们现在看来，此论断是能经受学术检验的。胡云翼首创的音乐文学观念在 20 世纪逐渐发展为一个新兴的边缘性学科。1935 年朱谦之的专著《中国音乐文学史》由商务

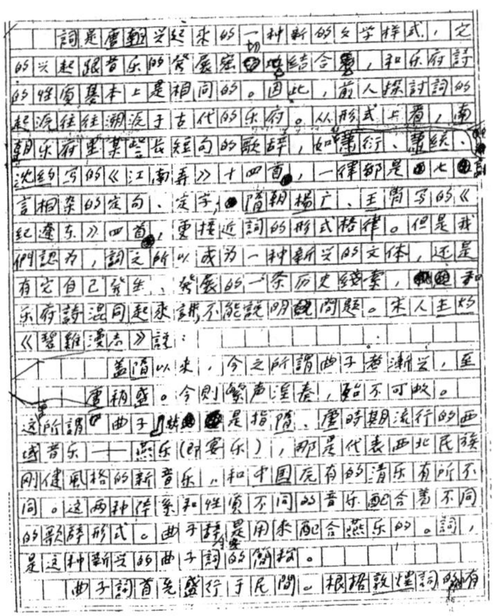

詞是唐朝兴起来的一种新的文学样式，它的兴起跟音乐的发展密切结合着，和乐府詩的性质基本上是相同的。因此，前人探討詞的起源往往溯源于古代的乐府。从形式上看，南朝乐府里某些长短句的歌辞，如萧衍、萧纲、沈约写的《江南弄》十四首，一律都是七言相杂的定句、定字，隋朝杨广、王胄写的《纪辽东》四首，更接近詞的形式格律。但是我們認为，詞之所以成为一种新兴的文体，还是有它自己发生、发展的一条历史线索，和乐府詩混同起来講，不能説明这問題。宋人王灼《碧雞漫志》説：

盖隋以来，今之所謂曲子者漸兴，至唐稍盛。今则繁声淫奏，殆不可數。

这所謂"曲子"是指隋、唐时期流行的西域音乐——燕乐（即宴乐），那是代表西北民族刚健風格的新音乐，和中国原有的清乐有所不同。这两种体系和性质不同的音乐配合着不同的歌辞形式。曲子詞是用来配合燕乐的。詞，是这种新兴的曲子詞的簡称。

曲子詞首先盛行于民間。根据敦煌詞的有

胡云翼手稿

---

① 胡云翼：《宋词研究》第 12 页，巴蜀书社 1989 年重印本。

印书馆出版，它系统地探讨了自《诗经》以来的历史上各阶段的音乐与文学的复杂关系。从音乐文学来考察词体，不难发现它是音乐文学最典型的形态。1946 年词学家刘尧民论述词与音乐的关系时认为真正的音乐文学应是："不但要求诗歌的系统和音乐的系统相结合，而形式也要求'融合'无间，才够得上称为'音乐的文学'。"[①] 中国各种音乐文学中在形式上完全与音乐融合的只有词体，因为它是倚声制词而以音乐为准度，使文学服从音乐的艺术导向的。自此以后，中国学术界接受了"音乐文学"的观念。词学家施议对系统地研究词与音乐的关系后说："词为'声学'，即'音乐文学'；音乐性是词的突出的艺术特性之一。研究词的特性，研究词体演变过程中许多带有规律性的问题，都不可忽视词与音乐的关系问题。"[②] 这些皆可见"音乐文学"观念对现代词学研究领域的开拓有着促进作用。

在中国古代文论中是很强调文学体性规范的。关于词体的基本内容特点，在《花间集序》里已表明它是以华丽的词语、秾艳的风格，表现永恒的爱情主题。此种倾向亦为宋人继承和发扬而成为词的体性传统。宋代词人将描写爱情的作品称为"艳体"或"侧艳体"。南宋初年词人程大昌谈到《六州歌头》说：

> 《六州歌头》本鼓吹曲也，近世好事者倚其声为吊古词，如"秦亡草昧，刘项起吞并"者是也。音调悲壮，又

---

① 刘尧民：《词与音乐》第 23 页，云南人民出版社 1982 年重印本。

② 施议对：《词与音乐关系研究》第 1 页，中国社会科学出版社 1985 年版。

以古兴亡之事实之。闻其歌使人怅慨，良不与艳辞同科，诚可喜也。

——《演繁露》卷一六

文中所举的《六州歌头》词例即北宋初年李冠的作品。此曲音调悲壮，声情激越，雄姿壮彩，不同于倚红偎翠的柔婉作品；所以程氏以为它不与艳词同类。在宋词里，估计最少有百分之六十的作品属于艳科，即涉及艳情的。自北宋中期苏轼改革词体以来，词的内容与风格发生了一些变化，然而其艳科的特性并未因之丧失。[①] 中国现代词学怎样从理论上来概括词的体性？胡云翼从分析宋词的时代文化背景而探讨词体文学繁荣的原因时，他以为“一种文学发达，也必有它的时代背景”。北宋前期曾经有一个升平富庶的时代，“既是国家平靖，人民自竞趋于享乐，词为艳科，故遭时尚”。他继续分析说：

到了南宋，经过国破家亡，才有那些英雄志士，创为英雄气魄的词，抒写伟大的襟怀，描写壮美的情绪，把词为艳科的观念一下打破。但到了南宋偏安已定，渐渐又恢复了北宋的酣眠状态。国力既微，人心已死，金元天天要南侵。既无力抵抗，又不自努力，只好苟延残喘，多活一天，便算一天；得快活时，且尽量快活一番。由这种畸形的时代心理作背景，艳词作品之多而靡，比北宋更要活动。[②]

① 谢桃坊：《词为艳科辨》，《文学遗产》1996年第2期。

② 胡云翼：《宋词研究》第29页，巴蜀书社1989年重印本。

胡云翼又在总结宋词之弊时，认为“宋词所描写的对象不过是‘别愁’、‘闺情’、‘恋爱’的几方面而已”。他最后得出结论：

> 这更可证明词只是艳科。虽有苏轼、辛弃疾辈打破词为艳科之目，起而为豪放的词；但当时的舆论均说是别派，非是正宗。①

这是在词学史上第一次提出“词为艳科”的观念。稍后胡云翼概述北宋词的发展情形说：

> 柳永虽然倡导了慢词，还是因袭晚唐五代词的曼艳风气，还没有打破“词为艳科”的约束。②

这从宋代特定的历史背景所产生的社会享乐意识和宋词描写的内容的分析，结合宋代词学家关于词体性质的论述，作出了“词为艳科”的结论。此论是有历史事实、文学现象和传统词学理论为依据的；虽然论述尚不够深入，但却为认识宋词的文学性质指出了一条正确的方向。词为艳科，这是词体文学所产生的社会环境与它传播的文化条件所决定的，表明它就体性而言最适于表达爱情题材，而且是宋词题材内容的基本情形。当然，以“艳科”来概括整个宋词的题材内容是不够全面的，但它确能解释词体的基本体性和作品中爱情主题的普遍现象。这

---

① 胡云翼：《宋词研究》第66～67页，巴蜀书社1989年重印本。

② 胡云翼：《词学ABC》第44页，上海世界书局1929年版。

一观念所包含的理论价值是不能与传统词论中的“小道”和“诗余”概念相提并论的，因为后者表现了守旧文人对词体的轻蔑和误解，在现代词学中是应予以摈弃的。我们回顾现代词学的发展时，不能不承认“词为艳科”观念所产生的积极意义。因为由此可将传统词论中的政治教化说、尊体说、寄托说等否定，发现它们与词体的相悖，于是能更为真切地认识词的历史真实。

宋代词学文献中有关于“体”、“雅词”、“豪气词”、“自成一家”的概念，以及关于词人个体风格和群体风格的分析，然而却无“流派”的概念。这是由于词的体性决定的。词人写作歌词是用于花间尊前遣兴娱宾以抒绮怀的，不将它视为正统文学，以致有的作者不收入自己的文集。词人在即兴挥毫抒写相思离别之情时，不像作诗文那样严肃并刻意于艺术追求，仅是表达个人的自然之情，无意于树立宗派以在文学界造成声势。所以这是与宋诗的自觉的流派意识相反的。词学史上的流派概念可溯源于明代的张綖，经王士祯的推行而有豪放派与婉约派之分；近世更有关于宋词诸种流派的划分。由于文学流派概念引入词学，因其不符合宋词的实际情况，若据以阐释词史，必将严重影响现代词学研究的科学性。胡云翼认为婉约与豪放并非词派，只是宋词发展中的两种趋势，或者可说是两种艺术趋势。因此，他断定：“根本上宋词家便没有一个纯粹属于哪一派的可能。”他进而在分析了苏轼与辛弃疾词后说：“我们既然不能说某一个词家属于某派，则这种分派便没有意义了；何况分词体为豪放与婉约，即含有褒贬的意义呢?”① 在 20 世纪 20

① 胡云翼：《宋词研究》第 59～60 页，巴蜀书社 1989 年重印本。

年代词学界不仅将宋词划分为婉约派与豪放派，还分为平民文学与贵族文学、白话派与古典派等。胡云翼最后作出结论：

> 总之，宋词人作词是很随意的，有时高兴做白话词，有时高兴做古典词；有的时候很豪放，有的时候很婉约；没有一定的主义，没有一定的派别，我们决不能拿一种有规范的派别来限制他们。①

在此观点指导下，胡云翼于1933年出版的《中国词史略》和《中国词史大纲》两部著作里都坚持了宋词无流派的学术见解，对宋词作出了较合理的分期，对词人作了较为公允的评价，建立了中国词史的理论框架。②

词是音乐文学，词为艳科，宋词无流派，这三个论断构成胡云翼词学理论的基础，是他关于词学、宋词和词史研究的指导思想。它们都是在1925年胡云翼青年时代确立的。我们纵观这位词学家的整个著述，其词学专著和选集极多，而论文甚少，尤其是对其早年形成的词学观点没有继续深入地研究下去，仅具草创性质。他的著述在词学普及工作中有重大的意义和广泛的影响。然而在词学界某些学者看来，它们不够深刻，而且具有偏离传统词学的倾向，以致每有极不公正的批评。胡云翼的词学理论又因其普及性而对词学界发生潜移默化的作用。当我们回顾近百年词学的发展时，理应全面研究这位词学

---

① 胡云翼：《宋词研究》第62页，巴蜀书社1989年重印本。

② 谢桃坊：《宋词流派及风格问题商兑》，《词学辨》第49～62页，上海古籍出版社1999年版。

家的词学理论并从中吸取合理的因素。

中国从古代社会到现代社会之间和从古代文化到现代文化之间的历史是断裂的，标志着规范形态的转换。学术的发展也是如此。我们不可能想象从古代到现代是直线的进程，后者的出现即意味着对前者的否定。当现代社会重建规范形态时，必须以新的价值观念进行文化选择，亦必须从传统中接受于现代有意义的因素。中国新文化运动以来的现代词学，怎样在批判传统词学的基础上重建新的理论，它既是现代的而又有传统的根基，尤其是应以现代的叙述方式适合现代的语境：这是非常困难的。胡云翼以新文化思想为指导，完成了词学从传统到现代的转化，重建了现代词学理论基础。这是他对现代词学的重大贡献。

第四节　龙榆生的词学成就

现代词学的初期，由于某些词学观念的变化和方法的革新，给词学的发展带来了新的希望，打下了很好的基础，但最终还有赖于词学专家进行艰苦的学科建设工作。1933 年《词学季刊》创刊，标志了现代词学建设的开始。现代词学三大家龙榆生、夏承焘和唐圭璋都是在 20 世纪 30 年代涌现的。他们毕生致力于词学研究，为现代词学的建设做出了非常卓越的贡献，至今词学界犹受他们的沾溉和影响。现代词学三大家，他们的治学方法和研究重点各有不同，形成一种互补的作用，合力地推动了现代词学的发展。龙榆生主要是在探讨词学的内部发展规律和词的艺术特征方面最有成就。

龙榆生，名沐勋，别号忍寒居士、风雨龙吟室主、荒鸡惊梦室主、箨公。祖籍江西万载，1902 年生。父为清末进士，后主持龙氏家塾。龙榆生幼失慈母，就读家塾；十六岁从黄季刚修音韵学与词学。1921 年初任武汉私立中华大学附中国文教员，1923～1928 年任厦门集美学校中学部国文教员，同时拜陈石遗为师。1928 年由陈石遗推荐任上海暨南大学中文系讲师、教授，四年后任中文系主任，建立了词学研究室，同时为朱祖谋入室弟子。1935～1945 年先后在暨南大学、国立音乐学院、广州中山大学、苏州章氏国学讲习所、上海国立音乐专科学校、中国公学、光华大学、复旦大学、中央大学任教。1940 年到南京筹备中央大学。1943 年参加地下外围组织；1945 年因支持学潮，入狱；1948 年出狱后任上海商务印书馆编辑。新中国成立后在上海博物馆任职，1956 年调任上海音乐学院民乐系教授。1957 年划为“右派”，1966 年因受迫害病故。①

龙榆生在书斋

唐圭璋在《朱祖谋治词经历及其影响》里说：

> 龙君沐勋，年少好学，任教暨南，专攻词学，问业朱氏，孜孜不倦。朱氏喜其学有根基，因将所学于师友之词学以及一己学词之心得体会，悉以示之；对于历代词家之

① 参见宋路霞：《现代词人龙榆生及其词学贡献》，《文学遗产》1990 年第 4 期。

特色，亦指陈详明。后龙君之编《词学季刊》，意在继承朱氏之教，以发扬光大词学，为祖国文化做出贡献。编刊三年，广通声气，专著、词作并登，影响甚大。朱氏曾为《东坡乐府编年》，龙君据以撰《东坡乐府笺》，盖承教有素，所撰自能得心应手，不负所期。朱氏临殁，以平日所用砚授之，其期许后辈之殷切可知。①

龙榆生的重要词学论文有《清季四大词人》《词体之演进》《选词标准论》《研究词学之商榷》《今日学词应取之途径》《东坡乐府综论》《清真词叙论》《南唐二主词叙论》《论平仄四声》等。② 主要著述有《唐五代词选》（商务印书馆 1937 年）、《东坡乐府笺》（商务印书馆 1936 年排印）、《苏门四学士词》（点校本，中华书局 1957 年）、《唐宋名家词选》（中华书局 1962 年）、《近三百年名家词选》（中华书局 1962 年）、《词曲概论》（上海古籍出版社 1980 年）、《唐宋词格律》（上海古籍出版社 1978 年）、《词学十讲》（福建人民出版社 1983 年）、《风雨龙吟室丛稿》（上海印务公司 1931 年）《中国韵文史》（商务印书馆 1934 年）。

龙榆生主编的《词学季刊》在现代词学史上有非常重要的意义。它自 1933 年 4 月创刊至 1936 年 9 月停刊，共发行四卷十五期，由上海民智书局出版。主要撰稿人都为现代著名词学家，如夏承焘、唐圭璋、赵尊岳、卢前、陈锐、夏敬观、陈思、叶恭绰、杨铁夫、潘飞声、杨易霖、钱斐仲、周泳先、张

① 唐圭璋：《词学论丛》第 1023～1024 页，上海古籍出版社 1986 年版。
② 以上论文均见《词学季刊》各期，上海民智书局。

尔田、缪钺、詹安泰等。《词学季刊》的编辑凡例：

一、本刊专以研究词学为主，不涉及其他。

二、本刊登载之文字不论文言白话，以于词学确有研究者为主。

三、本刊内容约分九项：

(1) 论述　专载关于词学之新著论文；

(2) 专著　专载关于词学之新著专书；

(3) 遗著　专载昔人未经刊行或已绝版之词学著作；

(4) 辑佚　辑录古人佚词及有关词学之遗稿；

(5) 词录　选登近代及现代人词；

(6) 图画　选登有关于词之各项图画摄影；

(7) 佥载　登载词话及有关词学之纪述或诗文；

(8) 通讯　登载有关词学书札。

(9) 杂缀　(一) 词籍介绍，(二) 词坛消息。①

从凡例可见，这是一个专门研究词学的学术刊物。它虽然只办了三年，但在现代词学史上影响巨大，为现代词学的理论建设做出了贡献。

龙榆生在词学上的成就，主要是对词体的内部因素及其规律进行了深入的研究，如关于词学学科的性质和范围、词体的起源、词的各个发展阶段的特点、词体的艺术特征等重要理论问题发表了精湛的见解，构成了一个关于词的艺术理论系统。

关于词学的概念、研究范围、研究途径等问题，龙榆生是

① 《词学季刊》创刊号，上海民智书局 1933 年。

从现代文化观念予以认真探讨的。他解释“词学”说：

> 取唐宋以来之燕乐杂曲，依其节拍而实之以文字，谓之“填词”。推求各曲调表情之缓急、悲欢，与词体渊源之流变，乃至各作者利病得失之所由，谓之“词学”……后者则在歌词盛行，管弦流播之际，恒为学者所忽略，不闻著有专书。迨世异时移，遗声阒寂，钩稽考索，乃为文学史家所有事。归纳众制，以寻求其一定之规律，与其盛衰转变之情，非好学深思，殆不足以举千年之坠绪，如网在纲，有条而不紊，以昭示来学也。[①]

他认为词学研究的范围应由八项具体工作组合而成：

一、“图谱之学”，就是研究词的平仄、句式组合规则，如张綖的《诗余图谱》和万树的《词律》。

二、“词乐之学”，探讨词与音乐的关系如凌廷堪的《燕乐考原》、郑文焯的《词源斠律》。

三、“词韵之学”，编制词韵之书，如戈载的《词林正韵》。

四、“词史之学”，采集有关词家及其作品的文献资料，依作者时代先后和活动情况排比成书，以见词人性行里居及创作背景，如张宗棣的《词林纪事》、王国维的《清真先生遗事》、夏承焘的《唐宋词人年谱》。

五、“校勘之学”，运用有关知识，创立一定体制，对词籍进行精审校勘，以期为研究者提供真实可靠的原料，如朱祖谋

① 龙榆生：《研究词学之商榷》，《词学季刊》第 1 卷第 4 号，上海民智书局 1934 年。

《彊村丛书》之精校各家词。

六、“声调之学”，将每一词调的最初作品之句读、语调、叶韵等比类而推求其曲中所表达的特定情感，专立一门探求声情之学。

七、“批评之学”，依一定的准绳，品评词家词作，抉出其真面目与其利病得失之由，以估定其词史上的地位。

八、“目录之学”，从事词籍目录提要的编纂，着重考证词家事迹、版本源流并对词家品藻。①

以上八项工作大致概括了词学研究的基本内容。龙榆生主张：“治词学者，就已往之成绩，加以分析研究，而明其得失利病之所在，其态度务取客观。”② 例如他谈到两宋词风转变时说：“两宋词风转变之由，各有其时代与环境关系，南北宋亦自因时因地而异其作风，必执南北二期强为画界，或以豪放、婉约判为两支，皆囫囵吞枣之谈，不足与言词学进展之程序。”③ 这显然与胡适、胡云翼等研究词学的态度有很大的区别，较为注重资料的搜集和全面而客观地进行比较的研究。

关于词的起源问题，龙榆生早在《词体之演进》一文里作了专门论述。他说：

> 近代学者，知词为诗余说之不可通，乃于词之起源问题多所探讨，议论纷纷，莫衷一是。不知词原乐府之一

---

① 参见刘扬忠：《宋词研究之路》第 14～15 页，天津教育出版社 1989 年版。

② 龙榆生：《今日学词应取之途径》，《词学季刊》第 2 卷第 2 号，上海民智书局 1935 年。

③ 龙榆生：《两宋词风转变论》，《词学季刊》第 2 卷第 1 号，上海民智书局 1934 年。

体，何不称作而称填，明此体之句度声韵一依曲拍为准，而所依之曲拍，又为隋唐以来之燕乐杂曲，即所谓“今曲子”者是。其所以“上不类诗，下不入曲”者，固以所使之曲调，既不为南北朝以前之乐府，又不为金元以后之南北曲，非文辞之风格上有显然之差别也。诗、乐本相互关系，诗歌体制往往与音乐之变革互为推移。在古乐府中亦有先有词而后配乐，或先有曲而后为之制词者。后者为填词之所托始，而所填之曲，则唐宋以来之词，与古乐府之截然二事……凡所称诗余、乐府、长短句、琴趣外篇、乐章、歌曲一类之雅号，皆所以附庸于风雅而于词之本体无与。知词为“曲子词”之简称，而所倚之声，乃隋唐以来之燕乐新曲，则“词为诗余”之说，不攻自破：即词之起源问题，与诗词曲三者之界限，亦可迎刃而解矣。①

这简明地将词与其他韵文样式在理论上和概念上加以区别。龙榆生继而详细考述了乐曲之嬗变及其繁衍，论述了声诗转变为长短句的历史过程。后来他在高等学校讲授词学时，也再次讲到这个问题，如说：

一般说的“词”原来也就是沿着魏晋以来乐府诗的道路，向前发展的。不过它所依的“声”——也就是它所用的调子，一般都出于隋唐以来的燕乐杂曲：有教坊乐工和专家们的创作，如《安公子》为隋炀帝时乐工王令言的儿子所写，《雨霖铃》为唐明皇入蜀时悼念杨妃的创调，也

① 龙榆生：《词体之演进》，《词学季刊》创刊号，上海民智书局1933年。

有更早一些时候流传下来的，如《后庭花》出于陈后主宫廷，《兰陵王》出于北齐兰陵王高长恭的部队，但大部分都是民间的作品。我们看了敦煌发现的唐人写本《云谣集杂曲子》和其他小曲，就有长到八十四字的《凤归云》，七十七字的《洞仙歌》，这些都可证明，民间不仅不断地创作了许多新声曲调，同时也就有了他们自己的长短句歌词。群众的创造性，是会不断产生新东西的。即使世传李白写的《菩萨蛮》《忆秦娥》，或《清平乐令》不是后人伪造的；但看许多大诗人，自李白以下到韦应物、戴叔伦、王建、白居易、刘禹锡等，他们的尝试填词，也都是一些短短的小令，可见封建社会的士大夫阶级，总是落后于群众的。①

至此，词体起源的历史线索大致较为清楚了。

关于词史，龙榆生未有专著，但他在许多评论词家的文章里都表达了很具体的见解，尤其是所编选的《唐宋名家词选》和《近三百年名家词选》都体现了一种词史观，在两书的后记里均对词史作了概略的介绍，如《近三百年名家词选·后记》云：

词兴于唐，流衍于五代，而极盛于宋。唐宋人词，以协律为主，其所依声谱为寻常坊曲所共肄习，文人寄兴，酒边命笔，红牙铁板，固可一一按拍而歌也。宋南渡后，大晟遗谱，荡为飞灰，名妓才人，流离转徙，北曲兴而南

① 龙榆生：《词曲概论》第8～9页，上海古籍出版社1980年版。

词渐为士大夫家所独赏，一时豪俊如范成大、张镃之属，并家蓄声伎，或别创新声，若姜夔之自度曲，其尤著者也。嗣是歌词日趋于典雅，乃渐与民间流行之乐曲背道而驰，驳衍为长短不葺之诗，而益相高于辞采意格，所谓“词至南宋而遂深”，实由于是。且自苏轼作为横放杰出之词，以发抒其情性襟抱，于是作者个性，益充乎字里行间。姜夔以隽上之才，运清刚之笔，兼通音律，卓然以自名家。二派分流，千秋竞爽。明乎苏、姜各擅其胜，不妨脱离乐曲，而自成其为富于音乐性之新体律诗，持此以衡宋、元以后之词，而其起伏盛衰之故，可得而知也。元、明词学中衰，文人弄笔，既相率入于新兴南北曲之小令、散套，以蕲能被管弦，其自写性灵，则仍以五七言古近体诗相尚，于是词之音节，既无所究心，意格卑靡，亦至明而极矣。夫所谓意格，恒视作者之性情襟抱，与其身世之感，以为转移。三百年来，屡经剧变，文坛豪杰之士，所有幽忧愤悱缠绵芳洁之情，不能无所寄托，乃复取沈晦已久之词体，而相习用之，风气既开，兹学遂呈中兴之象。明清易代之际，江山文藻，不无故国之思，虽音节间有未谐，而意境特胜。迨朱、陈二氏出，衍苏、辛、姜、张之坠绪，而分道扬镳。康乾之间，海内词坛，几全为二家所笼罩。彝尊倡导尤力，自所辑《词综》行世，遂开浙西词派之宗，所谓“家白石而户玉田”，亦见其风靡之盛矣。末流渐入于枯寂，于是张惠言兄弟起而振之，别辑《词选》一书，以尊词位，拟之“变风之义，骚人之歌”。周济继兴，益畅其说，复撰《词辨》及《宋四家词选》以为圭臬，而常州词派以成。终清之世，两派迭兴，而常州一派，乃由江、浙而远被岭南，晚近词家如王、朱、况、郑之辈，因皆沿张、周之途辙，而发挥光大，以自抒其身世之悲者也。然则词学中兴之业，实肇端于明季陈子龙、王夫之、屈大均诸氏，而极其致于晚清诸老，余波至于今日，犹未全绝。[①]

这描述了整个词史的发展轮廓，而且指出了各时期词的源流，表现了对词史的深刻认识，很能反映词的发展过程的真实面貌。关于宋词的发展过程，龙榆生在论文《宋词发展的几个阶段》里，作了较详的论述，其结论云：

赵宋一朝，是长短句歌词发展到最光辉灿烂的时代。这个音乐语言和文学语言紧密结合的特种诗歌形式，是从开元以来教坊乐曲的基础上，经过若干无名作者和晚唐、五代以来许多专业作家辛勤积累经验而逐渐发展起来的。北宋初期作家在令词方面接受南唐系统，提高了它的风格，晏几道要算是达到了顶点的代表作家。由于汴京的经济繁荣，随着教坊杂曲的不断发展，而长调慢词勃然以兴；柳永适应这个时代需要，把这特种诗歌形式的园地大大地拓展开来了。接着苏轼以"横放杰出"的天才，感于柳词的"骫骳从俗"，风格不高，反过来，利用这个新辟的园地来发挥作者的诗人怀抱，在内容上打开了"以诗为词"的新局面。于是"弄笔者始知自振"，为南宋爱国词

① 龙榆生：《近三百年名家词选》第225～226页，上海古籍出版社1979年版。

作了“先驱”。他的门徒，有的跟着他走，如黄、晁等；有的还免不了柳永的影响，例如秦观趋向婉约一派。由于北宋后期的设立“大晟府”，周邦彦得着这个“讨论古音，审定古调”的机会，他又把这个特种艺术在柳永的基础上进一步提高了，完成了这个音乐语言和文学语言紧密结合的最高艺术形式。由于南宋初期民族矛盾的特别尖锐，所有爱国人士发出“抗敌救亡”的呼声，往往借着这个新兴文学形式来抒写悲愤热烈的情感；于是豪放一路的苏词，给了他们以启示，进一步发展到辛弃疾，把这个艺术形式注入了新鲜血液，写出了许多“豪杰之词”，确定了苏辛词派在中国文学史上的特殊地位。李清照和姜夔都想独树一帜，自成其为“词人之词”；单就艺术角度去看，也是各有其特点的；姜夔的“自度曲”，尤其值得研究音乐文学者的探究。南宋辛、姜二派，各自分流，直到宋亡，北曲代兴，才见衰歇。①

自新中国成立以来的三十年，尚无专门的词史问世。龙榆生关于词史的意见，大致可以代表词学界的看法，并为一般文学史编著者所采用。这些意见能反映词体文学发展的客观情况，没有将现代文化中的两极意识引入，能够保持其论词的学术个性。这些见解，至今仍对我们编著词史有很重要的参考意义。

关于词体的艺术特征，前人有很多经验性的感受，但却缺乏理性的思考和具体的分析，始终难以说明词体“能言诗之所

① 龙榆生：《宋词发展的几个阶段》，《新建设》1957年8月号。

不能言”的特点和原因。龙榆生是词人，能将个人的创作经验参证前人成功的经验而进行认真的理论探讨。他认为：“我们只要把郭茂倩《乐府诗集》中《近代曲辞》这一类杂采唐诗人的五七言古、近体诗配入许多当世流行的新兴曲调，进一步解散五七言律、绝诗来配合各式各样的令曲，更进一步错综变化组成宋代盛行的慢曲长调，从这一漫长时间的演进历史，可以看出词的艺术特征，主要是从每个曲调的整体上表现出来的。”他谈到研究词的艺术特征在词学中的意义时说：

> 我觉得要谈个长短句歌词的艺术特征，除掉在句法和韵位的整体结合上去探求，是很难把“上不似诗，下不类曲”的界线划分清楚的。读者对词的欣赏和学习，除掉应该注意每个作品的内容实质即所含蕴的思想感情外，如果不了解各个曲调的组成规律，那也就隔靴搔痒，是很难进一步体会到它的弦外之音，味外之味的。①

如果我们将龙榆生的词学研究以新中国成立为限而分为前期和后期，则他的后期主要是对词的艺术特征进行深入的研究。他在上海音乐学院和上海戏剧学院讲授词学时留下的两部遗著——《词曲概论》和《词学十讲》，都对词体艺术特征作了非常详细的论述和分析。他探讨了平仄四声在词的结构上的安排和作用，韵位疏密与表情的关系，韵位的平仄转换与表情的关系，宋词长调的结构和声韵安排，句度长短与表情关系，词体结构等问题。如句度长短与表情关系，龙榆生说：“一般说来，

① 龙榆生：《谈谈词的艺术特征》，《语文教学》1957年第6期。

每一歌词的句式安排，在音节上总不出和谐与拗怒两种。这两种调节关系，有表现在整阕每个句子中间的，有表现在每个句子的落脚字的。表现在整体结构上的，首先要看它在句式奇偶和句度长短方面怎样配置，其次就看它对每个句末的字调怎样安排，从这上面显示语气的急促与舒徐，声情的激越与和婉。”他以周邦彦的名篇《兰陵王》为例，分析长调在音节上呈现拗怒激越的声情特点说：

> 我们单就周词的句度安排和声韵组织来试探它的“至末段声尤激越”的原因。在句式上，末段用了一个二言，三个三言短句，又以一个去声的“渐”字领两个四字偶句，一个去声“念”字也领两个四言偶句；而在一句之中的平仄安排，又故意违反调声常例，有如“津堠岑寂”的“平去平入”，“月榭携手”的“入去平上”，“似梦里”的“上去上”，“泪暗滴”的“去去入”；又在每句的落脚字，除“渐别浦萦回”独用平声，较为和婉外，其余并用仄收：这就构成它的拗怒音节，显示激越声情，适宜表达苍凉激楚的情调。再看它的整体结构。第一段用了一个二言，三个三言短句和三个四言、一个六言偶句，虽然中间参错着一个五言、两个七言奇句，好像符合“奇偶相生”的调整规律，但在句中的平仄安排，却又违反调声常例，有如“拂水飘绵送行色”的“入上平平去平入”，“登临望故国”的“平平去去入”，“应折柔条过千尺”的“平入去去去平入”，又都构成拗怒的音节。第二段用了一个以去声“又”字领两个四言偶句和一个平声“愁”字领两个四言偶句，虽然参错着两个五言、两个七言奇句，似乎有了

“奇偶相生”的谐婉音节，但句中的平仄安排却又违反调声常例，如有“闲寻旧踪迹”的“平平去平入”，“回头迢递便数驿”的“平平平去去去入”，“望人在天北”的“去平去平入”，加上偶句“灯照离席”的“平去平入”，“一箭风快”的“入去平去”，都是一些不能自由变更的拗句。把这三段的声韵组织联系起来，仔细体味，确是越来越紧，充分显示激越声情，和一种软媚的靡靡之音是截然殊致的。①

龙榆生还对具体长调作了比较研究，以发现该调结构和声韵安排的特点。如他以《八声甘州》为例，比较了柳永、苏轼、辛弃疾和吴文英四家之词，以为：

《甘州》原来是唐人所谓边塞曲之一，声情是激壮的。这个“八声慢”从歌词的组织形式看起来，该是曼声促节兼而有之的。上面所举的四个例子，开端两句有些出入，当然该以柳词为标准。但这个曲调的激壮声情，也适合苏、辛派的口味。这第一、二句都用平声落脚，却不是连押两韵，情调也就有些低抑，与《沁园春》的发端相仿；但第一个字就用一个去声的“对”字领起下文，便觉逆入有势，能够把下面的低抑情调振起。接着又用一个去声的“渐”字领起下面两个四言偶句、一个四言单句；而这三句的落脚字，前二仄而后一平，也能显示音节的矫健。第六、七句上六、下五，落脚字一仄一平；第八、九句上

① 龙榆生：《词学十讲》第27～28、32～33页，福建人民出版社1983年版。

五、下四，落脚字也是一仄一平，这在音节上是异常和谐的；而在句法上则参差错落，移步换形，极尽变化。下半阕过片处连用两个仄声字落脚，第二句却用一个去声的"望"字，挺接上句，领起下面两个四字句，刚作一小顿，立即再用一个去声的"叹"字作为转关。领下一个四言、一个五言句子。第六句改用上三下四的七言句式，再着一个去声的"误"字作为第六、七两句的关纽；这样摇筋骨转，百折千回，逼出精彩的收尾。第八句也是用上三下四的句式，而下四字又是上一下三，掩抑有致；结以四字平收，一正一奇，使人抚玩不尽。这样变化多端的格局，适宜表达曲折变化、激壮苍凉的情绪，是苏、辛、吴三家所共同理解的。但是这个发端逆入的妙用，三家都不曾顾到；"倚阑干处"的上一下三，也只有吴文英的"上琴台去"与柳词相合。这证明苏、辛派词家对音律是不够严密的。①

这些分析是相当精辟而准确的。综合地从声韵、句法、字法、结构、音节等方面去发现词调的艺术特点，能帮助研究词学者对词的艺术特征的真切的认识。龙榆生的《唐宋词格律》可以看作简易的词谱，他于每调后关于作法的提示也非常有助于学词者对各词调艺术特点的认识。

龙榆生有一个研究词学的宏伟计划，创办了我国第一个专门的词学研究杂志，大大地推动了现代的词学进展。他的《唐宋名家词选》和《近三百年名家词选》在学术界和广大的读者

① 龙榆生：《词曲概论》第160～161页，上海古籍出版社1980年版。

中产生了极广泛的影响，昭示了学习和研究词史的途径。他的《东坡乐府笺》是一部严谨的学术著作，繁征博稽，继承和发扬了考据学的优良传统，为苏轼词的研究解决了许多具体的和疑难的问题。总的说来，龙榆生是在研究词的艺术本体方面最有成就的。这种研究的难度很大，但他以丰富的作词经验和精深细致的艺术鉴赏能力对词体内部诸因素和词体的艺术特征进行了周详而精审的论述，弥补了新文化运动以来词学研究的缺陷，而且指引了一个重视词体艺术本位的研究方向。龙榆生对现代词学的理论建设做出了杰出贡献，是现代最著名和最受尊敬的词学家之一。

第五节　夏承焘的词学成就

在现代词学史上，夏承焘被公认为“一代词宗”。他毕生专致于词学研究，在词学的多方面都取得了巨大的成就。“在杭大（杭州大学）时曾开设词学研究班，召大学毕业生学习，造就词学人才甚多。所著词学书籍，亦皆先后出版，其《唐宋词人年谱》一书，尤为空前之作”。[①]《词学》第六辑内有“夏承焘先生纪念特辑”，征集了夏承焘平生友好及门弟子的纪念文章以表示对这位词宗的敬意和怀念。王季思回忆青年时代在浙江大学分校时情形说：

---

① 唐圭璋：《朱祖谋治词经历及其影响》。《词学论丛》第 1024 页，上海古籍出版社 1986 年版。

夏承焘在书斋

一天深夜，他从帐子里探出头来说："季思，你还没睡？做学问靠命长，不靠拼命。"他还不止一次对我说："无论什么事业，要准备付出一生心血才会有成就。"他在词学上取得如此辉煌的成就，体现他这种坚持勿失，百折不回的事业心。①

夏承焘教诲学生要学"笨"。他的学生陈翔华回忆说：

通常老师教学生要聪明，而瞿禅师却要我们学"笨"。他还诙谐地说："'笨'字从'本'，笨是我治学的本钱。"一部《十三经》除了《尔雅》以外，他都一卷一卷地背过；有一次背得太疲乏，还从椅子上摔下来。后来，花了很多时间，读了几百部文集和笔记，才铢积寸累地写出了名著《唐宋词人年谱》。其实他并不是不聪明。早年报考

① 王季思：《三年风雨对床眠》，《词学》第6辑，华东师范大学出版社1987年版。

孙贻让创办的温州师范学校时，在二千多人的考生中，他以名列第七的成绩被录取。夏鼐先生以前还经常告诉我："瞿禅先生久有才名，青年时被称为永嘉（温州）七子之一。"但是他从不矜持。瞿禅师在词学研究上取得了突破性的成就，确实是由于他肯下苦功、笨功。他所谓"笨"，我的理解是：一要谦虚、努力，二要坚持不懈。他多次对我们感慨和惋惜有些"聪明"人治学，或者半途而废，或者一事无成。尤其是有感于当时的学风，他赋诗勉励我们："凌霄气概要虚心"，"能下乃能大"，特别要我们以"笨"作为做学问的本钱。[①]

这些治词学的宝贵经验至今对我们都是很有现实意义的。他的学生施议对说："夏先生无私无畏，培养教育学生，从来没有门户之见。他希望自己的学生向学术界具有各种不同成就的专家学习，并希望学生超过老师。"[②] 正因为这样。他培养和造就了新一代词学家。程千帆总结夏承焘治词学的经验说：

窃谓此老之于词学有不可及者三：用力专且久，自少至老，数十年如一日。平生旁搜博考，悉资以治词，比之陈兰甫之偶考声律，王观堂之少作词话而毕生精力初不在此者大相径庭，一也。以清儒治群经子史之法治词，举凡校勘、目录、版本、笺注、考证之术，无不采用，以视半塘、大鹤、彊村所为，远为精确。前修未密，后出转精。

① 陈翔华：《瞿禅师治学三教》，《词学》第 6 辑。

② 施议对：《我的老师夏承焘教授》，《词学》第 6 辑。

当世学林，殆无与抗手者，二也。精于词学者，或不工于作词，工于词者又往往不以词学之研究为意，故考订词章，每难兼擅，而翁独能兼之，三也。[①]

这是夏承焘词学成就的主要原因，使后学能受到深深的启发。

夏承焘，字瞿髯，原字癯禅、瞿禅。1900年生。浙江温州人。1918年毕业于温州师范学校，在任桥小学任教，1919年任梧埏小学校长。1921年秋到北京，任《民意报》副刊编辑，同年冬在西安中学任教，1925年春兼西北大学讲师。后回温州，曾在瓯海公学、宁波第四中学、严州第九中学任教，并开始研究词学。从1930年起，开始在之江大学任讲师、副教授、教授；1938年兼在无锡国学专科学校和太炎文学院任教。1942年上海沦陷后，先后在雁荡山乐清师范、温州中学、浙江大学中文系任教。1952年任浙江师范学院中文系主任。1958年浙江师院改为杭州大学后，任中文系教授兼语文教研室主任。1963年曾在北京大学、北京师范大学讲词学。1979年以后为中国社会科学院文学研究所特约研究员和《文学评论》杂志编委。1988年逝世于北京。主要著作有：《唐宋词录最》（华夏出版社1948年）、《唐宋词人年谱》（上海古典文学出版社1955年）、《唐宋词论丛》（上海古典文学出版社1956年）、《唐宋词选》（与盛静霞合选，中国青年出版社1959年）、《词源注》（人民文学出版社1963年）、《月轮山词论集》（中华书局1979年）、《唐宋词欣赏》（百花文艺出版社1980年）、《读词常识》（与吴熊和合著，中华书局1981年）、《龙川词校笺》（中华书

① 程千帆：《论瞿翁词学》，《词学》第6辑。

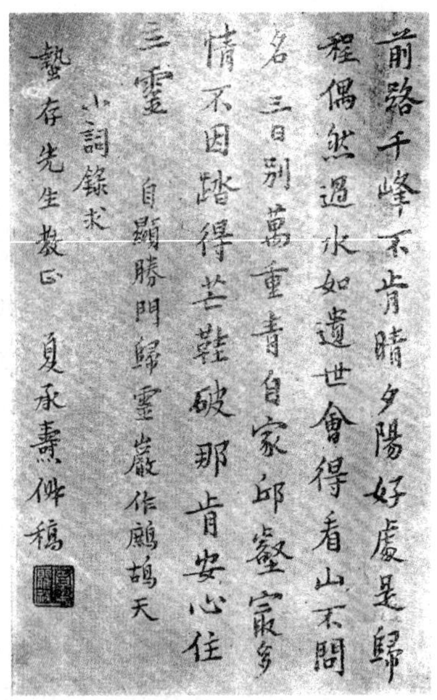

夏承焘手迹

局1961年)、《放翁词编年笺注》(与吴熊和合注，上海古籍出版社1981年)、《姜白石词编年笺校》(上海古籍出版社1981年版)、《金元明清词选》(与张璋合选，人民文学出版社1983年)、《天风阁学词日记》(浙江古籍出版社1984年)。此外还有：《瞿髯论词绝句》(中华书局1979年)、《夏承焘词集》(湖南人民出版社1981年)、《天风阁诗集》(浙江人民出版社1982年)、《天风阁词集》(百花文艺出版社1984年)等。

早在1935年夏承焘便有一个全面研究词学的庞大计划，准备完成词学史、词学志、词学典、词学谱表四部巨著，而且有意从1937年开始，以十年为期力成词学史、词学志、词学考三书，还曾着手裁排了词史稿。[①] 可能由于后来研究条件的变化，这些鸿篇巨制未能得以完成，其中许多未经整理的草稿尚存，例如1988年发表的遗稿《词林纪年》[②] 便可能是词史稿的一部分。在夏承焘留下的大量词学著述中，表明他于词人事

① 参见夏承焘：《天风阁学词日记》第417、425、488页，浙江古籍出版社1984年版。

② 夏承焘、王荣初：《词林纪年》，《中国韵文学刊》1988年创刊号。

迹考证、宋词音谱研究、唐宋词声律研究和宋词作家评论等方面都有真正的学术建树，兹分述如下：

（一）词人事迹考证。现代词学要求以科学的态度来进行具体的研究，而作家研究是很重要的环节。前人虽然在词话里有很多关于词家的评论，但严格地说，他们对所评论的词家尚缺乏认真的研究，其评论多出于直觉的感受或悟性的认识。中国新文化运动之后文学研究的方法有了很大的变化，这自然影响到词学。关于词家的研究与当时的新文学或外国文学研究相比较是显得落后多了。这里不仅仅是单纯的方法问题，而主要是关于词人的生活、思想和历史缺乏了解。有的词人虽见于史传，但过于简略，而大多数词人则是生平事迹和生卒年都无从详考的。因此，难以认清他们作品产生的历史文化背景，也难以认清他们的创作道路和创作个性。研究者都知道，当研究一位词家，要去深入时，便会遇到种种非常具体的问题，历史文化的线索往往在这里迷失或断落了。自梁启超著《辛稼轩先生年谱》开启了新的研究领域之后，在 20 世纪 30 年代一些词学家都意识到制订词人年谱的重要意义，陈思和宛敏灏都注意了这一工作，而成绩最卓著的当推夏承焘。他在 30 年代以数年的精力完成了唐宋词人年谱十种，其中《张子野年谱》《韦端己年谱》《二晏年谱》《南唐二主年谱》《贺方回年谱》，均发表于《词学季刊》，后全部收入《唐宋词人年谱》（上海古典文学出版社 1955 年）。夏承焘《唐宋词人年谱自序》云：

《唐宋词人年谱》十种十二家，予三十前后之作也。早年尝读蔡上翔所为《王荆公年谱》见其考订荆公事迹，但以年月比勘，辨诬征实，判然无疑，因知年谱一体，不特可校核事迹发生之先后，并可鉴定其流传之真伪，诚史学一长术也。

有了温庭筠、韦庄、冯延巳、李璟、李煜、晏殊、张先、晏几道、贺铸、姜夔、吴文英、周密的年谱，我们便可对这十二家词进行历史的研究了，据此可校核他们事迹发生之先后和流传之真伪，也可据此对作家创作进行分期和对作品进行编年了。可见，这项工作在作家研究中是具有决定性意义的。我们从许多词学家的研究经验中可以发现：当对某位作家生平事迹有深入考辨，或在某些事实的考辨有所创获，则其研究必然会带来新的突破。在《唐宋词人年谱》中，夏承焘解决了词家研究中许多重要的疑难的学术问题，例如韦庄青壮年时代的江南行踪、冯延巳的名与字的关系、张先的同姓名者、晏几道的生卒年、姜夔的大乐议和怀人词的对象、吴文英行迹的探索和其"去姬"问题，周密的交游与著述及其参加《乐府补题》唱和的事实，等等，都深为词学界所服膺。有学者认为，这十种年谱"可代一部词学史"①，这种评价是有其合理意义的，虽然它并不等于一部词学史。夏承焘关于词人年谱的制订，为词家研究指出了一条正确的道路并奠定了坚实的基础，而且也确立了他在现代词学史上的崇高地位。

（二）宋人音谱研究。南宋词人姜夔的《白石道人歌曲》六卷，其中自度曲十七曲、琴曲一曲、《越九歌》十曲，都旁缀音谱。这是今存唯一的宋词音谱，曾引起清代学者和现代学者们的重视。在这方面研究最有成就的要推夏承焘。早在 1933 年他发

---

① 转引自《天风阁学词日记》第 361 页，浙江古籍出版社 1984 年版。

表《〈白石歌曲旁谱〉辨校法》[①] 时即开始了此项研究，至 1953 年西安民间鼓乐社器乐谱的发现以后，又使其研究进入一个新的阶段。这长时期中，夏承焘发表了《姜白石议大乐辨》《姜白石词谱说》《白石十七谱译稿》《白石词乐小笺》等学术论文[②]，初步破译了姜夔的十七首自度曲，为宋词研究和音乐史研究提供了新的事实依据。为了研究姜夔词乐问题，夏承焘对这位词家进行了全面的研究，完成了《姜白石系年》《姜白石词编年笺校》，并写了论文《姜夔的词风》《姜白石诗词晚年手定集辨伪》《〈白石道人歌曲〉校律》《姜夔词谱学考绩》等。[③] 夏承焘对姜夔的研究，持续了约二十年，用功甚深，全面而精微。这为现代词学的词家研究作出了示范，其所达到的学术水平，至今尚难以超越。从这里我们可以见到，这位词宗善于对词学问题作重点的长期的研究，因而有突破性的学术进展。

（三）唐宋词声律研究。夏承焘的《唐宋词字声之演变》和《词韵约例》[④] 两篇，是关于唐宋词声律的重要论文。他试图探寻唐宋词声律演化的轨迹，以为：

> 万树《词律》及《四库全书·词集提要》，皆谓方千里、吴梦窗和周清真词，尽依四声，不但遵其平仄。后来词家欲因难以见巧者，奉为准绳，不稍违越；高明者病其拘泥，又欲一切摧陷之，谓宋人词律，本非四声所能尽。“苏、辛”、“周、柳”之交讧，断断如也。顷予细稽旧籍，

---

① 《词学季刊》第 1 卷第 3 号，上海民智书局 1933 年。

② 均收入夏承焘：《唐宋词论丛》，上海古典文学出版社 1956 年版。

③ 收入《月轮山词论集》，中华书局 1979 年版。

④ 夏承焘：《唐宋词论丛》，上海古典文学出版社 1956 年版。

粗获新知，以为词中字声之演变，有其历程：大抵自民间词入士大夫手中之后，飞卿已分平仄，晏、柳渐辨上去，三变偶谨入声，清真益臻精密；惟其守四声者，犹仅限于警句及结拍；自南宋方、吴以还，拘墟过情，乃滋丛弊；逮乎宋季，守斋、寄闲等徒，商谈律吕，细剖阴阳，则守之者愈难，知之者亦尠矣。①

关于这些声律演变情况，夏承焘以科学的分析方法，排比例句，进行比较研究，初步总结出了唐宋词声律的发展规律。

关于唐宋词用韵的实际情况，夏承焘作了科学的综合分析，最后概括为以下几种：

一、一首一韵；
二、一首多韵；
三、以一韵为主，间叶他韵；
四、数部韵的交叶；
五、叠韵；
六、句中韵；
七、同部平仄通叶；
八、四声通叶；
九、平仄韵互改；
十、平仄韵不得通融；
甲：仄声调必押入声；
乙：仄声调必押上去；

① 夏承焘：《唐宋词论丛》第53页，上海古典文学出版社1956年版。

十一、叶韵变例：

甲、长尾韵；

乙、福唐独木桥体；

丙、通首以同字为韵。

这里将词调的各种用韵情况作了细致的分类，找出了用韵的规律，并简明地表示出来，便于初学者掌握。在对每一用韵情况举例分析时，都非常准确，尤其对一首多韵的情况采取了图解的方式，例如将花间词人薛昭蕴的《离别难》表解为：

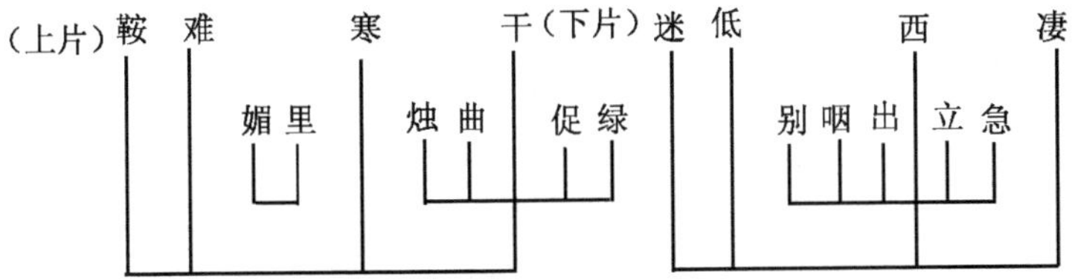

此词五部韵交互错杂的情况用图解方式便清楚地反映出来了。①

夏承焘对唐宋词字声和用韵规律的研究，使词学的基本知识的研究进入了新的阶段。后来他与吴熊和合著的《读词常识》更全面地向初学者介绍了系统的词学知识，推动了词学的普及工作。

（四）宋代词人评论。夏承焘于1978年谈其治学经历时说：

我二十岁左右，开始爱好读词，当时《彊村丛书》初出，我发愿要好好读它一遍；后来写《词林系年》、札

① 夏承焘：《唐宋词论丛》第24～25页，上海古典文学出版社1956年版。

《词例》，把它和王鹏运、吴昌绶诸家的唐宋词丛刻翻阅多次。三十多岁，札录的材料逐渐多了，就逐渐走上校勘、考订的道路。经过一二十年，到解放后，才开始写评论文字……

解放以后，由于朋友的鼓励和教学的需要，我开始试写几篇作家作品论。我的文艺理论知识很浅薄，所以这几篇词论大都只是以资料作底子，以旧时诗话、词话镶边。论李清照、陆游、辛弃疾、陈亮诸家词往往只肯定他们的作品在历史上的地位和意义，而忽视了从今天的社会要求和思想高度揭示其局限，因之便忽视了他们在今天社会所产生的不良影响。①

这位词宗过谦地谈到其词家评论的情况。他的词家评论确实是在 20 世纪 50 年代和 60 年代学术思潮推动和影响下进行的，正因它们"以资料作底子"，注意肯定诸家词"在历史上的地位和意义"，所以对当时庸俗社会学批评模式加以抵制，坚持了学术的个性。我们至今看来，夏承焘的词家评论仍然有很高的学术价值。如关于李清照词的艺术特色，夏承焘是从艺术直觉认为它给人的第一个印象是好懂——明白如话，便对这艺术特色作了较细的探讨。他说：

就李清照词的思想内容分析她明白如话这风格的成因：一，是由于她有其深沉的生活感受，所以不需要浮辞艳采；二，是由于她有坦率的情操，没有什么不可告人之

① 夏承焘：《月轮山词论集》前言，中华书局 1979 年版。

隐，所以敢于直言无讳……

李清照词的艺术特色不止“明白如话”这一点，我们原不应夸大这一点说成她的整个文学风格；但是“明白如话”却是她的词最显著突出的一点。她传诵的名作，不但合了巷子听得懂她的语言美，并且也听得懂她的声调美。她和当时形式主义的作家是取对立态度的，这对宋词发展无疑有其良好的影响。①

这虽然未对李清照词作全面的艺术分析，但却把握了其最基本的特色，恰当地评价了这位女词人在词史上的意义。关于辛弃疾的评论，体现了夏承焘较为恰当地运用了社会批评方法。他认为：“民族矛盾是他们那个历史时代的特征，反映了这个特征，表达他们匡复大业的精神毅力的，在宋词里不仅辛弃疾一家。而辛弃疾因为投身这场斗争，那个时代广大人民斗争的精神力量也就给他鼓舞教育特别大，所以他的词篇在这方面能突出于当时各家之作。”他分析了辛词突出的艺术特点是：善于创造生动的形象，善于使用浪漫的手法表达丰富的想象，多样化的风格，高度运用语言的能力。最后以为：

辛弃疾六百多首词里，虽然有一部分不健康的情感和统治阶级的观点，但比之其他宋词作家，就显得那是无损于他整个文学业绩之伟大。他的作品的感召力在宋词里是莫与比并的……辛弃疾在宋代词坛上是飞将，是这种文学

① 夏承焘：《李清照词的艺术特色》，《月轮山词论集》第3、8页，中华书局1979年版。

> 的最高成就者。我们知道，词这种文学，到了南宋那时，由于数百年来许多作家们辛勤绩业的积累，已经发展到将达高峰的地步。辛弃疾以那个历史时代卓越的作家，投身于那个时代的战斗，运用、提高这种发展将达高峰的文学作为战斗的武器，无疑地他会获得这种文学前无古人的成就。①

这些论述都是全面而深刻的，达到了20世纪60年代词家评论的高度水平。夏承焘对宋代词人的研究用力最多的是姜夔。他对这位作家的生平事迹有开创性的研究，对其全部作品非常熟悉，因而评论这位词人时也就有独特的见解。在探讨姜夔词的艺术风格时，他将其诗风与词风相联系进行比较，认为：

> 白石的诗风是从江西派走向晚唐的，他的词正复相似，也是出于江西和晚唐的，是要用江西派诗来匡救晚唐温、韦以及北宋柳、周的词风的……拿江西诗风入词的是姜白石。

南宋末年词学家张炎以"清空"来作为白石词风格的总评。夏承焘力矫这种词史上的误解，他指出：

> 张炎拿"质实"和"清空"作对比，并用"古雅峭

---

① 夏承焘：《辛词论纲》，《月轮山词论集》第23～37页，中华书局1979年版。

拔”四个字来解释“清空”，其实这只是张炎自己作词的标准，是他自己“一生受用”的话头，是不能概括白石词风的……白石在婉约和豪放两派之外，另树“清刚”一帜，以江西瘦硬之笔，救温庭筠、韦庄、周邦彦这一派的软媚，又以晚唐诗绵邈风神救苏辛粗犷的流弊；这样就吸引了一部分作家……所以我说白石在苏、辛与周、吴两派之外是自成一宗的。①

从这些论述里，我们可以见到，评论者对姜夔所生活的南宋中期的文化背景有深入的理解，因而在评论这位词人时能确切地进行艺术风格的分析并指出其风格形成的特殊文化条件。夏承焘虽然只评论了李清照、陆游、辛弃疾、陈亮、姜夔这几位词家，但都是对他们的词有真知灼见的，尤其是具有深远的词史眼光，对他们的艺术有真正的感受，所以能吸取社会批评的某些合理之处，又能避开庸俗社会学的迷误，体现了一位词学家的品格。

以上所述是夏承焘词学研究的主要成就，其中某些方面都达到了现代词学的高峰。这位词宗对词学研究，毕生坚持不懈，能不辞辛劳地从最基础的资料搜集整理开始，有计划有重点地突破词学研究的学术难题，而且善于将传统考据学与近代实证方法相结合，引入了史学研究的方法，因而能取得卓著的成就。除了上述的成就，夏承焘的《姜白石词编年笺校》应是词集整理的范本。他的《天风阁学词日记》则是毕生研究词学的经验总结，其中有许多经验对我们来说是非常宝贵的。夏承

① 夏承焘：《姜夔的词风》，《月轮山词论集》第49～60页，中华书局1979年版。

焘一生大量的词学著述是珍贵的学术遗产。他有许多宏大的词学研究计划尚未完成，有待新一代的词学家继续努力。夏承焘是现代最著名的词学专家之一，“一代词宗”是当之无愧的。

第六节　唐圭璋的词学成就

现代词学在文献的编辑整理方面取得了空前的成就，现代词学大师唐圭璋为此付出了毕生的精力。从他1931年开始编纂《全宋词》起，进行词学文献整理编辑工作已达五十年，所完成的工作量异常之大，为词学的基本建设做出了宝贵的贡献。

唐圭璋，江苏南京人。生于清光绪二十六年（1901）十二月。六岁时从父读私塾，八岁时丧父，十二岁丧母，寄养于舅父家。十三岁进京南市立奇望街小学，由校长陈荣之先生资助学费。1915年小学毕业，考入江苏省立第四师范学校。1920年秋师范学校毕业后，留校任附属小学教师。1922年夏，考入东南大学（后改名中央大学），从词曲专家吴梅学词曲，自此专致于词学研究。1928年于中央大学中文系毕业后，任江苏省立第一女子中学语文教师。教学之余，继续研究词学，并于1931年开始编辑《全宋词》，进行搜讨并旁采笔记小说、金石方志、书画题

唐圭璋晚年像

跋、花木谱录、应酬翰墨及《永乐大典》诸书统汇为一编，钩沉表微，以存一代文献。与此同时也在进行金、元词的搜集工作。1934年由神州国光社出版了《宋词三百首笺》，由正中书局出版了《南唐二主词汇笺》；与吴梅、廖忏庵、林铁尊、仇述庵、石云轩、陈匪石、乔大壮、汪旭初、蔡桢，组织“如社”，每月集会作词，后来刻过《如社词钞》。1935年，经汪辟疆介绍任国立编译馆编纂。1937年完成《全宋词》初稿，由编译馆交上海商务印书馆排印，于1940年出版线装本，计辑两宋词人一千多家，词二万多首。1937年抗日战争爆发，随中央军校西迁成都任教。1939年至1946年在重庆中央大学任讲师、副教授、教授。这段时期发表的词学论文有《温韦词之比较》《李后主评传》《词的作法》《论梦窗词》《姜白石评传》《纳兰容若评传》《评〈人间词话〉》等。1946年抗日战争胜利后，由重庆回到南京，在南京通志馆任编纂。1949年初回到南京中央大学中文系任教。1950年9月参加华东革命大学政治研究院学习，毕业后分配到东北教书。1953年秋，从长春东北师范大学调回南京师范学院任教，1990年11月逝世。唐圭璋词学编著和论著有：《全宋词》（中华书局修订本1965年）、《全金元词》（中华书局1979年）、《词话丛编》（中华书局修订本1986年）、《宋词四考》（江苏古籍出版社修订本1985年）、《唐宋词简释》（上海古籍出版社1981年）、《词学论丛》（上海古籍出版社1986年）、《唐宋词论文集》（与潘君昭合著，齐鲁书社1985年）、《全宋词简编》（上海古籍出版社1986年）、《宋词纪事》（上海古籍出版社1982年）等二十余种。词集有《梦桐词》（江苏古籍出版社1987年）。词学大师唐圭璋为南京师范大学中文系教授、博士研究生导师，兼国务院古籍整理规划小组顾问、中国韵文学会会长、《词学》主编等职。

以编纂整理词学文献为中心进行词学的考证和论述是唐圭璋治词学的特点，在数十年不懈的辛勤工作中终于取得词学史上宏伟的成就。

唐圭璋毕生用力最多的是《全宋词》。在此之前关于宋人词籍的编纂已有明人毛晋的《宋六十名家词》，清人侯文灿续刻《十名家词》，秦恩复又继刻《词学丛书》；晚清王鹏运有《四印斋所刻词》和《宋元三十一家词》，江标刻有《宋元名家词》，吴昌绶有《双照楼景刊宋金元明本词》，朱祖谋有《彊村丛书》，陶湘有《续刊景宋金元明本词》；1931 年赵万里编成《校辑宋金元人词》，周泳先继而辑成《元宋金人词钩沉》以补诸家丛刻。虽有前人在搜集和编刻宋人词集方面做了许多工作，但仅是编《全宋词》的准备而已。唐圭璋在此基础上进行了大量的工作，广泛搜罗，经修订后共收入词人一千三百三十余家，词一万九千九百余首，残篇五百三十余首。从已出的中国断代文学总集来看，《全宋词》的特点和优点都是非常明显的：第一，确实做到“全”，仅近年孔凡礼从《诗渊》里增补了四百余首[①]，此外尚未发现多少遗漏者；第二，择用善本足本，校雠最精，注明版本，附列存疑之词和断句，有互见者皆一一注明，凡补辑者亦注明来源；第三，词人小传均在考证的基础上简明地介绍作者生卒年、里贯、简历及词作情况，较为准确；第四，附录了宋人话本小说中人物词、元明小说话本中依托宋人词和作者索引。这样为研究宋词者提供了完整可靠的一代文献。唐圭璋在编纂过程中完成的附产品有《石刻宋词》

① 孔凡礼：《全宋词补辑》，中华书局 1987 年版。

《〈四库全书〉中宋人集部补词》《从〈永乐大典〉内辑出〈直斋书录解题〉所载之词》《宋词版本考》《宋词互见考》《两宋词人时代先后考》《两宋词人占籍考》，有了这些研究基础，可以充分保证《全宋词》编纂的学术水平，因而它不仅具有一般的资料价值，而且具有很高的学术价值。《全金元词》为《全宋词》之续编，共辑词家二百八十二家，词七千三百首，体例亦如《全宋词》。从目前编纂《全明词》和《全清词》的组织规模和困难情形，我们便愈加认识到唐圭璋编纂工作的意义了。《词话丛编》曾于1934年辑得六十种词话，修订本共辑得八十五种，成为我国词学理论比较完备的丛刊，为词学史的写作和词学理论研究提供了基本的资料。由于唐圭璋晚年患病与极度辛劳，致使《全金元词》和《词话丛编》在校勘等方面略有粗疏之处[①]，但它们能编成问世已是难能可贵的了，因而亦受到词学界的欢迎与赞赏。这三部巨编的编纂出版，其意义远远超越了词学范围，是一代文学及其理论的总汇，在中国文化史上都是很有意义的大事。

唐圭璋手迹

1959年江苏文艺出版社将《两宋词人占籍考》《两宋词人时代先后考》《宋词版本考》《宋词互见考》合编为《宋词四考》出版。这四考在较大的范围内解决了宋词研究中许多具体

① 参见谢桃坊：《读〈词话丛编〉札记》，《古籍整理研究学刊》1990年第6期。

的学术问题。关于考证词人占籍的意义，唐圭璋说：

昔史地书中，辄载艺文之目，顾艺文分类既繁，一人之见闻亦有限，考索难周，遗漏实多。兹考两宋词人之籍历，按省分列，借以觇一代词风之盛，及一地词风之盛。拟补宋代艺文及拟辑乡邦文献者，或有取于是乎。

关于词人时代先后顺序的排列与考证的工作，唐圭璋说：

往者武陵陈伯弢氏作《两宋词人先后小录》，根据登第先后，顺次排比，得一百六十五人，信足以考见一代词学之源流焉。顾草创伊始，漏略不免，即陈氏所列词人如李遵勖、张昪、梅尧臣、韩缜、张先、范纯仁、黄庭坚、孙洙、张舜民、舒亶、李之仪、张耒、王雱、谢逸、王安石、赵师侠、朱敦儒、方岳、尹焕诸人，皆进士出身，陈氏并未考及。且登第有迟早，若专以此为据，亦有未尽当者。又陈氏议杜筱舫编词人姓氏，不加校刊，以致错误屡见，不知杜氏一本《历代诗余》，若论错误，当论《诗余》，则知陈氏犹未及见《诗余》也。此外若稗史、地志、姓谱、年谱、选举表、登科录诸书，陈氏亦未及广为搜检。兹予继陈氏后，重考词人时代先后。初以词人生卒为主。生卒不可考，则以科第为主。科第不可考，则考其仕宦踪迹，及所与往还之人。并此而不可考，则阙如焉。

词人时代先后考证，为撰著文学编年史提供了可靠的依据和丰富的资料。关于版本考证的意义，唐圭璋说：

> 自昔视词为小技，故集中多不刻词。即有单刻本行世，亦随刻随佚，鲜有人珍藏，故词籍流传至今者殊少，而所流传者又皆残缺错乱，无一完善之本。今观《直斋书录解题》《文献通考》及《宋史·艺文志》所载之目，多已失传。尚有著录其人之词，但词目与卷数，皆不与今本合。他若宋人笔记所录之零篇断句，更不一而足，并可证当日流传几遍之词籍，今已湮落无闻矣。后人网罗散失，汇刻宋词，以明毛晋之功为最伟，然卷数之改动，首数之增删，字句之讹脱，至大失原本面目，亦不能无讥焉。晚近词学渐明，词籍时见，前辈词人，复以毕生精力，专攻斯业。或补其遗，或正其谬，或景印宋元原版，或校刻明清旧抄，考订既详，校订亦精。以视毛氏所刻，诚不可同日而语。兹略将历来书目所载，及方今传世之词，汇集一处。俾承学之士，可以探源穷流，察其完缺，辨其优劣。

《宋词版本考》很有助于词学研究者考证词集的存佚状况及版本源流，它与《宋词互见考》相参证，更能考辨某家词作的真伪情况。以上四考，都是词学研究者必需的工具书。除了《宋词四考》外，唐圭璋于读词时还写下了多则词学考证，其中留下了许多重要的线索，可以启发后学继续追寻。词家考证方面，唐圭璋关于柳永生平事迹的考证是最有影响的。北宋词人柳永，在宋人笔记杂书中关于他有许多轶闻的记述，但其事迹不见于史传。近世虽有一些学者作了考索，但其事迹仍是模糊的。唐圭璋从宋人王禹偁《小畜集》中发现了有关柳永的资料，写成《〈小畜集〉中关于柳永家世的记载》[①]，又从各种有关的地方志中发现了柳永行迹的资料，于是进而辨析了宋人笔记中的许多传闻之误，较确切地推测出了柳永的生卒年，完成了《柳永事迹新证》。[②] 这篇文章为词家考证开辟了新的途径。1983年，唐圭璋在《我对词学研究的浅见》里说："在词学研究范围内，还有很多考证、校勘、辑佚等艰巨的工作要做，因此，希望全国善本书目早日编出，以便有志于词学研究的同志，能更好地进行细致的工作，以取得更大的成就。"[③] 他再次对后学强调了这些基础研究工作的重大意义。

唐圭璋的词学理论研究是建立在丰富的词学文献的基础上的，构成了词学史的初步规模，表现了关于词史的基本观念，关于词法尤有精深的理解。

关于词学史，唐圭璋的《历代词学研究述略》第一次描述了词学发展的大势。他说：

> 在中国诗歌领域里，词是一种特殊的诗歌样式，它和律诗、绝句同为格律诗，不过律诗、绝句是整齐的五、七言格律诗，词则是长短句的格律诗。虽然调也有与五、七言律诗句数相同的词调，如《生查子》《玉楼春》，但在句子平仄、用韵方面仍然是不同的。所以我们可以说：律诗绝句是整齐的格律诗，词是长短句的格律诗，这是中国格律诗的两大类。律诗、绝句兴起于唐代，诗人辈出，词则

---

① 唐圭璋：《词学论丛》第595～597页。上海古籍出版社1986年版。
② 唐圭璋：《词学论丛》第595～613页，上海古籍出版社1986年版。
③ 唐圭璋：《词学论丛》第837页，上海古籍出版社1986年版。

繁荣于宋代，亦有万紫千红之盛。

词兴于唐，盛于宋，历元、明、清三代，已有一千多年的历史，词家数千人，词作以万数。在中国文学史上，已是一个重要部门，因此，它逐渐成为文学研究者的一门专业。对词史、词乐、词律、词韵，以至版本校勘、笺注等等，历代均有学者进行研究，各有贡献。

文中分别就词的起源、词乐、词律、词韵、词人传记（包括小传、年表、年谱、词史）、词集版本、词集校勘、词集笺注、词学辑佚工作、词学评论等十个方面的研究的历史情况，作了极为概略的描述。最后，唐圭璋说：

我们认为词学研究领域急待解决的课题很多，有的前人已做出了成绩，有的还有待于来者的开发。把握时机，加紧努力，我们希望在新的八十年代里，把词学研究发扬光大，为祖国的“四化”在古典文学研究方面做出更多更好的贡献。①

当代词学大师关于词学史的论述引起了词学界的重视，而且预示了词学理论和词学史研究热潮的兴起，促进了现代词学向高层次的理论研究发展。唐圭璋关于词学史的论文有《朱祖谋治词经历及其影响》《评〈人间词话〉》《回忆吴先生》《回忆词坛飞将乔壮翁》《词学三跋》《端木子畴批注张惠言〈词选〉跋》

① 唐圭璋、金启华：《历代词学研究述略》，《词学论丛》第811～834页，上海古籍出版社1986年版。

等，都为近代和现代词学史提供了重要历史线索，尤其是《朱祖谋治词经历及其影响》辨析了近世词学源流，评述了近世最有影响的词学家。这些都对我们研究词学史有很大的指导意义。

唐圭璋发表了从唐代至清代的词家评论系列论文，如《唐宋两代蜀词》《温韦词之比较》《南唐二主词总评》《李后主评传》《范仲淹》《柳词略述》《从〈东坡乐府〉里看苏轼和农民的情谊》《秦观》《李纲咏史词》《民族英雄陈龙川》《南宋词侠刘龙洲》《姜白石评传》《论梦窗词》《宋代女词人张王嬟》《纳兰容若评传》《蒋鹿潭评传》，都分别表述了其词史观念。如《唐宋两代蜀词》实是表述了西蜀地方词史的发展概况。唐圭璋谈到李煜在词史上的地位说：

> 中国讲性灵的文学，在诗一方面，第一要算十五《国风》。儿女喁喁，真情流露，并没有丝毫寄托，也并没有丝毫虚伪。在词一方面，第一就要推到李后主了。他的词也是直言本事，一往情深，既不像《花间集》的浓艳隐秀，蹙金结绣，也没有什么香草美人，言此意彼的寄托。加之他身为国主，富贵荣华到了极点；而身经亡国，繁华消歇，不堪回首，悲哀也到了极点，正因为他一人经过这种极端的悲乐，遂使他在文学上的成就，也格外光荣而伟大。①

① 唐圭璋：《李后主评传》，《词学论丛》第905页，上海古籍出版社1986年版。

唐圭璋谈到范仲淹在词史上的意义说：

> 宋初词人如张先、晏殊等都是专家，他们所写的却还是沿袭《花间》、南唐闺帏言情的范围；范仲淹比张先大一岁，比晏殊大两岁，他却独写边塞情景，是突出的。唐代著名的边塞诗人很多，如高适、岑参、王昌龄、李颀等都是，可是宋词写边塞的很少，如范仲淹正是唯一的边塞词人。①

关于柳词在词史上的影响，唐圭璋说：

> 北宋词坛著名作家如张先、晏殊、欧阳修直到晏几道，他们作词，都是沿袭西蜀南唐的词风，致力于小令，张先的《子野词》中，欧阳修的《六一词》中虽也有慢词，但并不太多。惟有柳永创制慢词最多，因而影响了苏轼、秦观、贺铸、周邦彦这些令、慢兼长的作家。尤其他们的慢词，吸取众长，转益多师，各具特色，各放异彩，形成词学空前的盛况。②

以上是关于词史的一些重要见解。唐圭璋在评论南宋吴文英词时，谈到了词学上的审美趣味问题，见解是很精深的。他说：

---

① 唐圭璋：《范仲淹》，《词学论丛》第 923 页，上海古籍出版社 1986 年版。

② 唐圭璋：《柳调略述》，《词学论丛》第 929 页，上海古籍出版社 1986 年版。

> 世之尚北宋者，往往抹杀南宋；尚小令者，往往忽视慢词；尚自然者，往往轻视凝炼。不知一时代有一时代之所胜，一体有一体之所胜。学南宋者，固不可不上窥北宋；学北宋者，亦不可不涉猎南宋。环境各异，作风各异，而真价亦各异也。一代大家，大抵不随人俯仰，转益多师，自具面目。乌有毫无生气之作，而可以蒙蔽六百年来才士之耳目心思者……近人反对凝炼，反对雕琢，于是梦窗千锤百炼、含意深厚之作，不特不为人所称许，反为人所痛诋，毋亦过欤！古人言治玉，须切磋琢磨，始成精品。为诗文词者何独不然。即画家之配度结构，音乐家之创制腔格，雕塑家之规模神采，何一不须积日累月，惨淡经营，而后始臻上乘也。正因未美、未真而雕琢，愈雕琢乃愈真愈美，非愈雕琢愈无生气也。字有未安，句有未妥，法有未密，色有未调，声有未响，心之所欲言者，尚不能尽情表达。于是呕心苦思，反复雕琢；改之又改，炼之又炼，务使字字精当，务使真情毕宣。范石湖谓白石诗为“裁云缝月之妙手，敲金戛玉之奇声”。此语正可移评梦窗词。[①]

如果我们将唐圭璋词人评论中有关词史观点全部摘出，则可以反映词史发展的基本规律了。

唐圭璋既是词学家又是词人，他很注重对词法的探讨，其著名论文《论词之作法》便详论了作词要则、词的组织和词体

① 唐圭璋：《论梦窗词》，《词学论丛》第 982 页，上海古籍出版社 1986 年版。

创作的特点。他主张："未作词时，当先读词。既作词时，则当以用心为主!""作词时须用心，词作成后，尤须痛改。往往一词初成，尚觉当意，待越数日观之，即觉平淡，若越数月或数年观之，更觉浅薄。故有人常常焚毁少作之稿，即以此故"。[①] 关于词的组织结构，唐圭璋从字法、句法到谋篇布局均作了详细介绍。关于词体创作风格，则提出了四点："雅——清新纯正"，"婉——温柔缠绵"，"厚——沉郁顿挫"，"亮——名隽高华"。这些都是前人和唐圭璋自己的作词经验的总结。唐圭璋分析作品，最注重从组织结构入手，他说：

> 清人周济、刘熙载、陈廷焯、谭献、冯煦、况周颐、王国维、陈洵等论唐宋人词，语多精当。惟所论概属总评，非对一词作具体之阐述。近人选词，既先陈作者之经历，复考证词中用典之出处，并注明词中字句之意义，诚有益于读者。至对一词之组织结构，尚多未涉及。各家词之风格不同，一词之起结、过片、层次、转折，脉络井井，足资借鉴。词中描绘自然景物之细切，体会人体形象之生动，表达内心情谊之深厚，以及语言凝炼，声韵响亮，气魄雄伟，一经释明，亦可见词之高度艺术技巧。[②]

他所编选的《唐宋词简释》便是从组织结构入手去分析作品的艺术技巧的。例如分析柳永名篇《八声甘州》云：

① 唐圭璋：《词学论丛》第840页，上海古籍出版社1986年版。

② 唐圭璋：《唐宋词简释·后记》，《词学论丛》第1061页，上海古籍出版社1986年版。

此词亦柳词名著。一起写雨后之江天，澄澈如洗。“渐霜风”三句，更写风紧日斜之境，凄寂可伤。以东坡之鄙柳词，亦谓此三句“唐人佳境，不过如此”。“是处”四句，复叹眼前景物凋残，惟有江水东流，自起首至此，皆写景。换头即景生情。“不忍”句与“望故乡”两句，自为呼应。“叹年来”两句，自问自叹，与“为问新愁，何事年年有”句同为恨极之语。“想”字贯至“收”处，皆是从对面着想，与少陵之“香雾云鬟湿，清晖玉臂寒”作法相同。小谢诗云：“天际识归舟。”屯田用其语，而加“误几回”三字，更觉灵动。收处归到“倚阑”，与篇首应。梁任公谓此首词境颇似“照花前后镜，花面交相映”，说亦至当。①

又如分析周邦彦名篇《兰陵王》云：

此首第一片，紧就柳上说出别恨。起句，写足题面。“隋堤上”三句，写垂柳送行之态。“登临”一句陡接，唤醒上文，再接“谁识”一句，落到自身。“长亭路”三句，与前路回应，弥见年来漂泊之苦。第二片写送别时情景。“闲寻”，承上片“登临”。“又酒趁”三句，记目前之别筵。“愁一箭”四句，是别去之设想。“愁”字贯四句，所愁者即风快、舟快、途远、人远耳。第三片实写人。愈行愈远，愈远愈愁。别浦、津堠、斜阳冉冉，另开拓一绮丽悲壮之境界，振起全篇。“念月榭”两句，忽又折入前事，极吞吐之妙。“沈思”较“念”尤深，伤心之极，遂迸出

① 唐圭璋：《唐宋词简释》第76～77页，上海古籍出版社1981年版。

热泪。文字亦如百川归海，一片苍茫。[①]

经过这样的分析，作品的思想内容和艺术技巧都非常清楚了，有助于对整首词词意的认识。这种组织结构分析法是很值得我们认真学习的。

唐圭璋的词学研究形成了学术个性，学术特点非常鲜明。我们从表面上看，唐圭璋一生主要致力于词籍和词学文献的编辑整理工作，但合观其整个编著时，便可发现他有一种"全"的宏观意识。《全宋词》《全金元词》《词话丛编》三巨编都突出了完整的一代文献与词体文学理论总汇的观念。这种宏伟的目标、执着的学术追求和"全"的意识，已构成一种学术观点。唐圭璋治词学很注重从完整而可靠的资料出发，因而对浩繁的词学文献资料进行了多方面的大规模的辨伪存真工作，既看重第一手材料，又努力发掘新的资料。如《全宋词》的校勘工作极为精细，绝不妄断，有一种很客观的科学态度；其中所收石刻词，从类书方志新辑出的词，并第一次全部收录了《高丽史·乐志》所存之宋词。《词话丛编》所收的词话有的是珍贵的抄本和罕见的秘本。唐圭璋从事词学的编辑研究工作，其工作量之大，远非一个常人的精力所能济。他整理文献资料的方法程序是非常科学和精确的，很难发现重出、误收或遗漏的情形。在以往的工作条件下，他是怎样进行这样全面的、大量的工作的，这些宝贵的经验都很值得总结。前辈词学大师治词学的成功经验，将会使我们避免许多错误，启发我们选择最佳的途径，如唐圭璋所愿望的那样——"把词学研究发扬光大"！

① 唐圭璋：《唐宋词简释》第126页，上海古籍出版社1981年版。

余论

新时期词学研究述评

自 20 世纪初年中国新文化运动以来，现代词学研究同其他社会科学一样，经历了吸取世界近代人文科学成果以批判旧传统而创立新的学科体系、以历史唯物主义思想为指导的社会学分析的两个阶段，于 80 年代进入了反思、探索、开拓、创造的新历史时期。新时期是中国历史上的盛世，在此背景下中国的学术繁荣昌盛，中国的优秀传统文化得以弘扬而成为中华民族文化精神的一个组成部分。

在中国古典文学中词体文学是古典格律诗体之一，亦是古典音乐文学样式之一，它的艺术形式是最精美的。今存唐五代词两千余首，宋词两万余首，金元词七千余首，明词尚难统计，清词应在二十万首以上，它们是中国珍贵的文学遗产。词体文学从一个方面表现了中国特定历史时期人们的情感、意志、性格、风尚、习俗、观念、思想，进而揭示了民族的精神本质，从它可见到美的世界、至善的品格、高尚的理想，生命的颂歌。它作为一种文化因素纳入了我们民族的传统。许多传世的词篇成为后世不可重复和难以企及的艺术典范。回顾我们的历史，阿房宫殿已烟消云散，丝绸之路仅存残迹，开元盛世一去不返，四大发明已为新技术代替，长安的经济繁荣只有残存的古币可以见证。我们中华民族的伟大光荣在哪里？我们民族的聪明智慧在哪里？难道长城的断垣与运河的残堤是我们民族生命的象征吗？不是的。只有先辈的精神成果——哲学的、历史的、伦理的、宗教的、艺术的、文学的，它们才是永恒的，它们才赋予了我们民族相对的生命意义。我们民族悠久的、丰富的、各种各样的文学遗产是需要不断探索、考证、整理、介绍和研究的，以使它世代相传；这正是我国优良的传统。它在新时期良好的条件下得到了真正的弘扬。词学研究正是在此大的文化环境里繁荣昌盛取得辉煌成就的。

新时期之初，中国古典文学中的宋代文学研究开始呈现热潮的趋势。它属于一个开发性的学术领域，引起了广大研究者的高度重视和浓厚兴趣，已有相当一部分力量投入这方面的研究。宋词研究在宋代文学研究中是居于优势地位的，这大大促进了新时期词学的发展。“文化大革命”的十年间发表的词学论文共为十五篇，而新时期头两年即发表八十六篇，1984 年高达二百二十四篇。1984 年的词学论文中属于词学理论和词学基础研究的各占百分之二十，属于宋代词人词作评论的约占百分之四十，研究的范围较为广泛。自 1987 年词学论文的数量开始下降，共发表一百八十篇，从内容来看已有一些新的变化：宋代词人词作评论约占百分之五十，词学理论约占百分之二十四，这两项的比例略有上升；词学基础研究占百分之一十四，有所下降；用新观念、新方法探索的论文逐渐增多。1991 年发表的词学论文八十五篇，其中词学理论的二十二篇，宋代词人词作评论六十三篇。自 1997 年词学论文的数量又开始回升，此年发表一百七十六篇，其中词学理论四十九篇，词人词作评论一百二十七篇；1998 年发表一百四十四篇；其中词学理论三十八篇，词人词作评论一百零六篇；1999 年发表一百四十六篇，其中词学理论四十五篇，词人词作评论一百零一篇。新时期以来出版的词学专著共九十种，其中出版于 20 世纪 80 年代的三十五种，90 年代的五十五种；整理的词籍计三十六种，其中出版于 80 年代的十七种，90 年代的十九种。以上数据足见新时期词学研究的繁荣状况，但其中有半数或半数以上的论文和专著是缺乏新意与专业深度的，其作者并非具有深厚词学素养的专家。我们对于这些论著可以视为词学的普及工作，而从学科的社会影响来看它们确又是很必要的，因其适应了学术大众化的趋势。词学资料的编辑和词籍的整理方面，在新时期以来取得了突出的成就，为词学基础研究作出了巨大贡献，而所达到的学术水平亦是很高的。词学理论、词史、词人评论、词派研究方面有很大一批专著经过了学术的检验可以认为是优秀的，它们在观念上有所进步，研究方法有所创新，理论上有所突破。它们体现了新时期以来中国古典文学研究的高度的学术水平，应当是具有学术生命的传世之作，推动了词学学科的前进，成为 20 世纪词学研究的光辉终结。

20 世纪 80 年代的词学研究在反思与探索中前进，可以说是一个新的转折。这体现在词学家们经过历史反思而自觉地摆脱庸俗社会学研究方法的困境，努力从僵化单一的批评模式中解放出来，使词学研究向文学本位回归，开始试用现代新学科的新观念和新方法。新的转折很明显地具有学术自由争论和探索创新的精神。这突出表现在关于若干重大词学问题的争论。历史唯物主义的观点与方法曾引导学者们在认识研究对象的社会本质和揭示某些发展规律方面有着积极的作用，但由于简单化与教条化的结果而造成庸俗社会学方法在学术领域泛滥成灾。词学研究也同样偏重于对外部发展条件与联系的关注，忽视了对内部发展过程的探讨，使特定的研究对象丧失了自身的个性。因此，新历史时期的词学研究中心便以矫枉的态势出现而注意于词的内部发展过程，在关于词史上婉约与豪放、南宋词评价和词的文学艺术价值等问题，展开了为时甚长的热烈争论。

宋词的婉约派与豪放派之分是明代词学家张綖提出的，此后便为词学界所沿用。新中国成立以后，词学界以豪放派为宋词的主流，认为苏轼是豪放派的创始人，南宋爱国主义作家继承了苏轼的革新精神；他们的词作汇成南宋词坛一支振奋人心的主流——豪放派。与此相反，代表南宋士大夫的消极思想和个人享乐思想，在词坛里形成另外一支逃避现实、偏重格律的逆流。上述观点显然受了文学史上两条路线斗争理论的影响，按照主流与逆流的分线，将复杂和丰富的文学现象简单和绝对化了，失去了历史的客观性。1983 年召开的全国首届词学讨论会即以此为主题进行了争论。豪放派是否一个文学流派呢？文学流派是同一时代同一国家的作家因审美理想与审美趣味的一致，有理论纲领，结成联盟或团体组织、作品风格相近或相同的作家群体。苏轼虽然革新了词体，但并未在其周围形成风格相同的作家群，在北宋词坛并未形成一个豪放派。因此，豪放与婉约之分不是流派，应是两种基本美感形式，是词史上的两大风格类型。古代词论家以婉约词为正统，以豪放词为别调、变格，对豪放词甚有贬抑之意。正统之争与主流之论都否认了词的体性和风格的发展演变的历史真实，成为某种政治教化说的应声。张綖对宋词所作的两大类型风格的概括是符合宋词基本情况的，这并不排除作家的艺术个性及其风格的独创性。若以某种风格类型为正统为主流而盲目否定其余，这仅说明批评者狭隘的偏见和对词史缺乏深入具体的理解。如果从宋词发展过程来理解苏、辛的异同，则不难见出他们之间有开创与继承的关系，他们的风格类型相同而艺术个性又颇相异。因而那种以苏轼根本不能算作豪放词人和苏、辛之间毫无共通之点的意见是极为片面的。

与豪放词评价相联系的是关于苏轼以诗为词和辛弃疾以文为词的问题。词体的诗化和散文化也是宋词发展中的合理现象，它既有丰富艺术表现、促进风格多样化的积极的一面，也有破坏词体声律和音乐性的消极的一面。如果以豪放派为宋词主流，以诗为词和以文为词是豪放词的基本特点而无视其消极面，同样是离开了宋词发展的真实。关于婉约与豪放之分的争论，反映了词家们对庸俗社会学理论模式的否定，试图从文学本位来理解宋词的发展。这次争论也暴露出了某些古典文学研究者理论基础的薄弱，缺乏严谨的科学研究态度；同时也为古代文论研究提出了一个严肃的课题，即某种体式文学中非常重要的范畴与理论问题。

在豪放派是宋词主流的观点支配下，占宋词绝大多数的婉约词曾被作为逆流而遭到轻蔑的否定。最突出的是对南宋婉约词人的不公正评价，如认为南宋婉约词人专在艺术技巧上刻意求工，苏、辛的豪气全失，姜夔、史达祖、吴文英、张炎、王沂孙等起来一味在词藻音律上研究，沿着婉约派词人脱离现实的倾向越走越远，把宋词引向了僵化衰靡的道路。似乎词体衰微的责任应归罪于南宋婉约词人。早在 1979 年就有词学家呼吁重评婉约词，认为宋词的绝大多数作家作品属于婉约一派，宋以后至晚清的情况仍然如此；我们对晚唐、五代、北宋初年的词以及周邦彦、姜夔、吴文英、张炎等词人，除应批判其题材较狭、情调较低以外，对其艺术上的成就是不容低估的。

词学家们认真地研究了南宋重要婉约词人姜夔、吴文英、张炎和王沂孙，对他们的事迹重新考辨，对他们的作品作了全面探讨；同时对史达祖、张镃、杨缵、陈允平、周密等也作了较细的研究。这就为重新评价南宋词奠定了坚实的基础。1986年第二次词学讨论会即是以南宋词评价为重点议题。南宋词，特别是南宋婉约词，沿着典雅的道路发展，艺术表现日趋精巧工致，因此人们对它的鉴赏有一个逐渐加深的认识过程；如果仅停留于表面印象便作出评价，很可能是不够公允和深刻的。例如从政治标准第一的批评原则出发，南宋婉约词的评价便以其爱国主义思想及表现之程度作为判断其价值的主要依据，但往往并未对这些词人的生活道路认真探索，也未透过其精巧的艺术形式去发现潜藏的思想内蕴，忽略了从特定历史条件下去理解其思想表达的特殊方式。南宋婉约词人也曾扩大了词的题材，他们的爱国思想的表现看起来是微弱的，却深婉而缠绵地表现了对祖国山川的热爱，某些词人还保持了汉民族的尊严和气节。他们由于藏情于内，迷离惝恍，琢炼文字，词意难以骤解，但如果玩赏既久，有会于心，就会逐渐为其沉厚深隐而悠远婉曲之情所感，更见美的效果。因此，他们在词的美学进程中的意义理应得到充分的肯定。

对南宋词的贬抑是有很深远的历史渊源的。清代中期以后出现了宋词南北之争，到清末王国维则集中而强烈地表示了对南宋词的艺术偏见，经胡适的推演遂使这种偏见一直支配着新中国以来的词学批评。关于对南宋词的重新评价和对王国维艺术偏见的反思，明显地反映了社会审美兴趣的转变，在某种意义上是对文学批评中政治标准第一的逆反和对旧的理论权威的检讨。由此为词学研究开创新局面起到了积极的推进作用。因为我国长期以来政治教化观念、封建思想意识和庸俗社会学的影响在古典文学研究领域盘踞牢固，所以词学研究要向文学本位回归也是障碍重重的；诸如对俗词的指摘、以寄托论词、以封建道德标准评价作家作品等便是其绪余。较典型的例子是：承袭政治教化观念无情地责骂柳永通俗的“淫冶讴歌之曲”，发挥常州词派的寄托说而穿凿附会地寻觅清真词所寓的政治意义，以潜伏着的封建礼教意识为李清照的改嫁辩诬。但是在争论中体现新价值观念的意见仍然居于主导地位。例如认为柳永俗词所包含的新文学精神不仅在其将爱情从民间移植到文人文学之中，同时还在其以一种初步的男女互尊互爱精神构成新的文学素质，从而体现了文人文学中一丝新的伦理道德观。柳词反映的世俗日常生活中有栩栩如生的小人物，也有催人泪下的世俗情感，更有对性解放的企望和对爱情生活的追恋，具有浓厚的市民气息。它体现了作者所受新兴市民阶层进步思想意识的影响，冲击着封建礼教和儒家正统观念。周邦彦的词向来最有争议，曾被认为脱离现实，内容空虚，具有严重的形式主义倾向。近年对周邦彦词的评价又出现另一极端，即曲解其《汴都赋》的时代背景，夸大其社会进步意义以证明他是支持王安石新政的爱国的政治改革者；以寄托论词来发掘其词的政治寓意而予以过高的评价。从周邦彦献赋活动与仕进情形来看，其政治态度是十分鲜明的，对后期变法派——包括向蔡京集团的投靠也是十分确凿的事实。当然对他的评价不应因此而否定其在词史上的重要意义，但也不宜以寄托方法从其词中寻求政治寓意而为其政治态度曲说辩护。关于李清照改嫁的问题，自清代以来即有不少学者为之辩诬，认为考辨她是否改嫁，不能单凭宋人说部笔记。改嫁似乎是背叛前夫的行为，失去了妇女应有的贞节，有损这位杰出女词人的光辉形象。因而猜测“改嫁”之说是卫道者蓄意中伤而制造的舆论，李清照是数十年如一日地忠于其夫赵明诚。这样不顾事实的辩诬已超出学术考证的范围而成为新旧伦理观念之争的焦点。自理学成为封建社会统治思想以后，妇女改嫁将受到社会舆论的谴责，但是我们不应再被封建意识所困扰。李清照晚年的改嫁与很快离异根本谈不上是失节或背弃前夫。她改嫁无罪，离异有理，讼夫邪恶而不怕徒刑，表现出女人的刚毅与坚贞。这样的一些意见，反映出从文学本位出发重视作家作品的文学艺术价值所作的新的理解与探索。

词学研究的新历史时期的探索创新精神还鲜明地表现在研究中引入现代新学科的新观念和新方法。在现代文学和当代文学研究领域里首先引用西方现代社会科学和自然科学中的新观念和新方法，因其影响而形成新历史时期的一种学术思潮。1986 年《文学遗产》杂志开始征求宏观论文，1987 年初召开了全国古典文学宏观研讨会，这都大大鼓励了中国古典文学研究的新观念和新方法的运用，为古老的学科开辟了新的途径，带来了新的生机。词学研究领域也相应地活跃起来，紧紧跟上时代思潮，研究者的探索精神与当代意识得到发扬。自 1986 年以来用新观念新方法研究词学的论文逐渐增多，这种新趋势基本上可以概括为：新的批评方式代替旧的模式、宏观研究对微观研究的超越、在广阔的文化背景下对纯文学研究的冲击。

长期以来，词学研究同其他文学研究领域一样形成了一种凝固的单一的模式；历史背景—作家生平—作品分析—文学史上的意义，或时代背景—作品思想性—作品艺术性—渊源与影响。20世纪80年代以来，研究者们深感旧模式的缺陷，从多角度多层次去探索新的模式。如以系统论来探讨苏轼词的基线及其多层次性，认为其基线凝聚着作者全部生活阅历、政治生活、思想探索和艺术追求，即由沉湎于美满的生活到思考变化无常的人生过程。热爱生活、眷恋人生，因生活残缺而疑惑并质询人生，从对人生概括的高度去解释生活，表达对作出解释的生活、人生的相应态度，分别构成了东坡词的四个层次。对李清照词则从美学的角度去认识其审美价值，以为热爱自然、歌唱自然、抒发大自然中获得的美好而愉快的感受，为追求幸福的生活、追求真理、不断探索前进，这是其词自然美与社会美的特点。关于姜夔词，则尝试着将它置于社会历史文化与个人性情际遇的交汇背景上，联系白石的文学理论，然后通过其词作——物化了的心理活动的“静的属性”，这样来考察姜夔创作心理与艺术表现。当旧批评模式的舍弃，使研究者由微观而进到宏观研究的境界。

宏观研究是相对微观研究而言的，它从较为宽广的视角对文学现象作整体的把握，以探寻文学发展的规律性或总体特征，以期对古典文学研究有重大的突破。宏观研究作为方法论是为广大研究者所易于接受的。词学家们尝试着从宏观的角度去理解词学。例如有词学家认为，在考察古代文学所真正积淀着的审美心理时，也就应该剥除那政治教化说的“外附物”。从这点来讲，唐宋词（主要是指传统所谓的婉约词）就是一种比较理想的研究对象，它基本上剔除了前代文学常带有的“政治性”，而变成了纯为“性灵”、“情性”的发露物；由此便可认识积淀的民族审美心理。宋词中是否存在着婉约与豪放两种词境，如果对宋词涉猎稍广，则会发现有些作品风格因素比较复杂，其美学境界往往难以简单地归入，因此宋词中存在第三种美学境界。文学发展的内部机制中“内因”的概念甚为模糊。研究者试图从结构优势来认识宋词兴盛的内因，遂联想到自然科学中同样的元素由于其相互作用的方式不同而形成不同的结构并造成不同的系统的原理，那么，组成基本相同的近体诗与词之所以会产生不同的效用，其原因也可以从它们的结构中去发现。像这样将宋词及其发展过程作为一个整体来审视，便能作出新的结论，在理论上可望有所突破。

在随着词学研究向文学本位回归时，由于受到广义文化学和人类社会学研究热潮的影响，词学研究另一逆向发展是将对象置于广阔的文化背景下进行横向的多学科的研究，试图开拓研究的新领域。这已绝不是简单地将文学与政治经济联系比附的庸俗社会的复活，而是将文学置于民族文化系统内去发现它与整个文化系统及某些子系统之间的各种联系，借以揭示某些非常隐秘的深层的民族文化心理特征。例如宋词的发展便与歌妓有微妙的关系，词是配合燕乐的音乐文学，必然通过歌唱才能充分为人们所欣赏，才能广泛传播。歌妓是以从事小唱伎艺为特殊职业的女艺人，分为官妓、家妓和民间私妓，在宋代社会形成一种歌妓制度。宋词中大量的恋情词的抒情对象不是那些正常婚姻配偶的大家闺秀或贵族小姐，而是属于社会底层的贱民歌妓。词的歌唱使词人与歌妓之间出现一种天然的联系，花间尊前与歌筵舞席都为他们提供了频繁的交往机会。由于她们需要不断地演唱新词，而常于侑觞之时向词人索求新作，促使词人为她们创作大量表现恋情的、艺术精美的词章，从而推动了词的发展。词与音乐的关系非常密切，从音乐的角度来研究词体是很有意义的。唐代中叶以后，尤其是在宋代，音乐和文学达到空前的密切的结合。这种结合不同于原始艺术的初级状态的浑然一体，而是艺术分化发展之后，各类艺术意识在高度自觉的基础上的再结合。歌词借助于音乐以增强其艺术表现力及审美价值，音乐又借助于歌词使其情绪体现更为明确具体。词与音乐的结合既不是简单混合，也不仅是诗歌语言旋律的音乐化，是人们自觉地使二者结合而构成了完美的艺术整体。因此从纯文学的角度来研究词学是难以把握其艺术本质的。宋词与宋诗在题材韵味方面都迥然相异，反映了宋人人格的分裂，但它们之间也存在着间接的联系。例如在宋代诗坛上形成过一个以黄庭坚为首的江西诗派，而在词的创作领域中则出现了周邦彦、辛弃疾、姜夔等词人，虽然他们都有各自的风格，但在用典和融化前人诗句这一艺术手法上却不同程度地体现了江西诗派的影响。宋词与理学更是绝不相容的对立面，但某些现象却是很奇特的。如果我们纵观南宋爱国词人辛弃疾一生的社会交游和诗、文、词全部创作，便可发现他与南宋中期文化主潮的理学存在着千丝万缕的联系。南宋中期的文化主潮以理学诗为中介而与稼轩词发生了间接联系，表现出以文为词的倾向。探讨辛弃疾以文为词的文化背景，旨在从这位词人与社会文化的复杂联系来理解其创作；这将有助于我们认识稼轩词的艺术特点及其成因。像这样将词学置于广阔的文化背景下，研究的道路也将会愈益宽广。

从上述可见，20 世纪 80 年代的词学研究是空前繁荣的，出现了丰富多样、学术水平很高的新成果，体现出学术自由争论与开拓创新的精神。词学研究摆脱了庸俗社会学的困扰，实现了向文学本位的回归，在关于词史上婉约与豪放的认识、南宋词的重新评价、词的文学艺术价值等问题的争论中，着重探索了词的内部发展过程及其规律。词学研究受到时代学术思潮的影响，试用了现代新学科的新观念和新方法，逐渐以新的批评方式代替旧的模式，开始从宏观研究向微观研究超越，在广阔的文化背景下发起对纯文学研究的冲击；由此开拓了一个新的活跃的局面。这一时期的词学研究是新的转折点，其繁荣、成就与创新从一个侧面反映了我国古典文学研究的情况，也反映了我国学术的繁荣昌盛。

古典文学研究的对象是以古代文献中感性的意象与形象的材料为主的，有自身的特点。但是它作为社会科学之一，也有社会科学的共同特点，如果丧失了科学性便不成其为学术研究了。词学也是如此。当回顾近年来词学研究运用新观念新方法取得的新成就时，如果冷静地加以评审，则又可发现不少成果是令人失望的；既缺乏科学性，也未解决任何学术问题，只是将常识性的东西在主观意图下变换组合并未作出有科学价值的新结论。例如将古代某位词人与西方现代文学流派联系起来，无视它们之间历史文化背景的差异，企图证明西方现代的某文学流派在文明悠久的中华早已有之。以意识流派来说，意识流程是一种心理现象，宋代词人也习惯于在具体的作品里表现瞬间的复杂思绪，按现代术语也可谓之意识；但这与现代文学的意识流是不能混同的，正如不宜将我国古代文学的写实倾向称作现实主义一样。这种以现代的东西强加于古人是片面地误解了学术研究中应有的当代意识，而并未准确地把握中国文学的基本特征。关于系统论在词学研究中的运用也常常出现以主观逻辑代替客观历史的倾向。将作家作品视为一个系统而分若干层次进行探讨是很必要的，但因停留于表象将它置于静止的平面而作主观划分。这种划分纵然符合理论的逻辑，却不能解释作家创作的特殊规律。因为事实上许多作家的初期作品已表现了基本的主题与艺术倾向，而按批评者拟构的逻辑层次则这些作品应是最后的层次，于是便把作家创作发展的线索弄得颠倒错位了。关于词体艺术结构的分析是非常重要的，但在具体分析时却往往暴露出主体对结构的理解是模糊的，如将结构特点、结构型式、结构原理或结构方法混淆不清。西方现代文学流派的结构主义在分析作品时有其优长，但结构主义与一般的结构分析是有所区别的。若对这一系列的理论问题都不甚清楚，而将某些概念用于词学研究，结果是很难认识词的真正结构。对具体作品进行艺术鉴赏最能真实地体现研究者的功底与鉴赏水平，但往往因忽视普及意义而轻率从事，以致故弄玄虚，令人莫解。如以为从一首词便可发现它所传达的多种信息或由它便能窥见作者一本万殊之本质。果能如是吗？即使相信一首小词的确有这样大的能量，也只能说明它的信息量大和高深莫测，结果读者对这首词的真实意义和艺术价值仍感茫然，反被弄得愈加迷糊了。因此，在试用新批评方式时虽奇光异彩，炫人眼目，有的则未臻至旧模式所达到的深度；在超越微观研究时，虽气势宏伟，而往往提出几条似是而非、经不住验证的规律，失落了具体的专业；从多学科立体交叉来探索时，虽惊世骇俗，有的则迷茫于广阔的文化背景下，丧失了词学自身的特征。诚然，任何尝试都不免有失败的例子，但新生事物总是在探索与困惑中逐渐成熟的。

20 世纪 90 年代是中国现代第二代词学家的收获季节，亦是新一代词学家崭露头角的时期。第二代词学家经过十年的努力和积累，既有深厚的专业基础，又在改革开放的文化条件下带着批判的眼光吸取新的观念与方法，从而取得了突出的成就。在词籍的校注整理方面以上海古籍出版社出版的《宋词别集丛刊》为代表，达到了很高的文献学和词学水平。词学基础知识和词史的研究，在继承传统方面实现创新：词学知识更加系统化，词史的建构更趋于合理与深刻。词学史和词学批评史是属于开拓性的课题，几部专著的问世填补了词学研究的空白。词与音乐的研究亦填补了空白。这些成果都是富于建设性的，大大推进了学科的发展。我们纵观 90 年代的词学研究确实出现了新的趋势，这表现为以下几方面：

（一）词学的理论建构。从中国词学的发展过程，我们可见古代和前辈词学家们曾经不断提出各种理论和范畴来阐释词体的性质、审美价值、社会功能及发展的外部与内部的规律，积累了丰富的资料，出现了纷杂的学说。我们能否在此基础上综合研究，建立系统，参照现代文艺学原理而重构词学理论系统？此外，词体文学与其他古典文学有什么区别，为什么它在后现代主义思潮的冲击下和在商品经济社会里人文价值低落的情形下仍为广大民众所喜爱，出现了唐宋词鉴赏的热潮，而且词体作为我们民族文学形式至今犹有生命？如果说词体文学是有艺术魅力的，能为现代的人们接受，那么其艺术生命的奥秘是什么？凡此皆引起词学家们探索的兴趣。他们尝试从美学的、文化的和文艺的视角去进行考察。从审美的角度来看，词境、词心、词情、词乐、风格等方面，词体文学皆具有自己独特的美学表征。从文艺的角度来看，在情理冲突、重柔轻刚、以俗为美、艺术特征等方面皆体现了时代的艺术精神。从文化的角度来看，可从大的历史文化背景追溯词的生成基因、形态，概括性地描述它作为文体外在表现的特殊体制，显著区别于传统诗歌的一般形式；继而可考察创作主体的具体身世际遇、素养气质、审美意趣等与特定现实社会生活的复杂关系。从以上观点出发，词学家们各自对唐宋词的发展作了宏观的新的阐释，例如认为侑酒之词肇其端，应歌之词衍其流，抒情之词尽其变，言志之词尊其体，它们各体现了一种美的追求；或者探讨唐宋词艺术精神的形成、发展、蜕变和衰落的历程；或者在纵观唐宋词的初生萌发、成熟发展、鼎盛极致、深化归雅的不同阶段后，探求其间浸润着的不断演进、变易、增益，由确立、否定而再肯定的发展精神，实践为继承传统、改造传统或创变求新、另建传统的流动进程，充分显示出历史的纵深感；或者从艺术分析切入，认为词是纯粹抒情的艺术世界，由此探讨词的艺术世界的形成，进而剖析词的艺术世界并进入艺术的鉴赏，以期从创作主体、作品本体到鉴赏主体而构成一个完整的体系；或者通过两宋著名词人所表现的主体意识、时代精神、浑厚之美、魏晋风度，以及对宋人的寄托说、雅正说、清空说的分析，探讨宋代词学的审美理想；或者从流变、定位、范式和个性的多视角的考察以发现唐宋词的内部发展规律。这些理论都是新颖的，突破了传统词学理论的局限，具有宏观的视野，以新的观念和方法重构词学理论，试图揭示词体文学现象及其历史的本质。它们都是非常可贵的探索，显然有的尚不够成熟，在复杂的文学现象与生动的历史事实面前表现得苍白而片面，但毕竟具有理论的原创性，有助于词学的建设。

（二）律词。这是 20 世纪 90 年代词学界创始的新的词学概念。长期以来词学界在探讨词体的起源，或将它与古代杂言体、汉魏乐府诗、六朝小诗、唐人近体诗和声诗以及散曲等韵文形式相比较时，一般是从体制、风格、音乐文学的角度进行探讨和比较，而缺乏最有力的依据，以致许多疑难问题无法解决。清代初年词学家万树的《词律》及稍后王奕清等编订的《词谱》，基本上完成了词体格律的总结。自唐代产生的“近体诗”与“曲子词”，它们形式的明显区别是一为整齐的五言或七言句式，一为长短句式，但它们都有固定而严整的格律，属于中国古典格律诗体。唐人为了将这种新的诗体与以前的诸种诗体区别而称之为“近体诗”，晚唐五代文人为了将新体歌辞区别于以前的各种歌辞而称之为“曲子词”。清代初年王士禛与赵执信等对唐人近体诗格律进行总结之后，人们已习惯称近体诗为格律诗，这在名义上更为确切。因此有词曲家称词体为“律词”，这在名义上亦是确切的。所谓“律词”是指：一、片（即段、阕），各词调分别用“单调”或“双调”、“三叠”、“四叠”；二、句逗，各词调有特定的各异的句数、句式；三、韵，各词调有特别的规定，分用平、入、上、去及转韵；四、句内平仄，有格律，以律诗中的格律为则。凡不具备以上四项定则者不可为律词。因律词概念的出现，使我们对词体的认识更为清晰，而且可以形成相关的理论。如果我们进一步对此概念加以说明，则律词是长短句的格律化的唐宋新体音乐文学样式。公元8世纪之初中国盛唐时期的到来，这时新的流行音乐——燕乐繁荣兴盛，而古典格律诗体在艺术形式上亦臻于成熟。在此文化条件下，新体音乐文学样式“曲子词”应运而生。它是新燕乐歌辞，以燕乐曲的音乐准度而倚声制辞。作者是精通音乐的文人，在创作歌辞时力求使文学与音乐的节拍、旋律和谱，因而在中国文学史上第一次出现了格律化的长短句形式的曲子词。它是格律化的，实为格律诗体之一。因此我们可以称之为律词。它是以每个词调定律的，即每一词调在字数、句数、句式、分段、字声平仄和用韵方面皆有自己严格的定式。凡是律词的始辞都有乐谱（音谱）为依据的，它有固定的旋律与节拍。律词虽用律句，但已按各词调的要求而组合，构成独特的格律，而且它并不纯用律句，而杂以特殊的拗句。因而我们所谓“律句”应是指合符词律的句子。律词的形成并不意味着与音乐关系的弱化，而是使二者紧密结合，有利于音谱的流传。从曲、曲子、曲子词、诗客曲子词、词，这些概念的演进，正体现了律词的产生到定体的过程。今存敦煌曲子词是最早的律词，无论从音乐系统与文学系统来看，它与宋词是存在源流关系的。

（三）定量分析。我们的词学研究习惯于感悟的批评和定性的分析，所作出的结论往往具有主观的特点，向来忽视以数据进行定量分析。随着中国现代科学技术的进步，为词学的定量分析提供了条件，可以采用新的技术对大量的数据进行统计工作。定量分析在20世纪90年代的采用，表明了词学进入了一个新的阶段，可促使我们的研究方法趋于科学化。现在有的词学家已经对现存词人作品的篇数、现存宋词别集的版本总数、宋代词人在历代词话中被品评的次数、宋代词人在20世纪里被研究与评论的论著篇数、历代词选中宋代词人入选的词作篇数、20世纪词选中两宋词人入选的词作篇数，分别作了统计。从这些数据可知：宋代词人（存词十首以上者，另特加寇准、范仲淹、岳飞）为二百三十七人，词作总量为一万六千六百七十四首，占宋代现存词作总数百分之七十九；20世纪词学研究对李清照、陆游、陈与义等的重视高于古代词评家，而对张先、王沂孙、周密、史达祖、高观国的兴趣有所下降，此外对辛弃疾、柳永、欧阳修、刘克庄、张孝祥、张元幹和王安石等词人的研究亦呈上升趋势；20 世纪关于十大词人的研究论著为四千四百三十三项，占两宋词人研究论著的百分之七十以上，而关于苏轼的研究数量是最大的，相当于周、姜、柳、欧、吴、晏七人研究的总数；两宋词人中居于前十名的大词人依次为辛弃疾、苏轼、周邦彦、姜夔、秦观、柳永、欧阳修、吴文英、李清照。从这些统计的结果可见到：词人历史地位的承传性的延续性、词人历史地位的变异性、词人历史地位的动态平衡性。定量分析的范围可以进一步扩大到唐五代词、元明词和清词，亦可扩大到词学研究的各个专题项目，可为我们的研究提供丰富多样的数据。显然某些数据是带有片面性和偶然性的，它们是由作品的社会化过程和受众接受态度的几种因素构成的，体现了历史上各时期的审美兴趣和审美理想。我们在使用统计数据时应当谨慎，避免简单地作出结论，力求使定量分析与定性分析相结合，使它成为定性分析的参考。

（四）文化的研究。如果将文学视为一种文化现象，从而以文化学的方法去研究，则会发现文学的新价值，而且为文学研究开辟了很宽广的道路。这样我们可以摆脱纯文学研究的局限与政治道德批评的狭隘，而从社会物质的、制度的、精神的各方面来观照文学现象，再进入民族文化心理最深层次的分析。思想史家认为文化的中心是思想或哲学，举凡政治、历史、文艺等无不受其影响；而文学、史学、宗教之类无不具有鲜明的思想。这样来认识文学现象，必将使我们的研究更有坚实的理论基础，可能产生许多新的成果。自 20 世纪 80 年代后期诸种新观念与新方法已经在词学界广泛采用，给这传统的学科注入了新的活力；然而经过一段时间的沉思，文化的研究仍保持着其优势。90 年代以来此种研究盛行不衰，并逐渐拓宽研究的范围，产生了种种新鲜的课题，例如：宋词的文化研究、唐宋词与歌妓制度、从词的实用功能看宋代文化生活、宋代词人与佛道思想、唐宋词的享乐意识、唐五代词的文化观照、晚唐五代词与商品经济、宋词与理学、词个性获得的文化基础、宋人词体观念形成的社会文化条件、传统文化精神与唐末北宋词的价值取向、北宋时期的文化冲突与词人的审美选择、宋词文体特征的文化阐释、花间词的宗教文化倾向、柳永的文化角色、柳永词的市民意识、王安石词的禅趣、东坡词与民俗文化、苏词的哲理、辛弃疾词的文化渊源、纳兰成德词的满族风情，等等。然而文化研究毕竟不能代替文学研究，它可能使文学的特性在广阔无垠的文化背景中消失，或者文学仅是文化研究的一种资料而已，或者使此种研究陷入琐屑支离的歧途。因此，怎样在词学研究中使用文化学的方法仍是待探索的，而且有待进一步完善。

（五）难题研究。新时期词学研究的成果丰硕，这固然是值得庆幸的，但同时使词学家们感到此一学术园地已开发殆尽。如果没有新资料的发现，如果不采用新观念与新方法，词学的发展是很困难的；虽然这一时期的词学家们已尽到最大的努力了。大约从 20 世纪 90 年代开始，词学研究的课题至少有半数是旧题的重复，立意因袭，论述平庸，水平趋于低下。在 90 年代的后期词学界同其他学科一样发起了回顾与前瞻的学术总结热潮，总结 20 世纪中国现代词学发展的成绩与经验。各种宏观性的与微观性的研究综述都对近百年的成就如数家珍，对词学的发展前景也充满了乐观的信心，绘制了宏图的轮廓，却忽略了研究中未解决的问题，存疑的问题，奇怪的问题，深奥的问题。我们可以称之为词学难题。如果我们在回顾与前瞻时仅仅满足于总结与赞扬，很可能会迷失前进的道路。从现有的认识水平出发，在对本学科的历史反思和学术审视中找到遗存的难题以作为新的起点，这似乎更切实些。90 年代后期少数词学家已着手去解决一些难题，例如关于宋词声调问题，关于词起源于民间问题，关于《高丽史·乐志》所存宋词问题，关于从实验语音学方法探讨词的音乐性问题，关于宋词衰落的原因问题，关于唐宋词的结构问题，关于唐宋词体组合规律问题，以及词人研究中存在的个别难题，例如柳永与“天书”事件、李清照改嫁、周邦彦与大晟府、姜夔词旁谱音韵的协律、吴文英恋爱事迹，等等。当然其中有些问题尚未完全解决，仍有争议，可以继续探讨。此外尚有几个难题值得引起我们注意：

词体的起源。关于词体起源，20 世纪发表的论文共计两百余篇，但由于此问题涉及的学术层面较广、历史线索错综复杂和词乐资料散失，以致迄今未完全解决，而又遗下一些新的问题。词是配合隋唐燕乐的歌词。20 世纪林谦三、邱琼荪、刘尧民、王延龄和洛地对隋唐燕乐进行了深入研究，因词乐标本无一幸存，以致很难认识长短句配合燕乐的真实情形。燕乐即古代中国贵族用于宴筵的音乐，而隋唐燕乐却是在隋代初年由西域传入的印度系音乐经华化而形成的新音乐，或称胡乐和俗乐。唐代崔令钦在《教坊记》里记录了开元时朝廷教坊所用曲名三百二十四曲，其中许多曲名在唐人作品里既有长短句体的词，又有齐言声诗。梁启超、刘永济、王仲闻等皆认为长短句的词体起源于声诗，由声诗加上泛声而发展为长短句的。公元1900年敦煌曲子词的发现为解决词体起源问题提供了新的资料。王国维肯定敦煌《云谣集杂曲子》中的八曲，固是开元教坊旧物。唐圭璋认为：词的产生时代应该是在隋代兴起的民间词——敦煌曲子词广泛流行之后，即初唐晚期较齐言诗入乐的时间要稍后一些。胡云翼认为：唐玄宗时代外国乐（胡乐）传到中国来，与中国古代的残乐结合，成为一种新的音乐；最初只是用音乐来配合歌词，因为乐词难协，后来即倚声以制词，这种歌词是长短句的、是协乐有韵律的——是词的起源。关于倚声制词，胡适推测；通音律的诗人受了音乐的影响，觉得整齐的律绝体不很适宜于乐歌，于是有长短句的尝试，起初也许是游戏的，无心的，后来功效渐著，方有稍郑重的、有意的尝试；这种尝试的意义，是要依曲拍试做长短句的歌词，不要像从前那样把整齐的歌词勉强谱入不整齐的调子，这就是长短句的起源。这些探讨远比古代词学家的意见深刻多了，但尚缺乏坚实的依据，而且理论推演较为薄弱，未能解决词体起源涉及的诸多具体问题。胡云翼早年即指出探讨词体起源的历史事实有两个前提：第一，词的起源完全是音乐变迁的关系，因词以协乐为主，有声律然后有制谱填词；第二，词的发生只能在有唐一代，唐以前太早，与宋词的发达无线索的联系，唐以后太迟，不能解释宋词发达的渊源。这条意见至今仍值得我们重视。词体起源涉及词体配合的音乐性质，词与燕乐的关系，长短句词体出现的时间，长短句与声诗的关系，敦煌曲子词与文人词的关系，倚声填词的最初情形，教坊曲的考实，等等问题；皆有待进一步研究。词体具有音乐性和文学性，它是配合新燕乐的歌词，其产生必然在新燕乐流行之后；它是中国古典格律诗体之一，其产生必然在唐代“近体诗”成熟之后。这两点是我们首先要考虑的。宋人距词体起源的时间最近，富于倚声填词的经验，见到一些珍贵的词乐文献，可以感知词体初期发展阶段；所以他们关于词体起源的诸种意见较接近历史的真实，值得我们认真加以检讨。此外我还以为在探讨这一问题时，我们应有关于偶句、律词和突变的观念。中国诗歌的发展自《诗经》以后形成了三、五、七言为主流的奇句形式传统，词体是二、四、六等偶句与奇句按各调的规定组合。因此脱离中国诗歌形式发展规律将古代杂言视为词体来源，甚至溯源于《诗经》，这是概念的混淆。词体吸收了唐代近体诗的声律而形成自身特殊的格律，其字数、字声平仄、用韵、句式、分片皆以词调为单位而有严格规范。新的“律词”概念，否定词体起源于民间之说。这有助于我们划清词体与其他各种音乐文学样式的区别。关于倚声填词的发生，我们应有突变的观念，如果采用渐进的观点纠缠于声诗形式的演化，则不能在理论上充分说明词体起源。

敦煌曲子词与中原文化的关系。自发现敦煌曲子词一百六十余首以来，王国维、朱祖谋、胡适、刘复、王重民、任二北等皆进行了整理和研究，迄今共发表论文两百余篇。这些论著中关于校辑、注释、考订、介绍、欣赏和一般性论述居多，亦有涉及词体起源、佛曲、文人词等关系的研究，然从总的情形来看尚停留于学术研究的浅表层面，回避了许多实质性的问题。因受资料条件与学术视野的限制，使研究难以深入。我以为敦煌曲子词与中原文化的关系应是一个难题，它可以使研究进入一个较深的层次，而且可引发一系列的学术问题。敦煌势处古代丝绸之路的枢纽，它是中国与中亚和欧洲进行经济文化交流的孔道。英国学者斯坦因甚至认为东西南三方奇异的连锁在西州的交汇点即是敦煌。印度音乐是由西域龟兹经过敦煌而传入中原的，即是隋唐流行的新燕乐。正是在燕乐流传途径必经之地敦煌保存了最早的燕乐歌词。罗常培、邵荣芬和龙晦曾探讨过敦煌文献与唐代西北方音的关系，从语音角度肯定了许多河西走廊的作品。我们若认真考察敦煌曲子词所产生的地域，可发现有西域、中原和敦煌地区的。中原文人如沈宇、哥舒翰、李晔、温庭筠、欧阳炯的词流传到了敦煌，这是否可说明敦煌曲子词是受中原文人词的影响而产生的呢？显然不能，因为其中有许多早于以上文人的作品，如隋末和初唐的词。那么，最早的词可能产生在敦煌，而不在中原了。词是音乐文学，是歌妓侑觞时以遣兴娱宾的，它与歌舞娱乐有着密切的关系。敦煌立社条件样文（S.6537）有云：“五音八乐进行，切须不失礼度”；又敦煌佚名诗人《梦到沙州奉怀殿下》（P.2555）云：“舞习歌楼似登陟，倚筵花柳记跻攀。”这表明敦煌民间与上层社会曾盛行歌舞，由此才流传着许多燕乐歌词。学术界长期以来认为敦煌曲子词是属于民间的作品，作者主要是民众。我们若从“律词”的概念出发，可以否定它是普通民众作的，因为文化水平低下的民众不可能掌握格律的。这样，其作者问题是应重新探索的。现存的敦煌曲子词有不少的作品是抄录在佛经卷子之上或其背面，而且抄录者是佛教僧侣。饶宗颐已注意到此种现象，如 S.4332、S.5556 卷子所存数首词即是僧侣抄录在经卷后的。此种现象是否可以推测抄录词的僧侣即是词的作者？这有很大可能的，因为敦煌的僧侣从事种种社会活动，同世俗有密切联系，他们还从事启蒙教育和文化普及的工作。他们抄录的词便可能是他们作的。这尚待找出确实的证据。敦煌乐谱今存《倾杯乐》《西江月》《南歌子》《浣溪沙》《南乡子》《凤归云》等十四谱，它们是词调，但未配歌词，这是中原传入的还是西域传入的，配合的歌词是声诗或是长短句；凡此皆是疑案。真正长短句的律词应是《献忠心》两首（P.2506），它与中原文化的关系如何，这亦尚待探讨。

宋词的流派。某个作家群具有共同的文学思想和相同的艺术风格，表现出基本思想与艺术特征的统一，因此形成文学思潮。它是产生文学流派的基础。如果没有一定的组织形式和某种联盟，也没有提出新的理论纲领，那么，即使某时期有些作家思想相同，风格相近，或互有一些交往，这样是不够成为文学流派的。20 世纪以来，关于宋词流派的专题论文发表了 60 余篇，但大都难以经受史实与理论的检验，往往将群体风格与流派概念等同，或者将“流派”概念简单地扩大化。关于豪放派与婉约派，本来明代张綖是将宋词分为婉约与豪放两体，清初王士禛将“体”换为“派”。20 世纪 50 年代在庸俗社会学观点的指导下遂以豪放与婉约为对立两派。80 年代以来，施蛰存以为婉约、豪放是风格，在宋词中未成派。王水照以为婉约与豪放是指宋词在内容题材、手法风格，特别是形体声律方面的两大基本倾向。关于南宋提倡复雅的词人，刘大杰以为这是宋词中的“格律派”，它由周邦彦建立，重要作者有姜夔、史达祖、吴文英、王沂孙、周密、张炎；他们于辞句务求雅正工丽，音律务求和谐精密，结集词社，分题限韵，作出许多偏重形式的作品。此外将此派称为“风雅词派”，以为这些人的作品风格有疏密之分，内系于体制因革，外成于作者之宗尚，有许多共同点；或将此派称为“骚雅词派”，以为此派词人喜以诗人笔法入词，属于主观性描写的“骚”类，其特点是“骚”和“雅”；或称此派为“典雅词派”，以为姜夔和吴文英相对作风最明显又富争议性，故为此派代表，而“典雅”是此派诸家词的基本风格特色。关于宋词风格流派的系统分类，有的从艺术风格共分为八派：真率明朗，高旷清雄，婉约清新，奇艳俊秀，典丽精工，豪迈奔放，骚雅清劲，密丽险涩。其他关于宋词流派的划分更是奇奇怪怪的，如将北宋词人分为五大派，即浅斟低唱的柳三变，横放杰出的苏轼，集婉约之成的秦观，艳冶派贺铸，潇洒派毛滂；或将宋词分为江西派、市井派、奇艳派、正宗派、中兴派、闲逸派等。宋代词人和词论家们虽然具有风格类型的观念和群体风格的意识，他们也重视个体风格的批评；这些固然是构成文学流派的要素，然而我以为在宋词发展过程中却始终没有使这些因素发展为一个流派。某个时代的流派纷呈并不足以反映文学的真正繁荣，也不能据以确定文学的价值。宋词无流派却无愧为时代文学。新时期以来宋词研究中某种简单化、政治化倾向已经受到人们普遍的抵制，科学地、实事求是地对待宋词风格流派问题已成为人们一致的要求。我们怎样才能做到科学地实事求是地来对待宋词风格流派呢？我们关于宋词的研究理应达到当代的理论水平，否则便缺乏科学性。如果以现代文学理论来看待宋词流派问题是否属于将现代观念强加于古人呢？显然不是。现代文学理论是可以合理地阐释历史上的文学现象的。宋人已具有颇为自觉的文学流派意识，他们关于江西诗派的评论和拟制的《江西诗社宗派图》所体现的共同创作宗旨和创作理论都已符合现代意义的文学流派概念。宋代词论家关于宋词并不随意区别流派，表现他们不滥用“流派”的概念，而是有实事求是态度的。我们现在若舍弃关于文学流派的理论，采取按词人们大致倾向与风格异同来相对地给宋词划分流派，这样必然不是科学的实事求是的态度；所以现代某些词学家关于宋词流派的种种拟划皆受到怀疑。宋词有无流派，有些什么流派，这个问题是很难解决的。我们在研究此问题时应采取什么较为科学的方法呢？

词体的分类。词是音乐文学，关于它的分类可从音乐而分调类，亦可从文学而分体类。这两种分类都有明显缺陷，而试图将二者调和则又不伦不类。迄今关于词调分类除见于词学专著而外，发表的论文有二十余篇。此问题的探讨很困难，必须从传统成说的误区走出。清初毛先舒以五十八字以下为小令，五十九字至九十字为中调，九十一字以上为长调。清代中期宋翔凤试从音乐角度对词体分类，以为词体先有“小令”，引而长之于是有“引”，又因音调相近而有“近”，引而愈长则有“慢”。这种分类是很荒唐的，但却为现代词学界所沿用。王易认为：唯令、引、近、慢，则文人学士通行之词体；其节奏以均拍区分，短者为令，稍长者为引、近，愈长则为慢词矣。这是将四者作为词体类别。夏承焘与吴熊和却认为：词调主要分令、引、近、慢四类。这是将四者作为词调类别。什么是“令”、“引”、“近”、“慢”，诸家的解释因文献不足征而颇为模糊。吴梅说：自来词家无有论及此者。宛敏灏说：这是至今尚无定论的问题。马兴荣怀疑将四者作为词调或词体的类别的可行性，详列了令有二百一十五字的，引有一百零二字和二十四字的，近有四十五字和六十九字的，慢有八十九字的。所以他认为四者仅是词调专名而已。我们从朝鲜《高丽史·乐志》所存北宋大晟府歌词的情形来看，将令、引、近、慢作为词调类别或词体类别都是非常不恰当的。有的令词拍与韵俱多，如

《感皇恩》，词下注明为“令”，按调类说令词通常为四拍，每韵为一拍，而此词则为八韵；《千秋岁》（令）更有十韵之多。有的慢词短于小令，如《瑞鹧鸪》两词俱“慢”，一为五十六字，一为四十八字。两首《水龙吟》，一“令”一“慢”，字数同为一百零一字。《万年欢》五首皆“慢”，其字数、句数、句式全不相同，长者百字以上，短者不到五十字。根据以上材料所提供的情形非常有力地否定了调类说或体类说。自从宋词音谱失传以来，词的音乐线索断裂了，我们很难将词调作音乐的分类，若牵强附会将令、引、近、慢与体制长短联系起来，必然陷入矛盾的境地。王景琳以为令、引、近、慢与小令、中调、长调是对词的两种不同的分法，前者是词曲的划分，是以音乐的节拍为依据的；后者是从词体，即从词的外在形式——文学上进行划分的。两者虽然有密切联系，但绝非一回事。当词与音乐完全融和的时候，可以有令、引、近、慢与小令、中调、长调两种分法，而当词与音乐脱离关系，成为独立抒情诗体时，词曲中的令、引、近、慢就只是虚有其名，再没有音乐划分的意义了。他以为在音乐与词已分道扬镳的今天，对于词的划分上，小令、中调、长调更有意义。宋人是怎样对词体分类的，明人的词体分类是否合理，如果我们现在重新对词调或词体进行分类有无必要，根据什么标准，这些都值得认真研究。清初万树编著《词律》时极力反对顾从敬和毛先舒对词体的分类，在《词律》里依词调基本字数为序排列各调。王奕清等编制《词谱》亦依万树之例，不再进行词体分类。我们是否可考虑万树的意见，加强对词调的研究而不勉强去分类呢？

词韵的分部与入派三声。唐宋人作词时用韵大致参考通行的诗韵，并无专门的韵书为准。当词体文学衰微之后，始有学者依据唐宋词作品的用韵情况进行归纳整理，编订词韵。明代后期胡文焕编有《文会堂词韵》，但将曲韵与诗韵混杂，不为学界推重。明末沈谦编的《词韵略》在清初甚有影响，此后相继出现了几种词韵书，最后集大成者是戈载的《词林正韵》。自清代道光元年（1821）《词林正韵》问世之后，为讲词韵者和填词者确立了标准，词韵的建构工作似完成了。20 世纪关于词韵的专题论文共发表了三十余篇，尽管对宋人用韵情况分别进行了一些考证，亦对《词林正韵》作了一些批评，但宋词用韵是否存在一个标准，《词林正韵》是否确切地总结了唐宋词人用韵规则，我们现在是否有必要重编一部反映唐宋词用韵真实的韵书，这些问题都是 20 世纪未能解决的。南宋时朱敦儒曾拟应制词韵十六条，列入声韵四部，后来张辑作注，又经冯取洽增补，这是最早的词韵书。元末陶宗仪曾见到此著，此后便散佚了。幸存陶氏一篇短短的《韵记》，留下了朱敦儒拟制词韵的线索及其轮廓。沈谦和戈载皆是根据朱氏轮廓拟构词韵十四部，外列入声五部，共十九部。朱氏的入声韵四部是包括在十六条之内的，沈氏和戈氏误为入声韵在十六条之外，于是拟构了十九部。这种紊乱的情形有待辨析，而视为标准的《词林正韵》亦有待检讨。关于朱敦儒词韵分部的具体情况是怎样的，如何看待其实际用韵中的韵部（《广韵》音系的诗韵）混淆和宋词入声韵问题，夏承焘曾指示解决的唯一途径应将朱氏词集——《樵歌》的用韵实况进行整理和研究，以推测其所拟之词韵。清初万树编《词律》时发现宋人作品里已有将入声韵同平、上、去韵使用的现象，提出“入声入派三声”之说。夏承焘力主此说，认为万氏之说“诚名通之论”。他还从敦煌《云谣集杂曲子》里的《渔歌子》以入声“寞”叶“悄”、“妙”

为词入派三声的最早实例。郑文焯否定词入派三声说，力主词守入声。夏敬观坚持词无以入声叶平上去三声之例。龙榆生则指出此说是来自南北曲的用韵。关于此问题，除夏承焘之外尚无专文，但宋词是否存在“入派三声”确是自万树以来未解决的音韵学与文学的边缘学科的一个难题。“入派三声”是汉语入声发展变化的结果。这个变化过程从 8 世纪算起，迄至元代周德清《中原音韵》的问世，大约经历了六个世纪的漫长时间。汉语入声的特点是声调短促，其音节的元音较短，而且附有一个塞声韵尾。因它发音困难，不易准确，往往带上其他相近的元音或延长自身的元音而使塞声韵尾消失，势必分化而融进其他三声之中。自敦煌曲子词的用韵已有入派三声的例证，足以说明唐代的入声已在变化，宋代加速了这一过程。由于北宋建都在北方的开封，逐渐形成北方共同语音核心，后来成为《中原音韵》音系的基础。宋代入声韵尾正在变化，入声韵在宋词里其情况较为复杂，但它作为一个声调的存在则是无疑的。鲁国尧对宋代辛弃疾等山东词人用韵情况考察，结果是近一千六百次的用韵中，可以肯定是入声字与阴声字相押者有六例，仅占千分之四。这表明宋词入派三声是极个别的现象。戈载认为唯入声派作三声，词家亦多承用。因此他在《词林正韵》的第三、四、五、八、九、十、十二部阴声韵之后皆附有入声韵字。这将词韵等同于曲韵了，更说明很有必要对词韵进行研究和考订。

词乐的重构。现在我们应进行的工作有四项：一是关于词乐理论的系统研究，即对唐宋燕乐作历史描述，探明它与词体的关系，特别是倚声填词的情形；二是关于词调，应以唐宋常用词调为准，对每一词调进行历史的考察，音乐声情的探索，文学表现特点的说明，制出通行的词谱；三是关于姜夔自度曲的破释尚待继续，以求得译谱接近宋词真实；四是关于词调音乐在宋以后情况的考察。关于词调在宋金时代即为戏曲和讲唱文学所使用，如《西厢记诸宫调》《刘知远诸宫调》和戏文《张协状元》即用了大量词调。洛地发现：《水调歌头》《满庭芳》《鹧鸪天》《望江南》，在今所谓“元四大南戏”和《琵琶记》中的第一出“副末出场”除用上四调外，又用《沁园春》《满江红》《临江仙》等词调，而且都是北宋及其前已定格的律词调。在元人杂剧里用的词调有《鹊踏枝》《满庭芳》《贺新郎》《哨遍》等，在清代时调小曲集《白雪遗音》里有二十余首《满江红》，明清地方戏曲如昆剧和莆仙戏里使用的词调就更多了。这些入戏曲的词调在体制和音乐方面是否保存了唐宋词调原貌，是否可视为唐宋词的遗存，现代所传唱的词谱如出自《九宫大成谱》的《念奴娇·苏轼词》、出自谢元淮《碎金词谱》的《瑞龙吟·周邦彦词》《忆江梅·洪皓词》，以及出处不明的《雨霖铃·柳永词》《破阵子·李煜词》《满江红·岳飞词》等等，它们是否可视为唐宋词谱遗存，这些都待系统清理与研究，而且在此基础上作出定性分析。无论戏曲、讲唱文学、时调小曲、地方戏剧所存之词调，以及今传之唐宋词谱，它们与唐宋词乐的真实状况如何，此项考察都是非常有学术意义的。

词体的文学性质。词作为时代之文学，它区别于其他文学的根本属性是什么？唐宋词人按照自己对词体的认识而进行创作，词学家则根据自己的词学观念而进行评论；由于他们认识角度的相异，于是关于词体性质在词学史上呈现多种多样的状态。他们关于词体的认识是受到词体文学发展阶段和与之相联系的社会文化条件的制约，因而它是一个历史的概念。现代词学家对它的认识往往从个人审美理想出发，并以之为标准来衡量词家词作，结果对词体的性质难有一个合理的认定。关于此问题，在 20 世纪发表的论文共二十余篇。词学家们似乎有意避免陷入困扰和争议，所以迄今尚是受冷落的一个难题。我们将现代词学家关于词体性质的认识概括起来，有三种互相对立的意见：诗词之别、雅俗之别、纯正与艳科之别。从对词体艺术表现着眼，王国维以为词体要眇宜修，能言诗之所不能言，而不能尽言诗之所能言；诗之境阔，词之言长。或认为词是一种“狭深”的文体，像一位窈窕颀长的女性那样，长于抒写深微细腻、幽约怨悱的感情。与此说相反的是高度评价苏辛以诗为词、以文为词的倾向。从对词的审美趣味出发，关于词体有雅与俗的不同认识。或认为以俗为美是词的艺术特征，因为词的兴起标志着古代文学世俗化的开始，所以众多著名词人以一种新的艺术态势将自己的审美观点投向市井。或认为对南宋典雅派词的语言结构、题材类型、主体意识等方面归纳一文体的范式是从事词学时代风格论必须努力的方向。从对词的思想内容的概括，关于词体有纯正与艳科的对立意见。或认为宋词大都是封建文人的作品，是为封建统治阶级服务的，没有直接反映封建社会的主要矛盾斗争，这就大大削弱了它的社会意义。从两宋词的基本内容而言，艳词仍是主要的，“词为艳科”是宋人普遍意识到的；这是有宋人词体观念及后世词学家关于词体性质的认识为依据的，较能恰当地说明宋词题材内容的基本情形。我们应怎样来观察词体性质，应采取什么方法才能解决这个难题呢？显然关于词体性质的三方面，它们应有内在的联系，我们怎样才能从更深的理论层次来把握呢？

中国词学在新时期接受了国内改革开放和文化转型过程中

新思潮的挑战，使这一传统学科真正地具有现代性，体现了我们时代的新的价值观念，创造了辉煌的成就。我们国内迅猛发展的学术事业在词学这一小小园地里亦显著地表现出来，无愧于时代精神。21世纪的到来，中国词学的发展必然遇到新的挑战和新的困难。中国迎接了全球经济化的潮流，它的背景是西方中心文化主义。因此在加入全球经济化时，我们的传统文化将受到西方文化更加强力的冲击。我们的面前呈现两种文化选择：一是在弘扬优秀传统文化时吸收西方先进文化的合理因素，建设富于我们民族特色的新文化，以丰富世界人类文化；一是盲目追随西方文化的巨潮而使我们的民族文化淹没而终致丧失。显然，我们只能作第一种选择。因此，词学研究从一个方面肩负起弘扬优秀传统文化的新的历史使命；另一方面词学研究必须在以往成就的基础上提高和前进，寻求国际文化交流的途径，以使词学作为国际汉学的一个组成部分而走向世界，让世界各国人民能欣赏我们古典文学的最精美的艺术。我们要完成这两项使命是有困难的，但唯有知难而进才是未来词学发展的必由之路。我衷心祝愿新世纪的中国词学研究再创辉煌！

附 录

词学研究著作索引

（1978～2000）

（明）吴讷编：《百家词》，天津古籍书店 1992 年影印版。

朱祖谋校辑：《彊村丛书》，上海古籍出版社 1989 年影印版。

王鹏运辑：《四印斋所刻词》，上海古籍出版社 1989 年影印版。

王鹏运辑：《四印斋汇刻宋元三十一家词》，上海古籍出版社 1989 年影印版。

（明）毛晋辑：《宋六十名家词》，上海古籍出版社 1989 年影印版。

吴昌绶　陶湘辑：《景刊宋金元明本词》，上海古籍出版社 1989 年。

赵尊岳辑：《明词汇刊》，上海古籍出版社 1992 年。

（清）王奕清等编：《词谱》，中国书店 1979 年影印版。

（清）万树编：《词律》，上海古籍出版社 1984 年影印版。

（清）戈载编：《词林正韵》，上海古籍出版社 1981 年影印版。

蔡桢：《词源疏证》，中国书店 1985 年影印版。

唐圭璋编：《全宋词》，中华书店 1980 年重印本。

唐圭璋编：《词话丛编》，中华书局 1985 年版。

陈乃乾编：《清名家词》，上海书店 1982 年影印版。

叶恭绰编：《全清词钞》，中华书局 1982 年版。

刘毓盘：《词史》，上海书店1985年影印版。
胡云翼：《宋词研究》，巴蜀书社1989年重印本。
王易著：《词曲史》，上海书店1989年影印版。
薛砺若：《宋词通论》，上海书店1989年影印版。
夏承焘：《姜白石词编年笺校》，上海古籍出版社1981年重印本。
邓广铭：《稼轩词编年笺注》，上海古籍出版社1978年重印本。

《词学》（1～12辑），华东师范大学出版社1981～2000年。
华东师范大学中文系古典文学研究室编：《词学研究论文集（1949～1979）》，上海古籍出版社1982年版。
华东师范大学中文系古典文学研究室编：《词学研究论文集（1911～1949）》，上海古籍出版社1988年版。
施蛰存主编：《词籍序跋萃编》，中国社会科学出版社1994年版。
唐圭璋编：《宋词纪事》，上海古籍出版社1982年版。
张惠民编：《宋代词学资料汇编》，汕头大学出版社1993年版。
林玫仪主编：《词学论著总目（1901～1992）》，"中央研究院"中国文哲研究所1995年版。
高喜田、寇琪编：《全宋词作者词调索引》，中华书局1992年版。
金千秋编：《全宋词中的乐舞资料》，人民音乐出版社1990年版。
任中杰、王延龄校：《燕乐三书》，黑龙江人民出版社1986年版。

谢桃坊：《中国词学史》，巴蜀书社1993年版。
方智范、邓乔彬、周圣伟、高建中：《中国词学批评史》，中国社会科学出版社1994年版。
江润勋：《词学评论史稿》，香港龙门书店1996年版。
梁荣基：《词学理论综考》，北京大学出版社1991年版。
丁放：《金元词学研究》，中国社会科学出版社2002年版。
吴熊和：《唐宋词通论》，浙江古籍出版社1985年版。

王兆鹏:《唐宋词史论》,人民文学出版社 2000 年版。
杨海明:《唐宋词美学》,江苏教育出版社 1998 年版。
苗菁:《唐宋词体通论》,中州古籍出版社 1998 年版。
邓乔彬:《唐宋词美学》,齐鲁书社 1989 年版。
吴惠娟:《唐宋词的审美观照》,学林出版社 1999 年版。
刘维治:《唐宋词研究》,辽宁师范大学出版社 1996 年版。
龙建国:《唐宋词艺术精神》,山西高校联合出版社 1996 年版。
乔力、钱鸿瑛、程郁缀:《唐宋词——本体意识的高扬与深化》,广西师范大学出版社 2000 年版。
杨海明:《唐宋词论稿》,浙江古籍出版社 1988 年版。
唐圭璋:《词学论丛》,上海古籍出版社 1986 年版。
林玫仪:《词学考诠》,台北联经出版事业公司 1987 年版。
罗忼烈:《词学杂俎》,巴蜀书社 1990 年版。
华东师范大学中文系编:《词学论稿》,华东师范大学出版社 1986 年版。
吴世昌:《罗音室学术论著》,第二卷《词学论丛》,中国文联出版公司 1991 年版。
刘庆云:《词话十论》,岳麓书社 1990 年版。
马兴荣:《词学综论》,齐鲁书社 1989 年版。
沈家庄:《词学论稿》,广西师范大学出版社 1994 年版。
宛敏灏:《词学概论》,上海古籍出版社 1987 年版。
龙榆生:《词学十讲》,福建人民出版社 1983 年版。
夏承焘:《月轮山词论集》,中华书局 1979 年版。
刘永济:《微睇室说词》,上海古籍出版社 1987 年版。
刘永济:《词论》,上海古籍出版社 1981 年版。
吴丈蜀:《词学概说》,中华书局 1983 年版。
汤擎民整理:《詹安泰词学论稿》,广东人民出版社 1984 年版。
龙榆生:《龙榆生词学论文集》,上海古籍出版社 1997 年版。
吴熊和:《吴熊和词学论集》,杭州大学出版社 1999 年版。

吴世昌：《词林新话》，北京出版社 2000 年版。
夏承焘：《天风阁学词日记》，浙江古籍出版社 1984 年版。
饶宗颐：《词集考》，中华书局 1992 年版。
刘尧民：《词与音乐》，云南人民出版社 1982 年版。
施议对：《词与音乐关系研究》，中国社会科学出版社 1985 年版。
钱鸿瑛：《词的艺术世界》，上海文艺出版社 1992 年版。
洛地：《词乐曲唱》，人民音乐出版社 1995 年版。
孙光钧：《词曲宫调探微》，京华出版社 2001 年版。
郑孟津：《词源解笺》，浙江古籍出版社 1990 年版。
叶嘉莹：《迦陵论词丛稿》，上海古籍出版社 1980 年版。
缪钺、叶嘉莹：《灵谿词说》，上海古籍出版社 1987 年版。
黄拔荆：《词史》，福建人民出版社 1989 年版。
杨海明：《唐宋词史》，江苏古籍出版社 1987 年版。
严迪昌：《清词史》，江苏古籍出版社 1990 年版。
陶尔夫：《北宋词坛》，山西人民出版社 1986 年版。
陶尔夫、齐敬圻：《南宋词史》，黑龙江人民出版社 1994 年版。
木斋：《唐宋词流变》，京华出版社 1997 年版。
刘扬忠：《唐宋词流派史》，福建人民出版社 1999 年版。
詹安泰：《宋词散论》，广东人民出版社 1980 年版。
谢桃坊：《宋词概论》，四川文艺出版社 1992 年版。
谢桃坊：《宋词辨》，上海古籍出版社 1999 年版。
赵仁珪：《论宋六家词》，北京师范大学出版社 1999 年版。
蔡镇楚：《宋词文化学研究》，湖南人民出版社 1999 年版。
王伟勇：《南宋词研究》，台北文史哲出版社 1987 年版。
王兆鹏：《宋南渡词人群体研究》，台北文津出版社 1992 年版。
李争光：《宋词艺术论》，吉林大学出版社 1994 年版。
张惠民：《宋代词学审美理想》，人民文学出版社 1995 年版。
刘扬忠：《宋词研究之路》，天津教育出版社 1989 年版。

王兆鹏：《两宋词人年谱》，台北文津出版社 1994 年版。

刘少雄：《南宋姜吴典雅词派相关词学论题之探讨》，台湾大学出版社委员会 1995 年。

李剑亮：《唐宋词与唐宋歌妓制度》，杭州大学出版社 1999 年版。

黎小瑶：《宋词审美浅说》，中山大学出版社 1992 年版。

陈如江：《唐宋五十名家词论》，华东师范大学出版社 1992 年版。

殷光熹：《唐宋名家词风格流派新探》，云南教育出版社 1993 年版。

陈水云：《清代前中期词学思想》，武汉大学出版社 1999 年版。

吴宏一：《清代词学四论》，台北联经出版事业公司 1990 年版。

刘锋焘：《清代前期词研究》，陕西师范大学出版社 1998 年版。

张宏生：《清代词学的建构》，江苏古籍出版社 1998 年版。

闵定庆：《花间词论稿》，南方出版社 1999 年版。

曾大兴：《柳永和他的词》，中山大学出版社 1990 年版。

梁丽芳：《柳永及其词之研究》，香港三联书店 1985 年版。

叶慕兰：《柳永词研究》，台北文史哲出版社 1983 年版。

唐玲玲：《东坡乐府研究》，巴蜀书社 1993 年版。

崔海正：《东坡词研究》，山东大学出版社 1992 年版。

刘石：《苏轼词研究》，台北文津出版社 1992 年版。

钱鸿瑛：《周邦彦研究》，广东人民出版社 1990 年版。

韦金满：《周邦彦词研究》，台北庄严书店 1984 年版。

刘瑞莲：《李清照新论》，山西人民出版社 1990 年版。

曹济平：《张元幹词研究》，齐鲁书社 1993 年版。

陈满铭：《稼轩词研究》，台北文津出版社 1980 年版。

刘扬忠：《辛弃疾词心探微》，齐鲁书社 1989 年版。

金启华、肖鹏：《周密词研究》，齐鲁书社 1993 年版。

陶尔夫、刘敬圻：《吴梦窗词传》，吉林人民出版社 1998 年版。

王筱芸：《碧山词研究》，南京大学出版社 1991 年版。

杨海明：《张炎词研究》，齐鲁书社 1989 年版。

严迪昌：《阳羡词派研究》，齐鲁书社 1993 年版。
黄天骥：《纳兰性德和他的词》，广东人民出版社 1983 年版。
苏淑芬：《朱彝尊之词与词学研究》，台北文史哲出版社 1986 年版。
孙惟城、张传信：《况周颐与蕙风词话研究》，黄山书社 1995 年版。

张璋、黄畬编：《全唐五代词》，上海古籍出版社 1986 年版。
王兆鹏、刘尊明、曾昭岷、曹济平编：《全唐五代词》，中华书局 1999 年版。
朱德才主编：《增订注释全宋词》，文化艺术出版社 1997 年版。
唐圭璋编：《全金元词》，中华书局 1979 年版。
任半塘编：《敦煌歌辞总编》，上海古籍出版社 1987 年版。
林玫仪校证：《敦煌曲子词斠证初编》，台北东大图书公司 1986 年版。
曾昭岷校订：《温韦冯词新校》，上海古籍出版社 1988 年版。
钱仲联选编，陈铭校点：《清八大名家词集》，岳麓书社 1992 年版。
严迪昌编：《近代词钞》，江苏古籍出版社 1996 年版。
姚学贤、龙建国注：《柳永词详注及集评》，中州古籍出版社 1991 年版。
薛瑞生校注：《乐章集校注》，中华书局 1994 年版。
石声淮、唐玲玲笺注：《东坡词编年笺注》，华东师范大学出版社 1990 年版。
马兴荣、祝振玉校注：《山谷词》，上海古籍出版社 2001 年版。
杨世明笺注：《淮海词笺注》，四川人民出版社 1984 年版。
徐培均校注：《淮海居士长短句》，上海古籍出版社 1985 年版。
乔力笺注：《晁补之词编年笺注》，齐鲁书社 1992 年版。
刘乃昌、杨庆存校注：《晁氏琴趣外篇　晁叔用词》，上海古籍出版社 1991 年版。
蒋哲伦校编：《周邦彦集》，江西人民出版社　1983 年版。
罗忼烈笺：《周邦彦清真集笺》，香港三联书店 1985 年版。
钟振振校注：《东山词》，上海古籍出版社 1989 年版。

王学初校注:《李清照集校注》,人民文学出版社 1979 年版。
曹济平校注:《芦川词》,上海古籍出版社 1991 年版。
宛敏灏笺校:《张孝祥词笺校》,黄山书社 1993 年版。
夏承焘、吴熊和笺注:《放翁词编年笺注》,上海古籍出版社 1988 年版。
姜书阁笺注:《陈亮龙川词笺注》,人民文学出版社 1980 年版。
马兴荣校笺:《龙洲词校笺》,江西人民出版社 1999 年版。
邓子勉校注:《樵歌》,上海古籍出版社 1998 年版。
雷履平、罗焕章校注:《梅溪词》,上海古籍出版社 1988 年版。
王步高:《梅溪词校注》,天津人民出版社 1994 年版。
钱仲联笺注:《后村词笺注》,上海古籍出版社 1980 年版。
吴则虞校注:《花外集》,上海古籍出版社 1988 年版。
吴则虞校:《山中白云词》,中华书局 1983 年版。
吴企明校注:《须溪词》,上海古籍出版社 1998 年版。
岳珍校:《碧鸡漫志校正》,巴蜀书社 2000 年版。
刘崇德、孙光钧译:《碎金词谱今译》,河北大学出版社 2000 年版。
施议对译注:《人间词话译注》,广西教育出版社 1990 年版。

后 记

在我的词学著作中，这部《中国词学史》于现代词学学科的发展是颇有影响的。此著完成于 1988 至 1989 的两年间，因 1987 年《宋词概论》结稿之后，即预感到词学理论的研究将会被关注，遂决定写一部中国词学史以填补学术的空白。我力图从严格的词学的意义来描述中国词学的发展过程，以区别于文学批评史的模式，而且注意保持论述的朴实的特点。因这属于开拓性的研究，故写起来很顺畅，而当时尤是我精力最旺盛的时期，致有左右逢源，命笔快意之感。自 1993 年此著由巴蜀书社出版以来甚受学界的好评，2002 年对它作了修订增补，继由巴蜀书社出版。今得到黄立新先生的支持，由四川人民出版社重新出版。它距初版已经二十年，应是历史遗物，虽有不足或错误之处，似无必要进行修改，而其得失亦由读者去评判了。

1990 年 10 月，我在桂林参加文学史观与文学史的学术讨论会。当时《文学遗产》杂志编辑部曾预见 90 年代将会出现文学史的研究高潮。我在会上表示："阐释文学史是表现每个时代的人们对于文学遗产的态度与选择；这是每一个时代文学研究者的权利和义不容辞的责任。历史的阐释是没有终端的，正如历史的无限时间性一样。每一个时代的人只能以自己尺度和自己 方式来观察历史和重新阐释历史。”在此精神支配下，我于20世纪90年代出版了两种文学史，即此著和《中国市民文学史》，对后一种我仅认为它是我治学过程中的一支插曲。

学者须要适应时代的学术潮流，而自己的治学范围和研究能力，以及可能达到的学术境界都是很有限的。新时期以来的三十余年间，我从事中国古代文学专业研究工作，这是我生命中的真正的黄金岁月，亦是丰收的季节。2012年我的《唐宋词谱校正》由上海古籍出版社出版，使我的词学研究臻于圆满；《中国词学史》的第三次面世，则表明它是有学术生命的，为此我甚感欣慰了。

谢桃坊

2013年11月12日于奭斋

补　记

今此著之新版，于扉页用了前辈词学大师唐圭璋先生 1990 年冬题赐之书名，是为先生绝笔。于封面用了徐无闻先生 1992 年为笔者刻的一枚闲章，乃取姜夔词句。以兹怀念师尊，不胜感慨。

谢桃坊

2021 年 5 月 24 日又记